Du même auteur

au du Cachemire, Plon, 2007.
se rebelle, Plon, 2008.

La Perle du Sud

L'Ois
La R

Linda Holeman

La Perle du Sud

Traduit de l'anglais (Canada)
par
Natalie Zimmermann

PLON
www.plon.fr

Titre original
The Saffron Gate

ISBN édition originale : 978-0-7553-3111-6, Headline Review
ISBN Plon : 978-2-259-21201-4

À ma sœur, Shannon, qui rend ma vie plus gaie.

La nuit fait naître les étoiles
comme le chagrin fait apparaître des vérités.

Philip James Bailey

Chapitre un

Détroit de Gibraltar, avril 1930.

Nous fûmes pris dans les bourrasques du levant.

J'entendis ce nom pour la première fois lorsqu'un groupe d'Espagnols se rassembla sur le pont, le bras tendu et secouant la tête. *Viento de levante*, cria l'un d'eux avant de cracher puis de prononcer un mot avec une telle véhémence qu'il ne pouvait s'agir que d'un juron. Il embrassa ensuite le crucifix accroché à son cou.

Les Espagnols s'approchèrent de la cabine du bateau et s'accroupirent sur la plante des pieds, le dos appuyé contre la paroi pour tenter d'allumer des cigarettes roulées qu'ils tenaient à l'abri de leurs mains en coupe. L'atmosphère se chargea soudain d'humidité et un brouillard épais tomba, ce qui, après l'épisode du crucifix, me parut de mauvais augure.

— Excusez-moi, dis-je à un homme entre deux âges qui se tenait près de moi, appuyé au bastingage.

Je l'avais entendu parler anglais à l'un des porteurs lorsque nous avions embarqué et savais qu'il était américain, comme moi. Ses joues rubicondes, plutôt bouffies, et ses yeux pochés suggéraient une vie d'excès. Mais nous étions les deux seuls Américains à bord du ferry-boat.

— Qu'est-ce qu'ils disent ? demandai-je. Qu'est-ce que le *levante* ?

— Levant, corrigea l'homme en boutonnant son pardessus. Qui vient d'Orient, comme le soleil levant. Le levant est en train de forcir, et c'est un vent d'est particulièrement violent.

Je savais que le sirocco et le mistral soufflaient parfois sur la Méditerranée. Mais je n'avais jamais entendu parler du levant.

— Merde, proféra l'homme, qui s'excusa aussitôt. Pardon. Mais cela pourrait se révéler vraiment gênant. Nous devrons faire demi-tour si nous n'arrivons pas à le distancer.

Malgré le vent, je sentis le parfum de son eau de Cologne, trop forte et fleurie.

— Le distancer ? On ne peut pas juste le laisser passer ?

— Impossible à dire. Le vent atteint son intensité maximale ici, du côté occidental du détroit.

Son chapeau fut soudain soulevé par une main invisible, et l'homme eut beau tenter de le rattraper, il tournoya brièvement devant nous avant de disparaître dans les airs.

— Re-merde ! s'écria l'Américain, la tête rejetée en arrière pour scruter le ciel bas avant de se tourner à nouveau vers moi. Pardonnez-moi, madame... ?

— O'Shea, mademoiselle O'Shea, répondis-je.

Ma cape se soulevait et tournoyait autour de moi comme si j'étais un derviche tourneur ; je la plaquai d'une main contre ma poitrine tout en retenant mon chapeau de l'autre. Malgré les épingles qui l'arrimaient à mes cheveux, je le sentais se soulever de façon inquiétante, me donnant l'impression qu'il pourrait m'être arraché à tout moment. Je n'arrivais pas à reprendre ma respiration, en partie à cause du vent, en partie parce que j'avais peur.

— Le bateau... risque-t-il de... se retourner ?

Je ne pouvais me résoudre à dire *couler*.

— Je voudrais m'excuser encore pour ma grossièreté, mademoiselle O'Shea. Se retourner ? dit-il en regardant par-dessus mon épaule, vers l'arrière du bateau. Ça ne se produit plus guère, les naufrages dans le détroit. Pas avec les moteurs dont sont équipés les ferry-boats de nos jours.

J'acquiesçai d'un signe de tête, bien que ses paroles ne m'eussent pas rassurée comme je l'aurais souhaité. Je venais de faire la traversée de New York à Marseille, puis de Marseille à l'extrémité sud de l'Espagne et n'avais rien connu de plus terrible qu'un jour ou deux de grosses vagues dans l'Atlantique. Je n'avais pas envisagé qu'un aussi petit trajet se révélerait le pire.

— Ce climat est des plus imprévisibles, reprit l'homme, et c'est parfois exaspérant. Le levant dure en général trois jours, et si le capitaine décidait de rebrousser chemin, nous devrions revenir dans un de ces horribles petits ports espagnols pour attendre au moins jusqu'à samedi.

Samedi ? Nous étions mercredi. J'avais déjà dû rester bien trop longtemps à Marseille. Chaque jour qui passait ajoutait encore à la panique qui n'avait cessé de croître depuis la dernière fois que je l'avais vu, que j'avais vu Étienne.

Le vent me souffla des embruns au visage et je me frottai les yeux de mes doigts gantés, tant pour éclaircir mon champ de vision que pour chasser l'image de mon fiancé. Où qu'il fût.

— Vous feriez mieux de vous mettre à l'abri, reprit l'homme. Avec ces paquets de mer, vous serez bientôt trempée jusqu'aux os. Ce serait bête d'attraper mal au moment d'arriver à Tanger. Il ne fait pas bon être malade en Afrique du Nord, dit-il en m'examinant. On a intérêt à avoir les idées claires quand on séjourne dans cette région du monde.

Ses paroles ne me furent pas d'un grand réconfort. Je me revis à Marseille, moins de dix jours plus tôt, couchée, fiévreuse et épuisée, dans un lit étroit. Totalement seule.

L'homme m'examinait toujours.

— Mademoiselle O'Shea ? Vous avez des compagnons de voyage ?

— Non ! criai-je pour me faire entendre par-dessus le soudain hurlement du vent. Non, je voyage seule.

Seule. Avais-je crié plus fort que je n'en avais eu l'intention ?

— Connaissez-vous Tanger ?

Je pris conscience que les Espagnols devaient nous trouver ridicules de nous époumoner ainsi pour couvrir les bourrasques. Vaguement protégés par l'avancée de toit, ils avaient réussi à allumer leurs cigarettes et fumaient avec intensité, plissant les yeux pour scruter le ciel. Ils étaient de toute évidence déjà familiarisés avec le levant.

— Oui, répondit l'homme sur le même ton. Oui. J'y suis allé souvent. Venez maintenant. Venez.

Il m'effleura le bas du dos pour me pousser vers la porte. Nous pénétrions dans l'étroit couloir qui menait au salon principal quand la porte claqua derrière nous, et ce fut pour moi un vrai soulagement de ne plus être la proie du vent. J'écartai les cheveux collés à mes joues et rajustai ma cape.

— Pourriez-vous me recommander une chambre à Tanger ? Juste pour une nuit ou deux, après il faut que je me rende à Marrakech. Je ne sais pas... j'ai lu des indications contradictoires sur la route qu'il faut prendre pour aller de Tanger à Marrakech, et je ne sais trop que penser.

Il me dévisagea.

— L'*Hôtel Continental* de Tanger serait le choix approprié, mademoiselle O'Shea, répondit-il avec un peu de lenteur. C'est le plus en vogue. Il y a toujours un certain nombre de Britanniques et d'Américains comme il faut là-bas. Et les riches voyageurs européens s'y plaisent beaucoup. C'est dans l'enceinte de la Vieille Ville, mais vous y serez en sécurité.

— En sécurité ? répétai-je.

— Vous vous sentirez certainement vulnérable à Tanger. Toutes ces petites rues étroites et tortueuses. C'est très déroutant. Et les gens... dit-il avant de s'interrompre un instant. Mais il règne au *Continental* une atmosphère résolument coloniale, à l'ancienne. Oui, je vous le recommande chaudement. Oh ! ajouta-t-il comme s'il se souvenait brusquement de quelque chose d'important, et on n'y trouve heureusement pas de Français. Quand ils n'ont pas de famille chez qui séjourner, ils se rassemblent au Cap de Cherbourg ou au Val Fleuri.

Je ne répondis pas, et il poursuivit :

— Il y a souvent de l'animation le soir au salon du *Continental*, des cocktails, parfois un chanteur. Si vous aimez ce genre de choses, dit-il en me regardant. Ce n'est pas un endroit pour moi, mais j'ai l'impression que ce serait parfait pour vous.

Je hochai la tête.

— Mais vous disiez que vous allez à Marrakech, c'est bien cela ? Vous allez traverser tout le pays jusque-là ?

Je hochai de nouveau la tête.

— Pas toute seule, j'espère, fit-il en haussant les sourcils. Vous retrouvez des amis à Tanger ?

— Je pensais prendre le train, dis-je sans répondre à sa question, mais comme son expression changeait, j'ajoutai : Il y a bien un train pour Marrakech, n'est-ce pas ? J'ai lu...

— Je vois que vous ne connaissez pas l'Afrique du Nord, mademoiselle O'Shea.

Je ne connaissais pas l'Afrique du Nord.

Il était à présent tout à fait clair que je ne connaissais pas Étienne non plus.

Voyant que je gardais le silence, l'homme poursuivit :

— Ce n'est pas un voyage pour les personnes sensibles. Et surtout pas un voyage que je recommanderais pour une femme seule. Les étrangères en Afrique du Nord...

Il ne termina pas sa phrase.

— Je le déconseille fortement. Marrakech n'est pas la porte à côté. Fichu pays. On ne sait jamais à quoi s'attendre. Pour quoi que ce soit.

Je déglutis. J'avais soudain trop chaud et la lumière terne du couloir s'intensifiait au point de devenir d'un blanc aveuglant alors que le bruit du vent et des moteurs s'estompait.

Je ne pouvais pas m'évanouir. Pas ici.

— Vous n'êtes pas bien, constata mon compagnon, d'une voix qui me parut étouffée du fait de mon étourdissement. Venez vous asseoir.

Je sentis sous mon coude sa main qui me poussait en avant, et mes pieds avancèrent tout seuls. Avec ma jambe, j'avais déjà du mal à marcher à bord d'un navire même par mer calme, mais dans ce cas, cela se révéla encore plus périlleux. Je me retins d'une main au mur et, à un moment, je dus m'appuyer sur le bras solide de l'homme pour ne pas trébucher. Puis je sentis une pression vigoureuse sur mes épaules et un siège dur se matérialiser sous moi. Je m'inclinai en avant, bras croisés sur le ventre et yeux clos, pour respirer profondément, sentant le sang refluer dans ma tête. Lorsque je me redressai enfin et ouvris les yeux, je m'aperçus que nous nous trouvions dans un petit salon enfumé, bordé de chaises métalliques vissées au sol. Il était à moitié rempli d'un mélange de personnes reconnaissables à leur physique et à leurs vêtements comme étant espagnoles ou africaines, et de beaucoup d'autres dont l'origine me parut beaucoup moins évidente. L'Américain se tenait assis près de moi.

— Merci. Je me sens mieux.

— Vous n'êtes pas seule à être malade dans ces circonstances, fit-il remarquer.

Je pris alors conscience des gémissements autour de moi, et des pleurs des enfants, et je m'aperçus que beaucoup de passagers supportaient mal les effets du tangage violent du bateau.

— Bon, vous m'interrogiez au sujet du train, reprit l'Américain. Vous avez raison : il y a bien un train qui va à Marrakech – les voies n'ont été posées qu'il y a quelques années –, mais, dans le meilleurs des cas, il n'est pas d'une grande fiabilité. En outre, il ne part pas de Tanger. Vous devrez d'abord vous rendre à Fez ou à Rabat pour pouvoir le prendre. Je ne vous conseille pas d'aller à Fez. C'est assez loin dans l'intérieur des terres et assez à l'écart, Rabat semble une meilleure option. Et même alors, il vous faudra louer une voiture et un chauffeur pour vous conduire là-bas. Mais pourquoi ne resteriez-vous pas à Rabat, si vous voulez quitter Tanger et découvrir le Maroc ?

— Non, il faut que ce soit Marrakech. Je dois aller à Marrakech, répétai-je en essayant de m'humecter les lèvres.

J'avais la bouche si sèche, tout à coup ; j'avais incroyablement soif.

— Franchement, je ne compterais pas sur le train pour faire le trajet Rabat-Marrakech, mademoiselle O'Shea. Aucune fiabilité, comme je vous l'ai dit : les rails bougent tout le temps, ou bien sont bloqués par des dromadaires ou ces épouvantables nomades. Mieux vaut louer une voiture pour aller jusque là-bas, vraiment. Et encore, ces fichues *piste*s qu'on voudrait nous faire prendre pour des routes... enfin, les Français en sont fiers mais elles sont aussi isolées et défoncées que tout ce qu'on peut imaginer.

Je clignai des yeux, me redressai et m'efforçai de retenir tous ces détails. Tous plus décourageants les uns que les autres.

— Vous aurez sûrement des problèmes sur la route aussi, et vous serez forcée d'emprunter les vieilles *piste*s, de simples sentiers tracés dans le sable et destinés presque uniquement aux dromadaires et aux ânes. Et puis écoutez, comme je le dis toujours, il y a d'autres villes plus près de Tanger. Et vous devriez rester à proximité de la mer, parce qu'il y a davantage d'air. Ça va bientôt être le plein été au Maroc, une chaleur terrible. Si vous voulez absolument quitter Tanger, je le répète, allez à Rabat. Ou même à Casablanca. C'est quand même beaucoup plus civilisé que...

— Merci pour l'information, l'interrompis-je.

Cela partait d'une bonne intention, mais il ne pouvait comprendre pourquoi j'étais si pressée d'arriver à Marrakech.

— Je vous en prie. Mais vraiment, mademoiselle O'Shea, Marrakech... Je suppose que vous avez de la famille là-bas. Ou au moins des amis.

Personne ne va à Marrakech à moins de devoir y retrouver quelqu'un. Et ils sont tous français là-bas, vous savez. Quelqu'un vous attend à Marrakech ?

— Oui, répondis-je avec, espérais-je, suffisamment d'assurance alors que je ne savais même pas si c'était la vérité.

Je ne le saurais qu'en arrivant à Marrakech. Soudain, je n'eus plus envie d'en entendre davantage ni de répondre à d'autres questions. Au lieu de me rassurer sur le fait que je pouvais, et que j'allais réussir – à effectuer seule ce voyage en Afrique du Nord –, cette conversation me plongeait plus encore dans la crainte et l'incertitude.

— Je vous en prie, ne vous sentez pas obligé de rester auprès de moi. Je me sens bien, vraiment. Et merci encore, ajoutai-je en tentant un sourire.

— Très bien, dit-il en se levant.

Était-ce du soulagement que je lus sur son visage ? Quelle image devait-il avoir de moi – si seule, si ignorante, si... désespérée. Avais-je l'air désespérée ?

Après son départ, je remarquai une famille espagnole avec trois enfants en bas âge assise en face de moi. Les enfants m'examinaient avec des yeux sombres et démesurés dans leur petit visage grave. La plus petite brandit une poupée minuscule, comme pour me la montrer.

Je fus submergée par une peine sourde et songeai qu'elle n'était due qu'à la soif et à l'inquiétude.

* * *

Le levant forcit encore, et la mer devint si mauvaise que je n'aurais su dire si nous avions fait demi-tour, comme l'avait évoqué l'Américain, ou si nous poursuivions notre traversée. Le ferry-boat luttait contre les vagues soulevées par le vent, et nous ne cessions de monter et de descendre avec une régularité qui me rendit plus malade encore que précédemment. Je n'étais pas la seule ; certains se précipitèrent sur le pont où ils devaient, imaginais-je, se pencher par-dessus la rambarde pour vomir, puis la petite fille espagnole se plia en deux et vida son estomac par terre. Sa mère lui essuya ensuite la bouche avec sa main puis la prit sur ses genoux en lui caressant les cheveux. L'odeur dans la salle empira, et la chaleur monta. Je portai ma manche à mon visage, heureuse maintenant de n'avoir rien mangé de toute la journée. Si seulement j'avais pensé à prendre une gourde d'eau sur moi, comme la plupart des autres passagers. Personne ne bougeait à présent, les corps se soulevaient et retombaient au rythme du bateau et dans le plus grand silence, contrairement à la cacophonie des voix qui avait présidé à leur départ d'Espagne. Même les enfants les plus jeunes se taisaient, à part la petite qui pleurnichait dans les bras de sa mère.

Une fois encore, j'imaginai le ferry-boat en train de chavirer. Et une fois encore, je pris conscience de la situation dans laquelle je m'étais mise en pensant si peu à la sécurité.

Un rouleau particulièrement violent me projeta contre la chaise vide voisine de la mienne, me vrillant la hanche tandis que mon coude heurtait le siège rigide. Comme d'autres, je ne pus réprimer un cri. Mais nul ne fit le moindre commentaire ; tous se contentèrent de se redresser et continuèrent de se taire. Je plaquai ma main sur ma bouche pour ravaler encore et encore la bile acide qui me montait à la gorge puis redescendait, faisant écho aux mouvements de la mer. Je fermai les yeux et m'efforçai, sans écouter les hurlements du vent qui mugissait autour des fenêtres du pont, de prendre de profondes inspirations apaisantes en faisant abstraction des relents de vomi qui émanaient de la flaque juste en face de moi.

Et puis, si lentement que je n'en eus pas conscience tout de suite, les mouvements du bateau s'apaisèrent. Je pus me redresser et ne vis plus le mouvement des vagues par les hublots. Le sol sous mes pieds redevint solide et familier, et mon ventre se calma.

Je commençais à me sentir rassurée quand l'un des Espagnols restés sur le pont ouvrit la porte et cria :

— *Tanger. Ya llegamos!*

Un murmure de soulagement se fit entendre. J'en déduisis que la ville était en vue et que nous approchions. Nous avions donc réussi à battre le levant de vitesse et l'avions laissé tourbillonner dans le centre du détroit. Je fermai les yeux avec gratitude et, lorsque je les rouvris, certains des enfants s'étaient précipités sur les hublots. Le brouhaha des langues commença comme un murmure et monta en intensité alors qu'une douce euphorie semblait parcourir la salle étouffante. Puis tout le monde se leva, s'étira et s'agita, bavardant tout en rassemblant marmaille et bagages. La famille en face de moi s'en alla, la mère portant la petite qui étreignait toujours sa poupée. Je me levai aussi, mais éprouvai aussitôt un vertige et des nausées, dus peut-être encore au tangage du navire, à ma soif persistante et à mon estomac vide ou à ma convalescence.

Je me rassis.

— Mademoiselle O'Shea ? Dommage que vous ne soyez pas montée sur le pont pour assister à notre arrivée. Tout à fait superbe avec le soleil... Oh, mais je vois que vous avez encore le mal de mer, constata l'Américain en se rembrunissant, et je sus que je devais avoir la figure moite et blême. Puis-je vous aider à trouver...

Je secouai la tête pour lui couper la parole. Même si son offre était tentante, je me sentais gênée par ma propre faiblesse.

— Non, non, merci. Je vais juste me reposer encore un peu et puis ça va aller. Merci infiniment. Vous avez été si gentil. Mais je vous en prie, ne vous en faites pas pour moi. J'insiste.

— Fort bien, dit-il. Mais faites attention aux escrocs. Ils pullulent dans le port. Prenez *un petit taxi** ou, s'il n'y en a pas, une voiture à cheval. Et payez la moitié de ce qu'ils réclament. La moitié. Ils vous débiteront toute une histoire sur leurs dix enfants affamés et leur mère malade, mais soyez ferme. Ne payez pas plus de la moitié, répéta-t-il.

J'opinai du chef, souhaitant à présent qu'il s'en aille au plus vite afin de pouvoir fermer les yeux et chasser le vertige.

— Eh bien, au revoir alors, mademoiselle O'Shea. Je vous souhaite bonne chance. Vous en aurez besoin si vous partez vraiment à Marrakech toute seule.

Puis il s'éloigna d'un pas lent et pesant.

Au bout de quelques minutes, comme je n'entendais plus que des cris étouffés en provenance des quais, je me levai en chancelant dans la salle déserte et sortis sur le pont, dans la douceur du soleil. À peine eus-je franchi la porte que je me sentis mieux ; l'air était limpide et embaumait la mer et aussi quelque chose d'autre, une odeur acidulée, les agrumes peut-être. En tout cas, c'était une odeur saine que je humai à pleins poumons, me sentant plus solide à chaque respiration. Je cherchai ce que je pouvais découvrir de Tanger.

Le spectacle était effectivement superbe, comme l'avait annoncé l'Américain. On avait l'impression de se trouver à l'entrée d'un amphithéâtre, les maisons blanches se dressant le long du port au milieu d'une mer de palmiers. Des minarets, rutilants sous les rayons du soleil, dominaient l'ensemble. Il se dégageait de tout cela une beauté exotique, très différente des ports industriels et grouillants de New York ou de Marseille. Je contemplai les palmes agitées par le vent, puis, détachant mon regard de la ville, j'examinai les gens qui circulaient sur les quais. Il n'y avait que des hommes – où étaient les femmes ? – et je crus pendant un instant qu'ils étaient tous moines... mais comment était-ce possible ? Tanger n'était-elle pas une cité musulmane ? Puis je compris instantanément mon erreur. Les hommes s'habillaient tout simplement avec de longues robes à capuchon. Comment les appelait-on, déjà ? Le terme m'échappait. Je supposai que ce capuchon, très large de part et d'autre du visage, servait à les protéger du soleil, à moins que ce ne fût seulement une coutume.

Pour une raison inexplicable, ces simples silhouettes encapuchonnées dont on ne distinguait pas la figure me donnèrent soudain un mauvais pressentiment.

J'étais une étrangère ici, sans personne pour m'accueillir.

* * *

---

* En français dans le texte, comme tous les italiques suivis d'un astérisque. (*N.d.T.*)

Je traversai la passerelle en m'accrochant à la corde épaisse et rugueuse qui courait sur le bord.

Il n'y avait ni garde ni douane. Je savais que Tanger était un port libre, une zone franche appelée protectorat international, et qu'il n'y avait aucune restriction concernant ceux qui entraient ou sortaient du territoire.

J'atteignis l'extrémité de la passerelle et repérai mes bagages, mouillés d'être restés sur le pont, mon nom à la craie pratiquement effacé. Les deux gros sacs trônaient, isolés; j'étais la dernière passagère à quitter le ferry-boat. Je m'en approchai en me demandant comment j'allais faire pour les soulever quand un petit homme sombre coiffé d'un turban blanc et sale enroulé sur sa tête comme un nid d'oiseau vint vers moi en tirant un pauvre âne gris attelé à une charrette. Il me parla dans une langue inconnue et je secouai la tête. Puis il s'exprima en français pour me demander où je voulais aller.

— À l'*Hôtel Continental, s'il vous plaît**, lui dis-je, n'en connaissant pas d'autre.

Il eut un hochement de tête et tendit la main, paume en l'air, en m'indiquant un prix en monnaie française. Je repensai à l'avertissement du gros Américain. *On a intérêt à avoir les idées claires quand on séjourne dans cette région du monde.* Et si cet homme, apparemment si conciliant, n'avait aucunement l'intention de me conduire à l'hôtel? S'il m'entraînait dans quelque lieu secret? Et m'y laissait en s'enfuyant avec mes bagages et mon argent?

Ou pis encore.

L'énormité de ce que j'avais entrepris – venir jusqu'ici sans personne à appeler au cas où j'aurais besoin d'aide – m'assaillit de nouveau.

Je regardai l'homme, puis la foule grouillante des autres hommes. Certains me dévisageaient ouvertement, d'autres passaient rapidement, tête baissée. Avais-je le choix?

Je m'humectai les lèvres et proposai la moitié du prix que l'homme avait demandé. Il se frappa la poitrine, fronça les sourcils et secoua la tête, débitant des phrases dans sa langue incompréhensible avant de donner un nouveau prix en français, à mi-chemin entre sa première offre et la mienne. Il évitait de croiser mon regard, et je ne savais si c'était parce qu'il était fourbe ou timide. Je repensai au risque que je prenais en lui faisant confiance et me laissai aller à un nouveau dilemme intérieur. Je me sentais un peu hébétée à cause de la chaleur et savais que je ne pourrais pas porter mes valises plus de quelques pas. Je cherchai les pièces dans mon sac. En les déposant dans la paume de l'homme, je m'aperçus avec un petit sursaut de surprise que j'avais de la saleté sous les ongles.

Ce continent obscur s'était donc immiscé en moi dès mes premiers pas sur son sol.

L'homme souleva mes bagages avec une facilité déconcertante pour les mettre à l'arrière de la charrette. Il me désigna le banc à l'avant, et je montai à côté de lui. Il fit alors claquer doucement les rênes sur le dos de l'âne, et la charrette s'ébranla. Je respirai un bon coup.

— L'*Hôtel Continental**, dit l'homme, comme pour confirmer notre destination.

— *Oui, merci**, répliquai-je en m'adressant à son profil avant de regarder droit devant moi.

J'étais arrivée en Afrique du Nord. Il me restait encore bien des kilomètres à parcourir, mais j'avais au moins réussi à venir jusque-là – au début de la dernière partie de ce long voyage.

Je me trouvais à Tanger, et l'architecture de la ville, le visage des gens, leur langue, leurs vêtements, la végétation, les odeurs et jusqu'à l'air que je respirais m'étaient tous étrangers. Il n'y avait rien ici pour me rappeler chez moi – le petit coin tranquille d'où je venais, à Albany, dans l'État de New York.

Mais en jetant un coup d'œil en arrière, en direction du ferry-boat, je compris qu'il ne restait plus rien pour moi en Amérique non plus – plus rien ni personne.

Chapitre deux

Je naquis le premier jour du siècle, soit le 1er janvier 1900, et ma mère me prénomma Sidonie, comme sa grand-mère québécoise. Mon père aurait préféré Siobhan, en souvenir de sa propre mère, depuis longtemps ensevelie dans le sol irlandais, mais il se rangea au désir de ma mère. Mis à part leur religion commune, mon grand échalas de père irlandais et ma toute petite mère canadienne française formaient un couple improbable. J'arrivai très tard dans leur vie : ma naissance survint en effet dix-huit ans après leur mariage, alors que ma mère avait trente-huit ans et mon père quarante. Ils ne s'attendaient plus à un tel cadeau, et j'entendis chaque jour ma mère remercier le Seigneur dans ses prières, m'appelant son miracle. Lorsque nous étions seules elle et moi, nous parlions en français ; dès que mon père entrait, nous passions à l'anglais. J'adorais parler français. Enfant, je ne savais comment décrire la différence entre les deux langues, mais ma mère me raconta plus tard que je trouvais que les mots français *frisaient* davantage sur ma langue.

En fait, lorsque j'étais petite, je me prenais réellement pour un miracle. Mes parents n'avaient cessé de me le faire croire : que je ne pouvais pas me tromper, que tout ce que je désirais finirait par se réaliser. Ils ne pouvaient pas m'offrir grand-chose en termes de biens matériels, mais ils m'ont donné de l'amour.

Et ils m'ont donné le sentiment d'être quelqu'un à part.

* * *

Durant tout le printemps exceptionnellement doux de l'année 1916 – juste après l'anniversaire de mes seize ans –, je me crus amoureuse de Luke McCallister, le garçon qui travaillait à la coopérative de Larkspur Street. Toutes les filles de ma classe aux Saints-Noms-de-Jésus-et-Marie parlaient de lui depuis qu'il s'était installé dans le quartier, quelques mois plus tôt.

Nous nous disputions pour savoir qui serait la première à qui il s'adresserait, avec qui il irait faire un tour ou manger une glace.

— Ce sera moi, assurai-je à Margaret et à Alice Ann, mes meilleures amies.

Je m'étais maintes et maintes fois représenté la scène dans ma tête. Aucun doute, il ne tarderait pas à me remarquer.

— Je vais me débrouiller pour attirer son attention. Vous verrez.

— Ce n'est pas parce que tout le monde veut toujours danser avec toi que tu es le seul centre d'intérêt, Sidonie, déclara Margaret, le menton relevé.

— Peut-être pas, dis-je en souriant. Mais...

Je repoussai mes cheveux avec mes doigts, me précipitai devant elle et me retournai pour marcher à reculons en leur faisant face, les mains sur les hanches.

— Vous allez voir, ajoutai-je. Vous vous rappelez Rodney ? Vous ne m'avez pas crue quand je vous ai dit qu'il m'emmènerait sur la grande roue à la foire, l'an dernier. Mais il l'a fait, non ? Il n'a choisi personne d'autre que moi. Et on y est allés deux fois.

— C'est juste parce que ta mère est copine avec la sienne, protesta Alice Ann avec un haussement d'épaules. Je parie que Luke invitera Margaret. Surtout si elle porte sa robe rose. Tu es magnifique en rose, Margaret, ajouta-t-elle.

— Non, Alice Ann, c'est toi qu'il invitera, dit Margaret, à qui le commentaire d'Alice Ann avait visiblement fait plaisir.

— Pensez ce que vous voulez, dis-je en riant maintenant. Pensez ce que vous voulez, mais il sera à moi.

Elles rirent avec moi.

— Oh ! Sidonie, dit Alice Ann, tu fais toujours de ces trucs...

Margaret et elle me rattrapèrent. Nous marchâmes toutes les trois, bras dessus bras dessous, en nous appuyant les unes sur les autres pour remonter la rue étroite, nos hanches et nos épaules se touchant tandis que nous accordions nos pas.

Nous étions amies depuis le cours préparatoire, et elles comptaient toujours sur moi pour les taquiner et les surprendre.

* * *

Je trouvais toutes les raisons d'arpenter Larkspur Street, attendant que Luke regarde dans ma direction alors qu'il soulevait ses lourds sacs de grain avec une apparente facilité. Je répétais ce que j'allais lui dire, cherchais les mots pour m'extasier sur la force qu'il lui fallait pour donner l'impression que ces sacs étaient remplis de plumes. Je coulais des regards dans sa direction, imaginant la fermeté de ses muscles luisants sous mes mains, sur mon corps.

Je savais par les sermons des sœurs des Saints-Noms-de-Jésus-et-Marie qu'il était mal de songer aux désirs de la chair et que l'on devait lutter pour ne pas s'y adonner, mais je me trouvais aussi incapable de m'y opposer que de pouvoir changer la succession des saisons.

* * *

Par un dimanche moite de début juin, à l'église de Notre-Dame-de-la-Pitié, je priai la Sainte Vierge pour que Luke tombe amoureux de moi avec une telle ferveur que j'eus soudain l'étrange sensation de quitter mon corps. Le matin, je m'étais réveillée avec la nuque raide et un tel mal de tête que j'en avais l'estomac retourné. J'avais supplié ma mère de me laisser à la maison, mais elle avait refusé.

J'essayais assez régulièrement d'échapper à la messe.

Sur les deux kilomètres qui nous séparaient de Notre-Dame, ma mère me somma plus d'une fois de ne pas traîner, mais j'avais l'impression de marcher immergée dans l'eau et de lutter contre le courant. Une fois à l'intérieur de l'église obscure, où que je pose les yeux, la lumière qui filtrait par les vitraux formait un étrange et superbe vortex multicolore.

Mon corps, habituellement leste et agile, me sembla lourd et maladroit lorsque je m'agenouillai près de ma mère, et c'est à ce moment-là, mes mains à peine jointes, que tout se brouilla. Le rosaire cliquetant entre les doigts gonflés de ma mère m'apparut comme une chaîne de petites créatures bien vivantes, le parfum de l'encens était tellement puissant qu'il me rendit plus nauséeuse encore, et les incantations du père Cecil étaient aussi confuses que s'il s'était exprimé dans une langue étrangère. Ma nuque me faisait mal dès que je tentais de baisser la tête pour prier, aussi me contentai-je de fixer les yeux sur les saints alignés le long des murs, pieux et tourmentés dans leurs niches étroites. Leur peau de marbre luisait, couleur d'albâtre et de perle, et, lorsque je levai le regard vers la Sainte Vierge, je vis des larmes pareilles à du verre sur ses joues. La Vierge entrouvrit les lèvres, et je me penchai en avant, le menton posé sur mes bras contre le dossier du banc juste devant moi, les genoux gourds sur le dallage de pierre.

Oui, Sainte Vierge, oui, implorai-je, *dis-moi quoi faire. Dis-moi comment faire pour être aimée de Luke. Comment lui plaire ? Je t'en supplie, Sainte Vierge, dis-le-moi.*

Je dus fermer les yeux tant la lumière devint aveuglante dans l'église, mais à travers mes paupières closes, je vis la Vierge Marie me tendre les bras. Puis, sans le moindre effort, je m'envolai vers elle. Je m'élevai au-dessus de la nef et du confessionnal, des rangées de bancs, des enfants de chœur, des cierges. Le père Cecil tenait la chaire, le dos légèrement voûté sous sa soutane, et les fidèles avaient tous la tête baissée. Alors je vis mon propre corps, curieusement effondré de côté. L'église irradiait la félicité, blanche et lumineuse. Je savais que la Sainte Vierge avait entendu ma prière et avait estimé que oui, je méritais qu'elle soit exaucée.

Elle me permit de voir le visage de Luke, puis je cessai de voler pour choir, sans crainte car mon corps semblait aussi libre que les pétales de rose qui pleuvent dans la brise du soir. Je tombais avec la lenteur d'un diamant dans l'eau calme, ou d'une étoile dans un ciel splendide et sombre. Je tombais vers Luke, qui ouvrit les bras pour me recevoir, un sourire doux sur ses lèvres merveilleuses.

Je lui souris aussi, mes lèvres s'écartant pour toucher les siennes, les couleurs, la chaleur et la lumière ne faisant plus qu'un, et je fus submergée par une extase que je n'avais jamais connue.

* * *

Je me réveillai dans ma petite chambre. La lumière était encore trop vive ; elle me blessa les yeux lorsque je battis des paupières pour essayer de mieux voir.

Une femme en robe blanche se tenait près de la fenêtre et fredonnait ma berceuse préférée. Je ne l'avais pas entendue depuis ma petite enfance. *Dodo, l'enfant do**.

Je crus qu'il s'agissait d'une nouvelle vision de la Vierge Marie qui reprenait la berceuse française que me chantait ma mère pour me calmer quand j'étais petite. Puis la femme s'écarta de la fenêtre et vint se pencher au-dessus de moi. Je découvris alors, avec déception, que ce n'était que ma mère. Mais son visage n'était pas comme d'habitude ; elle était différente, beaucoup plus vieille. J'eus un instant le sentiment d'avoir dormi des mois, voire des années.

— *Ah, ma petite Sido**, dit-elle, et sa voix me parut tout aussi altérée que son visage.

Elle était comme enrouée et sonnait comme si ma mère parlait à travers un tissu épais.

Je voulus ouvrir la bouche, mais mes lèvres restèrent collées. Ma mère les humecta doucement avec un linge humide puis introduisit une paille entre mes dents.

— Tiens, bois, dit-elle, et j'obéis, le breuvage m'apparaissant si frais et parfumé que j'eus l'impression de goûter de l'eau pour la première fois de ma vie.

Mais l'effort que me demanda le simple fait d'avaler fut tel que je dus fermer les yeux. Je me rendormis certainement car, lorsque je les rouvris, la lumière avait changé dans la chambre. Elle était plus douce, plus chargée d'ombres, et je voyais les choses plus clairement. Ma mère était encore – ou à nouveau – près de moi, mais maintenant, curieusement, mon père se trouvait de l'autre côté de la fenêtre ouverte et regardait à l'intérieur.

— Papa ? murmurai-je. Pourquoi restes-tu dehors ?

Son visage se crispa et son menton se mit à trembler de la plus curieuse façon. Je compris soudain qu'il pleurait. Il porta la main à son front dans un geste qui ressemblait à une défaite.

— Qu'est-ce qui ne va pas ? demandai-je en tournant lentement les yeux de lui vers ma mère avant de revenir vers mon père.

— C'est la paralysie infantile, ma petite, répondit-il.

Je m'efforçai de comprendre. Je n'étais plus une petite fille, mais je voyais ce qu'était la paralysie, et, bien que ce mot fît naître en moi un frisson d'horreur, je me sentais trop faible pour réagir autrement qu'en refermant les yeux.

* * *

Cet été-là, l'épidémie de poliomyélite de 1916 ravagea tout l'État de New York. Bien que les médecins fussent à même de l'identifier, ils semblaient incapables d'en arrêter la propagation ou d'en soigner les effets. La plupart de ceux qui furent atteints par la maladie étaient des enfants de moins de dix ans ; d'autres, comme moi, étaient plus âgés. Personne ne savait où elle avait commencé, même si beaucoup prétendaient qu'elle avait été apportée par des immigrants.

De nombreux malades moururent. Et j'appris par mes parents que je faisais partie des plus chanceux. *C'est un autre miracle*, avait murmuré ma mère à mon oreille le premier jour où j'avais réellement compris ce qui m'arrivait. *Un autre miracle, comme tu en as été un, Sidonie. Nous devons prier pour remercier le Seigneur.*

Il était déjà connu que la polio était contagieuse ; j'étais donc maintenue en quarantaine. Ma mère resta avec moi car elle se trouvait avec moi lorsque j'étais tombée malade, mais mon père fut plusieurs semaines avant d'être autorisé à revenir à la maison. Il ne pouvait se permettre de quitter sa place de chauffeur chez l'une des familles nanties qui habitaient notre comté.

Margaret, Alice Ann et d'autres amies de l'école laissaient de petits cadeaux pour moi – un livre, un sucre d'orge, un ruban à cheveux – sous notre porche, au pied de la porte sur laquelle était placardé un papier officiel pour signaler la quarantaine. Durant ces premières semaines, ma mère ne cessa de répéter que j'irais bientôt mieux, que la force allait me revenir dans les jambes. Ce n'était qu'une question de temps, assurait-elle. Elle suivait les recommandations données par l'infirmière des services de santé, confirmées par le médecin qui m'avait examinée. Elle me baignait quotidiennement les jambes dans une préparation de poudre d'amandes, concoctait un nombre infini de cataplasmes de camomille, d'orme rouge, de moutarde et autres huiles essentielles malodorantes qu'elle m'appliquait, très chauds, sur les jambes. Elle me massait les cuisses et les mollets. Lorsque j'eus la force de m'asseoir quelques instants, elle tira mes jambes étrangement lourdes au bord du lit et me passa un bras autour de la taille pour m'aider à me lever, mais on aurait dit que mes jambes ne m'appartenaient pas. Elles refusèrent de me soutenir et je pleurai de colère et de frustration.

— Quand irai-je mieux ? ne cessais-je de demander, pensant qu'il me suffirait de me réveiller un beau matin, de repousser les couvertures et de sortir de ma chambre d'un pas alerte, comme avant.

— Bientôt, Sido, bientôt, me répondait ma mère. Tu te souviens comme tu courais dans le jardin quand tu étais petite, en faisant semblant d'être une princesse pareille à celles de tes livres ? Tu te souviens que tu tourbillonnais avec ta robe qui se gonflait comme une belle fleur ? Tu redeviendras comme ça, Sidonie. Une princesse. Une belle fleur. Ma belle fleur à moi, mon miracle.

Le fait qu'elle ait les yeux embués en me disant ces choses ne me poussait qu'à croire à sa conviction.

Durant ces premiers mois, je pleurais souvent – des larmes d'impatience, des larmes de déception, des larmes d'apitoiement sur moi-même. Mes parents compatissaient et faisaient tout ce qu'ils pouvaient – par des paroles et par des actes – pour m'aider à me sentir mieux. Il me fallut longtemps pour comprendre quel effort cela devait représenter pour eux : faire bonne figure alors qu'ils étaient aussi détruits et désespérés que moi.

Au bout d'un certain temps, je me lassai d'avoir mal aux yeux et à la tête à force de pleurer et, un beau jour, je cessai tout simplement de verser la moindre larme.

Une fois la quarantaine terminée et quand je me sentis mieux, mes amies vinrent me voir. C'était le début de la nouvelle année scolaire et, lors de ces premières visites, tandis que ma vie m'apparaissait comme un crépuscule étrange et dérangeant dont je n'arrivais pas à me réveiller, j'écoutai leurs récits avec des hochements de tête et m'imaginais à l'école avec elles.

Chaque vendredi, ma mère allait chercher les devoirs à faire aux Saints-Noms-de-Jésus-et-Marie, et les rapportait le vendredi suivant. En m'aidant des manuels, je pouvais apprendre les leçons et faire les exercices demandés.

Un vendredi, avec mes nouveaux devoirs, ma mère me remit une enveloppe fermée d'une sœur qui avait été mon professeur. Je l'ouvris et en tirai une lettre des plis de laquelle une petite carte de prière bordée d'or tomba sur la couverture.

L'écriture de la religieuse, pattes de mouche serrées qui donnaient le sentiment que chaque lettre avait eu du mal à jaillir de la pointe de la plume, était difficile à déchiffrer.

Ma chère Sidonie. Tu ne dois pas désespérer. Ceci est la volonté de Dieu. Tu étais prédestinée à subir cette épreuve. Ce n'est qu'une épreuve de la chair; Dieu t'a trouvée perfectible, et Il t'a choisie. D'autres sont morts, mais pas toi. C'est la preuve que Dieu te protège pour quelque chose, et qu'Il t'a aussi confié ce fardeau, que tu porteras toute ta vie. Il t'a montré ainsi que tu occupes une place spéciale dans Son cœur.

Puisque tu es désormais infirme, Dieu te portera, et tu Le connaîtras avec une intensité que ceux qui ont tout leur corps ne connaîtront jamais.

Tu dois prier, et Dieu répondra à tes prières. Moi aussi, je prierai pour toi, Sidonie.

Sœur Marie-Gregory

Mes mains tremblaient lorsque je repliai la lettre pour la remettre dans l'enveloppe avec la carte de prière.

— Qu'y a-t-il, Sidonie ? Tu es toute pâle, me dit ma mère.

Je secouai la tête en glissant soigneusement l'enveloppe entre les pages d'un manuel. *Désormais infirme*, avait écrit la religieuse, *toute ta vie.*

Même si sœur Marie-Gregory avait écrit que j'occupais une place spéciale dans le cœur de Dieu, j'avais conscience, avec le martèlement sourd et écœurant de la réalité, que, contrairement à ce que m'avait assuré ma mère, cela ne voulait pas dire qu'Il me laisserait remarcher un jour. Mais j'étais aussi certaine que la polio n'était pas une épreuve que Dieu m'avait envoyée, comme l'écrivait la sœur. Moi seule savais pourquoi j'avais attrapé cette maladie. C'était pour me punir de mes mauvaises pensées.

Depuis que Luke McCallister était arrivé à Larkspur Street, j'avais cessé de prier pour que mes propres écarts me soient pardonnés. Je n'envoyais plus de pensées cherchant à apaiser ceux de notre communauté qui étaient malades ou mourants. Je n'avais pas prié pour la fin de la Grande Guerre. Je n'avais pas prié pour les enfants bruns affamés des terres lointaines. Je n'avais pas prié pour que les mains de ma mère la fassent moins souffrir ni pour que mon père puisse dormir sans être assailli par ses vieux cauchemars où il revoyait le cercueil flottant qui l'avait amené en Amérique.

Au lieu de tout cela, j'avais prié pour qu'un garçon me presse dans ses bras, pour qu'il pose ses lèvres sur les miennes. J'avais prié pour connaître le mystère d'un corps d'homme contre le mien. J'avais exploré mon propre corps, avec ses désirs et ses troubles inexpliqués, en m'imaginant que mes mains étaient celles de Luke McCallister. J'avais commis l'un des sept péchés capitaux – la luxure – et c'était pour cela que j'étais punie.

* * *

Une semaine après la lettre de la sœur, je reçus une nouvelle visite du médecin des services de santé publique. J'étais bien réveillée cette fois, et lus sur son visage qu'il avait vu beaucoup trop de victimes de la polio en beaucoup trop peu de temps. Visiblement las et s'exprimant avec des soupirs résignés, il abonda, après avoir examiné mes jambes, testé mes réflexes et m'avoir fait faire quelques exercices simples, dans le sens de la prédiction écrite par sœur Marie-Gregory. Il me dit, alors que mes parents se tenaient derrière moi, la figure grise de chagrin, que je ne remarcherais jamais et que le mieux que je puisse espérer était de passer ma vie dans un fauteuil roulant. Il ajouta que je devais m'estimer heureuse que la maladie n'ait affecté que mes membres inférieurs et que je m'en sortais mieux que beaucoup d'enfants restés entièrement paralysés.

Après la visite du médecin, je me remis à prier, mais cette fois sans penser du tout à Luke McCallister.

Mon Père qui êtes aux cieux, Marie pleine de grâce, répétais-je sans cesse, semaine après semaine, mois après mois. *Si Vous me laissez remarcher, je n'entretiendrai plus que des pensées pures. Je ne céderai plus jamais aux désirs de mon corps.*

* * *

Durant toute cette première et interminable année, je fus clouée au lit, redressée contre des coussins. J'avais mal au dos dès que je restais assise plus de quelques minutes. Margaret et Alice Ann continuèrent de venir me voir, mais ce n'était plus comme avant. Je me rendis bientôt compte que ces filles avec qui j'avais tant ri et partagé tous mes secrets et mes rêves avaient, au cours de ces quelques mois, grandi en taille et en éclat alors que je m'étais ratatinée et avais perdu toute couleur. Je les écoutais, mais maintenant, au lieu de me redonner courage, leurs histoires me faisaient encore plus cruellement mesurer tout ce que je manquais dans la vie. Il devint rapidement manifeste qu'elles le sentaient aussi car elles se mirent à parler avec plus de circonspection, s'interrompant parfois au milieu d'une anecdote sur ce que quelqu'un avait dit ou fait à l'école, ou en parlant d'un bal à venir ou de qui avait le béguin pour qui, comme si elles prenaient soudain conscience elles aussi qu'elles me rappelaient une vie qui n'était plus la mienne. Qui ne serait plus jamais la mienne. Des silences pénibles s'ensuivaient durant lesquels elles échangeaient des regards qui me semblaient chargés de désespoir, d'impatience ou d'un total ennui. Au bout de quelque temps, je finis par redouter les coups frappés à la porte d'entrée. Je ne voulais plus voir ma mère se lever trop précipitamment ni me sourire avec espoir pour aller ouvrir. Je me sentais gênée par la façon dont elle s'affairait en apportant des chaises de cuisine dans ma chambre pour les filles, puis un plateau chargé de verres de limonade avec une assiette de biscuits ou de tranches de cake. Pour la première fois, je me sentais gênée par son accent et sa voix un peu trop forte tandis qu'elle essayait de mettre mes invitées à l'aise, ou peut-être de les inciter à rester un peu plus longtemps et à revenir. Elle leur parlait plus que je ne le faisais ; j'avais peu de choses à raconter. Ma vie se limitait à présent aux murs de ma chambre.

Les visites s'espacèrent. Même si je savais que ma solitude forcée attristait ma mère, je fus soulagée quand, après un mois passé sans que personne ne vienne frapper à la porte, je sus que je n'aurais plus à endurer d'autres après-midi tendus.

* * *

Chaque semaine, après être allée chercher mes devoirs, ma mère faisait encore tout le chemin jusqu'à la bibliothèque de Weatherstone Street. Elle y empruntait pour moi les quatre ouvrages maximum autorisés. Peu importait ce qu'elle prenait : je lisais tout. Mon père m'acheta une boîte d'aquarelles, des pinceaux, du papier crème et un livre de photographies des fleurs de l'État de New York, et il m'encouragea à peindre. Il me rappela qu'enfant, j'étais douée pour le dessin, et qu'un de mes professeurs leur avait dit, à ma mère et à lui, que j'avais un sens étonnant des couleurs, des formes et de la perspective. On ne m'avait jamais répété ces propos à l'époque, et je fus très étonnée de les entendre. Même si j'avais toujours aimé le dessin et la peinture pendant nos cours hebdomadaires, je n'avais jamais eu la patience de rester longtemps assise, préférant courir dehors.

Mes parents m'offrirent aussi une petite chatte rousse. Je la baptisai Cinabre et m'aperçus assez vite qu'elle était sourde car elle ne réagissait à aucun son, petit ou grand. Mais cela n'avait pas d'importance ; peut-être même l'en aimai-je davantage. Son ronronnement incessant et la douceur de sa chaude fourrure sous mes doigts me réconfortaient pendant que je lisais ou me contentais de regarder par la petite fenêtre en face de mon lit en essayant de me remémorer comment c'était de marcher ou de courir.

Mes parents achetèrent également un phonographe et des cylindres du *Peer Gynt* de Grieg, avec ses deux suites en quatre mouvements. Mon père passait l'un des cylindres le matin, en se préparant pour aller travailler, et je me réveillais aux accords de la Danse d'Anitra, de la Chanson de Solveig ou dans l'Antre du Roi de la Montagne.

Un beau jour, ma mère demanda à mon père de déplacer la vieille banquette qui se trouvait sous la véranda dans la cuisine afin que nous puissions être ensemble dans la journée, pendant qu'elle cousait sur la table.

Chaque matin, avant de partir travailler, mon père me portait donc sur ce lit improvisé. Ma mère mettait le gramophone et les cylindres sur une petite table près de moi ; je pouvais l'atteindre si l'envie me prenait d'écouter du

Grieg. Elle disposait aussi les livres et la peinture à côté, et installait Cinabre sur la banquette. Puis elle tirait une chaise en bois devant la table et travaillait sur la machine à coudre mécanique pour appliquer des poches, des manches, et fixer des ourlets de vestons pour une petite entreprise qui la payait à la pièce. Je lisais, peignais et jouais avec Cinabre. Au bout de quelque temps, elle me confia le bâti des assemblages et, quand elle commettait une erreur, c'était à moi de découdre les points incorrects. Elle put ainsi terminer plus de vestons qu'auparavant.

Quand je ne faisais pas tourner le Gramophone, ma mère chantait en travaillant, des chansons françaises qu'elle avait apprises durant son enfance au Québec. D'autres fois, elle me demandait de lire tout haut pour elle. Ces lectures étaient déjà devenues une habitude lorsque je m'aperçus que les livres qu'elle rapportait de la bibliothèque étaient des livres qu'elle aurait lus si elle en avait eu le temps. Certains étaient en français. Je devais m'exprimer d'une voix forte pour couvrir le cliquetis rythmé de la machine à coudre, aussi, pour rendre les choses plus amusantes, commençai-je à prendre les voix des personnages. Parfois, quand je lisais un passage particulièrement émouvant, excitant ou amusant, les mains de ma mère s'immobilisaient et elle levait les yeux vers moi, la tête penchée de côté, avec une expression de surprise, d'inquiétude ou de contentement, selon l'histoire.

— Tu as une voix si agréable, Sidonie, me dit-elle un jour. Si expressive et mélodieuse. Tu aurais pu...

Elle s'interrompit brusquement.

— J'aurais pu quoi ? demandai-je en posant soigneusement le livre sur mes genoux.

— Rien du tout. Continue, s'il te plaît. N'arrête pas de lire.

Mais soudain, je n'y arrivais plus. L'expression « tu aurais pu » m'avait heurtée avec une telle force que je fus incapable de poursuivre.

Tu aurais pu. Qu'est-ce qu'elle allait dire ? Se rappelait-elle que quand j'étais plus jeune, vers l'âge de dix ans peut-être, j'avais annoncé que je deviendrais une actrice célèbre et qu'ils viendraient me voir sur les scènes de Broadway ? Je songeai à tous les projets que Margaret, Alice Ann et moi avions faits : nous devions partir un jour nous installer à New York, vivre ensemble tout en haut d'un immeuble sans ascenseur et trouver du travail chez Saks, sur la Cinquième Avenue, où nous vendrions de superbes gants de peau ou des parfums divins aux dames élégantes qui arpentaient les allées du grand magasin. Margaret allait régulièrement à New York avec sa mère, et c'est elle qui m'avait parlé des pièces de Broadway et des grands magasins.

Mais bien entendu, maintenant, aucun de ces rêves ne se réaliserait. Ils n'étaient pas pour une fille qui ne pouvait pas quitter son lit. Pas même pour une femme qui se déplacerait en fauteuil roulant. Je ne pourrais jamais vivre tout en haut d'un immeuble sans ascenseur. Je ne pourrais même jamais vivre dans une maison avec un escalier. Je ne pourrais jamais me tenir derrière un comptoir pour vendre des gants ou du parfum.

Qu'est-ce que je serais alors ? Qu'allais-je devenir ? Une petite voix glacée s'insinuait en moi, me rappelant les pattes de mouche noires de sœur Marie-Gregory qui m'annonçaient que j'étais infirme. Je découvrais soudain que ma vie entière pourrait se limiter à cette banquette, cette cuisine, à cette maison et son jardin.

Toute la semaine suivante, je racontai à ma mère que j'avais la migraine et ne voulais pas quitter ma chambre. Je la priai de fermer les rideaux en prétendant que la lumière me blessait les yeux et que la musique des cylindres me perçait les tympans. Elle s'assit près de moi, posant sa main fraîche aux doigts légèrement déformés sur mon front.

— Tu veux que je fasse venir le docteur ? Que se passe-t-il, Sidonie ? Ton dos te fait-il souffrir de nouveau ?

Je me dérobai à son contact. Qu'est-ce qui me rendait malade comme ça ? Le simple fait que j'avais vu la porte se refermer sur mon avenir. Rien de plus.

Je lui reprochais de m'avoir fait soudain comprendre cela avec ces trois mots tout simples : *tu aurais pu*. La voix froide et insensible qui résonnait dans ma tête me répétait à présent que plus rien ne valait la peine de faire le moindre effort. Je cessai de peindre, prétendant que cela ne m'intéressait plus. Je cessai d'aider ma mère, prétendant qu'il m'était trop difficile de défaire les petits points serrés ; mes yeux avaient peut-être eux aussi été atteints par la polio. Je cessai de lui faire la lecture, prétendant que cela me faisait mal à la gorge. Je me détournais de son regard, attentif et intelligent.

Ce n'était pas de sa faute, j'en avais pleinement conscience. Et je ne voulais pas qu'elle apprenne la vérité. Je ne voulais pas la blesser davantage en lui disant qu'elle m'avait par inadvertance ouvert les yeux. J'aurais sans doute fini par y voir clair – une semaine plus tard, ou un mois peut-être.

Mais je ne l'avais pas fait. C'était elle qui m'avait montré la vérité, et je lui en voulais.

* * *

Pendant que, deux fois par jour, ma mère repoussait les couvertures pour masser mes jambes inutiles, leur faisant exécuter les exercices que lui avait montrés l'infirmière des services de santé, je regardais le plafond. Elle pliait et étirait, pliait et étirait. Je savais que cela ne servait à rien, mais voyais qu'elle avait besoin de croire qu'elle empêchait mes jambes de s'atrophier. Elle serrait les lèvres, et ses mains déformées par l'arthrite

– qui devaient la faire souffrir encore plus qu'auparavant à cause de l'effort supplémentaire fourni – semblaient trouver de nouvelles forces.

À présent, quand je lui disais que j'avais besoin du bassin métallique conservé sous le lit, et qu'avec son aide, je faisais de mon mieux pour soulever le poids mort et détestable qu'étaient devenues mes jambes, je n'arrivais pas à la regarder en face. J'avais l'impression de lire de la pitié dans ses yeux, de voir un faux entrain animer son visage, comme si cela ne la gênait pas d'avoir à vider le bassin souillé. Je l'imaginais répétant ces gestes jusqu'à la fin de ses jours.

Je finis cependant par reprendre ma place sur la banquette, dans la cuisine, car l'ennui de ma chambre me donnait envie de hurler. Je prétendis que je me sentais mieux et me remis à aider ma mère et à lui faire la lecture : tout plutôt que de rester couchée seule dans ma chambre.

Je ne sais si mes parents avaient conscience que quelque chose avait changé, que quelque chose s'était peut-être brisé en moi. Ils continuaient de se comporter comme avant.

Quand mon père rentrait pour le dîner et s'asseyait avec ma mère à la table de la cuisine, débarrassée de la machine à coudre et des piles de vestons, de manches et de poches, je prenais mon dîner sur un plateau. Mais à présent, au lieu de donner de petits bouts de nourriture à Cinabre ou de prendre part à la conversation de mes parents, je les observais en silence. Je contemplais la tête grisonnante de mon père, légèrement penchée au-dessus de son assiette, et les marques sur sa nuque, là où le col raide de son uniforme de chauffeur avait gravé une ligne rouge sombre. Le reste de son cou paraissait vulnérable par rapport à cette ceinture foncée.

Ma mère tenait son couteau et sa fourchette avec maladresse à cause de ses jointures noueuses et gonflées. Comme auparavant, ils parlaient de petites choses, des derniers potins et du prix du porc ou du thé. Ils parlaient aussi des horreurs sans fin de la Grande Guerre et de la crainte que nos garçons soient bientôt envoyés sur le front. Mais quand ils essayaient de me faire participer à la conversation, me demandant ce que je lisais, commentant le temps qu'il faisait ou me signalant qu'ils avaient croisé une de mes amies, je ne répondais que par monosyllabes ou expressions convenues.

Ils parlaient comme si le monde était le même qu'avant la polio. Avant *ma* polio.

J'avais envie de leur crier : *Mais vous ne voyez donc pas ? Comment pouvez-vous faire comme si rien n'avait changé ? Comment pouvez-vous rester assis là à discuter et manger, comme si de rien n'était ?*

Ma vie ne serait plus jamais la même. Je ne courrais plus jamais le long du chemin, cheveux au vent. Je ne m'assoirais plus jamais sur la balançoire, au fond du jardin, pour m'élever toujours plus haut vers le ciel en sentant le souffle agréable de l'air et le vertige délicieux quand je fermais les yeux et rejetais ma tête en arrière. Plus jamais je ne ferais de pirouettes devant un miroir sur une paire de jolies chaussures à hauts talons. Je ne flânerais plus dans une rue passante avec une amie pour admirer les vitrines tout en rêvant à ce que seraient nos vies. Je ne danserais plus jamais serrée dans les bras d'un garçon.

Je ne mènerais jamais une existence normale, et pourtant, mon père et ma mère agissaient comme s'ils n'y pensaient même pas. Ils feignaient d'ignorer le fait que je restais assise comme une poupée dans un coin de la cuisine, et je leur en voulais.

Je savais qu'ils m'aimaient, et qu'ils faisaient tout ce qui était en leur pouvoir pour me rendre la vie aussi agréable que possible. Mais je n'avais personne d'autre contre qui me fâcher. Je ne pouvais pas me mettre en colère contre Dieu – j'avais trop besoin de Lui à mes côtés. Alors je restais tranquillement fâchée contre eux, chaque fois qu'ils riaient, chaque fois qu'ils se tournaient vers moi en souriant. Chaque fois que ma mère me montrait un patron en me demandant si j'avais envie qu'elle me fasse une nouvelle robe. Chaque fois que mon père approchait un de mes dessins de la fenêtre et secouait la tête en disant qu'il se demandait d'où je tenais un tel talent.

La peinture elle-même ne me procurait plus de plaisir. J'en étais pourtant venue à aimer le contact du pinceau dans ma main, la façon dont les couleurs douces glissaient sur le papier épais, la manière dont je pouvais créer les ombres et la lumière d'un simple changement de pression subtil. J'aimais le sentiment d'accomplissement qui m'envahissait lorsqu'une image passait de mon esprit à mes mains pour émerger sur le papier vierge.

Ma seule petite satisfaction était de caresser Cinabre, de lui chuchoter des mots doux et de la tenir serrée contre ma poitrine comme si c'était un bébé et moi sa maman. Mais voilà encore un autre de ces « tu aurais pu ». Je ne serrerais jamais mon propre enfant dans mes bras.

À la fin de cette première année, j'étais devenue la nouvelle Sidonie, celle qui avait remisé tout espoir et tout rêve. Je voyais ceux-ci comme des lumières brillantes et clignotantes occultées par un couvercle de bois qui se serait refermé sur elles. Le couvercle de la boîte était dur et solide, impossible à bouger.

Chapitre trois

La deuxième année s'écoula et, lentement, des changements intervinrent. Je finis par pouvoir me mettre sur mon séant sans aide et par passer de mon lit au fauteuil roulant. Cela me donna une certaine liberté; il me fallut de nombreuses tentatives et d'innombrables chutes pour apprendre à me hisser moi-même sur le fauteuil. Je n'étais plus obligée d'attendre que ma mère puisse m'apporter le bassin ou me laver. Je pouvais désormais me rendre moi-même dans la salle de bains et dans la cuisine, et manger à table avec mes parents. Si mon père ou ma mère poussait mon fauteuil par-dessus le seuil surélevé de la porte d'entrée, je pouvais, quand il faisait beau, rester sur la véranda.

Mon humeur s'améliora. Par une soirée clémente, j'éclatai de rire en voyant Cinabre faire un bond en l'air, effrayée par un gros grillon qui avait atterri entre ses pattes. Mes parents vinrent à la porte et je leur racontai la scène.

Mon père ouvrit la porte et vint se placer derrière moi. Il posa la main sur mon épaule et la serra.

— C'est la première fois que nous t'entendons rire depuis...

Il s'interrompit puis se détourna brusquement et rentra dans la maison.

Je compris en cet instant à quel point mes parents avaient désiré – et attendu – cette manifestation d'humanité si simple : mon rire. Je compris à quel point ils avaient attendu que je sourie, que je discute de choses ordinaires avec eux, que je peigne avec passion. Ils voulaient que je sois heureuse.

Je savais tout ce qu'ils avaient fait pour moi. J'avais maintenant dix-sept ans passés. Même si je me refusais à accepter le destin que le sort m'avait réservé, je pouvais au moins faire semblant, pour eux, que je trouvais encore plaisir à vivre. Je leur devais au moins ça.

Le lendemain, je demandai à ma mère de m'apprendre à utiliser la machine à coudre, lui disant que je pourrais l'aider à assembler les pièces quand elle serait fatiguée. Sa bouche trembla et elle porta sa main devant, ses pauvres doigts tout tordus. Je m'aperçus soudain qu'elle avait à présent les cheveux complètement blancs : quand cela s'était-il produit ?

Je repris mes pinceaux et priai ma mère de me rapporter de la bibliothèque des livres sur les jardins et la botanique.

Au bout de quelques mois, j'avais appris quelque chose de très précieux : à un moment, sans que l'on s'en rende compte, ce qui avait commencé comme un comportement imposé pouvait devenir naturel.

* * *

Il m'arrivait à présent de chanter avec ma mère quand nous étions installées devant la table de la cuisine. Ses mains la faisaient tellement souffrir que je me chargeais de toute la couture, car le maigre revenu que ce travail engendrait nous permettait de nous offrir de petits plaisirs. Elle s'asseyait toujours près de moi, regardait ma main gauche orienter l'étoffe sous l'aiguille pendant que ma main droite faisait tourner la roue, et me faisait parfois à son tour la lecture à voix haute.

Nous parlions de la Grande Guerre, de nos garçons qui étaient envoyés au front, et elle me donnait des nouvelles de ceux que j'avais connus à l'école – lesquels étaient déjà partis avec la première vague.

À la fin de cette deuxième année, j'infirmai les prévisions du médecin – et de sœur Marie-Gregory. Cela sans doute pour tout un ensemble de raisons : le pronostic un peu rapide d'un médecin épuisé, la force et la résilience de mon corps, associées aux efforts incessants de ma mère sur mes jambes, à ma détermination à me lever de ce fauteuil honni et, peut-être, me dis-je, juste peut-être, à mes prières.

On m'équipa, des chevilles aux cuisses, de lourds appareils orthopédiques. Ils m'entraient dans la chair mais empêchaient mes jambes de se déformer. À l'aide de béquilles, je pus quitter mon fauteuil. Au début, je traînais surtout mes jambes derrière moi tandis que mes bras se développaient et se musclaient, mes aisselles devenant calleuses à force d'appuyer de tout mon poids sur les béquilles. Mais au bout de quelque temps, je pus projeter mes jambes en avant à partir des hanches et m'appuyer sur le bout des pieds. Ma jambe droite était à présent plus courte que la gauche, aussi me fit-on faire de grosses chaussures avec une semelle spéciale. Ce n'était qu'une parodie de marche, mais au moins me tenais-je à nouveau debout et étais-je capable, quoique très lentement, de me déplacer.

J'étais debout, je marchais. Mes prières avaient été exaucées. Mais la voix glacée qui s'était enracinée en moi était toujours là. Physiquement, je me rapprochais de l'ancienne Sidonie. Mais intérieurement, celle-ci avait disparu.

En outre, l'existence avait changé par d'autres côtés. Je n'avais jamais envie de quitter le jardin. Je ne repris jamais le fil de mes anciennes amitiés :

après plus de deux années de réclusion et alors que j'approchais de mes dix-neuf ans, toutes les filles que j'avais connues à l'école avaient quitté les Saints-Noms-de-Jésus-et-de-Marie. Contrairement à ce que nous avions projeté, ni Margaret ni Alice Ann n'étaient parties pour New York. Margaret suivait à présent une formation pour devenir institutrice, et Alice Ann vendait des chapeaux dans une boutique de mode. D'autres filles étaient entrées dans des écoles d'infirmières ou de dactylos ; quelques-unes étaient déjà mariées. La Grande Guerre était terminée, et certains appelés revinrent à Albany. D'autres pas.

Je prenais grand plaisir à peindre et passais des heures chaque jour à exécuter des planches botaniques ; en revanche, je n'avais pas terminé ma dernière année scolaire. Les professeurs avaient pourtant proposé de venir me faire passer les examens à la maison, mais le travail scolaire avait simplement cessé de m'intéresser. Et puis, me disais-je, quelle importance ? Je ne sortirais jamais dans le monde – pas même dans la grande rue d'Albany.

Mon père avait été atterré en apprenant que je n'avais aucune intention de décrocher mon diplôme.

— Je ne suis pas venu dans ce pays – je n'ai pas failli crever dans ce rafiot infesté par le choléra – pour que ma propre fille refuse l'instruction qu'on lui propose. J'aurais donné n'importe quoi pour qu'on m'offre cette chance... Tu n'as donc pas envie de faire quelque chose, Sidonie ? Tu pourrais apprendre à taper à la machine pour travailler dans un bureau. Ou devenir standardiste. Ou bien, je ne sais pas, moi, tu pourrais travailler dans un atelier de confection. Tu sais déjà très bien te servir d'une machine à coudre. Il y a plein de métiers qui ne nécessitent pas de marcher ni de rester longtemps debout. Ta mère serait si fière si tu apprenais un métier. N'est-ce pas, maman ? N'est-ce pas qu'elle te rendrait fière ?

Je me tournai vers ma mère. Elle ne répondit pas et se contenta de m'adresser un petit sourire encourageant, ses mains noueuses recroquevillées sur ses genoux.

— Elle pourrait tout faire, assura-t-elle.

Je serrai les lèvres. Bien sûr qu'elle me mentait. Je n'étais plus une enfant et j'étais invalide. Comment pouvait-elle penser que je la croyais encore ? J'ouvris la bouche pour protester, mais mon père me devança.

— Jusqu'à ce que tu te maries, bien entendu.

Je le foudroyai du regard. Me marier ? Qui voudrait m'épouser avec mes grosses chaussures noires, dont l'une avait une semelle de trois centimètres, et mon épouvantable claudication ?

— Non, je ne veux pas travailler dans un atelier de confection, ni dans un bureau ni dans un standard téléphonique.

— Qu'est-ce que tu veux alors ? Tu n'as donc aucun rêve ? Tous les jeunes devraient avoir un rêve. *Une maison contre le vent. Un toit contre la pluie. L'amour d'une famille unie. Puissiez-vous toujours être entourés. De gens joyeux et d'éclats de rire. De tous ceux que vous aimez. Puissiez-vous avoir tout ce que votre cœur désire*, récita-t-il.

Il avait tellement de clichés sur la vie, tant de vœux pieux irlandais.

Je ne répondis rien, pris Cinabre et enfouis mon visage dans sa douce fourrure cuivrée.

Quels étaient mes rêves ?

— Tu n'as plus d'excuse à présent, Sidonie, reprit-il. Même si ce n'est pas comme avant, tu peux te déplacer. Tu n'as plus aucune raison de ne pas sortir du jardin. Je sais qu'Alice Ann donne une fête ce soir. J'ai vu tous ces jeunes en train de parler et rire devant chez elle en rentrant. Il n'est pas trop tard. Pourquoi n'irais-tu pas, Sidonie? Je peux t'accompagner. Ce n'est pas bon pour toi de toujours rester à la maison avec ta peinture et tes livres.

Évidemment, je n'avais pas été invitée chez Alice Ann; je ne lui avais pas parlé depuis ces visites embarrassées, deux ans plus tôt. Mais même si j'avais été invitée, je me sentais profondément gênée par la façon dont je devais lancer mes jambes en avant à chaque pas. Les appareils annonçaient mon arrivée par un bruit métallique sonore. Les béquilles heurtaient parfois les meubles ou glissaient sur le plancher quand il n'y avait pas de tapis. Et j'avais le sentiment d'être curieusement inaccessible; je ne savais plus comment parler aux gens. Je ne pouvais même pas m'imaginer aller à une fête. Soudain, je me sentis plus vieille que mes parents. Comment pourrais-je jamais m'intéresser à des plaisanteries stupides et aux derniers potins ?

— Je ne veux pas y aller, papa, déclarai-je en me détournant.

— Ne vis pas avec le regret chevillé au corps, ma fille, dit-il alors. Il y en a de beaucoup plus malheureux que toi. Beaucoup. On t'a offert une nouvelle chance. Ne la gaspille pas.

— Je sais, répondis-je en me durcissant, certaine qu'il allait se lancer dans une de ses vieilles histoires sur la famine en Irlande, avec ses cadavres empilés comme des bûches et comment ils en étaient réduits à faire bouillir les seuls haillons qu'ils avaient sur le dos pour avoir quelque chose à mâcher. Je sais, répétai-je, puis je sortis, lâchant Cinabre pour aller au fond du jardin, m'asseoir sur la vieille balançoire, poussant doucement mes jambes un peu plus solides maintenant d'avant en arrière. Je me rappelai le vertige de se projeter très haut vers le ciel. Il n'était plus question de vertige maintenant. Juste un tout petit va-et-vient.

Je rejetai la tête en arrière pour regarder le ciel nocturne. La nuit d'automne était fraîche et les étoiles qui surgissaient semblaient autant de pointes de couteau, dures et acérées.

* * *

Cette soirée marqua le début de nombreuses disputes qui m'opposeraient à mon père au cours des années suivantes.

— Tu devrais sortir, Sidonie, me répétait-il. Ce n'est pas une vie pour une jeune fille de rester avec son vieux père et sa vieille mère.

— Mais j'aime être ici, lui répondais-je, et c'était devenu vrai.

Avec le temps, je pouvais me déplacer sans traîner mes jambes comme un poids mort. Je marchais lentement et maladroitement, en m'appuyant toujours sur mes béquilles, très légèrement pliée au niveau de la taille, mes jambes maintenues raides par les appareils. Je finis par troquer les béquilles tant détestées contre des cannes. Puis, après encore deux ans d'appareillage complet, mes jambes finirent par devenir plus solides et je pus passer à de petits appareils métalliques qui tenaient juste mes chevilles et étaient presque entièrement dissimulés par les bottes noires. Ma jambe gauche était à présent assez robuste, mais j'étais incapable de marcher sans traîner un peu la droite, ce qui me faisait boiter.

Je savais que je m'étais beaucoup apitoyée sur moi-même, que je m'étais sentie gênée par mon infirmité et, ainsi que l'avait dit mon père, que je m'étais laissé ronger par d'amers regrets. Mais tous ces sentiments s'étaient dissipés, et ma petite vie tranquille avait fini par me convenir parfaitement. Tout le monde me connaissait dans notre voisinage, et je n'avais jamais à expliquer quoi que ce soit. J'étais Sidonie O'Shea : j'avais survécu à la polio, j'aidais ma mère à faire tourner la maison et faisais pousser des fleurs si magnifiques que les passants s'arrêtaient pour les admirer.

J'adorais notre petite maison, que nous louions aux voisins, monsieur et madame Barlow. Pour moi, cette maison avait des caractéristiques quasi humaines : des traces d'infiltration au plafond de ma chambre évoquaient un visage de vieille femme qui riait, bouche ouverte; les branches du tilleul qui frottaient contre une fenêtre du séjour ressemblaient à des chaussures souples en train de danser sur une *piste* de sable; la cave où l'on gardait les oignons, les pommes de terre et autres tubercules durant l'hiver exhalait une odeur de terre riche.

Comme l'arthrite de ma mère la handicapait de plus en plus, je me chargeais souvent des travaux domestiques. Je faisais la cuisine, m'occupais du lavage et du repassage et tenais la maison en ordre. La couture à la pièce s'arrêta lorsqu'un atelier de confection fut bâti dans la banlieue d'Albany et, même si cela impliquait une baisse de nos revenus, j'en fus secrètement soulagée car je trouvais ce travail terriblement ennuyeux. Mais j'étais heureuse d'avoir la vieille machine à coudre pour pouvoir confectionner mes propres vêtements. Je devais encore demander à mon père d'emprunter la camionnette de monsieur Barlow pour m'emmener acheter du tissu et des articles de mercerie, mais au moins cela m'évitait-il d'aller dans les boutiques locales où je risquais de tomber sur les jeunes femmes que j'avais connues – soit clientes, soit vendeuses.

À l'automne, je nettoyais le jardin de ses feuilles mortes et tiges desséchées, et paillais les racines des plantes les plus fragiles entrées en dormance pour l'hiver. Je remisais certains bulbes et en mettais d'autres en terre, anticipant déjà les floraisons du printemps suivant. Pendant l'hiver, je me plongeais dans les livres de jardinage et peignais mes visions de nouveaux projets pour le jardin de fleurs, qui s'étendait à présent devant et derrière la maison. Au printemps, à peine les dernières neiges fondues, j'arpentais les allées de gravier que j'avais demandé à mon père d'installer, et me réjouissais de découvrir les premiers crocus et les perce-neige, puis les jacinthes, les tulipes et les jonquilles, attendant avec impatience de voir se développer les minuscules pousses roses des pivoines dans l'air doux.

En été, je persuadais mon père d'emprunter encore la camionnette de monsieur Barlow pour m'emmener dans les marais tout proches de Pine Bush, où je faisais des croquis au fusain de la faune et de la flore qui me permettaient ensuite de composer mes aquarelles.

Et, saison après saison, je tenais ma promesse. J'avais fait le serment, dans mes inlassables prières d'adolescente, que si je marchais, je n'entretiendrais plus de mauvaises pensées. Des années s'étaient écoulées depuis ces premières prières, et je savais que je devais la majeure partie de ma guérison à ma résistance physique et à ma volonté, mais je gardais encore en moi assez de superstition pour croire que si je manquais à ma promesse, je devrais le payer d'une façon ou d'une autre.

Je parvins à faire taire les désirs de la chair, mais ce ne fut pas chose aisée. Je voulais connaître un homme, savoir ce que c'était que d'être touchée, et d'être aimée.

Je me rendais bien compte qu'avec l'existence que je menais, je ne rencontrerais jamais personne, mais je ne voyais pas trop comment faire autrement. Et ce n'était pas comme si un homme risquait de se présenter à notre porte, Juniper Road, pour venir voir Sidonie O'Shea.

* * *

Peu après l'anniversaire de mes vingt-trois ans, ma mère tomba malade. Il s'agit d'abord d'une bronchite, puis d'une forme de pneumonie virulente qui disparaissait mais ne cessait de revenir. Je m'occupai d'elle comme elle s'était occupée de moi autrefois, la faisant manger, la coiffant, lui massant doucement les mains et les pieds pour soulager ses douleurs, glissant le bassin sous elle et préparant des cataplasmes pour sa poitrine. Les jours où elle respirait un peu mieux, il lui arrivait encore d'essayer de chanter en français, d'une voix basse et rauque, et, dans ces moments-là, mon père et moi n'arrivions pas à nous regarder.

Mon père rentra à nouveau la banquette de la véranda, mais cette fois pour ma mère. Soutenue par des oreillers, elle me regardait préparer les repas et prenait un plaisir tout particulier à me voir découper des patrons et confectionner mes propres vêtements.

Après un accès de pneumonie particulièrement violent, le médecin nous annonça que ce n'était plus qu'une question de temps ; ses poumons n'en pouvaient plus.

Mon père et moi restâmes avec elle ce soir-là, après le départ du médecin. Mon père lui parla et, bien qu'elle fût incapable de lui répondre, il était évident à son regard qu'elle comprenait. Sa poitrine se soulevait et s'abaissait avec un raclement douloureux qui rappelait un froissement de papier. À certains moments, mon père fredonnait, tout contre son oreille. Quant à moi, que faisais-je ? Je tournais en rond dans la chambre, je marchais, et marchais encore avec l'impression que mes propres poumons se remplissaient d'humeurs et que je me noyais, comme ma mère. J'avais du mal à déglutir tant ma gorge était endolorie. J'avais mal à la bouche. J'avais mal aux yeux.

Soudain, je compris. Il fallait que je pleure. Il y avait huit ans que je n'avais pas pleuré, pas depuis le contrecoup de la polio, quand j'avais seize ans.

Je ne savais plus pleurer. Ce que je ressentais dans les yeux, les lèvres, la gorge et la poitrine était si intense et dévastateur que quelque chose semblait devoir céder, ou exploser. Ma tête ou mon cœur.

J'allai m'asseoir sur le lit, près de ma mère, et pris sa main déformée. Je me souvenais combien ses mains m'avaient soignée et apaisée. Puis je la reposai sur le couvre-lit, mais sans la lâcher. J'ouvris la bouche afin de faire sortir la douleur qui m'étreignait la gorge, mais rien ne sortit, et la douleur empira.

Mon père me toucha le bras. Je le regardai et vis les larmes couler sur ses joues.

— Papa, murmurai-je d'une voix étouffée, l'appelant à l'aide.

Ma mère était en train de mourir, et c'était moi qui réclamais de l'aide.

Il rapprocha sa chaise et posa une main sur mon épaule.

— Pleure, Sidonie, pleure. *Pluie de larmes doit couler pour connaissance récolter*, récita-t-il avec une sorte de sourire contraint.

C'était encore un de ses dictons irlandais, mais cette fois, il me faisait du bien.

— Papa, répétai-je avec un gémissement étranglé dans la gorge. Papa.

— Dis-lui, m'enjoignit-il en désignant ma mère d'un signe de tête. Dis-lui.

Alors je sus ce qu'il me restait à faire. Je m'allongeai près de ma mère et posai ma tête contre son épaule. Je demeurai ainsi longtemps. Sa respiration, très espacée, la mettait au supplice. La mienne était douloureuse et précipitée.

Couchée là, cherchant désespérément à pleurer, je me demandais pourquoi je n'avais jamais dit à ma mère que je l'aimais. Pourquoi je n'avais jamais apprécié à sa juste valeur tout ce qu'elle avait fait pour moi – pas seulement quand j'étais enfant ou quand j'étais clouée au lit, incapable de rien faire par moi-même, mais aussi après, alors que j'étais guérie et continuais de m'en remettre à elle ? Pourquoi ne lui avais-je jamais dit que je savais à quel point ma maladie et la façon dont j'avais réagi l'avaient affectée ? Avais-je simplement supposé qu'elle comprendrait ?

J'avais été son miracle. Elle avait conçu tant d'espoirs pour moi. L'espoir que je m'ouvrirais au monde. Que je saurais prendre des risques et apprendrais de nouvelles choses. Que je me plairais dans un travail, à aider les autres, à entretenir des amitiés. Que je me marierais et aurais des enfants. Au lieu de quoi, j'avais subi ce qui m'était arrivé et m'étais renfermée sur moi-même. J'avais été son miracle, mais je m'étais murée dans mon silence.

Je n'avais pris aucun risque.

Alors, je me mis à lui murmurer tout ce qu'il fallait que je lui dise, et, peu à peu, ma gorge se dénoua. Je finis par pleurer. Je pleurai et lui parlai à mi-voix jusqu'à ce qu'elle s'éteigne, peu après minuit.

Et ensuite, je n'arrêtai pas de pleurer.

* * *

Mon père et moi prîmes le deuil chacun à notre façon : moi avec des crises de sanglots incontrôlables que je m'efforçais d'étouffer dans ma chambre sous les yeux de Cinabre, tranquillement couchée sur mon lit. Mon père dans le silence, souvent assis sur les marches du jardin, le regard rivé sur la clôture. Un jour que je pris place à côté de lui, il me dit, poursuivant simplement le fil de ses pensées :

— Elle voulait créer des robes, tu sais. Mais elle m'a épousé. Alors elle est partie de chez elle et a tout laissé.

Il arracha un fragment de bois de la marche et l'examina comme s'il pouvait y trouver ses réponses. Ma mère ne m'avait jamais parlé de ses rêves.

— Tu lui ressembles tellement, Sidonie. Sensible, imaginative, et déterminée.

Je pleurais pour tout et n'importe quoi. Les larmes venaient devant la beauté d'un coucher de soleil flamboyant à travers les oreilles sourdes de Cinabre. Les larmes venaient quand je voyais un jeune couple passer devant chez nous avec une poussette. Elles affluaient quand je trouvais le squelette minuscule d'un oisillon dans une coquille brisée au pied du tilleul, ou quand nous étions à court de farine.

Je pleurai chaque jour pendant trois mois. Puis un jour sur deux pendant encore deux mois. Une fois par semaine pendant les deux mois suivants, puis une fois tous les quinze jours et, enfin, plus du tout. Un an s'était écoulé.

* * *

Mon père était un homme gentil, doté d'une belle voix mélodieuse d'Irlandais, mais, après la mort de ma mère, il parla de moins en moins. Nous trouvions un réconfort dans la présence de l'autre. Peu à peu, nous instaurâmes de nouvelles routines qui nous convenaient à tous les deux, et évoluions dans la maison telles deux volutes de fumée parallèles qui tournoyaient gracieusement et en harmonie, sans jamais se toucher. Chaque soir, après dîner, nous lisions : le journal, et des livres aussi. Je continuais de lire des romans, et lui des biographies et des livres d'histoire. Nous parlions parfois de nos lectures, pour commenter une information particulière, ou un passage marquant d'un livre que nous étions en train de lire.

Nous étions tout ce que nous avions.

Mais le décès de ma mère eut des répercussions non seulement affectives, mais aussi physiques sur mon père. Il paraissait plus petit, et plus lent dans ses gestes. Et il devint bientôt évident – que ce fût à cause de ses réflexes ou de sa vue, même avec ses lunettes – qu'il n'était plus en état de continuer à être chauffeur. Son premier incident eut lieu lorsqu'il effleura un lampadaire en garant la voiture coûteuse et rutilante de son patron, puis, peu après, il rentra légèrement dans la porte fermée du garage.

Son patron lui annonça alors qu'il ne pouvait plus le garder. Mon père comprit. À quoi servait un chauffeur qui ne pouvait plus conduire convenablement? Cependant, son patron était quelqu'un de gentil, et il regrettait de devoir se séparer de mon père. Il lui accorda donc une généreuse indemnité de départ. Nous vivions frugalement, mais nous nous en sortions.

Mon père avait adoré conduire et possédait une Ford T de 1910. Il m'expliqua qu'en Amérique, le véritable signe de la réussite était d'être propriétaire d'un bout de terre et d'une automobile. Mes parents avaient eu beau travailler dur toute leur vie et vivre chichement, ils n'avaient jamais pu s'offrir ni terrain ni maison, et mon père répétait souvent combien Mike et Nora – monsieur et madame Barlow – étaient bons de nous laisser vivre dans cette maison en payant un loyer aussi dérisoire. Mon père avait acheté la Ford à une vente aux enchères, quand il travaillait encore, mais elle ne marchait pas et il n'avait jamais eu assez d'argent pour en faire réparer le moteur. Il avait longtemps rêvé de la conduire un jour, mais ce jour n'était jamais venu, et lorsque sa vue se détériora, il y avait renoncé. Il gardait pourtant la Ford dans une remise, derrière la maison, et, chaque samedi quand il faisait beau, nous prenions des seaux d'eau savonneuse, des chiffons et une peau de chamois, et la nettoyions du toit à ses pneus étroits. Certains soirs, il prenait place à l'intérieur pour fumer sa pipe. L'été, il m'arrivait aussi de m'y installer pour lire. Il y avait quelque chose de réconfortant dans le toucher de son volant en bois poli et de ses sièges en cuir tièdes.

Un jour, mon père rapporta à la maison un vieux numéro de *Motor Age* de chez le coiffeur et il se mit à parler de sa passion des voitures. En le voyant si enthousiaste pour la première fois depuis si longtemps, je lui achetai le tout dernier numéro de la revue dès que l'occasion se présenta. Nous le feuilletâmes ensemble, assis côte à côte sur le sofa. Je ne sais pourquoi, mais j'aimais bien regarder les nouvelles voitures aux lignes pures que l'on fabriquait à l'époque.

Puis il trouva une vieille mascotte automobile, un Manomètre Boyce, dans un terrain vague, et il l'astiqua jusqu'à ce qu'il brille. Quelques semaines plus tard, il rentra avec un bouchon de radiateur orné d'un Manomètre Boyce qu'il avait trouvé chez un brocanteur. Cela devint notre distraction : le samedi matin, nous nous rendions à Albany et faisions toutes les brocantes, cherchant dans les garages aussi. Nous scrutions également les revues automobiles en quête de nouvelles mascottes ou bouchons de radiateur en forme de Manomètre Boyce rutilants, allant parfois jusqu'à répondre à des annonces en joignant quelques sous. Notre collection s'étoffa. Une fois par mois, je sortais toutes les pièces de la vitrine en pin du salon et les posais sur la table de la cuisine pour les faire briller. Mon père s'asseyait de l'autre côté de la table, regardait et en prenait parfois un pour l'examiner de plus près.

Nous nous rendions à des ventes de voitures, juste pour connaître l'excitation de voir toutes ces automobiles et la folie des enchères. Nous avions recommencé à rire.

Les années passaient. Les saisons se succédaient et mon père et moi vieillissions. Peu de choses changèrent jusqu'à ce jour de la fin mars 1929, où une pluie glaciale se mit à tomber en provenance de l'est, et tout ce que je connaissais disparut pour de bon.

Chapitre quatre

En attendant qu'on me remette la clé de ma chambre à la réception de l'*Hôtel Continental* de Tanger, je constatai que l'Américain du bateau n'avait pas menti : la clientèle semblait assez chic, façon coloniale à l'ancienne, et l'hôtel en lui-même était superbe – mélange d'influences arabes et européennes. Je m'approchai d'une plaque sur le mur, près de la réception, indiquant qu'Alfred, le fils de la reine Victoria, avait compté parmi les tout premiers clients. Je fis courir mes doigts sur la plaque, et remarquai à nouveau la crasse sous mes ongles.

Un jeune garçon coiffé d'un fez bordeaux légèrement décoloré à la base et au gland défraîchi me conduisit à ma chambre. Il hocha la tête avec un large sourire en posant mes bagages.

— Omar, annonça-t-il en se frappant la poitrine. Omar.

Je lui mis quelques centimes dans la main.

— Merci, Omar. Y a-t-il un endroit où je pourrais trouver quelque chose à manger à cette heure-ci ? lui demandai-je, et, sans cesser de hocher la tête, il examina attentivement mes lèvres, comme on le fait pour essayer de comprendre une langue qu'on ne connaît pas très bien. *Manger**, répétai-je en montrant ma bouche.

— Ah *oui**. En bas, madame, en bas, répondit-il en reculant vers la sortie, sans cesser de secouer la tête et de sourire.

Soudain, son sourire s'évanouit.

— Mais s'il te plaît, madame, pas aller sur le toit, me dit-il dans un français laborieux. Le toit pas bon.

— D'accord, Omar, assurai-je, je n'irai pas sur le toit.

Dès qu'il fut parti, je me dirigeai vers les étroites fenêtres. Elles donnaient sur le port et le détroit au-delà, alimenté à la fois par l'Atlantique et la Méditerranée. Ce détroit ne devait pas dépasser une douzaine de kilomètres, mais il séparait deux continents ainsi qu'un océan et une mer. Et on aurait dit que Tanger était coincée au milieu, ne faisant partie ni de l'Espagne européenne ni du Maroc africain.

Soudain je frissonnai, submergée par une mélancolie qui me glaça alors même que l'air qui entrait par la fenêtre ouverte était doux et embaumait la mer. C'était inattendu, ce brusque sentiment d'isolement. Je n'aimais pas la foule et fuyais toujours les situations où il convenait d'entretenir la conversation en débitant des choses insignifiantes, mais je n'avais pas envie de rester seule dans ma chambre pour autant. Et surtout, il fallait que je trouve comment faire pour louer une voiture avec chauffeur pour me conduire à Marrakech.

Je retournai à l'escalier en spirale du hall, me souvenant que j'étais passée devant une salle. J'hésitai à l'entrée de la salle pleine d'ombres, submergée par mon vieux malaise à rencontrer des étrangers. Il y avait des gens installés à plusieurs tables, certains tête contre tête dans des coins isolés, d'autres riant très fort au bar. Je pris une profonde inspiration et entrai.

C'était la première fois de ma vie que je mettais les pieds dans un bar. Je pris place à l'une des petites tables rondes. Presque aussitôt, un homme en veste blanche me salua d'un signe de tête et posa devant moi un plateau avec un verre d'un liquide rougeâtre et une petite carafe de ce qui semblait être de l'eau gazeuse. Même dans la pénombre filtrée par les grandes persiennes entrouvertes, je distinguai trois insectes noirs flottant dans l'eau.

— *Non, non, monsieur**, protestai-je en secouant la tête.

J'avais prévu de commander de l'eau minérale.

— Campari, madame, annonça-t-il d'un ton sans réplique, comme si je lui avais demandé ce que c'était, ou que c'était précisément ce que j'avais commandé.

Puis il me tendit une feuille de papier en me désignant une ligne, et, au lieu de discuter, je signai et le laissai partir. Je contemplai l'eau et regardai les insectes essayer de s'échapper de la carafe. L'un d'eux avait réussi à gravir la moitié de la paroi et y restait désespérément accroché tandis que les deux autres nageaient en rond, mais très lentement, comme si l'eau était de la vase. Ils n'allaient sans doute pas tarder à succomber tous les trois.

Personne ne me remarquait et, m'efforçant de faire comme si j'étais habituée à ce genre de situation, je respirai à fond, m'appuyai contre le dossier de mon siège et pris une minuscule gorgée de Campari. C'était amer au point d'en paraître presque médicinal. Je songeai qu'un peu d'eau gazeuse en aurait certainement adouci le goût, mais ne savais pas quoi faire des insectes.

Une ombre tomba sur la carafe au moment où une femme passait devant ma table. Elle marchait à longues enjambées dans des souliers de cuir à talons plats et portait une chemise assez masculine fourrée dans une jupe toute simple. Elle avait les cheveux coupés à la garçonne, qui frisaient sur la nuque. Son regard se posa sur moi sans s'y arrêter. Je la regardai se diriger vers une table occupée par quatre personnes – une autre femme et trois hommes. Ils l'accueillirent tous avec une explosion d'enthousiasme.

Elle semblait être le genre de femme qui saurait comment louer une voiture.

Je portai les doigts à mes lèvres que le Campari avait rendues brûlantes, me levai et me dirigeai vers la petite bande, qui s'était, comme je m'en aperçus en approchant, tournée vers moi. Je trébuchai légèrement sur le tapis épais de la salle éclairée par les rayons de lumière obliques en provenance des hautes fenêtres cintrées. Le silence s'installa lorsque j'arrivai près de la femme maigre.

— Je vous prie de m'excuser, commençai-je.

— Oui ?

Son attitude n'avait rien d'amical. Elle examina ouvertement mes cheveux et mon visage, son regard s'attardant sur la cicatrice de ma joue. Je résistai à la tentation de la recouvrir avec ma main.

— Je... je viens d'arriver à Tanger. Il y a quelques heures à peine, en fait. Et j'ai besoin de louer une voiture. Je me disais que vous pourriez peut-être m'aider.

À mesure que je parlais, son comportement changeait.

— Eh bien, bonjour alors, dit-elle en tendant la main comme si nous étions des hommes. Je glissai la mienne dans sa grande main osseuse et puissante. Elle m'écrasa les doigts dans une étreinte solide et brève qui me fit mal aux articulations, puis les lâcha.

— Elizabeth Pandy, se présenta-t-elle, ajoutant aussitôt : de Newport, dans le Maine. Et vous ?

— Je suis Sidonie O'Shea.

— O'Shea ? Hmmmm. Des O'Shea de Boston ? J'ai connu le vieux Robbie. Et sa fille, Piper.

— Non. Non, répétai-je en secouant la tête. Je viens d'Albany.

Je bredouillai sur le dernier mot, consciente qu'ils me regardaient tous. J'avais le front moite.

Elle souriait à présent. Elle avait la lèvre supérieure assez courte, qui découvrait une bonne partie des gencives.

— Eh bien, New York. Je n'aurais pas... Elle s'interrompit, et reprit : Écoutez, quand je vous ai vue, j'ai cru que vous étiez française. Vous... Elle s'interrompit à nouveau.

Je savais pourquoi elle avait tenu à faire cette distinction. Mais sa façon de parler – son ton surtout – m'indiquait que mieux valait ne pas évoquer les origines de ma mère.

— Joignez-vous donc à nous et prenez un verre.

— Oh, mais j'en ai déjà un, merci. Un ... – je tournai la tête vers ma table – un Campari. Même si je ne l'ai pas commandé, ajoutai-je en touchant à nouveau mes lèvres brûlantes.

Elle hocha la tête d'un air entendu.

— Je ne sais pas pourquoi ces fichus serveurs s'imaginent que tous les étrangers qui passent par Tanger boivent du Campari. Venez maintenant. Vous prendrez quelque chose de convenable avec nous.

Elle leva le menton en direction de l'un de ses voisins de table, qui s'empressa d'aller me chercher une chaise à la table d'à côté. Elizabeth Pandy était de toute évidence une femme habituée à donner des ordres.

— Je...

Je regardai la porte de la salle, derrière moi. Dans combien de temps pourrais-je m'éclipser sans paraître impolie ? Ces hommes et ces femmes si sûrs d'eux me mettaient mal à l'aise, me faisant trop sentir à quel point ma vie n'avait rien à voir avec la leur. Je ne me sentais pas à ma place.

— En fait... je voudrais louer une voiture le plus vite possible. Et un chauffeur, bien sûr. Je me demandais si vous saviez comment procéder. Il faut que j'aille à Marrakech et on m'a dit... – je pensais à l'Américain – qu'il valait mieux se rendre d'abord à Rabat.

Elizabeth écarta l'argument d'un geste de la main.

— Marrakech ? Ne soyez pas stupide. Je suis certaine qu'il n'y a rien à voir là-bas. Allez, fit-elle, prenez un verre. Marcus, va commander un whisky au citron pour mademoiselle O'Shea. N'est-ce pas agréable de ne plus avoir à subir l'ennui de la Prohibition ? C'est tellement pénible de devoir se cacher tout le temps. Tellement lassant.

Impossible de ne pas abonder dans son sens sans se montrer terriblement grossière envers mademoiselle – ou était-ce madame ? – Pandy. Je me dirigeai vers le siège et elle regarda mes pieds :

— Vous vous êtes tordu la cheville dans les rues d'ici ? Elles sont épouvantables. J'ai remarqué que vous boitiez.

— Non, répondis-je. Non, pas du tout. C'est...

Je m'interrompis, ne sachant pas trop comment continuer.

— Oh ! ce n'est pas grave. Asseyez-vous et détendez-vous. Tenez, regardez, voilà votre verre.

* * *

Elizabeth Pandy me présenta ses amis, mais le seul nom que je retins fut celui de Marcus. Il avait les cheveux d'un roux foncé fort peu naturel, huilés et lissés en arrière. Tous, y compris Elizabeth, se trouvaient à des stades divers d'ébriété, et il semblait, à la familiarité qu'ils montraient entre eux, que ce n'était pas inhabituel.

L'un des hommes voulut savoir quelle chambre on m'avait donnée, et l'autre femme – qui portait une jupe plissée courte et un chandail à rayures, les cheveux coiffés comme ceux d'Elizabeth – lui coupa la parole pour me demander d'une voix péremptoire combien de temps je comptais rester. Mais je n'eus pas le temps de répondre que la conversation était déjà passée à autre chose. Un verre fut posé devant moi ; j'y goûtai, décidai que c'était plus plaisant que le Campari et en pris de toutes petites gorgées de temps en temps.

La conversation et les rires devinrent de plus en plus bruyants, finissant par évoquer des cris d'oiseaux ponctués par des grognements d'animaux. J'avais les tempes qui bourdonnaient et, une fois mon verre vide, je me levai pour partir.

L'alcool m'était monté à la tête. Je n'y étais pas habituée et, pendant un moment, j'eus l'impression d'être à nouveau sur la mer et dus raidir les jambes pour ne pas tanguer.

Elizabeth me saisit par le poignet.

— Ne partez pas. Nous ne savons rien de vous encore. Ça fait toujours du bien d'avoir du sang neuf qui arrive du pays, ajouta-t-elle, ouvrant la bouche en un rire silencieux qui me fit penser au bâillement nerveux d'une grande bête africaine.

Je me rassis donc, d'abord parce que Elizabeth tirait sur mon poignet, mais aussi parce que je craignais de m'écrouler.

— Alors ? questionna-t-elle. Qu'est-ce qui vous amène à Tanger ? Personne ne vient à Tanger sans avoir une histoire.

Cette bouche ouverte à nouveau. Un filet de salive reliait une canine supérieure à celle du bas. Les autres se mirent à rire aussi, trop fort, beaucoup trop fort.

— Une histoire ? répétai-je, soudain submergée par la panique en sentant tous leurs yeux tournés vers moi.

— Oui, oui, m'encouragea Marcus. Quelle est donc votre histoire, madame O'Malley ?

— C'est O'Shea. Et c'est mademoiselle. Mademoiselle O'Shea, précisai-je.

Il parut à peine remarquer la correction.

— Alors, qu'est-ce qui vous amène à Tanger ?

Je le regardai, puis me tournai à nouveau vers Elizabeth. Les autres visages se réduisaient à de pâles ovales ou des triangles inversés.

— Je vais à Marrakech.

— Mais je vous l'ai dit, ma chère, c'est absurde. Il n'y a aucune raison de descendre jusque-là. Restez ici. Tanger a un petit côté bâtard pour le moment, mais elle a des aspects fascinants. Ou allez au moins à Casablanca, poursuivit Elizabeth. Marrakech est tellement perdu. Rien d'intéressant, j'en suis sûre, dit-elle encore. Même si, qui était-ce déjà – Matisse, je crois, a travaillé là-bas il y a quelques années ? Il y a toujours des artistes – des peintres, des écrivains, ce genre-là – qui semblent avoir besoin d'être loin de la civilisation pour trouver l'inspiration. Mais dans l'ensemble, Tanger a beaucoup plus à offrir pour ce qui est des distractions. Il y en a de toutes sortes – et en plus de faire dans ce genre de choses...

Elle fut interrompue par une petite remarque ingénue :

— Ajouté au fait qu'il y ait si peu de contrôle.

Les autres renchérirent en chœur.

— Non, je dois. Il faut...

Je me tus. Dans le silence qui suivit, Marcus claqua des doigts et un garçon apparut avec un plateau. Marcus lui murmura quelque chose à l'oreille.

— Je cherche quelqu'un. À Marrakech, précisai-je inutilement.

— Ah, je vois, fit Elizabeth en haussant les sourcils. Il est parti en vous abandonnant, c'est ça? C'est peut-être un espion. Est-ce que c'est un espion, mademoiselle O'Shea? Ce pays grouille d'espions, vous savez. D'espions et de revendeurs. Tout le monde cherche quelque chose ou quelqu'un.

Je me levai si brusquement, en repoussant mon siège d'un mouvement vif, qu'il heurta le garçon à la hanche. Celui-ci émit une petite exclamation de surprise, mais ne s'arrêta pas pour autant.

— Non, non. Ce n'est pas un espion, ni un...

— Un revendeur, ma chérie. Vous savez, tous ces colporteurs qui essaient toujours de vous fourguer quelque chose. Les Tangérois peuvent être très tenaces. Tout le monde vous veut toujours quelque chose, répéta-t-elle. Vous devez vous montrer très ferme.

— Oui, dis-je. Bien, merci beaucoup. Pour le verre, ajoutai-je avant de quitter la salle, sentant tous les regards tournés vers ma claudication, sûrement encore accentuée par la sensation étrange de l'alcool qui tournoyait dans mon ventre vide.

* * *

Je reposais sur mon lit, dans la pénombre fraîche de ma chambre. Le whisky me battait encore les tempes et je me sentais ennuyée par l'impression stupide que j'avais dû produire sur Elizabeth Pandy et ses amis. Je ne savais pas me lier facilement comme ils le faisaient, ni bavarder avec la même liberté.

Je repensai aux moments passés sur le pont du bateau qui m'avait emmenée de New York à Marseille, si peu de temps auparavant, et au sentiment similaire que j'avais éprouvé alors.

Il m'avait fallu toute ma force mentale et physique pour conserver mon calme pendant que j'attendais que le bateau quitte le quai. Je contemplais la foule en contrebas, qui faisait de grands signes en souriant et en lançant des *Bon voyage* et *Safe journey* à ceux qui, comme moi, partaient à l'étranger. Je remarquais quelques personnes plus moroses au milieu, une femme qui tenait un mouchoir contre sa bouche, un jeune couple qui se soutenait mutuellement en se regardant, le front plissé, des enfants qui pleuraient. Mais, dans l'ensemble, l'ambiance qui prédominait sur le quai comme à bord était à l'excitation des vacances et de l'aventure.

Mes propres sentiments, alors que je me tenais sur ce pont de bois et regardais les visages s'éloigner, se résumaient à de la pure panique. Je n'aurais jamais imaginé mettre un jour les pieds sur un bateau. Je n'aurais jamais pensé quitter l'Amérique. Je n'étais jamais sortie de l'État de New York. J'avais trente ans et avais aussi peur qu'une enfant lors de son premier jour d'école.

La panique n'avait pas tardé à faire place à l'angoisse. La distance entre le quai et le bateau béait comme un abîme. J'éprouvais un sentiment de deuil. Je perdais tout ce que je connaissais, tout ce qui m'était familier. Mais il était indispensable que je parte.

Le navire s'éloignait lentement de la terre, et je distinguais encore les bras qui s'agitaient, les bouches ouvertes, mais le bruit s'estompait. Les battements de mon cœur ralentirent. Je pris conscience d'une présence à mes côtés; une vieille dame, ses mains gantées de dentelle jaune accrochées au bastingage.

— C'est votre première traversée? me demanda-t-elle dans un anglais hésitant, et je me demandais si tous mes sentiments se lisaient aussi clairement sur mon visage.

— *Oui**, répondis-je en français, car j'avais reconnu son accent. *C'est la première fois**.

Elle sourit, découvrant un grand dentier mal ajusté.

— Ah, vous parlez français, même si ce n'est pas avec le même accent. Je suis de Paris, précisa-t-elle. Comptez-vous aller à Paris après Marseille?

Je fis non de la tête, mais sans préciser où j'allais. Je la vis regarder mes mains nues sur la rambarde.

— Vous avez de la famille en France?

Je secouai à nouveau la tête.

— Vous allez retrouver un amoureux alors? questionna-t-elle avec un sourire qui n'était pas loin d'être narquois.

Je clignai des yeux et ouvris la bouche, mais les mots ne venaient pas.

Elle hocha la tête, visiblement contente d'elle.

— C'est évident. Oui, vous allez retrouver un amoureux.

Je la regardai un instant, puis me surpris moi-même en disant :

— Eh bien oui ! Je vais essayer de retrouver... quelqu'un.

La dame acquiesça en m'examinant. Son regard s'attarda sur ma joue, puis descendit le long de mon corps. Ce matin-là, en me brossant les cheveux d'une main tremblante devant le miroir, j'avais découvert un visage plus creusé qu'à l'accoutumée.

— Ah ! *la grande passion**. Bien sûr, ma chère. Une femme doit toujours suivre l'incontestable. J'ai moi-même connu mon lot de grandes passions.

Son sourire était coquin à présent – la tête penchée de côté, le menton baissé. Malgré la poudre qui accentuait les rides profondes qui entouraient ses yeux et la finesse des lèvres retroussées sur le dentier, je compris qu'elle avait dû, beaucoup plus jeune, exercer une attirance sur les hommes. Oui, elle avait certainement fait naître des passions.

Il ne pouvait lui échapper que ce n'était pas mon cas.

Je souris poliment et m'excusai pour gagner ma cabine sans attendre de voir l'Amérique, mon pays, devenir toute petite dans le lointain. Je restai confinée dans ma cabine minuscule pendant la majeure partie de cette semaine de traversée, ne me sentant pas assez bien pour avaler grand-chose ou marcher sur le pont, peu désireuse de parler à qui que ce soit et craignant, si je tombais à nouveau sur la vieille dame, qu'elle ne me pose d'autres questions. Or, je n'avais pas de réponses, je n'avais moi-même que des questions.

* * *

Je faisais porter mes plateaux-repas dans ma cabine et passais la plupart de mon temps à essayer de lire ou de dormir. Je n'arrivais vraiment ni à l'un ni à l'autre : j'étais trop inquiète pour dormir profondément ou me concentrer sur des pages imprimées.

J'éprouvai un immense soulagement lorsque nous débarquâmes à Marseille. Je m'étais promis qu'une fois que j'aurais traversé l'Atlantique, il ne serait plus question de faire demi-tour. Le fait d'être arrivée jusque-là témoignait, me disais-je, de ma détermination. Je me refusais à employer le mot désespoir.

Mais maintenant, à Tanger, je ne voulais plus repenser à Marseille, ni à rien de ce qui s'était passé avant. Je ne le pouvais pas.

Je me levai rapidement et pressai les doigts sur mes tempes. Puis je remplis un verre à la bouteille d'eau posée sur la coiffeuse et, malgré l'avertissement du boy, sortis dans le couloir pour chercher l'escalier conduisant au toit. Je voulais voir Tanger d'en haut. La vision que j'en avais eue en venant du port, alors que je me sentais mal et perdue et que nous traversions toutes ces rues étroites, m'avait donné l'impression de découvrir ce nouveau monde à travers un long tunnel. J'avais eu en fait la même vue que l'âne qui tirait la charrette en portant des œillères : je ne pouvais voir ni à droite ni à gauche, seulement droit devant moi.

Je trouvai l'escalier au bout du couloir, derrière une porte fermée par un simple loquet. Les marches étaient raides et il n'y avait pas de main courante. Il m'était généralement difficile de gravir ce genre d'escalier, mais je m'y attelai néanmoins, soulagée qu'il fût si étroit que je pouvais me tenir au mur de chaque côté. Il y régnait une forte odeur d'égouts, mais lorsque j'atteignis le haut des marches et émergeai dans la lumière aveuglante, l'obscurité et l'odeur s'évanouirent et je respirai l'air marin.

La montée m'avait essoufflée, et je dus me plier en deux, les mains sur les genoux. Mais, lorsque je me redressai, le spectacle qui m'accueillit faillit me couper à nouveau le souffle. D'un côté, la mer scintillait à perte de vue sous le soleil, de l'autre je découvris les montagnes. Les splendides montagnes du Rif qui prenaient une teinte rouge sang dans le couchant.

Je me tenais, seule, dans la brise tiède, et Tanger m'encerclait de ses constructions d'un blanc éclatant. Outre les palmiers, des arbres que je ne connaissais pas, à grandes feuilles plumeuses, présentaient tout un dégradé de verts. Le jeu des lumières baignait la scène d'une telle clarté qu'elle évoquait les tableaux les plus merveilleux – ce n'était plus simplement du bleu, du rouge, du jaune et du vert, mais de l'azur, de l'indigo, du carmin, du vermillon, de l'ambre et du safran, du céladon, du vert olive et du jaune citron.

Ma jambe me faisait souffrir; je cherchai un endroit où m'asseoir, mais il n'y avait que l'étroit rebord du toit. Je compris l'avertissement du boy; un simple faux pas pouvait mener à la catastrophe. Quelqu'un, peut-être un client du genre des amis d'Elizabeth Pandy, avait pu monter ici après avoir bu un peu trop et basculer vers une mort certaine?

Je fermai les yeux et les rouvris à plusieurs reprises, me laissant chaque fois parcourir par un frisson d'excitation. Je songeai à Pine Bush, la lande qui se trouvait à quelques kilomètres de la maison, ou au lac tout proche, ou tout simplement à la campagne qui entourait Albany. J'avais passé tellement de temps en ces lieux, à me promener et dessiner la flore et la faune de cette région. Je pensais à mes propres aquarelles botaniques, aux verts étouffés des fougères et des mousses qui aimaient tant l'ombre, au mauve délicat de la véronique, au rose timide et hésitant du sabot de la Vierge, au modeste petit-prêcheur. Mais ici! Je savais que ma boîte de peinture, rangée sur l'étagère de ma chambre, dans ma petite maison de l'autre côté de l'océan, ne pourrait jamais créer de telles couleurs.

Quand la douleur de ma jambe eut diminué, je me dirigeai, lentement, jusqu'à l'autre bout du toit et contemplai un labyrinthe de rues obscures, sans doute la médina, la partie la plus ancienne de la ville. La foule semblait y évoluer dans une sorte de frénésie; il y avait des cris, des appels, des braiments d'ânes, des aboiements de chiens et même le blatèrement occasionnel d'un dromadaire.

Puis un son que je n'avais jamais entendu auparavant retentit : une voix masculine, aiguë mais qui portait très loin et provenait de derrière moi. Je me retournai et repérai le minaret d'une mosquée. Je compris alors que la voix était celle du muezzin, qui appelait les croyants à la prière. Soudain une autre voix se joignit à la première, puis une autre et encore une autre, en provenance des divers minarets répartis dans tout Tanger. Je me tenais sur ce toit, entourée par des appels rythmiques et sonores qui tous commençaient par *Allah Akbar*, les yeux rivés sur les montagnes éclaboussées d'écarlate.

Étienne entendait-il ces mêmes voix ? Regardait-il le ciel, les montagnes, la mer ? Pensait-il à moi en cette heure désolée comme je pensais à lui ?

Je dus fermer les yeux.

Lorsque l'écho des voix se fut tu, il régna un soudain silence et j'ouvris les yeux avec l'impression que ces prières étrangères m'avaient, d'une certaine façon, touchée au plus profond de moi. Sans réfléchir et suivant un vieux réflexe, je me signai.

Puis je repris l'escalier étroit et nauséabond en sens inverse. Je me sentais terriblement affamée. Je retournai dans le hall et dépassai l'entrée du bar.

À en juger par les voix et les rires sonores, il était évident qu'Elizabeth et ses amis s'y trouvaient encore. Le bar me parut sombre et flou, dépourvu de couleurs et de formes après la beauté radieuse que je venais de découvrir. De même que la prière, j'avais l'impression que les couleurs m'avaient touchée de leur grâce et qu'à l'instant où je passerais cette porte, Elizabeth, Marcus et les autres s'arrêteraient instantanément de boire et de bavarder pour me contempler avec stupéfaction. Il me semblait que le bref moment que je venais de passer sur le toit m'avait intégrée à la mosaïque de Tanger, avait fait de moi un fragment de ses sons et de ses couleurs.

Mais je dépassai le bar et personne ne se retourna, personne ne me remarqua.

Dehors, sur la terrasse spacieuse – déserte à part moi –, avec ses palmiers en pots qui se balançaient doucement, son mobilier de bois et sa vue sur le port, je commandai du thé à la menthe et de la *pastilla*, qui était, m'expliqua le garçon, un mélange d'une sorte de volaille – je ne pus comprendre s'il s'agissait de pigeon ou de perdrix –, d'amandes et d'œufs durs hachés dans un feuilletage de pâte extrêmement fine.

J'attendis en appuyant la tête contre le haut dossier de la chaise, prêtant l'oreille au bourdonnement étouffé des langues inconnues, au roucoulement d'une colombe toute proche, au bruissement régulier des palmes dans la chaude brise du soir. Tanger semblait une ville des plus plaisantes, même si je savais, tant par mes lectures que par la tapageuse Elizabeth Pandy, qu'elle était également dangereuse et incontrôlée, port franc que ne gouvernait aucun État. Je me sentais lasse, envahie par une mollesse qui n'était pas désagréable. Mais je ne voulais pas – ne pouvais pas – m'arrêter à Tanger pour me reposer. Je me redressai et chassai la langueur qui s'installait. Dès le lendemain, je me mettrais en quête d'un chauffeur pour me conduire à Rabat, ainsi que me l'avait conseillé l'Américain sur le bateau.

Un garçon déposa un plateau devant moi puis souleva la théière en cuivre très haut au-dessus du petit verre décoré dans son support en argent. Je m'attendais que le thé fasse des éclaboussures en tombant d'une telle hauteur, mais le garçon remplit mon verre de liquide mousseux sans en verser une seule goutte à côté. Puis il reversa le thé dans la théière, remplit à nouveau le verre et recommença tout le processus une troisième fois.

Enfin, il posa la théière, saisit le verre à deux mains et me le tendit en s'inclinant légèrement.

— *Très chaud**, madame, dit-il. Attendez, je vous prie, que cela refroidisse un peu.

J'acquiesçai, pris le verre par la poignée d'argent et le portai à mes narines. Le parfum de menthe était incroyablement puissant. J'en pris une petite gorgée et le trouvai extrêmement sucré, très différent de tous les thés que j'avais pu goûter jusqu'alors, mais il était délicieux.

Je pensai aux États-Unis, à la banlieue d'Albany, à mon jardin et au silence qui y régnait à cette heure de la journée. Si je ne franchissais pas le portail pour m'aventurer Juniper Road, les jours passaient sans que je voie personne, sans que je parle à qui que ce soit. Je pensai aux longues soirées d'hiver plongées dans la nuit.

Tout cela semblait si loin. D'un point de vue géographique, c'*était* loin, bien sûr. Mais il n'y avait pas que la distance. Il y avait tout ce qui m'était arrivé depuis cette époque, depuis ces jours tranquilles et tous semblables où je croyais que ma vie continuerait toujours ainsi. Quand je croyais que mon existence se résumait à de petites pièces bien définies d'un grand puzzle assez simple.

Quand j'étais certaine de toujours savoir où allait chaque pièce.

Chapitre cinq

Tout bascula deux ans plus tôt – en 1928 – quand mon père reçut une lettre d'un avoué.

— Lis-la pour moi, ma chérie, me demanda-t-il, le visage inquiet. Je ne vois pas ce que j'ai pu faire de mal.

— Ça ne veut pas dire que tu aies fait quoi que ce soit de mal, papa, le rassurai-je en ouvrant l'enveloppe pour parcourir la lettre.

— Bon, eh bien, vas-y. Qu'est-ce que ça dit ?

— Papa, dis-je en le regardant. Monsieur Harding est mort.

— Oh, fit mon père en s'asseyant à la table de la cuisine. Le pauvre. Je savais qu'il était malade depuis quelque temps.

Monsieur Harding avait été le dernier patron de mon père, celui qui s'était montré si généreux lorsqu'il avait dû se séparer de lui après quatorze ans de bons et loyaux services.

— Mais pourquoi un avoué m'écrirait pour m'apprendre ça ? demanda-t-il.

Je me passai la langue sur les lèvres en essayant de ne pas précipiter les choses. J'étais désolée que monsieur Harding soit mort, bien sûr, mais il avait quatre-vingt-douze ans.

— Tu te souviens de sa voiture, énonçai-je.

— Laquelle ? Il en avait toute une collection, répliqua mon père.

— Papa. Celle que tu aimais conduire le plus. Tu en parlais toujours.

Il releva le menton, souriant à présent.

— Ah oui, tu veux parler de la superbe Silver Ghost, c'est ça ? Une pure merveille. La conduire, c'était un peu comme de flotter sur un nuage.

Je connaissais bien la Rolls-Royce de 1921, avec son volant à droite, à l'anglaise, sa capote en cuir rétractable, ses gros phares et son pare-chocs tubulaire.

— Blanche, avec des lignes pures et un habillage intérieur rouge sang, continua mon père, souriant sans le vouloir.

Il prit sa pipe et la tapota contre le cendrier. Des résidus de tabac brûlé tombèrent du fourneau.

— J'adorais conduire cette merveille, conclut-il.

— Papa ? fis-je, incapable de m'empêcher de sourire plus longtemps. Monsieur Harding te l'a laissée. C'est dans son testament, papa. La voiture est à toi.

L'excitation me faisait parler plus fort.

Mon père, lui, se figeait à mesure que je parlais. J'attendais une réaction – une exclamation, un éclat de rire, quelque chose – mais il ne bougea pas.

— Ça ne te fait pas plaisir, papa ? Tu viens juste de dire...

— Je sais, ma fille. Je sais ce que j'ai dit.

— Mais alors, pourquoi n'es-tu pas...

Il m'interrompit à nouveau :

— Parce que c'est trop tard, Sidonie. Je n'ai plus l'âge d'avoir ce genre de voiture. Je ne peux plus me fier à mes yeux.

— Mais tu pourrais la conduire de jour, quand il fait bien clair, protestai-je.

Il me regarda.

— Non, non, Sidonie. Même avec les lunettes, je sais que je n'y vois plus assez.

Je m'assis en passant les doigts sur l'en-tête embossé de la lettre.

— Mais elle est à toi, insistai-je.

— Que veux-tu que j'en fasse ?

— Moi, je pourrais la conduire, papa, proposai-je en me redressant. Tu pourrais m'apprendre et je pourrais la conduire pour toi. Où tu voudras, dis-je, m'échauffant à cette idée. Imagine, papa. On pourrait aller où on voudrait.

Il n'y eut que le silence.

— Papa ? Je pourrais conduire, répétai-je.

— Non, Sidonie, répondit-il en bourrant sa pipe.

— Qu'est-ce que tu entends par là ?

Je le regardai tasser le tabac dans le fourneau avec son pouce. J'insistai :

— Bien sûr que je peux apprendre à conduire. Ça ne doit pas être si compliqué.

— Ça exige de la coordination, des mains et des pieds. Des pieds, Sidonie. Il faut pouvoir se servir des pédales – l'accélérateur, les freins et les vitesses. Il faut pouvoir plier les genoux. Je ne crois pas...

Il baissa les yeux vers ma chaussure à semelle compensée.

Mes lèvres se tordirent.

— Je peux apprendre, assurai-je d'une voix forte. Je veux apprendre. Je veux cette voiture.

Mon père parut étonné.

— Eh bien ! je n'aurais jamais cru entendre ce ton dans ta bouche.

Je savais que je parlais trop fort. Mais cette idée – l'idée de conduire – m'excitait. Je pris conscience qu'il y avait très longtemps que je n'avais pas eu à fournir le moindre effort. En fait, je n'arrivais plus à me rappeler à quand remontait la dernière fois que j'avais appris quelque chose de nouveau. Que je m'étais sentie fière d'avoir réussi quelque chose.

Je baissai la tête et tentai de maîtriser ma voix.

— C'est juste que... on te l'a donnée, papa. Si tu n'en veux pas, moi, je la prendrai.

Il secoua la tête.

— Comme je te l'ai dit, tu ne pourras pas...

— Je pourrai. Et je le ferai. Tu vas voir.

Soudain, je pensai à ma mère, et au fait que j'avais attendu qu'elle soit sur son lit de mort pour lui dire à quel point j'avais apprécié tout ce qu'elle avait fait pour moi.

— Hé, papa ?

Il s'était remis à bourrer sa pipe, mais il s'arrêta pour me regarder.

— Tu ne veux pas me laisser faire ça pour toi ? Te conduire où tu veux aller ? Te voir apprécier de rouler dans une belle voiture ? Tu as passé presque toute ta vie à conduire pour les autres. Tu as passé toute ta vie à faire des choses pour moi. Et maintenant, moi, je peux te conduire. Laisse-moi te conduire, papa, s'il te plaît. Laisse-moi faire quelque chose pour *toi*.

Il ne répondit pas, mais son expression se modifia, s'adoucit, et je compris que je pourrais avoir la Silver Ghost.

* * *

Lorsqu'on nous eut livré la voiture, mon père m'apprit à la conduire, et je m'enorgueillis de le voir aussi manifestement surpris par la rapidité avec laquelle j'assimilais ses leçons. Effectivement, comme il l'avait prédit, j'éprouvai certaines difficultés du fait que ma jambe droite manquait de force et que mon genou ne se pliait pas librement. Mais même quand il vit que je me débrouillais, mon père, connaissant le peu de réflexes de mon pied, continua de s'inquiéter.

Je m'aperçus tout de suite que j'adorais conduire la Silver Ghost et, dès la première fois que je la pris toute seule, elle me donna une sensation de puissance que je n'avais jamais connue auparavant. Derrière le volant, j'oubliais ma boiterie ; quand, la capote baissée, mes cheveux volaient au vent, je retrouvais le plaisir presque oublié de la vitesse. Peut-être cela me donnait-il un peu l'impression de courir.

* * *

Lors de ce premier été avec la voiture, je sortis fréquemment, pas seulement pour me promener dans la campagne, mais aussi en pleine ville, là où l'on ne me connaissait pas. La voiture attirait l'attention, et je finis par acquérir un sourire nouveau et assez fier pour saluer d'un signe de tête ceux dont le regard s'attardait sur les belles lignes de l'automobile avant de remonter vers sa conductrice. J'éprouvais un orgueil indéniable non seulement à posséder cette voiture, mais également à savoir la conduire : soudain, je n'étais plus simplement Sidonie O'Shea, la femme qui boitait et habitait en banlieue avec son père.

Au cœur de cet été torride, je m'enfonçais dans la campagne et faisais signe aux enfants qui marchaient le long des ornières sur les petites routes poussiéreuses de la région d'Albany. Je laissais la voiture au bord de la chaussée et me frayais un chemin entre les fourrés et les marais, tombant parfois sur l'une des mares qui émaillaient le paysage. Je m'asseyais au bord de l'eau et dessinais les joncs et les fleurs des champs. Je contemplais les castors en plein travail, les écureuils et les lapins qui s'agitaient sous les buissons, les oiseaux qui virevoltaient et s'occupaient de leur nid. Les grenouilles déglutissaient et les insectes bourdonnaient autour de ma tête. Je découvrais une nouvelle flore, des plantes sauvages dont je ne connaissais pas le nom, et je les esquissais à grands traits afin de pouvoir les identifier dans les livres de botanique dont les piles s'accumulaient dans ma chambre. Lorsque je revenais à ma voiture, j'avais les vêtements tachés de sueur, de la bardane accrochée à l'ourlet de ma robe et les cheveux humides et emmêlés.

J'avais hâte de rentrer pour peindre ce que j'avais esquissé. Mes aquarelles évoluèrent beaucoup cet été-là. Le fait de conduire avait d'une certaine façon délié mes poignets, mes doigts, et même mes épaules, et mes coups de pinceau s'en trouvèrent assouplis. Je me mis à employer des teintes plus riches, plus profondes.

Un jour que je terminais de peindre une moucherolle phébi sur son nid de boue et de mousse, je m'écartai pour examiner mon œuvre. Et je fus si satisfaite de ce que je vis que j'attrapai Cinabre et esquissai quelques pas glissés dans la chambre. Je crois bien que je dansais.

Je sais que j'étais heureuse.

* * *

Lorsque survinrent les premières neiges de l'hiver, il devint trop difficile de sortir la voiture du jardin, et je dus renoncer à conduire pendant de longs mois mornes. Je passai l'hiver à attendre le ronronnement rauque du moteur, la vibration légère du volant sous mes paumes, et la toute nouvelle liberté que m'avait donnée la Silver Ghost. Je rêvais de la conduire à nouveau.

* * *

L'hiver touchait à sa fin quand mon père me signala qu'il voulait assister à une vente aux enchères de voitures dans le comté voisin. Il annonça qu'il irait avec Mike Barlow.

— Non, je vais te conduire, dis-je en me levant aussitôt, la vieille excitation refaisant aussitôt surface. La neige a pratiquement fondu. J'ai regardé dans le jardin, ce matin, et j'ai vu que je pourrais sortir la Ghost. J'ai ouvert le capot la semaine dernière et j'ai fait tourner le moteur. Elle est prête à partir, papa.

— Ce n'est pas la peine, Sidonie. Mike a dit qu'il m'emmènerait dans sa camionnette. Les routes sont glissantes après les pluies d'hier et le gel par-dessus. Alors, avec ta jambe...

— Cesse de m'embêter avec ma jambe. Et puis j'ai envie d'y aller, moi aussi. Ça fait des mois que nous n'avons pas assisté à une vente.

Je ne parlai pas de mon désir de conduire. Plus tard, avec un peu plus d'expérience, je comprendrais que l'idée de me glisser derrière le volant était pratiquement de l'ordre du désir sexuel. Je mis mon manteau, me regardai dans le miroir au-dessus du buffet et rejetai mes cheveux en arrière.

— Je t'emmène, et voilà tout. On va s'amuser, papa, ajoutai-je.

Quelque chose avait changé. J'avais maintenant confiance en moi.

Mon père secoua la tête, sans desserrer les lèvres, mais il mit son manteau et ses bottes de caoutchouc.

Je ne voulais pas qu'on parte dans la mauvaise humeur, aussi mis-je mes bras autour de lui et le serrai-je contre moi en lui souriant.

— Mets une écharpe, papa, lui dis-je.

— *Il n'est point d'écharpe plus chaude que les bras de sa fille autour de son cou*, cita-t-il, et je souris encore.

Cette fois, il me sourit aussi, et hocha la tête.

* * *

Nous dûmes dégager à la pelle les derniers tas de neige molle qui subsistaient sur l'allée, et, lorsque ce fut fait, j'avais chaud et le visage empourpré. J'ôtai mon manteau en montant dans la voiture et le posai entre nous.

— Sidonie. Tu vas attraper froid.

— Papa, répliquai-je en secouant la tête mais en souriant. Monte.

Rien n'aurait pu altérer mon plaisir.

S'il était effectivement merveilleux de se retrouver à nouveau au volant de la Silver Ghost, je n'avais jamais conduit dans des conditions plus difficiles que des pluies d'été ou d'automne. Comme mon père l'avait prédit, la route était verglacée et, dès que j'accélérais trop rapidement, les minces pneus de l'automobile dérapaient juste assez pour me surprendre et me pousser à redresser un peu trop vivement le volant afin de retrouver mon cap. Mon père ne disait rien, mais j'entendais ses dents se serrer sur le tuyau de sa pipe éteinte.

Je finis par avoir froid, et mes épaules se raidirent. Je regrettais d'avoir retiré mon manteau mais refusais de l'admettre. Je passais les vitesses lentement, et il arrivait que l'embrayage grince un peu. Chaque fois que cela se produisait, je voyais du coin de l'œil la tête de mon père se tourner brusquement vers moi, mais je faisais comme si de rien n'était. Bien qu'il fût à peine plus de midi, le ciel se couvrit au moment où nous quittions la ville.

Il était plus aisé de maintenir la direction de la voiture sur la route déserte gravillonnée. Des champs humides s'étiraient de part et d'autre, et je m'efforçai de me détendre, relâchant les épaules et desserrant mes mains sur le volant de bois.

— Mets les phares, Sidonie, me dit mon père en prenant mon manteau. Range-toi, mets ton manteau et allume les phares.

Je fis non de la tête, crispée par la concentration.

— Il ne fait pas nuit, papa, répliquai-je d'une voix énervée. Ce sont juste tes yeux.

Je me remémorerai par la suite ces derniers mots prononcés sur ce ton légèrement strident.

— Il commence à y avoir du brouillard.

— Il n'y a pas d'autre voiture sur la route, assurai-je en me tournant vers lui.

Il tenait mon manteau serré contre sa poitrine. Puis, soudain, son expression changea. Je crus qu'il était en colère et je secouai la tête.

— Je suis tout à fait capable de...

— Sidonie ! hurla-t-il, et je reportai mon attention sur la route.

Un camion arrivait en face, aussi pâle qu'un fantôme dans la pénombre, et cette vision inattendue me surprit tellement que j'eus un hoquet et donnai un grand coup de volant pour m'écarter du véhicule. Lorsque je revécus, encore et encore au cours des jours, des semaines et des mois qui suivirent, cette fraction de seconde et la réaction que j'avais eue, je me rendis bien compte que mon geste n'avait pas eu lieu d'être. Le camion occupait son côté de la route et nous roulions du nôtre. Mais je ne l'avais pas vu venir parce que je regardais mon père, et c'était la surprise qui m'avait fait faire ce mouvement instinctif.

Le paysage se brouilla et la voiture se mit à tournoyer de façon sinistre malgré tous mes efforts pour reprendre le contrôle.

— Ne freine pas ! cria mon père. Débraye, débraye !

J'essayai, mais mon pied, avec sa grosse chaussure, glissa sur la pédale. Le volant tourna sous mes mains. Il y eut une incroyable sensation de voler, puis ce fut l'obscurité.

* * *

Je ne sais pas combien de temps s'écoula avant que j'ouvre les yeux. Ce que je voyais à travers le pare-brise était tellement curieux que je dus cligner des paupières à plusieurs reprises pour comprendre de quoi il s'agissait. Je finis par prendre conscience que la voiture était couchée sur le côté, et que j'avais la joue contre la fenêtre latérale.

— Papa ? murmurai-je en remuant la tête.

Je sentis un crissement étrange sous mon visage, et une douleur sourde dans la joue ; j'y portai la main et sentis quelque chose de bizarre incrusté dans la chair. Je tirai dessus, ne sentant rien de plus qu'un petit pincement, et contemplai sans réagir un long éclat de verre couvert de sang.

— Papa, répétai-je en laissant tomber le bout de verre pour chercher mon père.

Il ne se trouvait pas sur le siège passager. Pendant un instant, je crus qu'il était parti chercher de l'aide, mais alors que mon esprit s'éclaircissait, je découvris avec horreur que son côté du pare-brise était complètement fracassé et qu'il y avait du sang sur les bords du verre déchiqueté. Je me redressai à grand-peine de ma place. J'avais tout un côté de la tête endolori, mais c'étaient des élancements étouffés. Pour sortir de la voiture, je dus monter sur le levier de vitesse et faire passer le bas de mon corps sur le siège passager. Il me fallut lutter pour arriver à repousser la portière vers le ciel. Lorsque j'eus enfin réussi à l'ouvrir, je me hissai hors de la carcasse, le bas de mon corps formant un poids mort qui me rappela les débuts de ma polio. Je parvins à m'extirper de la voiture et tombai du haut de la portière ouverte jusqu'au sol. La voiture gisait à moitié sur la chaussée et à moitié dans un fossé peu profond qui donnait sur des chaumes givrés.

Je me mis en position assise et scrutai la brume.

— Papa ! appelai-je d'une voix basse et rauque.

Je me levai et marchai vers le milieu de la route. Un petit animal sombre se tenait tapi, immobile devant moi ; en m'approchant, je vis qu'il s'agissait de mon manteau.

— Papa ! m'écriai-je à nouveau en tournant lentement sur moi-même. Où es-tu ?

Puis j'aperçus un petit monticule dans le champ labouré, à plusieurs mètres de la voiture, et sus avec certitude qu'il s'agissait de mon père. Arrivée près de lui, je m'agenouillai en répétant *papa, papa, papa* et en caressant son visage ensanglanté. Il était couché sur le dos, un bras relevé au-dessus de sa tête, mais, à part la plaie ouverte sur son front et tout le sang qu'il avait perdu, il paraissait calme et serein, comme s'il dormait. Une touffe d'herbe rêche et mouillée s'était prise dans son col. Je la sortis et posai ma joue contre sa poitrine. Elle était chaude et je la sentis se soulever et s'abaisser, lentement.

Ce ne fut qu'à ce moment-là, maintenant que je le savais vivant, que je me mis à pleurer.

— Tu vas t'en sortir, papa. Tu vas t'en sortir, prononçai-je encore et encore, pleurant dans l'air froid et humide qui nous enveloppait.

* * *

Quelque chose me réveilla, et je m'empressai de relever la tête, pleine d'espoir. Mais mon père gisait toujours, immobile dans son lit d'hôpital, et je me rendis compte aussitôt que ce qui m'avait réveillée était la douleur cuisante de ma joue. Je voulus la toucher et sentis de la gaze et du pansement adhésif. Je tâtai l'ensemble pendant quelques secondes, juste un peu curieuse, puis repris la main de mon père, comme je le faisais depuis qu'on m'avait autorisée à venir dans sa chambre. La peau, au dos de sa main, était parcheminée. Les veines, fines et bleues, formaient un fin réseau sous les taches brunes. Depuis quand mon père avait-il tant vieilli ?

Sa respiration resta un instant en suspens, et je lui serrai la main en scrutant son visage. Un spasme crispa ses traits mais, l'instant d'après, son expression et sa respiration étaient revenues à la normale et je me détendis. J'avais la bouche sèche. Je pris le pichet en métal sur la table de chevet et y vis mon reflet déformé : mes longs cheveux emmêlés qui pendaient de part et d'autre de mon visage, mes yeux qui affectaient une forme bizarre sur le métal, mes sourcils épais, le pansement blanc sur ma joue, mes lèvres ouvertes suggérant l'interrogation.

Je remis le pichet sur la table.

— Papa, prononçai-je à mi-voix. Papa, s'il te plaît.

S'il te plaît quoi ? Réveille-toi ? Ne meurs pas ? Pardonne-moi ? Je repris sa main et la portai à ma joue indemne.

— Vous devez vous reposer pendant qu'il dort, dit une voix, et, avec lassitude, je me tournai pour regarder par-dessus mon épaule.

C'était un homme, un médecin, supposai-je, me fiant au stéthoscope qui pendait à son cou. Je reposai la main de mon père et me levai.

— Pouvez-vous me dire quelque chose? demandai-je. Est-ce... est-ce qu'il va se remettre ?

Le médecin regarda mon père, puis se retourna vers moi.

— Il y a eu beaucoup de lésions internes.

La voix de cet homme avait quelque chose de vaguement familier – mais peut-être voulais-je me raccrocher à cette idée.

— Et, continua-t-il, du fait de son âge... c'est... mademoiselle O'Shea, c'est cela ? Vous devez vous préparer au pire.

— Au pire ? répétai-je en m'asseyant.

— Vous ne voulez pas rentrer chez vous un petit peu ? L'homme et la femme qui ont amené vous ici, vous et votre père – vous connaissez eux ? Vous pourriez les appeler pour qu'ils vous ramènent chez vous ?

Je fis un mouvement de dénégation de la tête. Je n'avais qu'un vague souvenir d'une voiture s'arrêtant sur la route et d'un homme qui soulevait mon père pour le déposer sur sa banquette arrière pendant qu'une femme pressait un mouchoir contre ma joue et posait mon manteau sur mes épaules.

— Je vais rester avec lui.

Le médecin garda un instant le silence.

— Quelqu'un a prévenu votre mère? demanda-t-il. Ou peut-être un frère, une sœur... vous le dites à l'infirmière, et elle peut téléphoner pour vous. Vous avez de la famille, quelqu'un...

— Il n'y a que moi, l'interrompis-je d'une voix rauque. Que moi, répétai-je.

— Les médicaments, s'enquit-il alors, ça a aidé ?

— Je se sais pas, dis-je en regardant mon père.

— Non, corrigea-t-il, votre visage. Il vous fait très souffrir ?

Je levai la main pour toucher le pansement, comme je l'avais déjà fait plus tôt.

— Non. Je... je ne me souviens plus...

— C'est une coupure profonde, mademoiselle O'Shea. Il y avait beaucoup de très petits bouts de verre, j'ai tout retiré et j'ai recousu pour vous.

Je perçus soudain son accent, et ses petites fautes linguistiques, et je compris pourquoi sa voix me semblait familière; son anglais me rappelait celui de ma mère. Un souvenir me revint : l'odeur âcre du désinfectant et le visage de cet homme tout près du mien, la sensation qu'on triturait ma chair, froide et engourdie.

— Non, assurai-je. Ça ne fait pas mal.

Pourquoi me parlait-il de ma blessure insignifiante? C'était mon père qui avait besoin de soins.

— Ne pouvez-vous rien faire ? N'y aurait-il pas une opération que vous pourriez pratiquer, quelque chose... quelque chose qui puisse l'aider ?

Le médecin secoua la tête. Son expression reflétait quelque chose. Était-ce de la tristesse ?

— Je suis désolé, assura-t-il, et il était clair que ce n'étaient pas des paroles en l'air. Maintenant, tout ce que nous pouvons faire, c'est attendre.

Il consulta la montre qu'il venait de tirer de son gousset.

— Je dois partir maintenant, mais je reviendrai dans plusieurs heures.

Je hochai la tête. Malgré son professionnalisme, son visage exprimait un souci sincère, peut-être même de la bonté. Et sa voix... Je repensai à ma mère, et me sentis plus seule que je ne l'avais jamais été de toute ma vie. Je n'avais pas envie de voir partir cet homme; en cet instant, un parfait étranger aurait apporté un réconfort.

— Mademoiselle O'Shea, il vaut mieux pour vous de dormir un peu. Vous êtes assise comme ça depuis beaucoup d'heures. Et les médicaments pour la douleur – pour votre visage – ils vous fatiguent.

Je repensai au médecin qui m'avait soignée lorsque j'avais attrapé la polio, puis à celui qui était venu voir ma mère, les derniers jours. Ces hommes en étaient certainement à la fin de leur carrière ; ils m'étaient apparus si vieux, si usés, comme s'ils avaient passé leur vie à donner de mauvaises nouvelles.

— C'est ma faute, avouai-je, sans savoir pourquoi j'éprouvais le besoin de me confesser à ce médecin.

Il avait le front haut et intelligent, et les joues roses. Il ne devait pas être médecin depuis si longtemps ; il n'était certainement pas beaucoup plus vieux que moi.

— Il m'avait dit de ne pas conduire.

Il ne répondit pas, mais continua de me regarder, les mains dans les poches de sa veste, comme s'il attendait que je poursuive.

Je repris la main de mon père, la pressant cette fois contre mon front.

— Je suis le docteur Duverger, dit l'homme. Si vous désirez parler à moi de votre père, ou de votre visage, demandez à une infirmière d'aller chercher moi. Docteur Duverger, répéta-t-il en me regardant avec intensité.

Mais je me sentis soudain tellement lasse, tellement saisie, que je me contentai de hocher la tête avant de reporter mon attention sur mon père.

* * *

Mon père mourut juste avant le lever du jour, sans avoir repris conscience, sans m'avoir pardonné. J'étais là, dans la chambre avec lui, mais, au moment de sa mort, je m'étais endormie. C'est une infirmière qui entra et découvrit qu'il ne respirait plus. Elle me réveilla en posant une main sur mon épaule.

— Je suis désolée, mademoiselle O'Shea, dit-elle alors que je fixais alternativement les yeux sur mon père et sur elle. Il n'y a plus rien à faire.

Je la dévisageai comme si elle parlait une langue étrangère.

— Il est parti, ma petite, insista-t-elle, la main toujours posée sur mon épaule. Venez maintenant. Venez prendre un peu de thé.

Je n'arrivais pas à comprendre comment cela avait pu se passer ainsi. Si discrètement, subrepticement. Mon père n'avait-il pas mérité mieux que ça de la vie, de moi ?

— Venez, répéta-t-elle, et je me levai pour la suivre, sans cesser de regarder mon père.

Je me souviens de m'être assise dans une petite pièce avec une tasse de thé à la main, et que le jeune médecin – comment avait-il dit qu'il s'appelait, déjà ? – me parlait. Mais je n'arrivais pas à comprendre ce qu'il disait. Je sortis de la pièce, mais le médecin me suivit et déposa quelque chose – un petit récipient – dans ma main. Puis il me mit mon manteau sur les épaules et je respirai l'odeur de mon père, l'odeur de son tabac, ce qui me donna le vertige. Le docteur posa la main sur mon poignet pour m'aider à reprendre mon équilibre.

— Vous devez appliquer la pommade sur votre joue, recommanda-t-il. La pommade – là, dans votre main. Mettez-en chaque jour. Avec un pansement propre. Revenez me voir dans une semaine. Comment allez-vous rentrer ? demanda-t-il, et je regardai sa main sur mon poignet puis son visage. Qui va ramener vous chez vous, mademoiselle O'Shea ? insista-t-il. Y a-t-il quelqu'un qui peut vous emmener et rester avec vous, pour que vous ne restez pas seule ?

Je n'arrivais pas à réfléchir clairement.

— Me ramener ? Je... je ne sais pas. La voiture... ma voiture... est-elle... où est-elle ? questionnai-je, comme s'il pouvait le savoir.

— Je ne sais pas, pour votre automobile, mais je crois que c'est mieux si vous ne conduisez pas. Nous allons trouver quelqu'un... il est très tôt... Où habitez-vous, mademoiselle O'Shea ? demanda-t-il alors.

— Juniper Road, répondis-je.

— Je vais essayer de trouver quelqu'un pour vous conduire, dit-il. Il faut attendre.

Je restai là, cherchant à analyser ses paroles. Il était vraiment gentil.

— Non, finis-je par répondre, recouvrant enfin la raison. Mon voisin, monsieur Barlow. Mike Barlow. Il viendra me chercher. Il me conduira chez moi.

— Il a le téléphone ?

Je hochai la tête. Tout ce que je voulais, c'était quitter cet endroit, avec le corps sans vie de mon père.

— Oui, répondis-je alors que j'avais soudain très froid et frissonnais. Mais... je n'arrive pas à me souvenir de son numéro. Je n'arrive pas à m'en souvenir, répétai-je en portant la main à ma bouche. Je le connais, ajoutai-je à travers mes doigts tremblants. Je le connais, mais je n'arrive pas...

Le médecin hocha la tête et lâcha mon poignet pour me prendre par l'épaule.

— C'est le choc, mademoiselle O'Shea. Asseyez-vous, s'il vous plaît. Mike Barlow, Juniper Road ? Je vais trouver le numéro, assura-t-il.

Claquant des dents, je pris place à l'endroit qu'il m'indiquait et le suivis des yeux tandis qu'il s'éloignait vers un bureau où il parla à une femme. Elle me regarda et hocha la tête, puis ce fut lui qui se retourna vers moi.

— Mettez votre manteau, mademoiselle O'Shea, me lança-t-il d'une voix forte. Ne prenez pas froid.

Chapitre six

Nous roulions dans la lumière ténue du petit matin. Le ciel s'était dégagé et le soleil levant brillait timidement, comme s'il n'était pas sûr de lui. Monsieur Barlow baissa la vitre, et le parfum sucré annonciateur du printemps emplit la camionnette. Ma joue m'élança soudain avec une telle force que je repris mon souffle et fermai les yeux.

— Ça va, Sidonie ? s'enquit monsieur Barlow.

J'ouvris les yeux et observai son visage mangé de barbe, me rappelant soudain que quand j'étais enfant, ses sourcils vaguement roux me faisaient penser à des chenilles. Ils étaient à présent semés de blanc bien qu'ils fussent toujours raides et touffus.

— Ça va ? répéta-t-il, et je hochai la tête en me détournant de lui pour regarder droit devant moi.

C'est alors que je la vis. La magnifique Silver Ghost, retournée. Elle dégageait une formidable impression de tristesse. Elle gisait telle une grosse bête blanche, vaincue et abattue, dans la boue caillouteuse. Le soleil se refléta dans son rétroviseur latéral, et m'aveugla un bref instant. Je me protégeai les yeux avec mes mains.

— Ton père était un homme bien, Sidonie, dit monsieur Barlow.

Et je l'ai tué. Je l'ai tué, pensai-je.

* * *

C'est monsieur Barlow qui me ramena à l'hôpital, trois semaines plus tard. Il se présenta à ma porte, la casquette entre ses mains.

— Nora dit que l'hôpital a téléphoné. Tu étais censée y retourner. Ils disent que tu as manqué ton rendez-vous.

— Mon rendez-vous ? Quel rendez-vous ? m'étonnai-je, serrant Cinabre contre ma poitrine.

Monsieur Barlow se racla la gorge, puis se toucha la joue.

— C'est sûrement pour ta figure, Sidonie.

Monsieur et madame Barlow s'étaient montrés très bons pour moi au cours de ces dernières semaines. Ils m'avaient aidée à organiser l'enterrement, et madame Barlow m'avait apporté chaque jour quelque chose à manger. Il m'arrivait de manger, mais il m'arrivait aussi de ne rien prendre, et il m'arrivait aussi d'oublier si j'avais mangé ou pas.

Monsieur Barlow m'avait conduite chez le notaire d'Albany et était resté avec moi pendant qu'on m'expliquait que mon père m'avait laissé un petit héritage. Il avait réussi à mettre un peu d'argent de côté et me léguait tout. Au moment de partir, je me tournai vers monsieur Barlow.

— Est-ce que cela va suffire pour le loyer? demandai-je, incapable à cette époque de comprendre ce que représentait la somme en question.

— Ne t'en fais pas pour ça, Sidonie. Ça va te permettre de tenir un moment. Mais... ajouta-t-il avant de s'interrompre. Ne t'inquiète pas pour le loyer, reprit-il, et je hochai la tête. Tu vas devoir ouvrir un compte en banque, dit-il encore, et je me contentai à nouveau de hocher la tête.

Lors de ces premières semaines, rien ne semblait avoir de sens.

J'essayais parfois de lire, mais ne parvenais pas à me concentrer; j'essayais de peindre, mais les couleurs restaient plates et mes pinceaux sans vie. Si l'envie me prenait de faire du thé, je mettais la bouilloire sur le feu, l'oubliais jusqu'à ce qu'un sifflement perçant me fasse sursauter et m'apercevais qu'en fin de compte, je n'en voulais plus. Je prenais un stylo pour dresser la liste des commissions à faire et restais le stylo en suspens au-dessus du papier, ayant oublié ce que je m'apprêtais à écrire; un jour, je me demandai même pourquoi Cinabre ne cessait de me suivre dans toute la maison jusqu'à ce que je m'aperçoive, avec un sursaut de culpabilité, qu'elle n'avait ni eau ni nourriture dans ses écuelles.

La maison, sans mon père, était tellement silencieuse.

À la mort de ma mère, j'avais fait mon deuil. Il avait été passif et avait consisté à penser à elle et à la pleurer. Mais, à la mort de ma mère, j'avais encore mon père. Alors qu'en l'absence de mon père, je n'arrivais pas à pleurer; c'était une sensation très différente. Au lieu de faire mon deuil, je souffrais, et c'était actif. J'avais un trop-plein d'énergie mal employée. J'avais besoin de bouger, de trouver quoi faire pour m'occuper.

Nos chasses aux mascottes et aux bouchons de radiateur me manquaient. L'entendre siffler tous les matins en se rasant me manquait. Repasser ses chemises et voir son visage s'éclairer de contentement en enfilant les manches fraîchement amidonnées me manquaient.

J'allais dans la remise et astiquais la vieille Ford T. Je sortais les mascottes et les bouchons de radiateur de leur vitrine en pin et les faisais briller. Je sortais les chemises propres et repassées de mon père et les relavais. Quand elles étaient sèches, je les détendais de la corde à linge et les repassais, le fer rendant un bruit mat tandis que la vapeur enveloppait mon visage.

que quelqu'un veillerait sur moi puisqu'il semblait bien que je n'avais rien fait pour apprendre à me débrouiller toute seule.

Je me sentis gagnée par une panique sourde. Je me mis au lit sans quitter mon manteau et en serrant Cinabre contre moi. Et même quand elle commença à s'agiter parce qu'elle avait trop chaud sous les couvertures, je m'accrochai à elle comme à une bouée de sauvetage.

Cela se passait quatre jours avant que monsieur Barlow ne vienne frapper à ma porte pour me conduire à l'hôpital.

* * *

Il était toujours là, sa casquette dans ses mains.

— Sidonie ? dit-il, et je sursautai, perdue dans mes pensées.

— Oh ! Oui, excusez-moi. Quand suis-je censée aller à l'hôpital ?

Il haussa les épaules.

— Nora ne l'a pas dit. Seulement que tu avais manqué ton rendez-vous et qu'il fallait que tu y ailles. Je peux t'y conduire maintenant.

Je posai Cinabre – elle avait treize ans et pesait lourd à présent – et pris mon manteau accroché à la patère derrière la porte. Alors que nous marchions sous le soleil printanier, je fourrai mes mains dans mes poches et sentis quelque chose dans la poche gauche. C'était une petite fiole et un papier plié. J'avais remis mon manteau depuis l'accident – à l'enterrement, à l'église, pour aller chez le notaire, faire des courses ou quand je m'asseyais sur la véranda –, mais je n'avais pas remarqué la présence de ces objets. Les avais-je touchés sans même avoir la curiosité de regarder ce que c'était, ou bien n'avais-je pas mis du tout les mains dans mes poches ?

La fiole contenait l'onguent que le médecin m'avait remis le jour où mon père était mort, et la feuille indiquait qu'il fallait l'utiliser trois fois par jour. L'ordonnance pouvait être renouvelée si besoin était. Il y avait aussi une date, deux semaines plus tôt, pour revenir voir le médecin. Il y avait un en-tête au nom du *Dr E. Duverger, docteur en médecine.*

Nous roulâmes en silence et, quand je descendis, monsieur Barlow me toucha le bras.

— Je vais t'attendre, me dit-il.

Je hochai la tête et montai les marches de l'hôpital. Je m'arrêtai à la porte, assaillie par le souvenir de la mort de mon père et de mon départ, le lendemain matin grisâtre, dans la camionnette de monsieur Barlow. Je fus prise de nausée. Il m'était impossible de franchir à nouveau ces portes ; je fis demi-tour et commençai à redescendre l'escalier. Mais monsieur Barlow garait déjà la camionnette, et je le voyais de dos par la vitre.

Je ne pouvais pas le laisser me voir aussi faible, je ne pouvais pas retourner à la camionnette pour lui demander de me ramener chez moi en admettant que j'avais peur de pénétrer dans l'hôpital.

Je pris une profonde inspiration et entrai. Saisie d'un haut-le-cœur je cherchai les lavabos du regard, mais n'en trouvai pas. Je me présentai à l'accueil et l'on m'introduisit dans une petite pièce où, après une courte attente, un médecin entra. Le docteur Duverger. Je me rappelais ses joues roses. Il avait les cheveux très noirs, de même que ses yeux. Comme les miens.

— Bonjour, mademoiselle O'Shea, me salua-t-il avec un très léger sourire tout en m'examinant.

Le sourire s'évanouit aussitôt, et un sillon se creusa entre les deux sourcils.

— J'ai téléphoné votre amie – le numéro que vous avez donné à moi pour qu'on vous ramène chez vous – parce que j'ai vérifié les dossiers de mes patients et j'ai vu que vous n'êtes pas revenue pour retirer les points, expliqua-t-il.

Il se tenait devant moi et je devais lever les yeux pour le regarder. J'essayais toujours de calmer la nausée qui me contractait l'abdomen.

— Il fallait revenir avant, mademoiselle O'Shea. Vous n'avez pas vu ce qui s'est passé ?

— Ce qui s'est passé ? répétai-je d'une voix faible. Que voulez-vous dire ?

— La chair a recouvert les points, et la blessure, elle s'est transformée en... (il prononça quelques mots en français, à voix trop basse pour que je puisse les comprendre). En chéloïde, dit-il alors en anglais. C'est devenu chéloïdien.

— Qu'est-ce que c'est ? demandai-je avec un petit haussement d'épaules.

— Les tissus – ils grandissent trop vite. Regardez, me dit-il en prenant un miroir rond dans son bureau et en le tenant de façon que je puisse voir mon visage, et ses doigts qui couraient le long de la cicatrice rouge. Ce bourrelet, là, c'est formation de tissu cicatriciel fibreux. Votre tissu, il a été trop actif et il a poussé trop rapidement. Trop vite. Vous auriez pu l'arrêter. Vous n'avez pas senti de la démangeaison, du tiraillement ?

Je secouai la tête.

— Ça n'a pas d'importance.

Il me dévisagea, et quelque chose dans son expression me fit soudain honte. Je posai la main sur ma joue. Elle était chaude.

— Mon père... l'enterrement et... et tout le reste. Je... j'ai oublié. Ou... je ne sais pas, finis-je par admettre sans vouloir reconnaître l'altération de mon état durant les semaines qui avaient suivi la perte de mon père.

L'expression du médecin s'adoucit, et il s'assit sur une chaise en face de moi.

— Je comprends. C'est une période difficile. J'ai perdu parents à moi aussi.

En entendant ces mots d'un homme que je ne connaissais pas, je sentis mes yeux me brûler. Je n'avais pas pu pleurer à l'enterrement, ni après, quand tous les voisins de notre rue et tous les vieux amis de mon père étaient venus chez nous, les femmes pour me serrer dans leurs bras et les hommes pour me prendre la main ou me donner une petite tape sur l'épaule.

J'étais restée forte durant ces trois dernières semaines. Je n'avais pas flanché pendant que j'astiquais la Ford T et faisais briller les mascottes et bouchons de radiateur, pendant que je repassais les chemises de mon père et mouillais sa crème à raser avec le blaireau pour en humer la mousse, quand je glissais sa pipe entre mes dents et goûtais l'amertume légère du tabac, quand je m'allongeais sur son lit et découvrais un cheveu argenté sur son oreiller. Je n'avais pas flanché en me répétant que je n'avais pas le droit de pleurer sur mon obstination, sur mon erreur fatale de jugement.

Quel pouvoir avait donc cet homme pour me donner envie, aussi subitement, de pleurer, la tête posée contre sa poitrine ? De sentir ses bras autour de moi ? Je déglutis et clignai des yeux, soulagée que mes yeux soient restés secs.

— Ça va, mademoiselle O'Shea ? demanda-t-il. Je vois... je devrais vous dire de revenir une autre fois, peut-être. Mais cela fait déjà trop longtemps pour le visage à vous. Permettez-moi de regarder encore.

Je levai le menton et il se pencha à nouveau au-dessus de moi, ses doigts tâtant doucement ma joue. Je respirai un parfum de désinfectant, et, en dessous, une très légère odeur de tabac qui me fit à nouveau penser à mon père. Les doigts du médecin étaient à la fois fermes et pleins de douceur.

— Vous êtes français, commentai-je, me sentant aussitôt stupide, sans savoir pourquoi j'avais ainsi énoncé l'évidence.

Il se contenta de se redresser sur son siège et chaussa une paire de lunettes pour étudier mon dossier.

— *Oui**, dit-il en lisant.

— Ma mère était française. Pas de France. Du Canada.

— *Je sais**, murmura-t-il sans cesser de lire.

— Vous savez ? m'étonnai-je.

Il posa le dossier sur le bureau et retira ses lunettes. Il souriait à nouveau cette fois, de ce petit sourire incertain.

— Je ne savais pas que c'était la mère à vous, mais je vous ai entendue prier dans le français de ce pays. Et chanter aussi. J'ai entendu la chanson française.

— Chanter ? répétai-je, à nouveau surprise.

— *Dodo, l'enfant do**. La nuit... quand votre père est mort. Je vous ai entendue chanter ça en passant devant la porte... comment vous appelez les chansons pour endormir les enfants ?

— Des berceuses, répondis-je.

— Oui. Ma mère chantait aussi cette berceuse à moi. Très traditionnelle, ajouta-t-il avec un sourire spontané, chaleureux et sincère, qui disparut instantanément de son visage. Mademoiselle O'Shea, vous voulez que votre visage est mieux ?

Il reprit le petit miroir et me le tendit une seconde fois.

Je le saisis et me regardai. La cicatrice était vilaine, rouge et boursouflée, allant de la pommette jusqu'à la mâchoire. Je fus horrifiée par sa laideur. Comment avais-je pu ne pas la voir telle qu'elle était ? Je m'étais forcément regardée dans la glace pour me laver soigneusement la figure, en évitant la blessure douloureuse, ou pour me coiffer et nouer chaque jour mes cheveux en chignon sur la nuque.

Le Dr Duverger effleura de nouveau ma cicatrice du bout de l'index, mais je ne sentais rien.

— Avec très petite intervention chirurgicale, je peux réparer ça. Il y aura des nouveaux points, mais cela laissera une cicatrice moins importante. Plus fine et moins en relief. Vous voulez que je fasse ça ?

Comme je ne répondais pas immédiatement, il ajouta :

— Mademoiselle O'Shea ?

Je me détournai de mon reflet pour le regarder.

— Ce n'est pas une intervention coûteuse.

Je posai le miroir.

— Si c'est cela qui fait hésiter vous.

Je le regardai bien en face.

— Non.

De toute évidence, il ne s'attendait pas à cette réaction. Je baissai les yeux sur mon sac, toujours posé sur mes genoux, et me mis à en triturer les poignées.

— Je ne comprends pas. Qu'est-ce qui arrête vous alors ? Vous avez peur de l'opération ? Mais ce n'est vraiment pas la peine. C'est très simple et il n'y aura pas de complica...

Il s'interrompit et, sans lâcher mon sac, je levai les yeux vers lui.

— Peut-être que vous voulez choisir un autre médecin ?

Son visage s'était fermé. Le Dr Duverger ne pouvait pas voir l'énorme culpabilité qui me rongeait. C'était si lourd à porter. Et c'était laid, comme la cicatrice.

— Je peux vous donner le nom de un confrère. Juste pour avoir un autre avis. C'est tout naturel, mademoiselle O'Shea.

Je ne voulais pas être ici. L'odeur d'antiseptiques de l'hôpital, le son des semelles de caoutchouc des infirmières sur le carrelage, les cris occasionnels qui filtraient par les portes... tout était trop réel. Je n'avais jamais voulu revenir. Je n'aspirais qu'à rentrer chez moi, et à me terrer, bien en sécurité entre les murs de ma maison.

— Je n'ai pas peur, assurai-je.

J'avais parlé trop fort et de façon précipitée. L'avait-il perçu, savait-il que je mentais ? Je le devinais fin et sensible.

— C'est juste que je ne sais pas si ça vaut la peine, repris-je – tout ce temps et cette énergie. Pour moi, cela n'a pas d'importance, et cela n'en a pour absolument personne d'autre. Je me moque de mon apparence, je vous assure, docteur Duverger.

— Vous avez l'impression que vous ne méritez pas l'opération, mademoiselle O'Shea ? dit-il en haussant les sourcils.

Il attendit une réponse, mais je restai muette et il finit par lever les épaules avec agacement.

— Si c'est le cas, évidemment, c'est le droit à vous, dit-il en se levant. Mais je regrette que vous êtes aussi peu importante pour vous-même. Il n'est pas nécessaire de garder cette cicatrice pour toujours.

Il sortit, et je restai là où j'étais. Au bout d'un moment, j'examinai à nouveau mon reflet dans le miroir. Puis je le reposai enfin sur le bureau et sortis retrouver monsieur Darlow dans sa camionnette.

Il n'y avait aucun moyen d'expliquer au médecin que si, effectivement, l'une des raisons qui me poussaient à refuser cette petite intervention était la peur – pas de la douleur mais des horribles images et impressions que faisait ressurgir l'hôpital –, la raison principale était que cette cicatrice était là pour me rappeler quelle sorte de personne j'étais réellement et ce que mon entêtement avait provoqué. Il *était* absolument *nécessaire* que je garde cette cicatrice.

Chapitre sept

Je passai une semaine à Tanger.

Il était clair que les nouvelles allaient vite dans les ruelles tortueuses et les souks agités, car à part Elizabeth Pandy, je n'avais signalé qu'à Omar – le boy qui avait porté mes bagages dans ma chambre lors de mon arrivée à Tanger – que je cherchais quelqu'un qui avait une voiture pour me conduire à Rabat. Cependant, presque immédiatement, un défilé qui paraissait infini se présenta à la porte de l'*Hôtel Continental*. Ces hommes furent interceptés par le portier, qui ne les laissa pas entrer dans le hall. Ils attendirent donc dehors qu'on me fasse descendre pour leur parler.

Il s'avéra tout de suite que la plupart d'entre eux ne convenaient pas pour la bonne raison qu'ils n'avaient pas de voiture. Ils avaient supposé que j'en aurais une. Je dus expliquer, soit en français, soit par la traduction en arabe d'Omar, que je n'avais pas l'intention de trouver une voiture ni ne cherchais à en acheter une.

J'insistai encore et encore sur le fait qu'il me fallait un chauffeur *avec* une voiture.

Durant ces premiers jours, j'appris beaucoup sur le caractère de persuasion des Nord-Africains. Certains assuraient qu'ils avaient un cousin qui avait une voiture ; d'autres qu'ils allaient me trouver une voiture. Il y en eut un qui m'annonça qu'il ne savait pas encore conduire, mais que dès qu'il se trouverait assis derrière un volant, il saurait certainement quoi faire. Quelques-uns avaient effectivement un véhicule, ou en avaient emprunté un. Mais lorsqu'ils me montraient l'automobile, toujours avec une très grande fierté, je les remerciais poliment mais ajoutais fermement que cela ne serait pas possible.

Certaines voitures étaient tellement rouillées qu'il ne leur restait pratiquement plus de plancher ; la plupart n'avaient pas de portières ni de toit. Sur toutes, les pneus étaient dangereusement lisses. Un garçon entreprenant avait attelé deux ânes à une auto qui n'avait plus de moteur.

* * *

Les jours de ce début d'été étaient doux et embaumés par un parfum omniprésent de fleurs d'oranger. Mais je me laissais gagner par l'énervement et l'inquiétude. Tant que je ne partais pas à Marrakech, chaque jour était un jour perdu, et lorsque je ne supportais plus de rester enfermée dans ma chambre ou dans le hall de l'hôtel, je partais me promener au Grand Socco – le Grand Marché. Le concierge de l'hôtel m'avait prévenue que si je pouvais sans problème sillonner les rues principales pendant la journée, mieux valait ne pas s'aventurer seule dans les souks et éviter de sortir après la tombée de la nuit. Il m'avertit aussi de me tenir à l'écart du Petit Socco qui, à en croire son froncement de sourcils et son reniflement désapprobateur quand il parla des mauvaises femmes qu'on trouvait là-bas, devait être un centre de prostitution ou du moins d'affaires contraires aux bonnes mœurs.

Le Grand Socco grouillait de monde sous le soleil – principalement des Européens, des Américains et des Britanniques car c'était là que les étrangers de Tanger passaient leur temps. Habillés avec élégance, ils étaient installés sous des vélums impeccables ou à la terrasse de cafés pour manger et siroter de petits verres d'absinthe vert sombre ou de vin vermillon. Les femmes fumaient des cigarettes ou de minces cigarillos foncés fichés dans des fume-cigarette décorés, et les hommes tiraient sur des cigares ou sur la pipe reliée par un tuyau à un grand flacon bouillonnant posé par terre – on appelait cela la *chicha*. Beaucoup d'entre eux fumaient du *kif*, qui exhalait une odeur d'herbe douceâtre caractéristique et leur donnait une expression endormie et béate. Sur les places, les boutiques affichaient des pancartes en anglais, en français et en espagnol, et les visiteurs s'y arrêtaient pour acheter à prix exorbitants des souvenirs à rapporter dans leur pays. Il régnait une atmosphère de vacances, et aussi, comme Elizabeth l'avait fait remarquer, un certain laxisme parmi ces hommes et ces femmes venus à Tanger pour raisons personnelles : l'impression que tout et n'importe quoi pouvait être permis. Je notai que certaines femmes portaient les tenues les plus provocantes que j'eusse jamais vues, et parfois, je vis par inadvertance ces mêmes femmes s'appuyer contre des hommes – ou d'autres femmes – dans des embrasures de porte. Je détournais toujours les yeux mais me sentais en même temps tentée de les regarder se murmurer des mots doux et se toucher ainsi en public. J'avisai même à plusieurs reprises de jeunes hommes qui se promenaient en se tenant par la main et qui allèrent jusqu'à s'embrasser en pleine rue.

Et ce n'était là que ce que je voyais. Cela laissait imaginer ce qui se déroulait dans les chambres d'hôtel ou les arrière-salles des cafés. Je me demandais ce que les Tangerois pensaient de ces étrangers effrontés. Il était évident que les Marocains préféraient s'en tenir aux petites rues sombres et étroites qui partaient des grandes places lumineuses ; c'était là que vibrait la vraie vie de Tanger, car le souk était le cœur de la société arabe. Plus d'une fois, je m'interrogeai sur le vacarme chaotique qui en émanait, brûlant de l'envie de m'y aventurer, ne fût-ce que de quelques pas, mais l'avertissement du concierge m'en empêchait, ainsi que l'insécurité dans laquelle je me trouvais déjà.

Je passais également beaucoup de temps sur le toit du *Continental*. Les appels des muezzins résonnant autour de moi, je contemplais les montagnes du Rif, que le soleil couchant ensanglantait chaque soir. Marrakech se trouvait par là, loin derrière ces montagnes, dans le centre du pays.

Et à Marrakech, il y avait Étienne.

Je devenais de plus en plus impatiente et nerveuse. Il fallait que je m'y rende.

* * *

Je croisais régulièrement Elizabeth Pandy, Marcus et d'autres Américains, mais j'essayais de les éviter. Je trouvais leurs constantes beuveries, leurs éclats de voix et leurs rires fatigants. Un après-midi, je pris place dans le salon désert, à demi dissimulée par une banquette haute, pour boire un verre d'eau minérale tout en m'efforçant de déchiffrer une carte approximative du Maroc que j'avais achetée au Grand Socco. Mon eau terminée, je repliai la carte, mais avant de pouvoir me lever, j'entendis arriver Elizabeth Pandy et sa bande. Ils venaient de la rue de la Plage, où Elizabeth et une autre femme avaient bravé les terribles vagues de l'Atlantique pour plonger dans ses eaux glacées.

— Merveilleusement rafraîchissant, s'écria Elizabeth d'une voix forte.

J'avais terriblement envie de partir mais ne voulais pas être vue et devoir leur parler. Je redépliai donc la carte et me replongeai dedans en espérant qu'ils ne prendraient qu'un seul verre et s'en iraient. J'essayai de ne pas faire attention à eux, mais il était difficile de se concentrer et je finis par y renoncer, me contentant d'écouter d'une oreille distraite leurs potins et bavardages ennuyeux. Puis je me raidis en entendant prononcer mon nom.

— Je me demande si elle a trouvé un moyen pour aller à Marrakech, avança Marcus. Elle a l'air pour le moins décidée. Mais elle a quand même des problèmes pour marcher.

— Elle est assez bizarre et complètement coincée, vous ne trouvez pas ? Pas vilaine, malgré sa cicatrice, ses vêtements démodés et, seigneur, ses chaussures ! Mais quelle expression de chien battu ! commenta Elizabeth. Je ne voudrais pas me montrer curieuse, mais j'aimerais bien en savoir plus. C'est une jeune femme vraiment bizarre, répéta-t-elle. Je ne suis pas sûre qu'elle sache bien ce qu'elle fait en voulant filer à Marrakech.

— Oh, elle court après un homme. Il n'y a pas d'autres raisons, si ? Et elle doit se voir comme l'héroïne tragique de sa propre histoire, quelle qu'elle soit, intervint une autre femme, sur un ton tellement narquois que je sentis une vague de chaleur m'envelopper.

Était-ce ainsi qu'ils me voyaient, comme quelqu'un de bizarre et de pitoyable ?

Je savais que dans mon quartier, à Albany, je passais pour une originale. Tout le monde me jugeait certainement comme quelqu'un de peu sociable qui courait parfois les landes et les dunes et avait choisi de passer sa vie à s'occuper de son père au lieu de se marier. Même si je ne suivais pas la voie traditionnelle, je n'étais pas, ou du moins ne me considérais pas comme quelqu'un de si peu conventionnel qu'on puisse en parler de façon aussi négative.

Je voulais remonter dans ma chambre. Je me redressai à demi et aperçus par-dessus la banquette Elizabeth qui se levait et prenait son sac. Je me rassis pour attendre qu'elle soit partie. Si elle s'en allait, les autres suivraient et je pourrais m'enfuir.

Mais à cet instant, Elizabeth contourna la banquette et se figea en m'apercevant.

— Eh bien, bonjour, Sidonie ! dit-elle, et je m'empourprai. Qu'est-ce que vous faites, assise ici toute seule ? Je vais aux lavabos. Nous parlions justement de vous.

— Vraiment ? fis-je, incapable de la regarder en face.

— Allez donc rejoindre les autres. Je reviens tout de suite.

— Non, je vous remercie, mais je... Je dois remonter dans ma chambre.

Je me levai.

— Comme vous voudrez, dit-elle avec un haussement d'épaules avant d'ajouter : Au fait, avez-vous réussi à trouver une auto et un chauffeur ?

J'esquissai de la tête un signe de dénégation.

— J'ai parlé avec un Anglais au *Red Palm Café* aujourd'hui. Il m'a dit qu'il venait d'arriver en voiture de Casablanca et que son chauffeur repartait vers le sud dès demain.

Elle ouvrit son sac et fouilla un instant dedans pour en tirer un morceau de papier froissé qu'elle me tendit.

— Voilà son nom. Demandez à l'un des boys de le chercher pour vous. Il séjourne quelque part dans la médina. Mais si vous le trouvez, engagez-le pour vous conduire jusqu'à Marrakech. D'après ce que j'ai entendu, vous pourriez rester coincée des jours à Rabat avant d'avoir un train. La ponctualité n'est pas très répandue chez les Africains.

Je ne savais plus comment réagir. Malgré son outrecuidance et son manque de sensibilité, Elizabeth Pandy me donnait exactement ce que je cherchais depuis des jours. Je pris le bout de papier et le dépliai. *Mustapha. Grand. Gilet rouge, Citroën jaune*, était griffonné dessus.

— Merci, Elizabeth, dis-je timidement.

— Il faut bien se serrer les coudes, non? répliqua-t-elle en levant la main en une sorte de salut.

Je hochai la tête et souris, puis quittai le salon en m'arrêtant dans le hall pour parler à Omar. Il se passait enfin quelque chose.

* * *

Mustapha se présenta le lendemain matin sur la terrasse. Je fus soulagée de constater qu'il connaissait un peu de français. Il était grand, comme indiqué sur le mot, et portait bien un gilet rouge résolument sale sur une tunique censément blanche, tout aussi sale et au bord effiloché qui tombait sur le bout pointu de ses babouches. Un très petit homme, qui avait baissé le capuchon de sa djellaba et était coiffé d'une calotte blanche, se tenait près de lui. Il me fixait de son unique œil brun, l'autre se réduisant à une orbite affreusement vide et légèrement plissée.

Mustapha désigna deux autres hommes qui attendaient en bas des marches. Ils avaient tous les deux le capuchon de leur djellaba rabattu sur la tête, de sorte que je ne pouvais distinguer leurs traits. Puis il dit quelque chose à Omar, et celui-ci réfléchit un instant, sourcils froncés. Soudain son visage s'éclaira

— Ah, oui. Il amène amis à lui pour dire sa pureté.

— Sa pureté ?

— Oui. Lui, homme pur.

Je compris alors qu'Omar essayait de me dire que Mustapha avait amené des références. Je regardai les deux hommes, mais ils me tournèrent le dos.

— Pas le droit parler à femme, précisa Omar, qui descendit les marches.

Pendant qu'Omar s'entretenait avec les « amis » de Mustapha, celui-ci donna une tape sur l'épaule du petit homme. Un nuage de poussière jaillit de la djellaba.

— *Mon cousin**, madame, expliqua-t-il. Aziz. Toujours, il vient avec moi.

J'acquiesçai d'un signe de tête. Il était inutile de le reprendre sur le fait qu'il m'appelait madame. Les Arabes appelaient ainsi toutes les femmes non africaines.

Je ne voulais pas trop y croire; j'avais déjà vu défiler trop d'hommes comme Mustapha et Aziz. Cependant, ceux-là arrivaient avec une sorte de référence : ce Britannique dont m'avait parlé Elizabeth. Je souris donc à Mustapha, bien que son expression demeurât inchangée.

— Pourrais-je voir la voiture, Mustapha? demandai-je, espérant contre tout espoir qu'elle serait différente de toutes celles qu'on m'avait présentées jusque-là.

— Oh, oui, madame, auto très bonne. Très bonne, assura-t-il, sa poitrine paraissant gonfler sous le gilet rouge tandis qu'il parlait. Et moi, chauffeur très bon. Très bon. Tu demandes. Tout le monde, il dit que Mustapha très bon, et auto très bonne.

— Je suis sûre qu'elle est... très bonne, répliquai-je, puisque Mustapha semblait tellement affectionner ce mot. Mais, s'il vous plaît, il faut d'abord que je la voie.

— Combien madame tu payes ?

— Il faut que j'aille jusqu'à Marrakech et pas seulement Casablanca, et je dois d'abord voir l'auto, Mustapha.

Je m'exprimais à voix douce, en lui souriant, parce qu'une semaine en Afrique du Nord m'avait enseigné qu'il aurait du mal à recevoir ses instructions d'une femme.

— Puis-je voir votre auto ?

Il tendit le bras en direction de la rue, montrant une Citroën jaune citron. Elle était couverte de poussière et ses roues étaient tapissées de boue. Même à cette distance, cela se voyait que la voiture avait été immergée dans l'eau pendant un certain temps, puis remontée à la surface. Elle était rouillée et cabossée, et sa capote était déchirée par endroits, mais, comparée à toutes celles qu'on m'avait proposées jusque-là, elle m'inspirait davantage. Je suivis Mustapha et regardai à l'intérieur. Tout était d'une saleté repoussante et parsemé de restes de nourriture pourris. Une vieille djellaba puante à rayures rouges et noires recouvrait le siège passager. Je me penchai par l'ouverture latérale et respirai une odeur abominable – pire que celle de la djellaba moisie. C'était une trois places ; le troisième siège se trouvait à l'arrière, au milieu. Je me souvenais d'avoir vu ce genre de modèle dans l'une des revues automobiles de mon père. Comment l'appelait-on, déjà, avec ce troisième siège curieusement disposé, obligeant le passager à poser les pieds entre les deux sièges avant ?

Sur le plancher, à côté de ce siège arrière, il y avait toute une pile de peaux de chèvre. Des lambeaux de chair séchée s'accrochaient encore au cuir, et la pile grouillait de mouches.

Puis je me rappelai soudain que cette Citroën était une Trèfle, appelée ainsi à cause de la disposition de ses sièges.

Cela ferait l'affaire. Cette auto ferait l'affaire. Je ne voulais paraître ni trop inquiète ni trop excitée.

Aziz s'approcha de moi.

— Qu'est-ce que tu penses, madame ? Elle te convient ? demanda-t-il, prenant la parole pour la première fois.

Il avait une voix étonnamment profonde pour un homme de si petite taille, et son français était bien meilleur que celui de Mustapha.

— J'ai deux gros sacs, indiquai-je en regardant les peaux de chèvre. Y aura-t-il assez de place ?

— On fera de la place, madame, assura Aziz, qui s'adressa en arabe à Mustapha.

— C'est voiture très bonne, *oui**, madame ? répéta Mustapha.

— Oui, Mustapha, oui. J'aimerais beaucoup que vous m'emmeniez. Vous pouvez me conduire jusqu'à Marrakech ?

— *Inch Allah*, répondit Mustapha.

Cette expression – si Dieu le veut – m'était déjà familière. J'avais remarqué que les Marocains la prononçaient à peu près à tout propos, qu'il s'agisse du temps qu'il faisait, de la nourriture ou de leur santé. Si Dieu le veut, me dis-je en moi-même en hochant la tête à l'intention de Mustapha. Puis le jeu nécessaire du marchandage commença.

* * *

Nous nous mîmes en route le lendemain matin, Aziz coincé à l'arrière entre mes deux sacs. Je ne savais pas pourquoi Mustapha n'avait pas voulu les ranger dans le coffre. Il s'était contenté de secouer la tête quand je l'avais désigné d'un geste, et les avait balancés sans cérémonie sur le siège arrière. Même si l'auto était loin d'être propre, il avait enlevé les restes de nourriture et soigneusement attaché les peaux de chèvre sur la capote à l'aide de longues bandes de charpie.

Avant de partir, Mustapha et Aziz avaient fait le tour de la voiture en la touchant avec révérence et en murmurant des mots incompréhensibles.

— Cette auto, elle a déjà la *baraka*, expliqua Aziz. Elle a fait beaucoup de voyages. Pas de problème. Elle a beaucoup de *baraka*.

— *Baraka* ? Qu'est-ce que c'est ? demandai-je

— La bénédiction d'Allah. Auto bonne, très bonne, assura Mustapha, et je commençais à penser que c'était à cela que se limitait son vocabulaire français. Et je suis bon chauffeur.

— Oh, oui, madame, renchérit Aziz. Le meilleur. C'est difficile, très difficile de conduire une auto, madame. Très difficile pour l'homme, impossible pour la dame.

Il se redressa, mais restait cependant plus petit que moi.

Je regardai le volant, sachant ce que cela ferait de l'avoir entre les mains.

Puis je serrai les poings et les enfouis dans les plis de ma jupe. J'avais fait le serment de ne plus jamais conduire.

Chapitre huit

Lorsque je quittai Tanger en compagnie de Mustapha et d'Aziz, le soleil levant teintant les maisons blanches de toutes les nuances de rose et de rouge, je poussai un profond soupir tremblant. J'étais en route pour Marrakech. J'étais arrivée jusque-là.

Tu es arrivée jusque-là, me dis-je en regardant à travers le pare-brise éraflé et taché. *Tu y es arrivée.* Je me laissai envahir par le soulagement, pour, l'instant d'après, me demander si je n'étais pas complètement folle de partir ainsi, en automobile dans un pays étranger, avec deux hommes dont je ne savais rien sinon qu'ils possédaient une auto et pouvaient la conduire. Je confiais ma vie à deux inconnus en me basant sur une note griffonnée par un étranger et remise à Elizabeth Pandy.

Seul Omar avait vu avec qui je me trouvais, et même si Elizabeth et ses amis étaient au courant que je partais à Marrakech, je ne les avais pas croisés pendant qu'on descendait mes bagages ni pendant que je réglais la note de l'hôtel, aussi n'avais-je pu prévenir personne de mon départ.

Et pourtant... pourtant... j'avais le sentiment peut-être erroné que tout irait bien. Que je m'en sortirais et découvrirais ce que j'étais venue chercher. Ou peut-être cela se rapprochait-il plutôt de la foi – une toute nouvelle foi en moi-même. N'avais-je pas traversé l'Atlantique, affronté Marseille, survécu au détroit de Gibraltar balayé par le levant et réussi à engager ces hommes pour qu'ils me conduisent à ma destination finale ? Moi qui n'avais jamais quitté Albany, qui n'avais jamais même envisagé la possibilité d'une vie ailleurs que dans un lieu familier. Ailleurs que dans un lieu sûr.

Les deux hommes discutaient en arabe et j'aurais voulu comprendre ce qu'ils se disaient. Ils portaient tous les deux les mêmes vêtements que la veille, sauf qu'au lieu de la calotte blanche, un fez de feutre rouge était à présent perché sur le crâne rasé d'Aziz. Celui-ci avait retiré ses babouches et glissé ses pieds nus dans l'espace entre Mustapha et moi. Je jetai un coup d'œil sur ses orteils et songeai aux pieds d'Étienne, longs et étroits, la peau incroyablement douce sur le dessus.

Nous quittâmes la ville par la route de macadam bosselée construite par les Français, les sommets impressionnants du Rif sur notre gauche tandis qu'à droite étincelait le bleu de l'Atlantique. Il soufflait de la mer une brise fraîche revigorante, et le ciel, du fait de l'heure matinale, avait un aspect brumeux et nacré. On apercevait le contour indistinct des mouettes qui rasaient l'eau pour pêcher leur petit déjeuner.

Il y avait peu d'automobiles sur la route, mais, quand il nous arrivait d'en croiser une, la chaussée était si étroite que je me crispais, m'attendant que les carrosseries se touchent. Le plus souvent, nous rencontrions des caravanes de dromadaires conduits par des silhouettes drapées. Les bêtes étaient chargées de marchandises, quand ce n'était pas une forme féminine, recouverte des pieds à la tête à l'exception d'une fente pour les yeux, qui se balançait sur leur bosse. Un enfant nous regardait parfois d'entre les plis de ses robes. Nous avions beau rouler lentement, j'aurais voulu m'arrêter et descendre pour contempler le passage de ces caravanes. Je me rendais compte que c'était impossible, et qu'une telle attitude aurait pu passer pour de la grossièreté de la part d'une étrangère, mais c'était comme si mes yeux brûlaient d'en voir davantage que ce qui était permis.

Comme à Tanger, je ne m'attendais pas à me sentir aussi émue par ces impressions nouvelles. Peut-être était-ce dû au fait qu'en quittant Albany, je n'avais pas envisagé ce que je découvrirais ni l'effet que cela produirait sur moi. Toutes mes pensées allaient à Étienne.

La route tournait et virait. Nous perdions la mer de vue pendant plusieurs kilomètres pour la redécouvrir brusquement, au détour d'une dune ou d'un delta. Cette région du Maroc semblait un paradis maritime, bordée de longues plages de sable et ponctuée d'oliveraies ou de grandes terres cultivées. Nous dépassâmes nombre de villages minuscules, chacun d'eux cerné de remparts, chacun d'eux dominé par la flèche d'un minaret.

Lorsque nous nous arrêtâmes enfin, plusieurs heures après avoir quitté Tanger, et descendîmes de voiture, la texture de l'air avait changé. Il était devenu dense, presque laiteux. Les rayons du soleil brûlaient tout en étant filtrés par une sorte de brume qui me rappela le brouillard hivernal de chez nous – sauf qu'il s'agissait là d'un brouillard chaud. Je m'étirai et restai devant la voiture tandis que les hommes filaient vers un groupe de palmiers qui poussaient non loin de la route, le vent de la mer tirant des frondes un doux son métallique. Curieuse, je les regardai s'éloigner, mais m'empressai de détourner les yeux en comprenant ce qu'ils étaient partis faire. Cela faisait une bonne heure que cela me préoccupait aussi, mais il était trop embarrassant de le signaler à ces deux étrangers. Or, quand Mustapha et Aziz furent revenus à la voiture, Aziz désigna les palmiers et me dit :

— *Vas-y, madame, vas-y**.

J'obéis et me dissimulai derrière un épais bouquet d'arbres, espérant que ce serait assez discret pour préserver ma dignité.

Je me sentais très gênée en revenant à la voiture et me demandais comment je pourrais les regarder en face, mais Mustapha et Aziz se tenaient bras croisés, appuyés contre l'auto, et discutaient en faisant des signes vers la route. Seule ma pruderie américaine posait problème en cette contrée sauvage ; les deux hommes, eux, se fichaient complètement de ce genre de détails.

Juste avant de remonter dans l'auto, j'aperçus, se découpant contre la montagne, une sorte de frise en mouvement, sombre contre la végétation plus claire. C'était encore une caravane, mais celle-ci était constituée d'ânes ou de chevaux chargés de gros ballots, et de toutes petites silhouettes d'enfants courant à leurs côtés.

D'où ces gens venaient-ils et où allaient-ils ? J'essayais d'imaginer une existence de mouvements et de changements incessants. La mienne, jusqu'à tout récemment, avait été caractérisée par l'immobilité.

* * *

Lorsque nous nous arrêtâmes à nouveau, cette fois en bordure d'un village qu'Aziz me présenta comme étant Larache, j'ouvris ma portière.

Mais Aziz secoua la tête.

— Les femmes restent ici, annonça-t-il. Pas bon pour les dames.

Il esquissa un cercle devant son propre visage, et je compris qu'il ne pouvait être question pour moi d'aller en ville figure découverte.

— Tu restes dans la voiture, décréta-t-il. Et tu fais attention que les enfants, ils ne prend pas les peaux, ajouta-t-il en désignant le toit de l'auto. Mustapha et moi, nous cherchons à manger. Nous revenons bientôt.

Je dus me contenter de ce que je pouvais voir par les portes ouvertes dans l'enceinte de la ville. Les maisons étaient toutes décorées d'un bleu lumineux et ornées d'avancées de toits en tuiles rouges, ce qui donnait à la petite ville l'aspect d'un charmant village de montagne espagnol. Des ânes, tête baissée, étaient attachés à l'ombre, à l'extérieur de l'enceinte. Peu à peu, de petits garçons, les plus vieux n'ayant pas plus de huit ou neuf ans, se rassemblèrent devant les portes de la ville ouvertes puis, comme s'ils se défiaient les uns les autres, quittèrent l'ombre protectrice des murs pour se rapprocher de plus en plus près. Ils étaient vêtus de vieilles tuniques, avaient la tête rasée et marchaient pieds nus. Ils finirent par s'attrouper, coude à coude, autour de la voiture et me dévisagèrent en silence. Je me remémorai tous les petits garçons qui s'étaient pressés autour de la Silver Ghost dans les rues d'Albany, curieux et admiratifs. Je me dis alors que les enfants étaient sans doute les mêmes partout, et qu'ils éprouvaient la même curiosité pour ce qu'ils n'avaient jamais vu, le même émerveillement et le même besoin de se distinguer.

Peut-être étais-je la première Occidentale que ces enfants approchaient.

Je leur souris, mais ils continuèrent de me dévisager avec gravité. L'un des plus vieux s'avança alors d'un pas, tendit la main et me toucha l'épaule du bout de l'index. Avant que je puisse réagir, il avait reculé comme s'il venait de se brûler, le doigt toujours tendu et adressant aux autres un sourire de fierté. Ils le contemplèrent tous avec un mélange de respect et d'étonnement, et reculèrent d'un pas. Avais-je donc l'air si étrange ? Je passai une main par la fenêtre, paume en l'air, et leur souris à nouveau pour les encourager à venir plus près et leur montrer qu'ils n'avaient rien à craindre, mais un cri retentit soudain et les enfants s'éparpillèrent en soulevant un nuage de poussière.

C'étaient Mustapha et Aziz qui revenaient.

— Les garçons, ils ont été méchants ? s'enquit Aziz en regardant la petite troupe courir vers la muraille.

— Non, fis-je en secouant la tête. Ce sont juste... des garçons. Juste des garçons, répétai-je, comprenant à quel point c'était vrai.

J'aurais voulu rencontrer leurs sœurs et leurs mères aussi. Leurs pères. J'aurais voulu les voir tous dans les murs de leur ville.

Je pris le pain rond et parfumé et le papier paraffiné contenant du fromage frais, le cornet de figues collantes et les amandes que me tendit Aziz. Je n'avais pas faim mais mangeai tout, léchant même les dernières miettes de fromage et de figue sur mes doigts. Je gardai simplement les amandes sur mes genoux pour les grignoter en route.

J'avais besoin de rester forte et d'avoir l'esprit clair. Il fallait que je sois prête pour Marrakech, et pour trouver Étienne.

* * *

Nous continuâmes sur cette même route, pénétrant parfois un peu plus dans l'intérieur des terres, de sorte que nous ne pouvions plus voir la mer ni sentir son odeur. Il m'arrivait d'apercevoir des groupes d'arbres adultes que je ne connaissais pas, et je demandai à Mustapha ce que c'était. Il me désigna les amandes qui restaient sur ma jupe.

J'avais mal au dos à force de rester assise aussi longtemps et de subir autant de soubresauts. J'essayais de ne pas penser à la nuit qui nous attendait : Où nous arrêterions-nous ? Où dormirais-je ? J'étais couverte de poussière. Pourrais-je me laver ? Si l'on ne m'avait pas laissée pénétrer dans Larache à cause de mon visage découvert, comment pourrait-on m'accepter ailleurs ? Je songeai aux grands yeux avec lesquels les petits garçons m'avaient observée et me sentis soudain très seule. J'étais une étrangère.

À Tanger, les choses se passaient différemment ; c'était une ville accoutumée à accueillir ceux qui venaient d'ailleurs, une ville peuplée de toutes sortes de gens : Africains, Espagnols, Français, Allemands, Américains, Britanniques et beaucoup d'autres encore que je ne pouvais identifier ni à la langue ni aux vêtements. Elizabeth Pandy les appelait des métis, mélanges de nationalités diverses.

Mais j'avais bel et bien quitté Tanger, et il devint rapidement manifeste que dans le Maroc profond, je ne serais pas simplement une Occidentale. Je serais une anomalie, une étrangère, quelqu'un qui pouvait facilement offenser les autres ou les dégoûter.

Comment serais-je considérée à Marrakech ? Mes préparatifs précipités pour ce voyage n'avaient pris en compte – je m'en apercevais à présent – qu'un seul et unique objectif : retrouver Étienne.

Je voulais être avec lui. Je voulais me sentir en sécurité. Je voulais me savoir à ma place avec quelqu'un, savoir que je n'étais pas seule. Je voulais connaître à nouveau ce que j'avais connu avec Étienne.

Je changeai de position, remuant les épaules et étirant le cou, quand je notai une modification subtile du parfum ambiant. Il me semblait que j'aurais dû savoir de quoi il s'agissait. Le paysage évolua peu à peu, et les montagnes disparurent complètement. Nous traversâmes une épaisse forêt. Les arbres étaient écorcés jusqu'à hauteur de bras levé, ce qui laissait le bas du tronc brun et lisse alors que l'écorce qui recouvrait la partie supérieure était grise et crevassée.

— Qu'est-ce que c'est ? demandai-je à Aziz en lui montrant les arbres.

— C'est les chênes-lièges. La forêt de Mamora, précisa-t-il, et je compris alors d'où venait ce parfum.

Nous émergeâmes des arbres, gravîmes une éminence et découvrîmes une terre jaune et les contours bousculés d'une ville avec, au-delà, la ligne bleue et brumeuse de l'Atlantique à nouveau visible.

— On arrive à Salé, avec l'oued Bou Regreg, annonça Aziz, qui se pencha en avant pour mieux voir, les bras appuyés sur le dossier des sièges avant. Et, de l'autre côté de l'oued, c'est Rabat, ajouta-t-il. Salé et Rabat, c'est comme... (il toucha l'épaule de Mustapha) des cousins. Ou des frères.

À mesure que nous nous rapprochions de la ville, je reconnus des figuiers et des oliviers. Salé, qui était une ville blanche comme Tanger, était entourée de murs, coiffée de terrasses et hérissée de minarets. Au loin, vers le sud, se dressait une autre ville cernée de murailles teintées d'ocre qui se découpait contre le ciel du soir : Rabat.

— On emmène toi à la maison, tu manges et tu dors, dit Aziz.

La maison ? Voulait-il parler d'un hôtel ?

— Marrakech est-elle encore très loin de Salé ? demandai-je.

— Demain, on vient te chercher. On va plus loin que Casablanca et on reste la nuit à Settat. Le jour après, Marrakech. *Inch Allah*, conclut-il.

— Vous venez me chercher ? Qu'est-ce que ça veut dire ? Vous ne restez pas dans la maison ?

Je me sentis encore plus seule et effrayée à l'idée que les deux uniques personnes que je connaissais puissent me laisser dans un endroit inconnu.

— Oh ! non, madame, répliqua-t-il en secouant la tête.

Nous pénétrâmes dans la ville par une arche imposante, dépassâmes un marché ombragé sous des arbres, où l'on vendait de la laine brute sur de vieilles balances à trépied. Dans un souk adjacent, des étals débordaient de melons, de figues et d'olives, de poivrons verts et rouge vif, d'oignons violets, et l'on sentait et entendait la viande grésiller sur le feu. Devant les étals, des femmes voilées se disputaient à grands cris avec les vendeurs, mais je me dis qu'il devait s'agir de marchandages ordinaires car les femmes finissaient par acheter quand même, et les vendeurs, sans cesser de secouer la tête en une parodie d'outrage et de tristesse, par leur vendre leurs marchandises. Je coulai un regard dans des ruelles étroites où, sous de petites alcôves, de jeunes garçons assis par terre étaient occupés à tisser des paniers ou des nattes, et de gros commerçants bavardaient entre eux, leurs marchandises se balançant à des crochets au-dessus de leur tête.

Je me penchais hors de l'auto pour mieux voir. L'un des marchands m'adressa alors un regard chargé d'animosité puis retroussa les lèvres et envoya un gros crachat en direction de la voiture. Je rentrai aussitôt la tête et me tins aussi loin que possible de l'ouverture pour dissimuler mon profil. L'inquiétude me reprit. Salé avait beau être une assez grande ville, je ne voyais circuler aucun étranger – ni homme ni femme. Je ne distinguais rien non plus qui ressemblât à un hôtel.

J'en étais là de mes réflexions quand Mustapha arrêta l'auto devant une porte fermée complètement fissurée. Aziz descendit et me fit signe d'en faire autant. Il porta mes sacs devant la porte et en posa un par terre pour frapper du plat de la main contre le bois. Si c'était un hôtel, il ne ressemblait à aucun de ceux que j'avais pu voir.

Un murmure féminin se fit entendre par une petite ouverture grillagée, et Aziz parla par la même grille. Un nouveau murmure lui répondit, puis la porte s'ouvrit sur une femme en noir au visage voilé dont on ne voyait que les yeux, qui restaient baissés.

— Tu entres, me dit Aziz.

Je passai la porte sans discuter. Il me suivit dans la cour carrelée, mes bagages à la main. Contrairement à la porte en triste état, la cour était ravissante, débordant de rosiers et d'orangers.

— La femme, elle s'appelle Lalla Huma, annonça Aziz en déposant mes sacs sur le carrelage. Elle te fait à manger, toi tu dors et tu lui donnes seulement un franc.

Il s'apprêtait à partir.

— À quelle heure reviendrez-vous me chercher ? lançai-je.

Je ne sais pas à quoi je m'étais attendue, mais je sentis à nouveau la panique me gagner en comprenant que j'allais rester seule ici, avec cette femme silencieuse.

— Quand ça sera l'heure de partir, madame, répliqua-t-il en adressant quelques mots à la femme.

Elle prit mes sacs – elle était plus petite que moi mais les souleva avec une apparente facilité – et gravit un escalier placé contre un mur extérieur de la maison.

La porte de la rue se referma avec un claquement et je restai seule dans la cour, aussi m'empressai-je de suivre mon hôtesse en haut des marches. Je découvris une toute petite chambre au premier étage, éclairée par une unique fenêtre à moucharabieh qui donnait sur la rue. La chambre ne contenait rien d'autre qu'une mince paillasse à même le sol et une grosse couverture tissée soigneusement pliée dessus. Au pied du lit, il y avait une sorte de cuvette fermée par un couvercle en bois – je supposai qu'il s'agissait d'un pot de chambre. Une petite lanterne décorée reposait sur le bord de la fenêtre, une boîte d'allumettes en bois à côté.

J'eus à peine le temps de me demander comment j'allais procéder – comment j'allais pouvoir communiquer avec Lalla Huma –, quand elle sortit de la chambre pour revenir quelques instants plus tard avec une cuvette en céramique remplie d'eau fumante et une longue bande de tissu propre. Dès qu'elle fut ressortie, je retirai mes chaussures et mes bas et commençai à déboutonner ma robe pour me laver, mais m'interrompis et allai à la porte pour la verrouiller. Il n'y avait ni clé ni verrou.

Je me lavai rapidement et me rhabillai car je n'avais aucune idée de ce qu'il convenait de faire. Peu de temps après, Lalla Huma rouvrit la porte, porteuse cette fois d'un plateau avec une assiette en terre cuite contenant des morceaux finement coupés d'une viande impossible à identifier et de fins bâtonnets de carottes cuites, et une tasse de thé à la menthe. La tasse était en une sorte de corne.

Elle prit la cuvette d'eau avec le linge mouillé et sortit. Je ne vis jamais son visage, et pas une fois elle ne leva les yeux en accomplissant ces tâches.

Les yeux lourds, je bus et mangeai puis me mis en chemise de nuit et m'allongeai sur la paillasse étroite en dépliant la grosse couverture sur moi. La rue était calme au-dehors et je n'entendis, à la tombée de la nuit, que l'appel des muezzins du haut de leur minaret : *Allah Akbar* – Dieu est grand. Mais, depuis mon arrivée au Maroc, je m'étais habituée à ces chants qui résonnent cinq fois par jour.

Ce son, si familier maintenant, ne fit qu'accroître mon sentiment de solitude.

— Étienne, murmurai-je dans l'obscurité.

* * *

Je fus réveillée à l'aube par le premier appel à la prière et me levai, jetant un coup d'œil au-dehors par la grille de bois ouvragée. La Citroën poussiéreuse était garée dans la rue tranquille, et, juste à côté, Mustapha et Aziz se prosternaient, le front collé au sol. Je m'habillai en hâte et, sans attendre le thé à la menthe que me proposait Lalla Huma, qui surgit silencieusement dès qu'elle entendit mes pas sur les marches carrelées, me précipitai vers la voiture. Mustapha et Aziz étaient retournés à l'intérieur et s'étaient endormis, ronflant à l'unisson. Je me dis que j'avais dû me tromper et que ce n'étaient pas eux que j'avais vus prier. Mustapha était couché sur le dos, la tête sous le volant et les pieds sortant par la fenêtre opposée, la djellaba à rayures rouges et noires étendue sur lui. Aziz était recroquevillé en chien de fusil sur le siège arrière, bras serrés contre lui. Il y avait tout un assortiment de poches et de sacs sur le plancher, peut-être de quoi manger pour la suite de notre voyage. Lorsqu'ils m'avaient laissée chez Lalla Huma, je ne m'étais pas demandé où ils allaient passer la nuit, mais je les soupçonnais maintenant d'avoir dormi dans la voiture.

Je cognai d'un coup sec contre le toit de la voiture – les peaux avaient disparu, et Mustapha redressa la tête avec un sursaut, se cognant contre le volant au passage.

— *Non, non, madame*, protesta-t-il avec une grimace en se frottant la tête.

— Trop tôt pour partir, marmonna Aziz.

Les deux hommes se rendormirent et je retournai prendre mon thé dans la maison, avec de la galette de pain que je connaissais maintenant bien et une épaisse confiture de figues.

J'attendis qu'il fût sept heures passées et que les rues résonnent du bruit des charrettes et des hommes, des ânes et des dromadaires, des garçons qui frappaient leurs chèvres à coups de badine pour les faire avancer, et je retournai à la voiture. Je n'arrivais pas à croire que Mustapha et Aziz puissent continuer de dormir dans une telle cacophonie. Lorsque je parvins enfin à les réveiller, ils se relevèrent, l'air de mauvaise humeur, mais Mustapha alla récupérer mes bagages et les rangea de chaque côté d'Aziz qui, quoique assis, gardait les yeux fermés. Une barbe rase lui recouvrait déjà les joues, et je me dis que, le temps d'arriver à Marrakech, il serait complètement barbu.

Nous démarrâmes et je demandai à Aziz s'ils avaient passé toute la nuit dans la voiture.

— Un peu, madame, me répondit-il. D'abord, on a vendu les peaux. On a cherché de l'essence, on a mangé et puis on est allés voir des amis. Est-ce que la nuit, elle a été bonne pour toi, madame ? Et Lalla Huma, elle est bien pour toi aussi ? Tu as passé une bonne nuit ?

— Oui, dis-je en souriant. Oui, merci, Aziz.

J'avais pu me débarrasser de la majeure partie de la saleté du voyage, j'avais pris un solide repas et j'avais bien dormi. Je m'étais sentie seule et triste, mais c'était ce que j'éprouvais depuis la dernière nuit que j'avais partagée avec Étienne.

— Où habite votre famille, Aziz ? m'enquis-je.

— À Settat, me répondit-il. Pareil que Mustapha.

Je ne savais pas si Settat était une ville importante ou pas et me demandais s'il y aurait là-bas une autre maison comme celle de Lalla Huma ou si je devrais séjourner dans la famille d'Aziz ou de Mustapha.

— Aujourd'hui, je vois mes épouses et mes enfants. Depuis un mois, je ne les ai pas vus. Avec Mustapha, nous avons fait beaucoup de voyages.

Avait-il vraiment dit « mes épouses » ? Je savais par Étienne que les musulmans pouvaient avoir jusqu'à quatre femmes.

— Combien d'enfants avez-vous ? demandai-je alors.

Il sourit avec orgueil.

— Six. Quatre avec la première épouse, deux avec la seconde épouse. Mais elle est jeune, la seconde épouse. D'autres enfants viendront, *Inch Allah.*

— Et Mustapha ? questionnai-je en regardant le chauffeur. Mustapha ? Vous avez deux épouses ?

Mustapha comprit ma question et secoua la tête. Il fit la moue et leva l'index.

— Mustapha, il n'a pas de chance, pas assez d'argent pour une seconde épouse. Mais peut-être que le destin, il va lui donner une autre femme bientôt.

Puis Aziz dit quelques mots à Mustapha en arabe, et celui-ci esquissa un sourire ironique.

— Ton mari, me dit alors Aziz, pourquoi il laisse sa femme aller toute seule à Marrakech ?

— Je n'ai pas de mari, répondis-je.

— *Quoi ?* s'exclama-t-il, incrédule, en secouant la tête et fronçant les sourcils. Pourquoi tu n'as pas de mari ?

— Peut-être..., dis-je en prenant une profonde inspiration, peut-être que je n'ai pas eu de chance, comme Mustapha.

C'était une question qu'on ne m'avait jamais posée directement. Aziz secoua tristement la tête.

— Ce n'est pas bien. Je prie pour toi, madame. Je prie pour que tu trouves un mari. Tu voudrais faire la prière dans un lieu saint ? Il y a des lieux saints sur la route de Marrakech.

— Non, mais je vous remercie, Aziz, dis-je en me détournant vers la fenêtre.

Aziz comprit et se rassit en arrière sans rien ajouter.

* * *

Nous quittâmes Salé et descendîmes vers le sud, la route plongeant vers l'embouchure du fleuve où était amarré un bac à vapeur.

— Il faut traverser le Bou Regreg, expliqua Aziz.

Alors que nous nous dirigions lentement vers l'aire d'embarquement, je regardai autour de moi la foule qui se préparait à franchir l'oued pour aller à Rabat. Il y avait, comme d'habitude, des dromadaires, des ânes et des chèvres, ainsi que des femmes enveloppées dans leurs robes volumineuses, des bébés montrant le bout de leur nez sur leur poitrine ou dans leur dos tandis que les enfants plus grands s'accrochaient à leurs jupes. Un gros homme en superbe tunique de soie bordeaux et bleu chevauchait un âne beaucoup trop petit pour sa corpulence, tenu en bride par un homme très grand à la peau noire et luisante, vêtu d'une tunique blanche toute simple.

Lorsque le bac fut tellement rempli qu'il n'y avait plus place pour un autre homme ni même une chèvre, nous traversâmes le fleuve aux eaux brunâtres. Il régnait une cacophonie de rugissements, blatèrements, bêlements et grognements divers des bêtes mêlés aux cris des enfants, aux voix perçantes des femmes et au grondement sourd des voix masculines. Nous étions la seule automobile sur le bac et, comme à Larache, on me dévisageait ouvertement. Une femme se pencha pour mieux regarder par la fenêtre et glissa à travers son voile quelques mots sur un ton sifflant en plissant ses yeux sombres.

Je m'écartai de la fenêtre, me rapprochant donc de Mustapha, et demandai à Aziz :

— Qu'est-ce qu'elle a dit ?

— Les femmes pensent que tu es mauvaise de montrer ta figure devant les hommes, répondit-il.

Je gardai ensuite les yeux rivés droit devant moi et fus soulagée quand nous débarquâmes sur l'autre rive et reprîmes la route de Casablanca.

* * *

Les montagnes du Rif s'étaient évanouies avant que nous arrivions à Salé, mais je distinguais maintenant de nouveaux sommets au loin, vers l'est.

— L'Atlas, m'indiqua Aziz. Mais pas le grand Atlas. Ces montagnes, elles sont plus petites. Les grandes, c'est plus tard, à Marrakech. Le Haut Atlas.

La route suivait toujours l'Atlantique. Je regardais le soleil danser sur l'eau et les mouettes tournoyer. Nous croisions davantage d'oliveraies et d'orangeraies, l'air sentait bon et les plaines paraissaient fertiles.

— Entrerons-nous dans Casablanca ? demandai-je.

— Pas dans Casa, non, dit Aziz en secouant la tête. Trop grand, trop de monde. Difficile de conduire. La route, elle passe à côté de la ville.

Nous longeâmes donc Casablanca la blanche, immense et glorieuse au bord de la mer, tout en flèches, tours et remparts. Puis nous laissâmes la superbe ville et l'Atlantique sur notre droite et prîmes vers l'est, prêts à partir vers l'intérieur des terres et ma destination finale. Marrakech.

* * *

Une heure après avoir dépassé Casablanca, nous nous arrêtâmes près des murs d'un petit village en pisé.

— L'heure de manger, dit Aziz en me faisant signe de descendre de voiture.

C'est alors que je remarquai une petite cabane au toit de tôle. Deux hommes se tenaient devant une sorte de barbecue ; en me rapprochant, je distinguai une poêle noircie contenant des œufs qui bouillonnaient dans deux centimètres de graisse. Des nuées de mouches bleues voltigeaient dangereusement près du feu. Un vieux dromadaire grommelant et crachotant reposait à côté sur ses genoux calleux, et nous examinait avec une expression de grandeur dédaigneuse. Il dégageait une odeur plus forte que celle des œufs frits.

Je restai debout près de Mustapha et d'Aziz, une assiette en fer-blanc à la main, trempant des morceaux de galette de pain croquant dans les œufs nappés de graisse. Mustapha retourna à la voiture chercher un sachet de figues collantes et un autre d'olives. Les cuisiniers nous préparèrent du thé à la menthe, que je bus dans une timbale en fer-blanc cabossée. Puis nous remontâmes en voiture. Mustapha et Aziz paraissaient très contents de leur déjeuner. Ils se frottaient l'estomac et émettaient des rots sonores. Je n'arrivais pas à me débarrasser du goût de graillon des œufs, même après avoir mangé toutes mes olives et mes figues.

— Voilà : dans trois heures, peut-être quatre, nous arrivons à Settat, annonça Aziz en souriant, et je compris combien il était impatient de retrouver sa famille.

Mais à quelques kilomètres du village où nous avions déjeuné, la route de macadam s'interrompait brusquement, barrée par des tas de cactus déracinés et pourrissants, et quelques fûts rouillés. Derrière ce barrage, la chaussée s'était effondrée et, d'aussi loin que je pouvais voir, il ne subsistait plus qu'un fouillis de fragments d'asphalte.

— Aaaaahhh, soupira Aziz. Pas bon. La route est cassée, annonça-t-il avant d'échanger quelques mots en arabe avec Mustapha.

Celui-ci tourna brusquement le volant et s'engagea sur une voie en terre battue qui partait de la route. La voie était constituée de terre sableuse parsemée d'une sorte de végétation rase. Sans la brise de l'océan pour nous rafraîchir, un vent chaud se mit à souffler, donnant l'impression qu'on venait d'ouvrir la porte d'un four et nous recouvrant d'une mince pellicule de poussière. Mustapha tendit le doigt vers les ornières étroites qui conduisaient vers ce qui semblait une toile vierge de ciel et de terre.

— *Piste, madame**, lança-t-il.

— *Pardon** *?* demandai-je en me tournant vers lui.

— *Piste, piste**. Pas de route. *Seulement piste**.

Je secouai la tête et regardai Aziz.

— On va prendre la *piste**, expliqua-t-il. La *piste** des caravanes. Les routes ne sont pas bonnes. On traverse le *bled* avec la *piste**. Peut-être que la route va revenir. Peut-être pas.

— Le *bled ?* répétai-je

— Le *bled*, dit-il. Le *bled, madame**. Pas la ville. La campagne. C'est très grand.

Je hochai la tête, songeant que j'avais de la chance qu'Aziz sache assez bien parler français pour m'expliquer en termes simples quels paysages nous traversions, où nous nous trouvions et ce qui allait se passer.

Nous bringuebalâmes sur la *piste** grossière. La campagne était de temps en temps ponctuée par de petits groupes de huttes en terre au toit de paille tressée. Il y avait toujours un puits et des sortes d'enclos – cernés par des haies basses de cactus ou des barrières d'épineux – qui enfermaient des centaines de chèvres bêlant piteusement. Des silhouettes emmaillotées se tenaient assises par groupes à l'ombre de ces constructions ; je supposais qu'il s'agissait d'hommes car je ne voyais pas d'enfants à proximité. Ces hameaux, m'expliqua Aziz, s'appelaient des *nourwal*. Puis, quelques kilomètres plus loin, nous dépassâmes une dizaine de tentes sombres en poil de chameau ou de chèvre, perchées sur une côte caillouteuse. Un *douar*, me dit Aziz. Après avoir croisé à plusieurs reprises ces diverses formes d'habitat nommées à chaque fois par Aziz, je compris que les huttes de terre, avec leurs puits et arbres vénérables, étaient permanentes, tandis que les tentes en peaux de bêtes, avec des enfants qui gardaient de petits troupeaux de dromadaires ou de chèvres, constituaient des villages nomades.

Lorsque nous nous étions engagés sur la *piste**, le paysage paraissait assez plat. Mais ce n'était qu'une illusion. Nous plongeâmes soudain dans une descente abrupte pour gravir presque aussitôt une côte raide. Ce manège se reproduisit pendant ce qui me parut un temps interminable. Je m'accrochais au tableau de bord, consciente d'avoir le cou et les cheveux trempés de sueur et maculés de sable. Mon estomac se soulevait avec le paysage. J'avais presque l'impression d'être de retour sur la mer et de tanguer au rythme des vagues. Cette terre s'était-elle un jour trouvée sous les eaux ? Roulions-nous au fond d'un océan oublié ?

Je fermai les yeux, mes haut-le-cœur me tirant des grimaces. Les œufs graisseux me remontaient à la gorge. Puis je finis par rouvrir les yeux, lâchai le tableau de bord et me redressai pour me tourner vers Mustapha en m'éclaircissant la voix. Je ne voulais pas que ces hommes me croient faible. Ils me plaignaient déjà assez de ne pas être mariée.

— Mustapha, demandai-je, allons-nous retrouver bientôt la route ? Pour arriver à Settat avant la nuit ?

Mustapha ne répondit pas.

— La route, elle est trop loin maintenant, intervint Aziz. C'est mieux de rester sur la *piste**. Et, cette nuit, dormir dans le *bled*.

— Ici ? m'exclamai-je en regardant le désert autour de nous.

— Dormir dans le *bled*, répéta simplement Aziz.

Je regardai droit devant moi, souhaitant que mon estomac se calme. Je songeai qu'Aziz et Mustapha devaient être encore plus déçus de passer si près de chez eux sans pouvoir s'y rendre après un mois d'absence.

Mais je pensai aussi à cette longue nuit marocaine dans une petite auto, en compagnie de deux hommes, au milieu de nulle part.

Chapitre neuf

Le bled s'étendait en un immense désert, mais je commençais à voir de la beauté dans la lumière de ce soleil couchant sur la terre parcheminée, les pierres et les petites oasis broussailleuses qui surgissaient au coin d'un rocher. J'en oubliai même mes maux d'estomac et me dis d'arrêter de m'en faire pour la nuit qui m'attendait puisque je n'y pouvais rien de toute façon.

De temps à autre, nous nous retrouvions face à face avec un vieux tacot, et l'un de nous devait alors s'écarter de la *piste** pour permettre à l'autre de passer. Les voitures que nous croisions étaient toutes pilotées par des Arabes, et Mustapha et Aziz les saluaient à grand renfort de signes et de cris, les autres conducteurs leur répondant de même. Je ne savais pas s'ils se connaissaient déjà ou si c'était simplement la coutume sur les *pistes* du Maroc.

Une petite éminence blanche surgit dans le lointain. Je savais par Aziz, qui m'en avait déjà désigné d'autres semblables, qu'il s'agissait de la tombe d'un saint devant laquelle les nomades s'arrêtaient pour prier – il m'avait d'ailleurs proposé de m'y rendre pour demander un mari. Ces tombeaux occasionnels brisaient la monotonie des étendues de terrain pierreux et de terre uniformément rouge qui nous entouraient à présent de toutes parts.

Puis nous plongeâmes brusquement et je perdis le tertre blanc de vue. L'auto s'enfonça dans un trou et partit sur la gauche. Mustapha poussa un cri et tourna le volant, mais la voiture dérapa, quitta la *piste** et alla se loger dans une profonde veine de sable.

Le moteur rugit tandis que Mustapha tentait de nous sortir du banc de sable. Puis les deux hommes descendirent, firent le tour de la voiture et commencèrent à discuter entre eux en arabe. Mustapha me fit signe de descendre aussi et reprit sa place derrière le volant. Je me rangeai de côté pendant que Mustapha accélérait et qu'Aziz poussait par-derrière. Il cria quelque chose à Mustapha, qui coupa aussitôt le moteur. Ils sortirent mes sacs puis répétèrent l'opération. Les pneus patinèrent dans le sable et s'enfoncèrent encore davantage. J'allai derrière et me plaçai à côté d'Aziz pour joindre mes efforts aux siens pendant que la Citroën rugissait à nouveau, projetant du sable et de la terre dans mes yeux et mes oreilles. J'en avais aussi sur la langue. Je fermai les paupières et détournai la tête pour mieux pousser. Mais la voiture ne bougea pas d'un pouce. Mustapha descendit sans couper le moteur, et, les mains sur les hanches, examina la situation. Il prit alors la vieille djellaba dans la voiture, la déchira en deux dans le sens de la longueur et en plaça une moitié devant chacune des roues avant. Puis il parla avec Aziz, qui prit sa place au volant.

Cela n'eut aucun effet. La traction ajoutée de l'étoffe ne servait à rien. Aziz coupa le moteur et revint vers nous.

— Il faut pousser plus fort, conclut-il.

Je m'humectai les lèvres avant de lâcher :

— Vous deux, vous poussez, et moi, je conduis.

Ils me dévisagèrent.

— D'accord ? demandai-je.

Mustapha secoua la tête et adressa une longue tirade vindicative à Aziz.

— Mon cousin, il a peur si une femme conduit la voiture, expliqua Aziz. La femme, elle va faire partir la *baraka*.

— Je sais conduire, assurai-je. Je conduisais une voiture. En Amérique.

Aziz essaya visiblement de raisonner Mustapha. Celui-ci finit par lever les mains au ciel et s'éloigna en grommelant. Il tourna en ronds de plus en plus serrés pendant un moment, puis revint vers moi en me jaugeant du regard.

— D'accord, tu conduis. Vas-y, dit-il.

Je pris place derrière le volant, posai les mains dessus et mis le contact, puis j'accélérai doucement avant d'embrayer. J'éprouvai un plaisir tellement inattendu à sentir le volant sous mes doigts et le moteur vrombir à volonté que je fermai les yeux un instant. Je repensai à la Silver Ghost. Malgré les conséquences tragiques de l'accident, la voiture elle-même n'avait pas subi de gros dommages. Une fois les vitres cassées remplacées, et la carrosserie défroissée et repeinte, je chargeai monsieur Barlow de la vendre pour moi. Je ne voulais plus jamais la revoir.

Monsieur Barlow en tira beaucoup plus que je ne m'y attendais. Lorsqu'il me remit l'enveloppe pleine de billets, je refusai.

— Je n'en veux pas, protestai-je en regardant l'enveloppe comme si elle contenait du poison.

J'avais le sentiment que cet argent était sale, qu'il était réellement empoisonné.

— Vous pouvez le garder, en guise de loyer, ajoutai-je.

— Allons, Sidonie, tu n'as pas les idées claires. Tu vas devoir prévoir pour ton avenir, avait-il dit en laissant l'enveloppe sur la table de la cuisine.

J'évitai d'approcher de la table pendant les deux jours suivants, comme si cette enveloppe de billets était quelque chose de vivant qui risquait de me sauter dessus et de me mordre si je passais trop près. Mais j'avais fini par la prendre et l'avais cachée au fond de mon placard, soulagée de ne plus avoir à la regarder ni à penser à ce qu'elle représentait.

Ce ne fut que quelques mois plus tard, lors du krach boursier en octobre de cette même année, que je repensai à l'argent, à l'abri derrière mon carton à chapeau.

Et c'était maintenant cet argent, ajouté à ce qui restait sur mon compte en banque, qui finançait ce voyage.

— Vas-y, madame, cria Aziz, et j'enclenchai la première, la voiture oscillant sous moi au rythme des rugissements du moteur.

Aussitôt, les pneus avant accrochèrent, juste un petit peu, et avancèrent de quelques centimètres. J'appuyai sur l'accélérateur. J'entendais Mustapha et Aziz ahaner et grogner en poussant de toutes leurs forces. Puis les roues avant touchèrent un sable plus caillouteux, la voiture fit une embardée et bondit en avant. J'écrasai la pédale au plancher, passai rapidement la seconde et ramenai l'auto sur la *piste** plus ferme. J'avais l'intention de freiner et de mettre au point mort, mais je fis le contraire. Je ne sais pas pourquoi je continuai d'avancer, sinon qu'une force qui me dépassait gardait mes mains sur le volant et mes pieds sur les pédales. Je roulai. J'entendais derrière moi les cris de panique des deux hommes. Je ne regardais même pas dans le rétroviseur craquelé mais savais que Mustapha et Aziz s'étaient lancés à ma poursuite et agitaient les bras, leur bouche formant un carré sombre horrifié. Mais je roulai toujours, avec l'impression que mon corps ne m'appartenait plus même si j'avais conscience de la voiture, raide, bringuebalante et bruyante. Rien à voir avec l'allure fluide et le ronronnement velouté de la Silver Ghost, mais ces quelques minutes me rappelèrent des moments de liberté, de légèreté et d'espoir, où j'oubliai mon corps et sa démarche pesante. J'accélérai encore et passai la troisième, me refusant à laisser s'enfuir cette joie familière. Le levier de vitesses et les pédales obéissaient sans problème et j'avais l'impression que je pourrais continuer ainsi indéfiniment. Cette fois, je regardai dans le rétroviseur, mais pour y voir mon propre reflet. Je souriais. Depuis quand n'avais-je pas souri ainsi, sans y penser ?

Heureusement, l'image de mon visage souriant maculé de poussière et encadré de cheveux emmêlés me fit reprendre mes esprits : qu'est-ce que j'étais en train de faire ? Je ralentis aussitôt et, dès que la *piste** fut assez large, exécutai un demi-tour. Puis je revins lentement vers Aziz et Mustapha, qui marchaient dans ma direction.

Lorsque je fus à leur hauteur, j'arrêtai la voiture et en descendis. Les deux hommes avaient le visage en sueur et enduit d'une fine couche de poussière, et l'œil unique d'Aziz était agité d'un spasme.

— Tu prends la bonne auto ! hurla Mustapha en me fixant d'un regard ouvertement méfiant. Tu conduis comme *folle**. Tu es folle ? Tu es voleuse ?

Je m'essuyai la bouche du revers de la main, touchant le sable sur mes lèvres. Mon chauffeur était absolument furieux.

— Je m'excuse, Mustapha. Et Aziz. Je regrette, dis-je, me rendant compte que j'avais trahi leur confiance. Je ne voulais pas la voler. Je voulais juste... la conduire.

— Mais pourquoi ? questionna Aziz, d'une voix plus calme que celle de Mustapha. Pourquoi tu es partie loin de nous ?

— Je... je ne sais pas, avouai-je. J'aime conduire. C'est tout. J'aime conduire.

Je dévisageai tour à tour Aziz et Mustapha. J'espérais que ma voix et mon expression les convaincraient de ma sincère contrition.

— Je regrette profondément. C'était mal, je sais. Mais c'était... c'était tellement agréable.

Mustapha dit quelque chose à Aziz. Celui-ci hocha la tête puis se tourna vers moi et ouvrit les mains devant lui.

— Alors, il y a un problème, madame. Maintenant, mon cousin, il dit que peut-être que tu n'es pas folle, que tu n'es pas une voleuse, mais très pire. Peut-être que tu es une *djinniya*.

— Une *djinniya* ?

— Un mauvais esprit. Femme. Parfois, les *djinniyas*, elles font semblant d'être des belles femmes. Pour attraper les hommes dans un piège. Mustapha, il dit que tu l'as attrapé dans un piège, pour voler l'auto.

Je me tournai vers Mustapha.

— Je vous répète que je m'excuse, Mustapha. Je ne suis pas une *djinniya*. Je ne veux pas prendre votre voiture. Je veux seulement aller à Marrakech. Je vous en prie, pardonnez-moi, insistai-je avec autant de conviction que possible, sans savoir ce qu'il comprenait.

Puis je baissai les yeux, prenant conscience que le fait d'être dévisagé par une femme non voilée n'allait pas le calmer. Je me rendais compte de ce que ma petite plaisanterie avait de stupide. Peut-être leur avais-je fait honte ou les avais-je d'une certaine façon déshonorés.

Mustapha grogna quelques mots à Aziz.

— Mustapha ne veut plus te conduire à Marrakech, dit Aziz.

— Mais..., protestai-je, les lèvres sèches, nous ne sommes nulle part... je... qu'est-ce que je ferais ? S'il vous plaît, Mustapha, suppliai-je, mais il me foudroya d'un tel regard que j'eus peur. J'étais totalement vulnérable ici, complètement à la merci de ses sautes d'humeur. La communication semblait plus facile avec Aziz.

— Aziz ? Vous comprenez que je n'ai pas voulu blesser Mustapha ? Dites-le-lui. Dites-lui qu'il ne peut pas me laisser ici. *Vous* ne m'abandonneriez pas ici, n'est-ce pas, Aziz ?

Je tendis instinctivement la main pour lui toucher le bras, mais sus tout de suite que ce serait une erreur supplémentaire, voire une insulte, aussi laissai-je aussitôt retomber ma main.

Les deux hommes échangèrent des propos à mi-voix et, finalement, Mustapha se dirigea vers la voiture avec un grognement colérique. Aziz ne me regarda pas, ne me dit pas un mot et partit lui aussi vers la Citroën. Je m'empressai de le suivre, et lorsqu'il ouvrit la portière passager pour monter à l'arrière, je montai aussi vite que possible, soulagée de retrouver ma place. Je ne savais pas ce qui viendrait ensuite, mais au moins, j'étais dans la voiture ; pendant un instant, j'avais craint qu'ils ne partent sans moi, laissant mes bagages au bord de la *piste**, là où ils les avaient déchargés plus tôt.

Nous restâmes assis dans l'auto, sans parler, pendant ce qui me parut un très long moment. Je me doutais qu'il valait mieux ne rien dire, mais trouvais ce silence et cette immobilité déconcertants. Les mouches volaient autour de moi avec un bourdonnement régulier et monotone, et se posaient sur ma peau moite. Je me doutais que ces hommes se sentiraient insultés si je leur proposais de les payer plus ; ce n'était pas une question d'argent, mais d'honneur. J'étais une femme – une étrangère – et je les avais offensés.

Je regardais droit devant moi. Les conséquences possibles surgissaient, menaçantes. Je n'avais aucune idée de l'endroit où nous nous trouvions. Rien ne le distinguait du paysage de terre rouge et caillouteuse, morne et assez oppressant qui s'étendait à perte de vue. Combien de temps allions-nous rester ainsi ? Même si aucun des deux hommes ne paraissait violent, la possibilité qu'ils puissent me forcer à descendre était une menace tangible. Ils pouvaient me prendre tout mon argent et m'abandonner sur place, seule sur la *piste**. Qu'est-ce qui les en empêchait sinon leurs principes – quels qu'ils fussent. Que savais-je du fonctionnement de l'esprit arabe ?

Je ne faisais que m'effrayer davantage. Lentement, je pris mon petit bloc à dessin et un crayon dans mon sac, à mes pieds. J'esquissai quelques traits sur le papier, imaginant que j'allais dessiner pour me calmer certains des arbres et des cactus que j'avais pu croiser. Mais au lieu de cela, des formes humaines apparurent sous la pointe du fusain. Un homme. Un autre homme. Je ne m'étais jamais essayée à dessiner des gens, et pourtant, les traits venaient facilement. Une fois terminé, le dessin représentait Mustapha, avec son gilet par-dessus sa tunique, et Aziz, son fez coquettement incliné sur son crâne. Les deux hommes se tenaient côte à côte. J'avais le sentiment avec ce croquis d'avoir réussi à saisir l'essence de leur personnalité à travers leur expression et leur attitude.

Je me demandai pourquoi je n'avais jamais dessiné de sujet humain auparavant et m'étais cantonnée à la nature.

Je levai les yeux de mon dessin et contemplai le bled à travers le pare-brise maculé de chiures de mouche et de saleté, puis, sans réfléchir, j'arrachai la feuille de mon bloc et la tendis à Mustapha. Il la regarda avec attention et finit par me la prendre. Il l'examina de plus près et la tendit ensuite à Aziz. Le silence se prolongea encore quelques minutes, puis Aziz parla à voix basse en arabe en rendant le dessin à Mustapha. Celui-ci répondit par quelques paroles gutturales.

— Mon cousin, il dit que d'accord, peut-être que tu n'es pas une *djinniya*, traduisit Aziz. Mais tu ne conduis plus.

— Non, non, bien sûr que non, assurai-je en me tournant vers Mustapha. *Choukrane*. Merci, Mustapha.

Je baissai la tête en signe de respect, afin qu'il sache combien j'appréciais sa décision.

Il refusait toujours de me regarder, mais il plia soigneusement la feuille de papier et la glissa dans les plis de sa tunique. Puis il démarra et se rendit jusqu'à l'endroit où gisaient mes bagages, au bord de la *piste*. Là, il descendit de voiture, prit les sacs et les fourra sans ménagement contre Aziz, qui protesta en les écartant de lui. Puis Mustapha remonta dans la Trèfle et se tourna vers moi.

— Nous aller à Marrakech, déclara-t-il d'un air offensé.

— *Inch Allah*, répliquai-je.

* * *

Mustapha arrêta la voiture tout près de la *piste**, sous un bosquet de palmiers, juste avant la tombée de la nuit.

Pendant que mes compagnons ouvraient le coffre, je sortis de la voiture et essayai de chasser les douleurs qui me nouaient les hanches et le dos. Ils y prirent de vieux tapis, qu'ils emportèrent sous les palmiers les plus chétifs. Là, ils parvinrent à confectionner une sorte d'abri avec un petit tapis par terre et deux autres en guise de toit.

— Tu dors, me dit Aziz, et je souris pour le remercier, reconnaissante de ne pas avoir à dormir dans la voiture.

Je m'assis sur le tapis et les regardai prendre une lanterne et une boîte en fer dans le coffre. Aziz vida la boîte à même le sol. Elle contenait du charbon de bois. Mustapha récupéra ensuite une petite boîte munie d'un bec dont il versa un peu du contenu dans une vieille théière.

Je comprenais maintenant pourquoi ils n'avaient pas mis mes bagages dans le coffre de la voiture : il était rempli du matériel nécessaire au voyage. Le soleil sombra derrière les montagnes lointaines, et l'obscurité tomba d'un coup. Les hommes allumèrent la lampe à pétrole et préparèrent du thé à la menthe. Nous dînâmes dans le cercle de lumière, de bouts de viande séchée et salée avec du pain, des figues et des olives, et bûmes du thé.

Les hommes restèrent près des braises rougeoyantes et je retournai à mon abri de fortune. Je m'y assis et écoutai leur bavardage tranquille. Le ciel ne ressemblait à rien de ce que j'avais pu voir jusqu'alors, ni chez moi, ni en mer, ni à Marseille, ni à Tanger. Je m'allongeai sur le dos et contemplai la voûte étoilée au-dessus de moi.

Je pensai à l'époque où je regardais le ciel depuis les marches du perron, chez moi, et me disais que ma vie n'était qu'un fragment de poussière dans la Voie lactée. Et pourtant, ici... ce ciel magnifique faisait naître d'autres sentiments. Les étoiles paraissaient si proches dans le silence absolu de la nuit que j'avais l'impression de pouvoir entendre leur murmure lointain et étouffé, semblable au son que l'on perçoit en portant un coquillage contre son oreille.

Dans le coquillage, nous croyons entendre l'océan ; dans ce désert, j'avais la conviction d'entendre le ciel. Je comptai trois étoiles filantes. Je ressentais une étrange pesanteur, comme si le ciel étoilé me poussait dans le ventre de la terre.

Puis il y eut un bruit doux et régulier, un son un peu mou et écrasé. Je tendis l'oreille, cherchant à deviner d'où cela pouvait venir.

— Qu'est-ce que c'est ? finis-je par demander dans la nuit.

— Juste un chameau sauvage, madame, répondit la voix d'Aziz. Il marche, il marche, il nous sent et il nous regarde.

Je souris à la pensée de cette créature solitaire qui tournait autour de la voiture et de mon abri avec intérêt et peut-être même émerveillement, ses pieds qui paraissaient si lourds se révélant en fait tellement assurés sur le sol sableux. Puis je tirai un coin du tapis sur moi et contemplai les étoiles jusqu'à ce que mes yeux se ferment.

* * *

Le lendemain, nous repartîmes après le thé du matin et un morceau de pain.

— À la fin de ce jour, nous serons à Marrakech, madame, annonça Aziz.

Je déglutis. *À la fin de ce jour, nous serons à Marrakech.* Ce soir, nous serons à Marrakech. J'avais fait tout ce chemin pour retrouver Étienne. N'aurais-je pas dû me sentir excitée et soulagée ? Au lieu de quoi un étrange malaise m'envahit. Je ne compris pas pourquoi.

Ce dernier jour se révéla très long, coupé d'une seule halte rapide dans un village pour manger de la *harira* – une soupe épaisse à base de lentilles. Sinon ce fut l'interminable *piste**.

En fin d'après-midi, alors que le soleil perdait de son intensité, j'aperçus quelque chose loin devant nous, scintillant dans les vagues de chaleur à la façon d'un mirage. Assez vite, je pus déterminer qu'il s'agissait d'une silhouette humaine solitaire, puis, à mesure que nous nous rapprochions, je distinguai d'amples vêtements bleus. Ceux-ci flottaient au vent tel un sémaphore qui signalerait quelque chose d'important, et de mystérieux. Plus près encore, je vis qu'il s'agissait d'un homme. Nous nous dirigions droit sur lui, mais il ne fit pas mine de vouloir s'écarter de la *piste**. Il continua à marcher dans notre direction, forçant Mustapha à arrêter la voiture. Aziz murmura quelque chose à Mustapha.

L'homme était grand et immobile devant nous. Il était recouvert de la tête aux pieds par une longue tunique bleu pâle et portait un long turban bleu foncé enroulé autour de la tête, l'extrémité lui dissimulant le nez et la bouche. Il était chaussé de sandales de cuir noir.

Mustapha descendit pour lui parler face à face, puis il revint à la voiture et dit quelques mots à Aziz. Celui-ci fouilla dans le sac à ses pieds et en sortit une galette de pain que Mustapha donna à l'inconnu, qui lui glissa en échange quelque chose dans la main.

Mustapha revint s'asseoir dans l'auto et l'homme en bleu passa à ma droite en me dévisageant. Je ne vis que ses yeux et l'arête de son nez aquilin, mais un petit frisson me parcourut. Ses yeux sombres étaient expressifs et semblaient d'une certaine façon me défier, en un mélange de charme et de menace. Il s'immobilisa un instant et dit quelque chose sans me quitter du regard. Je crus qu'il me parlait; pensait-il que je pouvais le comprendre? Il s'exprimait d'une voix basse, étouffée de surcroît par l'étoffe qui masquait le bas de son visage. Je dus baisser les yeux, incapable de soutenir davantage son regard. Il reprit la parole et, cette fois, Aziz lui répondit. Je regardai l'homme à nouveau. Il me dévisagea encore longuement puis s'éloigna sur la *piste** que nous laissions derrière nous, droit et digne, presque hautain.

Mustapha jeta quelque chose sur le plancher à mes pieds. Il s'agissait d'un petit carreau de céramique superbement décoré d'un motif géométrique abstrait vert et bleu.

J'aurais voulu savoir ce que l'homme avait dit à mon sujet.

— C'est ravissant, déclarai-je en ramassant le carreau.

— C'est le *zellij*, tu peux le prendre, dit Aziz en se penchant vers l'avant. C'est seulement pour échanger contre le pain. *L'Homme Bleu**, il donne toujours quelque chose contre les marchandises.

— L'Homme Bleu? Vous l'appelez comme ça à cause de ses habits? demandai-je en examinant le carreau de céramique.

Aziz l'avait appelé *zellij*. Il était chaud dans ma main; sans doute l'homme l'avait-il tenu contre lui. Je promenai mes doigts sur sa surface lisse et ses bords acérés.

— Les Hommes Bleus, c'est une tribu. Sa..., fit Aziz en remontant sa manche et se frottant le bras. Ça, là. Sa...

— Sa peau, soufflai-je.

Aziz acquiesça.

— Pendant toute la vie, ils portent des habits et des turbans bleus avec de l'indigo. Après beaucoup d'années, l'indigo, il entre dans la peau. *Et voilà*!* Ils sont bleus.

Je sortis ma tête par la fenêtre pour regarder le dos droit de l'Homme Bleu qui s'éloignait sur la *piste**.

— Ils sont arabes ? questionnai-je.

— *Non**. Des Berbères. Mais pas Berbères ordinaires : Touaregs. Nomades, du Sahara. Ils parlent comme nous, mais une autre langue aussi. Ils ont des caravanes de chameaux et ils transportent les marchandises. Du sel, de l'or, des esclaves. Ils marchent toujours dans le désert. Ils traversent tout le Maroc et ils vont en Afrique. Loin. À Tombouctou.

— Ils sont musulmans aussi ?

— Un petit peu, dit Aziz avec un haussement d'épaules. Mais il y en a plus qui ne sont pas musulmans. La femme, elle montre sa figure, et l'homme, il couvre la sienne. Ils sont comme... (il chercha un mot) comme des musulmans d'autrefois. Les Hommes Bleus et leurs femmes, ils font tout ce qu'ils veulent. Ils sont le peuple du désert. Pas de roi. Parfois Dieu, et parfois non. Le peuple du désert, répéta-t-il.

J'aurais aimé voir cet homme sans son turban, qui lui recouvrait la majeure partie du visage. Je me dis, en m'efforçant d'imaginer ses traits tout en serrant le carreau entre mes paumes, que j'aimerais peindre un personnage semblable, un Homme Bleu.

* * *

Je pensais encore à lui une heure plus tard, quand Mustapha lâcha son volant d'une main pour désigner un point droit devant nous.

— Marrakech, madame, annonça-t-il, et je m'avançai sur mon siège pour mieux voir à travers le pare-brise crasseux. Nous, on l'appelle la Perle du Sud.

Je sortis la tête de la voiture, et un vent chaud fit aussitôt voler mes cheveux en tous sens. Une muraille rouge se dressait devant nous. Mon souffle s'étrangla soudain dans ma gorge tandis que mon cœur se mettait à cogner plus vite et plus fort. Je me rassis contre le dossier de mon siège et pressai les mains sur ma poitrine afin de calmer ma respiration.

J'étais arrivée. J'étais à Marrakech, la ville où j'espérais trouver les réponses que je cherchais. Où j'espérais trouver Étienne.

Chapitre dix

Deux mois après que le Dr Duverger m'eut parlé de ma cicatrice et que je lui eus certifié que je n'avais pas envie de me faire opérer, je crus l'apercevoir dans la rue où je venais faire mes courses. Je retins mon souffle, me rendant compte que je ne voulais pas qu'il me voie. Cependant, lorsque l'homme tourna la tête vers la vitrine d'un magasin et que je distinguai son profil, je fus plus surprise encore par ma réaction : la déception cette fois. Ce n'était pas le médecin.

Je ne voulais pas qu'il me voie parce que je savais de quoi j'avais l'air. Et pourtant, ce qui pouvait paraître étrangement contradictoire, j'avais envie de le rencontrer, lui. Au cours de ces derniers mois, mes pensées s'étaient plus d'une fois tournées vers le Dr Duverger, et vers la sensation de ses doigts sur mon visage.

Je savais que ma cicatrice était épouvantable, et qu'elle m'enlaidissait beaucoup plus que ma claudication. Elle ne manquait pas d'attirer l'attention, évidemment; les gens la regardaient, puis détournaient rapidement les yeux, soit gênés de m'avoir dévisagée, soit dégoûtés, sûrement. Je n'avais jamais cherché à attirer l'attention, et voilà que je la suscitais malgré moi. Comme je l'avais dit au Dr Duverger, je me moquais pas mal de mon apparence, mais je dus un matin me rendre à l'évidence : j'évitais de me regarder dans une glace parce que c'était dérangeant. Voulais-je vraiment passer le reste de ma vie ainsi ? Certes, la cicatrice était un terrible rappel de ce que j'avais fait à mon père, mais je commençais à me demander s'il était nécessaire que ce soit aussi apparent. Le vrai fardeau se trouvait en moi. Je le portais comme un lourd pot de terre rempli d'eau. Je devais avancer au jour le jour en faisant attention de ne pas en renverser. Mais c'était une charge personnelle, et il n'était pas souhaitable qu'elle fût partagée par tous ceux qui me croisaient.

Ce soir-là, j'examinai mon visage dans le miroir de la salle de bains. Je me représentai les réactions physiques que je pourrais avoir en franchissant les portes de l'hôpital. J'en avais toujours la bouche sèche et le ventre secoué de spasmes, mais je repensai alors aux doigts du Dr Duverger qui exploraient avec douceur les tissus cicatriciels abîmés. Je revis l'inquiétude dans ses yeux, et la façon dont il avait essayé de me faire sentir qu'il comprenait ce que je ressentais quand il avait vu ma détresse, dans son bureau, et m'avait confié que lui aussi avait perdu ses parents.

Je pensai à ses joues roses et à son front lisse.

Le lendemain, j'utilisai le téléphone des Barlow pour prendre rendez-vous avec le Dr Duverger. Lorsque je le vis, une semaine plus tard, j'avais revêtu ma plus belle robe – en soie vert tendre, avec une large ceinture de toile – et m'étais coiffée avec soin. Je me dis que j'étais ridicule. Seule ma cicatrice l'intéressait, et il ne remarquerait même pas mes efforts. Je n'étais qu'une patiente parmi d'autres et il se comportait sans doute de la même façon avec toutes les autres. Mais je pouvais me répéter ce que je voulais, j'avais les doigts moites de nervosité lorsqu'il me serra la main, et mes lèvres tremblaient lorsque je lui souris. J'espérais qu'il ne le remarquerait pas.

— Alors, vous avez changé votre avis ? demanda-t-il en me rendant mon sourire tout en m'invitant à m'asseoir.

— Oui, répondis-je. J'imagine que j'avais besoin de temps. Pour y réfléchir.

Il ne réagit pas.

— À moins que... il n'est pas trop tard, n'est-ce pas ?

— Non, assura-t-il en secouant la tête. Mais je crains que le travail est plus important maintenant, parce que vous avez attendu plus longtemps. Et vous devez comprendre, mademoiselle O'Shea, que vous gardez toujours une cicatrice. Mais, comme je vous le dis, elle est plus fine et, dans quelque temps, elle est plus lisse et moins... colorée.

Il commença à parler de la procédure, mais je l'arrêtai.

— Je me fiche de savoir comment ça se passe, l'interrompis-je avec un petit sourire contrit. Faites simplement ce que vous pouvez pour la réduire.

Il programma l'opération pour qu'elle ait lieu trois semaines plus tard. Et, par une journée chaude et humide de la fin juin, l'intervention eut lieu. Je ne me rappelais guère l'acte chirurgical lui-même, ni le Dr Duverger, du fait de l'éther que l'on m'avait administré pour m'endormir.

* * *

Lorsque je me réveillai, j'avais un épais pansement sur la joue, et le Dr Duverger me recommanda de revenir avant dix jours pour faire retirer les points de suture.

— Cette fois, je ne manquerai pas de revenir, promis-je, la langue encore épaissie par l'éther, alors qu'il se tenait près de mon lit après mon réveil.

Il sourit, et je tentai de faire de même, mais les effets de l'anesthésie commençaient à se dissiper, et mes nouveaux points m'élançaient.

Dix jours plus tard, j'étais à l'hôpital et portais de nouveau ma plus belle robe, me demandant pourquoi je me conduisais comme une collégienne écervelée. Monsieur Barlow insista pour m'y conduire.

— Rentrez à la maison, lui dis-je lorsqu'il m'eut déposée. J'aimerais rentrer à pied. C'est une belle journée.

— Tu en es sûre ? Ça fait une bonne trotte, commenta-t-il.

— Oui, certifiai-je en le remerciant d'un signe la main tandis qu'il s'éloignait.

Pendant que j'attendais le Dr Duverger, je pris le petit carnet à dessins et le crayon que je gardais toujours dans mon sac et travaillai sur mon étude du papillon mélissa bleu. Il s'agissait d'une espèce menacée, difficile à repérer. Mais j'avais fini par en apercevoir un spécimen à Pine Bush, l'été précédent ; c'était un petit papillon incroyablement beau, de moins de trois centimètres d'envergure, et le haut de ses ailes d'un azur limpide en faisait un mâle. Les femelles étaient d'une nuance plus foncée, tirant sur le gris. Leur vie dépendait du lupin sauvage, bleu lui aussi, et dont les fleurs rappelaient celles des pois de senteur. J'avais pour objectif de peindre le mélissa bleu perché sur un lupin sauvage, le papillon et la fleur formant un merveilleux camaïeu de bleus, mais n'arrivais pas à être satisfaite de mon dessin. À l'entrée du Dr Duverger, je posai mon bloc et mon crayon sur la chaise à côté de la mienne.

— Et maintenant, mademoiselle O'Shea, dit-il, nous regardons le résultat.

Je hochai la tête et m'humectai les lèvres.

— Ne vous inquiétez pas. Je crois que vous êtes contente.

Il retira doucement la gaze et se pencha tout près pour retirer les points. Je ne savais plus où regarder, avec son visage si près du mien. Il avait mis ses lunettes, et je me voyais dans leur reflet. À un moment, il s'écarta de ma joue pour examiner mes yeux, et je les baissai aussitôt, gênée qu'il puisse penser que je le scrutais. Mais de toute façon, qu'aurais-je pu regarder d'autre, avec nos visages si proches l'un de l'autre ? Cette fois, je ne respirai aucune odeur de désinfectant ni de tabac, juste le léger parfum de sa chemise propre et de son col empesé.

Je pris soudain conscience qu'il était peut-être marié.

À mesure que le Dr Duverger ôtait les points, je percevais comme un claquement minuscule et ressentais un petit soubresaut douloureux qui me faisait parfois ciller. Il me disait alors *pardon** sans même s'en rendre compte. Puis, une fois le dernier point retiré, il se redressa pour examiner l'ensemble, prenant mon menton entre ses doigts secs et chauds pour faire bouger mon visage d'un côté, puis de l'autre.

— *Oui, c'est bien**, commenta-t-il en hochant la tête, utilisant inconsciemment le français.

— Ça va ? m'enquis-je.

— Oui, assura-t-il en me regardant cette fois droit dans les yeux. C'est un succès, mademoiselle O'Shea, un grand succès. Et cela va continuer de cicatriser avec le temps. Dans une année, elle se verra moins fort ; elle va s'atténuer. Et vous pourrez recouvrir avec... (il hésita)... de la poudre ou ce que les femmes mettent sur leur figure. Regardez. Vous voyez.

Il me tendit le miroir rond.

— Merci infiniment, lui dis-je en étudiant mon reflet avant de lui rendre le miroir. Pour l'opération. Et pour... pour l'avoir proposée. Vous aviez raison.

— Je suis content que vous avez accepté, dit-il en se levant.

Je me levai aussi et nous nous retrouvâmes face à face. Il me regarda alors, moi et pas seulement ma joue, avec intensité. Cela ne dura qu'un instant, mais ce fut assez troublant et je sentis mon ventre se nouer. Cela n'avait rien à voir avec les haut-le-cœur qui m'avaient assaillie la première fois que j'étais revenue à l'hôpital. C'était très différent.

— Bien, dis-je pour combler ce silence à la fois embarrassé et excitant.

Et le Dr Duverger lâcha *Très bien** en français exactement au même instant.

Nous sourîmes tous les deux, puis il ajouta :

— Alors, bonne journée, mademoiselle. S'il vous plaît, appelez si vous avez une question, mais je crois que ça va bien maintenant. Mais s'il vous plaît, reprit-il presque aussitôt, si vous avez une question... ou une douleur petite... vous appelez, *oui** ?

— *Oui**, assurai-je.

Je quittai l'hôpital et rentrai à pied sous le soleil de cette fin de matinée, réfléchissant à l'effet que le médecin produisait sur moi. J'essayais d'analyser les sensations que j'avais éprouvées alors que je me tenais tout près de lui, dans cet hôpital bruyant. Je n'avais rien ressenti de pareil depuis... je m'arrêtai. Avais-je déjà éprouvé quoi que ce soit de semblable ? Je me remémorai mon adolescence et mes fantasmes sur Luke McCallister. Mais je n'étais qu'une petite idiote à l'époque, pas une femme posée qui menait une existence tranquille et n'avait pas de temps à consacrer à ce genre de fantaisies.

Tout était dans ma tête. Le Dr Duverger ne m'avait pas regardée avec une intensité particulière du tout, et il n'avait pas ressenti la même étrange confusion que moi.

Tout était dans ma tête.

* * *

Le lendemain soir, j'ouvrais ma porte pour laisser sortir Cinabre quand je vis une voiture arriver lentement devant chez moi. Elle s'immobilisa, et le Dr Duverger en descendit.

C'était tellement inattendu que je n'eus pas le temps de réfléchir à ce que je ressentais. Il s'approcha et je vis qu'il tenait mon carnet à dessins.

— Vous avez laissé ça, dit-il en montant les marches. J'ai cherché l'adresse à vous dans le dossier, et j'ai vu que je dois voir une patiente tout près, alors j'ai pensé que je vous le porte.

Il me le tendit.

— Merci infiniment, dis-je en le prenant. Oui, oui, je l'ai cherché toute la matinée. Je ne pouvais pas me rappeler où je l'avais laissé... il y a ce dessin sur lequel je travaille et que je n'arrive pas à terminer, et...

Je parlais trop vite et bredouillais en même temps.

— Eh bien, merci, répétai-je. C'était vraiment gentil à vous de prendre la peine de venir jusqu'ici pour me le rendre.

— J'ai regardé le travail de vous, dit-il en baissant soudain les yeux.

Cinabre se frottait contre ses jambes.

— C'est très bien, reprit-il en relevant la tête. Le travail.

— Merci, mais ce ne sont que de simples dessins, répliquai-je, à la fois gênée et heureuse qu'il ait tourné ces pages.

— Mais vous aimez cela. Dess... Mon anglais, déplora-t-il avant de se passer la langue sur les lèvres. Dessiner. Le... le... talent de vous pour dessiner est évident.

— Merci, dis-je encore, me sentant ridicule de répéter ce mot sans cesse, mais désespérant de trouver autre chose à dire.

S'il m'avait parlé de mon visage, j'aurais été plus à l'aise. Mais il n'en fit rien et je me sentais de plus en plus gauche et angoissée, faisant courir mes doigts sur le dos du carnet.

— Cela vous dirait d'entrer prendre une tasse de café ? proposai-je, lorsque je ne pus supporter plus longtemps le silence.

À peine ces mots eurent-il franchi mes lèvres que j'aurais voulu les ravaler. Mais qu'est-ce que je faisais ? Ce serait encore pire, maintenant qu'il devait trouver une excuse pour refuser poliment. Ou... s'il ne refusait pas ?

— Oui, j'aimerais bien prendre le *café. Merci**, répondit-il, et je n'eus d'autre choix que de le laisser entrer.

* * *

Lorsqu'il fut parti, je m'assis sur la véranda, et contemplai la rue. J'avais vingt-neuf ans, et c'était la première fois de ma vie que je m'étais retrouvée seule, chez moi, avec un homme qui n'était ni mon père ni un voisin. Quand le Dr Duverger m'avait suivie dans le séjour et jusqu'à la cuisine, mon cœur s'était emballé et ma gorge comme remplie d'ouate. Mais quand il s'était assis à la table de la cuisine pendant que je préparais du café, j'avais pris conscience que le Dr Duverger avait ce jour-là quelque chose de différent. Il ne me fallut pas longtemps pour remarquer que, s'il se montrait calme et très professionnel à l'hôpital – le lieu où il semblait chez lui –, il avait l'air un peu emprunté sur la véranda et dans la cuisine, son anglais se détériorant et son visage devenant plus expressif. En tant que médecin, avec ses dossiers et son stéthoscope, il était maître de la situation. Mais, loin de l'hôpital, je décelai en lui un manque de confiance, comme s'il se sentait aussi peu sûr de lui que je l'étais quand je quittais la sécurité de Juniper Road. Et cette découverte fit naître en moi quelque chose que je n'avais pas ressenti auparavant, un semblant d'assurance.

C'est un médecin, mais ce n'est aussi qu'un homme, me répétai-je.

Il m'interrogea sur les dessins qu'il avait vus dans mon carnet. Il avait visiblement du mal à trouver ses mots et je le priai de s'exprimer en français s'il en avait envie.

— C'est assez différent de la langue que je parlais avec ma mère, lui expliquai-je, et je ne l'ai pas pratiquée depuis sa mort, il y a six ans, aussi je vous répondrai en anglais. Mais ça me ferait plaisir d'entendre parler français.

Il acquiesça d'un signe de tête en buvant son café.

— Merci, dit-il en français. J'ai beau m'exprimer tous les jours en anglais, et cela ne me pose généralement pas de problème, il arrive que, parfois... dans certaines circonstances... les mots me manquent.

Et ce petit aveu lui-même me redonna confiance. Le rendais-je aussi nerveux qu'il me rendait nerveuse, et si oui, pourquoi ?

Nous parlâmes un peu de ma peinture. Je lui demandai d'où il venait en France, et il me dit qu'il avait étudié la médecine à Paris. Il vivait en Amérique depuis plus de cinq ans maintenant. Après une demi-heure et deux tasses de café noir, il se leva.

— Merci pour le café, dit-il.

Je le suivis à la porte. Il l'ouvrit et resta un instant immobile, à me regarder. J'avais soudain du mal à respirer.

— Je suis content que vous ayez pris la décision de vous faire opérer, déclara-t-il enfin. Vous allez pouvoir retrouver votre beauté.

Il sortit dans la pénombre avant que je puisse répondre. Puis il ouvrit la portière de sa voiture et leva à nouveau les yeux vers moi.

— Nous pourrions reprendre un café, lança-t-il.

Je ne pus déterminer à son ton si c'était une question ou une proposition, et je me contentai de hocher stupidement la tête. Je me demandai ensuite pourquoi je n'avais pas souri gaiement en répondant « mais oui, volontiers » comme si je prenais tous les jours le café avec des médecins français.

Je regardai ses feux de position disparaître de Juniper Road, puis m'installai sur la dernière marche du perron pendant que la nuit finissait de m'envelopper.

Il avait parlé de ma *beauté. Vous allez pouvoir retrouver votre beauté.* J'essayai de me rappeler son expression lorsqu'il avait prononcé ces mots et ne pus me la rappeler ou alors je n'avais pas été capable de l'interpréter.

C'était certainement le médecin – pas l'homme, le médecin – qui avait parlé, satisfait de son travail sur une patiente. Certainement, parce que je n'avais jamais été belle.

Je rentrai dans la maison et allumai la lumière au-dessus de la glace de la salle de bains. Puis j'étudiai mon visage, suivant du doigt la ligne de ma nouvelle cicatrice, rose vif mais plus lisse et plus fine.

Avait-il dit que nous pourrions reprendre un café sur un ton désinvolte, sachant que cela ne se reproduirait jamais ? Ou parlait-il sérieusement ?

J'éteignis la lumière, mon reflet se réduisant à un ovale sombre dans le miroir.

Je ne savais absolument pas comment interpréter les paroles ou les actes d'un homme.

* * *

Durant les quatre jours qui suivirent, je restai plongée dans l'anxiété. Je n'osais pas aller faire mes courses au cas où le Dr Duverger viendrait pendant mon absence. Je portais en alternance mes deux plus belles robes – celle en soie verte et la violet foncé, qui mettait ma taille en valeur – et vérifiais sans cesse que j'étais bien coiffée. Je mis une belle nappe ajourée sur la table de la salle à manger et confectionnai un cake aux épices. Je me précipitais sans cesse à la fenêtre en croyant avoir entendu une portière claquer ou des pas dans l'allée.

Le cinquième jour, je m'en voulais tellement de ma propre stupidité – le Dr Duverger n'était évidemment pas sérieux quand il avait parlé de reprendre un café – que je découpai le cake rassis et le donnai à manger aux oiseaux. Je retirai la nappe, la secouai un peu plus fort que nécessaire, et la pliai en un rectangle bien net avant de la ranger dans le placard à linge de maison.

Puis j'enfilai ma salopette la plus abîmée aux genoux sur une vieille chemise de mon père dont je roulai les manches, nattai mes cheveux en une grosse tresse assez lâche et sortis derrière la maison pour arracher les mauvaises herbes ; avec la chaleur humide de l'été, tout poussait tellement vite. J'avais négligé le jardin toutes ces dernières semaines, et il y régnait un fouillis indescriptible. Je coupai et sarclai, m'attaquant aux ronces, aux chardons et aux tiges de liseron. Le soleil était chaud sur mes bras nus et cela faisait du bien de bêcher la terre, les adventices cédant sous ma houe. J'en voulais au Dr Duverger d'avoir fait comme s'il était vraiment assez intéressé pour revenir, mais je m'en voulais aussi à moi-même d'avoir perdu quatre jours à fantasmer.

Je secouai la tête pour chasser ces pensées et me concentrer sur les ailes délicates du mélissa bleu. Il faudrait que je demande à monsieur Barlow s'il voudrait bien m'emmener à Pine Bush un de ces jours. Il fallait que je rachète de l'ocre.

J'interrompis alors le fil de mes réflexions, m'appuyant sur ma houe. J'avais pensé à autre chose qu'à la mort de mon père. Elle était toujours là, mais le chagrin écrasant s'était émoussé, un petit peu, pendant de courtes périodes.

Je retournai à mon désherbage.

— J'ai frappé, mais il n'y a pas eu de réponse.

Je sursautai, et me retournai pour trouver le Dr Duverger se tenant à l'entrée du jardin. Il avait parlé en français.

— Je suis désolé de vous avoir fait peur, mademoiselle O'Shea. Comme je vous l'ai dit, j'ai frappé... et puis j'ai entendu siffler.

— Siffler ?

J'aurais voulu lui répondre dans la même langue, mais n'osai pas. J'étais certaine que mon français était trop rouillé, et trop différent du sien. Tellement moins cultivé.

— Je crois que c'était du Grieg. La Chanson de Solveig, c'est ça ?

Je ne m'étais même pas rendu compte que je sifflais. Il me semblait bien ne plus avoir sifflé depuis la mort de mon père.

— Mademoiselle O'Shea ? Je vois que je vous dérange.

— Non, non, Dr Duverger. C'est juste que...

Je vis des traces de terre sur mes bras et mes mains et m'empressai de baisser mes manches.

— ... je ne vous attendais pas.

Quelques instants plus tôt, j'avais été fâchée contre lui, mais maintenant qu'il était là, je me sentais heureuse. Excitée.

— Je sais que cela ne se fait pas de passer sans prévenir. J'ai eu des gardes supplémentaires toute la semaine, mais aujourd'hui, j'ai du temps libre imprévu. J'ai téléphoné à vos voisins, pour leur demander de vous appeler au bout du fil, mais ça ne répondait pas. Alors j'ai tenté le coup...

Je déglutis, consciente de mes cheveux emmêlés et de ma salopette informe. Je me frottai le front du revers de la main ; la chaleur me faisait transpirer. Le Dr Duverger semblait propre et net, portant encore une chemise empesée sous sa veste de lin légère.

— Bien sûr que vous ne me dérangez pas. Mais il faut que je me lave les mains et que je me change, répliquai-je.

Il désigna les deux fauteuils Adirondack, à l'ombre des grandes feuilles du tilleul.

— C'est inutile. Nous pouvons nous asseoir ici. Je vous en prie, restez comme vous êtes. Vous semblez très... détendue, dit-il en penchant la tête de côté. Très détendue, et, si vous me permettez, c'est du plus charmant effet. À part la dernière fois que je suis passé, je ne vous ai vue que dans des circonstances moins heureuses. Oh ! Peut-être suis-je trop direct. Vous paraissez surprise.

Je souris à moitié, toujours consciente d'une certaine raideur dans ma joue. J'essayais de faire comme si j'étais habituée à voir des hommes venir dans mon jardin, me dire que j'étais charmante, comme s'il était naturel pour moi de sourire à nouveau.

— Vous l'avez dit vous-même : vous m'avez prise au dépourvu. Je... je ne m'attendais pas...

Je m'interrompis, me rendant compte que je me répétais.

— Alors venez, dit-il avec un mouvement du bras en direction des fauteuils. Je ne resterai pas longtemps. Mais il fait tellement beau. Et je suis heureux de sortir un peu de l'hôpital, ne serait-ce que pour une heure.

Je m'assis au bord d'un fauteuil Adirondack, et il s'installa en face de moi.

— Cela vous dérange, si je retire ma veste ? demanda-t-il.

— Non. Il fait effectivement un temps magnifique, convins-je en m'enfonçant un peu dans mon fauteuil.

Cinabre apparut, lasse de courir après des insectes dans l'herbe, et sauta plutôt lourdement sur mes genoux.

— Comment s'appelle votre chat ? interrogea le Dr Duverger en étendant sa veste sur le bras du fauteuil. Maintenant qu'il était en bras de chemise, je remarquai la largeur de ses épaules.

— Cinabre, répondis-je. Elle est sourde, ajoutai-je sans raison.

— C'est un beau nom, commenta-t-il en souriant.

Je hochai la tête, et enfouis mon visage dans la fourrure de Cinabre afin qu'il ne puisse pas voir l'effet que produisait son sourire sur moi.

Chapitre onze

Le monde changea. Je changeai. Dans le mois qui suivit, je tombai amoureuse d'Étienne Duverger.

Il passait me voir deux fois par semaine. Le jour et l'heure étaient fonction de ses gardes à l'hôpital, mais, à moins d'une urgence, il venait quand il avait dit qu'il viendrait.

Durant les deux premières semaines, nous prenions place dans le jardin ou sur la véranda, dans le séjour ou la cuisine, et nous bavardions. Lors des deux semaines qui suivirent nous sortîmes deux fois dîner à Albany, et allâmes une fois au théâtre.

Il partait toujours avant dix heures ; il attendit notre quatrième rendez-vous pour s'emparer de ma main alors qu'il prenait congé et la porter à ses lèvres. Au terme de ce premier mois, il me prit dans ses bras, sur le perron, et m'embrassa.

Je savais, à l'expression de son visage et à la façon dont il se rapprochait de moi lorsque nous nous disions au revoir, que cela allait arriver, et j'en tremblais d'excitation et d'appréhension mêlées. C'était la première fois que l'on m'embrassait. Je trouvais cela très gênant et ne voulais pas qu'il s'en rende compte, mais je fus tellement bouleversée par la sensation de ses lèvres sur les miennes, de son corps contre le mien, que j'en tremblai plus encore.

Après ce baiser, il me serra simplement dans ses bras.

— Tout va bien, Sidonie, me dit-il, et je pressais la tête contre sa poitrine.

Je percevais les battements de son cœur, lents et réguliers, alors que les miens s'envolaient en désordre tels des pétales dans le vent.

— Tout va bien, répéta-t-il, me serrant davantage contre lui.

Je compris qu'il devait se douter de mon innocence en matière de relations entre hommes et femmes.

Mais ce simple baiser réveilla tous mes sens. Je pris conscience que j'avais été comme endormie pendant toutes ces années ; j'avais plongé mon corps en hibernation, d'abord avec mes prières d'adolescente pour mériter ma guérison, puis, plus tard, parce qu'il était plus simple de supporter le célibat si l'on ne le remettait pas en question.

Après son départ, la nuit où il m'embrassa, je m'assis sur mon lit, dans le noir, et revécus encore cet instant. J'aurais voulu retenir ce sentiment d'émerveillement, mais quelque chose me troublait confusément.

Le Dr Duverger était beau. Il était intelligent et spirituel ; il riait facilement. Il menait une carrière excitante et avait pas mal vécu.

Je ne parvenais pas à comprendre pourquoi il avait envie de passer du temps avec moi. Moi, avec mes cheveux rebelles, mes yeux et ma peau sombres. Moi, avec ma semelle compensée, ma boiterie et ma cicatrice, atténuée mais néanmoins permanente, sur le visage. Moi, avec ma petite vie étriquée et mon manque d'expérience dans tant de domaines.

* * *

Bien sûr, je savais des choses par mes lectures. Je parcourais chaque jour le journal, lisais des livres et écoutais tous les matins les informations à la radio. Mais pour ce qui était de vivre... j'essayais de dissimuler mon ignorance du monde réel – du monde au-delà de Juniper Road et d'Albany – en m'arrangeant pour qu'Étienne parle toujours de lui-même. En le forçant à se confier par mes questions incessantes et mon silence absolu lorsqu'il y répondait.

Il avait une histoire assez exotique. Quoique né à Paris, et bien qu'il y eût fait ses études, il me raconta qu'il avait passé la majeure partie de son enfance et de son adolescence au Maroc avec sa famille, dans la ville de Marrakech. Lorsqu'il mentionna le Maroc, je tentai de me représenter une page de l'atlas, mais en fus incapable. J'étais ennuyée de ne pas savoir exactement où se situait ce pays. La seule chose qui me vint à l'esprit en entendant ce nom fut la reliure en cuir de certains beaux livres. Quant à Marrakech, je n'aurais même pas su comment l'écrire.

— Mais comment cela se fait-il ? questionnai-je lorsqu'il m'en parla pour la première fois. Pourquoi vos parents vivaient-ils au Maroc ?

À sa demande, je lui parlais maintenant en français. Mon français du Canada était assez régional et trivial, émaillé, je m'en rendais compte à présent, d'expressions familières. Aussi m'efforçai-je dès le début d'imiter son français parisien. Il le remarqua, me sourit et me dit qu'il trouvait cela touchant.

— Le Protectorat français. Les Français ont pris le contrôle de l'État marocain au début du siècle, et un bon nombre de Français sont allés s'installer là-bas. Mon père aussi était médecin, et il s'était déjà impliqué au Maroc avant l'occupation, s'y rendant par bateau pour aider à monter des cliniques. Il me disait que la médecine traditionnelle marocaine était basée sur la sorcellerie, aux antipodes de la science rationnelle. Mais, d'une façon ou d'une autre, les Marocains ont réussi à se débrouiller avant l'arrivée des Français, ajouta-t-il avec un sourire.

Je lui souris aussi, portant la main à ma joue pour la dissimuler. C'était devenu une habitude avant l'opération, et Étienne me rappelait parfois que je le faisais encore.

— Vous ne devriez pas faire ça, Sidonie, me dit-il. Je vous en prie. Je vous le répète, c'est inutile. Vous êtes belle, ajouta-t-il avant de s'interrompre. D'une beauté mélancolique. En fait, reprit-il en écartant ma main de mon visage, cela vous donne un air un peu dangereux. Comme si vous aviez mené une vie aventureuse.

Une vie aventureuse ! Je n'avais pas connu la moindre aventure de ma vie. Aucun danger, aucune prise de risque, aucune conséquence à affronter. J'avais connu de profonds chagrins, mais pas de joie étourdissante. J'éclatai de rire.

— Étienne, ce n'est pas du tout ma vie que vous décrivez. Continuez, je vous en prie, parlez-moi encore du Maroc.

Il hocha la tête, sa main toujours sur la mienne.

— Vous savez écouter, Sidonie. Vous gardez les yeux rivés sur moi, et votre visage reste tellement impassible. Je pense... je crois que vous avez pris l'habitude d'écouter intensément le silence autour de vous.

— C'est pour cela, convins-je avec un hochement de tête, que j'aime aller dans les marais – je vous en ai parlé – à Pine Bush. Que j'aime jardiner, ou peindre. Ou m'asseoir sur le perron tard le soir, quand toute la rue est endormie. Le silence me permet de penser.

Il sourit.

— Il n'y a pas de silence à Marrakech.

— Que voulez-vous dire ?

— C'est une ville tellement pleine de couleurs, de bruits et de mouvements que tout se mêle pour ne faire qu'un. Le brouhaha constant qui en résulte m'apaise alors que le silence d'ici n'y parvient pas. C'est un peu comme un bourdonnement, une vibration sous les pieds. Et le soleil...

Il regarda vers la fenêtre ; nous étions assis dans le salon. Il buvait un bourbon – c'est lui qui en avait apporté – et moi de la limonade.

— Le soleil a une intensité qui n'a pas d'équivalent ici. Même l'air est différent. Mon premier hiver en Amérique... (Il mima un frisson exagéré.) Bien sûr, j'avais passé plusieurs hivers à Paris, mais ici, l'air me donnait l'impression d'être si rare qu'il m'était difficile de respirer. L'odeur de la neige me rappelait le métal. Comme un goût de sang dans la gorge. Mais le ciel marocain, le soleil...

Son visage s'animait soudain et ses joues s'empourpraient légèrement.

— Quand y êtes-vous allé pour la dernière fois ?

Son expression changea, et il ne répondit pas à ma question, revenant au début de notre conversation.

— Une fois le Protectorat en place, mon père a obtenu un poste permanent à Marrakech, et, bien entendu, toute la famille a alors déménagé là-bas. J'étais tout jeune à l'époque. Mon père ne soignait que les Français ; les Marocains s'en tenaient à leurs propres remèdes. Surtout les femmes des harems.

— Est-ce qu'ils sont vraiment constitués de centaines de femmes plus ravissantes les unes que les autres, ces harems ? demandai-je, m'efforçant de ne pas montrer à quel point j'étais impressionnée par le fait que cet homme ait pu mener une existence aussi extraordinaire. Et qu'il veuille en parler avec moi.

Étienne haussa les sourcils ; il s'était remis à sourire. La plupart du temps, quand il parlait du Maroc, son visage et sa voix s'enflammaient, et je voyais bien qu'il avait gardé un profond amour pour ce pays qui avait été si longtemps le sien.

— La vision que les Occidentaux ont des harems s'appuie le plus souvent sur des livres ou des tableaux extrêmement romanesques. Mais au Maroc, le harem est tout simplement le quartier des femmes dans la maison. Le mot harem dérive de l'arabe *haram*, qui signifie ce qui est défendu par le Coran, impie. Mais dans la langue usuelle, cela recouvre seulement ce qui est défendu. Aucun homme n'a le droit de pénétrer dans le quartier des femmes d'une maison, sauf le mari et les fils, le père et les frères.

— Donc... elles ne voient pas d'autres hommes que ceux avec lesquels elles ont des liens, par le sang ou le mariage ?

Il acquiesça.

— Les femmes de la haute société n'ont même pas le droit de sortir de chez elles, en dehors de certaines traditions. Elles ont une vie pénible ; suivant le niveau de réussite d'un homme, il peut avoir jusqu'à quatre épouses. C'est une convention chez les musulmans.

Mon étonnement dut se voir sur mon visage.

— C'est difficile à comprendre pour nous, je sais. Mon père disait que les femmes étaient parfois poussées à recourir à ce que nous appellerions de la sorcellerie pour essayer d'avoir le dessus. Pour obtenir une façon de contrôler le comportement de leur époux, et d'améliorer leur statut auprès des autres femmes.

— Qu'entendez-vous par sorcellerie ? Que font-elles en réalité ?

Il plongea le regard dans son verre.

— Ce ne sont à mon sens que des inepties arriérées, dit-il en relevant la tête vers moi, son expression ayant perdu de sa ferveur. Elles croient au surnaturel, et elles essaient d'obtenir du pouvoir, soit pour elles-mêmes, soit pour repousser les mauvais sorts lancés par d'autres.

Sa voix était presque clinique à présent.

— Elles confectionnent des potions censées favoriser certaines situations, soit positives, soit négatives – une naissance, une maladie, l'amour, ou même la mort –, ou les protéger des mauvais esprits qui rôdent prétendument autour d'elles. Leur vie est dirigée par beaucoup d'ignorance et de superstition, dit-il d'une voix durcie. Elles ne sont dangereuses que pour elles-mêmes, ajouta-t-il, même si elles sont aussi...

Il ne termina pas sa phrase.

Après un silence durant lequel Étienne vida son verre, je glissai :

— Bien sûr.

Comme si je voyais parfaitement de quoi il parlait, alors que tout ce que je savais du Maroc à l'époque, c'était que j'avais réussi à le localiser sur mon atlas, à l'extrémité occidentale de l'Afrique du Nord, et que j'avais trouvé dans un manuel d'histoire quelques informations sur la conquête du pays par les Français en 1912. Même si les récits qu'il me faisait de sa vie là-bas étaient souvent joyeux et spontanés, il y avait des moments où je percevais une hésitation particulière, comme s'il triait ses souvenirs, ne choisissant que ceux qu'il voulait bien partager. Comme s'il y avait des choses qu'il évitait délibérément.

— Les hommes gardent donc leurs épouses enfermées, reprit-il en se servant un autre verre de bourbon, mais ils trouvent parfaitement naturel d'avoir aussi des concubines – des *chikhas* – s'ils peuvent les assumer financièrement. Ce pays est un paradoxe, dit-il avec une exaspération palpable. Il y règne une spiritualité extrême, et l'on y trouve en même temps une sensualité qui la défie sans cesse.

— Avez-vous l'intention d'y retourner bientôt? Votre famille vit-elle encore là-bas ?

— Non. Non, répéta-t-il, et je ne sus pas s'il répondait à une seule ou aux deux questions.

— Il ne me reste plus rien là-bas. C'est un lieu de tristesse ; mes parents et mon frère, Guillaume, sont enterrés à Marrakech. Ils sont tous morts en l'espace de trois ans. Un, deux, trois, dit-il avant de se taire quelques instants.

— Guillaume... C'était votre seul frère ?

— Il avait trois ans de moins que moi. Nous étions très dissemblables ; il était... Il s'est noyé à Essaouira, sur la côte marocaine, reprit-il après un silence. Ça a été terrible. Après cela, ma mère a vieilli d'un coup.

Je me rappelai le visage de ma propre mère, penché au-dessus de moi après que j'eus attrapé la polio. La figure de mon père à la fenêtre ; son expression de totale impuissance.

— Et puis mon père a été très malade. Mais la mort d'un enfant, quel que soit son âge, change toujours les parents, n'est-ce pas ? Parce que c'est contraire à l'ordre des choses.

Il se tut, mais je devinais qu'il n'avait pas terminé et attendis la suite en silence.

— J'ai vécu avec le regret pendant des années, poursuivit-il. Je n'avais pas passé assez de temps avec lui – avec Guillaume. Il m'admirait, et moi...

Sa voix se perdit, puis il se remit à parler, mais d'une voix monocorde et pressée, comme s'il voulait se débarrasser le plus vite possible de cette conversation.

— L'année qui a suivi le décès de Guillaume, ça a été au tour de ma mère, et puis, l'année d'après, c'est mon père qui est mort. Non, conclut-il. Il ne reste plus rien – ni personne – pour moi à Marrakech. Que de tristes souvenirs. Rien ne pourrait me pousser à y retourner.

J'eus le sentiment que mieux valait en rester là pour l'instant. Étienne avait pris une voix sourde et sombre, et toute lumière semblait avoir déserté son visage. Mais j'étais cependant fascinée par son évocation d'un monde qui m'était si totalement inconnu, et, chaque fois qu'il passait me voir, j'avais de nouvelles questions.

* * *

Lorsque Étienne m'interrogea sur les planches botaniques et les représentations d'oiseaux qui tapissaient les murs de la maison – c'était la première fois qu'il revenait après notre premier baiser –, j'avais reconnu, non sans un peu de nervosité, que oui, elles étaient de moi.

— Maintenant que j'ai vu vos dessins sur le carnet, je me suis évidemment demandé si c'était bien de vous. C'est du très bon travail.

— Ce n'est qu'un passe-temps, assurai-je.

— Pouvez-vous me montrer ce que vous faites ?

Je me levai de mon siège et il me suivit dans mon atelier – l'ancienne chambre de mes parents. Je ne pensais qu'au lit double poussé contre le mur du fond.

Il y avait une peinture inachevée sur la table. Je m'étais décidée à commencer le mélissa bleu la veille, et il était fixé au chevalet, près de la fenêtre. Il s'en approcha et l'examina de près.

— Vous ne peignez jamais rien d'autre que la nature ?

— Je peins ce que j'ai vu autour de moi. Dans les bois, les étangs et les marais, répondis-je.

— C'est très joli, bien sûr, dit-il avant de me toucher doucement le front du bout de l'index et du majeur.

J'avais envie d'appuyer ma tête contre ses doigts, pour qu'il continue de me toucher.

— Je suis sûr qu'il y a tellement de choses, là-dedans, déclara-t-il en appuyant un peu plus sur mon front. Vous comprenez ce que je veux dire, n'est-ce pas ? Vous voyez d'autres choses. Là-dedans.

Je fermai les yeux, souhaitant qu'il laisse ses doigts sur moi.

— Oui. Mais... cela – la botanique et les oiseaux – c'est ce que j'ai toujours peint.

Je pris soudain sa main dans la mienne et la fis descendre doucement sur ma joue couturée. Je n'arrivais pas à rouvrir les yeux et me sentais surprise par ma propre hardiesse.

— Pourquoi ne peignez-vous pas ce que vous voyez dans votre tête ? demanda-t-il à mi-voix, mais je n'avais pas de réponse.

Nous restâmes ainsi un instant, ma main retenant la sienne sur ma joue, puis il mit son autre bras autour de moi et me serra contre lui.

— Cela vous suffit-il ? murmura-t-il à mon oreille. Pour une femme comme vous, avec un cœur si débridé, de vivre en recluse et de ne peindre que ce que vous avez devant vous ?

Était-ce ainsi qu'il me voyait ? Comme une femme au cœur débridé ?

Ce fut sans doute le moment où je tombai réellement amoureuse de lui.

Je voulais qu'il m'embrasse à nouveau, mais il n'en fit rien. Me tenant toujours d'un bras, il s'empara d'une version d'un pic mineur sur un chêne noir.

— Mon domaine, c'est la science, poursuivit-il, et je ne m'y connais pas vraiment en art. Mais j'ai toujours apprécié le beau, ajouta-t-il, en me lâchant pour se rapprocher de la fenêtre avec la peinture. Parce qu'au centre du beau, il y a le mystère.

— Le mystère ? répétai-je, le cœur emballé d'avoir senti son corps si proche. Mais vous, le médecin, pouvez-vous croire au mystère ? Ne devez-vous pas vous en tenir aux faits ?

Il posa la planche et se tourna vers moi.

— Sans mystère, il n'y aurait pas de recherche, et donc pas de découverte aboutissant à des faits.

Nous nous dévisageâmes quelques instants.

— Vous êtes un mystère, Sidonie, dit-il alors.

Je m'entendais respirer. Mon souffle était trop bruyant, trop rapide. Il me prit dans ses bras et je levai mon visage pour qu'il comprenne combien j'avais envie qu'il m'embrasse. C'est ce qu'il fit. Je ne tremblai pas cette fois, mais mon corps me parut soudain très lourd, et léger en même temps, comme liquide, et mes jambes se dérobaient.

Sans cesser de m'embrasser, il me fit reculer lentement, jusqu'à ce que l'intérieur de mes genoux touche le bord du lit de mes parents. Je m'assis sans que mes lèvres quittent les siennes et il prit place près de moi. Mais, lorsqu'il voulut m'allonger doucement, je m'écartai, me redressai et me recoiffai d'un geste. Tout me paraissait trop net : le goût douceâtre du bourbon dans son haleine, la dureté de sa poitrine contre la mienne, la réaction de mon corps. Et aussi le fait que nous nous trouvions sur le lit de mes parents, le lit qu'ils avaient partagé d'aussi loin que remontaient mes souvenirs, le lit dans lequel j'avais vu mourir ma mère.

Je me levai.

— Je m'excuse, dit Étienne, qui se releva aussi en rajustant son gilet. Je me suis mal conduit, Sidonie, pardonnez-moi. Il est difficile de rester près de vous et de ne pas...

Il s'interrompit et baissa les yeux sur moi. J'eus soudain très chaud.

— Je vais faire du café, dis-je en me détournant de lui, parce que je ne savais pas quoi dire d'autre.

Mais mes mains tremblaient tellement que les tasses et les soucoupes s'entrechoquèrent quand je les pris dans le buffet.

— Je vous ai contrariée, dit Étienne en me prenant les tasses pour les poser sur la table. Je devrais peut-être partir.

Je fis non de la tête en touchant le bord de l'une des tasses.

— Non. Non, ne partez pas. Vous ne m'avez pas contrariée. Ce n'est pas ça.

Je ne pouvais me résoudre à le regarder, mais il prit mes joues dans ses mains et plongea ses yeux dans les miens.

— Nous ne ferons rien que tu ne veuilles pas faire, Sidonie, me dit-il, me tutoyant pour la première fois. C'était maladroit de ma part. Une fois encore, pardonne-moi.

Il retira ses mains et s'écarta de moi, et il me fallut toute ma volonté pour ne pas le rejoindre, lui offrir mes lèvres et, cette fois, lui dire de ne pas s'arrêter.

* * *

N'avais-je donc aucune morale? Si, bien sûr. J'avais conscience que c'était mal de mettre Étienne dans mon lit sans être mariée. Et pourtant... j'avais vingt-neuf ans. C'était le premier homme qui s'intéressait à moi, qui me donnait l'impression d'être belle, désirable. Et il ne me forçait à rien. C'est moi qui lui fis comprendre que je voulais que cela arrive. C'est moi qui, lorsqu'il revint me chercher pour m'emmener dîner, l'attirai dans la maison, me pressai contre lui, l'embrassai, fis tomber sa veste et l'entraînai vers ma chambre.

Il m'avait arrêtée, me disant :

— Sidonie, tu n'es pas obligée...

C'est moi qui posai un doigt sur ses lèvres et chuchotai :

— Je sais. C'est ce que je veux.

Puis je mis ses mains sur ma poitrine et poussai ses doigts vers les boutons de ma robe.

Il se doutait bien sûr que c'était la première fois pour moi; mais je le lui dis tout de même, et je lui dis aussi que je ne savais pas comment faire et que je voulais qu'il me montre. Son corps était mince et ferme, et sa peau était chaude et douce contre la mienne.

Je n'éprouvais aucune peur, aucune anxiété, juste la formidable excitation de l'attente, les yeux rivés sur son visage, ses lèvres si proches des miennes, qui me murmuraient :

— Tu es sûre...

Je fis oui de la tête. Il m'aimait, il ne ferait jamais rien qui puisse me faire du mal. Je me sentais en sécurité. Jamais on n'avait tenu à moi de cette façon.

— Dis-moi ce qu'il faut faire, répétai-je en posant mes mains sur ses hanches, et il me montra.

* * *

Plus tard, allongée la tête contre sa poitrine, je me mis à pleurer. Il se méprit et caressa mon épaule nue en murmurant : *Pardon, Sidonie, je suis désolé, je t'ai fait mal, je n'aurais pas dû**...

Mais je l'interrompis :

— Non, tu ne m'as pas fait mal. Je ne sais pas pourquoi je pleure. Ce n'est pas du regret. Ce n'est pas de la culpabilité. C'est... c'est du bonheur, Étienne. Je suis heureuse, tu me rends heureuse. Je ne sais pas ce que j'ai fait pour mériter ce bonheur. Pour te mériter.

Il resta un moment silencieux.

— Sidonie, dit-il alors, ses lèvres dans mes cheveux, tu es adorable. Tu es si forte. Il faut être une femme sûre d'elle pour vivre comme tu le fais. Tu es curieuse et assurée. Mais il y a aussi une fragilité... je voudrais que tu puisses te voir comme je te vois. Parfois... parfois, *tu me brises le cœur**.

Après son départ, je me regardai dans la glace.

Y avait-il jamais eu de femme aussi heureuse que moi, aussi amoureuse que je l'étais à cet instant ? Y avait-il jamais eu d'homme aussi aimant, attentif et sincère qu'Étienne Duverger ?

* * *

Étienne et moi prîmes bientôt nos habitudes. Au cours des mois qui suivirent, pendant tout l'automne et jusqu'en décembre, nous passâmes ses soirées libres – une fois, deux fois par semaine – chez moi, ou à Albany pour dîner ou aller au théâtre, au concert ou simplement déambuler dans les rues, à faire du lèche-vitrines. Il passait toute la nuit avec moi, même s'il devait parfois se lever très tôt, avant le lever du jour, pour rentrer chez lui se changer avant d'aller travailler. Il habitait un meublé – un endroit assez sinistre près de l'hôpital, me dit-il, mais qui convenait parfaitement pour le peu de temps qu'il y passait.

Quand je m'éveillais seule le matin, après ces nuits passées ensemble, je restais allongée dans mon lit, caressant Cinabre et me sentant une envie de vivre que je n'avais jamais connue auparavant. J'étais impatiente de me lever et mourais de faim, sensation dont je n'avais pas le souvenir. Je me préparais un bon petit déjeuner d'œufs au bacon et de toasts, accompagnés de trois tasses de café. Je passais les enregistrements de mon père et fredonnais avec la musique tout en faisant la vaisselle. La musique prenait d'ailleurs un nouveau sens, de même que les livres que je lisais. De même que le soleil qui filtrait par la fenêtre ou le murmure du vent dans les arbres. Tout ce que j'entendais, lisais ou voyais – même ma peinture – avait soudain un lien avec mon bonheur tout neuf et inattendu.

Évidemment, ce que nous vivions, Étienne et moi, n'était pas très conventionnel, mais je n'étais pas vraiment quelqu'un de conventionnel, si ? Je savais que mon comportement, tant au regard de la société que de ma religion, était un péché, et pourtant je ne me sentais pas le moins du monde rongée par la culpabilité. Je n'avais pas le sentiment de faire quoi que ce soit de mal et, bien que nous ne parlions ni l'un ni l'autre d'amour ou de l'avenir, je savais qu'Étienne m'aimait comme je l'aimais. Une femme sait ce genre de chose.

Je savais aussi, avec une tranquille certitude, qu'il me demanderait en mariage, que la cérémonie suivrait et que le péché n'en serait plus un. Telle une collégienne, j'écrivais mon futur nom sur des feuilles de papier que je brûlais ensuite dans la cheminée : madame Étienne Duverger. Sidonie Duverger. Cela sonnait bien.

* * *

Je trouvais nos conversations de plus en plus intéressantes. Je n'avais jamais eu de discussions intellectuelles avec qui que ce soit : même si mon père et moi commentions l'actualité du monde, nous ne discutions pas vraiment. Étions-nous simplement d'accord sur tout ? Je n'arrivais pas à m'en souvenir. À moins que la passion qui caractérisait ma relation avec Étienne, qui surgissait dès que nous nous touchions, ne déteignît sur nos échanges verbaux aussi.

Je trouvais ces discussions délicieusement stimulantes. Il présentait toujours des arguments étayés, mais il écoutait mon point de vue avec un esprit ouvert et se montrait prêt à accepter mes positions. Et les perspectives qu'il envisageait pour moi sous-entendaient une intelligence partagée des plus flatteuses.

Un soir de décembre, nous étions assis côte à côte sur le canapé quand Cinabre sauta sur mes genoux. Je me mis machinalement à la caresser.

— Elle est sourde de naissance ? questionna-t-il.

— Je suppose, dis-je avec un hochement de tête. Je l'ai depuis qu'elle est toute petite, et elle a toujours été sourde.

— J'espère que tu ne l'as pas laissée se reproduire.

— Non, répondis-je en le regardant. Elle n'a pas eu de petits. Mais pourquoi dis-tu que tu l'espères ?

— Parce qu'il est évident qu'il faut l'éviter.

Je le dévisageai, interloquée.

— À cause de sa surdité, expliqua-t-il. Ce ne serait pas bien de la laisser se reproduire et de risquer qu'elle transmette cette tare à sa descendance.

Il prit une nouvelle gorgée de bourbon. Il en buvait régulièrement lors de ses soirées avec moi, mais cela ne semblait pas l'affecter outre mesure.

— Elle représente quand même une aberration. Et le problème avec les aberrations, c'est que si on les laisse procréer, ça risque d'affaiblir l'espèce.

Étienne était particulièrement fasciné par la génétique humaine, et il s'animait toujours quand il en parlait. Il arrivait à rendre l'étude des gènes tout à fait intrigante.

— Tu te rappelles, quand je t'ai parlé des lois de Mendel sur l'hérédité ? Que tout organisme vivant est constitué pour moitié de ses gènes paternels et pour moitié de ses gènes maternels ?

— Oui.

— C'est donc très simple. Seuls les forts, les parfaitement constitués, devraient avoir le droit de procréer. Réfléchis, Sidonie. Pense aux possibilités d'un monde où il n'y aurait plus de faibles. Plus de malades, plus de déficiences physiques ou mentales.

Je retins mon souffle. Ne se rendait-il pas compte que c'était pour moi une question particulièrement sensible ? Que je faisais partie de ces handicapés dont il parlait ? Je détachai mon regard de lui.

— Mais, tu ne crois pas qu'il peut y avoir quelque chose d'attirant dans ce qui présente un défaut ?

Il me comprenait trop bien.

— Sidonie, dit-il en me prenant le menton pour que je le regarde. Tu as attrapé une maladie, énonça-t-il avec un léger sourire. Ça n'avait rien de génétique. Et cela t'a même rendue plus forte au contraire. Tu sais à quel point je te trouve belle. Tout est beau en toi.

Avec lui, je finissais toujours par me sentir aimée, et désirée. J'appuyai ma tête contre son épaule.

— Mais pour ton chat, reprit-il, sa respiration soulevant mes cheveux juste au-dessus de mon oreille, la situation est très différente. En prenant la règle des croisements raisonnés, on unit le meilleur des espèces pour obtenir la descendance la plus forte et la plus intelligente possible – on crée de meilleures espèces en faisant de la reproduction spécifique. C'est donc une bonne chose qu'après sa mort, elle n'aura pas transmis son malheureux handicap.

Je n'aimais pas beaucoup qu'il parle ainsi de ma chatte.

— Mais j'ai lu, dans l'un des livres que tu m'as prêtés... je ne me rappelle plus lequel, mais ça parlait de la survie... que ce ne sont pas les espèces les plus fortes, ni les plus intelligentes qui survivent, mais celles qui savent le mieux s'adapter au changement. Tu n'es pas d'accord ?

— Non, dit-il tout en écartant doucement mes cheveux de ma joue pour embrasser ma cicatrice. Mais ne parlons pas de ça maintenant, murmura-t-il.

Même si j'aurais bien voulu développer davantage ce sujet, je n'avais pas envie qu'il arrête d'embrasser ma joue.

— D'accord, soufflai-je, car mon corps le réclamait à présent tout le temps, et il me faudrait attendre quatre ou cinq jours avant de le revoir. D'accord, répétai-je en me tournant pour mettre mes lèvres au niveau des siennes tout en chassant Cinabre de mes genoux.

Chapitre douze

— Madame ? C'est Marrakech, là, comme tu voulais, dit Aziz d'une voix étonnée. Tu n'es pas contente d'arriver à Marrakech ?

Je ne pouvais ni parler ni le regarder. Je gardais les yeux rivés droit devant moi alors que nous approchions des abords de la ville. De grandes rangées de dattiers bordaient la route, et des palmeraies s'étendaient des deux côtés. Mustapha conduisait avec détermination et une concentration étudiée même si, comme la plupart des autres conducteurs, il appuyait sans cesse sur l'avertisseur – sans aucune raison décelable – avec ce qui semblait une indignation belliqueuse.

— Où allez-vous ? lui demandai-je. Mustapha ? Où m'emmenez-vous ?

Je ne lui avais donné aucune instruction, mais il paraissait savoir exactement où il allait. D'une certaine façon, cela me rassurait car je n'avais aucune idée de l'endroit où je pourrais séjourner à Marrakech. Comme Aziz et lui s'étaient occupés de tout jusqu'à présent, je ne pouvais qu'espérer qu'ils feraient de même ici.

— Aziz ? insistai-je, voyant que Mustapha ne me répondait pas. Où allons-nous ?

— Nous allons dans le quartier français, madame. La Ville Nouvelle. Il y a tous les hôtels pour les étrangers là-bas.

Le soleil couchant embrasait les longs parapets rouges des murailles de la ville. Je n'avais aucune image visuelle de Marrakech en tête, mais je savais que la ville était en grande partie bâtie avec la terre ocre rouge de la région, et qu'il existait à l'intérieur de ses remparts une ville neuve – où avait vécu Étienne – construite par les Français à côté de la cité séculaire. Le français était la langue officielle de la Ville Nouvelle tandis que l'arabe était bien sûr la langue parlée dans la Vieille Ville.

Je fus frappée par la profusion d'arbres : oliviers, limes, grenadiers, amandiers et orangers. Malgré mon inquiétude, je ne pus m'empêcher de remarquer la beauté verdoyante de la Ville Nouvelle, avec ses grands boulevards et ses petits taxis qui se faufilaient entre les charrettes tirées par des baudets et les chevaux blancs attelés à des voitures découvertes. De lumineuses fleurs de fuchsias débordaient sur les murs des jardins. Étienne m'avait expliqué qu'un réseau de conduites et de citernes avait été construit des siècles plus tôt, lorsque la ville fut la capitale de la région et un grand centre de commerce en relation avec le nord du pays et l'Espagne.

Je gardais les yeux rivés sur les arbres et les fleurs, craignant, si je regardais le visage des gens, de reconnaître soudain Étienne. Je savais bien qu'il était ridicule d'imaginer que je pourrais le retrouver dès mon arrivée, mais je ne parvenais pas à calmer les battements de mon cœur.

Mustapha arrêta la voiture devant un hôtel très élégant, entouré de hauts palmiers qui se balançaient doucement dans le vent. *Hôtel de la Palmeraie*, pus-je lire en lettres discrètes gravées dans la pierre au-dessus des grandes portes à double battant. Comme l'*Hôtel Continental* de Tanger, l'établissement affichait un superbe style mauresque mais était en même temps indubitablement européen. Un homme à la peau sombre, revêtu d'une veste rouge à galons dorés impeccable et coiffé d'un fez rouge à gland doré, se tenait au garde-à-vous devant l'entrée.

Mustapha sauta de la voiture et vint m'ouvrir la portière en s'inclinant bien bas tout en présentant le bâtiment d'un grand geste du bras, comme s'il venait d'acquérir de toutes nouvelles manières.

— Hôtel de la Palmeraie, madame, annonça-t-il.

Je descendis de voiture pendant qu'Aziz sortait mes bagages et les posait par terre. L'homme en rouge et or s'empressa de venir les prendre en s'inclinant à son tour.

— *Bienvenue, madame**, dit-il. Bienvenue à l'*Hôtel de la Palmeraie*.

Et il emporta mes bagages à l'intérieur de l'hôtel. J'ouvris mon sac et en sortis la somme convenue pour le voyage plus quelques francs, que je mis dans la main de Mustapha. Puis je pris des francs supplémentaires et les donnai à Aziz, qui se tenait près de la portière ouverte côté passager.

— Merci, Aziz. Je vous suis reconnaissante de votre aide, lui dis-je, et il inclina la tête.

— De rien, madame. Au revoir, madame.

Alors qu'il allait monter dans la voiture, à côté de Mustapha, qui donnait de petits coups de pédale pour faire ronronner le moteur, je compris alors pleinement que j'allais me retrouver seule dans une ville étrangère.

Ce qui me ramenait aux moments où j'avais débarqué à Marseille et à Tanger, sauf que dans ces villes, je savais que je n'étais que de passage, juste le temps d'organiser la suite de mon voyage vers ma destination finale. Ici, à Marrakech.

— Vous allez passer la nuit à Marrakech ? lançai-je, sans savoir en quoi cela pouvait faire une différence – je resterais ici, dans ce grand hôtel du quartier français, pendant qu'ils séjourneraient ailleurs, peut-être dans la Vieille Ville.

— Non, madame. Nous, on part tout de suite. Peut-être que nous pouvons rentrer chez nous, à Settat, demain matin. Je crois que pour aller là-bas, la route, elle n'est pas coupée.

— Vous allez rouler toute la nuit ?

— Oui, madame, répondit Aziz en s'asseyant puis claquant la portière. Au revoir, madame, répéta-t-il.

Je m'écartai de la Citroën.

— Bon, eh bien, oui. Au revoir, Aziz, au revoir, Mustapha. Merci à vous. Faites bon voyage.

— *Inch Allah*, murmurèrent les deux hommes.

Je me retournai en frappant ma jupe pour en chasser l'excès de poussière, puis m'efforçai de ramener mes cheveux ébouriffés par le vent sous les épingles. Lorsque je relevai la tête, m'apprêtant à faire un signe du bras à mes compagnons de voyage, la voiture arrivait déjà au bout de l'allée. Je levai la main, mais, à cet instant, l'auto tourna dans l'avenue encombrée et je la perdis de vue.

* * *

Le concierge – petit homme dont le sourire scintillait légèrement du fait de la dent en or qu'il avait sur le devant – me regarda approcher de la réception. Ses yeux passèrent de mes cheveux à ma robe et s'arrêtèrent sur mes chaussures.

— Je vous souhaite la bienvenue, madame, déclara-t-il d'une voix qui n'était pas particulièrement accueillante. Vous désirez séjourner chez nous ?

— Oui, s'il vous plaît.

Il fit pivoter le registre et le poussa sur le comptoir rutilant.

— Certainement, madame, certainement. Si vous voulez bien signer ici, dit-il en me tendant cérémonieusement un stylo.

Il me regarda écrire mon nom et se corrigea avec un imperceptible haussement de sourcils :

— Ah. Mademoiselle. C'est... Oh... pardon. Quel est le nom ?

— O'Shea, répondis-je. Mademoiselle O'Shea.

— Vous avez pris le train ?

— Non, je suis venue en voiture depuis Tanger.

Il hocha la tête, ses sourcils se haussant plus encore.

— Un voyage difficile, à n'en pas douter, commenta-t-il, son regard se portant sur mes cheveux.

Je pris soudain conscience que je devais être très sale. Je ne m'étais pas changée depuis deux jours et avais même dormi tout habillée dans le bled, sans trouver d'endroit pour faire ma toilette. Et je me doutais de l'effet du vent sur ma coiffure.

— Certes.

— Et combien de temps durera votre séjour chez nous, mademoiselle ?

Je baissai les yeux sur ma signature et découvris, sur la page imprimée, le tarif des chambres à la nuit. C'était bien au-dessus de mes moyens. Mais je n'avais aucune idée de ce que je pouvais faire d'autre.

— Je... je ne sais pas encore, répliquai-je.

— Comme vous voudrez, mademoiselle. Comme vous voudrez, dit-il, le visage impassible. Vous êtes la bienvenue à l'*Hôtel de la Palmeraie* pour aussi longtemps que vous le désirerez. Je suis monsieur Henri. N'hésitez pas à me demander dès que vous aurez besoin de quelque chose. L'objectif de notre hôtel est que nos clients ne manquent de rien. Puis-je vous réserver une table pour le dîner ? Il est servi jusqu'à neuf heures.

Voulais-je dîner ? Avais-je faim ? Avais-je l'intention de courir les rues dès ce soir pour commencer mes recherches au hasard ? Je ne savais pas ce que je voulais. J'ouvris la bouche pour répéter *Je ne sais pas encore*, mais m'aperçus que j'avais besoin de manger et de dormir. De reprendre des forces.

— Oui, merci, répondis-je. Je dînerai ici.

— Sept heures ? Huit ? À quelle heure préférez-vous ?

Il attendit, le stylo en suspens au-dessus d'un autre livre.

— Je... à sept heures, dis-je.

Il le nota en hochant la tête.

— Et maintenant, je suis sûr que vous avez envie de monter dans votre chambre, pour vous détendre et vous rafraîchir après un voyage aussi difficile.

— Oui, concédai-je enfin.

Il leva la main et claqua des doigts. Aussitôt, un garçon sec et nerveux, vêtu du même uniforme que l'homme à la porte de l'hôtel, accourut et prit mes bagages.

Je suivis le boy à travers le hall aux tapis épais, me sentant étrangère et plus déplacée que je l'avais jamais été depuis mon départ d'Albany, un bon mois plus tôt.

* * *

Ma chambre était somptueuse, avec des murs lambrissés de ronce et des huiles représentant des montagnes et autres paysages marocains dans de lourds cadres dorés. Le couvre-lit blanc était recouvert d'un motif en pétales de rose. J'en pris un et frottai sa texture satinée entre mes doigts, puis le portai à mes narines.

Un lit jonché de pétales de rose ! Je n'aurais jamais imaginé une chose pareille. Je pénétrai dans la salle de bains attenante et trouvai au bord de la baignoire une grande coupe d'argent remplie elle aussi de pétales de rose.

Il y avait des serviettes blanches et moelleuses pliées en forme de fleurs et d'oiseaux, ainsi que des mules de fin cuir blanc et un peignoir de soie blanche.

Je devais me dépêcher de trouver un endroit moins cher. Mais je ne pouvais pas me préoccuper de cela pour le moment. Je passerais la nuit ici et espérais avoir le lendemain la tête plus claire pour aviser. Je fis couler un bain, y versai une huile parfumée d'un des flacons posés sur l'étagère de verre au-dessus du lavabo et répandis enfin des pétales de rose sur la surface fumante. Il y avait des miroirs partout, même autour de la baignoire.

J'entrai dans l'eau et m'allongeai. Mes mains et mes poignets apparaissaient beaucoup plus foncés que le reste de mon corps. Je relevai la tête vers le miroir mural près de moi. Mon reflet me montra que mon visage et mon cou présentaient le même hâle ; les trois jours de voyage dans le soleil et le vent m'avaient donné un teint que je reconnaissais à peine.

Je me rallongeai et contemplai toute la longueur de mon corps. Les os de mes hanches saillaient et j'avais les genoux noueux.

Mon ventre était tout plat dans l'eau chaude et parfumée.

* * *

Je me lavai les cheveux et les rassemblai, encore humides, en chignon. Puis j'enfilai ma plus belle robe – celle en soie verte avec la ceinture blanche, que j'avais mise pour aller voir Étienne en consultation, il y avait si longtemps. Elle m'arrivait à mi-mollet et avait des manches courtes. J'essayai de lisser la myriade de petits plis, puis sortis ma deuxième paire de chaussures de ma valise ; quoique toujours vilaines, noires, avec une semelle compensée à droite, elles avaient au moins le mérite de ne pas être incrustées de poussière rouge.

Je descendis dans le hall aux lumières tamisées ; une gigantesque fontaine coulait doucement au milieu. D'autres pétales de rose flottaient sur l'eau. Des panneaux de bois lambrissés allant du blond pâle à l'acajou le plus sombre tapissaient les murs de motifs élégants, luisant à la lueur douce des appliques.

— Madame ? fit en surgissant près de moi un garçon grand et mince, qui arborait une ombre de moustache ; il portait l'uniforme rouge et or de l'hôtel ainsi que des gants de coton blancs. Vous désirez vous rendre dans la salle à manger ?

— Oui, s'il vous plaît, répondis-je, et il m'offrit son bras.

Je posai ma main sur son coude, et il se mit à marcher assez vite, allure naturelle pour un grand jeune homme aux longues jambes, mais il perçut ma légère hésitation, s'arrêta et regarda mes chaussures. Il inclina alors fugitivement la tête, comme pour s'excuser ou montrer qu'il comprenait, puis marcha plus lentement afin que je puisse rester à son niveau.

Il s'arrêta à la porte de la salle à manger pour s'adresser à voix basse au maître d'hôtel, autre jeune homme séduisant. Ses cheveux brillantinés étaient lissés en arrière, et il portait un smoking à queue-de-pie orné d'une ceinture bordeaux et des gants blancs.

— Votre nom, madame ? demanda-t-il, adressant, dès que je le lui eus donné, un signe de tête à mon accompagnateur dont je tenais toujours le bras.

À peine eus-je embrassé la salle du regard que je compris à quel point je n'étais pas assez habillée. Les hommes étaient en costume sombre ou en smoking, tandis que la plupart des femmes portaient de longues robes du soir en satin et voile, arborant des cheveux courts et bouclés, ou des chignons élaborés, avec de merveilleux bijoux à leur cou et à leurs poignets.

Je restai dans l'embrasure de la porte, avec ma robe de soie verte froissée et mes cheveux mouillés qui s'échappaient de leurs épingles pour me retomber dans le cou, me sentant dépassée et sachant que rien n'allait dans mon apparence. Cependant, le jeune homme dont je tenais le bras m'adressa un beau sourire sous sa moustache toute neuve et déclara :

— Par ici, je vous prie. Veuillez me suivre.

Et son sourire me donna assez de confiance pour relever le menton et traverser la salle avec lui.

Je regardai devant moi le ciel qui s'obscurcissait par les longues fenêtres ouvertes. Heureusement, le jeune homme ne me plaça pas au milieu des autres convives, mais me conduisit à une petite table dressée pour une personne seule près d'une fenêtre donnant sur les jardins. Il écarta la chaise, et je pris place sur la large assise de velours bordeaux. La salle était peuplée de rires et de bavardages discrets, du cliquetis de l'argenterie contre la porcelaine et des doux accords d'une harpe égrenés dans un coin de la pièce. Mais en dépit de cette atmosphère feutrée et quelque peu guindée, j'avais conscience d'un rugissement étouffé et du martèlement syncopé de tambours lointains, provenant d'au-delà les jardins par la fenêtre ouverte.

Je bus l'eau minérale que l'on me servit aussitôt, et choisis une simple ratatouille dans le long menu qui me fut présenté par d'autres mains gantées, puis je regardai au-dehors.

J'apercevais des rangées et des rangées d'arbres dans la pénombre, ainsi que de grands buissons fleuris bordant des allées qui sillonnaient le jardin en tous sens. Tout au bout du parc, un grand mur disparaissait sous les bougainvillées. Et derrière ce mur, formant une vue qui évoquait l'une des peintures à l'huile de ma chambre, surgissaient des montagnes aux sommets enneigés : le Haut Atlas. J'entendis des chants d'oiseaux nocturnes dans l'air parfumé.

C'était un décor d'une telle beauté que j'en oubliai fugitivement la raison de mon voyage à Marrakech.

Je repris mes esprits quand un serveur me murmura :

— Pour commencer, madame. *Bon appétit**.

Et il déposa devant moi une assiette contenant des mille-feuilles minuscules. J'en portai un à ma bouche, et cela me rappela la *pastilla* que j'avais goûtée à Tanger. Il y avait aussi un légume que je ne pus identifier. La rumeur du dehors – ce fracas lointain, rythmé et soutenu, comme un battement de cœur – se fit plus intense. Je parcourus du regard la salle plongée dans une lumière tamisée. Mais personne ne semblait l'entendre.

— Pardonnez-moi, finis-je par demander au couple de la table voisine, quel est ce bruit ?

L'homme posa son couteau et sa fourchette.

— La grande place de la médina – la Vieille Ville de Marrakech, répondit-il avec un accent britannique. Jemâa el-Fna. Une place incroyable, ajouta-t-il. J'en déduis que vous venez d'arriver ?

— Oui.

— Eh bien ! il faut absolument que vous alliez faire un tour à la médina pendant votre séjour ici. La partie de Marrakech où nous nous trouvons – la Ville Nouvelle – est très différente de la Vieille Ville. Tout y est neuf et a été construit par les Français depuis le Protectorat. Mais Jemâa el-Fna...

Il regarda ma table mise pour un couvert, puis revint vers moi.

— C'est censé être le plus grand souk du Maroc, et il a des siècles. Mais je ne vous recommanderais pas d'y aller – ou même de vous aventurer dans la Vieille Ville en général – sans escorte. Permettez que nous nous présentions, ma femme et moi, dit-il en se levant et en s'inclinant légèrement. Monsieur Clive Russell, et madame Russell.

Il tendit la main vers la grande femme mince au teint d'albâtre assise en face de lui. Un fin rang de rubis sertis d'or mettait en valeur son cou fin et immaculé.

Je me présentai, et madame Russell hocha la tête.

— Monsieur Russell a raison. La médina est assez effrayante. Et cette place... oh, cela fait froid dans le dos ! J'y ai vu des choses que je n'avais vues nulle part ailleurs. Des charmeurs de serpents avec leurs bêtes, des singes belliqueux, des avaleurs de feu et des mangeurs de verre. D'horribles mendiants qui s'accrochent à vous. Et la façon dont les hommes vous regardent... J'en ai eu des frissons. Une fois m'a suffi, même avec monsieur Russell à mes côtés, conclut-elle.

— Son nom – Jemâa el-Fna – signifie l'Assemblée des Morts, ou la Congrégation des Trépassés, enfin, quelque chose de macabre, reprit monsieur Russell, qui se rassit mais tourna légèrement sa chaise vers moi pour continuer à me parler. On exposait sur toute la place les têtes des suppliciés, en guise d'avertissement. À leur arrivée, les Français ont mis fin à ce genre de pratiques.

— Bien heureusement, commenta madame Russell.

— Il y a longtemps que vous êtes ici à Marrakech ? demandai-je.

— Quelques semaines, répondit monsieur Russell. Mais il fait bien trop chaud maintenant. Nous partons la semaine prochaine. Pour Essaouira, où nous pourrons profiter du vent marin. Vous y êtes déjà allée ?

Je fis non de la tête. Ce nom m'avait fait tressaillir : c'était à Essaouira que Guillaume, le frère d'Étienne, s'était noyé dans l'Atlantique.

— Charmante petite ville côtière. Charmante, intervint madame Russell. Célèbre pour ses marqueteries en bois de thuya. Ce bois est si odorant que son parfum peut remplir toute une maison. Je voudrais trouver une petite table à faire envoyer chez nous. N'aimez-vous pas le style d'ici ? J'ai l'impression d'être dans le palais d'un pacha.

— Vous n'auriez pas, pendant votre séjour ici, croisé par hasard un certain Dr Duverger ? demandai-je, sans répondre à la question de madame Russell. L'hôtel était visiblement fréquenté par de riches étrangers : peut-être Étienne y avait-il séjourné. Peut-être s'y trouvait-il en ce moment même. Mon cœur me donna l'impression qu'il allait s'arrêter, et je parcourus rapidement la salle du regard.

— Quel était le nom de ce médecin déjà, que nous avons rencontré dans le train ? entendis-je madame Russell demander à son mari, et je me retournai aussitôt vers eux.

— C'était un Dr Willows, répliqua monsieur Russell en secouant la tête. Je regrette. Nous ne connaissons pas de Dr Duverger. Mais vous devriez demander à l'accueil, si vous pensez qu'il pourrait être ici.

— Merci, c'est ce que je vais faire.

Il ne m'était pas venu à l'idée de demander au pompeux monsieur Henri si un Dr Duverger avait séjourné à l'hôtel récemment. Comment avais-je pu ne pas penser à une démarche aussi simple ? Il est vrai que j'étais un peu en état de choc en arrivant. Peut-être n'en étais-je pas sortie.

— Le jardin..., commençai-je en agitant la main vers la fenêtre.

— C'était une sorte de parc, il y a bien longtemps, me coupa madame Russell avant que je puisse émettre le moindre commentaire. Marrakech regorge de jardins aussi ravissants que celui-ci, à l'extérieur de la médina. Il semble que la coutume voulait que le sultan en place donne en cadeau de mariage à ses fils une maison avec un parc en dehors de l'enceinte de la médina. Un grand nombre de ces hôtels français ont été construits au milieu de ce qui était autrefois des jardins royaux. Celui-ci atteint plusieurs hectares. Il faut absolument que vous alliez y faire un tour dans la soirée, quand la chaleur retombe et que le parfum des fleurs devient plus intense. Et il est entouré de murs, et donc tout à fait sûr.

— Oui, je n'y manquerai pas, assurai-je en hochant la tête.

— Je vous conseille d'essayer le Napoléon pour le dessert. C'est une pure merveille ; l'hôtel a un très bon pâtissier français, déclara monsieur Russell avant de redresser très légèrement sa chaise pour me signifier que la conversation était terminée. Nous en sommes très friands, n'est-ce pas chérie ? dit-il à madame Russell.

* * *

Lorsque j'eus terminé mon dîner, qui pesait lourd sur mon estomac malgré tout le talent du chef, je franchis de gigantesques portes de verre et sortis dans le jardin. Les pensionnaires de l'hôtel dansaient à présent dans l'un des salons qui donnaient sur le hall, et les sentiers du jardin, éclairés par des flambeaux, étaient pratiquement déserts. Il y avait des orangers et des citronniers, des milliers de rosiers chargés de roses rouge vif. Je songeai aux pétales dans ma chambre et dans la fontaine du hall. Des rossignols et des tourterelles nichaient dans les palmiers qui bordaient les allées. Je découvris une profusion de mimosas odorants, et des plantes qui ressemblaient curieusement à beaucoup de celles que je cultivais dans mon jardin aux États-Unis : géraniums, juliennes, gueules-de-loup, impatiens, sauges, pensées et roses trémières.

Mes souvenirs de chez moi – et de mon ancienne vie là-bas – me parurent soudain très éloignés. On aurait dit que la femme qui avait mené cette vie simple, tellement à l'écart du monde extérieur, dans Juniper Road, ne pouvait être moi.

Sous ces nouveaux cieux, je n'étais plus la même Sidonie O'Shea. Depuis mon départ d'Albany, tout ce que j'avais vu, entendu, respiré, touché et goûté s'était révélé inattendu, imprévisible. Il y avait eu de belles surprises, et des choses effrayantes. Des expériences tumultueuses et inquiétantes, d'autres sereines et émouvantes. C'était comme si toutes ces nouvelles scènes étaient les images d'un livre, des photos que j'aurais prises mentalement et que je pouvais contempler de même qu'on tourne lentement les pages.

J'évitai soigneusement de regarder celles de ma chambre d'hôtel à Marseille. Il était trop tôt pour revoir ces images-là. Beaucoup trop tôt.

Et mon dernier défi – celui pour lequel j'avais parcouru une telle distance – m'attendait encore. À l'idée de me demander comment j'allais pouvoir l'affronter, peut-être même dès le lendemain, je me sentis gagnée par une telle angoisse que je dus m'asseoir sur un banc.

Au bout d'un moment, je levai les yeux vers le ciel, prêtai l'oreille au doux bruissement de la brise du soir dans les palmiers et aux bruits lointains, mais insistants, qui provenaient de la place.

L'Assemblée des Morts. J'eus brusquement de sombres prémonitions et frissonnai dans la douceur du soir.

Puis, je me dépêchai de prendre les chemins qui me ramèneraient vers l'hôtel, aspirant à retrouver la sécurité de ma chambre.

Chapitre treize

Ce fut au début du mois de février, soit onze mois après la mort de mon père, que je pris conscience de ce qui était arrivé. Il y avait alors cinq mois qu'Étienne et moi étions amants.

J'attendis une semaine supplémentaire, pour en être certaine, avant de mettre Étienne au courant. Je ne savais pas comment il allait réagir ; il m'avait assuré que je n'avais pas à me soucier des conséquences que pouvaient avoir nos amours. J'avais compris. Il était médecin ; il savait comment prévenir ce genre de chose. Mais, malgré ses promesses, ses précautions n'avaient pas suffi.

Je me sentais à la fois excitée et nerveuse, et je voulais attendre le bon moment pour lui annoncer la nouvelle. Nous étions allongés l'un à côté de l'autre dans mon lit, le corps encore fiévreux bien que notre respiration eût repris son rythme normal. C'était le moment parfait, chargé de franchise et d'émotion. Je souris en faisant courir ma main sur la poitrine dénudée d'Étienne.

— Étienne, j'ai quelque chose à te dire.

Il se pencha vers moi pour baiser mon front, murmurant d'une voix endormie :

— Qu'est-ce qu'il y a, Sido ?

Je me mouillai les lèvres, et mon hésitation le poussa à se redresser sur le coude pour étudier mes traits.

— Qu'est-ce que tu as à me dire qui te donne cet air-là ? Tu sembles à la fois contente et intimidée.

Je hochai la tête et lui pris la main.

— C'est inattendu, je sais, Étienne, mais... m'interrompis-je tant ma joie et mon émerveillement étaient grands. C'est un bébé, Étienne. J'attends un bébé.

Je retins mon souffle, attendant sa réaction. Elle ne fut pas conforme à ce que j'espérais. Dans les rais de lumière pâle que la lune projetait par la fenêtre sur son visage, il perdit toute expression. Sa peau prit la texture et la teinte d'un fossile décoloré. Il retira sa main de la mienne et s'assit sur le lit en me regardant, la bouche entrouverte.

— Étienne ? fis-je en me redressant pour être en face de lui.

— Tu en es sûre ? questionna-t-il.

Cinabre, avec une agilité surprenante pour son âge, sauta sur le lit à côté d'Étienne ; il la repoussa avec une brusquerie inhabituelle. J'entendis ma chatte atterrir doucement sur le tapis et sus qu'elle devait remuer la queue avec indignation et se glisser sous le lit.

J'acquiesçai d'un mouvement de tête.

— Mais je mets le... quoi... la capote, le préservatif, dit-il. Je le mets toujours.

Il était encore d'une pâleur mortelle et, pour une raison totalement mystérieuse, venait de repasser à l'anglais.

— Étienne ? dis-je, abasourdie, sentant naître en moi une horrible sensation. Étienne ? Tu n'es pas... tu n'es pas...

Je m'arrêtai, ne sachant plus comment continuer.

Il fixait maintenant la fenêtre, au-dessus de ma tête, et l'obscurité au-delà, comme s'il n'arrivait pas à me regarder.

— Tu vois le médecin ?

Sans attendre la réponse, il regarda de l'autre côté et s'empara d'un des flacons de comprimés posés sur la table de chevet ; il disait qu'il souffrait de migraines, et aussi qu'il avait du mal à dormir. Je détestais le voir prendre des médicaments pour dormir. Il ne s'était abstenu d'en avaler que les deux premières fois qu'il avait passé la nuit avec moi, et, comme nous ne nous étions ni l'un ni l'autre réellement endormis, j'avais cru que c'était simplement parce que nous n'avions pas l'habitude de dormir ensemble. J'étais si émue par sa présence à mon côté, tellement sensible à son contact, que je jubilais de sentir son corps se presser contre le mien lorsqu'il se tournait et se retournait dans mon lit étroit. Après la deuxième nuit, il prit des cachets et dormit comme une souche, sans esquisser un mouvement, sinon une légère crispation de la mâchoire qui le faisait grincer des dents. Ces sommeils provoqués me privaient de sa présence et je me sentais alors très seule, même lorsqu'il dormait à côté de moi.

Il ouvrit le flacon et fit tomber trois comprimés dans le creux de sa main. C'étaient ceux pour la migraine : il n'aurait pas pris un somnifère en cet instant, pas avec ce que je venais de lui annoncer. Il les fourra dans sa bouche et les fit descendre avec ce qui restait de bourbon dans son verre.

Je ne savais pas ce qui était pire : qu'il me regarde ou qu'il prenne fébrilement ses cachets.

— Je te demande : est-ce que tu vois le médecin ? répéta-t-il dans son anglais imparfait en se retournant vers moi, mais en fixant encore une fois les yeux sur la fenêtre.

— Non, mais je le sais, Étienne. Je connais mon corps, et les signes sont indubitables.

Il finit par me regarder, et je ressentis comme un coup sourd en plein ventre.

— Non. *C'est impossible**. Peut-être il y a autre raison pour les symptômes. Jeudi – un jour après le demain – j'ai le dernier... comment on dit... la dernière garde. Je t'emmène, le matin, à la clinique que je connais dans le... le comté à côté. Tu seras examinée. Pas dans l'hôpital de moi, ajouta-t-il, sa langue fourchant sur chaque mot.

On aurait dit qu'il avait oublié l'anglais assez soutenu qu'il parlait avant que nous passions au français. Son étrange diction, associée à son regard presque vide, me donna un haut-le-cœur. Ce n'était pas du tout ce que j'avais envisagé lors de ces dernières semaines, ces centaines de fois où je m'étais imaginée en train de lui délivrer la formidable nouvelle.

C'était l'homme – le seul homme – avec lequel j'avais partagé ma vie, et nous étions désormais liés l'un à l'autre. Avant Étienne, j'avais supposé et accepté que je finirais mes jours seule. Bien sûr, ma promesse d'adolescente à Dieu et à la Vierge Marie de rester pure n'était justement rien de plus qu'un serment naïf et puéril engendré par le désespoir. Et dans l'existence que je m'étais forgée, il y avait peu de chance de rencontrer un homme qui aurait pu susciter ma curiosité, sans parler du fait que je n'avais jamais senti qu'un homme pouvait être attiré par moi.

Jusqu'à Étienne.

Il avait ajouté à ma vie une dimension dont je ne soupçonnais même pas l'existence. Je voyais à présent cette vie – mon ancienne vie – comme un désert morne et crépusculaire.

Puis je m'étais aperçue qu'il y aurait un enfant... il ne restait donc plus d'autre choix que le mariage. Étienne n'avait pas de problème d'argent et il était intègre. Je n'avais pas douté un instant qu'il me ferait aussitôt sa demande et que nous nous marierions sans attendre. J'avais passé ces dernières semaines à tout organiser dans ma tête, avec une exaltation que j'avais du mal à contenir : il quitterait son meublé et emménagerait avec moi. Nous pourrions acheter un lit neuf, plus grand, que nous installerions dans la plus grande chambre. Mon ancienne chambre deviendrait la chambre d'enfant; je pourrais ranger mes peintures dans un coin de la cuisine. Mais à présent... Je déglutis et, en dépit de l'heure – il était près de minuit – j'eus la nausée, comme presque tous les matins depuis quelque temps. Je quittai précipitamment la chambre et vomis tant et plus dans les toilettes.

Quand ce fut terminé, je me lavai le visage d'une main tremblante et me rinçai la bouche avant de retourner dans ma chambre. Étienne s'était déjà habillé. Il était assis au bord du lit et laçait ses chaussures. Il leva vers moi un visage tellement indéchiffrable que je sentis sourdre en moi une peur viscérale. Mon estomac se souleva à nouveau, mais il était vide cette fois.

Je plaquai la main sur ma bouche.

— Je suis désolé, Sidonie, dit-il en français. C'est... c'est juste le choc. J'ai besoin de réfléchir. Ne te sens pas blessée.

Ne te sens pas blessée ? Comment ne pas se sentir blessée par sa réaction ?

— Tu ne veux pas rester avec moi cette nuit ? Je t'en prie, demandai-je.

J'avais besoin qu'il me prenne dans ses bras. Je frissonnais, moitié de froid dans ma chemise légère, moitié d'angoisse. Mais il ne bougea pas. Je restai dans l'embrasure de la porte et lui, près du lit. Nous n'étions éloignés que de quelques pas, mais il semblait que des kilomètres nous séparaient.

— Je reviendrai jeudi matin, à neuf heures, pour te conduire à la clinique. Pour avoir l'avis d'un professionnel, dit-il.

— Mais... mais tu es un professionnel.

— Ce n'est pas pareil, décréta-t-il. Un médecin ne soigne pas ses... il ne devrait pas faire de diagnostic concernant une personne proche.

Il s'approcha de moi : il ne pouvait pas sortir de la chambre tant que je bloquais le passage, et je ne m'écartai pas.

— Étienne, prononçai-je en posant mes mains sur ses bras.

Je me retins d'enfoncer mes doigts dans ses manches. J'avais tellement besoin de le retenir, de le garder avec moi.

Et il m'attira alors contre lui, et pressa ma tête sur sa poitrine. Je percevais les battements de son cœur, trop précipités, comme s'il venait de courir. Au bout d'un instant trop bref, il s'écarta doucement, me caressa une dernière fois les cheveux, puis partit pour de bon.

* * *

Le reste de cette longue nuit puis toute la journée et la nuit du mercredi furent confus, interminables et empreints de chagrin. Je ne voulais pas me permettre de penser que j'avais pu me tromper sur les sentiments d'Étienne. C'était impossible. Je n'aurais pas pu me fourvoyer à ce point.

* * *

Le trajet presque silencieux jusqu'à la clinique – où l'on confirma ma grossesse – avait déjà été terrible, et, lorsque nous approchâmes de la banlieue d'Albany, je ne pus le supporter plus longtemps.

— Alors, Étienne ? demandai-je, ayant désespérément besoin qu'il me dise quelque chose pour me réconforter. Je sais que c'est inattendu. Pour tous les deux. Mais peut-être devrions-nous y voir un signe du destin.

Le regard fixé droit devant lui, les mains serrées sur le volant à en avoir les jointures blanches, il répliqua :

— Tu veux dire que tu crois au destin, Sidonie ?

— Je ne sais pas, Étienne. Mais... même si c'est une surprise... Ces choses arrivent, Étienne. Elles arrivent, répétai-je, ne sachant trop quoi dire d'autre. Je savais évidemment comment j'aurais voulu qu'il réagisse, ce que j'aurais aimé entendre. J'aurais tant voulu qu'il me sourie, qu'il me dise qu'il partageait ma joie d'avoir un enfant. Je voulais qu'il me dise, là, tout de suite : *Épouse-moi, Sidonie, épouse-moi et nous passerons le reste de notre vie ensemble. Avec notre enfant. Avec nos enfants.* Pendant toutes ces dernières semaines, depuis que je savais avec certitude que j'étais enceinte, je m'étais représenté des scènes dont je n'aurais jamais cru auparavant qu'elles pourraient faire partie de ma vie. Étienne et moi, par une journée d'été, en train de jouer avec nos enfants sur une petite colline herbeuse. Noël, avec son sapin décoré et ses paquets colorés : poupées de cire et chevaux à bascule, jolies robes à smocks ou culottes courtes et gilets assortis. Petits châteaux branlants, fêtes d'anniversaire et premiers jours d'école.

Je m'étais créé un portrait de moi-même en femme traditionnelle, avec un mari et des enfants. Moi en épouse de médecin et en mère. Et cette vision occupait tout l'espace, paraissait à portée de main.

Dans le silence de la voiture, je compris avec un sentiment proche du désespoir à quel point je le voulais – ce cadeau – plus que je n'avais voulu quoi que ce soit de ma vie. Curieusement, je pensai au papillon mélissa bleu et à ses ailes frémissantes lorsqu'il se posait avec légèreté sur un lupin sauvage.

Étienne rangea la voiture au bord de la route et garda les yeux rivés sur le pare-brise. La neige tombait, doucement, adoucissant et brouillant les contours de la chaussée devant nous et les branches sombres et dénudées des arbres de chaque côté.

— Je m'excuse, Sidonie, déclara-t-il d'une voix indéchiffrable. Je sais que je ne réagis pas comme tu l'aurais espéré.

Je regardai par la vitre latérale les chaumes jaunes et raides des herbes mortes depuis longtemps pointer sous la neige. J'étais perdue. Ne désirait-il pas fonder une famille ? Je mourais d'envie de le lui dire, de lui poser la question : *Tu ne veux pas d'enfant, Étienne ? Pas d'enfant avec moi ? Tu ne veux pas m'épouser, devenir un mari et un père ?* Tant d'émotions se mêlaient : la stupeur, la tristesse ; la déception et aussi, oui, aussi la colère, le tout formant un tourbillon de couleurs sombres en fusion.

— Qu'allons-nous faire, Étienne ? questionnai-je d'une voix basse et contenue en me tournant vers lui, articulant chaque mot avec soin. Je sais que nous ne l'avions pas prévu. Mais... mais je veux ce bébé. Je le veux plus que tout au monde, ajoutai-je plus fort.

Puis je serrai les lèvres avant d'en dire davantage, car je brûlais de lui crier : *Et je te veux, toi, plus que tout au monde. Je veux être aimée de toi de la même façon.*

Mais je n'allais pas me laisser aller à le supplier.

Alors il me regarda, pour la première fois depuis que nous avions quitté la clinique, et, pour une obscure raison, je ressentis pour lui comme une sorte de compassion. Je sus soudain à quoi il devait ressembler quand il était enfant, hésitant et effrayé.

Je me dis que c'était l'air qu'il devait avoir quand il avait appris la mort brutale de son frère. Et, grâce à cette expression paniquée, je pus lui parler avec plus de raison que je n'en aurais été capable quelques instants plus tôt.

— Tu ne me dois rien, Étienne. Tu ne m'as pas forcée. Je savais ce que je faisais. Tu es libre de partir.

Mon cœur s'emballa en prononçant ces derniers mots, bravaches et mensongers. Le fait qu'il ne m'avait pas forcée était vrai, mais je ne pensais pas le moins du monde qu'il ne devait pas rester avec moi, qu'il ne devait pas m'épouser.

Et s'il me prenait au mot, s'il me disait : *Oui, oui, Sidonie, tu as raison. Nous devrions nous séparer. C'est sûrement mieux comme ça ?*

Que ferais-je ? Je ne connaissais strictement rien aux enfants. Je n'avais même jamais tenu un enfant dans mes bras. Et comment remédier au manque d'argent inéluctable ? Comment pourrais-je élever cet enfant ? Je me vis courbée au-dessus d'une machine à coudre, comme ma mère. J'imaginai ce que serait le fait de ne pas pouvoir donner à mon enfant ce dont il aurait besoin. J'essayai, durant ce court moment de silence, de me représenter ma vie Juniper Road avec un enfant naturel. Et je me vis, recluse et vieillissante, telle une tache sombre dans ce voisinage bien-pensant du fait de mon enfant sans père. Pourrais-je supporter de voir traiter mon enfant avec mépris à cause de mes péchés ?

Il prit enfin la parole.

— Tu me crois vraiment si vil, Sidonie ? commença-t-il en saisissant ma main posée sur le siège entre nous deux.

Ses doigts étaient froids lorsqu'ils se refermèrent sur les miens. Je baissai les yeux vers sa main, curieusement raide et maladroite dans sa façon de me tenir.

— Nous allons nous marier, bien sûr, reprit-il d'une voix rauque, comme si son larynx était trop étroit, puis son visage se détendit et, de son autre main, il me prit le menton. Bien sûr, *ma chère** Sido.

Un sanglot me monta à la gorge et les larmes se mirent à couler, des larmes de soulagement. Il m'attira contre lui.

Je pleurai contre le revers de sa veste.

Il m'aimait. Il allait m'épouser. Ce n'était pas la demande que j'avais espérée, mais tout irait bien.

* * *

Il me raccompagna à ma porte et me dit qu'il reviendrait trois jours plus tard, lors de sa prochaine journée libre, et que nous discuterions alors de nos projets. Nous nous marierions à la mairie dans quelques semaines, vu que cela prendrait trop de temps d'organiser un mariage à l'église et d'attendre la publication des bans – nous étions tous les deux catholiques.

Il sourit ; c'était un sourire hésitant, mais toutes mes craintes s'envolèrent néanmoins.

— Ça te plairait, une bague de fiançailles, Sidonie ? demanda-t-il. Tu veux que je te fasse la surprise en la choisissant moi-même ?

C'était lui à nouveau, l'Étienne d'avant, mon Étienne. C'était bien le choc qui l'avait altéré, ainsi qu'il l'avait assuré.

— Non. Je n'ai pas besoin d'autre chose que d'une alliance, répliquai-je en lui rendant son sourire.

Il posa la main sur mon manteau épais, contre mon ventre.

— Tu lui chanteras des berceuses. *Dodo l'enfant, do**. Je te vois très bien en mère. Je t'entends déjà chanter des berceuses à notre enfant.

* * *

Trois jours plus tard, Étienne ne revint pas. Je pensais le voir arriver juste après déjeuner. J'attendis jusqu'en début d'après-midi, puis allai voir madame Barlow pour lui demander si le Dr Duverger avait téléphoné pour moi.

Il n'avait pas appelé. Je me dis qu'il avait dû avoir une urgence à l'hôpital. Sinon, qu'est-ce qui aurait pu l'empêcher de venir ? J'attendis toute la soirée, chaque heure intensifiant encore mon inquiétude. Je finis par me déshabiller et me mettre au lit, mais je n'arrivai pas à dormir. Il aurait pu avoir un accident sur la route en venant chez moi. Je me remémorai le mouvement brusque du volant sous mes mains, la sensation de voler dans les airs. Je revis mon père allongé dans le champ glacé, puis son corps se mua en celui d'Étienne.

Me préviendrait-on s'il lui arrivait quelque chose ? Ou s'il tombait malade ? Avait-il parlé de moi à quiconque à l'hôpital ?

Je me tournai et me retournai dans mon lit, ayant tour à tour trop chaud, puis trop froid. Cinabre préféra s'en aller et je finis par me lever aussi pour faire les cent pas dans la maison. J'eus des nausées, plusieurs fois, mais sans savoir si elles étaient dues à mon bébé ou à mon angoisse.

* * *

Au matin, il faisait sombre et il neigeait. Dès huit heures, je retournai chez les voisins.

— Je suis désolée, Sidonie, m'annonça madame Barlow, mais la ligne est en dérangement. Elle a été coupée hier soir. C'est à cause des chutes de neige.

Je secouai la tête avec soulagement. Voilà donc l'explication. Étienne avait sans doute essayé d'appeler toute la soirée pour expliquer ce qui l'avait empêché de venir me chercher pour organiser notre mariage à Albany.

— Tu devrais rester prendre une tasse de café, proposa madame Barlow. Tu as l'air épuisée, mon petit. Tu es sûre que ça va ?

Mon estomac me brûlait.

— Merci, mais je vais rentrer. Je... j'attends des nouvelles du Dr Duverger. Dès que le téléphone sera rétabli et qu'il appellera, vous voudrez bien avoir la gentillesse de me prévenir ?

Je m'installai près de la fenêtre du séjour, incapable de lire, incapable de peindre. Je scrutais la rue, guettant Étienne. La neige s'arrêta de tomber, et le soleil apparut. Quelques automobiles remontèrent péniblement la rue enneigée ; chaque fois, je me précipitais à la porte et sortais sur le perron glacial, priant pour que ce soit Étienne. Mais je me répétais qu'il devait être à l'hôpital puisqu'il n'était pas censé avoir travaillé la veille. Il ne pouvait donc pas venir aujourd'hui.

Enfin, juste après deux heures de l'après-midi, monsieur Barlow vint me prévenir que la ligne du téléphone était rétablie.

— Et... il n'y a pas eu d'appel pour moi ?

Il secoua la tête. Sans prendre la peine de mettre mon manteau, je le suivis chez lui en passant par le jardin et en entrant par la cuisine. Madame Barlow se trouvait devant la table et écartait du poignet une mèche d'épais cheveux gris. Elle avait les mains couvertes de farine.

— Monsieur Barlow m'a dit que le téléphone fonctionnait, commençai-je.

— Nous ne savons pas exactement depuis quand la ligne est rétablie, me dit-elle. Mike a simplement décroché il y a quelques minutes et vu que ça remarchait, ajouta-t-elle en désignant du menton son mari occupé à ôter ses bottes.

Ils ne savaient même pas depuis quand la ligne fonctionnait ? Ne comprenaient-ils pas à quel point c'était important pour moi ? Je masquai difficilement ma colère ; ils n'étaient pas responsables, mais j'étais complètement paniquée.

— Est-ce que je peux m'en servir... téléphoner ?

— Mais bien sûr, répondit madame Barlow.

Il faisait chaud et une bonne odeur emplissait la cuisine. Il y avait une jatte recouverte d'une serviette posée sur un coin du poêle, et une boule de pâte qui attendait sur une planche farinée, au milieu de la table.

— Je prépare du pain aux raisins. Il y en a déjà plusieurs de cuits. Prends-en un, mon petit, m'offrit-elle en pétrissant la pâte.

— Merci, répondis-je en décrochant le téléphone.

Je sortis le numéro de l'hôpital de la poche de ma robe. On me passa l'opératrice de l'hôpital et je demandai à parler au Dr Duverger. Il y eut un instant de silence, puis la femme annonça :

— Le Dr Duverger ne travaille plus ici. Vous voulez que je vous passe un autre médecin ?

— Il ne travaille plus... Qu'entendez-vous par là ?

Je tournai le dos à madame Barlow. Elle frappait la pâte contre la table, produisant un bruit sourd. J'avais les oreilles qui bourdonnaient et dus m'éclaircir la gorge.

— Nous renvoyons ses patients vers le Dr Hilroy ou le Dr Lane, madame. Voulez-vous prendre rendez-vous avec l'un d'eux ?

Je restais plantée là, le lourd récepteur collé contre mon oreille, mes lèvres effleurant le micro cannelé.

— Madame ?

Je raccrochai sans me retourner. J'avais vaguement conscience du martèlement ininterrompu de la pâte contre la table.

— Sidonie ? N'oublie pas de prendre un...

Je quittai la cuisine et refermai doucement la porte derrière moi.

Chapitre quatorze

J'avais déjà enfilé mon manteau et mes bottes quand madame Barlow arriva quelques instants plus tard avec une miche de pain. Celle-ci était enveloppée dans une serviette propre et dégageait un parfum de fruit et de levure.

— Je voulais te donner ça pendant que c'est encore chaud. Oh ! fit-elle en me tendant le pain, tu vas quelque part ?

J'acquiesçai vaguement, mais madame Barlow insista :

— Est-ce que tout va bien, Sidonie ?

— Oui, assurai-je avant de secouer la tête. Non, pas vraiment. Étienne – le Dr Duverger – était censé venir ici hier.

— Bon, mais les médecins sont des gens très occupés, dit-elle. Il avait certainement une bonne raison.

— J'ai peur qu'il ne lui soit arrivé quelque chose, protestai-je.

— Qu'est-ce qui te fait penser une chose pareille ? Parce qu'il n'est pas venu alors qu'il avait dit qu'il viendrait ? Il n'y a aucune raison de t'inquiéter, mon petit. Attends encore un jour ou deux.

Je ne voulais pas lui répéter ce que je venais d'apprendre au téléphone. Je me tenais devant elle et regardais le pain qu'elle était venue m'apporter. Elle le posa sur la table et me tapota la main.

— Accorde-lui un peu de temps, Sidonie. Il viendra sûrement dès qu'il pourra, ajouta-t-elle avant de se tourner pour partir. Seigneur, dit-elle encore. Tu ressembles de plus en plus à ta mère.

* * *

J'avais honte de demander à monsieur Barlow de me conduire à l'hôpital en sachant que madame Barlow me trouvait ridicule de m'inquiéter parce que Étienne n'était pas venu alors qu'il avait promis le contraire. Mais bien sûr, elle ne connaissait pas toute l'histoire. Il était forcément arrivé quelque chose à Étienne. Ce n'était pas son genre de faire une promesse et de ne pas la tenir. Surtout quand il s'agissait de quelque chose d'aussi important que notre mariage.

Je me rendis à l'hôpital à pied; c'était à une bonne heure et demie de marche, mais, après toute la neige qui était tombée, il faisait étonnamment doux pour la mi-février et, le temps d'arriver, j'avais trop chaud.

À l'accueil, je demandai le Dr Duverger. D'une certaine façon, j'espérais vaguement que ma présence physique à l'hôpital suffirait à le faire réapparaître. On me fit cependant la même réponse, à savoir qu'il ne travaillait plus à l'hôpital, alors je voulus voir un de ses collègues. Je tentai de me rappeler le nom des deux médecins avec qui il faisait équipe.

— Le Dr Hilroy et le Dr Lane, répondit la femme.

— Oui, oui, l'un ou l'autre. Pourrais-je parler à l'un d'eux ?

Elle consulta une série de documents posés devant elle.

— Vous voulez un rendez-vous ? Il y aura une semaine d'attente. Je peux vous marquer pour lundi prochain à midi.

— Non, je n'ai pas besoin de rendez-vous. J'ai simplement une question à leur poser. Ce n'est pas d'ordre médical.

La femme leva les yeux de son registre, sourcils froncés.

— J'ai juste une question à poser, répétai-je, gênée d'avoir à m'expliquer.

— Veuillez vous asseoir. Le Dr Hilroy a pratiquement terminé son service. Je vous l'envoie dès qu'il a fini.

Je m'assis, retirai mon manteau et me tamponnai le front avec mes gants. Je me sentais vraiment mal, moite et nauséeuse. J'attendis ce qui me parut un temps interminable avant qu'un homme grand, aux cheveux blancs, surgisse par une double porte battante.

— Je suis le Dr Hilroy, se présenta-t-il après avoir parlé avec la femme de l'accueil. En quoi puis-je vous aider ?

Je me levai et expliquai que j'attendais des nouvelles du Dr Duverger.

— Je suppose que vous êtes une de ses patientes. Mais il ne faut pas vous inquiéter. Le Dr Lane ou moi-même reprendrons votre dossier.

Je secouai la tête et m'éclaircis la gorge.

— En fait..., commençai-je avant de me passer la langue sur les lèvres, je suis une ancienne patiente, mais maintenant... je suis une amie du Dr Duverger. Une bonne amie, insistai-je. Et je m'inquiète pour sa santé. Comme je l'ai dit, il devait me donner des nouvelles, et maintenant, je crains qu'il ne lui soit arrivé quelque chose. Je suis évidemment très inquiète, précisai-je en espérant ne pas paraître aussi confuse et désorientée que je l'étais en réalité.

— Je suis certain qu'il va très bien, assura le médecin avec un froncement de sourcils.

— Vous êtes sûr qu'il ne lui est pas arrivé quelque chose ? Quelqu'un a-t-il vérifié que tout allait bien pour lui ?

— Eh bien, je ne sais pas, mais il n'y a pas de raison de s'inquiéter... Écoutez, il est parti un mois plus tôt que prévu, mais ce n'était pas compliqué.

— Un mois plus tôt ? Que voulez-vous dire ?

Le Dr Hilroy parut en avoir trop dit et secoua la tête.

— Est-ce que... Quand pensez-vous qu'il reviendra ? demandai-je.

— Voudriez-vous vous asseoir, madame... ?

— Non. Mais ça ne ressemble pas à Étienne – au Dr Duverger – d'agir sur un coup de tête, vous me l'accorderez. De partir si soudainement, précisai-je. Il a dû se passer quelque chose.

Le Dr Hilroy parut encore plus mal à l'aise. Je me dis que je faisais parfois cet effet-là sur les gens, même en temps normal.

— Je vous le répète, il est simplement parti un mois plus tôt que le prévoyait son contrat d'un an, en tant que chirurgien associé.

— Il devait partir le mois prochain ? dis-je en cillant. Où cela ?

— Je n'étais pas au courant de ses projets futurs à la fin de son contrat ici. Mais à vrai dire, aucun d'entre nous ne connaissait très bien le Dr Duverger. Il n'avait jamais parlé de sa famille auparavant, et je suppose qu'elle doit se trouver en France.

J'acquiesçai d'un air vide, m'efforçant d'assimiler les propos du Dr Hilroy. La famille d'Étienne ? Mais... ils étaient tous morts.

— Il est parti en France ?

Le Dr Hilroy semblait un peu énervé à présent. Il s'agitait et consultait sa montre.

— Je ne peux vraiment pas vous en dire plus. Il a simplement dit qu'il lui était impossible de rester plus longtemps, et qu'il devait rentrer chez lui, pour raisons familiales.

Rentrer chez lui. Raisons familiales. Je crus n'avoir répété ces mots que dans ma tête, mais je dus les avoir prononcés à voix haute, car le médecin me dit :

— C'est cela. Bonjour, madame, euh...

— Donc... vous n'avez aucun moyen de le joindre ? Il doit avoir... a-t-il laissé une adresse ? Un moyen de le contacter ? insistai-je, me moquant à présent de paraître désespérée.

Peu m'importait ce que cet homme pensait de moi.

Le Dr Hilroy baissa soudain les yeux, et je suivis son regard. Je découvris mes propres mains agrippées aux siennes. Je le lâchai et reculai d'un pas. Il se balança très légèrement sur le bout de ses pieds.

— J'ai bien peur que non, répondit-il.

Je dus émettre un son, peut-être un petit cri, à moins que ce ne fût une courte inspiration, et regardai le Dr Hilroy droit dans les yeux, où j'aperçus mon reflet minuscule.

— D'ailleurs, il en a reçu une quelques jours avant de partir.

Je me retournai vers elle et elle opina du chef :

— Oui, avec les mêmes timbres étrangers.

Je gagnai sans rien ajouter le haut de l'escalier. Là, hors de la vue de la logeuse, je dus m'appuyer lourdement contre la première porte pour tenter de reprendre ma respiration. Je finis par me redresser et ouvris la porte avec la clé.

Le store de la grande fenêtre était baissé dans la première pièce, et il régnait une atmosphère poussiéreuse et confinée. Le mobilier se réduisait à un sofa capitonné, une petite table avec deux chaises à dossier droit ainsi qu'un solide bureau et un siège pivotant en bois. Il restait quelques papiers empilés sur le bureau. Je refermai la porte et traversai la pièce pour tirer d'un coup sec sur le cordon du store. Une lumière pâle envahit l'espace, et des grains de poussière se mirent à tournoyer dans les rais de lumière terne. Je dus forcer pour entrouvrir la fenêtre à guillotine et laisser entrer un peu d'air frais. Les feuilles bruirent sur le bureau et l'odeur devint plus respirable.

Par la porte ouverte donnant sur l'autre pièce, j'aperçus un lit fait recouvert d'un couvre-lit en chenille.

Je m'assis sur la chaise, devant le bureau, et feuilletai les papiers d'une main tremblante. Il ne s'agissait que d'une étude imprimée concernant les maux de gorge. J'ouvris le tiroir sur la droite du bureau. Il ne contenait qu'une paire de lunettes. Je la pris et passai les doigts sur la monture fine. Je me représentai Étienne assis au même endroit, tapotant distraitement d'un doigt l'arcade de ses lunettes tout en lisant.

— Étienne, murmurai-je dans la pièce déserte. Où es-tu ? Que t'est-il arrivé ?

Je posai les lunettes sur le bureau et ouvris lentement les autres tiroirs. Ils ne contenaient rien d'autre que des articles de bureau habituels : quelques trombones, une bouteille d'encre à moitié vide, des crayons à l'extrémité mâchonnée.

Je jetai un coup d'œil sous le bureau. Il y avait une corbeille à papier contenant une feuille froissée et un petit flacon de cachets. Je dépliai la feuille de papier, mais il ne s'agissait que d'un emballage de pastilles à la menthe. Le flacon avait contenu un médicament au nom imprononçable, Oxazolidinone, prescrit au nom d'Étienne. Je connaissais le flacon des cachets que prenait Étienne pour ses migraines – un simple analgésique, avait-il assuré – et celui des comprimés qu'il prenait pour dormir. Il y avait encore d'autres pilules qu'il avalait parfois avant de partir, le matin. *Pour m'aider à rester réveillé pendant toute la longue journée qui m'attend*, avait assuré Étienne avec désinvolture. Mais il s'agissait là d'un médicament que je n'avais jamais vu.

Je glissai les lunettes et le flacon vide dans mon sac. J'avais besoin d'avoir quelque chose – n'importe quoi – pour me permettre de me raccrocher à Étienne. Puis je m'appuyai contre le dossier de la chaise et fermai les yeux, soudain épuisée et découragée.

Je voulais rentrer chez moi, mais il fallait d'abord que je voie l'autre pièce. Un coulis d'air froid passait avec un sifflement aigrelet et persistant par une fissure dans la guillotine. La chambre ne contenait qu'un lit, une coiffeuse et une armoire. Là aussi, j'ouvris tous les tiroirs de la coiffeuse. Ils étaient vides. Rien non plus dans l'armoire, mais alors que je m'apprêtais à sortir, je remarquai un livre par terre. C'était celui sur les aquarellistes américains célèbres que j'avais offert à Étienne pour Noël. Il avait à plusieurs reprises déploré d'être inculte sur l'autre aspect de la vie, celui qui s'opposait à la science, et dit qu'il aurait voulu en savoir davantage.

Le simple fait de voir ce livre délaissé – abandonné – m'emplit d'une profonde tristesse, et je tombai à genoux devant. Je le ramassai et caressai sa couverture. Un petit coin de papier, un marque-page, supposai-je, dépassait en haut, à quelques pages seulement du début. J'ouvris le livre à la feuille de papier pliée, si mince que je distinguais l'écriture à travers.

Toujours agenouillée, je laissai glisser le livre sur le sol et dépliai la lettre ; elle était encore chiffonnée, comme si elle avait été froissée puis récupérée. L'écriture en pattes de mouche, délicatement tracée à la plume fine, indiquait une main féminine, et le texte était en français.

Mes yeux se portèrent sur la signature – un simple prénom – au bas de la page.

Je tenais la feuille à deux mains. Comme dans l'escalier, le sang cognait à mes oreilles. J'avais conscience de mon souffle court qui semblait rester coincé dans ma gorge. Je sentais une moiteur sous mes bras et le long de mon dos, le lainage de ma robe me collant à la peau malgré la fraîcheur ambiante.

Le 3 novembre 1929
Marrakech

Mon cher Étienne,

Je t'écris à nouveau. Bien que tu n'aies pas répondu à mes lettres précédentes, je te supplie une fois encore, avec plus d'ardeur que jamais, de ne pas nous abandonner. Je n'ai jamais renoncé à l'espoir qu'après tout ce temps – il y a maintenant plus de sept ans que tu n'es pas rentré – tu trouveras dans ton cœur – ton cœur si bon et si aimant – la force de me pardonner.

Je ne renoncerai pas, mon cher frère. Étienne, je t'en prie, rentre à la maison. Reviens-moi, reviens à Marrakech.

Manon

Le papier pelure trembla violemment entre mes doigts.

Manon.

Rentre à la maison, avait-elle écrit. À Marrakech.

Je baissai à nouveau les yeux sur la lettre. *Mon cher frère*, écrivait-elle. *Il y a maintenant plus de sept ans*. Il avait donc une sœur, Manon... mais quand je l'avais interrogé sur sa famille, il n'avait parlé que d'un frère, Guillaume, non ? *Il ne reste plus rien – ni personne – pour moi à Marrakech*, avait-il assuré.

Cela faisait trop de secrets. Il y avait trop de choses que je ne comprenais pas. Était-ce de cela qu'il parlait quand il avait dit à l'hôpital qu'il partait pour raisons familiales ? M'avait-il laissée sans un mot – abandonnée, comme son livre – à cause de sa sœur ?

— Vous avez trouvé la serviette ? fit une voix derrière moi.

Je tournai la tête et me trouvai face à une paire de solides souliers à lacets. Je levai la tête.

La femme à la robe marron m'observait.

Je parvins à me lever sans lâcher la lettre.

— Non, répondis-je en passant devant la logeuse.

Alors que je descendais lourdement l'escalier en m'accrochant à la rampe, elle me lança :

— Comment avez-vous dit que vous vous appelez ?

Je ne répondis pas et sortis en laissant la porte ouverte derrière moi.

Je ne comprends pas, même aujourd'hui, pourquoi je voulais si désespérément rentrer chez moi. Je m'enfuis comme si j'avais une meute à mes trousses. Je n'étais plus sûre que d'une chose : je voulais me retrouver en sécurité chez moi. Là-bas, je pourrais lire et relire cette lettre pour essayer d'en percer le sens.

Elle était la seule piste qui me reliait encore à Étienne.

Étienne. J'avais de plus en plus l'impression de ne jamais l'avoir vraiment connu.

Chapitre quinze

On ne sait jamais à quoi s'attendre quand on perd quelqu'un.

À la mort de ma mère, j'avais éprouvé une peine sourde et tenace, profonde mais compréhensible. Sa présence avait beau me manquer, je ne doutais pas de poursuivre la même existence en continuant à m'occuper de la maison et de mon père. C'était une mort inéluctable et je savais instinctivement que le chagrin s'apaiserait avec le temps, qu'il deviendrait plus diffus, moins vif.

À la mort de mon père, j'avais ressenti autre chose : une culpabilité et un désespoir extrêmes. Je n'avais cessé de revivre les moments où j'avais tant insisté pour conduire, où j'avais quitté un instant de trop la route des yeux, où j'avais tourné le volant trop et trop fort. Cela avait été le chagrin du regret, celui de ne pas pouvoir obtenir son pardon ni lui dire au revoir. Il fut suivi par une sensation de solitude intense due à la soudaineté de son absence.

Mais à présent... ce que j'éprouvais lorsque je rentrai à Juniper Road en cette fin d'après-midi fut d'une incroyable brutalité. Ce chagrin me submergea par vagues gigantesques, comme un poids écrasant qui m'ôtait toute force. Mes jambes refusèrent de me porter et je dus prendre un taxi pour rentrer chez moi.

Mon esprit s'égarait dans une sourde confusion, et je gisais sur mon lit, contemplant les ombres qui s'allongeaient.

J'étais certaine qu'Étienne m'aimait. Il voulait être avec moi et avec notre enfant. Je me remémorais sans cesse les moments que nous avions passés ensemble pour essayer de découvrir quelque chose, quelque chose qui aurait pu m'échapper. Je revoyais clairement, dans mes souvenirs, la façon dont il me regardait, dont il me parlait, dont il riait à mes propos. La façon dont il me touchait. Je repensai à la dernière fois que nous nous étions vus, quand il avait posé la main sur ma taille et avait dit qu'il m'imaginait chantant des berceuses à notre enfant.

Non. Je me redressai dans l'obscurité presque complète. Il ne m'aurait jamais traitée si mal. Il ne m'aurait jamais abandonnée ainsi. Il lui était arrivé quelque chose, un événement incontrôlable. Cela avait un rapport avec un secret, ou peut-être même avec plusieurs.

Rien de ce qu'il avait fait, ou pas fait, n'était impardonnable. J'étais prête à tout lui pardonner. Il fallait qu'il le sache.

* * *

Lorsque je me levai le lendemain matin, j'étais ankylosée, j'avais froid et la tête lourde, comme si je n'arrivais pas à me réveiller d'un horrible cauchemar.

Je me sentais angoissée, agitée, de même qu'à la mort de mon père. Toute la journée, j'errai dans les petites pièces de ma maison, en proie à une énergie compulsive, sachant qu'il fallait que je fasse quelque chose mais incapable de déterminer quoi.

Mon atelier était humide et glacé, et il y régnait une atmosphère d'abandon. Cela faisait un mois que je n'avais pas peint ; j'avais été trop prise par ma nouvelle vie et par mes visions d'avenir avec Étienne.

Je perçus un mouvement furtif derrière moi. Cinabre se fraya un passage entre mes chevilles puis sauta sur la table où je gardais mon matériel. Elle se coucha, faisant disparaître ses pattes de devant sous sa poitrine tout en me fixant de ses grands yeux topaze. Elle était si vieille à présent, son arrière-train se desséchait et sa colonne vertébrale saillait en un chapelet de petites vertèbres bosselées. Sa fourrure avait perdu sa belle teinte cuivrée ; elle avait viré au brun terne.

Les dernières peintures que j'avais réalisées étaient punaisées au mur. Des tableaux minutieux et de bon ton, exécutés, comme l'avait un jour souligné Étienne, d'une main ferme et précise, chaque coup de pinceau réfléchi et assuré.

Soudain, je me sentis irritée par mon travail, irritée d'être ce genre de femme, de ces femmes qui laissaient simplement la vie décider pour elles. Qui pensaient qu'un si petit bout de terre, pas même une tête d'épingle sur la surface de la planète, allait suffire à les entretenir toute leur vie.

Cinabre s'endormait, les yeux mi-clos, le museau sur ses pattes.

Voilà où j'en suis, me dis-je en observant le vieux chat. Je n'avais pas fait d'études et n'avais pas connu l'école de la vie non plus. Étienne m'avait dit que j'étais belle, mais je ne me faisais aucune illusion sur mon physique. J'étais maigre de corps et de visage, avec de grands yeux curieux sous d'épais sourcils arqués. J'avais des cheveux bouclés et indisciplinés qui m'empêchaient d'obtenir cette allure cultivée et raffinée que je voyais chez les autres femmes. Je m'entêtais à refuser de les couper suivant la dernière mode.

À trente ans, je n'étais plus jeune. En fait, dans certaines sociétés, on m'aurait déjà considérée comme une dame d'un certain âge. Selon toute vraisemblance, ceux qui me connaissaient à Albany me cataloguaient déjà comme une vieille fille.

J'abandonnai mes peintures et me rendis dans la salle de bains pour m'examiner dans le miroir fixé au-dessus du lavabo. Mon teint naturellement hâlé semblait de cendre tandis que mes lèvres avaient pris une nuance curieusement violacée, en accord avec les cernes qui soulignaient mes yeux. Il y avait des mèches de cheveux plus clairs sur mes tempes. Pas au point d'être blanches ni même grises, mais on aurait dit que le noir profond de mes cheveux s'était estompé. Cela venait-il de se produire ou bien avais-je tout simplement négligé de le voir auparavant ? Quant à ce qu'on pouvait déceler dans mes yeux : rien. Leur couleur avait perdu tout aspect remarquable. Étienne les avait un jour qualifiés de mystérieux. *Tu as des yeux mystérieux, Sidonie*, avait-il dit. *Mystérieux et, comme toi, aussi insaisissables que la brume du matin.*

Avais-je seulement imaginé qu'il m'avait tenu ce genre de propos ?

Et maintenant ? questionnai-je à voix haute, entendant un bruit derrière moi.

Je me retournai : Cinabre m'avait suivie et se tenait dans l'encadrement de la porte. On aurait dit qu'elle me demandait : *Alors, tu vas t'asseoir, oui ? Tu veux bien rester en place pour que je puisse me reposer ?*

Je m'approchai de la fenêtre du salon. Il n'y avait que l'obscurité derrière la vitre, et le raclement persistant de la branche du tilleul. Cette nuit, contrairement à ce que j'avais pu penser un jour, ce frottement n'évoquait nullement une danse. Ce soir, c'était le temps qui s'égrenait, un doigt osseux qui me tapait sur l'épaule. J'en avais assez de ma propre prévisibilité, et de ma petite boussole étriquée.

Je croisai à nouveau mon reflet, mais cette fois dans la vitre, flou et diffus, comme si je n'étais plus que le fantôme de moi-même.

Je pris mon sac à main sur le sofa, là où je l'avais laissé la veille, et le portai dans la cuisine. Je sortis tout ce que j'avais rapporté de l'appartement d'Étienne : ses lunettes, le flacon vide et la lettre. Je les disposai devant moi sur la table et m'assis sans les quitter des yeux. Je relus la lettre trois fois, et n'eus plus de raison de la relire une quatrième puisque je la connaissais déjà par cœur.

J'examinai ensuite le flacon de médicaments, me levai et allai prendre dans la bibliothèque du salon le gros lexique médical coincé entre le dictionnaire et l'atlas. Je le rapportai à la cuisine et entrepris de chercher. Voilà, j'y étais : Oxazolidinone.

Je lus qu'il s'agissait d'un médicament prescrit dans des cas de pathologies neurologiques pour aider à prévenir à la fois l'épilepsie et la paralysie.

Mais Étienne ne pouvait pas être épileptique. Il n'avait jamais eu de crise pendant tout le temps que nous avions passé ensemble. Et il ne montrait aucun signe de paralysie. Il se révélait parfois un peu maladroit, se cognant contre un meuble ou trébuchant sur le bord d'un tapis. Je me rappelai, un jour qu'il découpait un poulet que je venais de faire cuire, comment le couteau avait paru bondir de côté. Étienne l'avait lâché brusquement et regardé comme un objet étrange, puis il m'avait tourné le dos et était allé se laver les mains dans l'évier, longuement. Je n'y avais pas prêté attention sur le moment, mais il me revint soudain que ces petits incidents apparemment sans importance l'énervaient profondément et qu'il réagissait alors avec un emportement disproportionné, marmonnant tout seul et repoussant sèchement mes questions et ma sollicitude.

Je ne savais que penser de ce traitement. Si Étienne avait été malade, je l'aurais su. Non ? Je saisis les lunettes et promenai à nouveau mes doigts sur la monture. Puis je les reposai pour reprendre la lettre.

Cette femme, sa sœur – Manon –, avait un lien avec le secret : le secret qu'Étienne ne se sentait pas capable de me confier. C'est pour cela qu'il était parti. Mais il n'avait pas conscience que j'étais prête à tout accepter. Il fallait qu'il le sache. Il fallait qu'il sache que je l'aimais assez pour me moquer de ce qui s'était passé avant. Que c'était notre avenir ensemble qui le débarrasserait de ce qui le tourmentait.

Mais pour le retrouver... les seuls indices que j'avais étaient le prénom de sa sœur et la ville où elle habitait. Où Étienne avait grandi. J'irai là-bas. Je le retrouverai, à Marrakech, et je le lui dirai.

Était-ce un coup de tête insensé ? Certainement. Avais-je déjà agi de manière aussi inconsidérée ? Oui, quand j'avais laissé Étienne entrer chez moi, dans mon lit. Dans ma vie.

J'avais été une femme qui n'agissait qu'avec sa tête, avec prudence. Mon propre passé m'apparaissait soudain étrangement lointain, comme si j'étais un personnage de roman, d'un livre que j'aurais mis de côté après n'en avoir lu que la moitié parce qu'il ne m'intéressait guère.

Mais peut-être valait-il mieux se concentrer sur la femme que je pensais être devenue : une femme qui répondait à ses pulsions, qui écoutait son cœur. Mon cœur, qui n'était autrefois qu'une masse brunâtre et amorphe, aux battements mornes, s'était métamorphosé avec l'arrivée d'Étienne en une gerbe palpitante de fleurs rouge éclatant.

Ma peur était que si je ne comprenais pas ce qui était arrivé à Étienne, mon cœur risquait de revenir à son état précédent, de redevenir cet organe atrophié, aussi impavide et peu exigeant que les sujets de mes aquarelles.

Et, plus important encore, il y avait maintenant un autre cœur – minuscule encore – à prendre en compte.

* * *

— Je pars à l'étranger, madame Barlow, lui annonçai-je dans sa cuisine. Je vais...

Je m'interrompis. Je n'avais pas envie de lui dire que j'allais *chercher le Dr Duverger*, ni que j'allais essayer de le retrouver. Il serait trop difficile de lui expliquer que je savais avec certitude qu'il désirait être avec moi. Et que c'était à moi qu'il revenait d'assurer à Étienne qu'il pouvait le faire. Que je l'aimerais de toute façon.

— Je pars à l'étranger, répétai-je donc un peu piteusement.

— À l'étranger? s'étonna madame Barlow en haussant les sourcils. Mais comme vas-tu faire?

Je déglutis. Il y avait plus d'une semaine que j'avais pris ma décision et, durant ce laps de temps, j'avais tout prévu et j'avais agi. J'avais déjà fait le nécessaire pour obtenir un passeport, j'avais porté l'argent de la vente de la Silver Ghost à la banque et en avais changé la majeure partie en francs. J'avais également vidé presque tout mon compte en banque pour aller à l'agence de voyages de Drake Street acheter un billet pour le navire qui faisait la liaison New York-Marseille deux semaines plus tard. D'ici là, j'aurai reçu mon passeport. J'avais aussi acheté deux sacs de voyage.

— Tout est prêt, ajoutai-je.

— Et quand comptes-tu revenir?

— Je ne sais pas encore, répondis-je. Mais pourriez-vous, monsieur Barlow et vous, jeter un coup d'œil sur la maison pendant mon absence? Et Cinabre. Pourriez-vous veiller sur Cinabre?

La bouche de madame Barlow se durcit.

— Sidonie. Tu n'es pas du genre à gaspiller tout ton argent en vacances insensées. Corrige-moi si je me trompe, mais j'ai bien l'impression que tout cela a quelque chose à voir avec ton docteur disparu.

Je ne répondis pas. Je contemplai la peinture de trois bécassines accrochée au mur, derrière sa tête. Je la leur avais donnée l'année précédente.

— Parce que si tu pars pour essayer de convaincre cet homme de revenir... eh bien! il faut que tu saches qu'on ne peut pas forcer un homme à faire ce qu'il n'a pas envie de faire, Sidonie. S'il ne veut pas rester ici avec toi, ça ne servira à rien d'aller à l'autre bout du monde pour le persuader de revenir.

Elle s'exprimait d'une voix altérée : désapprobatrice, et sur un ton plus tranchant que d'habitude.

— Ne vaudrait-il pas mieux laisser les choses comme elles sont et continuer à vivre comme avant? On ne peut pas discuter avec un homme qui est déjà décidé. Je le sais.

— Mais il lui est arrivé quelque chose, madame Barlow. Il faut que je lui dise... il faut que...

Je m'interrompis, ne sachant comment poursuivre.

— Il faut juste que j'aille lui parler, madame Barlow.

— Que lui est-il arrivé?

Je lissai mes cheveux en arrière.

— Il y a eu une sorte d'urgence. Dans sa famille.

— Mais... pourquoi ne lui as-tu pas parlé quand il était ici ? Ou tu ne peux pas lui téléphoner ? Ils doivent bien avoir le téléphone là où il est, non ? Je ne comprends pas, Sidonie.

Évidemment qu'elle ne comprenait pas. Je n'arrivais pas à me représenter madame Barlow éprouvant pour monsieur Barlow ce que j'éprouvais pour Étienne. Ou, si cela avait été le cas, il y avait trop longtemps pour qu'elle s'en souvienne encore.

— Madame Barlow, je vous en prie. Je dois partir.

— Alors tu vas en France ?

Je hochai la tête. Ce n'était pas tout à fait un mensonge puisque je me rendais d'abord à Marseille. Et il m'apparaissait comme une absolue nécessité de ne pas parler du Maroc. Si je lui avouais que je partais au Maroc, elle me demanderait pourquoi. Et alors, je devrais lui parler de la lettre, et de la femme qui s'appelait Manon.

Soudain, mes lèvres et mon menton se mirent à trembler. Je mis la main sur ma bouche et me détournai.

— Et puis, il y a... ton état à considérer.

Je pivotai pour la dévisager.

Elle secoua la tête, ses yeux se portant sur mon ventre.

— Comment le savez-vous ? demandai-je, en écartant ma main de ma bouche.

— Une femme peut reconnaître les signes, quand elle regarde bien, répliqua madame Barlow en penchant la tête de côté. Et j'imagine qu'il ne va pas falloir attendre longtemps pour que tout le monde le voie. Alors comment feras-tu pour voyager, seule, sans bague au doigt et avec un gros ventre qui se verra comme le nez au milieu de la figure ? Un gros ventre qui te cataloguera comme une femme de mauvaise vie ?

Madame Barlow ne m'avait jamais parlé ainsi. Je m'éclaircis la gorge.

— Je me moque de ce qu'on pense de moi. Vous le savez. Je m'en suis toujours moquée.

Elle baissa imperceptiblement les paupières.

— Peut-être aurait-il mieux valu que tu t'en soucies un peu plus, Sidonie. Peut-être que cela t'aurait évité de te retrouver dans cette situation. Eh bien, si ta mère te voyait, faisant rentrer un homme chez toi, entretenant une...

— Ça ne sert à rien de me faire la leçon maintenant, madame Barlow, répliquai-je, aussi fort et aussi durement qu'elle. Ma mère est morte depuis longtemps. Et ça ne vous regarde pas.

Madame Barlow recula comme si je venais de la gifler. Je l'avais blessée. Mais je lui en voulais d'avoir dit la vérité.

— Pardon, madame Barlow, m'empressai-je d'ajouter. Vous avez toujours été si bonne pour nous, pour moi.

Je préférais ne pas penser au fait que cela faisait des mois que je n'avais pas payé de loyer à monsieur Barlow – depuis qu'il m'avait dit de ne plus y penser, à la mort de mon père. Je ne savais pas si madame Barlow était au courant.

— C'est juste que... je l'aime, madame Barlow. Et il m'aime aussi. Je le sais.

Madame Barlow me prit alors dans ses bras.

— Ils font toujours comme si on comptait pour eux quand ils veulent obtenir quelque chose, Sidonie.

Elle poussa un soupir, et je m'appuyai contre elle.

— Tu ignores tellement de choses, ma fille. Et tu ignores tout des hommes. J'ai vu le problème venir dès le début. Je l'ai vu, Sidonie, mais tu ne te consolais pas de la mort de ton père, et j'ai pensé : allons, Nora, laisse la petite prendre un peu de bon temps. Mais il n'y a pas de plaisir sans douleur, Sidonie, assura-t-elle en s'écartant de moi. Pas de plaisir sans douleur, répéta-t-elle. Tu peux en être sûre, aussi sûre que tu l'es de revoir le gel chaque année.

* * *

La veille de mon départ, je me rendis dans la remise. La vieille Ford T était toujours là, recouverte d'une bâche épaisse. Je la retirai et passai les mains sur la capote, mais sans monter dans la voiture. Je revis mon père, assis à l'intérieur pour fumer sa pipe. Je songeai à ma mère, installée à la table de la cuisine, devant sa machine à coudre. Je repensai à la façon dont Étienne avait dit *notre enfant**.

Je remis la bâche en place.

Je marchai jusqu'à la mare pour y jeter un dernier coup d'œil. C'était la première semaine de mars, et il faisait doux. L'eau s'égouttait de tous côtés en produisant un martèlement syncopé. La glace fondait au milieu de la mare, et avait cédé sur les bords. La brise soulevait de petites crêtes qui glissaient, telles des langues minces, jusqu'à la berge dure. La lumière de cette fin d'après-midi se reflétait sur l'eau et le printemps embaumait, vif et frais, chargé de promesses de nouveaux départs.

Je posai les mains sur mon ventre, qui commençait tout juste à s'arrondir.

Chapitre seize

Je devais passer une nuit à Marseille; le bateau pour Tanger n'appareillait que le lendemain, en fin d'après-midi. Je me sentais curieusement lasse après cette semaine de traversée depuis New York, alors que je n'avais pas fait grand-chose d'autre que rester allongée sur l'étroite couchette et me promener deux fois par jour seule sur le pont. Je regardai à peine le port pendant que l'on chargeait mes bagages dans un taxi, et me rendis directement à l'hôtel que l'on m'avait recommandé à bord.

À l'accueil de l'hôtel, on me demanda mon nom. J'hésitai puis répondis : «Madame Duverger.» Je n'en avais pas eu l'intention, et je n'avais aucune raison de mentir.

— Combien de jours allez-vous rester?

— Cette nuit seulement. Je reprends un bateau pour Tanger demain soir.

Je ne savais pas vraiment pourquoi j'éprouvais le besoin de raconter cela à cette femme sévère et peu amène. L'insigne agrafé à son chemisier indiquait « Madame Buisson ». Elle tendit la main.

— Vous préférez que je vous règle d'avance?

Elle secoua la tête.

— Votre passeport, madame. Nous gardons votre passeport jusqu'à votre départ.

Je déglutis.

— Ce n'est certainement pas nécessaire, hasardai-je.

— C'est nécessaire, rétorqua-t-elle, la main toujours tendue. Votre passeport, insista-t-elle.

Je fouillai dans mon sac et lui remis le petit livret rigide à couverture rouge. Elle l'ouvrit et examina ma photographie. Puis son expression changea, subtilement, lorsque ses yeux se portèrent sur la page où figuraient mon nom, ma date de naissance et mon état civil : *Sidonie O'Shea. 1er janvier 1900, Albany, New York. Célibataire*. Même si elle ne lisait pas l'anglais, madame Buisson se rendit bien compte que le nom que je lui avais donné ne correspondait pas à celui de mon passeport. Je n'étais pas une dame.

Elle ne fit aucun commentaire et se rendit avec mon passeport dans un petit local derrière la réception. Elle revint et me donna une grosse clé métallique attachée à une courroie de cuir.

— Chambre 267, madame, indiqua-t-elle, et je lui fus reconnaissante d'avoir prononcé ce dernier mot sans une nuance de sarcasme. On va monter vos bagages.

— *Merci**, répondis-je avant de prendre une profonde inspiration pour monter lentement l'escalier de bois jusqu'au deuxième étage.

* * *

La chambre se révéla petite, mais propre, et offrait le luxe d'une *salle de bains** personnelle. Je m'assis au bord du lit et attendis mes bagages afin de pouvoir me déshabiller et me préparer à dormir.

Je n'avais nulle envie de découvrir Marseille. Les quais étaient sales, encombrés de cargaisons diverses, et des hommes à la peau sombre étaient allongés n'importe où, le regard voilé. Sur le trajet de l'hôtel, j'avais remarqué beaucoup trop d'enfants décharnés et de grands immeubles en ruine.

La famille de ma mère était, à un moment de son histoire, venue de France ; du sang français coulait dans mes veines. Le père de mon bébé venait de ce pays. Notre enfant serait aux trois quarts français.

Dès que mes bagages furent posés sur le plancher, près de la penderie, je sortis ma chemise de nuit. Il n'était que sept heures du soir, mais j'avais dans le dos une douleur persistante que je n'avais jamais ressentie. J'aspirais à une bouillotte. Je me couchai dans le petit lit dur avec un soupir de soulagement et, malgré mon mal de dos, m'endormis presque instantanément.

Mon corps me réveilla pendant la nuit. La douleur s'était déplacée vers le ventre et s'était intensifiée. Je me recroquevillai sur moi-même en espérant qu'elle se dissiperait. Je me dis qu'un bain chaud me soulagerait peut-être. Je repoussai lentement les couvertures, me levai et sentis un liquide chaud couler sur mes jambes. Horrifiée, je contemplai la tache humide sur mes chevilles. Tenant mon ventre à deux mains, je me rendis dans la salle de bains et allumai la lumière. Le sang rouge vif me porta au cœur, pas à cause de son aspect, mais à cause de ce qu'il impliquait.

— Non ! criai-je, ma voix résonnant dans la salle de bains vide.

Je ne pouvais ni quitter ma chambre ni descendre pour chercher la concierge. Les douleurs et l'écoulement de sang me terrassaient. Qui pouvais-je appeler ?

— Étienne, prononçai-je à voix haute, car je n'avais aucun autre nom à invoquer. Étienne, répétai-je plus doucement.

Mais il n'y avait évidemment que ma propre voix pour se répercuter contre les murs et le plafond.

J'étais totalement impuissante ; je n'avais aucun moyen d'empêcher cette vie de s'enfuir.

* * *

Je me couchai ensuite en chien de fusil sur une serviette jetée sur le carrelage froid et dur de la salle de bains. J'avais pleuré à en avoir des élancements dans la tête; j'avais horriblement soif; et, en même temps, je manquais de l'énergie nécessaire ne fût-ce que pour me relever et boire au robinet.

Je restai ainsi, par terre, jusqu'à ce qu'un rai de jour ténu traverse la fenêtre et vienne se poser sur mon visage par la porte ouverte de la salle de bains. Je fixai des yeux la lumière qui se déplaçait sur le lit et le mur de la chambre. Il y eut des coups légers frappés contre la porte, pourtant je n'appelai pas. Je ne pouvais pas me lever, mais je ne pouvais pas fermer les yeux non plus. C'était comme si mon corps était un coquillage fragile et récalcitrant, et que mon esprit était en revanche un nœud dur et serré, traversé par une seule phrase inlassablement répétée. *Ton enfant est mort. Ton enfant est mort.*

Des cris filtrèrent par la fenêtre entrouverte, puis des voix d'enfants et l'aboiement ininterrompu d'un chien.

Quelqu'un frappa, plus fort cette fois, et une voix de fille se fit entendre :

— Madame ! Madame, je dois nettoyer la chambre.

La poignée s'agita. Je pris une profonde inspiration tremblante et parvins à porter la main à mon visage. J'avais les joues mouillées. Le vacarme de la poignée s'arrêta.

Le moindre mouvement me faisait souffrir. J'avais les articulations douloureuses, comme lors d'un accès d'influenza. Je réussis à m'asseoir, tremblante, et regardai autour de moi les serviettes ensanglantées.

— Étienne, murmurai-je. *Qu'est-ce que je fais, maintenant ? Qu'est-ce que je fais ?*

Je me mis debout en m'agrippant au lavabo, fis couler de l'eau dans la baignoire et me lavai lentement. J'enfilai une chemise de nuit propre et jetai la chemise souillée dans la poubelle. Je me sentais trop faible pour rincer les serviettes de tout ce sang, aussi les rassemblai-je dans une flaque rose foncé, au fond de la baignoire, avant de retourner me coucher. Puis je restai allongée, incapable de pleurer davantage.

Je ne cessais de me toucher le ventre ; il m'était difficile d'assimiler que la petite créature minuscule qu'Étienne et moi avions conçue n'existait plus.

* * *

Je crois que je me trouvais en état de choc. J'étais incapable de penser à autre chose qu'à la mort de ce petit être. Je me souviens qu'à un moment, je joignis les mains et priai pour son âme.

Je ne sais combien de temps s'écoula ainsi. Mais lorsque j'entendis de nouveau le fracas du seau dans le couloir et qu'on frappa à ma porte, je répondis.

— S'il vous plaît, dis-je aussi fort que je pus. Demandez à madame Buisson de monter tout de suite. Dites-lui d'entrer. Je suis malade.

Lorsqu'elle arriva, ouvrit la porte et s'avança dans l'encadrement de la porte en me regardant, je lui dis simplement que j'étais tombée malade pendant la nuit et que je voulais voir un médecin. Je m'étais redressée en position assise dans le lit étroit, la couverture jetée au hasard sur mes jambes.

Elle hocha la tête, le visage aussi impénétrable que la veille, mais lorsque ses yeux se portèrent sur la porte ouverte de la salle de bains, je vis sa poitrine se soulever. Je suivis son regard. J'avais oublié une des serviettes sanglantes sur le sol. Elle alla dans la salle de bains, y jeta un coup d'œil et referma la porte d'un coup sec, la claquant presque. Puis elle me dévisagea, secouant presque imperceptiblement la tête, et sortit.

Je crois que je dus m'endormir car je la vis revenir après ce qui me parut un temps très court avec un homme entre deux âges, qui arborait une épaisse moustache et des cheveux trop brillantinés. Il portait une trousse noire et avait les mains gercées.

— Mademoiselle O'Shea, me présenta madame Buisson. Américaine, débarquée d'hier, ajouta-t-elle comme si elle pressentait quelque chose de louche.

Le médecin me salua d'un signe de tête. Ainsi la concierge me désignait à présent par le nom figurant sur mon passeport, en insistant particulièrement sur le « mademoiselle ». Elle resta dans la chambre, près de la porte, les mains serrées devant elle.

Le médecin lui demanda – pourquoi ne s'adressait-il pas à moi ? – la raison de sa visite. La femme lui expliqua à voix très basse que j'avais perdu beaucoup de sang pendant la nuit. Sa voix s'abaissa encore sur le mot *sang*, comme s'il s'agissait d'un mot honteux. Puis elle haussa les sourcils en une expression entendue.

— Ah ! fit le médecin en me regardant. *Une fausse couche* ?*

— Très certainement, docteur, tout semble l'indiquer, répondit la femme, paraissant trouver un plaisir pervers à répondre à ses questions.

— Elle est seule ? demanda le médecin à la femme après un rapide coup d'œil dans ma direction, et il paraissait évident au ton de sa voix qu'il connaissait déjà la réponse.

Puis il demanda à la concierge ce que je faisais à Marseille, et elle l'informa que je me rendais à Tanger.

Il se retourna vers moi et secoua la tête.

— *C'est impossible**. Oh, mais ce n'est pas possible, mademoiselle, reprit-il dans un anglais laborieux, en parlant fort et en articulant exagérément, comme si j'étais sourde ou très attardée. Vous ne devez pas faire le voyage, ajouta-t-il.

Je compris alors pourquoi il ne s'était adressé jusque-là qu'à madame Buisson : comme elle avait insisté sur le fait que j'étais américaine, il n'avait pas pensé que je parlais français et elle ne l'avait pas contredit. Il repassa au français en regardant à nouveau la concierge de l'hôtel :

— Elle ne tiendra jamais jusque là-bas toute seule, pas après avoir subi une fausse couche.

— Et elle est handicapée, renchérit la femme en m'observant par-dessus l'épaule du médecin.

Je me sentais trop faible, trop déprimée, pour me soucier de sa dureté.

Le médecin secoua la tête.

— Eh bien ! d'autant plus. Elle n'est pas armée pour faire un voyage vers une destination si périlleuse. Et il va vraisemblablement lui falloir du temps pour récupérer. Dites-lui de rentrer en Amérique dès qu'elle en sera capable.

— *Monsieur le Docteur*, intervins-je en français, je comprends ce que vous dites. Adressez-vous directement à moi, je vous prie.

Ses joues s'empourprèrent mais il se ressaisit aussitôt, se racla la gorge et rajusta les revers déjà impeccables de son veston.

— Je m'excuse, dit-il en coulant un regard vers madame Buisson. Je ne savais pas que vous parliez notre langue.

J'écartai mes cheveux emmêlés de mon visage.

— Je dois y aller. En Afrique du Nord. Il faut que je sois à Tanger le plus rapidement possible. Quand pensez-vous que je puisse raisonnablement voyager ?

— Oh ! Mademoiselle, je ne saurais trop vous recommander de ne pas voyager maintenant. Avez-vous des amis à Marseille ? Ou ailleurs en France, peut-être, chez qui vous pourriez séjourner quelque temps ? Jusqu'à ce que vous soyez remise ?

— Non, répondis-je en secouant la tête. Il faut que je parte, insistai-je d'une voix que j'aurais voulue ferme, mais qui refusait de coopérer.

Elle était faible et mes lèvres tremblaient.

— Puisque vous insistez, tout ce que je peux vous dire, c'est que vous devriez trouver quelqu'un pour vous accompagner. Pour... peut-être pour assurer votre protection quand vous serez là-bas. C'est ce que je voulais dire tout à l'heure, sauf votre respect. Un tel voyage exige de l'énergie physique et la capacité à s'adapter à un nouvel environnement. Un environnement qui pourrait se révéler agressif pour une dame telle que vous, visiblement délicate et bien élevée. Et avec ce que vous venez de subir...

J'avais les yeux qui me brûlaient, mais je clignai rapidement des paupières.

— Il n'y a pas de raison pour que je ne me remette pas rapidement, non ? demandai-je.

— Mademoiselle, je vous le répète, vous devez vous reposer et reprendre des forces. Vous en étiez à combien de mois ?

— Trois mois, répondis-je.

Il lissa sa moustache entre son pouce et son index, puis prit sa trousse et l'ouvrit. Il chercha un instant et en sortit un flacon vert, tout en longueur, qu'il posa sur la chaise, près du lit.

— Les saignements ont-ils cessé ?

— Presque.

— L'avortement a-t-il été complet ?

— Je... je ne sais pas, répondis-je sans comprendre.

— Pensez-vous que votre corps a tout rejeté ?

Je déglutis avec peine.

— Je crois.

— Avez-vous l'impression que vous devriez aller à l'hôpital ? Il y en a un petit près d'ici qui traite les étrangers. Je pourrais faire venir une voiture...

— Je ne pense pas que ce soit nécessaire.

— D'accord. Mais si d'autres symptômes apparaissaient, il faudra aller à l'hôpital. Sinon, restez au lit pendant les quelques jours à venir, et surtout reposez-vous. Je vous laisse quelque chose, indiqua-t-il en désignant le flacon, qui aide dans ce genre de situation. Prenez-en deux cuillerées le matin, à midi et le soir pendant encore deux jours. Vous ressentirez des douleurs au ventre. Si jamais l'avortement n'était pas complet, cela aidera à nettoyer l'utérus.

Ces derniers mots ravivèrent si douloureusement l'horreur de ce qui s'était produit que je dus mettre les mains sur mes yeux. Je me mis à trembler et mes dents s'entrechoquèrent. Il fallait que je pose la question qui semblait envahir tout mon crâne. Je ne savais pas comment je prendrais la réponse. J'écartai la main de mes yeux et regardai le médecin en face.

— Est-ce que c'est de ma faute ? demandai-je. Est-ce la semaine de traversée depuis l'Amérique ? Ou bien... j'ai eu beaucoup de soucis ces derniers temps, expliquai-je avant de laisser échapper un long soupir tremblant. Peut-être ne me suis-je pas nourrie convenablement. J'ai du mal à dormir.

Est-ce que c'est moi qui ai provoqué cela ? Ai-je perdu mon bébé par ma faute ?

— Mademoiselle, dit le médecin d'une voix radoucie en se rapprochant du lit, il arrive que ce soit juste la nature. On ne peut jamais avoir de certitudes. Il ne faut pas vous faire de reproches, dit-il en me tapotant la main. Essayez de vous reposer. Madame Buisson, faites-lui monter une autre couverture et un peu de soupe. Vous allez avoir besoin de reprendre des forces. Et s'il vous plaît, comme je vous l'ai dit, si vous avez mal ou d'autres problèmes, il faudra aller à l'hôpital. Vous me le promettez, mademoiselle ?

Sa gentillesse inattendue fut plus que je n'en pus supporter. J'enfouis mon visage dans mes mains et fondis en larmes, me balançant d'avant en arrière tandis que le médecin et la concierge de l'hôtel quittaient discrètement la chambre.

* * *

Durant les quelques heures qui suivirent, je m'efforçai de dormir mais sans y parvenir. Le bol de soupe fumante qu'une robuste rousse posa sur la coiffeuse en me jetant un bref coup d'œil avant de sortir précipitamment finit par refroidir. Je tirai la couverture supplémentaire sur moi et m'allongeai sur le dos, les yeux rivés au plafond.

Je remis mes mains sur mon ventre et contemplai le rideau blanc qui dansait légèrement dans la brise de la mi-journée.

Je pensai à ce que l'enfant aurait pu devenir, l'imaginant avec d'épais cheveux noirs et lisses, comme ceux d'Étienne. Doté – ou dotée – du même front haut et intelligent, avec ce petit pli vaguement inquiet entre les sourcils. Et les lèvres pleines de ma mère. Si elle avait été une fille, je l'aurais appelée Camille, ou Emmanuelle. S'il avait été un garçon, il se serait prénommé Jean-Luc. J'aurais serré ses petits doigts sur un pinceau, je lui aurais donné un chaton à aimer. Nous aurions murmuré ensemble nos prières du soir en français.

Je contemplai les rideaux, hypnotisée par leurs mouvements. Je me dis que le médecin avait peut-être raison. Peut-être valait-il mieux rentrer à Juniper Road – rentrer à la maison, où je serais en sécurité. Y resterais-je jusqu'à la fin de mes jours ? Je m'imaginai devant mon chevalet, voûtée, les cheveux blancs, mes mains sur le pinceau couvertes de taches brunes, et mes doigts soit décharnés, soit gonflés par la rétention d'eau. Et je serais seule.

C'était tout ce que je pouvais voir : l'enfant qui n'existait plus, et la vie morne qui serait la mienne sans Étienne. Sans enfant.

Je m'essuyai la figure sur la manche de ma chemise de nuit et me levai pour m'approcher lentement de la fenêtre. Là, j'écartai les rideaux afin de découvrir les toits de Marseille. Les cris des enfants qui jouaient résonnaient encore au-dehors, et le chien aboyait toujours. J'avais entamé ce voyage pour retrouver Étienne, et maintenant – même si notre enfant n'était plus – j'avais plus que jamais besoin de lui.

Je parcourus lentement les toits du regard, puis baissai les yeux vers les cordes à linge tendues entre les hauts immeubles étroits. J'avais conscience que si je décidais d'aller jusqu'à Marrakech, je n'avais aucune garantie d'y retrouver Étienne, ni même sa sœur.

Cependant, je ne pouvais pas faire demi-tour, pas maintenant. Plus ma chambre s'assombrissait, plus je savais que je ne pouvais pas revenir à mon ancienne vie avant d'avoir terminé ce que j'avais commencé, quelle qu'en fût l'issue.

Chapitre dix-sept

Après ma première nuit à Marrakech, durant laquelle je dormis d'un sommeil agité en dépit du grand lit moelleux parfumé aux pétales de rose, je m'habillai à la hâte et descendis aussitôt à la réception.

Je demandai à monsieur Henri si le Dr Étienne Duverger comptait – ou avait compté – parmi les clients de l'*Hôtel de la Palmeraie*. Je me rendis compte que je me triturais douloureusement les doigts, et quand monsieur Henri eut fait un signe de dénégation, je relâchai les épaules et desserrai mes mains.

— Vous en êtes sûr ? insistai-je, et monsieur Henri me dévisagea une seconde de trop.

— Je vous assure, mademoiselle. Je travaille ici depuis l'ouverture de l'hôtel, il y a cinq ans, et j'ai une excellente mémoire.

Je baissai les yeux sur l'épais registre.

— Son séjour doit être très récent. Pourriez-vous vérifier, s'il vous plaît ? Il pouvait y avoir quelqu'un d'autre à la réception, ce jour-là, quand – ou si – il a pris une chambre ou...

Monsieur Henri referma le gros livre avec une lenteur délibérée, juste assez fort pour me souffler une bouffée d'air chaud au visage.

— Ce ne sera pas nécessaire. Comme je vous l'ai dit, mademoiselle O'Shea, je connais notre clientèle. Certains vivent ici depuis plusieurs années, préférant la facilité et le luxe de cet hôtel à la bureaucratie complexe qu'il faut affronter pour acheter une maison dans le quartier français.

Je ne répondis rien.

— Vous n'imaginez pas les conditions archaïques et ineptes qui sont exigées pour acquérir une propriété au Maroc, ajouta-t-il avant de conclure, en m'examinant plus attentivement encore : J'espère que vous êtes à présent convaincue, mademoiselle, que le Dr Étienne Duverger n'a jamais fait partie de notre clientèle.

— Merci, dis-je à voix basse, m'apprêtant à partir. Mais vous ne connaîtriez pas une Manon Duverger ? me ravisai-je en me retournant vers monsieur Henri. Je crois qu'elle vit à Marrakech. Sûrement dans ce quartier, dans la Ville Nouvelle ?

Il secoua de nouveau la tête.

— Je ne connais aucun Duverger, mais...

— Oui ? fis-je avec peut-être un peu trop d'empressement en me rapprochant à nouveau du comptoir.

— Essayez le Bureau des Statistiques dans la rue d'Arles : ils ont la liste de tous les propriétaires de Marrakech, dit-il en sortant un petit dépliant de sous son bureau.

Je ne compris pas trop pourquoi il décidait soudain de m'aider.

— Vous trouverez là un plan de tout le quartier français. J'espère que cela vous aidera dans votre recherche.

— Merci, monsieur Henri. J'apprécie votre aide.

Il esquissa un hochement de tête impérieux et se concentra sur le remplissage de son stylo.

En sortant, je remarquai sur un mur du hall une série de peintures diverses. J'avais hâte de commencer mes recherches, mais y jetai tout de même un coup d'œil au passage. Elles étaient signées de divers artistes français mais je n'en connaissais aucun. Certains d'entre eux avaient réussi à capturer une lumière particulière pour rendre compte du quotidien de la vie marocaine. Il y avait un certain nombre de tableaux représentant des Berbères dans leurs villages de terre et sous leurs tentes nomades.

Je repensai à l'Homme Bleu sur la *piste**.

* * *

Je marchai d'un pas si rapide que ma jambe ne tarda pas à me faire mal, et que je dus ralentir. Mais j'éprouvais un sentiment d'urgence si intense qu'il m'était difficile de conserver mon calme et de me limiter à mon allure habituelle.

Mes pensées se bousculaient, mais je remarquai tout de même ce qu'il y avait autour de moi. Toutes les vitrines et les enseignes portaient des inscriptions en français, avec, parfois, comme un sous-titre plus petit en caractères arabes. La plupart des non-Arabes que l'on croisait dans la rue étaient des Français qui habitaient et travaillaient dans la Ville Nouvelle. Les hommes, en complet-veston et chapeau, portaient leur serviette sous le bras et marchaient d'un pas décidé. Les Françaises allaient bras dessus bras dessous, certaines avec des sacs de courses, en jolies robes d'été et talons hauts, avec gants et chapeau assortis. Il ne me fallut que quelques minutes pour remarquer que lorsqu'un Marocain dépassait un Français, homme ou femme, il s'arrêtait un instant et saluait.

Plus d'une fois, un Marocain me dévisagea, comme s'il doutait, puis passa son chemin.

Il n'y avait pas de Marocaines dans les rues du quartier français ; je n'en avais pas vu une seule depuis mon arrivée à Marrakech.

Je trouvai sans peine la rue d'Arles et attendis qu'un employé déniche le nom de Duverger dans ses registres.

— Oui, dit-il, et je me rapprochai. Les Duverger ont habité rue des Chevaux. Mais...

Il hésita et loucha en suivant une ligne avec son doigt.

— Non, reprit-il. La maison a été vendue il y a quelques années. Elle appartient maintenant à une famille Mauchamp. C'est tout ce que j'ai, conclut-il en me regardant. Rien n'indique que les Duverger aient encore une maison dans le quartier français aujourd'hui.

Je le remerciai et sortis. Quelles étaient à présent mes options ? Je ne pouvais pas m'arrêter à la première impasse. Quelqu'un avait forcément entendu parler d'Étienne Duverger. Il avait vécu ici ; ses parents étaient morts et étaient enterrés ici, comme son jeune frère Guillaume. Et quelqu'un devait bien savoir quelque chose sur Manon Duverger.

J'examinai le plan que m'avait donné monsieur Henri et déambulai dans les rues sinueuses, remarquant, alors que je m'enfonçais dans le quartier français, les remparts ocre rouge qui encerclaient la médina. C'était une muraille solide et ininterrompue, à l'exception de curieuses ouvertures rondes dans la partie supérieure, et j'avais beau entendre des cris et des exclamations en provenance de l'autre côté, je ne voyais pas comment accéder à la Vieille Ville.

Dominant tous les autres bâtiments, une gigantesque mosquée rouge, carrée, massive, percée de trois niveaux d'ouvertures groupées, se dressait tel un phare. Je me dirigeai vers elle : une telle prédominance ne pouvait que jouer un rôle important dans cette ville horizontale. Mais avant de l'atteindre, je tombai sur une grande porte ouverte, surmontée d'arches majestueuses. Les arches étaient décorées d'inscriptions en arabe.

Je venais de découvrir l'entrée principale de la Vieille Ville, la médina de Marrakech.

Je m'arrêtai devant la porte et regardai de l'autre côté. Il n'y avait partout que des hommes et des garçons africains, certains menant par la bride des ânes ou de petits chevaux attelés à des charrettes remplies de toutes sortes de marchandises. Je trouvai fascinante la diversité que présentaient ces visages d'hommes. Le mélange des races était ici encore plus tangible qu'à Tanger, à Salé ou dans tous les villages du *bled* que nous avions traversés. À Marrakech, certains étaient si pâles qu'ils semblaient européens ou sémites, avec un long visage étroit et une barbe brun clair, voire rousse, le crâne dissimulé sous un turban. Il y avait les Berbères du désert, aux pommettes souvent hautes, les traits ciselés et la peau brunie par le soleil. Et il y avait encore des hommes aux cheveux crépus et à la peau si noire qu'elle semblait d'ébène luisante. Des esclaves, ou des descendants d'esclaves.

Je revis ma réaction, lorsque Étienne m'avait parlé des esclaves du Maroc.

— Dès que le Protectorat a été mis en place, le gouvernement français a interdit d'acheter de nouveaux esclaves, avait-il expliqué, mais les Marocains en possèdent toujours. Ce sont pour la plupart des descendants d'Africains subsahariens amenés depuis des siècles d'Afrique de l'Ouest, par la route des caravanes. Ils sont très nombreux à Marrakech.

— Avais-tu des esclaves ? demandai-je en espérant qu'il me répondrait non.

— Nous avions des serviteurs, des Arabes, avait-il répondu d'un ton bref avant de passer à autre chose.

Comme il le faisait à chaque fois qu'il refusait de discuter avec moi de certains aspects de son passé.

Au souvenir de cette conversation, je décidai que je n'avais aucune raison de chercher Étienne dans la médina : il ne s'y trouverait que des Marocains. Alors que je me tenais encore sous la porte, prête à faire demi-tour, j'entendis soudain quelqu'un appeler *Madame* !*

Je me tournai vers la voix et repérai toute une file de bogheys tirés par des chevaux rangés le long de l'*allée** conduisant à la médina. J'en avais remarqué de semblables un peu partout dans le quartier français, le cocher marocain pressant son attelage tandis que des Français prenaient place sur la banquette arrière.

L'un de ces cochers se dirigeait maintenant vers moi.

— Madame ! Madame ! Un tour de *calèche**. S'il te plaît, tu viens monter dans ma calèche et je te montre Marrakech. Je te fais toute la visite de Marrakech.

Il s'approchait, la main tendue, me souriant d'une manière exagérément amicale et familière. Je secouai la tête et reculai.

Sans prévenir, un jeune Marocain d'une quinzaine d'années me fonça brusquement dans l'épaule et manqua me faire tomber ; j'en lâchai mon sac à main. L'homme de la calèche se mit à lui crier dessus. Je me baissai pour ramasser mon sac et, au moment où je me relevais, m'aperçus que le garçon me fixait d'un regard venimeux qui me fit froid dans le dos. Il ne dit pas un mot, mais sa bouche se tordit et, comme l'homme au marché de Salé, il cracha dans ma direction, atteignant cette fois l'extrémité de ma chaussure.

Je me remémorai la femme voilée qui m'avait sifflé des insultes par la fenêtre de la voiture, sur le bac, avec Mustapha et Aziz.

Le conducteur de la *calèche** courut après le garçon, lui assena une claque sur le côté du crâne puis s'inclina à nouveau vers moi, me pressant de monter dans sa voiture. Malgré la claque, le garçon ne bougea pas. Je me retrouvai prise entre les deux, le plus jeune qui me regardait avec une haine non dissimulée, et l'autre avec une insistance pesante.

Sur le bac, la femme m'avait méprisée parce qu'elle m'avait prise pour une fille de mauvaise vie. Mais m'avait-elle détestée aussi, comme l'homme de Salé et ce jeune garçon ici même, parce qu'elle voyait en moi l'un de ces Français qui avaient envahi leur pays et les avaient contraints à la sujétion ?

Je fis à nouveau non de la tête et ouvris la bouche pour parler, mais rien ne franchit mes lèvres. Alors je m'éloignai aussi rapidement que possible.

* * *

Je fouillai la Ville Nouvelle trois jours durant, mais à chaque fois que je prononçais le nom de Duverger, je n'obtenais que des regards vides. J'avais parcouru tous ses vastes boulevards, scrutant pendant des heures et des heures chaque jour les villas abritées derrières leurs grilles, dans les jardins de palmiers et d'orangers, ma hanche et ma jambe me faisant souffrir à force de tant marcher. J'avais cherché dans tous les cafés, m'étais renseignée à la Polyclinique du Sud, tenue par et pour les Français, et avais passé du temps assise sur la grand-place, à examiner tous les Européens qui passaient.

Je vis quelques hommes qui, de dos, ressemblaient à Étienne – larges d'épaules, cheveux bruns bouclant sur le col, démarche assurée. Chaque fois, je me sentis près de défaillir et cherchai à rattraper l'homme en question pour m'apercevoir, à quelques pas de lui, que ce n'était pas Étienne. Une fois seulement, j'en fus si certaine que je touchai la manche de l'inconnu, qui se retourna en plissant le front avec sollicitude.

— Oui, madame, fit-il. En quoi puis-je vous être utile ?

Ma déception fut telle que je me contentai de secouer la tête en reculant.

Mon espoir – et l'inquiétude qui allait avec – de retrouver Étienne avait été remplacé par une sourde angoisse. Il devait pourtant être ici, à Marrakech. La lettre... j'avais si souvent sorti la feuille pliée de mon sac pour la relire qu'elle était sale et commençait à se déchirer à la pliure.

Il en allait de même concernant mes recherches sur Manon Duverger, mais je me répétais que je ne savais absolument pas à quoi elle ressemblait, qu'elle devait être mariée et avait sûrement un autre nom à l'heure qu'il était.

Mon séjour au luxueux *Hôtel de la Palmeraie* faisait fondre mon pécule à une vitesse effrayante, et il fallait que je trouve un logement moins coûteux. Cependant, au terme de chacun de ces trois premiers jours, lorsque je retournai à l'hôtel, en nage et épuisée, je n'avais plus l'énergie de me mettre à chercher un autre hôtel pour y emménager.

* * *

Au quatrième jour, je n'étais pas plus avancée dans mes recherches qu'au premier, qu'au deuxième ou qu'au troisième jour. À midi, songeant au décalage horaire qui existait entre le Maroc et l'État de New York, je me rendis à la poste et demandai à l'opératrice de me passer un numéro à Albany. Après une demi-heure d'attente, on m'appela au téléphone et j'entendis la voix de monsieur Barlow.

— Monsieur Barlow, dis-je d'une voix forte pour couvrir les parasites. Monsieur Barlow, c'est Sidonie.

— Sidonie, répondit-il, d'où appelles-tu ?

— Je suis au Maroc.

Il y eut un silence, puis :

— C'est où ?

— En Afrique du Nord.

Autre silence.

— Et tu vas bien ?

— Oui, ça va. Je me demandais... y a-t-il eu du courrier pour moi ?

— Du courrier ? Je vais te passer Nora. Attends une minute.

J'entendis monsieur Barlow appeler le nom de Nora, puis un murmure de voix. Je martelai le comptoir du bout des ongles. *Allons, dépêchez-vous, madame Barlow.* J'avais peur que nous ne soyons coupées.

— Sidonie ? C'est toi ? Pourquoi es-tu en Afrique ? Tu disais que tu allais en France. Quand comptes-tu rentrer ?

— Madame Barlow, dis-je en ignorant sa question, gênée par la friture de plus en plus forte sur la ligne. Comment allez-vous ?

— Ça va. Même s'il a trop plu et que le...

— Y a-t-il eu du courrier pour moi depuis mon départ ? demandai-je. Y a-t-il eu des lettres ?

— Des lettres ?

— Du Dr Duverger. Ou..., m'interrompis-je, luttant pour rester patiente. N'importe quoi avec un timbre étranger. Y a-t-il eu quelque chose ?

— Non. Mais... tu ne l'as pas trouvé ? Pourquoi n'es-tu pas rentrée, alors ? Et... l'autre chose. Tu sais. Comment ça se passe ?

Je ne répondis rien pendant une seconde, puis les parasites s'intensifièrent sur la ligne.

— Sidonie ? Tu es toujours là ? fit la voix de madame Barlow, faible et lointaine.

— Oui. Comment va Cinabre ? demandai-je, criant presque.

— En fait, elle est..., commença-t-elle, puis la ligne fut coupée.

— Madame Barlow ? appelai-je dans le micro, mais seul le silence me répondit, suivi d'un cliquetis rapide et répétitif.

Je réglai l'appel au comptoir puis, fatiguée et découragée, je rentrai à l'hôtel et m'assis, quelque peu hébétée, dans le hall.

Monsieur Russell s'arrêta devant moi.

— Nous ne vous avons pas revue dans les parages, mademoiselle O'Shea, pas même dans la salle du restaurant.

— Oui, concédai-je avec un faible sourire. J'ai été... occupée. Et j'ai pris mes repas soit dans ma chambre, soit...

Je me rendis compte que je n'avais pas avalé grand-chose.

— Madame Russell et moi partons demain pour Essaouira, mais nous pensions aller visiter les jardins Majorelle cet après-midi, m'annonça-t-il. C'est un peu plus loin, au nord-ouest de la ville. Vous en avez entendu parler ?

Je fis non de la tête.

— Vous avez vu ces tableaux ? questionna-t-il en désignant les peintures sur le mur. Ils sont à vendre. Beaucoup de ceux qui séjournent ici aiment emporter des images du Maroc en souvenir. *Une passion marocaine**, comme ils disent. Ces scènes partent à un bon prix. Certaines sont l'œuvre de Jacques Majorelle.

Peu désireuse d'entamer une discussion sur la peinture avec monsieur Russell, je ne fis aucun commentaire.

Mais il aimait parler.

— Ce n'est pas un mauvais artiste : il a réussi quelques belles compositions orientalistes. Et, comme je vous l'ai dit, les touristes qui viennent au Maroc sont friands de ce genre de choses. Mais Majorelle a eu, il y a quelques années, l'idée de créer un jardin magnifique. Il a acheté une palmeraie dans ce qui était alors la périphérie de Marrakech. Et il a planté une collection impressionnante de cactées, succulentes, bambous, bananiers, fougères géantes et tout un tas d'autres choses. Je crois qu'il a fait importer des dizaines de variétés de palmiers. Et ce n'est pas fini : il essaie d'acclimater des arbres et des plantes venus du monde entier.

Dans le silence soudain qui suivit, je ne voulus pas me montrer grossière alors que monsieur Russell attendait visiblement une réaction.

— Monsieur Majorelle a donc cessé de peindre ?

Monsieur Russell esquissa un mouvement évasif de la main, comme si la question n'était pas là.

— Je suis porté à croire que ce n'est pas un peintre d'une très grande importance. Nul ne semble en avoir entendu parler en dehors de Marrakech. Mais je vous en prie, mademoiselle O'Shea, n'hésitez pas à nous accompagner. Ce sera très délassant.

— Oh non ! Je ne voudrais pas..., commençai-je.

Puis je m'interrompis. La perspective de passer un moment dans un beau jardin au lieu d'arpenter des rues encombrées par une chaleur suffocante était tentante, et je savais que je n'aurais pas l'énergie de continuer mes recherches ce jour-là. Peut-être cela me soulagerait-il de penser à autre chose qu'à Étienne pendant quelques heures.

— En fait, oui. Merci, je me joindrai volontiers à vous.

* * *

Nous nous rendîmes au jardin dans la *calèche** à cheval que monsieur Russell avait louée. Il tira un cigare de la poche de sa veste pendant que nous remontions les rues verdoyantes de la Ville Nouvelle, riches d'espaces verts plantés d'arbres et de plates-bandes fleuries. Madame Russell parlait peu et à peine fûmes-nous installés sur les sièges de cuir en vis-à-vis du boghey découvert que monsieur Russell reprit son monologue sur Jacques Majorelle là où il l'avait laissé.

— On dit qu'il a un atelier, ainsi que toute une variété d'oiseaux. Majorelle a décidé de faire de son jardin une oasis de beauté paisible et parfumée au cœur d'une ville bruyante et animée.

Il coupa l'extrémité de son cigare à l'aide d'un petit ustensile métallique, craqua une allumette et tira avec satisfaction de profondes bouffées de tabac. La fumée s'éleva dans les airs, et il se remit à parler, mais, cette fois, je parvins à ne pas écouter.

Nous nous dirigeâmes vers le nord-ouest, et le cocher dessina au-dessus de sa tête des arabesques compliquées avec son fouet, faisant claquer la fine lanière de cuir à quelques centimètres du dos des deux chevaux sans jamais les toucher.

Je regardai les volutes de fumée de cigare s'entrecroiser avec la lanière de cuir contre le ciel bleu.

* * *

L'aspect le plus spectaculaire du jardin Majorelle fut la sensation d'ombre et de soleil filtré, ainsi que la couleur des nombreuses arches et énormes potiches remplies de plantes. Elles étaient peintes en vert, en jaune et en bleu, ce dernier d'une nuance vive, presque électrique. J'essayai de trouver comment le définir : cobalt, peut-être, avec une nuance d'azurite ou de lapis-lazuli, à moins que ce ne fût du bleu de Prusse ou du bleu céruléen. Mais rien ne semblait convenir exactement. Ce bleu donnait l'impression d'avoir des caractéristiques propres.

Et les couleurs du jardin tout entier s'accordaient à merveille avec les teintes lumineuses de Marrakech.

Monsieur Russell me présenta presque immédiatement à un homme coiffé d'un panama blanc – il s'agissait de monsieur Majorelle en personne –, qui nous accueillit aimablement.

— Je suis heureux de faire découvrir ma vision des choses à des visiteurs, dit-il en français.

Monsieur Russell parlait un peu le français et traduisit les propos du peintre à son épouse. Monsieur Majorelle nous fit emprunter un sentier ombragé en terre battue, lui-même traversé par d'autres sentiers. Les rayons du soleil filtrant à travers les hauts feuillages qui se balançaient créaient des motifs rythmiques sur nos visages. Un certain nombre de jeunes jardiniers marocains vêtus de blanc creusaient et plantaient.

— Le jardin est mon expression personnelle, il a pour moi une force mystique. Je cherche à créer une esthétique – quelque chose que je vois là, expliqua monsieur Majorelle en se tapotant la tempe, avec des formes et des volumes végétaux. J'ai la passion des plantes, conclut-il.

Il était évident que la conception de ce jardin, de par sa composition et l'agencement des couleurs tant du point de vue architectural que botanique, faisait immédiatement penser à de la peinture. Je contemplai le bassin carrelé peu profond qui se trouvait à proximité ; des carpes et des poissons rouges nageaient dans l'eau limpide qui tournait au bleu-vert contre les carreaux. Je reconnus des nénuphars et des lotus, mais il y avait aussi d'autres plantes aquatiques que je ne pus identifier.

— Qu'est-ce que c'est, monsieur Majorelle ? m'enquis-je en désignant de hautes tiges surmontées d'une sorte de grand panache.

— Des papyrus, répondit-il. Je voudrais faire pousser des formes de végétaux qui représentent les cinq continents. Je vous en prie. Passez un agréable moment. Promenez-vous.

Nous le saluâmes. Monsieur Russell voulait faire des photographies avec l'appareil Brownie qui pendait à son cou.

— Je vais marcher de mon côté, leur dis-je, à lui et à son épouse. J'aimerais beaucoup voir de plus près les plantations.

Nous nous séparâmes donc en convenant de se retrouver à l'entrée une heure plus tard. Je déambulai le long des agréables sentiers, effleurant la profusion de bougainvillées vermillon enroulées autour des treillages. Je croisai des hommes en blanc, leurs coups de pelle et de pioche tirant de la terre rouge un martèlement sourd et massif qui contrastait avec le chant superbe et aérien des oiseaux perchés dans les feuillages.

Malgré la beauté du jardin, je me sentais toujours aussi déprimée. Il n'y avait pas beaucoup de visiteurs, et je remarquai une très vieille dame frêle assise sur un banc à l'ombre d'un bananier. Elle tenait sur ses genoux un tout petit chien au poil doré et duveteux avec un gros nœud rose autour du cou. La vieille dame caressait le chien de ses doigts noueux, chacun porteur d'une bague ornée d'une pierre différente. Je pensai à Cinabre, et au toucher apaisant de sa fourrure.

Le banc ombragé semblait une invitation.

— *Bonjour, madame**, commençai-je. Vous avez un chien très mignon. Je peux le caresser ?

— *Bonjour**, répliqua-t-elle avec une inflexion délicate, la voix rendue chevrotante par l'âge, tout en levant les yeux vers moi. Est-ce que je vous connais ? Mes yeux... je ne vois plus très bien.

— Non, madame, vous ne me connaissez pas. Mademoiselle O'Shea, me présentai-je en m'asseyant près d'elle.

— Moi, c'est madame Odette, et voici Loulou, ajouta-t-elle, et la petite chienne leva la tête vers elle, gueule entrouverte, sa langue rouge recourbée à la pointe, frémissant et le souffle court dans la chaleur.

— Vous aimez ces jardins ? demandai-je.

Elle sourit, presque joyeusement.

— Oh, oui ! mon enfant. Je viens ici chaque jour. Mon fils m'y amène après notre déjeuner, et il revient me chercher à cinq heures. Est-il bientôt cinq heures ?

— Je crois que oui, madame. Vous habitez près d'ici ?

Je tendis la main vers Loulou, mais un coin de sa gueule miniature se souleva en guise d'avertissement, et je la retirai.

— Oui. Il y a des années que je vis à Marrakech. J'habite à présent avec mon fils et ma belle-fille. Mon mari était dans la Légion étrangère, vous savez. Il est mort depuis longtemps maintenant.

Elle s'interrompit, le regard perdu au loin. Loulou bâilla en remuant sur les genoux de sa maîtresse.

Madame Odette reporta son regard sur moi.

— Mais elle est désagréable, ma belle-fille. Il y a tous les jours des problèmes. Je me lasse de l'écouter dire sans cesse à mon fils ce qu'il faudrait faire et se plaindre de ceci et cela. Alors je viens ici, et j'apprécie le jardin.

Elle tourna les yeux vers un bosquet de bambous.

— Mon fils m'amène ici, répéta-t-elle. Personne ne me dérange, et je n'ai pas à écouter la voix de ma belle-fille. Loulou et moi, nous passons des heures parmi les arbres et les fleurs.

Je hochai la tête et me baissai pour ramasser une fleur de bougainvilliée, dont je contemplai le cœur plus foncé.

— Et vous, mademoiselle ? Vous vivez à Marrakech, vous aussi ? questionna madame Odette.

— Non, répondis-je en secouant la tête.

— Vous venez voir de la famille ?

Je passai les pétales veloutés contre mon menton.

— Je suis venue chercher quelqu'un, mais...

Je tendis à nouveau la main vers Loulou, qui, cette fois, me permit de lui caresser l'oreille. J'avançai vers son dos.

— Je crains que cela ne s'avère très difficile, ajoutai-je.

— Je vis à Marrakech depuis des années, répéta-t-elle. La chaleur de l'Afrique est bonne pour mes vieux os, même si la froideur de ma belle-fille empoisonne mon cœur. Mais j'ai connu beaucoup de familles françaises ici. Mon mari était dans la Légion étrangère. Il était très beau dans son uniforme.

Elle regardait mes doigts courir sur le dos du petit chien.

— Quel jour est-on ? demanda-t-elle en levant soudain les yeux vers moi.

— Nous sommes mardi.

— Va-t-il pleuvoir demain ?

Elle avait les yeux d'un bleu laiteux, obscurcis par la cataracte.

— Je ne crois pas, madame, répondis-je en secouant la tête. C'est l'été. Il ne pleut pas beaucoup, l'été, à Marrakech, n'est-ce pas ?

— Je vis ici depuis des années. Je suis vieille, commenta-t-elle. J'oublie tout.

Je tapotai la tête de Loulou et me relevai.

— Je suis sûre que votre fils ne va pas tarder, madame Odette.

— Quelle heure est-il ?

— Presque cinq heures, lui répétai-je.

— Il vient à cinq heures. Il viendra me chercher ici. Attends-moi sous le bananier, maman, qu'il me dit. Je l'attends toujours ici.

— Eh bien, au revoir, madame, et au revoir, Loulou, ajoutai-je en touchant une dernière fois l'oreille soyeuse de la petite chienne qui bougea, ennuyée, comme pour chasser une mouche.

— Qui cherchez-vous, mademoiselle ? demanda alors madame Odette en m'examinant, son visage plongé dans l'ombre du feuillage.

— Les Duverger, madame, indiquai-je sans m'attendre à une réaction cohérente de sa part.

— Marcel et Adélaïde ? demanda-t-elle subitement.

J'ouvris la bouche et la refermai, puis je me rassis près d'elle.

— Oui, oui, madame Odette, la famille de Marcel Duverger. Vous les connaissiez ? demandai-je, m'interdisant encore d'espérer quoi que ce soit.

— Marcel et Adélaïde, oh oui, fit-elle en hochant la tête. Et le fils... je me souviens d'un grand malheur. Je me rappelle bien le passé, mademoiselle. Je me souviens du temps passé, mais j'oublie souvent le moment présent. Ils avaient un fils. Ça a été un grand malheur, répéta-t-elle. J'ai un fils.

— Ils avaient un fils, Guillaume, oui. Il s'est noyé.

Elle m'examina, la tête penchée de côté, les yeux soudain plus vifs malgré l'aspect fantomatique de ses iris ternis par la cataracte.

— Et il y en avait un plus vieux.

— Étienne. Vous connaissez Étienne ? fis-je d'une voix plus forte et précipitée.

— Je m'en souviens un peu. Un garçon intelligent. Il est parti à Paris.

— Oui, oui, c'est bien lui, madame Odette. L'avez-vous... l'avez-vous revu, récemment ?

Elle caressa le poitrail de la petite chienne.

— Non, mais je ne sors guère, à part pour venir ici. Mon fils ne me laisse plus sortir, dit-elle. Je suis vieille. J'oublie les choses, répéta-t-elle en secouant la tête. Ils sont morts il y a quelques années. D'abord Adélaïde, et puis ce pauvre Marcel. Il ne reste plus de Duverger à la Ville Nouvelle. Il était médecin.

— Oui. Oui, Étienne est médecin, dis-je en l'encourageant d'un signe de tête.

— Non, Marcel. Beaucoup de médecins travaillaient pour les services de renseignements, dit-elle. Lorsque nous avons pris le pouvoir au Maroc, les médecins français se sont révélés des agents de l'impérialisme particulièrement efficaces, précisa-t-elle en se mettant à chuchoter d'une voix rauque, comme si des oreilles ennemies se dissimulaient dans les arbres et les buissons alentour. Mon mari m'a raconté beaucoup de choses sur l'espionnage. Oh oui, ajouta-t-elle, ils n'étaient bien souvent pas seulement des médecins.

Je me redressai. Je m'étais penchée si près d'elle que j'avais respiré à la fois son haleine et un parfum de poudre au lilas, sans savoir vraiment s'il venait d'elle ou du chien sur ses genoux. La déception m'envahit, et je fermai un instant les yeux. Je me moquais de ce qu'avait fait ou n'avait pas fait le père d'Étienne plus de dix ans plus tôt.

— La personne que vous cherchez, mon petit, reprit-elle, et je rouvris les yeux.

— Oui ?

— C'est un homme ou une femme ?

— Un homme. C'est Étienne Duverger que j'essaie de retrouver.

— Et est-ce qu'il veut être retrouvé ?

Je réfléchis un instant au sens de ses propos.

— Est-ce qu'il le veut ?

— Parfois..., fit la vieille dame avec un étrange sourire, eh bien, si l'on ne retrouve pas quelqu'un, c'est que ce quelqu'un se cache. Mon mari m'a raconté bien des histoires sur des gens qui ne voulaient pas qu'on les retrouve.

Je m'étais refusée à envisager cette possibilité même si je l'avais, depuis mon arrivée, gardée au fond de moi comme un petit nœud tout dur : Étienne se serait effectivement trouvé à Marrakech, il m'aurait vue mais ne se serait pas montré parce que, comme le suggérait madame Odette, il ne voulait pas qu'on le trouve.

— Madame Odette, dis-je alors, refusant de penser qu'Étienne pouvait me fuir. Que savez-vous de la fille ? Elle est partie elle aussi ?

— Une fille ? s'étonna madame Odette, le front plissé.

— Manon. Manon Duverger, dis-je.

La vieille dame secoua la tête.

— Je ne me rappelle pas de fille.

— Elle porte peut-être le nom de son mari à présent.

— Et elle s'appellerait Marie ?

— Manon.

Madame Odette hocha la tête.

— Je connais une Manon Albemarle, dit-elle, et ma bouche s'ouvrit alors que je me rapprochai, l'encourageant d'un hochement de tête. Elle est assez jeune. Dans les cinquante-cinq ans. L'âge de mon fils.

Mes épaules s'affaissèrent.

— Ça ne peut pas être elle. Manon Duverger doit être beaucoup, beaucoup plus jeune que ça. Je suis sûre qu'elle a habité ici, dans la Ville Nouvelle.

— J'oublie tant de choses, dit madame Odette. Tant de choses.

Le petit chien bâilla de nouveau et fit claquer ses crocs minuscules en refermant sa mâchoire.

— *Ma chérie*, murmura madame Odette en caressant l'animal avec une vigueur nouvelle. Je ne me souviens pas de cette Manon. Vous pensez qu'elle vit, ici, à Marrakech ?

— En tout cas, elle y vivait il y a quelques mois, assurai-je en pensant à la lettre pliée qui se trouvait en permanence dans mon sac.

— Et vous êtes absolument certaine qu'elle habite dans la Ville Nouvelle ?

— Je... je suppose. Elle est française, tout de même.

— Il y a plus d'une sorte de Françaises à Marrakech, mademoiselle.

Je ne compris pas. Le regard de madame Odette se fit soudain faussement timide.

— Elle a pu passer du côté des Arabes. Elle a pu aller vivre avec les Maures, dans la médina. Certaines le font, vous savez, dit-elle en se penchant vers moi. Plus d'une Française a perdu la raison, quand elle a été séduite par un homme.

— Vous pensez qu'il est possible qu'elle vive dans la médina ? Je ne...

Je me tus. En fait, je ne savais rien de Manon.

— Vous devriez essayer là-bas, parmi les Marocains. Les émigrés vivent hors les murs. Les Marrakchis n'habitent pas la Ville Nouvelle. Pauvres, riches, ils vivent tous dans la Vieille Ville : même les sultans et les nobles ont leurs belles demeures et leurs harems là-bas, des *riads* aux jardins merveilleux, dans l'enceinte de la médina.

Dans l'enceinte de la médina. Je songeai à la place Jemâa el-Fna.

— La médina est grande, madame Odette. Comment pourrais-je commencer à chercher là-bas ?

— Oui, elle est grande, la médina, et vous devrez vous aventurer derrière les souks, dans les petites rues qui partent dans tous les sens. On s'y perd facilement – ce sont plutôt des ruelles, étroites et obscures. Les maisons n'ont guère de fenêtres qui donnent sur l'extérieur. Les gens trouvent le faste extérieur de très mauvais goût. Les hommes gardent leurs richesses, comme leurs femmes, cachées, dit-elle avec un soupir. Repérez-vous toujours sur le minaret de la Koutoubia. C'est la grande mosquée, juste devant l'entrée de la médina. Koutoubia, cela veut dire la mosquée des libraires, parce qu'elle a été construite sur la place où l'on vendait des manuscrits.

Elle cessa de parler et de caresser Loulou pour fermer les yeux, comme si ses explications l'avaient épuisée. J'avais compris qu'elle parlait de l'imposante mosquée ocre que j'avais déjà vue.

— Mais quand on perd de vue la Koutoubia, on se perd facilement. Il est presque impossible de retrouver son chemin quand on s'est enfoncé au plus profond de la médina. Je me suis perdue là-bas, un jour. Quel jour est-on ? demanda-t-elle en rouvrant les yeux.

Je posai la main sur le bras de la vieille dame.

— Nous sommes mardi, madame Odette.

— Il y a des années que je ne suis pas retournée dans la médina. Mon fils n'aime pas que je sorte. Je suis vieille, dit-elle à nouveau.

— Merci, madame Odette, dis-je en me levant. Merci pour votre aide.

La vieille dame scruta le ciel.

— Oh, il ne faut pas aller dans la médina maintenant : il est bien trop tard. Ce ne serait pas une bonne idée de vous promener seule dans la médina après la tombée de la nuit.

— Vous avez raison. Merci beaucoup, madame, répétai-je.

— Vous savez que j'ai un fils, mademoiselle, répliqua madame Odette. Il va venir me chercher à cinq heures. Avez-vous un fils ? me lança-t-elle alors que je m'éloignais, et ces quatre mots me transpercèrent comme autant de coups de poignard.

Chapitre dix-huit

Le lendemain matin, je me postai pour la seconde fois devant la haute porte de la médina et regardai le soleil filtrer dans ses méandres. La Vieille Ville n'apparaissait pas si menaçante que cela. Avec un dernier coup d'œil par-dessus mon épaule en direction du quartier français, je serrai mon sac plus étroitement et franchis la porte, espérant avoir l'air décidé de quelqu'un qui sait où il va au lieu d'être une femme qui faisait semblant de ne pas avoir peur.

Je finis par croiser des Marocaines, même si, comme partout ailleurs dans ce pays, seuls leurs yeux étaient visibles au-dessus de leur voile. Le reste de leur corps disparaissait entièrement sous le *haïk*, cette longue bande d'étoffe blanche drapée qui les enveloppait de la tête aux pieds. Sous le *haïk*, elles portaient leur robe d'intérieur, une grande tunique ample appelée caftan. J'avais remarqué des caftans de soie rayés, serrés à la taille par de larges ceintures, dans la vitrine de boutiques du quartier français. Je supposais que la fantaisie pouvait prendre certaines Françaises d'en acheter, à moins qu'elles ne les trouvent tout simplement frais et confortables à mettre chez elles.

La plupart des Marocaines de la médına portaient de grands sacs tissés sur l'épaule; certaines avaient des bébés accrochés à leur dos par de grandes bandes de tissu, d'autres avaient des enfants en bas âge qui les tenaient par la jupe et trottaient pour rester à leur hauteur. Je remarquai alors que toutes les femmes étaient accompagnées d'un homme ou d'un adolescent qui marchait soit devant, soit derrière elles. Aucune femme n'allait sans escorte.

J'eus aussitôt conscience des regards des hommes sur moi, et du détour que faisaient les femmes pour m'éviter.

Les avertissements de monsieur Russell me conseillant de ne pas venir ici toute seule me revinrent bien évidemment à l'esprit, mais les Russell étaient partis à Essaouira tôt le matin. Et même s'ils n'étaient pas partis, je n'aurais pas voulu qu'il m'accompagne dans la médina. Il m'aurait fallu expliquer pourquoi je cherchais une certaine Manon Duverger dans la Vieille Ville.

Je n'avais pas envie de parler à qui que ce soit de ma situation.

Je regardai droit devant moi et me frayai un chemin dans la ruelle grouillante de monde. Je ne savais pas où j'allais, mais je m'étais dit que j'aviserais une fois à l'intérieur de la médina.

Dans cette première rue, sous des auvents de jonc mité ou de toile totalement délavée, chaque centimètre carré était occupé par des étals ou de simples nattes râpées étendues à même le sol où étaient exposées toutes les marchandises imaginables – et même des choses qui, pour moi, semblaient dépasser l'imagination.

Il y avait des caftans de femme et des rangées infinies de djellabas de toutes les couleurs et de toutes les étoffes. D'autres boutiques présentaient des centaines de *babouches*, ces pantoufles de cuir sans talon teintes en jaune, orange et rouge vif pendues en hauteur à des crochets. Il y avait des théières ornées d'incrustations d'os de chameau, des fez de feutre rouge et des étalages de parfums : jasmin, musc ou bois de santal.

Je passai devant des plateaux de confiseries, de dattes moelleuses et de figues, devant des poules vivantes et des pigeons dans des caisses en bois. Des nuages de mouches bourdonnaient et se posaient pour s'envoler à nouveau puis se déposer sur tout.

Soudain, j'arrivai devant une place gigantesque bordée d'étals et de petites cabanes. Elle couvrait au moins la surface de trois grands pâtés de maisons. La foule grouillait et, en regardant les commerçants dresser leurs étalages au centre, je sus que j'étais arrivée à Jemâa el-Fna. Des hommes déroulaient des tapis et prenaient des paniers ouverts à l'arrière de charrettes tirées par des ânes. D'autres disposaient des pyramides d'oranges sur des plateaux de bois, ou sortaient des piles d'escargots fumants de grandes marmites pour les mettre dans des corbeilles tressées.

Je n'osai pas me diriger vers le centre découvert ; je me trouvais déjà trop visible et mal à l'aise. Je longeai donc la place par son périmètre. Je dus contourner un homme courbé sur une tablette posée sur ses genoux, qui écrivait sur une mince feuille de papier tandis qu'un jeune homme en larmes lui parlait à voix basse, accroupi devant lui. Un petit carré de tissu contenant quelques pièces de monnaie était posé par terre, à côté de celui qui écrivait. Le jeune homme essuya son visage sur la manche de sa djellaba et déposa une pièce sur le bout de tissu ; l'autre homme lui remit la feuille de papier. Un écrivain public, me dis-je, qui vient d'écrire une lettre pour ce jeune homme.

Même sur le pourtour de la place, la foule devenait de plus en plus dense. J'étais poussée et bousculée, le plus souvent prise simplement dans la cohue, mais je soupçonnai à plusieurs reprises que j'avais été frappée intentionnellement. Je refusai d'écouter la petite voix intérieure qui me répétait que c'était un signe, que l'on ne voulait pas de moi ici et que je ferais mieux de partir.

Mais je n'avais pas le choix, je n'aurais rien pu apprendre de plus dans le quartier français. Je devais donc rester dans la médina et tenter de découvrir si Manon vivait là. Je ne voyais pas d'autre moyen que de poser des questions sur les Duverger.

J'entendis un long monologue en arabe prononcé d'une voix forte et autoritaire, et je dus regarder par-dessus la tête d'un petit attroupement pour voir un homme monté sur une caisse, qui agitait les bras, les yeux fous et le visage mangé de barbe. Il portait une superbe tunique de velours marron et bleu qui tranchait avec les djellabas miteuses des hommes de l'assistance. Autour de lui, des auditeurs se tenaient accroupis en cercle et observaient son visage, certains gardant la bouche ouverte. D'autres restaient debout, mais tous paraissaient hypnotisés et se taisaient. L'orateur debout sur sa caisse continuait de parler, de parler, assenant ses mots en faisant de grands gestes et en agitant la tête. Je me rendis alors compte, en suivant ses silences et le feu nourri de ses mots, qu'il racontait une histoire. Il y avait devant lui le même carré de tissu où brillaient quelques pièces que celui de l'écrivain public. C'était un conteur professionnel.

Je tombai un peu plus loin sur un homme assis par terre, qui présentait, disposé devant lui sur un bout de tissu, tout un assortiment de dents. Il y en avait de toutes les tailles, certaines cariées, d'autres intactes, avec leurs racines longues et pointues. Lorsqu'il me vit examiner sa collection, il brandit une paire de tenailles puis s'en tapota les dents de devant, tout en ouvrant et refermant l'outil rouillé. Ses propres dents étaient épouvantables et je m'éloignai précipitamment. J'en avais assez vu de la place Jemâa el-Fna.

Je pris l'une des ruelles qui partaient de la place tels les rayons d'une roue. Je me trouvais maintenant dans le souk et regardais alternativement devant et derrière moi pour tenter de trouver des repères pour le chemin du retour. Ce n'étaient là qu'étals et boutiques minuscules, tenus chacun par un homme planté devant. Il ne me fallut pas longtemps pour déterminer que le souk était organisé par métiers, les vendeurs de vêtements dans une rue, les orfèvres dans une autre. Il y avait des marchands de tapis et des parfumeurs. Je vis des pyramides d'épices de toutes les nuances de rouge, de jaune, d'orangé, de vert et de brun, leurs parfums mêlés embaumant l'air. Les commerçants allaient discuter entre eux, s'interpellaient ou s'adressaient parfois à moi, me murmurant :

— *Madame, venez, madame**.

J'avais eu vaguement l'intention d'arrêter des femmes pour leur demander si elles connaissaient Manon Duverger, mais je m'aperçus très vite que ce serait impossible. Les femmes s'empressaient de me dépasser, échangeant parfois quelques mots entre elles à travers leur voile en me jetant de leurs yeux sombres des regards accusateurs qui me faisaient clairement comprendre que j'étais une étrangère.

Je m'arrêtai pour regarder derrière moi puis devant ; avais-je tourné à droite au dernier croisement ? Je levai les yeux, espérant voir la tour de la Koutoubia, mais ne pus apercevoir qu'un trait de ciel bleu entre les vieux auvents de jonc.

Pourrais-je retrouver mon chemin ?

Je me tournai dans toutes les directions. Soudain, tous les regards des hommes semblaient fixés sur moi, et toutes les femmes qui passaient à proximité me heurtaient soit l'épaule, soit la hanche, en guise d'avertissement. Je m'écartai du milieu encombré de la ruelle pour me rapprocher des étals. Certains commerçants s'animaient soudain et se mettaient à me parler en arabe ou en français pour essayer de me vendre un foulard, un miroir à main décoré, un sachet de boutons de roses séchés ou un bouquet de menthe pour le thé. Chaque fois, je les interrogeais sur les Duverger. Certains haussaient les épaules, soit parce qu'ils ne connaissaient pas les Duverger, soit parce qu'ils ne parlaient pas français ou qu'ils n'avaient pas envie de me répondre si je ne leur achetais pas quelque chose. Certains secouaient la tête. La plupart faisaient simplement comme s'ils n'avaient pas entendu et reprenaient leur boniment insistant.

J'avais trop chaud, trop chaud et trop soif, et commençais à me sentir étourdie. J'avais commis une erreur en venant ici chercher à l'aveugle une inconnue. La pensée de ma chambre d'hôtel si calme semblait un mirage ; il fallait que je retrouve la sécurité du quartier français.

Tous les hommes et toutes les femmes de la rue semblaient me dévisager, et je m'arrêtai à nouveau, pivotant sur moi-même pour trouver mes repères.

Soudain, on tira presque violemment sur ma jupe et je poussai une exclamation. Trois jeunes enfants – pas plus de quatre ou cinq ans – m'entouraient et désignaient leur bouche ouverte de leurs petits doigts sales en piaillant : *Manger, madame ! Manger*!*

J'ouvris mon sac pour leur donner quelques piécettes, mais alors, le plus petit des enfants bondit, comme pour me l'arracher. Je serrai mon sac contre ma poitrine et le petit se mit à geindre de façon pitoyable *: Bonbon, madame, bonbon* !*

— Attendez, attendez, protestai-je. Je n'ai pas de bonbons.

Je laissai tomber les petites pièces par terre parce qu'il était impossible de les leur mettre dans la main tant ils sautaient sur place et s'agrippaient à ma jupe. Ils se baissèrent pour ramasser les pièces et j'en profitai pour m'enfuir, mais il arriva soudain d'autres enfants qui me coururent après et me saisirent à leur tour par la jupe. J'essayai de les ignorer car il ne me restait que deux sous dans mon sac – je n'avais pas pensé à prendre plus d'argent avec moi.

— Non, non, dis-je en m'efforçant de me dégager de leur étreinte.

J'arrivai brusquement au bout de la rue et débouchai à nouveau sur la place Jemâa el-Fna. Mais les enfants s'accrochaient toujours et, tandis que je repoussais leurs petites mains de ma jupe, j'entendis de l'agitation près de mon oreille et sentis un poids me tomber sur l'épaule. Je tournai vivement la tête et me trouvai face à face avec une petite tête grimaçante. Je laissai échapper un cri, auquel la petite chose répondit par un autre cri, si perçant que j'en fus momentanément assourdie. *Ce n'est qu'un singe*, me répétai-je. *Rien qu'un singe.*

Et les enfants quémandaient toujours, s'attroupaient autour de moi et tiraillaient mes vêtements. Le singe me tira les cheveux. Je n'arrivais pas à reprendre ma respiration, je n'arrivais pas à appeler à l'aide.

Une voix cria quelque chose en arabe, et les enfants se dispersèrent. Je restai sans bouger, tremblante, le visage en sueur et le singe toujours perché sur mon épaule.

— Madame, oh, madame, ça, c'est de la vraie chance, dit l'homme qui avait chassé les enfants. Il tenait une longue chaîne, et la chaîne menait à un collier de cuir autour du cou du singe.

— Moi, c'est Mohammed, et mon singe, Hasi, il t'a choisie, annonça-t-il. Si tu me donnes un sou, rien qu'un sou, madame, tu auras trois fois plus de chance. Oh, c'est un jour béni d'avoir été choisie par Hasi. Il t'a choisie parce qu'il sait que tu as une bonne âme. Hasi, il sait ces choses-là. Il va seulement sur les bonnes personnes.

Je me doutais que le singe devait sauter sur tous ceux que lui indiquait son maître. Hasi glissa sur mon bras et m'examina attentivement. Je remarquai combien le collier rentrait dans son petit cou, au point que le poil y avait presque disparu en laissant la peau à vif. Le singe découvrit ses dents pointues en une grimace de sourire et tendit sa main minuscule, paume en l'air.

— Madame, supplia Mohammed, me regardant de ses petits yeux mielleux. Tu fais un souhait avec cette chance que tu as. Il faudrait être fou pour ne pas saisir cette occasion. Dis-le à la gentille dame, Hasi, dis-lui qu'elle ne doit pas laisser passer sa chance.

Hasi émit un gloussement triste du fond de sa gorge, ses doigts – pas plus gros que des allumettes – tirant maintenant sur ma manche.

Je pris un sou dans mon sac et le déposai dans cette main minuscule et presque humaine. Je fus récompensée par un cri à vous déchirer les tympans. Hasi remonta le long de mon bras, sur mon épaule, puis sauta d'un seul bond jusqu'à la poitrine de Mohammed. L'une de ses griffes postérieures m'égratigna le cou au passage. Avec une agilité consommée, il fourra la piécette dans la poche du gilet que Mohammed portait sur sa djellaba. Puis il approcha ses dents minuscules de l'oreille de son maître, fit des mimiques et émit de petits gloussements. Mohammed hocha gravement la tête.

— Madame, Hasi m'informe qu'il va y avoir un grand changement dans ta vie. Un changement très important. Et tu vas le trouver ici, au Maroc.

C'étaient des bêtises, je le savais. Mais la griffure sur mon cou me piquait et je ne pus m'empêcher de demander :

— Quelle sorte de changement ?

Mohammed frotta son pouce contre son index.

— Hasi a besoin d'un autre sou pour dévoiler ce qu'il sait.

Je fouillai dans mon sac et en sortis la dernière pièce que je remis entre les petits doigts noirs. Rapide comme l'éclair, le petit singe la déposa dans la poche de Mohammed et lui gloussa dans l'oreille.

— Ah ! Voilà une histoire que Hasi ne m'a jamais racontée auparavant, madame. Une histoire chargée de sens. Tu es venue à Marrakech pour chercher quelque chose, madame. Tu as perdu quelque chose, quelque chose de très important. Est-ce que je me trompe ? Je vois à ton visage que tu sais que Hasi a dit la vérité.

Je ne répondis pas tout de suite, puis secouai la tête, certaine que Mohammed disait la même chose à tous les étrangers et peu désireuse qu'il sache qu'il était tombé juste avec moi.

— *Vraiment**, madame ? Tu dis que non ? Parce que Hasi, il me dit que tu es triste, mais que ça va bientôt changer. Très bientôt. Sous la Croix du Sud, tu comprendras que ce que tu cherches peut se présenter sous une forme différente. Tu ne le reconnaîtras peut-être pas.

— La Croix du Sud ?

Mohammed loucha vers le ciel.

— La constellation, madame. Ici, en Afrique. La Croix du Sud. Tu la cherches, la nuit, dans le ciel. Et tu trouveras ce que tu cherches en dessous. Mais souviens-toi, madame, souviens-toi, ici, il y a les Autres, les *djinns*. Ils prennent une apparence humaine. Fais attention. Fais très attention de ne pas te tromper dans ton choix.

Hasi hurla et se mit à sauter.

Le bruit me vrilla les oreilles. Des images intempestives se bousculèrent et je fermai les yeux : le rictus sans joie du petit singe, sa bouche ouverte et ses minuscules dents pointues, puis la bouche ouverte des petits mendiants. Les chicots étalés et l'arracheur de dents tout sourires avec ses tenailles.

J'ouvris les yeux et découvris une rangée de têtes écorchées ; pendant un instant abominable, je crus qu'il s'agissait des têtes décapitées dont avait parlé monsieur Russell. Je sentis mon estomac se retourner et crus que j'allais vomir. Je me signai instinctivement. Puis je me rendis compte aussitôt que ce n'étaient pas des têtes humaines, mais des crânes de chèvres, bleus de mouches bourdonnantes, leurs yeux à fleur de tête encore intacts.

Ils étaient posés en rangs sur une table basse. Un homme en djellaba déchirée me les montra du geste en hochant la tête.

Je m'éloignai en vacillant. Je ne pouvais pas m'évanouir ici et m'effondrer sur le sol répugnant. Que m'arriverait-il si je perdais connaissance ?

— Reviens, madame, me lança Mohammed. Tu lui donnes encore un sou, et Hasi, il t'en dit davantage. Il te dira quelque chose de la plus haute importance, quelque chose que tu as besoin de savoir pour te protéger des Autres. Rien qu'un sou, madame.

Je continuai de marcher en trébuchant ici et là. Je portai la main à la griffure cuisante sur mon cou et fixai ensuite d'un regard horrifié le sang qui maculait mes doigts. Dès que je repérai le grand minaret de la mosquée de la Koutoubia, je rivai mon regard dessus, sachant qu'il me conduirait aux portes de la médina. Je marchais aussi vite que possible, mon sac serré contre ma poitrine, mes cheveux s'échappant de mon chignon. Ma robe me collait désagréablement au dos à cause de la chaleur et aussi à cause de ma peur soudaine et inexpliquée. Je traînais mon pied récalcitrant ; si cela avait été possible, j'aurais couru.

Chapitre dix-neuf

Je passai la soirée à me répéter que je retournerais dans la médina et ne m'en laisserais pas chasser par des regards hostiles, ni par des contacts, des sons ou des aspects qui pourraient me choquer. Je me répétais que j'étais forte.

De toute façon, je n'avais pas le choix.

* * *

Le lendemain matin, je retournai à la porte de la médina. Je levai les yeux vers la Koutoubia, pris une profonde inspiration et franchis à nouveau la grande arche.

Cette fois, je ne m'arrêtai pas, ignorai les cris des enfants mendiants et les clochettes des porteurs d'eau, avec leurs grands chapeaux coniques, leurs gobelets de laiton et leur outre en peau de chèvre. Je passai devant l'arracheur de dents et traversai un attroupement de jeunes gens rassemblés autour d'un charmeur de serpents qui jouait de la flûte près d'un panier d'où s'élevaient des reptiles ondulants. Je sursautai en sentant une main me caresser l'avant-bras, mais poursuivis mon chemin sans même regarder en arrière pour savoir qui l'avait fait.

Je m'écartai aussitôt de la place pour entrer dans les souks, passant d'étal en étal en répétant *Duverger, Duverger, vous connaissez les Duverger* ?* Un homme finit par décroiser les bras et s'empara d'une paire de babouches orange vif en m'examinant.

— Ces babouches, elles vous iront très bien, madame, dit-il en français. Ce sont des bonnes babouches ; je ne vends que les meilleures chaussures de Marrakech. Je connais le français, l'espagnol et l'anglais, dit-il. J'ai beaucoup voyagé. D'où venez-vous ? Angleterre ?

— D'Amérique, répondis-je, et il hocha la tête.

— Ah, l'Amérique. J'ai eu une belle femme américaine autrefois. C'était ma troisième épouse. Mais elle est rentrée dans son pays.

J'acquiesçai, sans savoir si je croyais ou non à son histoire. Le blanc de ses yeux était tout jaune, et lui-même exhalait une forte odeur d'ail.

— Bien, bien, commentai-je. Mais les Duverger... vous en avez entendu parler ?

— J'ai connu monsieur le Docteur, répondit-il.

— Oui ? Vous le connaissiez ? Le Dr Étienne Duverger ?

Je m'exprimai d'une voix calme, sentant instinctivement qu'il ne fallait pas montrer à cet homme l'importance de ses paroles.

— Et les babouches, madame ? Vous allez me les acheter ?

Je lui pris les babouches orange des mains.

— Oui, oui, je vais les acheter. Mais, s'il vous plaît, que savez-vous à propos du Dr Duverger ?

Il haussa les épaules.

— D'abord, il faut discuter du prix que vous proposez. On va prendre le thé, et puis on va discuter, dit-il en agitant sa main dans les airs.

Je secouai la tête, mais un gamin d'une dizaine d'années surgit près de moi. L'homme lui parla en arabe, et le garçon fila.

— Il va apporter le thé. Asseyez-vous, madame, asseyez-vous, ajouta-t-il en soulevant une pile de babouches éclatantes d'un petit banc bas. Voilà. Vous vous asseyez, on boit le thé et on discute le prix.

Tout ce que je voulais, c'était qu'il réponde à mes questions, mais il était clair que je devais d'abord me prêter à son jeu. Je m'assis. La boutique ne devait pas dépasser trois mètres sur un et l'odeur de cuir et de teinture était entêtante.

— Le Dr Duverger, monsieur, s'il vous plaît.

— Je connaissais monsieur le Dr Duverger, répéta-t-il. Il venait acheter du kif dans le souk, et des articles en cuir. Il venait chez moi parce que je parle français. Bien sûr, ça, c'était avant. Après..., dit-il en levant les mains, personne ne l'a revu.

— Qu'entendez-vous par « après » ?

— Sa maladie. Il ne sortait plus de chez lui.

— Quelle maladie ?

— Madame, c'est tout ce que je sais. Vous m'avez demandé si je connaissais les Duverger. Je vous ai répondu oui, je connaissais monsieur Duverger, le père, qui avait la maladie.

La déception me monta à la gorge, aussi aigre que l'ail dans l'haleine du marchand.

— Le père ? insistai-je. Pas le fils ? Pas Étienne ?

— Tant qu'il a pu venir dans le souk, je lui trouvais le kif qu'il voulait. On buvait le thé. Et maintenant, c'est vous et moi qui allons boire le thé. Mon neveu va arriver avec le thé. Peut-être que vous pouvez acheter deux paires de babouches. Une pour votre mari. Ou peut-être trois paires. Pour trois paires, je vous fais un prix. Les meilleures babouches de Marrakech, les meilleurs prix. Et mon cousin, il vend des caftans, les meilleurs caftans de Marrakech. Vous voulez acheter un caftan? En soie? En velours? Qu'est-ce que vous voulez comme caftan? Après le thé, je dis à mon cousin de venir. Il vous montrera un beau caftan. Vous lui achetez le caftan : il a les meilleurs. N'écoutez pas les autres marchands. Leurs caftans, ils ne sont pas du tout comme ceux de mon cousin.

Il n'y avait pas d'air dans la boutique minuscule, et j'avais les cheveux collés contre mon front moite. L'odeur de cuir teint et l'haleine aillée du marchand me retournaient l'estomac.

Les pantoufles étaient si douces dans ma main.

— Peut-être... la fille? avançai-je.

— La fille? Quelle fille?

— Manon.

— Qui ça? dit-il en faisant la moue. Qui est Manon?

— Manon Duverger. À moins que ce ne soit plus son nom. Elle a pu se marier et prendre le nom de son époux. Mais c'est la fille de Duverger père, Manon. Je pense qu'elle vit encore ici, à Marrakech. Peut-être même dans la médina.

— Manon, répéta-t-il, comme pour être sûr. Vous parlez de la fille de Marcel Duverger. Cette Manon-là?

— Oui, oui, dis-je en agitant la tête, ma voix montant d'un ton sous l'effet de l'espoir.

Mais le marchand parut soudain se renfermer ou même se renfrogner. Il regarda au-dessus de ma tête puis tendit le bras pour remettre en place des babouches sur l'étagère.

— C'est bien ce que j'ai dit, monsieur, Manon Duverger.

— Vous vous trompez, madame. La Manon dont vous me parlez, elle n'est pas une Duverger. Elle s'appelle Manon Maliki.

— C'est son nom de femme mariée?

— Hah! s'exclama le marchand avec une grimace de dégoût.

Je feignis de ne pas avoir noté son ton désapprobateur et luttai pour conserver une voix calme et un visage inexpressif.

— Mais... vous êtes certain que c'est la fille de monsieur Duverger?

Il repoussa son turban emmêlé sur le côté pour essuyer son crâne rasé.

— J'en suis certain.

— Pourriez-vous me dire où elle habite, alors?

Je m'humectai les lèvres. J'étais si près du but.

— Charia Zitoune, finit par lâcher le marchand en me fixant toujours du regard.

— Comment vais-je trouver? Est-ce que c'est loin? S'il vous plaît, monsieur.

— C'est après la rue des teinturiers. *C'est tout**, conclut-il en frappant dans ses mains comme pour en chasser la poussière. Je ne peux rien vous dire de plus. Vous m'avez déjà fait perdre trop de temps.

Il avait brusquement abandonné son ton amical. Son attitude avait changé au moment où je l'avais interrogé sur Manon Duverger.

— Je m'excuse de vous avoir dérangé, monsieur. Je... combien coûtent celles-ci ? demandai-je en brandissant la paire de babouches orange. Votre prix sera le mien, monsieur. Vous m'avez beaucoup aidée. Et je... je vais en prendre une seconde paire, comme vous me l'avez suggéré.

Mais il me les prit assez rudement des mains.

— Vous n'avez pas besoin de m'acheter quelque chose. Ça ne serait pas une bonne vente ; la baraka, elle est partie maintenant. Mais je vais vous donner quelque chose. Je vous le donne gratis. Voilà : ne cherchez pas Manon Maliki. Il n'en sortira rien de bon. Bonne journée, madame.

Puis il se détourna et rangea les babouches sur une autre étagère. Il était évident qu'il ne me dirait rien de plus.

— *Merci**, monsieur, dis-je encore, m'adressant à son dos, avant de quitter la boutique.

Je croisai le jeune garçon – le neveu du marchand – qui se pressait avec un plateau en fer-blanc contenant deux verres de thé fumant. Il s'immobilisa en me voyant, mais je fis comme si je ne l'avais pas vu.

* * *

Dès que quelqu'un me regardait, je lui demandais où se trouvait la rue des teinturiers ou Charia Zitoune. Il arrivait qu'un homme désigne un endroit devant moi ou derrière. Je n'avais aucun moyen de savoir s'ils avaient compris la question, et si c'était le cas, s'ils m'avaient bien donné la bonne information.

Les rues serpentaient sous mes pieds, pareilles à des ruisseaux ; il m'arrivait de trébucher dans la dépression qui s'était creusée en leur milieu. Puis, après un tournant, les commerces disparurent et je me retrouvai hors du souk. J'étais dans une ruelle bordée de ces maisons aux façades dépourvues de fenêtres dont m'avait parlé madame Odette. Des murs tout simples et des portes, et c'était derrière ces portes closes que vivaient les gens de Marrakech. Il y avait beaucoup d'enfants en bas âge qui surgissaient de venelles sombres partant de la rue dans laquelle je me trouvais et qui s'agglutinaient autour de moi comme ils l'avaient fait sur Jemâa el-Fna, tirant sur ma jupe et pépiant en arabe. Et, comme les enfants de la place, les seuls mots de français qu'ils semblaient connaître étaient *bonjour madame, bonjour**, et *bonbons**. Ils mendiaient, mais je ne pouvais que secouer la tête. *Charia Zitoune*, répondais-je, alors ils se contentaient de rire et couraient devant ou à côté de moi.

Il semblait y avoir un nombre incroyable de chats affamés, soit postés sur les murs, soit qui sortaient de l'ombre ou s'y enfonçaient furtivement, les côtes saillantes, les oreilles déchirées, le poil graisseux ou galeux. Il m'arrivait d'en dépasser deux d'un coup, qui crachaient et sifflaient, occupés à se battre pour un fragment de nourriture, le vainqueur emportant son trophée dans un coin sombre.

À mesure que je m'enfonçais, la médina devenait plus silencieuse ; les bruits du souk s'étaient dissipés depuis longtemps. Puis ce fut la solitude. Plus un enfant, plus un chat. Rien. La fraîcheur calme de cette rue m'apparut comme un soulagement après le bruit continuel et la débauche de couleurs, de marchandises et de mouvements. Je m'arrêtai et m'appuyai contre un mur afin de m'essuyer le front et la lèvre supérieure sur le revers de ma manche. La ruelle pavée s'enfonçait dans l'ombre, sombre et imprécise, bordée simplement par des murs et des portes. Je n'aurais su déterminer où commençait une maison et où elle finissait, sinon en me repérant aux portes. La ruelle était si étroite que si j'avais croisé un âne tirant une charrette, je n'aurais eu d'autre choix que de me plaquer contre le mur.

Je me dis que je devais faire demi-tour et – si jamais j'arrivais à retrouver mon chemin – retourner dans l'agitation du souk – voir la frénésie et l'atmosphère sauvage de la grand-place, pour tenter de déterminer avec certitude où se situait Charia Zitoune.

Il fallait que je retourne là où il y avait des gens ; même si je ne me sentais pas particulièrement en sécurité dans la foule, ici, complètement seule, j'avais conscience de me laisser gagner par un sentiment de panique. J'étais désespérément perdue, égarée dans le labyrinthe de la médina. Je pensai aux paroles de madame Odette sur le fait de se perdre et de ne plus pouvoir retrouver son chemin. Je découvrais que la médina n'était pas seulement un labyrinthe de ruelles tortueuses, mais aussi un réseau de venelles conduisant à des impasses et des culs-de-sac.

Une porte s'ouvrit et un homme en sortit. Il s'arrêta en me voyant, puis marcha vers moi en me surveillant comme si j'étais quelque chose d'imprévisible et de dangereux.

Je baissai instinctivement les yeux, et il passa son chemin.

J'atteignis le bout de la rue et regardai à droite et à gauche. Trois femmes approchaient ; elles allaient sans escorte.

— Mesdames ? dis-je en voyant que les mains qui ramenaient les plis de leur *haïk* blanc devant leur visage étaient noires.

Je me dis qu'elles devaient être des esclaves et que c'était pour cela qu'elles sortaient sans homme pour les accompagner.

— Mesdames, répétai-je, mais elles me dépassèrent comme si j'étais invisible.

Je perdis la notion du temps. Il m'arrivait de croiser une silhouette, et je prononçais alors les mots de Charia Zitoune. Certains se détournaient, refusant de parler à une étrangère au visage découvert ; d'autres me regardaient mais ne répondaient pas. Je m'aventurai de plus en plus loin dans les rues encaissées ; j'avais l'impression d'avoir marché des heures durant dans la chaleur étouffante. Ma jambe me faisait mal et je devais m'appuyer régulièrement contre un mur pour la soulager. Je m'aperçus que la bande de ciel encore visible au-dessus de ma tête allait disparaître tant la ruelle où je me trouvais était étroite. Je luttais pour ne pas céder à la panique qui m'accompagnait à présent partout, toujours prête à me submerger. J'entendais le son étouffé de fontaines qui coulaient dans les jardins, derrière les hauts murs, ou le lent claquement des sabots sur les pavés, échos venus de ruelles voisines. J'évitais de marcher dans les crottins de cheval, d'âne et de chèvre et passais par-dessus les rigoles d'eau souillée. Le cadavre d'un chat gisait au sommet d'un tas d'épluchures pourrissantes, visiblement jeté là sans cérémonie. Il faisait plus frais dans ce coin de la médina, avec ses hauts murs de pierre qui empêchaient le soleil de plonger ses longs doigts dans des passages aussi étroits, et je compris pourquoi les rues étaient conçues de cette façon.

Je pris une autre venelle et perçus soudain, tout près, une sorte de bourdonnement mécanique continu. Je me dirigeai vers le son et pénétrai dans une rue bordée de niches minuscules. Dans chacune d'elles, un vieil homme était courbé sur une vieille machine à coudre et actionnait l'aiguille avec la manivelle latérale. Je pensai à ma mère. C'était donc la rue des tailleurs.

Dans la rue suivante, des hommes travaillaient le bois dans leurs petites alcôves. Ils étaient aussi vieux que les tailleurs et se servaient de tout un assortiment d'outils, dont des tours actionnés à pieds nus. Une odeur saine et aromatique flottait dans l'air.

Au croisement suivant, je me retrouvai sur une petite place. Celle-ci était tout entière couverte par ses étendages croisés suspendus entre les toits des maisons et sur lesquels séchaient d'énormes écheveaux de laine, formant comme un plafond de couleurs. La rue des teinturiers. Les écheveaux étaient écarlates, mandarine, jaune tournesol, vert profond comme l'océan ou pâle comme de toutes jeunes pousses, violets ou bleus, éclatants ou éteints. Je demeurai un moment les yeux levés, sans voix. Puis je vis que les teinturiers étaient tous de jeunes garçons, certains n'ayant pas plus de douze ou treize ans, et qu'ils travaillaient aussi dans des renfoncements, assis en tailleur sur des plates-formes surélevées pour remuer le contenu des cuves de teinture dans lesquelles ils plongeaient la laine grège. Leurs mains, serrées sur les palettes de bois, avaient pris jusqu'aux poignets une teinte boueuse et indéfinissable. Ils me regardèrent passer, mais sans cesser de brasser la laine avec leur palette. De la vapeur montait au-dessus des cuves, et j'imaginais sans peine la chaleur intense qui devait régner dans ces petits espaces couverts.

Le vendeur de babouches du souk m'avait indiqué que Charia Zitoune se trouvait juste après la rue des teinturiers. Je m'arrêtai au mur qui se dressait au bout de la rue ; je ne pouvais aller qu'à droite ou à gauche. Il y avait bien un petit panneau fixé à un mur, mais il était en arabe. J'optai pour la gauche et m'engageai dans cette nouvelle ruelle. Presque aussitôt, trois petits enfants accoururent vers moi.

— Madame ! piaillèrent-ils.

Une porte s'ouvrit aussitôt, et une femme trapue sortit la tête par l'embrasure, tenant un mouchoir de calicot devant sa figure. Elle cria quelque chose à l'adresse des enfants, qui se dispersèrent instantanément.

— Pardon, madame, l'abordai-je.

Elle me jeta par-dessus son mouchoir un regard peu amène.

— *Je cherche** Charia Zitoune, insistai-je.

Son regard se modifia légèrement.

— *Parlez-vous français, madame* ?* demandai-je. Charia Zitoune, répétai-je lentement.

La femme hocha la tête et désigna le sol. Je la regardai faire sans comprendre, jusqu'à ce qu'elle dise :

— Charia Zitoune.

— Ah, ici ? Nous sommes Charia Zitoune ?

La femme opina à nouveau du chef.

— S'il vous plaît, madame, expliquai-je. J'essaie de trouver madame Maliki.

La femme recula précipitamment d'un pas.

— Manon Maliki, repris-je en prenant un air encourageant.

Mais la femme fit une chose curieuse. Elle fouilla dans son caftan et en sortit une petite bourse en peau. Je reconnus une amulette pour chasser les *djinns*. Aziz en avait une semblable. Ce que j'ignorais, c'était si elle la prenait pour se protéger de moi ou parce que j'avais prononcé le nom de Manon.

Elle leva alors l'autre main et tendit le bras pour montrer un point derrière mon épaule gauche. Je me retournai et vis la porte qu'elle m'indiquait.

— *C'est là** ? demandai-je. C'est là qu'elle vit ?

La femme se contenta de ranger l'amulette dans son caftan et recula vivement, claquant la porte derrière elle.

Je me dirigeai vers celle qu'elle m'avait indiquée. Comme beaucoup d'autres portes de la médina, celle-ci était d'un jaune d'or lumineux, de la couleur du safran, et ornée d'un gros heurtoir de laiton poli en forme de main de fatma, la *khamsa*. C'était un motif que j'avais vu sur de nombreuses autres portes, censé protéger du surnaturel.

Je me plantai devant la porte, la respiration précipitée. Avais-je enfin trouvé Manon ? Je levai la main pour saisir le heurtoir, mais y renonçai aussitôt.

Si je frappais et que c'était Étienne qui venait ouvrir ? N'était-ce pas ce que j'espérais depuis le début ? N'avais-je pas fait tout ce terrible voyage jusqu'à Marrakech justement pour cela, pour cet instant précis ? N'avais-je pas enduré la peur, et aussi un terrible sentiment de solitude ? N'avais-je pas douté plus d'une fois d'arriver un jour à Marrakech et, si oui, de retrouver un jour Étienne ?

Ce moment était arrivé.

Et j'étais terrifiée.

Que se passerait-il s'il se contentait de me regarder, sourcils froncés et secouant la tête, avant de me dire de m'en aller, que je n'avais pas le droit de venir ici ? S'il me demandait de partir, s'il me disait qu'il ne voulait pas de moi ? Et si – quand j'essaierais de lui parler, de lui dire que je ne lui en voulais pas d'être parti, que j'étais prête à lui pardonner, que rien de ce qu'il me cachait ne pouvait être aussi épouvantable – il me fermait tout simplement la porte à la figure ?

Non. Étienne ne me ferait jamais cela. Sûrement pas.

Et si c'était Manon qui ouvrait la porte ? Si ce qu'elle avait à m'apprendre sur son frère était insupportable ?

Je n'arrivais pas à reprendre mon souffle. Mes oreilles bourdonnaient, et le jaune safran de la porte prit un éclat de plus en plus vif, au point de devenir une lumière éblouissante. Je posai une main dessus, pour me ressaisir, mais tremblais tellement que je dus y appuyer toute l'épaule, et fermai les yeux. Je ne voulais pas être là, pas maintenant. J'avais besoin de davantage de temps. Je reviendrais le lendemain, lorsque j'aurais repris le contrôle de moi-même. C'était assez pour un seul jour – d'avoir trouvé où habitait Manon. Il m'en fallait un de plus pour affronter Manon. Ou Étienne.

Je finis par pouvoir ouvrir les yeux, et le bourdonnement se dissipa. Je me redressai puis, avec un dernier regard sur la porte, je me retournai et m'éloignai.

Arrivée au milieu de la rue, je m'arrêtai. Il y avait plus d'un mois que j'avais quitté Albany. J'avais eu assez de temps. Je n'étais pas une lâche ; je me l'étais déjà prouvé à maintes reprises depuis mon départ de Juniper Road.

Je revins sur mes pas et me retrouvai devant la porte. Sans réfléchir, je collai mon oreille contre le panneau, mais ne pus rien entendre.

Alors je soulevai la lourde *khamsa* et la laissai retomber, une fois, deux fois, trois fois, d'une main ferme.

Chapitre vingt

Il n'y avait aucun bruit de l'autre côté de la porte. Je frappai à nouveau, abattant cette fois la *khamsa* avec davantage de force contre le panneau. Des pas finirent par se faire entendre, et la porte s'entrouvrit.

Une femme, son *haïk* ramené sur son visage comme je l'avais maintenant vu faire bien souvent, m'examina par l'étroite ouverture. Elle avait des yeux sombres en amande et battit rapidement des paupières, visiblement surprise de me voir. Elle tenait un seau métallique dans une main. Un bâton enroulé d'un chiffon en dépassait, et des gouttes de blanc coulaient du chiffon pour s'écraser par terre. J'en déduisis qu'il s'agissait d'une domestique.

— *Bonjour, madame**, commençai-je en espérant qu'elle parlerait français. Je cherche madame Maliki.

Je respirai l'odeur de la chaux fraîche.

Comme la femme ne répondait rien, je supposai qu'elle ne comprenait pas. J'employai donc le salut arabe – *salam alaikum* – la paix soit avec vous – puis répétai lentement le nom de Manon.

Elle m'examinait toujours, les yeux étrangement ternes, l'étincelle qui s'y trouvait plus tôt paraissant déjà éteinte. Je lui fus reconnaissante de ne pas brandir une amulette comme la femme d'en face. L'idée me traversa qu'elle était peut-être simple d'esprit. Mais elle avait beau garder le silence, son visage exprimait une certaine intelligence alors qu'elle m'étudiait. Elle s'agita et posa le seau. À cet instant, elle aurait pu être n'importe laquelle des femmes voilées que j'avais croisées dans les rues de Marrakech depuis mon arrivée.

— Madame Maliki, répétai-je une troisième fois en m'efforçant de contenir l'exaspération de ma voix.

— Pourquoi la cherchez-vous ? demanda-t-elle dans un français impeccable, la voix légèrement étouffée par le *haïk*.

Surprise par le ton ferme et presque mélodieux de sa voix, je ne pus réprimer une exclamation et redressai instantanément les épaules. Comment avais-je pu penser ne fût-ce qu'une seconde qu'elle pouvait être simple d'esprit ?

— Je... je suis venue lui parler, répondis-je, sans vouloir divulguer dans cette ruelle sombre les raisons compliquées qui m'amenaient.

— Il y a un problème ? s'enquit-elle, et là encore, je me sentis encouragée par le ton modulé de sa voix tout en étant ennuyée qu'une servante marocaine puisse me demander de donner des détails personnels.

— Non, il n'y a pas de problème pour madame Maliki, assurai-je. Pardonnez-moi, madame, mais je me suis donné beaucoup de mal pour la trouver. Si elle est chez elle, j'aimerais beaucoup lui parler. Voudriez-vous bien aller la chercher, s'il vous plaît ?

La femme s'essuya les mains sur le devant de son *haïk*. Elle avait les doigts effilés, et les lunules qui ornaient la base de ses ongles ovales étaient très blanches.

— Venez, dit-elle en ouvrant plus largement la porte.

Je retins mon souffle et contournai le seau de chaux pour pénétrer dans le jardin. Mon regard parcourut toutes les surfaces, fouilla tous les recoins. À quoi m'attendais-je ? À découvrir Étienne assis là. Ou peut-être à trouver des traces de lui : une veste familière, un livre avec une paire de lunettes posée dessus ?

Mais il n'y avait rien de tout cela. C'était visiblement le grand nettoyage, et la cour pavée était encombrée de meubles entassés – des tabourets et des poufs rembourrés, de longs matelas étroits recouverts d'un tissu multicolore qui servaient de sièges le jour et de lits la nuit. Une fontaine occupait le centre de la cour, mais au lieu de contenir de l'eau, il n'y avait dans le bassin que des feuilles mortes et le corps raidi d'un petit oiseau jaune aux minuscules pattes noires recroquevillées. Quelques grosses potiches de terre cuite abritaient des géraniums à l'abandon. Un escalier carrelé, étroit et raide, conduisait à un étage dont les fenêtres aux volets clos donnaient sur la cour.

La femme m'examinait toujours.

— Fermez la porte, me dit-elle, et elle me regarda faire.

Puis elle se retourna et traversa lentement la cour, son corps se balançant sous le *haïk*. Je ne savais trop si je devais la suivre ou rester à l'entrée. Un enfant, de quatre ou cinq ans peut-être, surgit de la maison en courant. Il appela sa mère, mais la femme ne lui prêta aucune attention et s'assit sur l'un des matelas. Puis une fillette apparut à la porte de la maison. Elle devait avoir dix ou onze ans et avait la peau café au lait. Elle était terriblement mince dans sa combinaison de mousseline toute simple. Ses genoux et ses coudes paraissaient trop grands pour ses bras et ses jambes, sa mâchoire trop étroite. Son bras droit était couvert de bleus et elle avait un œil injecté de sang, la paupière gonflée. Elle avait un foulard fleuri attaché autour de la tête, et ses longs cheveux – de la même couleur que sa peau –

pendaient en boucles serrées et désordonnées. Elle tenait elle aussi un bâton trempé dans la chaux et me dévisageait ouvertement.

Je n'aurais su dire si l'enfant le plus jeune était une fille ou un garçon. Ses épais cheveux noirs étaient coupés tout droit sur la nuque et sur son front, la frange dissimulant à moitié ses grands yeux presque aussi noirs que sa chevelure. L'enfant avait le teint clair. Il portait un petit vêtement drapé, trop long pour être une chemise, mais trop court pour être une tunique, sur un pantalon de coton déchiré aux genoux et effiloché. Il était pieds nus.

— C'est qui, la dame, maman ? cria l'enfant. Qui c'est ?

Comme sa mère, l'enfant parlait un français parfait. Il vint se planter devant moi, son petit cou long et délicat rejeté en arrière pour mieux regarder mon visage.

— S'il vous plaît, madame, insistai-je auprès de la femme, pourriez-vous demander à madame Maliki de venir ?

J'avais le cœur battant. J'avais pris conscience en parlant que si Étienne se trouvait dans la maison, il pouvait très bien entendre ma voix. Je levai les yeux vers les fenêtres, mais les volets restèrent fermés.

— Madame, comment tu t'appelles ? demanda l'enfant, sans la moindre trace de timidité.

— Mademoiselle O'Shea, répondis-je d'une voix distraite en me tournant à nouveau vers la femme.

Pourquoi ne faisait-elle pas ce que je lui demandais ?

— Moi, c'est Badou.

Pas plus que son physique, le nom de l'enfant ne dénotait de genre particulier. Badou aurait pu convenir aussi bien à un garçon qu'à une fille.

— Nous passons les murs à la chaux. Et je les aide, annonça fièrement Badou. J'ai sorti les meubles avec Falida.

La femme parla en arabe, puis Badou et la fillette – qui posa son bâton – poussèrent à grand-peine un lourd tabouret de bois pour le placer en face d'elle. Je songeai brièvement que la sœur d'Étienne devait avoir la bonté de laisser sa servante garder ses enfants avec elle. À moins que ce ne fût la coutume marocaine de faire travailler ensemble la mère et les enfants. Je n'en savais rien.

— Asseyez-vous, me dit la femme en désignant avec langueur le tabouret de bois.

Badou monta sur ses genoux et s'appuya contre elle, mais elle ne parut pas s'en rendre compte. La fillette – je supposai que c'était Falida – était retournée à la porte et avait repris son bâton, mais elle continuait de me dévisager.

Je sentais mon anxiété croître de minute en minute, et cette femme commençait à m'énerver. J'avais beau lui avoir déjà demandé plusieurs fois d'aller chercher sa maîtresse, elle ne semblait nullement pressée de le faire. Je produisis un petit claquement de langue.

— Madame, je vous en prie. Je voudrais vraiment que vous alliez chercher madame Maliki. Est-elle à la maison ? m'enquis-je en m'asseyant avec raideur sur le tabouret. Ou... Y a-t-il quelqu'un d'autre ici en ce moment ? Est-ce que...

La femme me regardait avec un soudain intérêt, bien qu'elle dissimulât toujours le bas de son visage sous un pan de son *haïk*.

— Madame Maliki, répéta l'enfant d'une voix aiguë en enroulant un bout de ficelle autour de ses doigts pour créer un petit motif arachnéen. Badou Maliki, ajouta-t-il à mi-voix, presque pour lui-même.

— Pourquoi la cherchez-vous ? me demanda la femme, alors qu'elle m'avait déjà posé cette question.

— C'est une affaire privée, dont je ne veux m'entretenir qu'avec elle, répondis-je lentement.

Je me sentais soudain très fatiguée, et j'avais très soif.

La femme laissa alors tomber le pan de son *haïk*, découvrant ainsi sa figure. Elle avait le nez droit et la bouche bien dessinée. Ses yeux étaient aussi sombres que les miens, mais elle avait le teint plus pâle. Elle avait plein de petites ridules au coin des yeux, et quelque chose dans ses traits exprimait une infinie lassitude. Elle était certainement plus âgée que moi, et avait un visage triste et délicat. Elle avait de toute évidence été très belle. Et même si elle semblait fatiguée, il émanait encore d'elle une certaine sensualité. Je m'aperçus que si j'avais croisé plusieurs Berbères au visage découvert sur la place, je n'avais jamais vu ce que dissimulait le voile des autres femmes depuis mon arrivée dans ce pays.

Comme elle ne disait toujours rien, je repris :

— Je vous en prie, madame. Comme je ne cesse de vous le répéter, c'est madame Maliki que je suis venue voir.

Il faisait si chaud dans cette cour. Une cigale se mit à chanter, et ce son me vrilla les oreilles.

— C'est moi, dit la femme à voix basse.

Je dus secouer très légèrement la tête. Le cri de la cigale avait à moitié couvert la voix de cette femme. J'avais dû mal comprendre.

— Excusez-moi, mais... peut-être ai-je mal entendu. Auriez-vous dit que vous êtes Manon Maliki ?

Elle hocha la tête, et je me levai aussitôt.

— Non, oh non ! Je suis désolée, madame, m'écriai-je, sentant la transpiration tremper tout le dos de ma robe. J'ai dû faire erreur. Je cherchais quelqu'un d'autre.

Je poussai un long soupir de frustration, et plus encore de déception. Après tous ces espoirs, et toute cette angoisse, mes recherches dans la médina n'avaient servi à rien. Le marchand de babouches du souk m'avait donné une information fausse. Il m'avait dit avec une telle assurance que Manon Maliki était la fille de Marcel Duverger... mais ce n'était pas la sœur d'Étienne. C'était une servante marocaine. Et maintenant ? Que pouvais-je faire de plus pour retrouver Étienne ?

— Vous cherchez quelqu'un d'autre ? s'étonna la femme. Pourtant vous demandiez Manon Maliki. Et c'est moi.

— Non. La femme que j'essaie de trouver est...

Je m'interrompis, ne sachant comment formuler ce que je voulais dire.

— On m'aura mal renseignée, repris-je en faisant un pas en direction de la porte jaune safran. Excusez-moi de vous avoir dérangée.

— Pourquoi cherchez-vous cette femme ? voulut-elle savoir, ses longues mains fines posées, paumes en l'air, de part et d'autre de l'enfant, comme pour éviter de le toucher.

— C'est la sœur de... d'un ami.

— La sœur de qui ?

Ses questions trop directes m'importunaient. Tout ce que je voulais, c'était partir, mais cette femme m'avait fait entrer dans sa cour, et je ne voulais pas me montrer grossière.

— La Manon que je cherche est la fille de Marcel Duverger, expliquai-je. On m'a dit dans le souk que cette femme s'appelait Manon Maliki.

Elle resta sans bouger. L'enfant jouait toujours avec son bout de ficelle, ses grands yeux sombres posés sur moi. La petite fille avait, elle, la bouche grande ouverte et se tenait accroupie, immobile, dans l'entrée de la maison. La cigale poussa un nouveau cri.

— C'est exact. Je suis la fille de Marcel Duverger.

— Mais... si vous êtes Manon... pardon, madame, bredouillai-je. C'est juste que je... je....

La femme assise devant moi n'était donc pas marocaine ?

— La Manon que je cherche est la sœur du Dr Duverger, dis-je enfin.

La femme resta un instant silencieuse, puis demanda :

— D'où connaissez-vous Étienne ?

La façon dont elle dit *Étienne*, avec une telle familiarité, me coupa la respiration. Je n'avais pas prononcé son nom.

— Vous êtes sa sœur ? demandai-je en me laissant retomber lourdement sur le tabouret.

Elle fit oui de la tête.

Il faisait beaucoup trop chaud dans cette cour, même à l'ombre. Les stridulations de la cigale ne voulaient pas cesser. Je voulus ouvrir la bouche pour dire autre chose, mais mes lèvres restèrent soudées. J'essayai de les humecter, mais il ne me restait plus de salive.

— Est-ce que... est-ce qu'il est ici, avec vous ? parvins-je enfin à prononcer. Étienne est-il ici ?

Je la fixai du regard, attendant qu'elle hoche la tête, qu'elle dise *oui, oui, il est ici**

La femme leva les mains et écarta complètement son *haïk* de sa tête, découvrant des cheveux longs et épais qui encadraient son visage de vagues lui tombant sur les épaules. Ils étaient noirs et bouclés, comme les miens, mais parsemés de quelques fils blancs. Elle portait un caftan aubergine sous son *haïk.*

— Vous venez d'Angleterre ? Ou d'Amérique ? Je n'arrive pas à déterminer votre accent, dit-elle.

Je tentai à nouveau de m'humecter les lèvres.

— D'Amérique, répondis-je.

— Apporte de l'eau à notre invitée, *mon petit chéri*, dit Manon à l'enfant – c'était donc un garçon –, qui glissa au bas de ses genoux et courut avec légèreté jusqu'à l'entrée de la maison, posant la main sur l'épaule de la petite fille en passant. Falida, aide-le, ordonna Manon.

La petite fille se releva d'un bond et disparut.

J'examinai mes mains, crispées sur mes genoux, pendant que retentissaient des bruits de vaisselle et d'eau. Quelques instants plus tard, le petit garçon revint et traversa lentement et très précautionneusement la cour en tenant à deux mains un gobelet en fer-blanc. Il n'en renversa pas une goutte et me le présenta fièrement. Je bus l'eau fraîche et désaltérante, parfumée d'une goutte de citron.

Badou attendit devant moi ; je lui remis la timbale vide, et il courut la rapporter dans la maison. En le regardant partir, je me dis que Manon Maliki semblait un peu âgée pour avoir un enfant si jeune ; il ne devait pas avoir plus de cinq ans. Puis je me demandai si j'aurais paru vieille quand mon enfant aurait eu... j'arrêtai là le fil de mes pensées.

— Il y a longtemps que vous cherchez Étienne ? questionna Manon.

Je hochai la tête et fermai un instant les yeux.

— Il y a des jours que je le cherche à Marrakech, dans le quartier français.

— Et avant cela ? insista-t-elle.

Je fronçai les sourcils, coulant un nouveau regard vers la maison. Pourquoi me posait-elle des questions au lieu de répondre aux miennes ? Je me relevai, incapable de rester en place.

— Madame, Étienne est-il ici, à Marrakech ? Je vous en prie. Il faut que je sache. Il le faut, madame Maliki, insistai-je d'une voix de plus en plus forte, dans laquelle s'immisçait une nuance de dureté.

Il y avait chez cette femme quelque chose qui me gênait. Je ne l'aimais pas, alors que je ne la connaissais que depuis quelques instants.

— Je vous répète que je suis venue des États-Unis pour le retrouver. Il y a plus d'un mois maintenant que je suis à sa recherche.

Manon restait parfaitement immobile. Les deux enfants revinrent dans la cour, et Badou reprit sa place sur les genoux de sa mère. Il s'appuya contre sa poitrine et, comme précédemment, elle ne le toucha pas. Il avait un petit visage paisible, soumis. Je le sentais très différent de sa mère ; malgré son immobilité, je percevais que le calme extérieur de Manon dissimulait un vrai volcan.

— Pourquoi semblez-vous si déprimée ? me demanda-t-elle, la tête légèrement inclinée, ce qui lui donna un air inquisiteur. Vous avez l'air d'avoir chaud, et de ne pas être dans votre assiette. Vous ne vous sentez pas bien, mademoiselle... comment avez-vous dit que vous vous appelez ?

Son regard quitta soudain mon visage pour descendre le long de mon corps.

— O'Shea. Sidonie O'Shea, dis-je après une profonde inspiration.

J'éprouvai comme une douleur dans la poitrine en m'apercevant qu'elle ne savait pas qui j'étais. Cela signifiait soit qu'Étienne ne se trouvait effectivement pas ici, soit, dans le cas contraire, qu'il ne lui avait pas parlé de moi.

— Je suis impatiente de retrouver Étienne, assurai-je. Et c'est cela que vous voyez : mon impatience.

Avais-je supposé qu'Étienne était venu la voir, avait vu sa sœur et lui avait parlé d'une femme en Amérique qu'il... qu'il quoi ? Qu'il aimait ? Avec qui il avait conçu un enfant ?

— Vous ne savez pas qui je suis, constatai-je, énonçant l'évidence.

— Comment le saurais-je ? Vous êtes étrangère, d'Amérique, vous débarquez chez moi sans prévenir et vous me parlez de mon frère.

Je déglutis.

— Je suis...

Comment pouvais-je me présenter ?

— ... Je suis la fiancée d'Étienne, déclarai-je. Nous devions nous marier, précisai-je inutilement.

L'expression de Manon changea alors brusquement. Toute curiosité semblait l'avoir quittée. Son visage s'était brutalement assombri et, à un moment, elle serra les poings, puis les rouvrit. Ce fut à son tour de prendre une profonde inspiration. Lorsqu'elle expulsa l'air de ses poumons, l'enfant rejeta la tête en arrière pour la regarder.

Elle parla à Falida en arabe. Badou se leva sans poser de question, et Falida le prit par la main. Ils sortirent dans la rue et claquèrent la porte derrière eux.

— Alors vous êtes la maîtresse d'Étienne ? demanda Manon d'une voix atone.

— Je... j'ai dit que j'étais sa fiancée.

Ses lèvres se serrèrent, et la même expression étrange que précédemment passa sur son visage. Je ne connaissais pas Manon, mais il me sembla bien que c'était de la colère. Je pensai à ses poings fugitivement serrés.

— Et pourquoi êtes-vous venue me voir, Sidonie O'Shea ?

Je sortis de mon sac la feuille aux pliures délicates qui commençaient à se déchirer.

— Votre lettre à Étienne.

Ses yeux se portèrent sur la lettre, dans ma main, puis revinrent à mon visage.

— Écrite quand ?

— Il y a six mois.

— Un homme vous quitte, vous trouvez une vieille lettre et vous faites un aussi long voyage pour le retrouver ?

Je n'avais pas dit précisément qu'il m'avait quittée, même si c'était une constatation évidente. Je compris soudain à quel point je devais paraître ridicule. Je me dis alors que Manon devait avoir de moi la même image que les gens de l'hôtel, à Tanger. *L'héroïne tragique de sa propre histoire.* J'avais honte devant cette femme d'allure imposante. Je baissai les yeux sur la mince feuille de papier.

— Il y a... Il y avait davantage que cela.

— Mademoiselle, il y a toujours davantage que cela pour les femmes.

Nous demeurâmes silencieuses un instant. La chaleur était intense ; je l'entendais presque voleter, comme une nuée d'oiseaux minuscules, ou de papillons contre mes oreilles. Je finis par relever les yeux vers Manon.

— Il n'est pas ici ?

Elle secoua la tête.

— Vous savez où il est ?

Elle m'examina alors si longtemps – dans un silence qui s'éternisait – que je sentis une goutte de sueur couler sur ma tempe et descendre le long de ma mâchoire. Elle finit par hocher la tête.

Je repris une inspiration tremblante.

— Il est ici, à Marrakech ?

À nouveau l'attente, puis elle haussa les épaules.

— Peut-être.

Qu'est-ce qui ne tournait pas rond chez elle ? Pourquoi jouait-elle à ce jeu stupide avec moi ? Je me levai et franchis les quelques pas qui me séparaient de cette femme. Je baissai alors les yeux vers elle.

— Madame Maliki, dis-je d'une voix durcie. Ne comprenez-vous pas à quel point il est important pour moi de retrouver Étienne ?

— Il m'est impossible pour le moment de vous dire où il est, répondit-elle en se levant à son tour. Impossible, répéta-t-elle.

— Pourtant..., protestai-je en secouant la tête, vous venez de dire que vous saviez où il se trouvait. Pourquoi serait-ce impossible ? m'emportai-je. Pourquoi ne pouvez-vous simplement...

— J'ai dit peut-être. Peut-être que je le sais. Et ce n'est pas un bon jour pour moi, lâcha-t-elle. Les signes ne sont pas bons. Je ne peux pas vous parler davantage maintenant.

Je la scrutai du regard.

— Vous devez partir, insista-t-elle.

— Mais... non ! Je ne peux pas partir sans que vous m'ayez parlé d'Étienne. J'ai fait tout ce chemin pour...

Elle s'approcha soudainement de moi. Je restai là, lèvres entrouvertes, incapable de terminer ma phrase. Nous avions sensiblement la même taille, et son visage était assez proche du mien pour que je puisse distinguer ses pupilles, qui se dilataient puis se resserraient au point de n'être plus que deux petits points durs et sombres. Je perçus un parfum épicé dans son haleine, du cumin, ou peut-être de la coriandre.

— Vous partez. Je suis ici chez moi, et vous partez quand je vous demande de partir. Vous n'avez aucun droit d'être ici.

Je sentis son pied toucher le mien et reculai instinctivement d'un pas, mais elle posa la main sur mon bras et ce fut comme si elle venait de m'infliger une brûlure.

— Madame Maliki, repris-je à voix basse en me dégageant lentement.

Il était évident qu'elle cherchait à me provoquer, pour me défier ou me faire peur. Il était tout aussi évident qu'elle ne me dirait rien pour le moment.

— Peut-être serait-il préférable de parler de tout cela demain. Je reviendrai demain. Demain matin vous convient-il ? Décidez de l'heure à laquelle vous souhaitez que je vienne.

J'avais touché juste. Son expression se modifia légèrement en entendant mon ton conciliant. Je m'étais délibérément placée en position de soumission, de consentement, et elle s'estimait satisfaite.

— Demain ne m'arrangera peut-être pas, annonça-t-elle. Laissez-moi réfléchir.

Nous restâmes sans bouger. Elle regarda au-dessus de ma tête, comme pour consulter un calendrier invisible, et je me retins de hurler, de la frapper. Elle savourait cet instant. Tout dépendait d'elle et je lisais sur son visage qu'elle le savait pertinemment. Pour une raison mystérieuse, elle éprouvait le besoin d'exercer son pouvoir sur moi, et je n'avais d'autre choix que de me prêter à ses fantaisies.

Elle finit par croiser mon regard.

— D'accord, vous pouvez venir à deux heures. Pas avant. Vous comprenez ? Pas avant deux heures.

Je hochai la tête une fois, lentement, puis franchis la porte jaune et sortis dans la rue. Arrivée au bout de la ruelle, j'entendis une petite voix appeler :

— Mademoiselle !

Je cherchai dans un renfoncement sombre du mur et découvris les deux enfants assis par terre dans une encoignure. Chacun d'eux tenait un chaton. Je serais passée sans les voir si Badou n'avait pas appelé.

— Oui ?

Mais il ne semblait pas vouloir me dire quelque chose en particulier. Il me présenta le chaton.

Je lui fis un signe de tête et commençai à m'éloigner. Puis quelque chose me poussa à me retourner pour le regarder.

— Quel âge as-tu ?

— *Six ans**, répondit-il.

Je ne lui aurais pas donné plus de cinq ans. Il était extrêmement menu. Je me tournai vers la fillette.

— Et ta sœur ? demandai-je. Quel âge as-tu, Falida ?

Elle ne répondit pas et ce fut Badou qui ajouta :

— Ce n'est pas ma sœur.

— Oh ! répliquai-je.

— C'est la bonne.

Je regardai le bras couvert de bleus et l'œil enflé de la petite.

— Il y a toujours des petits chats, ici, expliqua Badou. La maman chat habite ici, dit-il en désignant un trou dans le mur. Alors on joue avec eux quand ils sortent.

Il caressa doucement le dos du chaton. C'était le neveu d'Étienne. Retrouvais-je un peu d'Étienne en lui ? Le long cou peut-être. L'expression sérieuse.

Je songeai à l'enfant que j'avais porté et me demandai s'il aurait ressemblé à ce petit garçon.

— Tu aimes les petits chats ? questionna-t-il.

J'acquiesçai à nouveau, pris une profonde inspiration et m'éloignai de Charia Zitoune.

Chapitre vingt et un

Peut-être, avait dit Manon, peut-être qu'Étienne se trouvait ici, à Marrakech.

Je traversai la place des teinturiers puis les rues des menuisiers et des tailleurs. Je compris soudain qu'en cherchant Charia Zitoune, je n'avais cessé de tourner en rond et, cette fois, je reconnus quelques coins de rue, des portes peintes et des arches de pierre arrondies. Il y avait un mur avec l'empreinte d'une main bleue. Un panneau jaune canari. J'entendais les bruits des souks et prenais mentalement des repères du chemin à suivre pour retourner Charia Zitoune le lendemain. Je finis par voir la tour imposante de la Koutoubia et me dirigeai vers elle en traversant Jemâa el-Fna.

Je marchais dans une sorte de torpeur. J'avais trouvé Manon. Je n'étais pas plus avancée en ce qui concernait Étienne, mais je retournerais voir sa sœur le lendemain. Et je ne la laisserais pas se dérober plus longtemps à mes questions.

Je quittai la médina et pris le chemin de l'hôtel en examinant au passage tous les hommes de type européen que je croisais. Bien sûr, c'était déjà ce que je faisais depuis mon arrivée à Marrakech, mais maintenant que j'avais rencontré Manon, j'éprouvais avec plus de force encore le sentiment que je pouvais tomber sur Étienne n'importe où, en pleine rue. Je guettais une démarche familière, une façon de redresser les épaules. Lorsque j'arrivai à l'*Hôtel de la Palmeraie*, je tremblais de la tête aux pieds. Je montai directement à ma chambre et commandai un dîner léger, mais ne pus rien avaler. Je me couchai tôt, espérant m'endormir aussitôt et ne pas me réveiller avant le lendemain matin. Mais, bien entendu, je dormis mal et me retournai toute la nuit dans la chambre étouffante.

La matinée fut interminable. Je quittai l'hôtel trop tôt, et arrivai à midi sur la place Jemâa el-Fna.

Alors que je m'en tenais aux contours de la place pour éviter la foule agglutinée au centre, je perçus une mélopée de voix masculines qui montaient et descendaient tout en s'amplifiant régulièrement. Puis, brusquement, je débouchai sur les chanteurs – une rangée d'une bonne douzaine d'hommes. Ils étaient assis par terre en plein soleil, épaule contre épaule, et se balançaient à l'unisson. Ils étaient tous vieux et dépenaillés, la plupart édentés et tous aveugles. Certains avaient les orbites vides, d'autres des globes oculaires abîmés, des yeux fixes ou révulsés. Ils chantaient ensemble, certains marquant le rythme en frappant la terre de leur canne. Ces aveugles gagnaient leur vie en chantant de la même façon que l'écrivain public rédigeait les lettres de ceux qui en étaient incapables et que le conteur enrichissait par ses connaissances la vie de ses semblables.

Une fois leur chant terminé, un Marocain qui se tenait devant eux prit la main du premier aveugle de la rangée et lui mit une pièce dans la paume. L'aveugle porta la pièce à sa bouche et la mordit avant de prononcer quelques mots – sans doute une bénédiction car je reconnus le nom d'Allah – pour le remercier. Puis il remit la pièce au deuxième aveugle, qui la mordit lui aussi, et ce manège se répéta ainsi jusqu'au bout de la rangée, où le dernier aveugle, après avoir mordu lui aussi la pièce, la glissa dans une petite bourse en cuir suspendue à son cou.

Les aveugles entamèrent une autre chanson, à la fin de laquelle d'autres Marocains leur donnèrent des pièces et furent bénis. Ces chanteurs avaient le visage ridé et couturé, et leurs longues djellabas ne parvenaient pas à dissimuler la terrible maigreur de leurs membres. Je pensai au superbe *Hôtel de la Palmeraie* où je logeais, puis à ces aveugles et à leur dénuement. Je m'imaginais Étienne ici. Comment avait-il traité les Marocains ? Il n'était après tout qu'un intrus dans ce pays, et il était de ceux qui détenaient le pouvoir.

Comme moi. J'eus soudain honte et pris un sou dans mon sac que je déposai dans la main du premier aveugle de la rangée. Ses doigts se refermèrent sur la pièce pendant que son autre main saisissait la mienne et la tâtait – ma paume, mes doigts puis mes ongles. Il hochait la tête. Ses doigts à lui étaient calleux, et ses ongles jaunis, longs et striés. Puis il lâcha ma main et prononça la même phrase en arabe que pour tous les autres Marocains qui lui avaient donné une pièce.

Je ne dis rien, mais il ajouta cependant en français :

— Merci, madame.

— De rien.

— Les Marocaines ne s'abaisseraient pas à nous toucher, fit-il remarquer dans un français étonnamment correct. Et pourtant votre main n'est pas celle d'une Française. C'est une main qui a connu le travail. Vous n'êtes, il me semble, ni marocaine ni française, mais je vous bénis, madame. Les pauvres entrent au paradis avant les riches. Quand vous donnez aux pauvres, vous nous achetez un petit bout de paradis.

— *Merci**, répondis-je, parce que je ne savais pas quoi dire d'autre.

Je le regardai mordre la pièce que je venais de lui donner, et la faire passer dans le rang.

* * *

Manon m'avait spécifié de ne pas me présenter à la maison de Charia Zitoune avant deux heures, mais je ne pus attendre davantage. Il était une heure moins dix quand je cognai à la porte à l'aide de la *khamsa*.

Le lourd panneau fut ouvert par Falida. Je lui adressai un petit signe de tête, et elle baissa la sienne en signe de soumission. Maintenant que je savais qu'elle n'était pas la fille de Manon, je m'étonnais d'avoir pu me méprendre la veille; il paraissait assez évident qu'elle descendait des esclaves dont Étienne m'avait parlé. Mais évidemment, je me trouvais au moment où je l'avais vue dans un tel état de désarroi et d'incertitude que rien ne m'était apparu clairement.

La cour n'était plus encombrée de meubles et il n'y restait plus qu'une grande banquette recouverte d'une épaisse couverture aux couleurs vives, plusieurs tabourets en bois et une table basse de forme ronde, l'ensemble étant disposé dans un ordre impeccable. Badou marchait en équilibre sur le bord de la fontaine asséchée, bras tendus sur les côtés, pour ne pas tomber. Il sauta du rebord et vint vers moi pendant que Falida refermait le battant de la porte.

— *Bonjour**, Badou, commençai-je, et il hocha la tête d'un mouvement solennel qui le fit soudain paraître plus vieux que ses six ans.

— Bonjour, mademoiselle, dit-il en tendant sa petite main. *Venez**. Maman est à l'intérieur.

Je regardai sa main, surprise par ce geste inattendu. Je la pris et nous traversâmes la cour. Sa paume était petite mais ferme, et sa peau chaude et douce.

Nous restâmes à la porte, et la première chose que je remarquai fut une odeur forte de fumée douceâtre. Je clignai des yeux pour essayer de voir quelque chose dans la pénombre après la luminosité de la cour.

— Mademoiselle O'Shea, fit Manon d'une voix cinglante. Je vous avais recommandé de ne pas venir avant deux heures. Vous arrivez trop tôt. Ce n'est pas la bonne heure.

Je n'arrivais pas à la voir dans la pièce obscure.

— Madame Maliki, je vous en prie. Je ne resterai pas longtemps. Tout ce que j'attends de vous...

— Badou, ouvre les jalousies, coupa-t-elle, et Badou lâcha ma main pour courir ouvrir l'une des hautes persiennes de bois qui donnaient sur la cour.

Des rais de lumière illuminèrent une longue pièce étroite meublée de banquettes, de poufs en poil de chameau et d'une table basse en bois finement sculptée. Il y avait aussi un beau tapis épais, rouge, bleu et noir, et de grands miroirs appuyés contre deux murs. Le plafond était haut, en bois poli, et il y avait une cheminée dans un coin, éteinte et froide dans la chaleur estivale. Une autre pièce donnait sur la première. Je distinguai des casseroles noircies et un kanoun, sorte de brasero en terre, posé sur le sol, ainsi qu'un évier équipé d'un seul robinet. Le parfum de la chaux fraîchement appliquée dominait encore.

Puis je les vis : les tableaux sur un mur. Il y en avait au moins une dizaine, des huiles sans cadre, de différentes tailles. Toutes affichaient des couleurs violentes, et un mépris du détail, comme si les images étaient passées directement de la palette à la toile, sans structure ni étude réfléchie. Il en émanait cependant une beauté brute qui n'avait pu naître que d'un réel talent naturel.

— Je ne m'attendais pas à un tel manque de considération, commenta Manon.

Ses paroles furent suivies par une inhalation profonde. Elle se trouvait sous les tableaux, allongée sur une banquette de velours vert, un long tuyau recourbé à la main. Il était relié à un flacon pareil aux chichas que j'avais vues à Tanger. Puis elle expira, et un long trait de fumée jaillit de sa bouche.

Badou quitta la fenêtre et vint s'asseoir près d'elle.

— Pardonnez-moi, madame Maliki, répliquai-je, mais vous comprendrez certainement que je dois absolument apprendre ce qu'il y a à savoir sur Étienne. Certainement, répétai-je.

J'avais le cœur qui cognait dans ma poitrine et je me pétrissais les mains, incapable de dissimuler mon impatience. Je parcourus la pièce du regard, comme je l'avais fait la veille dans la cour, en quête d'une trace du passage d'Étienne. Mais il n'y avait aucun signe de présence masculine. Pas de babouches près de la porte, pas de djellaba laissée sur un matelas. Qu'en était-il de l'époux de Manon ? J'essayai d'imaginer à quel genre d'homme elle pouvait être mariée.

— Il m'était difficile d'attendre autant que vous l'aviez demandé, mais je suis ici, maintenant. Dites-moi simplement où je peux le trouver. Ou... Ou tout ce que vous savez sur l'endroit où il a pu aller.

Elle reposa le tube avec son embouchure en bois, et je m'approchai d'elle.

Son visage présentait un teint légèrement livide, plus pâle en tout cas qu'il n'avait semblé la veille. Elle portait un caftan de soie vert et orange, et une *dfina* – sorte de robe légère qui se met par-dessus – vert pâle, fendue sur les côtés pour laisser apparaître le caftan. Maintenant qu'elle n'était plus enroulée dans un *haïk*, il apparaissait clairement qu'elle était svelte sous les minces couches de vêtements. Je n'avais encore jamais vu de Marocaine sans son *haïk;* et si j'avais repéré des caftans dans les vitrines du quartier français, ou pendus à des cintres dans le souk, je ne m'étais pas doutée qu'ils étaient aussi seyants sur un corps de femme.

Comme il était évident qu'elle ne se lèverait pas, je pris place sur la banquette basse en face d'elle. Falida surgit silencieusement – je ne l'avais pas entendue entrer – et glissa des coussins ronds et fermes entre le mur et mon dos. Mais je n'étais pas ici pour me détendre ; je me penchai en avant, les yeux rivés sur Manon. Les toiles accrochées au-dessus d'elle – ces images sauvages et tourbillonnantes – faisaient vibrer la pièce, lui donnaient une nuance plus vive et plus chaleureuse.

— Sortez, je vous prie, mademoiselle O'Shea, dit Manon. Et Badou, va me chercher ma trousse.

Je restai où j'étais pendant que l'enfant courait vers un coffre adossé au mur et revenait avec une trousse brodée. Il la donna à sa mère puis s'assit en tailleur, par terre, à ses pieds.

Manon me regarda avec insistance, mais je ne bougeai pas. Elle haussa une épaule d'un mouvement nonchalant, et je sus que j'avais remporté cette petite bataille. Elle prit un peigne, un miroir et quelques fioles dans la trousse. Puis, sans rien dire, elle entreprit de peigner lentement ses longs cheveux brillants, qu'elle laissa lâchés. Elle appliqua du rouge sur ses joues et ses lèvres, puis elle prit un petit bout d'écorce dans le nécessaire et le passa sur ses gencives. La chair pâle se teinta aussitôt en brun-rouge, ce qui fit ressortir la blancheur des dents. Elle plongea à nouveau la main dans sa trousse et en sortit un petit flacon en bois contenant – j'en avais vu de semblables dans le quartier français – du khôl et un *mirwed* pour l'appliquer.

J'avais l'intérieur d'une joue à vif à force de la mordre. J'aurais voulu crier sur Manon, la secouer, la forcer d'une façon ou d'une autre à me parler d'Étienne. Mais j'avais conscience que cela ne servirait à rien. En fait, cela aurait même risqué de la braquer.

Elle me dirait ce qu'elle voudrait bien me dire, et quand elle le voudrait.

— Mon khôl est spécial, expliqua Manon, le *mirwed* dans une main et le miroir dans l'autre pour souligner son œil d'un trait de poudre entre les paupières. Je n'en fabrique qu'à la nouvelle lune, avec du charbon de bois de laurier-rose. De la muscade pilée et du bois d'aloès. Et aussi, plus important que tout, un soupçon de bile de chameau. Mais sans les rayons de la nouvelle lune, il resterait sans effet.

Je me refusai à lui demander ce qu'elle entendait par là.

Tout en se maquillant devant le miroir, Manon se mit à chanter d'une voix basse et mélodieuse :

— *Je ferai de mes yeux les lunes d'un ciel obscur. Et je rendrai les hommes affolés de désir, un seul ou bien beaucoup. Tous me désireront.*

Elle se détourna de son reflet pour plonger son regard dans le mien.

Malgré la chaleur ambiante, je sentis ma peau se hérisser sur ma nuque comme si je me trouvais en plein courant d'air, et je dus me retenir de frissonner. Les propos d'Étienne sur les pratiques magiques des femmes de Marrakech me revinrent en mémoire, même s'il les avait qualifiées d'inepties. Manon me regardait toujours, et mon malaise ne se dissipait pas. C'était surnaturel ; quelques touches de couleur avaient suffi à transformer cette femme jolie mais vieillissante en une véritable beauté. Il émanait à présent d'elle une aura de plénitude qui évoquait une rose épanouie, près de faner mais encore extrêmement séduisante. C'était une créature exotique, fruit de ce pays, et rien en elle n'indiquait qu'elle était la sœur d'Étienne. Seul le français impeccable dans lequel elle s'exprimait dénotait un lien avec la France.

— Un homme a-t-il jamais été fou de désir pour vous, mademoiselle O'Shea ? demanda-t-elle alors.

Sa voix avait pris une inflexion sarcastique.

Je ne répondis pas. Je m'étais présentée comme la fiancée d'Étienne. Lui était-il tellement impossible d'imaginer qu'il m'avait désirée ?

— Et votre mari, madame Maliki ? Il travaille ? questionnai-je, à la fois parce qu'elle m'avait mise en colère et aussi parce que je sentais instinctivement qu'elle n'aimerait pas que je lui pose des questions.

J'avais vu juste. Son expression changea de nouveau. Ses yeux s'étrécirent.

— Votre mari ? répétai-je, mais cette fois, Manon m'ignora et rangea ses ustensiles dans la trousse avant de se tourner vers Badou, le menton levé et le sourcil inquisiteur.

— Alors ? lui demanda-t-elle.

— Tu es très jolie, maman, commenta-t-il d'une voix étudiée.

Falida, qui se tenait toujours près de moi, baissa la tête :

— *Très belle**, madame.

Puis Manon se tourna vers moi avec la même expression. Elle attendait visiblement que je lui fasse le même compliment. De toute évidence, Manon Maliki était habituée à recevoir des louanges.

Je ne fis aucun commentaire.

Manon tira avec impatience sur le lacet de sa trousse puis la jeta sur le coussin à côté d'elle. Falida s'empressa de la ramasser et alla la ranger dans le coffre. Puis la petite s'assit en tailleur par terre, près de Badou. Manon les regarda puis reporta son attention sur moi. Elle évoquait une reine avec ses sujets.

— Je ne vous demanderai – ordonnerai – pas à nouveau de partir, me dit-elle. Revenez dans une heure. Et estimez-vous heureuse que je vous reçoive tout de même alors que vous avez tout fait pour m'irriter.

— Madame Maliki, fis-je, exaspérée. Une heure ! Quelle différence cela fait-il ? Ne pouvez-vous simplement... ?

— Manon ?

Nous nous tournâmes tous vers l'entrée. Un homme se tenait là ; il était si grand que son turban touchait le linteau de la porte. Il portait une djellaba de coton bleu foncé brodée de jaune à l'encolure. L'extrémité du turban violet-bleu qui s'enroulait autour de sa tête et de son cou lui recouvrait aussi le nez et la bouche. À cause de la lumière du soleil derrière lui, je n'arrivais pas à voir ses yeux. Il avait un panier coincé sous son bras.

Il me rappela immédiatement l'homme sur la *piste**. L'Homme Bleu.

Badou courut vers lui et lui embrassa d'abord la main, suivant la coutume arabe de respect aux aînés, puis il enroula ses bras autour de la jambe du visiteur.

— Oncle Aszulay, dit l'enfant.

Oncle, remarquai-je. Étienne était son oncle. Pourquoi appelait-il cet homme oncle ? Ce devait être le frère du mari de Manon.

Je me tournai vers Manon. Elle souriait à l'homme avec coquetterie. Je compris soudain que si elle ne voulait pas de moi trop tôt, c'était parce qu'elle attendait cet homme.

S'agissait-il de son mari ? Non, puisque Badou l'appelait son oncle, mais surtout à cause de la façon dont Manon le regardait : pas comme on accueillerait un mari, mais... Je songeai à Étienne lorsqu'il arrivait chez moi, Juniper Road. Manon regardait cet homme comme s'il était son amant.

— *Assalam alaykum*, Badou, répliqua l'homme en arabe avec un sourire chaleureux.

Il lui caressa les cheveux. Puis il posa le panier et nous regarda.

Manon, qui ne souriait plus, annonça presque avec désinvolture :

— Et voici mademoiselle O'Shea. Mais elle part, maintenant.

Je restai où j'étais, toujours assise sur la banquette.

L'homme, de haute stature, m'examina un instant, puis inclina solennellement la tête.

— Bonjour, mademoiselle O'Shea, dit-il avec un fort accent – sans doute arabe.

— Bonjour, monsieur..., dis-je hésitante.

— Je m'appelle Aszulay, mademoiselle, dit-il simplement.

Il quitta ses babouches avant de pénétrer dans la pièce et, dès qu'il eut franchi le seuil, abaissa le bas de son turban, découvrant ainsi son visage. Puis il desserra le chèche tout entier pour le laisser descendre sur son cou. Il n'avait pas la tête rasée à la façon des Arabes que j'avais vus dans les souks, mais avait les cheveux très noirs, épais et ondulés. Et maintenant qu'il se tenait dans un rai de lumière filtré par les jalousies, ses yeux apparurent d'un bleu surprenant.

Badou s'accrocha au bord de sa tunique, et, d'un mouvement à la fois rapide et familier, Aszulay le souleva d'un seul bras. Badou s'accrocha à son cou.

— Falida, dit Aszulay, va mettre ce que j'ai apporté dans des plats pour le déjeuner.

La petite fille prit le lourd panier et le traîna vers la cuisine.

— Vous joindrez-vous à nous, mademoiselle ? demanda Aszulay.

— Non, intervint Manon. Elle ne reste pas. Elle s'en va maintenant. Vous pouvez revenir plus tard, comme convenu, me dit-elle en se levant.

Je me levai aussi, lui faisant face.

— Mais, madame...

— Nous discuterons plus tard. À deux heures.

— Je vous en prie. Dites-moi juste où...

— Non ! s'exclama Manon d'une voix sonore et sans réplique. Quand je dis à deux heures, c'est à deux heures.

Elle fit le tour de la table et me prit par la manche.

— Allez-vous-en, mademoiselle. Je vous ordonne de sortir de chez moi. Vous comprenez ?

— Manon, intervint Aszulay d'une voix ferme.

Je le regardai en espérant plus ou moins qu'il allait intervenir. Mais je ne pus déchiffrer l'expression de son visage, et il n'ajouta rien.

Je n'avais d'autre choix que de partir. J'entendis en sortant la voix d'Aszulay, basse et inquisitrice, et les réponses de Manon, aiguës et raisonneuses. Ils parlaient en arabe. Je ne comprenais rien.

* * *

Je traînai dans une ruelle attenante et arpentai des allées jusqu'à ce que l'heure soit passée. À deux heures pile, je retournai Charia Zitoune et frappai à la porte. Personne ne vint ouvrir. J'appelai, d'abord le nom de Manon, puis celui de Badou. J'appelai Falida.

Mais seul le silence me répondit derrière la porte jaune safran.

* * *

Quel choix me restait-il ? Je patientai encore une heure près de la porte, appuyée contre le mur et remuant sans cesse pour décharger ma jambe de mon poids. Aucun bruit ne filtrait de l'intérieur de la cour. Je me disais que j'allais attendre leur retour, même s'il était tard et que la médina s'assombrissait. J'allais attendre.

Mais lorsque la lumière qui pénétrait dans la ruelle étroite se mua en pénombre et que les odeurs de viande grillée commencèrent à flotter autour de moi, je me rendis compte que je ne pourrais pas tenir plus longtemps.

Je rentrai donc à l'hôtel en traînant la jambe pour y passer une nouvelle nuit agitée, une nouvelle nuit à n'être pas plus avancée dans ma recherche d'Étienne que je ne l'avais été vingt-quatre heures plus tôt.

Chapitre vingt-deux

Ma première impulsion en me réveillant le lendemain matin fut de retourner au plus vite Charia Zitoune. Mais mon expérience de la veille m'avait découragée, et j'avais peur, en retournant là-bas, de trouver encore porte close. Que se passerait-il si Manon était partie quelque part, dans un endroit où je ne pourrais pas la retrouver, pour éviter d'avoir à me parler d'Étienne ? Qu'adviendrait-il si j'avais laissé passer ma chance avec elle ?

Que cachait-elle ?

Pour passer le temps, je déambulai quelques heures dans le quartier français. J'entrai dans une boutique de fournitures pour artistes peintres en espérant que l'odeur de la peinture et le toucher des pinceaux me distrairaient de mon attente. Je repensai aux tableaux exposés dans le hall de l'hôtel, et au dessin représentant Mustapha et Aziz que j'avais exécuté sur la *piste**. Il était midi lorsque j'arrivai Charia Zitoune.

Je me préparai psychologiquement à affronter le silence, mais, en m'approchant, j'entendis la voix de Badou de l'autre côté de la porte. Je posai la main sur ma poitrine et poussai un profond soupir de soulagement, puis je frappai en appelant son nom. Il ouvrit.

— Bonjour, mademoiselle O'Shea, dit-il en souriant, comme s'il était content de me voir.

Je voulus lui sourire aussi, mais mes lèvres refusèrent d'obéir.

Aszulay était revenu – ou il n'était pas parti. Il vint à la porte.

— Mademoiselle O'Shea, vous voilà.

Il souriait, du même sourire que Badou.

— Oui. Je suis déjà repassée hier, mais j'ai eu beau frapper et appeler, il n'y avait visiblement personne.

Il se rembrunit.

— Pourtant, quand je suis parti, hier, juste avant deux heures, Manon m'a dit qu'elle vous attendait.

— Elle n'y était pas. J'ai attendu longtemps.

— Je vous en prie. Asseyez-vous. Manon se repose, dit-il. Nous n'allons pas tarder à manger. Je voudrais que vous vous joigniez à nous.

Je fermai les yeux un instant, peu désireuse de poursuivre cette mascarade de courtoisie. Qu'adviendrait-il si Manon, en me voyant, se comportait avec moi comme la veille ?

— Je voudrais m'excuser pour le comportement de Manon, hier. Elle a parfois des migraines.

Je songeai à Étienne.

— Elle souffre, et cela la rend... comme vous l'avez vue hier. Aujourd'hui, il faut que vous restiez. L'hospitalité est une tradition marocaine, mademoiselle. et ne pas l'accepter est une offense.

J'acquiesçai et pris place sur l'un des tabourets bas, ce qui n'était pas très confortable pour ma jambe, que j'étendis devant moi. Lorsque je fus assise, Aszulay s'installa, jambes croisées, sur la banquette, de l'autre côté de la table ronde. Badou grimpa sur ses genoux et, contrairement à Manon qui ne touchait jamais son fils, Aszulay serra le petit garçon dans ses bras.

L'Homme Bleu. Je pensai de nouveau à l'homme en bleu sur la *piste**, surgi de nulle part, et qui troquait de la céramique contre du pain. À la fascination que j'avais éprouvée devant sa haute taille et son regard direct, sa démarche lente, empreinte de dignité et de grâce alors qu'il avait disparu sur le chemin poussiéreux aussi mystérieusement qu'il était apparu.

— Je vais demander à Falida de nous apporter du thé, dit Aszulay, et je sursautai légèrement en prenant conscience que je l'avais dévisagé. Nous mangerons ici, où il fait plus frais.

Il posa Badou et se leva.

— Badou, va dire à maman de descendre manger. Je vous en prie, mettez-vous à l'aise, me dit-il. Je reviens tout de suite.

Badou monta au pas de course l'escalier extérieur, et je ne tardai pas à percevoir sa voix étouffée venue de l'étage. Je voulais tellement voir Manon, entendre ce qu'elle voudrait bien me dire, et, en même temps, je redoutais d'avoir affaire à elle. Cette femme avait quelque chose de cruel et de pervers ; son visage exprimait clairement le plaisir qu'elle avait éprouvé à me faire attendre et supplier. Elle ne cherchait même pas à dissimuler le manque d'intérêt qu'elle avait pour son propre fils, et j'avais noté avec quelle cruauté elle traitait sa petite servante.

Comment cette femme pouvait-elle être si différente d'Étienne ?

Aszulay revint avec Falida ; il apportait un tajine – ce grand plat en terre rond surmonté d'un couvercle conique pour retenir la vapeur. Falida tenait un plateau de cuivre circulaire contenant une pile de galettes de pain sur une assiette, une théière, trois verres peints dans leur support à anse de métal et quatre petites coupes en porcelaine contenant de l'eau et une lamelle de citron.

Elle posa le tout sur la table ronde, puis remplit les trois verres de thé. Elle tendit le premier à Aszulay, m'en donna un et s'écarta à reculons de la table avant de courir dans la maison. Sans doute avait-elle laissé le troisième verre pour Manon.

— Je vous en prie. Buvez, dit Aszulay.

Avec un petit mouvement de tête, je pris une gorgée prudente – la menthe familière, et comme toujours, beaucoup de sucre – avant de reposer le verre. Il faisait bien trop chaud pour ce genre de boisson. J'aspirais à un verre d'eau fraîche.

Aszulay ne parlait pas, mais semblait détendu et dégustait son thé. Pour moi, ce silence prenait trop de place ; j'essayai de trouver un sujet de conversation. Que dire à un Homme Bleu ? Je me sentais très mal à l'aise et dus me racler deux fois la gorge avant de parler.

— Que faites-vous à Marrakech ? demandai-je enfin.

Il avala sa gorgée de thé et répondit :

— Je creuse.

— Vous creusez ? répétai-je, doutant d'avoir bien entendu.

— Je creuse, dit Aszulay en hochant la tête, et je plante des arbres, et des fleurs.

Il prit une nouvelle gorgée de thé, et je fixai du regard ses lèvres sur le verre.

— Oh ! Jardinier. Vous travaillez pour une famille en particulier ? m'enquis-je, ne m'intéressant guère à sa réponse, mais incapable de supporter le silence.

— J'ai travaillé dans les jardins de beaucoup des grands *riads* de la médina, et dans certains des parcs et des jardins de la Ville Nouvelle. C'est là-bas que je travaille en ce moment.

— Je séjourne à l'*Hôtel de la Palmeraie*. Dans la Ville Nouvelle, ajoutai-je inutilement.

Décidément, ce bavardage ne m'intéressait pas.

— *Bien entendu**, remarqua Aszulay. C'est extrêmement... c'est très luxueux.

J'acquiesçai de la tête.

— Je travaille au jardin de monsieur Majorelle, reprit-il. Mais je viens souvent apporter à déjeuner pour Manon et Badou.

— J'y suis allée une fois, au jardin Majorelle.

— Oui, dit Aszulay, qui avait reposé son verre. Je vous ai vue.

— Vous m'avez vue ?

Il avait malgré tout attisé une petite pointe de curiosité.

— C'était la semaine dernière. Je travaillais quand vous êtes passée. Je vous ai vue parler avec madame Odette. Elle vient tous les jours ; c'est une dame très triste, ajouta-t-il, et je ressentis un peu de honte.

Je n'avais pas prêté attention aux hommes qui travaillaient sous le soleil brûlant.

— Il n'y a pas beaucoup d'étrangers, à cette saison. Ils préfèrent venir quand il fait plus frais, dit-il, comme pour expliquer pourquoi il m'avait remarquée.

Lui avais-je paru autoritaire ou dédaigneuse, alors que je parcourais lentement les allées ?

— Ce sera superbe une fois terminé, dis-je un peu trop vite. Ce sera à n'en pas douter l'oasis de paix dont rêve monsieur Majorelle. J'ai toujours aimé les jardins.

Aszulay m'observait, détendu, les mains posées sur ses cuisses. Il avait les yeux si bleus ; comment était-ce possible ? Curieusement, son regard franc, à la fois spontané et bienveillant, me déstabilisait plus encore que son silence.

— J'ai un jardin, chez moi, en Amérique, ajoutai-je. J'ai toujours cherché l'équilibre, l'ordre, mais en laissant une certaine place à l'influence de la nature dans mes plantations. Pour ce qui est des fleurs, je...

Je m'interrompis. Je parlais bêtement et sans réfléchir. J'avais été sur le point de lui dire que je peignais des planches botaniques. Pourquoi en aurais-je dit plus à cet homme sur moi-même que je n'en avais dit à quiconque depuis mon départ d'Albany ?

— Je m'intéresse aux plantes, terminai-je.

— Il faut que vous reveniez visiter le jardin Majorelle, affirma-t-il avec une totale assurance.

Puis il se détourna brusquement.

— Ah, te voilà ! s'exclama-t-il en se levant, les yeux tournés vers l'escalier.

— Qu'est-ce qu'elle fait là ? demanda Manon, le front plissé.

Badou se tenait derrière elle et essayait de regarder ce qui se passait. Aszulay alla rejoindre Manon et monta quelques marches pour lui tendre la main.

— Viens. Nous faisons preuve d'hospitalité, Manon, énonça-t-il sur un ton patient. Quand un invité arrive, on lui offre du thé et à manger.

Il lui parlait comme à un enfant.

— Viens, dit-il encore en lui prenant la main.

Elle sourit alors légèrement. Je remarquai qu'elle s'était à nouveau maquillée, et qu'elle portait une tenue radicalement différente de la veille, en soie mauve et violet foncé. Elle avait aux pieds des mules de satin bordeaux brodées d'un motif de vigne crème. Ses cheveux épais retombaient voluptueusement sur ses épaules. Quand elle arriva en bas de l'escalier, son parfum flotta jusqu'à moi.

Elle évoquait une fleur épanouie qui inviterait tout le monde à venir la regarder de plus près, pour l'admirer et la respirer, pour s'émerveiller devant sa beauté.

J'étais assise, les mains sur mes genoux, dans ma petite robe d'organdi bleue et mes gros souliers noirs. Comme d'habitude, mes cheveux s'échappaient de leurs épingles dans l'humidité et la chaleur. Une grosse mèche me barrait la joue, dissimulant peut-être ma cicatrice.

— Assieds-toi ici, lui dit Aszulay en tenant la main de Manon pour la faire asseoir là où il s'était tenu, sur la banquette. Badou, prends un tabouret et va t'asseoir près de mademoiselle O'Shea, dit-il, comme s'il était le maître de maison.

Je constatai qu'il était parfaitement à l'aise avec Manon, lui glissant un coussin derrière le dos pour qu'elle soit bien, lui appuyant doucement sur les épaules pour qu'elle s'y adosse, ébouriffant les cheveux de Badou et caressant sa petite joue au passage.

Aszulay était différent de tous les Marocains que j'avais pu rencontrer depuis mon arrivée à Marrakech. En fait, je n'avais jamais été témoin du moindre contact entre hommes et femmes de ce pays. Je pris conscience que les hommes et les femmes que j'avais vus dans les souks et les ruelles appartenaient tous à la classe laborieuse. Les hommes vendaient leurs marchandises ; ils poussaient des charrettes dans les rues ; ils portaient de gros sacs sur leur dos ; ils conduisaient les taxis et les calèches ; ils prenaient le thé entre eux devant de petites tables disséminées dans les rues. Ce n'étaient ni les nobles ni les sultans du Maroc. Et les femmes voilées qui faisaient les courses étaient soit les épouses de ces hommes, accompagnées par un père ou un fils, soit les servantes des femmes de harem, ces dames de la haute société marocaine qui quittaient rarement la réclusion de leur maison et de leur jardin fermé.

Je n'aurais su dire comment Aszulay et Manon s'intégraient à ce schéma. Aszulay avait le regard vibrant et ouvert d'un homme dans la fleur de l'âge, un charme qui n'était pas entièrement dû à ses traits mais qui venait de l'intérieur. Et, du moment où il m'avait rencontrée, il ne m'avait pas considérée avec l'attitude à la fois curieuse et désapprobatrice adoptée par les Marocains, qui soit me lorgnaient ouvertement, soit m'ignoraient. Il s'adressait à Manon et à moi comme un Européen l'aurait fait. Et il s'exprimait dans un français châtié, avec une grammaire proche de la perfection.

Manon couvait Aszulay d'un regard que je qualifierais de sensuel. Même s'il n'y répondait pas, cet homme était de toute évidence son amant. Certainement. Sans aucun doute.

Elle n'avait plus de mari de toute façon. Les paroles qu'elle avait chantées la veille en se maquillant les yeux, et qui évoquaient des hommes fous de désir pour elle, me revinrent en mémoire.

Je me sentis un fugitif instant déçue. Déçue qu'un homme comme Aszulay puisse être épris d'une femme comme Manon. Mais je me raisonnai en me

Chapitre vingt-trois

Je ne me rappelle pas comment je suis rentrée à l'*Hôtel de la Palmeraie*. Mes sens ne fonctionnaient plus convenablement, et les rues, les souks et la place m'apparurent comme obscurcis et assourdis par une brume opaque de couleurs et de sons. Je tenais mon mouchoir contre mon nez et ma bouche alors que je remontais au pas de course les rues inextricables de la médina – combien de temps cela me prit-il ? M'égarai-je ? Je sais que cela se termina par un trajet cahotant en taxi avant de pouvoir me cacher, en sécurité dans ma chambre.

Je m'allongeai sur mon lit mais continuai de presser le mouchoir contre mon visage. *Il est mort*, me répétai-je. *Étienne est mort. Il est mort.*

Je me remémorai toute la scène qui avait suivi ma fausse couche, et les mots se répercutaient à l'intérieur de mon crâne.

Mes yeux, ma gorge et ma tête m'élançaient à m'en donner la nausée tandis que se bousculaient les regrets de mon enfant perdu et la pensée de ne plus jamais revoir Étienne. Une part de moi croyait fermement que si j'avais retrouvé Étienne, il m'aimerait encore. Et que même si ce n'était pas le cas, le seul fait de le savoir en vie quelque part dans ce monde aurait été comme un étrange et minuscule réconfort. Peut-être m'étais-je aventurée à imaginer que même s'il n'avait pas voulu de moi à Marrakech, je pouvais très bien ouvrir un jour ma porte à Albany et le trouver – comme la première fois où il était venu Juniper Road – assis dans sa voiture, devant chez moi.

Je revoyais son sourire, ses doigts se refermant sur les miens. Plus jamais. Jamais...

Allongée sur le dos, agitée, les bras serrés contre moi, j'entendis une sorte de mélopée sortir toute seule de ma bouche. Il faisait sombre dans la chambre, et tellement chaud. La rumeur de Jemâa el-Fna résonnait au loin.

Ma poitrine devint elle aussi douloureuse et j'eus du mal à respirer. Comment Étienne était-il mort ? M'avait-il appelée sur son lit de mort ou avait-il péri si subitement qu'il n'avait pas eu le temps de proférer un seul mot ?

Maintenant je ne saurais plus jamais pourquoi il m'avait quittée. Je revécus ces heures, à Marseille, durant lesquelles, couchée après la visite du médecin, j'avais dû faire un choix difficile : poursuivre mon voyage à Marrakech ou rentrer à Albany. Mais j'avais pris la décision de venir dans le but de trouver des réponses.

J'en avais une. J'avais une réponse. Elle ne m'expliquait pas pourquoi il était parti, mais c'était une réponse, terrible et complètement inattendue.

Ce n'était pas juste : d'abord mon enfant, et maintenant Étienne.

J'essayai de ralentir ma respiration, de repousser cette sensation effrayante. Mais j'étais envahie par une terrassante et gigantesque panique, et mon cœur battait si violemment qu'il donnait l'impression d'être près d'éclater. Je me redressai, pantelante, dans la chaleur extrême. Étais-je la proie d'une attaque ? Allais-je mourir ici, comme Étienne ?

Tu n'es pas en train de mourir, Sidonie. Tu n'es pas en train de mourir. Arrête ça.

Je voulais aller à la fenêtre ouverte pour essayer de prendre un peu l'air ; c'était irrespirable ici. Mais le simple fait de devoir traverser la chambre me parut insurmontable. Je me rallongeai, pressant les mains contre ma poitrine pour étouffer la douleur.

Je repensai encore à mon enfant perdu, essayant de me représenter comme il ou elle aurait été et ce que cela m'aurait fait de le tenir dans mes bras. Soudain, le visage de Badou m'apparut. Je le vis, si tolérant envers la mère cruelle que le destin lui avait imposée ; je sentis sa petite main chaude et confiante prendre la mienne. Je gardai les paupières closes et pris de petites respirations jusqu'au moment où je pus me rasseoir ; j'ouvris brusquement ma robe et la laissai tomber en tas, fis de même avec ma combinaison et ma culotte, j'ôtai mes souliers qui atterrirent par terre avec un grand bruit puis retirai mes bas. Là encore, une douleur me fit respirer plus vite, et je m'aperçus que j'avais les genoux écorchés et que du sang séché s'accrochait à mes bas déchirés. Je n'avais aucune idée de ce qui avait pu se passer.

Je tombai, nue, sur le lit moelleux, et me remis à pleurer, me moquant qu'on puisse m'entendre depuis le vaste couloir cossu.

* * *

Je ne pensais pas pouvoir m'endormir, mais ce fut le soleil du matin sur mon visage qui me réveilla. Je restai immobile encore quelques secondes, clignant des yeux dans la lumière, avant que le souvenir de ce qui s'était produit la veille ne me revienne avec force.

— Étienne est mort, prononçai-je à voix haute. Étienne est mort. *Mort.*

Je repoussai le couvre-lit et découvris mon corps nu. Je n'avais jamais dormi sans chemise, même avec Étienne.

Je repensai à mon comportement hystérique de la veille. La douleur dans ma poitrine avait-elle réellement été telle que j'avais cru que mon cœur allait éclater, les ventricules et l'aorte répandant tout leur sang et me tuant instantanément ? Étienne m'aurait trouvée particulièrement ridicule.

Étienne, toujours si calme et maître de lui. Je ne pouvais me le représenter autrement. Même lorsque je lui avais parlé pour la première fois de l'enfant et que son anglais lui avait soudain fait défaut, il n'avait pas complètement perdu pied. Mais alors je me rappelai cet instant, dans la voiture, où son visage l'avait trahi, me le montrant craintif et hésitant.

Sous son vernis presque sans défaut, un aspect de lui, fragile et secret, avait pointé. Qu'avait-il voulu cacher ? Quelle part de lui-même était si vulnérable, et pourquoi avait-il tant cherché à l'enfouir sous des théories et de la distance ?

Je passai toute la journée au lit, à regarder le soleil traverser la chambre. Je demeurai là, sans prendre de bain, sans boire ni manger. À un moment, on frappa à la porte et je demandai qu'on me laisse tranquille. Puis je regardai les ombres s'allonger et se muer en obscurité.

* * *

Lorsque le soleil réapparut à travers la fenêtre, je me trouvai subitement très assoiffée et eus envie de jus d'orange frais. Je ramassai ma combinaison blanche là où je l'avais laissée, à côté de moi sur le lit, et l'enfilai. Puis je me levai et ressentis une vive douleur dans les genoux. Je les examinai, me souvenant vaguement qu'ils saignaient quand je m'étais déshabillée. Il y avait à présent des croûtes, et de sombres hématomes qui s'étendaient tout autour. Je tirai sur le cordon pour faire venir quelqu'un.

Quelques instants plus tard, on frappait doucement à la porte. Je m'enroulai dans le couvre-lit pour ouvrir et demander au boy de m'apporter un pichet de jus d'orange. Mais ce n'était pas l'un des boys de l'hôtel. C'était monsieur Henri.

— Mademoiselle, dit-il, ayant pour la première fois depuis que je le connaissais l'air agité. Il semble que nous ayons affaire à une situation des plus embarrassantes.

— Que se passe-t-il ?

— En bas. Dans le hall, commença-t-il, ne sachant trop, visiblement, comme expliquer la chose.

— Oui, oui, monsieur Henri. S'il vous plaît. Je suis très fatiguée et je voudrais retourner me coucher.

— Il y a un homme, lâcha-t-il. Un homme qui prétend vous connaître.

J'eus soudain l'impression que mes jambes allaient se dérober sous moi.

Tout cela était une erreur, ou bien une horrible farce macabre. Étienne n'était pas mort. Il était en vie et il m'attendait dans le hall.

— Monsieur Duverger ? m'écriai-je en posant la main sur l'épaule de monsieur Henri.

Il tourna imperceptiblement la joue, et je compris que je l'avais offensé en le touchant. Je retirai aussitôt ma main.

— Veuillez m'excuser, demandai-je. Mais est-ce bien lui ? Est-ce Étienne Duverger ?

Monsieur Henri leva le menton, tout aussi imperceptiblement, mais cela donna l'impression que le bout de son nez se haussait également.

— Je puis vous assurer, mademoiselle O'Shea, qu'il ne s'agit pas de ce monsieur Duverger dont vous parlez. C'est un homme... un Arabe, mademoiselle. Un Arabe avec son enfant.

— Un Arabe ? fis-je en clignant des yeux.

— Oui. Avec un nom du Sahara. Je ne me rappelle plus lequel. Et je vous assure, mademoiselle, que je lui ai bien spécifié qu'il n'était pas dans les habitudes de l'*Hôtel de la Palmeraie* de laisser entrer des non-Européens, et encore moins de les laisser monter dans les chambres. Mais il a insisté pour que je vienne vous parler. Il... Il s'est montré insistant au point d'en paraître menaçant. Il semble, mademoiselle, ajouta-t-il en se rapprochant (et je respirai un parfum fleuri, du jasmin peut-être), qu'il vous a apporté quelque chose. De la nourriture. C'est tout à fait inacceptable. Je lui ai expliqué que si vous aviez faim, nous avons un menu très complet qui propose tout ce dont vous pouvez avoir besoin. Mais il est resté là – et je suis sûr qu'il y est toujours –, avec son tajine et l'enfant. L'enfant, lui, porte des beignets graisseux enfilés sur une sorte de tresse d'herbes. La nourriture dégage, je le crains, une odeur de graillon dans tout le hall. Et même si, heureusement, il n'y a pas encore à cette heure-ci beaucoup de monde qui circule, je voudrais vraiment que cet homme et l'enfant aient disparu avant...

— Vous pouvez les faire monter, monsieur Henri, l'interrompis-je, et je vis ses yeux s'agrandir.

Puis il embrassa du regard mes cheveux et le couvre-lit qui m'enveloppait ; je savais qu'un de mes genoux tuméfiés apparaissait sous le couvre-lit, mais cela m'était égal.

— Vous en êtes sûre, mademoiselle ? La sécurité de nos clients est de la plus haute...

Je lui coupai à nouveau la parole.

— Oui. Je suis une cliente, moi aussi. Et je puis vous assurer qu'il n'y a absolument aucune raison de vous inquiéter. Laissez-les venir dans ma chambre, je vous prie. Et veuillez me faire monter un pichet de jus d'orange.

Je ne pouvais imaginer sortir dans la rue bruyante et trouver mon chemin parmi les voitures, les chevaux, les ânes et la foule. Aszulay ne comprenait-il pas ce que j'endurais ?

— Monsieur Majorelle a fait venir de nouveaux oiseaux. Je pensais que vous aimeriez les voir.

Il me parlait comme si j'étais Badou, me cajolant comme si j'étais un enfant, et cela me dérangea. Je me rappelai qu'il parlait ainsi à Manon, pour la calmer.

— J'ai dit non, Aszulay. Je ne... je...

Les larmes me montèrent aux yeux, et je me détournai pour qu'il ne puisse pas les voir.

— C'est difficile pour vous, je comprends, assura-t-il en se levant. Je regrette que vous soyez déçue après avoir fait tout ce chemin. Viens, Badou, dit-il en tendant la main à l'enfant.

— Sa mort ne m'a pas seulement déçue, dis-je à voix basse.

Aszulay tourna vivement la tête.

— Sa mort ? répéta-t-il.

Je levai les yeux vers lui, et quelque chose dans son expression me fit retenir mon souffle.

— Oui, fis-je sans le quitter des yeux.

— Mais... mademoiselle O'Shea. Étienne... il n'est pas mort. Pourquoi dites-vous cela ?

Je n'arrivais plus à respirer, ne pouvais pas le regarder. Je fixai mon regard sur le tajine, le jus d'orange, les verres. Ils palpitaient, comme s'ils prenaient vie.

— Mais..., commençai-je en portant la main à ma bouche, puis en la retirant tout en revenant vers Aszulay. Manon... elle a dit que... Elle a dit qu'Étienne était mort. Enterré, au cimetière. Elle m'a dit qu'il était mort, répétai-je.

Dans le silence qui suivit, Aszulay et moi nous dévisageâmes.

— Ce n'est pas vrai ? murmurai-je enfin.

Aszulay fit non de la tête et j'entendis un son sortir de ma bouche, un son qui ne ressemblait à rien de ce que j'avais pu émettre jusqu'alors. Je dus me couvrir à nouveau la bouche, et cette fois à deux mains, pour l'étouffer.

— Elle vous a vraiment dit ça ? demanda Aszulay.

Ses lèvres se durcirent, mais il n'ajouta rien.

— Dites-moi la vérité, Aszulay. Dites-moi simplement ce qui est arrivé à Étienne. S'il n'est pas mort, où est-il ?

Aszulay resta un long moment silencieux.

— Ce ne sont pas mes affaires, dit-il enfin. C'est entre vous et Étienne, vous et Manon. Entre Manon et Étienne aussi. Je n'ai rien à voir là-dedans. Mais que Manon vous...

Il ne termina pas sa phrase.

Je me penchai par-dessus la table pour lui prendre le bras. Il me parut chaud et ferme sous l'étoffe bleue de sa manche.

— Mais pourquoi ? Pourquoi Manon a-t-elle voulu me faire ça, m'a-t-elle menti de la sorte ? Pourquoi me déteste-t-elle au point de me chasser de Marrakech aussi cruellement ? Je ne lui ai rien fait. Pourquoi ne veut-elle pas que je retrouve Étienne ? Pourquoi aller jusque-là... jusqu'à annoncer sa mort ? Pourquoi tant de haine envers moi ?

Je me répétais et je parlais trop vite. Tout était trop confus, trop invraisemblable.

Aszulay baissa alors les yeux vers Badou, et je l'imitai. Le petit garçon était attentif et son regard était intelligent. Plein de vie. Mais chargé aussi de quelque chose d'autre. Il en avait vu et entendu beaucoup trop pour son âge. Pas seulement maintenant mais tout au long de sa courte vie.

— Elle a le malheur ancré en elle, commenta Aszulay. Elle seule connaît ses raisons. Je ne sais pas pourquoi elle vous a dit une chose pareille.

— Mais quelle est la vérité alors ? Où est Étienne ? Vous voyez bien qu'elle ne me le dira pas. Je comprends... nous nous trouvons dans des situations similaires, c'est ça ?

Je suis – j'étais, je suis, je ne sais plus – l'amie d'Étienne : vous êtes l'ami de Manon.

— Des situations ? Je ne comprends pas de quoi vous parlez. Mais Étienne est venu ici, à Marrakech. Il est resté peut-être deux semaines chez Manon. Et puis il est parti. Il a quitté Manon, et quitté Marrakech.

— Est-ce qu'il est reparti en Amérique ?

Était-il possible que nous nous soyons croisés, que je l'aie manqué en allant dans un sens alors qu'il allait dans l'autre ? Me cherchait-il à Albany ? Tout cela était digne d'un drame shakespearien ou d'une tragédie grecque.

— Non. Il a dit qu'il resterait au Maroc maintenant que...

Il se tut à nouveau en regardant Badou.

— Et c'est tout ? Vous ne pouvez rien me dire de plus ?

— Peut-être pourrions-nous parler de tout cela une autre fois.

— Quand ?

— Une autre fois, répéta-t-il.

Puis il prit Badou par la main et sortit.

* * *

Le reste de la journée se déroula dans une étrange lueur crépusculaire. Je passais alternativement de mon lit à la table, où je restais assise en regardant par la fenêtre. Je voulais me précipiter chez Manon, pour me retrouver en face d'elle et exiger qu'elle me dise la vérité. Mais en même temps, je ressentais une sorte d'épuisement, une incapacité à faire plus de quelques pas. J'étais troublée par ce que je ressentais. Quelques jours seulement plus tôt, la perspective de rencontrer Manon m'avait remplie d'espoir : grâce à elle, j'allais retrouver Étienne. Alors, Manon m'avait dit qu'il était mort et j'avais pleuré, sombré dans le désespoir. Et maintenant... d'après ce qu'Aszulay m'avait assuré – et je le croyais évidemment plutôt que Manon – Étienne n'était pas mort. Il était vivant quelque part au Maroc...

Je n'étais pas plus près de le trouver, ni de comprendre pourquoi il avait agi comme il avait fait – pourquoi il m'avait abandonnée sans explication. Mais quelque chose avait changé. Quelque chose d'infime. J'avais pleuré Étienne, convaincue qu'il était mort. Et quelque chose en moi s'était glacé. Manquait. Quelque chose que je n'avais pas retrouvé en apprenant qu'il était vivant.

Je réfléchis à tout cela, essayant d'y trouver un sens. Je pris quelques morceaux de viande froide et me léchai les doigts. Je bus le reste de jus d'orange. Je me nettoyai les genoux et en inspectai les écorchures et les hématomes.

Puis ce fut la nuit. Je me déshabillai et m'allongeai à nouveau nue sur le lit, sentant l'air chaud sur mon corps.

* * *

Au matin, les mouches s'agglutinaient sur les restes de tajine. Je pris un bain et ramenai mes cheveux en chignon. Puis je mis une robe propre, jetai les restes de nourriture et sortis, prenant un taxi pour me conduire à l'entrée de la médina.

Le moment était venu d'interroger Manon. Même si je n'avais aucune envie de la revoir, je ne pouvais laisser les choses finir ainsi.

Je ne voulais pas qu'elle puisse penser qu'elle m'avait chassée. Et je ne m'en irais pas tant qu'elle ne m'aurait pas dit où trouver Étienne.

Chapitre vingt-quatre

Lorsque j'arrivai chez Manon, juste après neuf heures, Badou jouait dans la cour avec un chiot couleur sable, aux pattes blanches et à l'oreille abîmée.

— Bonjour, Badou, lançai-je lorsque Falida m'eut fait entrer avant de retourner balayer mollement la cour avec un petit balai de brindilles sèches. Où est ta mère ?

— Elle dort, répondit-il en câlinant le petit chien contre lui.

Celui-ci lui mordilla le poing, tout doucement, et l'enfant nous sourit, à moi et au chiot.

— Regarde mon chien, dit Badou.

Je m'assis sur le large rebord du bassin.

— Il est à toi, vraiment ? questionnai-je, et Badou secoua la tête.

— *Non**, admit-il tristement. Il appartient à Ali, de l'autre côté de la rue. Il y a des fois où il me laisse jouer avec son chien, mais je voudrais qu'il soit à moi. J'ai envie d'un chien.

Je pensai à Cinabre, et au réconfort qu'elle m'avait apporté, même si j'avais dix ans de plus que Badou quand elle était entrée dans ma vie.

— Je sais, assurai-je. Peut-être qu'un jour, ta maman te donnera un chiot.

Mais Badou secoua à nouveau la tête. Il posa le chiot par terre et se mit debout devant moi.

— Maman a dit non. Elle dit qu'un chien, c'est des problèmes. Elle a dit que je n'en aurais jamais et que je ne devais plus en réclamer.

Il parlait sans cette déception enfantine bien naturelle mais, encore une fois, avec un stoïcisme d'adulte qui me toucha.

— Alors, c'est bien que tu puisses jouer avec ce petit chien-là, commentai-je.

Le chiot gambadait autour de lui, et sautait pour lui saisir la manche.

— Sidonie, déclara Badou sans prêter attention au chien, je n'aime pas ton *dar*.

— Tu n'aimes pas ma maison? m'étonnai-je, certains mots arabes usuels me devenant familiers.

— Oui, elle ne me plaît pas, répéta-t-il. Elle est trop grande, et il y a trop de gens. Et ils ne t'aiment pas, ajouta-t-il gravement.

— Ils ne m'aiment pas? Qui ça, Badou? questionnai-je, troublée par ses déclarations et son expression morose.

— Ta famille. Tous les gens de ta grande maison, insista-t-il. Ils ne t'aiment pas, répéta-t-il, et je compris soudain.

— Oh, Badou, ce n'est pas ma maison. C'est un hôtel, dis-je, prenant conscience tout en parlant qu'il ne devait pas comprendre un mot de ce que je lui disais. Un... oui, c'est une grande maison, mais ce n'est pas ma maison et je ne suis pas là pour longtemps. Et ces gens ne sont pas de ma famille.

— Qui c'est alors?

— Je ne les connais pas, dis-je avec un haussement d'épaules. Des inconnus.

— Tu habites avec des inconnus? s'étonna-t-il, ses yeux plus grands encore qu'à l'accoutumée. Mais, Sidonie, comment tu peux vivre sans ta famille? Tu ne te sens pas seule?

Je le regardai. Voyant que je ne répondais pas – parce que je ne savais pas trop quoi dire –, il reprit :

— Mais... ils sont où alors? Où est ta mère, et ton père? Où sont tes enfants?

Badou comprenait déjà l'importance que la famille avait au Maroc. Malgré la froideur de sa mère, il parlait d'amour.

Peut-être décela-t-il quelque chose, une altération infime et subtile, dans mon expression. Car il ajouta, si naturellement et pourtant avec toute l'intensité d'un enfant qui en sait beaucoup trop sur le monde, et trop tôt :

— Morts?

Il n'y avait qu'une façon de répondre à un enfant comme Badou. Je hochai lentement la tête.

— Oui, ils sont tous morts.

Badou s'approcha alors de moi et vint se percher sur mes genoux, comme je l'avais vu faire avec sa mère et avec Aszulay. À genoux sur moi, il posa sa joue contre la mienne. Je perçus la chaleur de sa peau et respirai la poussière dans ses cheveux. Je me dis distraitement qu'il avait besoin d'un bain.

Je n'arrivais pas à parler, alors je mis simplement mes mains autour de son dos frêle. Je fis courir mes doigts sur ses côtes bien palpables, puis sur les petites bosses de ses vertèbres. Il se détendit sur mes genoux, avec une telle facilité. Le petit chien se coucha à mes pieds, s'allongeant sur le flanc contre la pierre chaude et lisse. Sa langue rose sortait légèrement, et son œil visible se contractait pour chasser les mouches. Falida continuait son balayage languissant, le frottement des branchages produisant un rythme apaisant. Nous restâmes ainsi, dans la lumière tachetée de la cour, la tête de Badou sous mon menton, pour attendre le réveil de Manon.

* * *

Manon finit par appeler Falida d'une voix rauque et peu amène par une fenêtre ouverte à l'étage. Falida monta au premier, mais redescendit bientôt et entra dans la maison. Badou resta sur mes genoux.

Quelques minutes plus tard, des pas résonnèrent dans l'escalier ; je m'armai de courage, prête à affronter Manon.

Mais ce n'était pas elle. Un homme, ses cheveux blond foncé vaguement lissés sur son front et le visage assombri par la barbe de la nuit, parut aussi surpris de me trouver là que moi de le voir. Il était séduisant et portait un complet de lin grège bien coupé, quoique un peu froissé. Il tenait un chapeau à larges bords à la main.

— Oh ! madame, s'exclama-t-il, s'arrêtant au milieu de l'escalier. Bonjour.

— Bonjour, rétorquai-je.

— Manon attend son thé du matin. Je ne crois pas qu'elle sache qu'elle a de la visite, vous voulez que je lui dise...

— Non, répondis-je.

Trop de choses se bousculaient dans mon crâne. Cet homme avait visiblement passé la nuit ici. S'agissait-il du mari de Manon ? Non, c'était impossible, n'est-ce pas ? Je regardai Badou. En entendant l'homme descendre, Badou avait sauté de mes genoux et caressait à présent le chiot avec ostentation, tournant le dos à l'inconnu. Et Aszulay ?

— Je vais l'attendre ici, assurai-je.

— Comme vous voudrez, dit-il avec un petit salut du buste avant de quitter la cour.

Il avait complètement ignoré Badou.

Alors que la porte se refermait derrière lui, je me demandai où Falida et Badou dormaient la nuit, à quoi ils étaient soumis.

Badou courut à l'étage. J'entendis sa petite voix claire annoncer à sa mère que j'étais dehors.

— Qu'est-ce qu'elle veut ? répliqua Manon d'un ton revêche.

— Je ne sais pas, maman, dit-il. Maman, son papa et sa maman, ses enfants, ils sont tous morts.

Il y eut un bruit d'étoffe puis Manon lâcha :

— Elle ne mérite pas d'avoir une famille.

Je me sentis choquée, pas seulement à cause de son animosité envers moi, mais parce que c'était une chose affreuse à dire à un enfant.

Je songeai à la courbe adorable de la tête de Badou appuyée contre moi.

— Manon ! appelai-je en me relevant du bord du bassin pour l'empêcher d'ajouter autre chose. Il faut que je vous parle.

— Vous attendrez que je sois prête, répliqua-t-elle sur ce même ton hargneux qu'elle avait employé avec Badou et Falida.

Une fois de plus, je ne pouvais rien faire d'autre que me rasseoir et attendre qu'elle apparaisse en haut des marches.

Elle descendit l'escalier avec lenteur, comme si elle avait tout le temps devant elle. Elle ne portait qu'un caftan ample, presque diaphane, qui laissait clairement deviner sa silhouette mince et néanmoins plantureuse. Elle avait encore la poitrine haute et ferme. Ses cheveux n'étaient pas coiffés et son khôl s'était brouillé autour de ses yeux. Elle avait les lèvres gonflées, comme légèrement tuméfiées.

En la regardant descendre l'escalier d'une démarche aussi altière, avec une nonchalance si étudiée, j'avais envie de me précipiter sur elle et de la pousser, de la pousser avec violence pour qu'elle dévale les marches, de lui tirer les cheveux, de la gifler. Je voulais lui hurler qu'elle n'était qu'une menteuse, une fourbe qui ne méritait pas d'avoir un si beau petit garçon, une si jolie maison. Qui ne méritait pas son amant – son autre amant – Aszulay, qui avait si belle allure et qui faisait preuve envers elle et Badou de tant de loyauté et de considération. Savait-il qu'en plus de me tromper, moi, elle le trompait aussi, d'une tout autre manière ?

Mais je n'esquissai pas un geste, ne prononçai pas un mot. Je restai au bord du bassin, mains serrées, bouche scellée.

Elle s'assit sur la banquette et appela de nouveau Falida d'une voix sèche. La petite sortit en courant, portant un plateau avec une théière et un verre, des galettes de pain et une coupelle contenant ce qui ressemblait à une confiture brun sombre. Elle le posa sur la table basse. Badou, qui avait descendu l'escalier presque furtivement, vint s'asseoir à côté de sa mère.

— Vous avez vu mon homme, Sidonie ? Le charmant Olivier. Il a de l'allure, hein ?

Je ne répondis rien. Qu'attendait-elle de moi ? Que je reconnaisse les qualités de son autre amant ?

— Vous avez mauvaise mine, Sidonie, commenta Manon, visiblement satisfaite. Vous semblez pâle et abattue. Pas bien du tout.

Un soupçon de sourire étirait ses lèvres. Elle but une gorgée de thé, puis étala une cuillerée de pâte brune sur du pain qu'elle mordit à pleines dents.

Je n'espérais pas le moins du monde qu'elle me proposerait quelque chose. Mais elle n'offrit rien non plus à son fils. Il regarda sa mère boire et manger.

— Dans quel état pensiez-vous que je serais après ce que vous m'avez dit ? répliquai-je sans chercher à dissimuler la colère de ma voix. Manon, vous pensiez vraiment que je ne découvrirais pas votre mensonge ? Que je me contenterais de vous croire, ferais mes bagages et quitterais tout simplement Marrakech, comme un chien battu ?

C'était évidemment ce que j'aurais fait si Aszulay ne m'avait pas dévoilé la vérité.

— À quel genre de jeu cruel jouez-vous avec moi ? Et pourquoi ?

Les mâchoires de Manon s'activaient sur le pain et la confiture. Elle avala.

— J'ai dû survivre à beaucoup de choses dans ma vie. Beaucoup de choses, répéta-t-elle. Mon niveau de malheur dépasse de loin tout ce que vous pourriez jamais endurer.

Elle leva le menton, comme pour me défier de protester, puis elle baissa les yeux sur Badou.

— Va-t'en, lui dit-elle.

Je secouai la tête avec impatience, serrant toujours mes mains pour me retenir de me précipiter sur elle et de la frapper au visage. Je n'avais jamais frappé qui que ce soit de ma vie, mais, en cet instant, je mourais d'envie de le faire. Badou traversa la cour et sortit dans la rue, appelant le chien en produisant de petits bruits de baiser.

— Quoi que vous ayez eu à subir, Manon, cela n'a rien à voir avec ce qui nous occupe. Il n'y a rien qui puisse justifier de mentir aussi cruellement que vous l'avez fait. Pourquoi ne pas m'avoir simplement dit qu'il était parti la première fois que je suis venue vous voir ? Quel plaisir pervers avez-vous tiré de me voir si...

Je ne terminai pas ma phrase. Je ne voulais pas penser à son expression lorsqu'elle m'avait regardée crier, tomber, au moment où elle m'avait dit qu'Étienne était mort.

Manon leva paresseusement une épaule.

— Étienne ne vous aurait pas épousée, vous savez, dit-elle. Il ne vous aurait jamais épousée. Alors j'ai cru qu'il serait plus facile pour vous de le croire mort. Vous n'auriez ainsi plus aucune raison d'espérer. Vous seriez rentrée chez vous et vous vous seriez sorti vos petits rêves ridicules de la tête.

Elle ne me trompait pas. Il ne lui serait même pas venu à l'idée de me rendre quoi que ce soit plus facile, d'agir sous l'impulsion d'une sorte de bonté d'âme vicieuse.

— Comment savez-vous qu'il ne m'épouserait pas ? Comme savez-vous ce que votre frère éprouvait pour moi ou ce qu'il aurait fait ?

Il ne lui avait jamais parlé de moi ou elle aurait su qui j'étais la première fois que j'avais frappé à sa porte.

J'envisageai un instant de lui parler de l'enfant, puis repoussai cette idée.

— Étienne est trop égoïste pour épouser qui que ce soit.

— Vous n'en savez rien. Vous ne l'avez pas vu avec moi.

— Je n'en ai pas besoin, Sidonie. Je le connais trop bien.

— Vous ne le connaissez que comme un frère. Il y a des choses que l'on ne voit pas quand on est lié à quelqu'un par le sang. La relation entre un frère et une sœur n'a rien à voir avec celle qui unit un homme et une femme, objectai-je.

Pendant que je parlais, une sorte de perversité fugace passa sur les traits de Manon.

— Et il ne voudrait pas se marier parce qu'il refuse d'engendrer des enfants, énonça-t-elle, et cette expression cruelle apparut à nouveau sur son visage.

Je déglutis, heureuse de ne pas avoir mentionné ma grossesse.

— Qu'est-ce qui vous fait dire ça ?

Elle se cala en arrière et sourit. Elle avait une petite tache de confiture brunâtre au coin de la bouche. Elle l'effaça d'un petit coup de langue, qu'elle avait rose et très pointue.

— Du *majoun*, dit-elle en se baissant à nouveau pour prendre une cuillerée de confiture. Vous aimez le *majoun*, Sidonie ? demanda-t-elle, la cuiller encore en suspens.

— Je ne sais pas ce que c'est, et je m'en moque.

— Il arrive que la fumée du kif me brûle la gorge. Alors là, le cannabis est préparé avec des fruits, du miel et des épices, dit-elle en mangeant la cuillerée sans même prendre la peine de la mettre sur du pain. J'en donne à Badou pour le faire dormir. Quand j'ai besoin qu'il dorme, précisa-t-elle.

Je pensai à l'homme qu'elle avait reçu pendant la nuit, et cela m'écœura tellement que je me levai.

— Je suis venue aujourd'hui avec l'espoir infime que vous me diriez sincèrement comment retrouver Étienne. Et peut-être aussi pour comprendre pourquoi vous vous comportez ainsi avec moi. Mais j'aurais dû savoir qu'il n'y a pas d'explication. Que vous êtes tout bêtement une femme mauvaise et malveillante.

— Vous pensez que votre opinion m'importe ? dit-elle en émettant ce qui pouvait passer pour un rire. Vous ne savez pas ce que la vie m'a réservé, avec votre existence facile, votre maison, votre jardin, un peu de peinture pour passer le temps et un vieux chat pour jouer avec. Toute votre vie, vous avez toujours fait ce que vous avez voulu.

Il n'y avait plus de *majoun*. Manon souleva la coupelle et, me regardant par-dessus le bord, lécha délicatement toutes les traces qui subsistaient de la pointe de sa langue menue.

Je la dévisageai. Elle n'était pas censée savoir que j'avais un jardin ou un chat. Je ne les avais jamais mentionnés devant elle. J'avais brièvement parlé de mon jardin à Aszulay... mais je n'avais jamais évoqué Cinabre.

— Quand vous saurez ce qu'est vraiment la vie – quand vous aurez vécu en dehors de votre petit cercle protégé –, alors vous aurez le droit de me critiquer. Je vous ai menti parce que je peux le faire, dit-elle en se levant.

Parce que ça m'a fait plaisir de vous voir pleurer, de vous voir si faible. Étienne et vous, vous faites la paire. Il est faible, comme vous. Il ne vous a même pas parlé de sa maladie.

C'était une constatation, pas une question.

— Sa maladie ?

Mais c'était son père qui avait été malade.

Elle s'esclaffa d'un rire sonore et joyeux.

— Étienne a été trop faible pour vous dire la vérité, et il avait trop honte pour vous laisser voir qui il est vraiment. Je suis seule à connaître l'étendue de ses fautes. Je suis la seule à l'avoir vu au plus bas.

— Quelle maladie ? insistai-je.

Manon se rassit, se servit un autre verre de thé puis s'adossa à la banquette et croisa langoureusement les jambes. Elle but son thé d'un long trait fluide et lança quelque chose en arabe. Falida apparut avec la *chicha*, qu'elle posa par terre devant Manon. La petite s'activa devant les ustensiles, ouvrit le narguilé, mit du tabac dans le foyer puis alluma un petit morceau de charbon qu'elle déposa dessus avant de tout remonter et de donner le tuyau à Manon.

— Vous n'avez pas vu l'évidence ? demanda celle-ci, l'embouchure touchant à peine ses lèvres.

Je clignai des yeux, m'efforçant de trouver des réponses sur son visage.

— Il n'en était qu'aux premiers signes, mais pouvez-vous vraiment vous convaincre de n'avoir rien remarqué ? Je l'ai vu dès qu'il est arrivé ici. J'ai su. Il était possédé de la même manière que notre père. Êtes-vous vraiment si obtuse ? Tellement aveugle ?

Je revis Étienne à l'hôpital, puis chez moi. Quand nous sortions dîner, quand il conduisait, dans mon lit. De petites images sans suite me traversèrent l'esprit : la façon dont il lui arrivait de laisser brusquement tomber sa fourchette ou son couteau sur la table, dont il trébuchait sur le bord du tapis. La fois où il avait titubé et failli tomber un soir en venant se coucher – j'avais mis cela sur le compte de l'épuisement après une longue journée à l'hôpital, ou du bourbon qu'il prenait continuellement après dîner et dont il avait peut-être abusé.

Je songeai au flacon de médicaments vide que j'avais retrouvé chez lui, le traitement qui pouvait correspondre à une paralysie.

— Étienne a tout hérité de notre père, dit-elle. Il ne m'est rien resté. Mais maintenant, je suis contente, parce qu'en plus de sa fortune, Marcel Duverger lui a laissé autre chose.

Je cherchai à tâtons le tabouret derrière moi et me laissai tomber dessus.

— Notre père lui a aussi légué les *djinns* qu'il avait en lui, poursuivit-elle. Le mal qui l'a tué va maintenant tuer Étienne. Mais pas avant longtemps. D'abord, il va souffrir, comme notre père a souffert.

Elle sourit, d'un sourire lent et tranquille, la tête très légèrement penchée de côté, comme si elle entendait une musique lointaine qu'elle reconnaissait et appréciait.

— Est-ce que je déplore les souffrances de mon père ? Non. Mon père a payé pour ce qu'il m'a fait subir.

Son sourire se mua soudain en grimace et sa voix se fit amère.

— Cette maison, reprit-elle en esquissant devant elle un mouvement du bras, c'est Étienne qui me l'a achetée, avant de partir en Amérique. Mais ça ne suffit pas. Rien ne pourra jamais compenser. J'ai été contente que mon père meure, et maintenant, je suis contente de savoir qu'Étienne va mourir de la même façon. Il a touché l'héritage, et maintenant il va devoir l'assumer, il va devoir pleurer et se faire dessus comme un bébé, jusqu'à ce que ça le tue.

De quoi parlait-elle ? Qu'entendait-elle par ces *djinns* censés être en eux ?

— Les *djinns* passent des parents aux enfants, précisa-t-elle, puis elle répéta : des parents aux enfants. De père en fils.

Cette maladie était donc génétique. Manon parlait de génétique. Je me rappelai combien Étienne s'intéressait à la génétique.

Badou revint dans la cour avec le chiot. Il reprit sa place près de sa mère et attrapa le chien sous le ventre. La petite bête raidit ses petites pattes courtes. Badou tendit timidement la main vers la galette de pain qui restait sur l'assiette, guettant Manon du coin de l'œil. Voyant qu'elle ne réagissait pas, il prit le pain, en arracha un bout qu'il donna au chiot et fourra le reste dans sa bouche.

— Mais... si Étienne est au Maroc, dis-je à Manon, il va certainement revenir à Marrakech. Pour vous voir, vous et Badou.

Mes yeux passèrent de la mère à l'enfant. Ces deux personnes étaient sa seule famille.

— Quand reviendra-t-il, Manon ? Si ce que vous dites est vrai... j'ai d'autant plus besoin de le retrouver.

Elle haussa de nouveau les épaules en tirant longuement sur le tuyau du narguilé, puis elle entrouvrit les lèvres, à peine, et laissa un mince ruban de fumée s'élever dans l'air chaud et immobile.

Chapitre vingt-cinq

Je marchai pendant plusieurs heures. Si Manon m'avait dit la vérité – à savoir qu'Étienne avait une maladie qui finirait par l'emporter d'une façon épouvantable –, alors j'avais peut-être trouvé la réponse que je cherchais.

Étienne m'avait quittée parce qu'il ne voulait pas que j'épouse un homme contraint de passer le temps qui lui restait à vivre avec un nœud autour du cou, un nœud qui se resserrerait de mois en mois, d'année et année.

Il m'avait quittée parce qu'il m'aimait trop pour me faire une chose pareille. Mais il ne se doutait pas de la profondeur de mes sentiments. Je n'arrivais pas à me le représenter autrement que la dernière fois que je l'avais vu, fort et amoureux. Quelle que soit la forme que prendrait son mal – quels que soient ces *djinns* dont parlait Manon –, je m'en accommoderais. Je prendrais soin d'Étienne quand il finirait par devenir faible, de la même façon que j'avais pris soin de ma mère.

* * *

Je retournai Charia Zitoune et cognai à la porte ; c'était le milieu de l'après-midi.

Aucun son ne se faisait entendre à l'intérieur. Je frappai à nouveau, essayant la poignée, mais la porte était verrouillée. Je frappai du plat de la main contre la peinture dorée.

— Manon ! appelai-je. Badou ! Badou, tu es là ?

Il y eut un tout petit bruit, des pieds nus sur la pierre.

— Badou ? insistai-je, la bouche contre le fin rai de lumière entre le panneau et le montant de la porte. C'est moi, Sidonie. Mademoiselle O'Shea. Tu peux ouvrir la porte, s'il te plaît ?

Après le raclement compliqué du pêne dans la serrure, la porte s'entrouvrit et Badou leva les yeux vers moi.

— Maman a dit de faire entrer personne, dit-il.

— Mais c'est moi, Badou. Je peux entrer, rien qu'un moment ?

Il examina mon visage puis hocha solennellement la tête en s'écartant. Il y avait un baquet plein d'eau dans la cour, et des petits bâtonnets qui flottaient à la surface.

Badou s'approcha du baquet et entreprit de pousser l'un des bâtonnets comme si c'était un bateau.

— Ta maman dort ? demandai-je.

— Non, fit-il en secouant la tête. Elle est allée se laver au *hammam*, précisa-t-il sans me regarder.

— Et Falida ? Où est Falida ?

— Au souk. Pour acheter à manger.

— Tu es tout seul ? m'étonnai-je en regardant vers la maison.

— Oui. Je suis un grand garçon.

Il sortit alors tous les bâtonnets de l'eau et les aligna sur le sol, puis il s'agenouilla devant et les disposa suivant des motifs différents.

— Maman dit que je suis un grand garçon et que je peux me débrouiller tout seul.

Je mis un moment avant de répliquer :

— Oui, oui, tu es un grand garçon, Badou.

J'examinai ses traits pendant qu'il se concentrait sur ses bouts de bois. Là encore, je retrouvai Étienne : cette même expression concentrée. Le front intelligent sous les cheveux fournis. Le cou long et frêle.

Je me demandai à nouveau comment aurait été notre enfant.

— Tu es triste, Sidonie ? questionna Badou, et je m'aperçus qu'il avait arrêté de ranger ses bâtons pour me regarder.

Il ne m'avait pas appelée mademoiselle comme il le faisait d'habitude.

Ma première réaction fut de lui répondre : *Oh non, Badou, bien sûr que non. Je ne suis pas triste*, en m'efforçant de sourire. Mais, comme auparavant, je ne pus me résoudre à être malhonnête avec cet enfant si sérieux.

— Oui. Je suis un peu triste aujourd'hui.

Il acquiesça.

— Des fois, tu sais, moi aussi je suis triste. Mais alors, je pense un petit peu à des choses, et je redeviens heureux.

Il avait une telle gravité en lui.

— Et à quoi tu penses, Badou, quand tu te sens triste ? À quoi tu penses pour redevenir heureux ?

— Une fois, il y a longtemps, ma mère a fait un gâteau au citron, raconta-t-il, ses lèvres se retroussant en une ébauche de sourire. Oh ! c'était tellement sucré, et c'était tellement jaune. Quand je pense à ce gâteau, ça me rend heureux. Je fais un dessin dans ma tête. Je mets le gâteau dans le ciel bleu, à côté du soleil. Le soleil et le gâteau au citron. Ça fait comme deux soleils, ou deux gâteaux. Deux, c'est toujours mieux qu'un seul.

Il se leva.

— Maman, elle me faisait des peintures avant. Je lui ai demandé de me faire ce tableau, celui des deux gâteaux, mais elle n'a pas voulu. Je voulais l'accrocher au mur, à côté de mon lit. Comme ça, je serais toujours heureux parce que je pourrais le regarder autant que je voudrais.

Les larmes me montèrent brusquement aux yeux. Étaient-ce des propos normaux pour un enfant de six ans ? Je n'en savais rien.

— Sidonie ? Il faut que tu penses à quelque chose qui te rend heureuse, pour faire partir les choses tristes.

Je m'agenouillai et fis la grimace en sentant mes genoux douloureux toucher le sol. Puis je pris le petit garçon dans mes bras et appuyai sa tête contre mon épaule.

— À quoi tu penses ? demanda-t-il, la voix étouffée par mes vêtements.

Il rejeta la tête en arrière pour m'examiner et s'enquit :

— Est-ce que c'est joyeux ?

Je ne pus répondre. Sa joue si douce, son épaisse chevelure. Je plongeai mon regard dans ses yeux immenses. Il restait immobile, comme toujours, à m'observer. L'air tellement intelligent.

— Tu peux penser aux gâteaux au citron, Sidonie, finit-il par dire en se dégageant doucement de mon étreinte pour reprendre ses bâtonnets.

Il me souriait.

* * *

Une demi-heure plus tard, Manon revint avec deux seaux remplis d'ustensiles divers. Quand elle me vit, elle foudroya Badou du regard, qui lui renvoya un regard affligé

— Ne vous fâchez pas contre lui, intervins-je. Je l'ai obligé à m'ouvrir.

Manon posa ses seaux de bois. Je me mouillai les lèvres.

— Et vous, Manon ? Êtes-vous atteinte de la maladie, vous aussi ?

— Non, répondit-elle, et, en regardant Badou, j'espérai de tout mon cœur qu'elle disait vrai.

Il m'était insupportable de penser qu'il pouvait y avoir quelque chose de dangereux et de nocif à l'intérieur de ce petit corps parfait.

— Mais comme c'est touchant, poursuivit Manon, la voix teintée de sarcasme, que vous vous préoccupiez de ma petite santé.

Je ne répondis pas tout de suite, puis :

— Je veux simplement savoir soit où est Étienne, soit quand il reviendra à Marrakech. Il est encore plus important maintenant que je puisse lui dire que...

Je m'interrompis, soudain consciente qu'il serait peu avisé d'en dévoiler davantage à cette femme.

— S'il ne vous a pas parlé de ses faiblesses, Étienne ne vous a visiblement pas parlé de ses rêves non plus. Alors qu'il l'a fait avec moi, dit

Manon, sans répondre à mes interrogations. Il rêvait de gloire et de célébrité pour son œuvre. Il voulait découvrir une façon d'empêcher la transmission des *djinns*. Et il a réussi, conclut-elle, me dévisageant toujours.

— Et alors ? demandai-je, en voyant qu'elle ne continuait pas. Qu'a-t-il découvert ?

— Qu'il n'y aurait pas de gloire. Qu'il n'y avait qu'une seule façon d'arrêter la maladie. Une seule. Il était très déprimé, Sidonie, quand il est arrivé ici.

— Évidemment, répliquai-je. Puisqu'il connaissait son avenir.

— Oui, mais il y avait autre chose. Il m'a dit qu'il avait échoué.

— Échoué ?

— Il m'a parlé de vous. Je sais tout, Sidonie.

Je cillai, me rappelant qu'elle avait mentionné des détails de ma vie à Albany, des faits qu'elle ne pouvait pas savoir. Étienne avait donc parlé de moi, il lui avait tout raconté et elle savait qui j'étais depuis la première fois que je m'étais présentée à sa porte. Mais pourquoi avait-elle joué ainsi avec moi ? Pourquoi avait-elle prétendu ne rien savoir de moi ? Elle avait affiché une telle expression d'innocence quand je m'étais présentée. Manon Maliki était une comédienne extraordinaire. Cela devenait de plus en plus évident à chacune de mes visites.

— Il m'a parlé de l'enfant.

Je portai instinctivement les mains à mon ventre, ce qui n'échappa pas à son regard.

— De toute évidence, vous avez menti, pour essayer de le forcer à vous épouser. C'est un truc tellement éculé, Sidonie. Mais ça ne m'étonne pas de la part d'une femme telle que vous, dit-elle avec ce lent sourire que je détestais. J'ai vu au premier coup d'œil qu'il n'y avait pas d'enfant. Pauvre imbécile. Comment pensiez-vous lui expliquer cela si vous aviez pu le rattraper ? Par un autre mensonge, en prétendant cette fois l'avoir perdu ?

Je ne voulais pas lui laisser voir à quel point ses mots me blessaient. Je la regardais dans les yeux, le visage impassible.

— Vous vouliez vous faire épouser par Étienne, alors vous lui avez menti pour le piéger. Mais c'est vous-même que vous avez piégée. Vous l'avez perdu à cause de votre mensonge. Étienne est venu ici parce que c'est ce que je voulais. Contrairement à vous, je peux lui faire faire ce que je veux. Mais vous l'aviez déjà fait fuir de toute façon. Quand il est venu, il m'a dit que la seule façon de faire mourir les *djinns*...

Elle s'interrompit à nouveau pour se frotter un sourcil avec son index avant de reprendre :

— ... c'était que ceux qui en étaient affectés n'aient jamais d'enfant. Ils disparaîtraient en une génération. *Rien qu'une génération, Manon*, m'a-t-il dit. Il n'en faudrait pas plus.

La lumière filtrait à travers les feuilles en rais légers qui dansaient sur son visage, donnant l'impression qu'il se trouvait sous les vagues. Elle avait les pupilles très dilatées, peut-être sous l'effet du kif ou du *majoun*.

La porte s'ouvrit soudain avec fracas et Falida apparut, portant un panier tressé dans chaque main, la poignée d'un troisième passée autour de son cou afin de le porter sur son dos. Il semblait tellement lourd qu'elle marchait presque pliée en deux.

Manon s'approcha d'elle et saisit l'un des paniers. Elle regarda à l'intérieur, remua son contenu et posa à Falida des questions en arabe. La voix de Falida était faible et craintive lorsqu'elle lui répondit avant que Manon ne la frappe sur le côté de la tête. Falida tomba. J'entendis le choc de son coude et de sa hanche contre le pavage de la cour. Des oranges roulèrent du panier qu'elle avait sur le dos, et des olives d'un autre panier. Badou accourut pour ramasser les oranges, les entassant dans le bas de sa djellaba.

Falida ne versa pas une larme. Elle retira le sac qu'elle portait autour du cou et ramassa les olives pour les remettre dans leur papier d'emballage. Une orange roula à mes pieds. Je la ramassai.

Manon revint vers moi comme si cette scène déplorable n'avait jamais eu lieu.

— Donc, Sidonie, au fond...

Je détournai les yeux des enfants pour la regarder.

— ... c'est vous qui avez chassé Étienne en lui faisant peur avec un enfant qui aurait pu être porteur des *djinns*. Parce qu'il a compris qu'il était hypocrite.

Je pétrissais compulsivement la peau de l'orange en pensant au visage d'Étienne quand il avait appris que j'étais enceinte. J'avais mis son expression sur le compte du choc, mais maintenant, à la lumière de ce que m'affirmait Manon, je prenais soudain conscience que cela avait dû être de la panique.

Je pensai à l'enfant que nous avions conçu, moitié moi et moitié lui. J'essayai de déglutir, mais j'avais l'impression d'avoir la gorge et la bouche tapissées de coton. Étienne savait qu'il y avait un risque qu'il ait transmis le gène, comme son père le lui avait transmis. Et il avait considéré notre enfant comme une aberration de la nature, une erreur.

— Vous n'étiez qu'une diversion, un jouet pour passer le temps, poursuivit Manon. Il n'envisageait rien de sérieux. Il me l'a dit lui-même.

Je dus faire effort pour me calmer. Je reportai mon regard sur Badou, qui aidait encore Falida à ramasser les courses renversées. Il leva les yeux vers moi et vint récupérer l'orange que je tenais toujours.

— Étienne a choisi d'être avec moi, dis-je enfin, et nous... nous n'avions ni l'un ni l'autre prévu ce qui en résulterait. Il y a bien eu un bébé, Manon. Et je l'ai perdu, avant d'arriver à Tanger.

Je me moquais qu'elle me croie ou non.

— S'il avait été si opposé à tout cela, s'il avait refusé à ce point la paternité, il ne serait pas sorti avec moi. Personne ne l'a forcé, conclus-je, détestant la façon dont la voix me fit défaut sur cette dernière phrase.

Elle écarta dédaigneusement mes propos du bras.

— C'est un homme, Sidonie. Il lui manquait une femme et il a agi sur une impulsion. Il avait prévu de se faire faire l'intervention qui d'après lui était la seule réponse possible – la stérilisation – à la fin de son année d'hôpital en Amérique. Mais il n'a pas eu la patience d'attendre. Et il savait que vous seriez un parti facile, naïve et sans expérience. Vous ne lui causeriez pas de problèmes.

Mais Étienne n'avait rien à voir avec l'homme qu'elle décrivait. Il m'avait aimée, et désirée.

— Je ne vous crois pas. Vous ne pouvez pas me dire ce genre de choses.

Manon m'observait, le visage inexpressif à présent.

— Je peux dire ce qui me plaît, Sidonie. Je peux dire ce qui me plaît, répéta-t-elle.

Nous nous levâmes, nous faisant face. Les enfants prirent les paniers et disparurent à l'intérieur de la maison. Il ne semblait plus rien y avoir à dire.

* * *

Je retournai à l'*Hôtel de la Palmeraie* et restai près de la fenêtre de ma chambre, à contempler les montagnes du Haut Atlas qui se découpaient contre le ciel bleu. J'entendis l'appel à la prière de midi en provenance des minarets de la médina et humai les parfums de jacaranda et de lilas.

J'essayai de me remémorer l'odeur de la peau d'Étienne, son sourire, lent et rare. J'essayai de faire revivre les souvenirs – des souvenirs de nous en train de discuter, de manger, de nous endormir, de nous réveiller ensemble. Mais je ne pouvais penser qu'à son expression quand je lui avais parlé du bébé, et au fait qu'il était brusquement devenu un étranger.

Je savais pourtant ce que valaient les vérités de Manon. Étienne me protégeait. J'avais besoin de pouvoir lui dire que j'étais assez forte. Que je pouvais vivre avec son mal, que je l'épouserais et resterais à ses côtés. Je pouvais apaiser ses craintes.

Je n'avais plus de raison de retourner Charia Zitoune. J'en avais terminé avec Manon. Elle ne ferait que continuer à me mentir et à me plonger dans la confusion. Elle ne me dirait rien sur le retour d'Étienne. Il ne restait qu'une seule personne à Marrakech susceptible de m'aider.

* * *

Je pris une calèche jusqu'au jardin Majorelle. J'espérais y trouver Aszulay. S'il n'y travaillait pas, je demanderais à monsieur Majorelle quand il devait revenir. Je vis trois hommes en tenue blanche, qui creusaient la terre d'une des plates-bandes proches de l'entrée.

— *Pardonnez-moi**, lançai-je, percevant le désespoir dans ma propre voix.

Les trois hommes se redressèrent. Celui du milieu était Aszulay.

— Aszulay, dis-je avec soulagement, comme si je le cherchais depuis des années. Aszulay, répétai-je en m'approchant.

Je me rendis compte que je parlais trop fort, mais je semblais incapable de baisser le ton.

— S'il vous plaît. Puis-je vous parler ? C'est au sujet d'Étienne. Je... je dois savoir...

Je m'interrompis et fermai la bouche. Qu'avais-je besoin de savoir, en fait ?

Ses deux compagnons regardèrent Aszulay enjamber les tas de terre rouge pour venir vers moi.

— S'il vous plaît, mademoiselle O'Shea, répliqua-t-il. Allez vous asseoir à l'ombre, là-bas. J'ai bientôt terminé. Attendez-moi, insista-t-il.

* * *

Quelques instants plus tard, il planta sa pelle sur un monticule de terre et vint me rejoindre. Je me levai.

— Il faut que je vous demande...

Mais il m'arrêta d'un signe de la main.

— Je vous en prie. Ne parlons pas ici.

Je pris conscience que je n'aurais pas dû venir sur son lieu de travail.

— Je peux partir, mais il faudra que je ne revienne pas trop tard. Venez. Allons chez moi.

J'acquiesçai d'un air hébété et le suivis à travers le jardin puis dans la rue. Je ne refusai pas d'aller chez lui.

— Vous ne pouvez pas marcher si loin en pleine chaleur, dit-il en me dévisageant.

Je me contentai cette fois encore de hocher la tête. Il héla une calèche et nous y prîmes place. Je contemplai mes chaussures pendant tout le temps où nous cahotâmes et bringuebalâmes sur la chaussée, et ne levai les yeux que quand la voiture s'arrêta. Aszulay descendit et me donna la main pour m'aider à sortir.

Nous pénétrâmes dans la médina, mais sans passer par Jemâa el-Fna ; il y avait visiblement d'autres entrées vers la Vieille Ville. Je ne savais pas où nous allions ni combien de temps nous nous enfoncerions dans les ruelles étroites. Aszulay finit par sortir une grosse clé des plis de sa tunique et ouvrit une porte bleue. Il avait les mains couvertes d'une boue rouge. Je regardai son visage ; des traînées de boue maculaient son cou et sa mâchoire. Ses vêtements blancs – la tunique, l'ample pantalon de coton et le turban que tous les jardiniers devaient porter certainement suivant le désir de monsieur Majorelle – étaient également recouverts d'une fine pellicule de poussière ocre.

— Je regrette de vous avoir dérangé dans votre travail, assurai-je. Mais, Aszulay... Aszulay, il faut que je parle d'Étienne avec quelqu'un. J'ai besoin que vous me disiez ce que vous savez. Manon a dit...

J'hésitai. Je ne voulais pas parler de mon enfant. Était-il déjà au courant ?

Un homme franchit la porte et me dévisagea ouvertement. Aszulay m'encouragea d'un signe de tête.

— Entrez.

Je le suivis. Je remarquai seulement que nous traversions une cour. Quand il s'arrêta, je m'arrêtai. Il quitta ses babouches et me désigna une porte ouverte. J'hésitai, sachant maintenant qu'il était grossier de garder ses chaussures quand on entrait chez quelqu'un. Cependant... je baissai les yeux vers mes souliers, songeant au temps qu'il me faudrait pour les retirer, à la façon dont je boiterais sans ma semelle compensée.

— S'il vous plaît, dit-il, me faisant signe d'entrer d'une façon qui me fit comprendre que je n'avais pas à me déchausser.

Une fois à l'intérieur, il me désigna une banquette et je m'assis au bord. Il disparut, je fermai les yeux et enfouis la tête dans mes mains.

Quelques instants plus tard, j'entendis un bruit de tissu et me tournai vers une vieille femme qui apportait un plateau avec une théière et deux verres. Elle posa le plateau et remplit un verre qu'elle me tendit.

Je le pris en lui disant *choukrane*, et le posai sur la table. Puis la femme remplit l'autre verre, le posa à côté du mien et se retira.

Je fixai les deux verres de thé du regard pendant une durée indéterminée, puis Aszulay apparut ; il portait encore sa tenue de travail, mais il s'était lavé les mains et le visage et avait retiré son turban. Une goutte d'eau s'accrochait au lobe de son oreille gauche et brillait comme un diamant, ses cheveux étaient mouillés et bouclaient sur la nuque.

— Qu'est-ce que vous voulez savoir à propos d'Étienne ? demanda-t-il en prenant son thé.

— Quand vous êtes venu à l'hôtel et que je croyais... quand Manon m'avait menti... vous m'avez dit que nous reparlerions de lui. Je dois avoir certaines réponses maintenant.

Aszulay examina mon visage, ses longs doigts serrés autour du verre.

— J'étais sa... nous devions nous marier.

Il devenait soudain difficile de prononcer ces mots avec ses yeux bleus si intenses plongés dans les miens.

— Il a quitté l'Amérique de façon si inattendue.

Je ne dis pas *qu'il m'avait quittée*, mais j'imaginais qu'Aszulay entendrait les non-dits, et je luttai pour ne pas baisser les yeux.

— Son départ du jour au lendemain... nous n'avons pas eu le temps de parler du... de choses importantes. J'ai fait tout ce chemin pour le retrouver, pour essayer de comprendre...

Je bredouillai. Pourquoi, devant cet homme, me sentais-je humiliée ? Ce n'était pas à cause de ce qu'il faisait. Il se contentait de m'observer et me laissait prendre tout mon temps pour lui raconter ce qu'il devait, à mon avis, savoir. Je respirai profondément pour me calmer.

— Je viens de reparler à Manon, poursuivis-je.

Je m'attendais qu'il change d'expression en entendant le nom de sa maîtresse. Mais il n'eut aucune réaction.

— J'en sais un peu plus. Je suis au courant pour sa maladie. Maintenant, je crois que je sais pourquoi il est parti. Mais je dois le retrouver, pour lui dire... il est impératif que je le revoie. C'est impératif pour son avenir. Pour notre avenir. J'ai besoin de savoir où il se trouve.

Aszulay m'examinait toujours. Je ne parvenais pas à déchiffrer son expression, mais elle me parut légèrement distante, comme s'il s'interrogeait.

— Je sais que vous pouvez m'en dire davantage que ce que fera Manon. Il est clair qu'elle me dissimule des choses.

Aszulay n'avait pas encore bu mais tenait toujours le verre, si petit dans sa grande main.

— Les secrets de Manon lui appartiennent, dit-il. Je ne peux pas vous dire grand-chose, sinon vous décrire le comportement d'Étienne quand il était là. Le comportement que j'ai pu voir.

Je hochai la tête et me penchai en avant.

— Oui, oui, d'accord. Parlez-moi de ça.

Aszulay porta ses yeux au-dessus de moi, comme s'il ne voulait pas me regarder en parlant.

— Il a dit qu'il ne pouvait pas dormir. Qu'il n'avait pas dormi depuis des nuits et des nuits. Il souffrait d'anxiété ; je l'ai vu prendre des comprimés dans un flacon.

— Il en prenait toujours, dis-je pour l'encourager.

— Le dernier soir où je l'ai vu, reprit Aszulay, il a avalé une bouteille d'absinthe, toute la bouteille, un verre après l'autre. Il a fumé du *kif*, plus de *kif* que ce qui est bon. Et il a repris des médicaments. Mais il n'arrivait toujours pas à trouver la paix. Il marchait et s'asseyait, marchait et s'asseyait. Ses mains tremblaient.

— Mais c'est compréhensible. L'idée de cette maladie... Ne pas savoir pendant combien de temps...

Je m'interrompis. Je ne voulais pas dire à Aszulay qu'Étienne était déprimé aussi parce qu'il m'avait laissée.

— Alors il est tout simplement parti ? Il a dû dire quelque chose, sur sa destination ou quand il comptait revenir.

Nous gardâmes un instant le silence.

— Il a parlé de Casablanca et de Rabat, dit enfin Aszulay.

Je pensai à ces villes grouillantes et à ma traversée de Salé avec Mustapha et Aziz. Je me rappelai les difficultés que j'avais eues à retrouver Manon ici, dans cette ville plus petite, alors qu'il y avait un quartier français où je séjournais parmi une grande communauté d'Européens dont je parlais la langue et parmi lesquels j'étais en sécurité. J'essayai de me représenter comment je m'en sortirais dans Casablanca ou Rabat pour chercher un homme que personne ne connaissait là-bas et qui ne s'y trouvait peut-être même pas.

C'était inenvisageable et je posai la main sur mes yeux. Comme s'il lisait dans mes pensées, Aszulay reprit :

— Ce ne sont pas des villes où une femme peut aller seule, mademoiselle O'Shea. Étrangères ou marocaines, les femmes ne sortent pas seules.

Il s'arrêta et je baissai ma main.

— Il reviendra à Marrakech, lâcha-t-il.

— C'est vrai ? demandai-je avec un peu trop d'empressement. Qu'est-ce qui vaudrait mieux ? Attendre ? Mais combien de temps ? questionnai-je en me redressant. Quand, Aszulay ? Quand reviendra-t-il ?

— Peut-être le mois prochain. À cause de Badou. Pour voir Badou.

— Le mois prochain, répétai-je.

— Il m'a demandé de prendre soin de lui – de Badou – autant que possible pendant son absence. Mais de toute façon... je me suis toujours occupé de Badou.

— Parce qu'on ne peut pas compter sur Manon pour s'en occuper convenablement, déclarai-je, m'attendant qu'il prenne sa défense.

Un amant se devait de défendre sa maîtresse, non ?

L'appel à la prière de fin d'après-midi se fit entendre, mais Aszulay ne s'agenouilla pas ni ne pressa son front contre le sol. Il se contenta de se lever en disant :

— Je dois retourner travailler. Je suis parti trop longtemps.

— Bien sûr. Excusez-moi. Merci, Aszulay, de... de m'avoir parlé d'Étienne. Maintenant que je sais avec certitude qu'il va revenir à Marrakech, je vais attendre.

Il secoua imperceptiblement la tête.

— Je vais vous raccompagner jusqu'à la sortie de la médina, dit-il en remettant ses babouches.

Alors qu'il me ramenait dans la rue en passant par la cour, je pris conscience de mon égocentrisme, et du sans-gêne dont j'avais fait preuve en allant déranger Aszulay à son travail. Et lui m'avait témoigné la plus grande considération en m'amenant chez lui.

Nous émergeâmes de la médina dans le quartier français, et Aszulay me toucha l'épaule, très légèrement.

— Je crois qu'il vaudrait mieux que vous rentriez chez vous, mademoiselle, dit-il.

— Oui, je vais prendre un taxi qui me ramènera à...

— Non. Je veux dire chez vous, en Amérique.

— Comme je vous l'ai dit, répliquai-je sourcils froncés, je vais attendre le retour d'Étienne. C'est encore plus important maintenant. Je... je veux l'aider.

Aszulay ferma les yeux un tout petit peu plus longtemps qu'un clignement l'aurait exigé.

— Mademoiselle O'Shea. Je vois que vous êtes une femme très déterminée. Mais...

— Mais quoi ?

Il baissa les yeux vers moi, comme s'il voulait m'en dire plus, puis leva le bras, et un taxi s'arrêta devant nous.

Aszulay fit demi-tour et disparut dans la foule.

En revenant à l'hôtel, je repensai à l'expression de son visage lorsqu'il m'avait conseillé de rentrer en Amérique.

Je ne sus comment interpréter ce que j'y avais vu.

Chapitre vingt-six

Je pris le plus petit de mes sacs sur l'étagère du haut de l'armoire, et extirpai de la doublure mon passeport, mes billets de retour et l'enveloppe contenant l'argent qui me restait. Je comptai les billets de moins en moins nombreux et en conclus qu'ils ne dureraient pas longtemps si je continuais de vivre sur le même pied.

Je m'assis devant ma table avec argent, passeport et billets de traversée et revis les yeux bleus d'Aszulay, si intenses lorsqu'il les avait plongés dans les miens, comme s'il cherchait à me faire comprendre quelque chose.

La nuit s'installait lentement et les doux effluves des roses et des fleurs d'oranger entraient par la fenêtre ouverte. C'était le mois d'avril et déjà l'été à Marrakech. À Albany, les arbres seraient en bourgeons et la terre devait être encore trop froide pour faire des plantations. Il pleuvrait certainement et le ciel serait gris, mais il y aurait aussi une douce brise printanière.

J'envisageai le conseil d'Aszulay. De rentrer chez moi.

Je me vis déverrouiller la porte de ma maison et sentir l'odeur de renfermé qui ne manquerait pas de m'accueillir. Puis aller chez les Barlow pour récupérer Cinabre. Je reconnaissais l'odeur pure de son poil, la douceur de ses pattes.

Je m'imaginai revenir chez moi, mettre la bouilloire sur le feu tandis que Cinabre se frotterait contre mes jambes en ronronnant. J'irais dans mon atelier et contemplerais mes peintures, toujours punaisées aux murs. Je penserais aux toiles de Manon, et à la liberté sauvage qui en émanait.

Puis je me vis, seule dans mon lit lors de cette première nuit après mon retour, en train de regarder la forme de la vieille femme au plafond. Je me représentai, le lendemain matin, en train de me rendre à l'atelier de confection pour chercher du travail puis de faire quelques courses pour me préparer à manger. Après mon repas solitaire, j'enfilerais un gros pull-over et m'installerais sur le perron pour essayer de lire, levant les yeux chaque fois qu'une voiture s'aventurerait dans la rue, soulevant un nuage de poussière ou, par temps de pluie, creusant des ornières dans la boue. Je finirais sans doute par rentrer et me planterais avec mes pinceaux devant mon chevalet.

Qu'est-ce que je pourrais bien peindre ?

Je pensai à l'été qui m'attendait : me lever tôt pour aller travailler, rentrer fatiguée de m'être acquittée de tâches fastidieuses et répétitives qui n'exigeaient rien de moi. Je m'occuperais de mon jardin. Peut-être demanderais-je une ou deux fois au cours de l'été à monsieur Barlow de me conduire à Pine Bush pour me promener dans les marais, traquer le mélissa bleu et observer la nature.

Puis viendraient les signes avant-coureurs de l'automne, les oies sauvages s'envolant vers le sud, les plants de tomate se recroquevillant et noircissant au premier gel. Je perçus la plainte des vents de nord-est, froids et impétueux contre les fenêtres et annonciateurs d'un nouvel hiver glacial et interminable auquel succéderait un autre printemps de pluies torrentielles qui feraient ployer les arbres. Viendrait ensuite un nouvel été humide. Ce n'était bien sûr que la lente succession des saisons tout au long de l'année, ni meilleure ni pire que dans bien des endroits. Mais ce n'était pas seulement l'idée de ces saisons qui me faisait étouffer, assise à la table de ma chambre d'hôtel, à Marrakech.

C'était la pensée de reprendre cette vie, celle que j'avais connue avant qu'Étienne n'en fasse partie, avant que je traverse l'océan pour débarquer dans ce pays troublant, intrigant et souvent effrayant. Avant que je ne découvre des sons et des couleurs que je n'aurais jamais imaginés. Avant que je respire des senteurs de plantes et de vents inconnus, avant que ma langue ne goûte à de nouvelles saveurs.

Avant que je ne connaisse la souffrance horrible de perdre un enfant et aussi, pour la première fois de ma vie, de tenir un enfant dans mes bras, de humer ses cheveux et de sentir son corps abandonné contre le mien.

Je savais exactement à quoi ressemblerait ma vie lorsque je serais rentrée à Albany, non seulement dans les mois qui suivraient, dans l'année qui suivrait, mais tout le reste de mes jours. J'avais trente ans. Pouvais-je mener la même existence durant les trente années qui suivraient, voire davantage ?

Je pris mon passeport ; il était dur, rigide contre ma paume. Il n'y aurait pas de sacrifice à rentrer chez moi. Mais il n'y aurait pas de récompense non plus.

Je ne voulais pas de cette vie solitaire. Je repensai à l'expression d'Aszulay quand je lui avais dit que je voulais rester pour retrouver Étienne, que je voulais l'aider à endurer sa maladie.

Comment aurait-il pu comprendre ?

J'allai à la fenêtre et contemplai la palmeraie avec ses rangées d'arbres qui se profilaient. Les étoiles palpitaient au-dessus, éclatantes, et l'obscurité qui régnait par-delà les lumières de l'hôtel était remplie de bruits : des vociférations en arabe et dans d'autres langues que je ne connaissais pas, les tam-tams de la place, les cris des animaux domestiques. Le bruissement d'ailes d'un oiseau de nuit retentit, tout près, suivi par les battements précipités d'une chauve-souris, avec, en filigrane, le bourdonnement ténu des insectes.

Allais-je suivre le conseil d'Aszulay et rentrer chez moi ? Ou écouterais-je mon cœur et resterais-je ici à attendre Étienne ? Ce ne serait que pour un mois. Un mois, si Étienne revenait bien quand Aszulay l'attendait.

Comme souvent, je tentai de faire revivre la chaleur du sourire d'Étienne dans ma mémoire, la profondeur de ses yeux sombres. Mais cela devenait difficile. Étienne s'effaçait, comme si le soleil lumineux de Marrakech, en passant sur lui, rendait son image moins dense, moins remarquable.

Cela m'effraya. Je ne voulais pas penser que j'étais influencée par les paroles de Manon concernant la faiblesse d'Étienne et le fait qu'il se serait simplement servi de moi.

Je ne voulais pas penser aux yeux bleus d'Aszulay, à la sollicitude que j'y avais lue quand il m'avait dit de rentrer.

Ni l'un ni l'autre – ni Manon ni Aszulay –, quoique pour des raisons différentes, ne voulaient que j'attende Étienne. Pourtant, il le fallait, non ? Je leur prouverais qu'ils avaient tort. Je leur prouverais qu'Étienne m'aimait comme je l'aimais et avait autant besoin de moi que moi de lui.

Je resterais. Je trouverais un moyen.

— *Inch Allah*, murmurai-je dans l'air tiède de la nuit.

* * *

Le lendemain matin, j'informai monsieur Henri que je quittais l'*Hôtel de la Palmeraie*. Il eut la décence de ne pas paraître soulagé, même si, depuis la venue d'Aszulay et de Badou, sa froideur à mon égard s'était intensifiée.

— Vous quittez Marrakech, mademoiselle O'Shea ?

— Non, répondis-je, mais je reviendrai régler ma note dans quelques heures.

— Comme vous voudrez, mademoiselle, dit-il.

Je n'avais pas dormi et n'avais cessé de me retourner dans le lit moelleux jusqu'à l'aube. Alors, tandis que les premières lueurs du jour s'infiltraient par la fenêtre, j'avais parcouru des yeux la chambre somptueuse et imaginé d'autres semaines à passer l'après-midi poliment installée sous les palmiers du jardin en compagnie d'autres étrangers qui buvaient trop de cocktails et ne parlaient jamais de rien d'important. À part monsieur et madame Russell, qui avaient maintenant quitté Marrakech, personne ne m'avait offert son amitié.

Je songeai à la façon dont Aszulay et Badou avaient été accueillis lorsqu'ils étaient venus me réconforter, et aux messes basses qui m'avaient suivie lorsque j'étais descendue de ma chambre après leur visite.

Non seulement je ne pouvais pas me permettre financièrement de rester dans un établissement aussi somptueux, mais je n'avais pas ma place dans cet hôtel.

Je sortis et finis par trouver une chambre dans un petit hôtel bon marché à l'écart de la rue commerçante de la Ville Nouvelle. C'était un hôtel assez miteux et pas très propre. Je devrais partager la salle de bains avec d'autres pensionnaires, mais il y avait aussi une petite cuisine commune qui me permettrait de préparer mes repas au lieu de devoir payer chaque fois. Il n'y avait pas de jardin. Mais cela ferait l'affaire en attendant le retour d'Étienne.

* * *

Deux jours après avoir pris pension dans le petit hôtel, je retournai au jardin Majorelle. Cela me gênait d'aller voir Aszulay à nouveau à son travail, mais il fallait que je lui dise que j'avais changé d'hôtel. Ainsi, quand Étienne reviendrait, il pourrait lui indiquer où me trouver; j'étais certaine que Manon ne transmettrait jamais cette information à son frère.

Cette fois, ayant visiblement terminé sa journée de travail, Aszulay se dirigeait vers la porte du jardin au moment où j'entrai.

— Mademoiselle O'Shea, dit-il.

Il avait l'air... quoi? Quelle était son expression? Je ne pus la déchiffrer, mais cela me fit chaud au cœur. Semblait-il réellement content de me voir? En tout cas, ses propos n'en laissèrent rien paraître.

— Alors vous êtes toujours à Marrakech.

— Oui, répliquai-je en me mettant à l'ombre de grosses branches, et il me rejoignit sous l'arbre. J'ai changé d'hôtel et je suis venue vous en informer. Je sais que vous voudrez bien dire à Étienne où me trouver quand il reviendra. Je suis à l'*Hôtel Nord-Africain*, rue...

— Je le connais, coupa Aszulay.

— Oh, parfait. Vous lui direz alors, quand il viendra?

— Oui.

— Et... comment se porte Badou? Est-ce qu'il va bien? demandai-je.

Je m'étais bien souvent surprise à penser au petit garçon depuis la dernière fois que je l'avais vu.

— Badou va bien. Je suis passé Charia Zitoune hier, ajouta-t-il d'une voix plus sèche qu'à l'accoutumée.

Je me demandai comment Manon faisait pour éviter que ses amants se rencontrent. Pour ce que j'en savais, elle avait encore d'autres hommes qu'Aszulay et ce Français, Olivier, comme elle l'avait appelé.

— Et le père de Badou, monsieur Maliki, dis-je soudain, les mots semblant sortir de ma bouche sans que je l'aie prévu. Où est-il? Lui arrive-t-il de voir son fils ou donne-t-il une pension pour lui?

L'expression d'Aszulay s'altéra de nouveau.

— Il n'y a pas de monsieur Maliki.

— Mais... Manon s'appelle bien madame Maliki, arguai-je.

— C'est mademoiselle Maliki, en fait

— Mademoiselle ?

Je pris conscience qu'à part moi, qui avais supposé que c'était son nom marital, personne ne l'avait jamais appelée madame.

— Comment cela se fait-il ? Si elle n'est pas mariée... pourquoi ne s'appelle-t-elle pas mademoiselle Duverger ?

Aszulay passa sa manche sur son visage. Cette fois encore, la terre du jardin saupoudrait la peau sombre de ses mains et de ses poignets d'une fine poussière rouge.

— Aszulay, je ne vous demande pas de dévoiler des secrets. J'essaie juste de comprendre Manon afin de comprendre Étienne. Manon est la sœur d'Étienne, mais... c'est curieux. Il y a de plus en plus de détails qui n'ont pas de sens. La haine de Manon pour son père, ou même sa colère à l'encontre d'Étienne. Est-ce simplement parce qu'elle n'a pas, selon elle, reçu la part d'héritage qui lui revenait à la mort de leur père ? Est-ce que c'est ça qui la rend si amère et pleine de rage ?

— Comment pouvez-vous être aussi aveugle, mademoiselle O'Shea ? fit alors Aszulay avec un air de reproche.

Je l'énervais visiblement. Sans doute aurais-je dû cesser mes questions et simplement partir. Mais je n'en avais nulle envie. Je voulais continuer à parler avec lui.

— Comment pouvez-vous encore me poser cette question ? insista-t-il.

— Qu'est-ce que vous..., commençai-je, irritée moi aussi.

Il secoua la tête.

— Ça doit bien se passer comme ça dans votre pays aussi. C'est pareil partout. L'homme a une épouse. Et il a une autre femme. Il y a des enfants.

J'attendis.

— La mère de Manon – Rachida Maliki – était domestique chez Marcel Duverger. Monsieur Duverger et elle... Ils sont restés ensemble pendant longtemps, reprit-il après un silence. Manon m'a raconté que, pendant plusieurs années, avant le Protectorat français, monsieur Duverger venait à Marrakech et repartait en France, et qu'elle est née à cette époque. Mais, après la prise de contrôle du Maroc par les Français, monsieur Duverger a ramené madame, Étienne et Guillaume de Paris et s'est installé à Marrakech. Rachida Maliki travaillait toujours chez monsieur Duverger.

Il fit une pause. Je ne l'avais jamais entendu prononcer autant de mots à la fois. Je m'aperçus que je le dévisageais, que je regardais ses lèvres. Je me dis soudain qu'il avait une bouche délicate. Sa maîtrise du français teintée d'influence arabe donnait à son phrasé un rythme presque musical.

— L'épouse a souvent des soupçons, reprit-il en se tapotant la tempe. Mais si madame Duverger s'était doutée de quoi que ce soit, elle n'aurait pas gardé Rachida à son service. Elle était même gentille avec Rachida, et avec Manon aussi.

— Elle connaissait Manon ?

— Quand Manon était petite, c'était sa grand-mère qui s'occupait d'elle, mais quand elle a été plus grande, sa mère l'emmenait souvent dans la grande maison, la maison des Duverger, pour qu'elle lui donne un coup de main. Et Manon m'a raconté que madame Duverger lui faisait de petits cadeaux et lui donnait des vêtements dont elle ne voulait plus. Manon savait qui était son père. À Marrakech, dans la médina, tout le monde savait qui était le père de l'enfant. Ce genre de chose n'est pas un secret dans la médina. Dans le quartier français, oui, mais pas dans la médina.

« Quand Manon venait aider sa mère, elle jouait parfois avec Étienne et Guillaume. Mais elle savait qu'elle ne devait rien dire du secret – que le père d'Étienne et de Guillaume était aussi le sien –, parce que cela aurait rendu les choses difficiles pour sa mère. Rachida aurait perdu son travail et tous les cadeaux que lui faisait monsieur Duverger.

— Alors, Étienne... il n'était donc pas au courant ?

L'expression d'Aszulay s'altéra très légèrement.

— Il ne l'a pas su avant de nombreuses années. Manon n'était rien de plus que la fille de la bonne. Mais Manon est très forte, très déterminée. Elle s'est instruite. Elle a appris le français comme si c'était sa langue maternelle. Elle était – elle est toujours, comme vous avez pu le voir – très belle. Très...

Il secoua la tête avec agacement et dit un mot en arabe.

— Je n'arrive pas à trouver le terme français. Mais elle savait comment attirer les hommes et faire en sorte qu'ils la désirent. Depuis ses quinze ans, Manon a toujours eu des hommes pour veiller sur elle.

Je savais bien quel mot il cherchait : sensuelle, désirable. J'avais vu Manon à l'œuvre dans son comportement avec Aszulay. J'avais constaté aussi le pouvoir qu'elle était capable d'exercer. Aszulay connaissait-il Manon depuis cette époque, quand elle avait quinze ans ? L'aimait-il depuis toutes ces années ?

— Manon ne serait jamais une épouse marocaine soumise, confinée dans sa maison et son jardin, continua Aszulay. Elle voulait un mari français, qui la traiterait comme elle voyait qu'on traitait les épouses françaises. Alors elle est sortie avec des Français, beaucoup de Français.

Je pensai à Olivier, sortant de sa chambre.

— Mais aucun n'a voulu l'épouser, ils la voyaient pour ce qu'elle était, dit Aszulay avant de se taire un instant. Manon n'est ni tout à fait arabe ni tout à fait européenne. Elle n'est pas seule dans ce cas ; il y a beaucoup de femmes comme elle au Maroc. Mais elles trouvent en général des façons de mener une vie décente. Manon doit sa chute au fait qu'à une époque, elle s'est donnée trop facilement. Elle n'a pas voulu être une épouse marocaine, et elle n'a pas voulu être une *chikha* – une concubine – non plus. C'est une profession légale ici.

Tant de questions, des questions pour lesquelles il était difficile d'obtenir des réponses. Manon, Aszulay, Olivier, Étienne : tous formaient un réseau compliqué.

— Elle a préféré chercher l'amour, reprit Aszulay. Elle a toujours cherché l'amour, Manon, et elle s'y est accrochée tant qu'elle a pu, mais n'a malheureusement jamais compris pourquoi ce qu'elle prenait pour de l'amour lui a toujours échappé.

J'étudiai son visage. Avait-il à une époque supplié Manon de l'épouser ? L'avait-elle repoussé parce qu'il était touareg, et l'aimait-il encore ?

— Mais... quand Étienne a-t-il découvert que Manon était sa sœur ? demandai-je.

Aussitôt, Aszulay sortit de l'ombre et se tourna vers le soleil.

— Il faut que je m'en aille, dit-il.

Je restai où j'étais, peu désireuse de le voir partir. L'histoire qu'il racontait et sa voix m'avaient hypnotisée.

Il se retourna vers moi.

— J'ai bien enregistré votre information à transmettre à Étienne, mademoiselle O'Shea, dit-il.

— Je m'appelle Sidonie, précisai-je sans trop savoir pourquoi.

Il me fit un petit signe de tête. J'avais envie qu'il le dise. J'avais envie de savoir comment il prononcerait mon prénom. Mais il se détourna et s'éloigna.

* * *

Pendant que je patientais à l'*Hôtel Nord-Africain*, il y avait encore des moments où, voyant un homme de loin, à la terrasse d'un des cafés du quartier français, je croyais reconnaître Étienne. Il m'arrivait aussi d'apercevoir un grand Touareg au chèche bleu et à la démarche altière, et de me dire qu'il s'agissait peut-être d'Aszulay.

Je rêvais parfois d'Étienne ; des rêves troublants et angoissés où il était perdu, ou bien c'était moi qui l'étais. Des rêves où je le retrouvais, mais il ne me reconnaissait pas. Des rêves où je l'apercevais de loin, mais plus je m'approchais, plus il devenait petit, et finissait par disparaître.

Des rêves où je me regardais dans un miroir et ne me reconnaissais pas, mes traits se métamorphosant sans cesse.

Lorsque je m'éveillais de ces cauchemars, j'essayais de me calmer en me remémorant les instants d'amour que nous avions partagés à Albany. Mais il devenait de plus en plus difficile de se rappeler des moments tendres, de revoir son expression lorsqu'il me regardait marcher vers lui.

* * *

Un matin, alors qu'encore couchée j'écoutais l'appel à la prière, je pris sur ma table de chevet la céramique de l'Homme Bleu sur la *piste**. J'en suivis du doigt le motif hardi de bleu et de vert; la céramique était douce et fraîche sous mes doigts. Comment l'artisan avait-il pu créer une teinte aussi intense ?

Je songeai à la fureur des toiles de Manon et les comparai à la minutie que j'avais toujours mise dans mes planches raffinées, dans mes fleurs aux nuances délicates parfaitement dessinées. Aux petits coups de pinceau prudents nécessaires au rendu d'un nid d'oiseau ou d'une aile de papillon. Certes, c'étaient de jolies fleurs, de ravissants oiseaux et de beaux papillons, plus vrais que nature, mais quelles sensations ces peintures me procuraient-elles ? Quelle part de moi-même avais-je mis dans ces œuvres ?

Je me revis dans mon atelier, à Albany, un pinceau à la main, cherchant à capturer une petite image paisible. Ce genre de peinture ne faisait plus partie de mon monde – n'appartenait pas à ce monde, ce nouveau monde.

Je repensai à mon voyage avec Mustapha et Aziz, aux bateaux de couleurs vives amarrés dans les ports de l'Atlantique, sous un ciel jaune en fin de journée, illuminé par les nuées de mouettes. Les chiens vifs et affamés qui se tenaient tapis sous les étals des bouchers dans les villages, attendant qu'on leur jette des entrailles glissantes de chèvre, de mouton ou d'agneau, me revinrent à l'esprit.

Je me représentai les palmiers qui bordaient la rue principale de la Ville Nouvelle, et le foisonnement éclatant et désordonné des fleurs dans les jardins. Je fermai les yeux et sentis sur mes paupières la vibration des couleurs du Maroc : les tissus, les vêtements, les mosaïques, les murs, les volets et les portes... Des couleurs si vives qu'elles faisaient presque mal aux yeux, des couleurs si douces, si subtiles et éthérées que j'aurais voulu les saisir de la main, comme on voudrait capturer un nuage.

Je me redressai sur mon lit.

Soudain, j'eus envie de tout peindre : les bateaux, le ciel et les oiseaux – les mouettes en liberté et les merveilles encagées qu'on voyait sur les marchés. Je voulais peindre les chats faméliques de Marrakech et même, peut-être, les horribles têtes de chèvre ou la solitude désolée d'un cimetière musulman. Je voulais capturer les labyrinthes sinueux des souks débordant de paniers au tissage compliqué, les motifs impressionnants des tapis, les pierres étincelantes des bijoux, l'éclat des théières d'argent et l'arc-en-ciel des *babouches*. Je voulais reproduire le blanc éblouissant des murs chaulés de frais; je voulais recréer la gamme riche et impétueuse des monticules d'épices de Jemâa el-Fna; je voulais reproduire le magnifique bleu de Majorelle.

Je ne savais absolument pas si j'étais capable de créer des images qui auraient la moindre trace d'authenticité, mais il fallait que j'essaie.

Je retournai au magasin de fournitures pour beaux-arts devant lequel j'étais souvent passée et achetai du papier, des aquarelles, un chevalet et des pinceaux de tailles diverses. Ces achats ponctionnèrent encore mon petit pécule de billets et de pièces, mais je ressentais si fort le besoin de peindre que je ne me posai pas de question.

Je rentrai à l'hôtel, installai le chevalet près de la fenêtre et passai le reste de la journée à peindre. J'avais les pinceaux bien en main, le trait solide et assuré.

Quand la lumière déclina, j'avais le cou et les épaules ankylosés. Je m'arrêtai et examinai mon travail.

Je me remémorai les œuvres exposées dans le hall de l'*Hôtel de la Palmeraie* et tentai une comparaison.

Une idée me vint alors. Ridicule, peut-être.

Chapitre vingt-sept

Quelques jours plus tard, alors que je m'efforçais de capturer l'image de la femme marocaine sur le papier, je posai mon pinceau pour me planter devant le miroir. Je nouai un mouchoir blanc sur le bas de mon visage. Ainsi voilée, ne laissant apparaître que mes yeux noirs et mes sourcils, je me confondrais avec les autres femmes du souk.

Même si Jemâa el-Fna et d'autres marchés m'étaient à présent devenus familiers, je me sentais toujours aussi mal à l'aise dans la médina. Chaque fois que je m'y aventurais, je supportais mal d'être dévisagée, entourée par des bandes d'enfants quémandeurs, hélée par les marchands en quête de clients, subrepticement touchée.

Je sortis et regardai les caftans de soie coûteux dans les vitrines du quartier français, puis je me rendis dans la médina et trouvai un souk où l'on en vendait pour une somme modique. Je palpai les moins chers et, après un âpre marchandage, finis par en acheter un en calicot jaune à petites fleurs rouges. J'achetai aussi une longue et large pièce de coton blanc grossier – un *haïk* – et un voile. Puis je rapportai tout cela dans ma chambre d'hôtel et les revêtis.

Je m'examinai longuement, puis me déshabillai et me remis à la peinture. Le lendemain, vêtue à la marocaine, je me rendis sur la place Jemâa el-Fna et m'y promenai à loisir, en regardant autour de moi. J'avais toujours traversé la place au plus vite en m'efforçant de ne pas croiser le regard des hommes, de ne pas attirer l'attention. Cette fois, c'était tellement différent. J'étais devenue invisible. Et avec cette invisibilité, j'avais gagné une liberté. Personne ne me regardait, ni Français ni Marocains, pas plus les hommes que les femmes. Je pouvais aller où bon me semblait. Je pouvais observer et écouter. C'était tellement plus facile d'apprendre, de comprendre, quand on pouvait se faire oublier.

Je repérai Mohammed et son petit singe installé sur son épaule ; il ne m'accorda pas un regard. Je m'arrêtai devant le charmeur de serpents et découvris que les serpents étaient plus vifs quand le soleil était à son zénith.

Je vis des enfants fondre sur un couple d'Européens qui essaya de fuir comme j'avais dû le faire auparavant. L'un des plus jeunes garçons de la bande me rappela Badou, et je fus submergée par l'envie de le revoir. J'espérais pouvoir le faire quand Étienne reviendrait. Si Manon voyait Étienne m'accueillir, elle n'aurait d'autre choix que de m'accepter. Cela ne lui plairait peut-être pas, mais elle y serait bien forcée.

* * *

À la fin de ma première semaine dans le petit hôtel, je mis ma robe de soie verte, pris deux de mes aquarelles et retournai à l'*Hôtel de la Palmeraie*. Lorsque monsieur Henri me vit approcher de la réception, ses traits se figèrent.

— Bonjour, monsieur, lui dis-je. Comment allez-vous ?

— Bien, bien, mademoiselle. En quoi puis-je vous être utile ?

Il jeta un coup d'œil pour voir si j'avais des bagages.

— Je voudrais vous parler de quelque chose.

— Vous ne voulez pas reprendre une chambre ?

— Non, dis-je en souriant pour tenter de dissimuler ma nervosité – ce moment était tellement important. Non, je ne reviens pas séjourner ici.

Je sortis mes aquarelles.

— Mais je viens de terminer ceci, et je me demandais si cela vous intéresserait de les accrocher avec les autres, pour les vendre avec une commission.

Il les examina, puis leva les yeux vers moi.

— Vous dites que c'est vous qui avez peint ces aquarelles, mademoiselle ?

J'acquiesçai.

— Vous ne pensez pas qu'elles iraient bien avec les tableaux que vous exposez ? insistai-je, le même sourire figé sur mes lèvres.

J'espérais avoir l'air professionnel et ne pas trop afficher mes espoirs. Ne pas montrer que j'étais aux abois. Si je voulais rester à Marrakech pour attendre le retour d'Étienne, j'avais besoin d'argent. Et je n'avais pas d'autre solution.

Il ne dit pas non, mais pencha la tête de côté.

— Bien sûr, ce n'est pas à moi qu'il appartient de décider. Nous avons quelqu'un qui est chargé de sélectionner les articles – les œuvres d'art et les bijoux – en vente à l'hôtel.

— Je suis certaine que vous pourriez user de votre influence, assurai-je. Un homme tel que vous, avec un goût si sûr...

Je déglutis.

Il apprécia le compliment, son visage se détendit et il finit même par sourire.

— Je vais voir ce que je peux faire, promit-il. Nous venons de vendre plusieurs toiles, et il serait peut-être intéressant d'avoir une nouvelle artiste à exposer.

Mon soulagement fut tel qu'il me fallut un moment pour répondre. Il n'y avait encore rien de certain, mais au moins n'avait-il pas rejeté mes aquarelles.

— Bien, dis-je. Oui, bien. Je vais vous les laisser et je reviendrai dans quelques jours pour voir si la direction a décidé de les prendre. Et j'en ai d'autres, ajoutai-je.

J'en avais en effet terminé deux autres et en avais commencé une le matin même.

— Merci, mademoiselle, me dit monsieur Henri en s'inclinant.

Je relevai le menton et lui adressai alors un sourire sincère et reconnaissant.

En sortant de l'hôtel, je repensai à ses mots, «une nouvelle artiste», et repartis d'un pas plus vif, en balançant les bras. Quand un vieux monsieur passa près de moi et souleva son chapeau, je pris conscience que je souriais encore.

* * *

Quelques jours plus tard, je me trouvais dans le souk des bijoutiers et examinais une bague, une topaze taillée en carré sertie dans un chaton d'argent ciselé. J'étais retournée à l'*Hôtel de la Palmeraie* le matin même, et monsieur Henri m'avait appris que le responsable des œuvres en vente dans l'hôtel avait apprécié mes tableaux. Il prenait les deux. S'ils plaisaient à la clientèle, il en prendrait d'autres.

Je levai la bague à hauteur d'épaule pour admirer la façon dont la lumière se réfléchissait sur ses facettes, et réfléchis à la manière dont je pourrais mêler les couleurs pour rendre cette nuance. Au moment où je rendais la bague au marchand, j'entendis une voix familière et me retournai. C'était Falida, un grand mouchoir de coton râpé noué sur la tête et un panier tissé en bandoulière. Elle tenait Badou par la main

Mon cœur fit un bond. J'appelai l'enfant par son nom et il regarda autour de lui. Je me rendis compte qu'il ne me reconnaissait pas. J'abaissai le bas de mon *haïk* et répétai son nom. Cette fois, il me dévisagea un instant, laissa tomber la main de Falida et courut vers moi pour étreindre mes jambes, comme je l'avais vu faire avec Aszulay. Je m'agenouillai et le serrai dans mes bras. Il me parut très frêle. Il avait les cheveux trop longs, qui lui tombaient dans les yeux, et il devait sans cesse rejeter la tête de côté pour y voir convenablement.

— Ça fait longtemps que je ne t'ai pas vue, mademoiselle Sidonie, me dit-il en se reculant pour m'examiner. Tu es très différente, maintenant.

— Tu m'as manqué, lui dis-je.

Falida s'approcha de nous. Elle avait sur la pommette un gros hématome violet sombre dont les bords jaunissaient. Je me sentis vraiment désolée pour elle. Même si Badou était sale et ne mangeait de toute évidence pas à sa faim, rien n'indiquait qu'il eût pris des coups. Pas encore, me dis-je.

— Tu fais des courses, Falida ? questionnai-je.

Elle secoua la tête en fronçant les sourcils.

— Où tu vas alors ?

Elle ne répondit pas et reprit la main de Badou.

— Attendez ! criai-je alors qu'ils s'éloignaient déjà, Badou me regardant par-dessus son épaule. Je viens avec vous, annonçai-je en les suivant.

Ils allaient dans la direction opposée de Charia Zitoune.

Dans cette ville d'étrangers, je fus surprise de découvrir à quel point cela faisait du bien de voir quelqu'un – ne fût-ce que des enfants – que je connaissais.

Falida haussa une épaule, comme si elle se moquait éperdument que je vienne ou pas. Nous franchîmes d'étroits passages que je n'avais encore jamais vus, puis Falida poussa un portail qui n'était pas fermé à clé. Je dus baisser la tête pour passer en dessous, et, lorsque je me redressai, je découvris que nous étions sortis de la médina. Un cimetière marocain s'étendait derrière un muret en ruine. Sur le muret, un panneau abîmé indiquait, à la fois en arabe et en français : *Interdit aux non-musulmans*. Je m'arrêtai.

Mais Falida grimpa sur le mur et tendit la main pour aider Badou à la rejoindre. Ils avancèrent parmi les tertres éparpillés. Il n'y avait ni arbres ni fleurs ni pierres tombales sinon quelques carreaux de céramique penchés et cassés à la tête et au pied de certaines tombes parmi les plus récentes. Le sol était jonché d'ordures. C'était un endroit sinistre et désolé.

— Attendez ! appelai-je à nouveau.

Je passai à mon tour par-dessus le muret. L'idée de laisser Badou aller dans ce genre de lieu ne me plaisait guère.

Falida cherchait quelque chose. Elle s'arrêtait près de certains tumulus et les examinait attentivement. Je restai avec eux sans comprendre ce qu'elle faisait. Badou ne disait rien mais serrait fort la main de la petite fille.

Puis, devant l'une des tombes les moins élevées, elle posa son panier et lâcha la main de Badou pour s'accroupir. Badou se rapprocha de moi. Je sortis instinctivement la main des plis de mon *haïk*, et Badou la saisit pour observer Falida avec moi.

Quand je compris ce qu'elle faisait, je fus horrifiée. Cette tombe n'était recouverte que de terre meuble jetée dessus au hasard, et la petite y creusait à deux mains.

— Falida ! appelai-je, mais elle ne me prêta aucune attention.

Elle écarta encore un peu de terre et j'aperçus le bord pourrissant d'un suaire de mousseline. Je retournai Badou afin qu'il eût le visage contre moi et pressai ma main contre ses épaules.

— Falida, répétai-je d'une voix plus sévère, et elle s'arrêta de creuser pour me regarder. Qu'est-ce que tu fais ?

— Je cherche pour ma madame, répondit-elle.

— Tu cherches quoi ?

— Elle a besoin, dit-elle.

— De quoi peut-elle avoir besoin qui vienne d'ici ?

Mais Falida posait à présent ses mains à plat contre le sol et semblait chercher quelque chose à tâtons. La forme d'un crâne recouvert de mousseline ne tarda pas à apparaître, coincé dans la petite ouverture. Il était placé sur le côté. Je déglutis et gardai le visage Badou plaqué contre moi. J'aurais voulu empêcher Falida de continuer, mais elle agissait avec précaution tout en ayant le geste sûr et décidé. Elle tira sur le suaire décati, qui se déchira aussitôt sous sa main, puis, à ma grande horreur, elle extirpa de la tombe un petit os blanc et cassant.

— Rien que les vieilles tombes, expliqua-t-elle avec un sourire en brandissant le petit os. La chaleur, ça cuit les os.

C'était un petit os vaguement arrondi. Elle le glissa dans son panier.

— Encore un, ajouta-t-elle en fouillant à nouveau la terre.

— Est-ce qu'Aïcha Kandicha va venir nous prendre ? demanda Badou, la voix étouffée par mon *haïk*.

Il tremblait. Pourquoi Falida l'avait-elle amené dans cet endroit effrayant ? Pourquoi lui faisait-elle assister à ses macabres agissements ? Manon était-elle d'accord ?

— Pas si tu es sage, répondit Falida, qui jeta pourtant des regards affolés autour elle.

— Où est-il ? demandai-je, croyant que la personne mentionnée par Badou devait être le gardien du cimetière.

— Elle. C'est femme, mais avec jambes de chameau. Mauvais démon. Les yeux comme... du feu, dit-elle après une hésitation. Elle vient dans tombes la nuit pour prendre les hommes. Elle aime les hommes.

— Je ramène Badou, décrétai-je, incapable de supporter plus longtemps les tremblements de l'enfant.

Je lui pris la main et m'apprêtai à faire un pas de biais quand Falida poussa un hurlement. Je me figeai, pied en l'air.

— Non, non, madame, fit la servante d'une voix incrédule. Pas marcher sur tombe.

Je reposai mon pied à côté de la petite éminence.

— Si marcher sur tombe, pas de bébé pour vous, expliqua-t-elle en se touchant le ventre.

Je regardai son petit visage tuméfié, son expression inquiète.

Je réalisai soudain qu'avec Étienne, je n'aurais plus l'occasion d'avoir un autre enfant. Il ne le permettrait pas.

Pourquoi cela ne m'était-il pas venu à l'esprit plus tôt ? Je n'avais pensé qu'à retrouver Étienne, à l'aimer quand il irait mal. Mais maintenant, dans ce lieu sinistre, Falida venait de me rappeler que je ne serais jamais mère. Je ne tiendrais jamais mon enfant dans mes bras, je ne le regarderais jamais grandir. Avant de rencontrer Étienne et de tomber enceinte, j'avais accepté ma vie sans mari ni enfant comme si c'était mon lot, et ne me laissais jamais aller à mes désirs et aspirations. Mais maintenant que j'avais fugitivement entrevu ce que pouvaient être des rêves de maternité, il était beaucoup plus difficile de revenir en arrière, de réprimer le désir.

Me tenant figée dans ce cimetière lugubre, je regardai Falida reprendre son excavation. Les petits doigts de Badou se serrèrent sur les miens, sa paume humide contre la mienne.

Falida poussa alors un petit cri de triomphe.

— Je trouver ! dit-elle en brandissant une dent prolongée par une longue racine fourchue.

La bile me monta à la gorge.

— Les dents c'est le plus mieux, commenta Falida avec un grand sourire. Ma madame contente de moi maintenant.

* * *

Nous retournâmes ensemble Charia Zitoune. Je m'arrêtai dans la rue des menuisiers et achetai à Badou un petit bateau en bois, pour détourner son attention de ce à quoi il venait d'assister. Si cela avait été aussi effrayant et pénible pour moi, que devait-il ressentir ?

En me voyant franchir la porte jaune safran avec Falida et Badou, Manon sursauta et en resta bouche bée. Elle était installée dans la cour avec le Français, Olivier, en pantalon de lin et manches de chemise roulées jusqu'aux coudes. Ils fumaient la *chicha*, et il y avait sur la table basse une bouteille de cognac et deux verres. Comme à son habitude, Manon était vêtue d'un sublime caftan recouvert d'une *dfina* diaphane, elle arborait une coiffure élaborée et était parfaitement maquillée.

Je me tenais devant la porte ouverte, la main sur la poignée. Manon se renfrogna en examinant mon *haïk*.

— Pourquoi êtes-vous encore ici ? questionna-t-elle brusquement. Qu'est-ce que vous faites à Marrakech ?

Je ne répondis pas.

Falida lui tendit le panier.

— L'os du genou et la dent, madame, annonça-t-elle. Bien ? insista-t-elle, pleine d'espoir.

— Va mettre ça dans la maison, répondit trop rapidement Manon avant de se tourner vers le Français.

Il se leva et prit sa veste.

— Tu ne vas pas partir maintenant, Olivier ? fit-elle en posant sa longue main sur le bras de l'homme.

Il abaissa les manches de sa chemise blanche.

— Les enfants sont rentrés. Et puis, tu as de la visite, ajouta-t-il en me désignant de la pointe du menton.

— Elle n'est pas la bienvenue, répliqua Manon. Et je peux renvoyer les enfants dehors. Dis-moi que tu restes encore un peu, Olivier, susurra-t-elle d'une voix mielleuse.

Mais le Français secoua la tête.

— Je dois retourner au travail de toute façon.

— Quand reviendras-tu, *mon très cher** ?

— La semaine prochaine, à la même heure, dit-il.

Puis il s'avança vers la porte et je m'écartai pour le laisser passer. Manon le suivit et glissa sa main dans la sienne.

— Nous poursuivrons notre conversation la prochaine fois, *oui** ? demanda-t-elle, et il se retourna pour la regarder et lui caresser la joue du revers de la main.

— Oui, assura-t-il en hochant la tête, un sourire flottant sur ses lèvres. Oui.

La porte se referma sur lui et Manon fit volte-face.

— Pourquoi êtes-vous venue ici ? Vous avez interrompu une conversation importante. Vous n'avez aucune raison d'être ici, chez moi ou à Marrakech. Vous perdez votre temps, éructa-t-elle. *Allez**, partez. Je ne veux pas de vous ici. Nous n'avons rien à faire ensemble.

Badou faisait avancer son bateau tout neuf sur le bord du bassin mais ne nous quittait pas des yeux. L'oiseau mort se trouvait toujours au fond. Il était presque complètement desséché, le corps aplati, le plumage pelé et l'œil enfoncé. Manon me tourna le dos et rentra dans la maison, son caftan et sa *dfina* flottant derrière elle.

Je m'en allai. Qu'attendais-je en retournant Charia Zitoune avec Badou et Falida ?

Il y avait des cris au bout de la ruelle ; quatre garçons frappaient dans un ballon pour le faire rebondir contre un mur.

Badou me suivit. Il vint se placer près de moi et serra son bateau contre lui en regardant les enfants jouer. Il y en avait deux plus grands que lui, un sensiblement du même âge et un légèrement plus petit. Le plus petit se tenait en retrait et ne tendait qu'occasionnellement son pied vers le ballon quand celui-ci arrivait vers lui.

— Est-ce que ce sont tes amis ? demandai-je à Badou.

Il leva les yeux vers moi et secoua la tête.

— Je connais Ali. Il a six ans, comme moi, et il habite là.

Il désigna la porte en face de chez lui.

— Pourquoi ne vas-tu pas jouer avec eux ?

— Maman dit qu'il ne faut pas parce que ce ne sont que des Arabes, répondit-il en regardant à nouveau les joueurs. Elle dit qu'il vaut mieux que je l'aide. Elle dit qu'un fils doit toujours aider sa mère.

Je me mordillai la lèvre inférieure en pensant à cet enfant qui passait ses journées dans la maison et dans la cour, à aider Falida et à faire les quatre volontés de sa mère. Je ne l'avais jamais vu Charia Zitoune jouer avec un autre enfant, je ne l'avais jamais vu s'amuser avec autre chose que des bouts de bois ou de ficelle, une fois avec le chiot emprunté au petit voisin et maintenant avec son bateau tout neuf.

— Je suis le fils, répéta-t-il. Est-ce que tu vas revenir nous voir, mademoiselle ? questionna-t-il.

— Je ne sais pas, Badou. Peut-être... peut-être quand ton oncle Étienne reviendra. Est-ce que tu sais... s'il arrive bientôt ? Ou s'il est déjà venu voir ta maman ? m'enquis-je sur un ton léger mais me sentant profondément honteuse de ma façon d'agir, de tenter de soutirer des informations à un enfant.

Mais je me disais qu'Étienne se trouvait peut-être déjà à Marrakech et qu'Aszulay n'en avait pas été informé.

— Non, répondit Badou. Il faut que je rentre maintenant, sinon maman va se fâcher.

— D'accord, Badou.

Instinctivement, je m'agenouillai et le pris dans mes bras. Il me rendit tout naturellement mon étreinte, serrant vivement ses petits bras autour de mon cou.

* * *

Je portais à présent en permanence des caftans, un *haïk* et un voile pour faire tranquillement mes courses avec mon panier tressé. J'observais avec un regard nouveau les femmes étrangères du quartier français, celles qui buvaient et fumaient à la terrasse des cafés. Je les observais sur la place Jemâa el-Fna ou dans les souks, qui marchandaient un tapis ou une théière, qui ignoraient les mains tendues des mendiants et leurs cris : *bakchich, bakchich*, donnez-nous s'il vous plaît.

Je pris conscience de la vulnérabilité de ces femmes dont chacun pouvait lire l'expression du visage, voir la ligne du corps soulignée par les vêtements ajustés, la peau découverte des bras et des jambes, et je me dis soudain qu'elles paraissaient presque nues.

Même si, en fait, quelques semaines seulement avaient passé, j'avais l'impression qu'une éternité s'était écoulée depuis le temps où j'étais l'une de ces femmes, exposées et vulnérables dès qu'elles sortaient de la sécurité de l'enclave européenne. Il devint soudain très important pour moi de ne plus me considérer comme une de ces Occidentales, tout entière occupée par ses petites envies.

Un mois jour pour jour après qu'Aszulay m'avait annoncé le retour éventuel d'Étienne à Marrakech, je recomptai l'argent qui me restait. Si je ne mangeais presque rien, je pouvais tenir encore près de deux semaines. Pas plus. Aucune de mes peintures n'avait été vendue : je passais tous les quelques jours à l'hôtel pour vérifier. J'avais terminé trois nouveaux tableaux, mais je n'avais plus de papier et certaines couleurs venaient à manquer. Je n'avais pas de quoi en racheter.

Mais Étienne pouvait revenir d'un jour à l'autre. Et alors, tout s'arrangerait.

Comme d'habitude, ce matin-là, je descendis à la réception de l'hôtel et demandai s'il y avait un message pour moi. L'homme qui se tenait le plus souvent derrière le bureau défraîchi – ils étaient trois ou quatre à se relayer à ce poste – jeta un coup d'œil sur les casiers dans son dos et secoua la tête.

— Pas aujourd'hui, répliqua-t-il, ne se démarquant pas de ce que les autres auraient dit.

Je lui adressai un signe de tête et le remerciai, mais avant que je puisse partir, il ajouta, rosissant légèrement :

— Mademoiselle, je sais que vous êtes américaine. Mais les autres pensionnaires..., ajouta-t-il, hésitant. Certains m'ont fait savoir qu'ils restent ici parce que c'est un hôtel pour ceux qui viennent visiter Marrakech. Des touristes originaires de France, d'Allemagne, d'Espagne et de Grande-Bretagne. D'Amérique aussi, comme vous.

J'attendis la suite.

La transpiration faisait briller le front du réceptionniste.

— Je regrette, mademoiselle. Il n'est pas convenable que vous vous habilliez en musulmane pendant votre séjour chez nous. C'est dérangeant pour notre clientèle. Il y a eu des plaintes, vous comprenez. Si vous persistez à vous vêtir de la sorte, je me verrai dans l'obligation de vous demander de quitter l'hôtel.

— Je comprends, assurai-je en clignant des yeux.

Puis je me détournai et sortis dans la chaude lumière du soleil.

Aszulay était là, se tenait dans la rue juste devant l'hôtel, en tunique bleue, le bas de son visage dissimulé par l'extrémité de son chèche. Il regardait vers le bas de la rue, de sorte que je distinguai son profil en partie masqué, et je retins mon souffle.

Chapitre vingt-huit

Je me dirigeai vers lui, et si j'avais le souffle court, c'était certainement parce que le voir signifiait qu'il avait des nouvelles d'Étienne.

En entendant mes pas, il me regarda, puis se détourna.

Je prononçai son nom, et il me regarda à nouveau avant de dire quelque chose en arabe, sur le mode interrogatif.

J'écartai mon voile de mon nez et de ma bouche et il eut un sursaut, à peine perceptible.

— Mademoiselle O'Shea, dit-il d'une voix étouffée avant d'ajouter : Mais pourquoi êtes-vous...

— Vous avez des nouvelles ? Des nouvelles d'Étienne ? Est-il arrivé ?

— Manon a reçu une lettre, dit-il en écartant le bas de son turban pour dégager, comme moi, son visage.

J'avais oublié qu'il avait les dents aussi blanches. Sa peau s'était encore assombrie à force de travailler sous l'intense soleil estival, ce qui faisait paraître ses yeux encore plus bleus.

— Une lettre d'Étienne ? dis-je en me rapprochant.

— Elle est arrivée hier, précisa-t-il en hochant la tête.

J'attendis, mais à son expression, je sus avant même qu'il le dise ce qu'il allait m'apprendre.

— Je suis désolé. Il a écrit pour dire qu'il ne viendrait pas cette semaine. La lettre disait dans quelques semaines, un mois peut-être.

Je déglutis. Encore quelques semaines, un mois. Je ne pouvais rester aussi longtemps. Je n'avais pas assez d'argent.

— Mais alors..., commençai-je, mes pensées se bousculant. Le cachet de la poste... Cela nous donnerait la ville, et certainement... il a dû donner son adresse à Manon pour qu'elle puisse lui répondre. Ce serait logique, Aszulay, dis-je en le regardant. Je pourrais aller le retrouver, où qu'il soit au Maroc. Je n'aurais pas besoin de l'attendre ici.

Aszulay me regardait sans rien dire.

— Est-ce qu'il dit où il est ? insistai-je. L'enveloppe...

— Elle ne me l'a pas montrée, Sidonie. Elle a simplement dit qu'il ne viendrait pas, pas avant quelques semaines ou un mois.

— Alors je vais aller la voir et le lui demander. Plutôt non, c'est vous qui allez le lui demander. Elle vous le dira, à vous. Elle ne me dira rien, Aszulay, mais à vous, elle le dira.

— Elle n'est pas ici pour le moment, déclara-t-il en secouant la tête.

Alors, brusquement, l'air devint trop chaud et le soleil trop blanc et trop brûlant sur mon visage.

— Elle n'est pas ici ? répétai-je. Que voulez-vous dire ?

— Elle est partie en vacances. Pour une semaine, peut-être deux, avec... un ami, précisa-t-il après un silence.

Je me doutais que Manon était partie avec le Français, Olivier. Aszulay devait le savoir aussi.

— A-t-elle emmené Badou ?

Je n'arrivais pas à le regarder et fixai mon regard sur un carreau de faïence au mur, derrière lui.

— Non. Elle l'a laissé avec Falida.

— Ce n'est qu'une petite fille, protestai-je. Ce ne sont que des enfants.

— Elle a onze ans. Elle pourrait se marier dans deux ou trois ans, répliqua-t-il. Je passerai Charia Zitoune régulièrement pour leur apporter à manger et vérifier que tout va bien.

J'acquiesçai et ramenai mon *haïk* sur mon visage pour me protéger du soleil. Non seulement Manon était partie avec un autre homme, mais elle comptait sur Aszulay pour veiller sur son enfant. N'avait-elle donc aucune conscience ? Et Aszulay n'avait-il donc aucune fermeté ?

Je le regardai. C'était un homme digne, honnête. Comment pouvait-il permettre à Manon de se servir ainsi de lui ? Comment pouvait-il continuer d'être ainsi avec elle alors qu'elle lui témoignait si peu de respect ? Il ne méritait pas d'être traité de cette manière.

— Alors, vous allez continuer d'attendre ? demanda Aszulay, un curieux accent dans la voix. Vous allez rester à Marrakech pour attendre Étienne, quel que soit le temps que ça prendra ?

Je me passai la langue sur les lèvres.

— Je..., commençai-je, gênée d'avoir à avouer que je ne savais pas comment j'allais m'en sortir. Oui.

— Sidonie, je crois... peut-être qu'il est inutile d'attendre davantage. Vous devriez peut-être reprendre votre vie.

— Ma vie ?

Il ne comprenait toujours pas. Comment l'aurait-il pu ? Comment aurait-il pu savoir qu'il ne restait plus rien pour moi à Albany ? Je me sentis soudain en colère contre lui, Aszulay, qui me conseillait de ne pas attendre. J'étais en colère contre Manon, qui faisait tout pour m'empêcher de retrouver Étienne. Et je me sentais surtout en colère contre Étienne.

J'avais si chaud, et j'avais faim ; je n'avais rien mangé depuis la veille.

— Et vous, vous n'allez pas attendre ? demandai-je d'une voix qui montait dans les aigus.

Je le regardai dans les yeux.

— Attendre quoi ? rétorqua-t-il en secouant très légèrement la tête.

— Elle. Manon, fis-je, incapable de retenir le venin qui me montait aux lèvres quand je prononçai son nom. Vous allez l'attendre, être à ses ordres, alors qu'elle est partie avec un autre homme ?

— C'est pour le petit, répliqua-t-il avec un haussement d'épaules, comme s'il était surpris, mais cela ne me suffit pas.

— Je vois bien que vous me trouvez stupide d'attendre qu'Étienne me revienne. Allez-y, dites-le que vous me trouvez stupide. Et alors je vous dirai que je vous trouve stupide d'attendre Manon. Elle se sert de vous pour vous occuper de son fils. Comment pouvez-vous la laisser vous traiter de la sorte ?

Je ne voulais pas l'agresser ainsi. Aszulay avait toujours été si gentil avec moi. Qu'est-ce qui me prenait ? En quoi la façon dont Manon le traitait me regardait-elle ? Pourquoi les sentiments qu'il avait pour Manon me dérangeaient-ils autant ?

— Peut-être de la même façon que vous laissez Étienne vous traiter comme il le fait, répliqua-t-il, les narines pincées.

Nous nous défiions des yeux. Ses paroles me heurtèrent. *Comment Étienne me traitait-il donc ?* Soudain, je ne pus soutenir davantage son regard. Et je baissai la tête, comme pour abriter mon visage du soleil. Au lieu de lui avoir fait honte comme j'avais essayé de le faire, c'était moi qui me sentais honteuse. Je prenais brusquement conscience de la façon dont il devait me voir, attendant inlassablement un homme qui... Je me sentais étourdie. Le soleil brillait trop fort ; il rendait tout trop clair, trop limpide.

Les yeux toujours baissés, je m'excusai :

— Je vous demande pardon, Aszulay. Je n'ai aucun droit de vous dire ce que vous devez faire. Je vous demande pardon, répétai-je. Je... je suis si déçue. Toute cette attente. Et maintenant...

— Je comprends, assura-t-il, et je relevai les yeux vers lui.

— Vraiment ? Sa voix me parut un peu dure, son expression aussi.

— Et il y a autre chose, ajoutai-je, consciente que lorsqu'il se serait éloigné, je ne saurais pas quand je le reverrais. Si je voulais rester à Marrakech, il allait falloir procéder à de nouveaux changements.

— Oui ?

— J'ai besoin de trouver une nouvelle chambre. Je... je ne peux plus rester dans cet hôtel. Je me demandais... pourriez-vous m'aider ?

— Mais les hôtels de la Ville Nouvelle sont réservés aux étrangers. Aux gens comme vous. Pourquoi ne pas y rester ?

— Ça ne me convient plus, répondis-je.

— Ça ne vous convient plus ?

— Je ne peux pas porter ces vêtements. Ça les dérange.

Je ne voulais pas lui avouer qu'il me restait si peu d'argent.

— Eh bien... mettez vos habits américains, alors. Pourquoi vous habillez-vous comme ça ?

— De cette façon, repris-je en montrant mon corps et mon *haïk*, je peux me déplacer plus librement dans toute la ville.

— Je ne comprends pas, dit-il en secouant la tête. Comment pourrais-je vous aider ?

Il m'était trop difficile de ne pas me montrer complètement honnête avec lui.

— La vérité, Aszulay, c'est que je ne peux plus me permettre de séjourner dans aucun hôtel du quartier français. Il existe sûrement... peut-être connaissez-vous un endroit très peu cher. Dans la médina.

— Mais ce ne serait pas bon pour vous d'être dans la médina, répliqua-t-il, interloqué. Il n'y a que des Marocains. Il faut rester avec les vôtres.

— Mais j'aime bien la médina, dis-je sans réfléchir.

Et je me rendis compte que c'était vrai. Depuis que j'avais commencé à m'habiller d'une façon qui me permettait de me fondre dans la masse, je me sentais là-bas vivante d'une manière que je n'avais jamais connue auparavant.

— Il n'y a pas d'hôtel dans la médina, expliqua-t-il. Quand des Marocains d'une autre ville viennent à Marrakech, ils séjournent chez des parents ou des amis.

— Je n'ai besoin que d'une chambre. Rien qu'une chambre, Aszulay.

— C'est impossible, dit-il encore en secouant la tête.

— Impossible ? Pour une seule chambre ? Je serais très discrète. Je ne...

— Vous devez comprendre ce pays, intervint Aszulay. Une femme, une Nasarini, seule, dans une maison musulmane. Ça n'est pas convenable.

Nasarini. Un Nazaréen, un chrétien, c'était ainsi que les Marocains appelaient les étrangers. J'avais déjà entendu ça dans les souks, et j'assimilais de plus en plus de mots d'arabe. Je n'avais pas pensé que ma présence dans une maison de la médina pourrait causer des problèmes.

— Mais sinon, je ne pourrai pas rester plus longtemps au Maroc. Et tout ça – mon voyage ici, tout – n'aura servi à rien. Je suis si près du but, Aszulay, je sais que vous pensez que je devrais partir, mais...

Nous étions là, sur le trottoir, avec les gens qui passaient autour de nous devant l'hôtel.

— Je vous en prie, suppliai-je. Je ne peux pas rentrer. Pas déjà. Essayez de comprendre à quel point c'est important pour moi. Ne vous est-il jamais arrivé de...

Je m'interrompis. J'allais dire : *Ne vous est-il jamais arrivé d'aimer quelqu'un au point de faire n'importe quoi pour lui ?* Mais c'était une question trop intime. Que savais-je de cet homme, et de ses sentiments ?

— Je vais voir ce que je peux faire, Sidonie, assura-t-il, l'air troublé à présent.

— Merci, lui dis-je, tellement soulagée et reconnaissante que je lui touchai le dos de la main.

Il baissa les yeux, et moi aussi ; mes doigts paraissaient petits sur sa main. Je les retirai aussitôt et il me regarda.

Je regrettai d'avoir été si impulsive. De toute évidence, je l'avais mis très mal à l'aise. Ce ne fut que plus tard que je pris conscience qu'il m'avait appelée par mon prénom.

* * *

L'homme au bras atrophié dont la manche de djellaba était remontée par-dessus ne semblait pas ravi quand Aszulay m'amena, deux jours plus tard, à la maison de Charia Soura. Aszulay m'avait prévenue que ce n'était pas encore décidé, mais que cet homme – son ami – me permettrait peut-être de rester un petit moment.

Le soir tombait déjà et nous nous tenions dans la cour. Mon visage voilé ne laissait voir que mes yeux. L'homme me dévisagea, et je regardai instantanément par terre, consciente que je ne pouvais me permettre de paraître effrontée. Lorsque je coulai un regard dans sa direction, il secouait la tête.

Aszulay lui parlait. Ils discutèrent à voix basse, en arabe. Je compris qu'il s'agissait tout simplement du marchandage habituel, sauf que cette fois, c'était de moi qu'il était question.

Aszulay conserva le même ton calme et ferme, et l'homme finit par lever les bras en signe de résignation. Aszulay m'annonça alors le prix pour une semaine de pension complète – ce n'était qu'une infime fraction de ce que coûtait une nuit dans l'hôtel le moins cher du quartier français. J'acquiesçai, et Aszulay prit mes bagages pour les porter dans la maison. J'avais mon matériel de peinture dans un panier tressé et tenais mon chevalet de l'autre main.

Je le suivis ; après la cour lumineuse, le couloir étroit que nous empruntâmes paraissait presque obscur, et, pendant quelques secondes, j'eus l'impression d'être l'un des aveugles de Jemâa el-Fna. Je pris l'escalier derrière Aszulay, les yeux rivés sur l'arrière de ses babouches jaunes. L'escalier était raide et étroit, et ma jambe droite me faisait mal d'avoir à la lever si haut sur chaque marche carrelée. Lorsque nous arrivâmes en haut, un chat surgit de nulle part et bondit sans bruit derrière moi.

Aszulay ouvrit la porte et déposa mes bagages au milieu de la chambre. Puis il se tourna vers moi.

— Ça va ? demanda-t-il, et j'acquiesçai sans même prendre le temps de jeter un coup d'œil, sachant que je n'avais pas le choix.

Une odeur agréable, fraîche et boisée, flottait dans la pièce.

— Oui, oui, c'est très bien, Aszulay. Merci beaucoup.

— Il y a deux épouses. Elles vous donneront du thé et du pain le matin, un repas à midi et un autre le soir. En bas, à côté de la cuisine, il y a la salle d'eau.

Je fis oui de la tête.

— Mais il faut comprendre que vous ne pouvez pas vous déplacer librement comme dans un hôtel, vous ne pouvez pas quitter la maison sans une escorte masculine. Même si mon ami sait que vous n'êtes pas musulmane, pour rester ici, il faudra vous conduire comme une musulmane, pour ne pas lui faire honte. Il a deux fils, et l'un d'eux vous accompagnera quand vous voudrez sortir. Si elles le veulent bien, vous pourrez aider les épouses dans les tâches ménagères, mais je ne crois pas qu'elles vous apprécieront.

— Pourquoi ? Je ne suis pas...

— Elles vous verront comme une rivale possible, peut-être pour devenir une nouvelle épouse. Leur mari pourra leur dire ce qu'il veut, elles ne le croiront pas. Sa seconde épouse est morte il y a quelques mois, et c'était sa chambre. Elles savent qu'il cherche à la remplacer. Restez à l'écart, à moins qu'elles ne vous proposent de vous joindre à elles. *Darra Marra kif defla*, dit-il. C'est le dicton des épouses : l'arrivée d'une femme dans le foyer est plus amère que le laurier-rose. Elles imaginent tout un tas de stratagèmes pour empêcher le mari de prendre une nouvelle épouse. Si le mari entre dans une pièce où vous vous trouvez avec les épouses, tournez-vous vers le mur pour qu'il ne puisse pas vous regarder. Il a accepté de vous prendre parce qu'il me doit un service, mais ça ne le réjouit pas. Vous devrez donc faire tout votre possible pour ne pas vous faire remarquer et ne pas créer de problèmes. Il a dit que s'il s'est laissé convaincre, reprit-il après un silence, c'est parce que vous n'avez pas l'air d'une étrangère. Il pourra donc dire aux voisins que vous êtes une lointaine cousine de sa plus jeune épouse.

— Merci de m'avoir obtenu cette chambre. Et pour...

J'aurais voulu en dire plus.

— Merci, répétai-je simplement.

Ce n'était pas la même chose d'être dehors avec lui en plein soleil, et de me retrouver avec lui dans cette petite chambre sombre.

— Vous reverrai-je ? demandai-je, me sentant plus proche de lui encore du fait de cette chambre. De son ami.

Il me regarda bien en face, ouvrit la bouche comme pour dire quelque chose puis se contenta de hocher la tête en ramenant le bas de son chèche sur son nez et sa bouche. Puis il sortit et referma soigneusement la porte derrière lui.

* * *

Le plafond était tellement bas qu'en levant le bras au-dessus de ma tête, j'arrivais à le toucher du plat de la main. Les murs étaient constitués d'une matière dure et fraîche. En examinant de plus près un endroit où le plâtre s'écaillait, je vis qu'il s'agissait d'une sorte de boue séchée. Un pisé confectionné à partir de la terre de Marrakech car il était rouge et semblait avoir été damé avant d'être recouvert de plâtre. Le sol disparaissait sous de petits tapis à franges aux motifs disparates et aux couleurs fanées qui n'entamaient en rien leur beauté. Je soulevai le coin de l'un d'eux et découvris un plancher de bois lisse. Je remis le tapis en place et retirai instinctivement mes chaussures et mes bas pour enfouir mes pieds nus dans la laine. Malgré leur ancienneté, ces tapis étaient encore épais et moelleux. Près du matelas qui faisait office de lit se trouvait un petit tabouret ornemental et, contre le mur d'en face, une table sculptée dans un bois léger. C'était la table qui exhalait le parfum boisé qui régnait dans toute la chambre, et je me demandai s'il s'agissait du bois de thuya dont madame Russell avait dit qu'on en trouvait en abondance du côté d'Essaouira. Un grand miroir cerné d'un cadre d'éclats de verre aux couleurs éclatantes était appuyé contre le mur, près de la table.

Je regardai dans la cour par la haute fenêtre étroite. Pas un souffle d'air ne pénétrait dans la chambre. Je retirai mon *haïk* et mon caftan pour enfiler une simple combinaison de coton.

C'était ma première nuit dans la médina, dans ma toute petite chambre de terre battue aux superbes tapis et embaumant les parfums de forêt. Le matelas était recouvert d'un couvre-lit très doux en coton rayé bleu et blanc. Je le regardai en essayant de ne pas penser à la malheureuse épouse. Était-elle morte sur ce lit ?

Je déballai les autres caftans que j'avais achetés récemment ainsi que les quelques articles de toilette dont je pouvais avoir besoin, et laissai toutes mes robes pliées dans mes bagages. J'accrochai les caftans et le *haïk* à des clous plantés derrière la porte, posai mes articles de toilette sur la table et le carreau de l'Homme Bleu de la *piste** – quel était le mot arabe pour ces céramiques, déjà, *zellij* ? – sur le petit tabouret au chevet de mon lit. Je rangeai mon chevalet plié près du miroir.

Je m'assis alors sur le profond rebord de fenêtre, adossée contre un mur – qui devait bien faire entre cinquante et soixante centimètres d'épaisseur – et mes pieds posés contre l'autre mur. La chaleur de la journée tombait rapidement, et l'air finit par devenir plus frais, à la fois doux et immobile.

Je regardai en bas, dans la cour de plus en plus sombre, contemplai les grands pots de terre contenant arbres et plantes et le dessin géométrique du carrelage qui recouvrait le sol. Mis à part la rumeur lointaine de la place, il n'y avait pas un bruit alentour. Le chat – je voyais maintenant qu'il était brun-roux – traversa lestement la cour et s'immobilisa, aux aguets, devant l'un des pots. Je pensai à Cinabre.

* * *

Je fus tirée du sommeil par le bruit de la rue qui s'éveillait derrière la cour. Il était juste après sept heures, mais c'était déjà très bruyant. Je me levai et regardai par la fenêtre : la cour était toujours déserte. Mais il y avait des bruits de sabots en provenance des étroites rues pavées au-delà, et des voix d'hommes qui houspillaient leurs ânes. Une sonnette de bicyclette retentit et je respirai une bonne odeur de pain. Puis j'entendis des battements de mains rythmés et des voix d'enfants qui chantaient. Les voix et les claquements de mains s'amplifièrent puis diminuèrent. Les enfants devaient emprunter cette rue pour aller à l'école. Des bébés pleuraient. En dessous de moi, à n'en pas douter en provenance de la maison, je perçus le bruit bien reconnaissable de quelqu'un qui se raclait la gorge et qui toussait, puis qui crachait abondamment. Je retournai me coucher et m'efforçai de me rendormir, mais ce fut impossible. Allongée là, je m'aperçus que j'avais dormi d'un sommeil profond et sans rêve. Je n'avais pas pensé une seule fois à Étienne depuis mon arrivée.

J'entendis une voix d'homme et me relevai pour regarder dans la cour. C'était le mari : il parla à quelqu'un que je ne pouvais voir puis sortit dans la rue. Sachant qu'il était parti, je couvris mon visage et descendis. Je trouvai la cuisine. Il y avait trois femmes qui préparaient à manger. Une d'âge moyen, une plus jeune ainsi qu'une très vieille à la peau noire et ridée. Elles portaient toutes un caftan tout simple avec une *dfina* plus colorée par-dessus. Elles n'étaient pas voilées. Elles arrêtèrent ce qu'elles faisaient pour me regarder.

— *Assalam alaykum*, essayai-je.

La servante fit la moue et se remit à tourner sa cuiller dans la marmite. L'épouse la plus âgée me tourna le dos et entreprit de trancher un morceau de viande à grands coups de hachoir. Seule la troisième femme – elle était plus jeune que moi – me regarda dans les yeux et répondit :

— *Slema.*

Je ne connaissais pas ce mot, mais il sonnait comme un salut. Je lui adressai donc un petit signe de tête et lui souris. Elle ne pouvait pas voir mon sourire sous le voile, mais j'espérais que mes yeux suffiraient à exprimer que j'appréciais sa réponse amicale. Elle portait un motif de petits points bleus tatoués sur le front.

J'utilisai les toilettes puis repassai par la cuisine ; cette fois, aucune des femmes ne se tourna vers moi. Je me rendis dans la cour et m'assis sur un banc de bois. Le chat apparut, je claquai des doigts et l'appelai à mi-voix. Il s'approcha prudemment et vint humer mes doigts avant de filer.

La plus jeune épouse finit par m'apporter une assiette avec de la galette de pain, du miel, du fromage, blanc et lisse, ainsi qu'une tranche de melon vert pâle, puis elle retourna dans la maison me chercher du thé à la menthe. Dès qu'elle fut repartie, j'ôtai mon voile. Au moment de porter un bout de fromage à ma bouche, je repensai aux propos d'Aszulay comme quoi les épouses feraient tout pour empêcher une nouvelle femme de s'installer. Je revis Falida exhumant un os et une dent d'une vieille tombe pour Manon, puis Manon elle-même me contant comment elle préparait son khôl avec des ingrédients censés rendre les hommes fous de désir. Elle se servirait sans doute de l'os et de la dent pour une de ses recettes magiques dont Étienne m'avait parlé.

Ce souvenir d'Étienne ne parut tout à coup très lointain : assise chez moi, à Albany, j'écoutais ses histoires de sorcellerie et de démons dans un pays arrosé de soleil alors qu'un vent d'hiver glacé hurlait contre mes fenêtres. On aurait dit une scène d'un livre que j'aurais lu des années plus tôt.

Et maintenant j'étais là, dans une cour torride, en train d'examiner un morceau de fromage en me demandant si l'on n'avait pas saupoudré ma nourriture d'ossements pulvérisés et de fragments de dent.

Puis, me répétant que je devenais aussi superstitieuse qu'une vraie Marocaine d'origine, je pris une profonde inspiration et mordis dans le fromage, mâchant et avalant avec circonspection. C'était crémeux et absolument délicieux. Je finis tout ce qu'il y avait dans mon assiette et bus mon thé. Je ne savais ensuite pas trop quoi faire et restai dans la cour. Il était étrange de savoir que je ne pourrais sortir quand il me plairait de le faire. Je me demandais si les femmes qui passaient toute leur vie comme ça finissaient par devenir claustrophobes.

J'entendis des voix féminines au-dessus de moi et levai les yeux. Je ne pouvais rien voir mais distinguais nettement trois voix distinctes, provenant sûrement du toit.

Je remis mon voile, montai l'escalier, passai devant ma chambre et gravis l'autre volée de marches, le bruit des voix s'intensifiant. Après l'ombre de l'escalier, je fus éblouie par la lumière matinale. Les voix se turent. C'étaient les deux épouses et la servante. Elles se tenaient assises en tailleur autour d'un tas de grains de blé dorés.

Aszulay m'avait recommandé de ne pas me joindre à elles tant que je n'y avais pas été invitée. Elles détournèrent toutes le regard et continuèrent à trier les grains, écartant des fragments de terre et jetant les grains propres sur une longue toile de jute. J'allai à l'autre bout du toit-terrasse.

Je gardai mon voile; d'une certaine façon, je préférais qu'elles ne puissent pas m'examiner et voir, peut-être, à quel point je me sentais vulnérable. Que leur avait dit leur mari à mon sujet ? Comment me considéraient-elles, femme seule dans un pays où une femme sans homme comptait pour rien ? Avec pitié sûrement. Peut-être avec dégoût. Je n'aurais su le dire.

Je restai à l'écart à l'autre bout du toit, et elles reprirent leur conversation, quoique à voix plus basse, coulant vers moi des coups d'œil occasionnels. Je passai alternativement de la contemplation de la ville à l'examen de ce groupe de femmes. Des hirondelles voltigeaient dans le ciel. J'aurais voulu comprendre ce que disaient ces femmes. Partout alentour s'étendaient les toits en terrasses des maisons voisines, certains plus hauts, d'autres en contrebas. Plus loin, ces lignes horizontales étaient ponctuées par les minarets des mosquées. Ceux-ci se dressaient, carrés, solides et pourtant élancés, tels des phares incongrus.

Les montagnes de l'Atlas miroitaient. En plissant les yeux, j'avais l'impression de pouvoir les toucher du doigt.

Je me rappelai le toit de l'hôtel, à Tanger, et le sentiment que j'avais éprouvé alors d'être une femme coincée entre deux mondes. Et je me dis qu'ici, voilée et vêtue d'un caftan, mes quelques biens rassemblés dans la chambre en dessous, j'avais franchi une ligne. Ce monde était pour le moment celui que j'habitais.

Sur beaucoup des terrasses avoisinantes, il y avait des femmes et des enfants, mais aucun homme n'était visible nulle part, et il était clair que ces toits constituaient l'espace de liberté des femmes. Ici, elles étaient toutes à visage découvert et pouvaient être elles-mêmes. Ce n'étaient plus les silhouettes fantomatiques et silencieuses que je croisais dans les ruelles et les allées de la médina. Elles riaient et bavardaient en étendant le linge, allaitant leur bébé ou faisant de la couture. Une femme se disputait bruyamment avec une jeune fille, et leur familiarité m'incita à penser qu'elles étaient mère et fille. Une vieille femme dormait au soleil, couchée sur le dos, bouche ouverte. Des petits enfants jouaient à proximité, grimpaient sur leur mère ou mâchaient des poignées de pain.

Au bout d'un moment, les trois femmes qui se trouvaient avec moi semblèrent avoir oublié ma présence. Elles riaient et faisaient de grands signes de tête, leurs mains fortes triant les grains d'un geste fluide et assuré, et j'enviai soudain leur intimité, l'amitié qui les liait.

Je m'étais gardée de tout lien d'amitié quand j'habitais Juniper Road, mais à présent, pour une raison inconnue, y compris de moi-même, je voulais faire partie de ce petit groupe. Je voulais laisser filer des poignées de grains dorés entre mes doigts, et même si je ne pouvais comprendre leur conversation, j'avais envie d'entendre les mots étrangers flotter autour de moi et se poser sur mes épaules tel un manteau léger.

Chapitre vingt-neuf

Il y avait trois jours que j'habitais dans la maison de Charia Soura. Je ne croisais jamais le mari, même si j'entendais sa voix matin et soir et l'apercevais dans la cour quand je regardais par la fenêtre. Il était souvent en compagnie de deux adolescents de peut-être quatorze ou quinze ans ; c'étaient sans doute les fils dont Aszulay m'avait parlé, et ils étaient vraisemblablement jumeaux – ils avaient tous les deux la même taille et la même stature : grands et dégingandés tout en étant larges d'épaules.

L'épouse la plus âgée et la servante m'ignoraient, mais il paraissait évident que j'intéressais et éveillais la curiosité de la plus jeune épouse. Nous ne pouvions pas faire grand-chose pour communiquer, mais j'appréciais ses sourires, qui se manifestèrent plus fréquemment après la première journée. Elle m'apprit qu'elle s'appelait Mena, et se mit à rire en essayant de prononcer Sidonie. Elle avait une voix douce et mélodieuse, ainsi qu'un visage rond et pâle, qui était le genre de beauté prisé par les Marocains ; elle n'avait sans doute pas plus d'une vingtaine d'années.

Quand je désignais un objet, Mena me le nommait en arabe. J'assimilai très rapidement un certain nombre de mots et quelques expressions simples. Elle semblait impatiente de pouvoir parler avec moi. Malgré la présence constante des deux autres femmes, elle paraissait assez seule.

Elle parlait constamment en me montrant comment préparer le couscous – comment rouler la semoule humidifiée dans la farine fine avant de la faire cuire à la vapeur. Je la regardai préparer la *harira*, cette soupe épaisse de lentilles, de pois chiches et d'agneau. Lorsque je lui eus fait comprendre que je voulais l'aider à cuisiner, elle me montra comment découper les morceaux de viande et de légumes et combien de temps les faire cuire, me prenant parfois la main avec impatience pour remuer la cuiller avec plus de vigueur ou de vivacité. Elle ne prêtait pas attention aux regards désapprobateurs de la vieille servante, mais dès que la plus vieille épouse – Naouar – apparaissait dans la cuisine, Mena se taisait.

* * *

Au quatrième jour, je ne tenais plus en place et ne supportais plus de rester ni dans la maison, ni sur la terrasse, ni dans la cour. Je fis comprendre à Mena que j'avais besoin de sortir. Elle consulta Naouar, qui prit une expression revêche, mais appela un nom – Najib. Et l'un des garçons surgit d'une pièce du fond. Elle lui adressa quelques mots en me désignant du menton, et Najib alla m'attendre à la porte. Je me couvris et le suivis dans les ruelles tortueuses. Je gardais les yeux fixés sur ses talons nus qui trottaient devant moi, durs comme de la corne. Je reconnus certaines rues au passage, et m'aperçus que nous passions Charia Zitoune en allant vers les souks. Je vis le renfoncement dans le mur – avec les petits chats – où Badou et Falida se réfugiaient quand Manon les envoyait dehors.

Lorsque Najib m'eut conduite aux souks, où il s'attendait sûrement que je fasse des courses, je pris position devant lui et regardai en arrière. Il me suivit.

Je traversai Jemâa el-Fna, pénétrai dans le quartier français et me rendis à l'*Hôtel de la Palmeraie*, surveillant de temps à autre que Najib me suivait bien. Puis je lui fis signe de m'attendre pendant que j'entrerais dans l'établissement, et retirai mon *haïk* et mon voile. Il se détourna aussitôt.

Dans le hall, monsieur Henri me vit arriver et se rembrunit en voyant mon caftan. Il m'accueillit cependant d'un signe de tête.

— Ah, mademoiselle. Oui. C'est excellent. Vos deux peintures ont été vendues, et les acheteurs voudraient en acquérir d'autres. C'est un jeune couple désireux de décorer une maison à Antibes, et ils voudraient au moins quatre autres tableaux dans la même veine.

Je me sentis envahie par une étrange sensation de chaleur. Je ne me doutais pas qu'une telle nouvelle, à savoir qu'on voulait ma peinture, provoquerait ce genre de réaction.

— Mademoiselle ? Vous disiez que vous aviez d'autres tableaux. Le couple part la semaine prochaine et aimerait pouvoir les regarder avant.

— Oui, oui, acquiesçai-je. Je vais vous les apporter. Demain.

— Parfait. Et maintenant, voyons, ajouta-t-il en se retournant pour ouvrir un tiroir dans le placard qui se trouvait derrière son bureau. Oui, nous y voilà. L'hôtel a retenu sa commission habituelle de cinquante pour cent. Le détail de la vente figure là-dedans.

Je lui pris l'enveloppe sans cesser de hocher la tête.

— Merci, monsieur Henri, dis-je. Merci, répétai-je.

— Eh bien, je vous verrai demain, alors, dit-il avant de se détourner, me signifiant ainsi clairement que nous en avions terminé. Je retournai auprès de Najib, me couvrant pour ne pas l'embarrasser davantage. Puis, n'y tenant plus, j'ouvris l'enveloppe. Avec le reçu tapé à la machine, il y avait un chèque dont le montant dépassait toutes mes espérances. Je le relus en me disant que j'avais dû me tromper. Mais non. La somme que me rapporta la vente de mes deux tableaux me rendit euphorique.

C'était la première fois de ma vie qu'on me payait pour quelque chose. Qu'on me payait tout court.

* * *

À peine eus-je remis le chèque dans son enveloppe que Najib repartit vers la médina. Mais je l'appelai par son nom et lui fis signe de continuer à me suivre. J'entrai dans une banque et annonçai que je voulais ouvrir un compte.

L'employé me dévisagea.

— Vous devez avoir des papiers d'identité, mademoiselle, répliqua-t-il.

— Je reviendrai demain avec mon passeport, assurai-je.

Puis je laissai Najib me reconduire Charia Soura.

* * *

Le lendemain, je fis savoir à nouveau que je devais sortir, et Naouar parut tout aussi énervée, mais appela à nouveau Najib.

Je me rendis d'abord à l'*Hôtel de la Palmeraie* et laissai à monsieur Henri les quatre autres aquarelles que j'avais terminées. Puis je retournai à la banque, ouvris un compte et retirai l'argent dont j'avais besoin. J'allai ensuite au magasin de fournitures pour beaux-arts où je rachetai du papier et de la peinture. Puis, sur un coup de tête, j'achetai aussi une boîte de tubes de peinture à l'huile, quelques toiles et des pinceaux. Je me dis que l'huile pourrait me permettre de parvenir à beaucoup plus de profondeur. Ce serait une technique radicalement différente, mais je brûlais d'essayer.

Sur le chemin du retour, je m'attardai dans le bruit et les couleurs des souks, m'arrêtant ici et là pour toucher une étoffe, une pièce de bois sculpté ou un objet en argent. Najib restait juste derrière moi et portait mes achats. Je lui pris un gros sac d'amandes.

J'avais hâte d'essayer mes tubes; j'avais déjà peint dans ma chambre, mais à cette heure de la journée, il ne faisait plus assez clair. Je descendis donc mon chevalet dans la cour, posai mon châssis et étalai de la peinture sur ma palette.

Mena sortit et approcha un tabouret pour regarder, les yeux brillants et ses joues habituellement pâles rehaussées d'une touche de couleur, la cour apparaître lentement sous mes pinceaux.

Je me tournai vers elle, désignai son visage puis me remis à peindre sur la toile. Mais lorsqu'elle vit que j'entamais son portrait, elle poussa un cri, posa sa main sur la mienne et secoua la tête en répétant *la, la*. Non.

— Pourquoi ? questionnai-je.

Avec force mots et gestes, elle finit par me faire comprendre que je ne pouvais pas la peindre car je risquais d'emprisonner son âme dans la toile.

Je ne protestai pas mais lui demandai dans mon arabe rudimentaire si je pouvais peindre un homme.

Elle réfléchit un instant puis hocha la tête. Un homme, ça allait. Je compris à ses mots et à ses gestes que l'esprit d'un homme était assez fort pour ne pas se laisser prendre. Mais il ne fallait pas peindre une femme ni un enfant.

Nous observions un silence complice, Mena regardant et moi travaillant, quand Naouar fit irruption dans la cour. Elle se figea puis s'approcha pour regarder la toile. Alors elle secoua la tête et, lèvres pincées, déversa un torrent de mots à l'adresse de Mena avant de se retirer en faisant voltiger son caftan.

Je regardai Naouar disparaître dans la maison puis me tournai vers Mena. Celle-ci secoua lentement la tête et m'expliqua en quelques phrases que je n'avais pas le droit de peindre dans la cour. Naouar pensait que cela allait attirer les mauvais esprits.

* * *

Le lendemain, je me trouvais sur le toit en compagnie de Mena et de Naouar quand la vieille servante cria quelque chose depuis la cour. Mena regarda par-dessus le parapet et lui répondit sur le même ton avant de me regarder.

— Aszulay est ici, dit-elle en arabe.

Je me relevai d'un bond, peut-être un peu trop vite, et filai vers l'escalier.

— Sidonie, appela Mena, et quand je me retournai vers elle, elle se couvrit le nez et la bouche avec sa main, pour me rappeler de mettre un voile.

Je fis oui de la tête car je ne pouvais expliquer que ce n'était pas nécessaire, et descendis l'escalier.

Aszulay attendait dans la cour, et il tenait Badou par la main.

— Bonjour, fis-je, un peu essoufflée de m'être dépêchée et regardant tour à tour Aszulay et l'enfant. Étienne est à Marrakech ? demandai-je aussitôt.

Aszulay leva une épaule et ce petit mouvement me donna l'impression que ma question l'agaçait.

— Non.

— Est-ce que... est-ce que je n'ai plus le droit de rester ici ? questionnai-je en avalant ma salive. Est-ce que c'est cela que vous êtes venu me dire ?

— Non. J'ai parlé à mon ami. Vous pouvez rester.

Je hochai la tête, soulagée de pouvoir poursuivre mon séjour dans la médina et néanmoins gênée de ne toujours pas avoir de nouvelles d'Étienne.

Je poussai un long soupir.

— Merci. Comment ça va, Badou? m'enquis-je en me tournant vers l'enfant.

Il sourit et cela me fit plaisir de voir qu'il avait les cheveux coupés et brillants, et qu'il portait une petite djellaba et un pantalon de coton propres.

— On va voir les tortues, annonça-t-il.

— Au jardin, précisa Aszulay. J'ai terminé tôt aujourd'hui, alors j'emmène Badou là-bas. Et comme on passait à côté, j'ai pensé que vous auriez peut-être envie de nous accompagner.

Il dit cela d'un ton désinvolte, mais aussi avec une légère hésitation.

— Oh, fis-je, surprise.

— Tu vas venir avec nous, Sidonie? demanda Badou.

Je m'aperçus alors que je mourais d'envie de sortir à nouveau. J'avais si souvent trouvé au cours de cette première semaine que Mena et Naouar menaient des existences terriblement confinées.

— D'accord, répondis-je, je vais chercher mon voile et mon *haïk*.

Je montai à ma chambre et tombai sur Mena, tapie dans l'escalier. De toute évidence, et bien qu'elle ne pût comprendre le français, elle avait écouté. Elle haussa les sourcils, comme pour demander ce qui se passait.

Je cherchai le mot arabe pour dire que je sortais, et ajoutai le nom d'Aszulay.

Elle pinça les lèvres de la même façon que Naouar quand j'avais fait quelque chose qui lui avait déplu. Puis elle se détourna sans rien ajouter et retourna sur le toit.

Dans ma chambre, je pris mon voile, mais avant de le mettre sur le bas de mon visage, je lissai mes sourcils avec mon majeur, comme j'avais vu Manon le faire.

* * *

Avant de quitter la médina, nous nous arrêtâmes pour acheter des bonbons à Badou. Aszulay glissa quelques centimes dans la main du petit.

Badou courut à un marchand qui se tenait devant un étal couvert de carrés de pâte colorée translucide recouverte de sucre glace.

— Je vais jeter un coup d'œil sur les couteaux, annonça Aszulay, qui continua vers un étal voisin.

Je regardai Badou faire son petit achat et lever fièrement le menton tandis qu'il s'adressait au marchand en arabe, lui tendant les centimes dans sa paume ouverte. L'homme prit les pièces, mit les sucreries dans un cornet en papier qu'il donna à l'enfant et lui adressa quelques mots avec un signe de tête.

Badou revint vers moi, ses yeux se portant ensuite sur Aszulay, qui vérifiait le tranchant d'un couteau avec son pouce. Il prit un carré sucré dans le cornet et le mit dans sa bouche. Puis il me tendit le cône de papier.

— Le marchand a dit que je devais partager avec mon père et ma mère, dit-il avec un sourire. Il est drôle, non ?

— Oui, assurai-je en lui rendant son sourire et en prenant un petit carré de pâte.

* * *

Une fois sortis de la médina, nous nous rendîmes au jardin Majorelle à l'arrière d'une carriole tirée par un âne.

— Allons voir l'un des plus grands bassins, proposa Aszulay. C'est là qu'il y a les plus grosses tortues.

Nous allâmes auprès d'un bassin miroitant, et pendant que Badou courait au bord de l'eau, je posai mon *haïk* sur un banc de pierre et défis le voile de mon visage.

Monsieur Majorelle, qui passait par là, salua Aszulay puis s'arrêta pour me regarder.

— *Bonjour*, monsieur Majorelle, lui dis-je. Je suis mademoiselle O'Shea. Nous nous sommes rencontrés avec monsieur et madame Russell, il y a quelque temps.

— Ah, oui, répondit-il, visiblement surpris. Vous vous immergez dans la vie de Marrakech, semble-t-il.

Il jeta vers Aszulay un regard inquisiteur, mais le Touareg ne fit aucun commentaire.

— Je vous vois demain, alors, Aszulay. Il y a eu un nouvel arrivage de pots.

Badou s'accroupit près de l'eau immobile qui reflétait le ciel, ses petites épaules tendues, les yeux rivés sur la surface lisse parsemée de nénuphars. Aszulay lui dit quelques mots en arabe, et Badou plongea les doigts dans le bassin et les agita, brisant la surface vitreuse de l'eau. Presque immédiatement, la tête d'une tortue émergea à quelques centimètres des doigts de Badou. L'enfant sursauta avec un hoquet de frayeur, puis nous interrogea du regard et se mit à rire.

— Une *tortue**, dit-il, riant toujours. Elle m'a fait peur.

Il se baissa à nouveau et replongea les doigts dans l'eau.

— Je voudrais qu'elle recommence.

La tortue s'approcha, espérant sans doute trouver à manger, puis souleva sa tête ronde et ouvrit sa bouche dépourvue de dents avant de s'enfoncer à nouveau sous l'eau.

Badou éclata de rire, ravi. Ce n'était plus le même petit garçon sans son expression grave habituelle.

— C'est la première fois que je vous entends rire, commenta Aszulay.

Je portai la main à ma bouche – je ne m'étais pas aperçue que je riais avec Badou.

Aszulay me regarda faire.

— Pourquoi semblez-vous regretter d'avoir ri ?

— Je ne sais pas, répondis-je en cillant.

Je pensai au bébé, à Étienne, à tout ce qui s'était passé au cours de ces derniers mois. Je me rendis compte que je n'avais pas ri une seule fois depuis qu'Étienne m'avait quittée. Avais-je le sentiment de ne plus avoir droit au rire ? Au bonheur ?

Je baissai les yeux vers Badou, qui trempait ses doigts dans l'eau. Il m'avait, pendant ce bref instant sous le soleil, fait oublier les moments pénibles que je venais de vivre. Puis je me retournai vers Aszulay. Il ne me regardait pas, mais j'avais la nette impression qu'il me plaignait.

Je ne voulais pas que cet homme éprouve ce genre de sentiments pour moi. Je quittai le banc pour aller m'agenouiller près de Badou.

— Allez, on va faire ressortir la tortue, proposai-je, et j'éclaboussai doucement la surface de l'eau avec mes doigts.

* * *

En quittant le jardin, Aszulay parla à Badou en arabe. L'enfant ouvrit la bouche et ses yeux se mirent à briller.

— Oh oui, Oncle Aszulay, oui ! Quand est-ce qu'on part ?

— Dans une semaine. Sept jours, dit-il en soulevant Badou pour le mettre dans la carriole, qui nous avait attendus.

L'enfant regarda ses doigts et compta à voix basse.

— Plusieurs fois par an, je vais voir ma famille, expliqua Aszulay en se tournant vers moi. Badou aime bien m'accompagner. Il aime jouer avec les enfants, là-bas.

Sa famille.

— Oh ! Vous avez des enfants ? questionnai-je, un peu interloquée.

Un peu... dérangée. Pourquoi ? Je m'aperçus que j'avais tenu pour acquis qu'il n'avait ni femme ni enfant, principalement parce qu'en allant chez lui, je n'avais vu personne d'autre que la vieille servante qui nous avait servi le thé. Peut-être aussi à cause de ses liens avec Manon. L'avais-je cru au-dessus d'une liaison extraconjugale ?

— Non, répondit-il avant de se tourner ostensiblement vers Badou pour lui parler des tortues.

* * *

Lorsque nous eûmes laissé la carriole, Aszulay et Badou me raccompagnèrent Charia Soura.

— Sidonie, me demanda Badou, est-ce que tu vas venir avec nous dans le *bled*?

— Non, Badou, répondis-je en m'arrêtant devant chez moi. Mais j'espère que vous allez bien vous amuser.

Je me retournai pour frapper à la porte.

Nous attendîmes qu'on vienne ouvrir, et Aszulay lâcha :

— Avez-vous envie de venir?

Je me dis tout d'abord qu'il voulait juste se montrer poli. Mais ce n'était qu'une supposition : une supposition bien américaine. Aszulay ne fonctionnait pas comme ça.

— Nous serons partis deux jours, ajouta-t-il.

Najib ouvrit la porte.

Deux jours, cela signifiait passer une nuit là-bas. Comme s'il lisait dans mes pensées, Aszulay précisa :

— Il y a un appartement des femmes.

Je me rappelai ma nuit dans le bled avec Mustapha et Aziz : les étoiles, le silence, le dromadaire sauvage. Puis je pensai au mot famille. Aszulay avait dit qu'il n'avait pas d'enfant, mais avait-il une femme? Ou deux ou même trois?

— J'ai une camionnette, dit-il. Nous la prendrons.

— Une camionnette. Vous possédez une camionnette?

Il hocha la tête. J'étais étonnée. Je ne l'avais imaginé que marchant sur la *piste** poussiéreuse, comme le premier Homme Bleu que j'avais rencontré. Ou perché sur un dromadaire.

— Vous trouvez ça curieux?

— Non, répondis-je en souriant. Non, pas vraiment.

— Et alors? Vous avez envie de venir?

— Oui, répondis-je. Je viendrai. À moins que...

Je m'interrompis. *À moins qu'Étienne ne soit arrivé à ce moment-là.*

— À moins...? s'enquit-il.

— Rien, répondis-je.

— Je viendrai vous chercher dans sept jours après le petit déjeuner, annonça-t-il.

— Est-ce que tu viendras demain nous apporter à manger, Oncle Aszulay? demanda Badou en levant les yeux vers lui.

L'homme posa la main sur la tête de l'enfant.

— Demain, j'ai trop de travail. Mais j'ai laissé de quoi faire à manger à Falida. Elle te le préparera, promit Aszulay.

— Est-ce que maman va bientôt revenir? voulut encore savoir l'enfant.

— Bientôt, assura Aszulay avec un hochement de tête.

Je les regardai tous les deux.

— Je pourrais passer Charia Zitoune pour vérifier que les enfants vont bien, proposai-je.

— Oh, oui ! viens chez moi, Sidonie, s'écria Badou.
— Comme vous voulez, dit Aszulay.
— Alors à demain, Badou, lui dis-je, et l'enfant hocha la tête.
Aszulay prit Badou par la main, et j'entrai dans la cour.

Chapitre trente

Le lendemain matin, munie d'un panier contenant du pain et une marmite de kefta – boulettes de viande d'agneau que j'avais préparées moi-même –, je me fis accompagner par Najib jusqu'à Charia Zitoune. Il était juste avant onze heures quand je frappai à la porte.

Najib s'adossa au mur extérieur, et je savais qu'il m'attendrait aussi longtemps qu'il le faudrait.

Je dus frapper deux fois avant que Falida ne vienne demander prudemment qui était là. Quand je le lui dis, elle ouvrit lentement la porte.

— Madame n'est pas là, dit-elle en ouvrant de grands yeux.

— Je sais. Mais j'apporte à manger et c'est Badou que je viens voir.

Elle hocha la tête et me laissa entrer.

Badou descendit l'escalier. Cette fois encore, je constatai qu'il avait les cheveux peignés et la figure propre.

— Sidonie, dit-il avec un coup d'œil vers la marmite. Regarde, ajouta-t-il en poussant son incisive avec sa langue. Ma dent, elle est toute bizarre.

— Elle va bientôt tomber, dis-je avec un sourire en l'examinant. Et puis une autre dent va pousser.

— Est-ce que ça va faire mal ?

— Non. Ou juste un tout petit peu.

— Tant mieux, dit-il, pleinement confiant, avec un nouveau regard vers la marmite.

— Tu aimes les kefta? demandai-je, et il fit oui de la tête avant de courir devant moi vers la maison.

Je le suivis dans la cuisine, et Falida m'emboîta le pas. La cuisine était impeccable.

— Tu t'occupes très bien de tout, Falida, commentai-je.

Elle ouvrit la bouche, visiblement surprise. Puis elle sourit, et son sourire transformait son visage. Elle avait beau être très maigre et avoir des cernes sous les yeux, elle serait manifestement très jolie sous peu.

— Quand maman n'est pas là, Falida me donne un bain tous les jours, déclara Badou.

— Ça se voit, assurai-je en souriant à Falida.

Elle baissa le nez, comme si elle était embarrassée.

Je sortis la nourriture du panier et nous emportâmes chacun une assiette dans la cour. Je pris place sur la banquette, et Badou choisit de s'asseoir par terre et de poser son assiette devant lui, sur la table. Falida était restée près de la porte.

— Viens, lui dis-je. Viens manger avec nous.

— Je n'ai pas le droit, dit-elle en secouant la tête.

— Aujourd'hui, si, assurai-je, et elle s'avança timidement pour venir s'asseoir à côté de Badou.

Avant de partir, je promis aux deux enfants de revenir le lendemain.

* * *

Lorsque je revins Charia Soura, Mena se trouvait dans la cour. Elle ne m'avait guère parlé la veille, lorsque j'étais rentrée de ma promenade avec Aszulay et Badou, et je me demandais si elle était souffrante.

Je ne l'avais pas vue le matin, avant de partir pour Charia Zitoune, mais là, dès mon arrivée, elle prit une paire de pantoufles de son mari là où il les avait laissées, près de la porte d'entrée. Elle les désigna, puis me montra, moi. Je ne compris pas tout de suite, mais elle répéta son geste, portant les babouches puis les mettant contre ma poitrine. Puis elle finit par dire *rajul*, ce qui signifie tout simplement homme en arabe.

Elle me demandait où se trouvait mon mari.

Je cherchai un moyen de lui faire comprendre et lui montrai la porte. Par là, aurais-je voulu lui dire. L'homme qui sera mon mari est par là, quelque part au Maroc.

Puis elle prononça le nom d'Aszulay d'une voix interrogative.

— Aszulay *sadiq*, dis-je en secouant la tête. Aszulay, ami.

Mais Mena fronça les sourcils et secoua la tête.

— *La, la*, dit-elle. Non, non.

Alors elle se désigna et dit *imra'at*, femme, puis *rajul* et ensuite *sadiq, la*.

Je savais parfaitement ce qu'elle voulait dire. *Femme et homme, amis : non*. Sans doute était-ce impossible dans son monde. Sans doute. Et pourtant... comment décrire autrement ce qu'était pour moi Aszulay ?

— *Sadiq,* Mena, *naam*. Ami, Mena, oui, assurai-je en regardant à nouveau la porte tout en pensant à Aszulay.

Je me demandai ce qu'il faisait, l'imaginant dans le jardin Majorelle en train de soulever un énorme pot de fleurs sans effort apparent.

Mais je me dis que c'était à Étienne que je devais penser.

* * *

Lorsque je me rendis Charia Zitoune le lendemain en milieu de matinée, je confiai à Najib le soin de porter mon chevalet, ma boîte de peinture et un châssis. Je m'arrêtai en chemin dans l'un des souks pour acheter un petit livre pour enfants à l'intention de Badou.

Falida avait confectionné un tajine de chèvre et nous avons à nouveau déjeuné tous les trois ensemble. Une fois de plus, je pus constater à quel point elle était compétente et combien elle était différente – tant par l'apparence que par l'attitude – sans la présence menaçante de Manon.

Quand Badou et elle feuilletèrent le livre, elle se mit à rire devant l'une des illustrations et lui donna un coup de coude taquin. Il le lui rendit et rit avec elle.

Manon n'allait sûrement pas tarder à rentrer. Je ne supportais pas l'idée qu'elle allait recommencer à maltraiter la petite. Mais que pouvais-je faire d'autre que lui dire ce que je pensais de son comportement à l'égard de Falida ? Et je savais que cela ne servirait à rien.

Je leur lus le petit livre avec Badou sur mes genoux et Falida assise à côté. Puis j'installai mon chevalet et ma toile à l'ombre du jacaranda et demandai à Badou d'ouvrir ma boîte de peinture. Il posa la mallette par terre et, l'air très concentré, l'ouvrit et repoussa tout doucement le couvercle, aussi cérémonieusement que s'il ouvrait un coffret sacré. Il me regarda prendre des tubes et en faire jaillir de la couleur sur la palette. Au bout d'un moment, il s'installa à mes pieds et se remit à tourner les pages de son livre. Il posait son doigt sous chaque mot et attendait que je baisse les yeux dessus pour le lui lire, puis il le répétait.

Après avoir parcouru trois fois le petit livre, Badou connaissait tous les mots.

La peinture était lumineuse sur la toile. L'huile me donnait de la liberté. L'aquarelle exigeait beaucoup de délicatesse, une précision de chaque trait. Avec l'huile, je pouvais m'essayer à des coups de pinceau plus hardis, plus instinctifs, et il était plus facile de couvrir mes erreurs. Mon bras se détendait ; mon mouvement partait davantage de l'épaule et moins de la main.

Puis des coups furent frappés à la porte, et je sursautai.

— Badou, c'est Aszulay.

Badou se releva d'un bond et courut ouvrir la porte. Quand Aszulay entra, avec un sac, il me regarda, debout devant mon chevalet.

— J'ai su que je vous trouverais ici en voyant Najib, dit-il. J'ai profité de ma pause de midi pour apporter à manger.

Il tendit le sac à Falida et je hochai la tête.

— Falida a préparé un tajine de chèvre et nous avons mangé. Vous avez faim ?

Il fit oui de la tête et je jetai un regard à Falida. Elle retourna dans la maison. Aszulay vint se placer près de moi.

Je me sentis soudain empruntée. J'avais essayé de représenter la façon dont les rayons du soleil brillaient à travers les feuilles du jacaranda, et maintenant, je trouvais que mon travail manquait affreusement de maîtrise.

— Vous peignez, constata-t-il.

— Oui. J'ai apporté mon matériel parce qu'à la maison la première épouse ne veut pas que je travaille dans la cour et que je n'ai assez de lumière dans ma chambre que quelques heures par jour. Mais je ne suis pas habituée à peindre par cette chaleur, bredouillai-je. Ni à utiliser la peinture à l'huile. À Albany, je n'utilisais que l'aquarelle, ajoutai-je en lui jetant un coup d'œil oblique. C'est chez moi, précisai-je. Mais les couleurs, ici, elles sont si éclatantes, si vibrantes, et puis les sujets nécessitent plus de profondeur, plus de force. Je n'arrive pas à les retranscrire comme je veux à l'aquarelle. Alors évidemment, il faut employer une technique complètement différente, et je ne la maîtrise pas du tout. Il va me falloir un peu de temps.

Je posai mon pinceau et m'essuyai les mains sur mon caftan.

— J'ai les mains moites, et le pinceau glisse.

— Il ne fait jamais aussi chaud dans votre région d'Amérique? demanda-t-il. Albany, c'est ça? Où est-ce?

— C'est près de New York. Dans l'État de New York.

Aszulay fit un signe de tête.

— La Statue de la Liberté, dit-il, et je lui souris.

— Les étés sont parfois très chauds, et humides. Mais rien de comparable avec ce qu'il y a ici. Et les hivers sont longs et glacials. Il y a de la neige. Trop de neige. C'est froid, Tout est blanc et, d'une certaine façon, inaccessible, tentai-je d'expliquer tout en regardant mon interprétation du soleil marocain. Enfin je veux dire que ce n'est pas... ce n'est pas comme ici. Chaleureux et lumineux.

— Ça vous manque? Chez vous, New York? questionna-t-il, sans me regarder mais les yeux fixés sur la toile.

Je ne répondis pas. Est-ce qu'Albany me manquait?

— Les lieux m'intéressent toujours, précisa-t-il.

Je me dis qu'Aszulay manifestait davantage qu'un simple intérêt. Il faisait preuve d'une vraie soif de connaissance. L'intérêt pouvait être purement passif, alors qu'Aszulay ne se contentait pas de regarder le monde : il l'observait. La différence était peut-être subtile, mais elle impliquait beaucoup de choses.

— J'ai toujours trouvé incroyable que...

Aszulay se tut. J'attendis. Cherchait-il un terme précis en français? Il paraissait très concentré et fixait la toile du regard, comme s'il était hypnotisé.

C'est alors que je l'entendis, et je compris pourquoi il s'était interrompu si abruptement. Un chant d'oiseau, un trille mélodieux en provenance des branches denses de l'arbre qui nous ombrageait. Aszulay ne leva pas les yeux pour chercher à repérer la petite créature qui émettait une mélodie si harmonieuse, mais garda les yeux fixés sur la toile, presque sans y penser, comme si toute sa concentration s'était tournée vers le chant de l'oiseau.

J'ouvris la bouche – devais-je dire quelque chose, faire un commentaire sur le chant, demander quel oiseau produisait un trille aussi ravissant ?

Le chant cessa et je fermai mes lèvres. Aszulay cligna des paupières, puis reprit, comme s'il n'y avait eu aucune interruption dans ses propos :

— ... qu'il y ait en Amérique des animaux qui vivent dans la neige.

Et je crois que c'est à ce moment – alors que je vis ce grand Homme Bleu dont le visage luisait au soleil et dont les avant-bras étaient encore noués par l'effort du matin, arrêter de parler pour écouter, presque respectueusement, un chant d'oiseau – que quelque chose en moi se déchira. Pas une déchirure douloureuse, mais une lente et méticuleuse destruction.

Falida apporta du tajine à Aszulay. Celui-ci prit un tabouret et se mit à manger en me regardant peindre.

* * *

Lorsque je revins Charia Soura, quelques heures plus tard, je montai sur le toit. Mena y était avec une autre femme. Mena tenait un enfant sur ses genoux pendant que l'autre femme allaitait un bébé. Elles s'arrêtèrent de parler à mon arrivée, me saluant chacune d'un *slema* qui revenait, je le savais maintenant, à me souhaiter bonne santé sur cette terre, et s'adressait aux non-musulmans. Je les saluai à mon tour et gagnai l'autre bout de la terrasse. Là, comme toujours, je contemplai les toits de la médina tout en écoutant les propos échangés entre Mena et l'inconnue. Je compris qu'elles parlaient de la belle-mère de l'autre femme, puis il y eut quelque chose au sujet d'un plat d'aubergines puis enfin d'un âne malade. L'enfant se mit à pleurer dans les bras de Mena, et je tournai vivement la tête. Mena rit et tint l'enfant contre elle en le balançant et en lui mettant un morceau de pain dans la bouche. Elle avait une expression douce et chaleureuse sur le visage. Je ne savais pas depuis combien de temps elle était mariée et me demandais pourquoi elle n'avait pas d'enfant. L'autre femme parla et hocha la tête en direction de l'enfant, dont les pleurs s'apaisaient. Mena répondit.

Telle était leur vie. Elles s'occupaient de leur famille. Et c'était pour cela que je ne faisais pas partie de leur monde, plus encore peut-être qu'à cause du fait que j'étais étrangère. Elles ne pourraient jamais me voir comme l'une des leurs.

Une vague de chagrin me submergea, nouvelle et écrasante, inattendue. Je me rappelai ma solitude après la mort de mon père. Et puis Étienne était arrivé, et alors que nous avions partagé la plus grande intimité possible entre un homme et une femme, je m'aperçus soudain qu'il y avait toujours eu un vide entre nous. Il ne se livrerait jamais totalement à moi. Je savais maintenant que c'était son secret – sa maladie – qui l'avait tenu éloigné.

En regardant la femme allaiter, je me rappelai la joie inexplicable que j'avais ressentie en apprenant que j'étais enceinte.

Le chagrin était là, mais cette fois pour une autre raison. Par choix, j'avais été isolée, protégée, repliée sur moi-même. Ma polio mise à part, j'étais seule responsable de ma vie. Et maintenant, je voyais tout ce que j'avais volontairement écarté : les études, les amis, l'appartenance à une Église et à une communauté, l'entraide. Approfondir mon savoir-faire en peinture, peut-être en suivant des cours de dessin. Rencontrer un homme avec qui partager ma vie. J'avais honte d'avoir été si aveuglée par ce que je voyais à présent comme de l'orgueil : l'orgueil d'avoir accepté ce qui se résumait à une existence solitaire et dépourvue de sens.

Le petit garçon quitta les genoux de Mena et me regarda. Je lui souris en pensant à Badou. Il n'était nullement responsable si le destin lui avait octroyé une mère dépourvue de l'instinct naturel de s'occuper de lui. Je pensai à la façon dont Manon repoussait sans réfléchir son fils et ses petites aspirations à avoir des amis ou un chiot – petites parce que lui-même était un petit enfant. Mais ces aspirations allaient grandir avec lui. Et plus il serait à même de se débrouiller tout seul, moins Manon, accaparée par ses amants et ses habitudes toxiques, lui accorderait les rares attentions – un sourire distrait, une caresse brutale – qu'elle lui distribuait déjà avec parcimonie.

Quant à Aszulay, il était évident qu'il se montrait bon et attentif avec Badou, mais combien de temps continuerait-il de supporter Manon ? Qu'arriverait-il à Badou si Aszulay cessait de s'intéresser à sa mère ?

Je pensai à Badou, et son haleine de bon pain chaud, avec sa dent qui remuait. Quand Aszulay était reparti travailler, j'avais rangé mes peintures et rappelé à l'enfant que nous allions bientôt aller dans le *bled* avec lui.

— Et Falida ? avait-il demandé en la regardant. Est-ce que tu seras triste quand on sera partis, Falida ?

— Falida ? fis-je en me tournant vers elle. Où est ta famille ?

— Ma mère, répondit la petite en secouant la tête, elle est bonne chez une dame. Quand j'ai neuf ans, ma mère, elle est morte et je suis dans la rue.

Je songeai aux enfants qui mendiaient sur la place.

— Madame, elle me voit, elle dit que je reste Charia Zitoune je travaille pour elle, elle me donne le manger.

— Tu n'as personne ?

Elle secoua la tête.

— La maman d'Ali est gentille avec elle, intervint Badou.

— La dame très gentille, renchérit Falida. Une fois, elle me donne le manger.

— Venez, tous les deux, dis-je en prenant mon sac. Allons au souk avec

Najib. On va acheter un petit quelque chose. Des bonbons, peut-être. Est-ce que tu aimerais un nouveau foulard, Falida ?

Elle me regarda un instant avant de baisser la tête.

Oui, murmura-t-elle.

— Tu es très gentille, Sidonie. Comme la maman d'Ali, décréta Badou, et je le serrai contre moi.

J'avais senti alors qu'il avait besoin de moi. Et Falida aussi.

Je m'allongeai sur la terrasse. L'atmosphère était lumineuse et le ciel d'un bleu limpide. Le soleil sur mon visage me remplissait lentement d'une étrange chaleur, une chaleur pure. Je repensai à Badou et à Falida, et quelque chose remua en moi, que je n'identifiai pas tout de suite.

C'était une raison d'être. J'avais trouvé ma raison d'être.

Chapitre trente et un

Le lendemain, Mena vint me voir et me parla lentement en arabe. J'en compris suffisamment : aujourd'hui, *hammam*, tu viens avec moi.

Il y avait quinze jours que je vivais Charia Soura, et si je me lavais à l'eau tiède avec une bassine cabossée dans ma chambre, j'aspirais à un vrai bain. Je savais que les hommes et les femmes de Marrakech allaient au *hammam*, le bain public, chaque semaine, mais n'avais aucune idée de comment cela se passait.

J'acceptai et Mena me remit deux seaux en fer-blanc. Elle-même en portait également deux. Ils contenaient plusieurs sortes de gants de toilette rêches qu'elle appela *kisse* en me montrant qu'ils servaient à se frotter le corps, ainsi que de longues pièces d'étoffe roulée – *fouta* – qui, d'après ses gestes, servaient à s'enrouler dedans. J'avais appris qu'il était défendu pour les musulmans de regarder le corps nu des autres et en déduisis que, même au bain, nous garderions ces sortes de pagnes sur nous. J'en fus soulagée. Même si les hommes et les femmes ne se mélangeaient pas, je ne pouvais imaginer de me laver en public.

Il y avait encore d'autres serviettes épaisses, sans doute pour se sécher.

Mena me fit sentir un pot d'une substance noire et gluante. Je reconnus un curieux mélange d'huile d'olive et de rose, et Mena fit semblant de se laver les mains : du savon.

Munies de nos seaux, Mena et moi suivîmes Najib dans la médina. Dix minutes plus tard, nous nous arrêtâmes devant une entrée anonyme et gravîmes un escalier de pierre creusé en son milieu par des générations de pieds. Il y avait ensuite une porte à demi dissimulée, tellement étroite que je cognai mes seaux contre le chambranle en la franchissant derrière Mena. Il faisait chaud et humide. Une femme au visage découvert, vêtue d'un caftan blanc tout simple, vint à notre rencontre.

Mena lui donna deux pièces de monnaie, et la femme appela quelqu'un. Deux autres femmes dont la *fouta* nouée autour de la poitrine leur tombait sous les genoux sortirent par une porte. Leurs cheveux disparaissaient sous une sorte de serviette blanche nouée en turban sur leur tête.

— *Tayebas*, dit Mena, et je compris qu'il devait s'agir d'une sorte d'aides ou d'assistantes. Nous les suivîmes dans un labyrinthe de salles carrelées sombres. Il n'y avait çà et là que quelques lanternes crachotantes qui conféraient à l'ensemble une atmosphère indécise de monde souterrain. Les murs dégoulinaient d'humidité et partout résonnaient des bruits d'éclaboussures et d'écoulement d'eau. La vapeur ambiante me fit couler le nez.

Nous passâmes devant une pièce et je fus heurtée par un souffle de chaleur; j'y jetai un coup d'œil mais ne pus distinguer que de vagues silhouettes occupées à alimenter des feux avec des palmes sèches.

On nous conduisit dans une salle remplie de niches en bois, certaines vides, d'autres contenant des vêtements de femme. Mena entreprit aussitôt de se déshabiller, retirant d'abord son *haïk*, puis sa *dfina* et enfin son *caftan* avant de les ranger dans une niche vide. Elle portait encore un jupon de coton blanc; elle l'ôta et se retrouva en chemise à manches longues et gros pantalon bouffant resserré aux chevilles par de la dentelle brodée. Je ne me doutais pas que les Marocaines portaient autant de couches de vêtements; comment pouvaient-elles supporter la chaleur? Mena se détourna et se servit de sa *fouta* pour s'abriter tandis qu'elle finissait de se déshabiller. Je l'imitai et m'enroulai ensuite dans la *fouta* en la nouant sur la poitrine de la même façon que les *tayebas* qui nous attendaient.

Puis Mena et moi suivîmes à nouveau les deux femmes avec nos seaux. Nous pénétrâmes dans une grande salle remplie de vapeur dont une extrémité était occupée par de grandes cuves. Il y avait beaucoup de femmes, la plupart assises sur le sol de pierre, qui se frottaient le corps ou se faisaient frotter par des *tayebas*. De très jeunes enfants nus allaient à quatre pattes ou vacillaient sur le sol mouillé. Je vis un bébé d'environ six mois rire aux éclats, assis dans un baquet, pendant que sa mère l'aspergeait d'eau. Ma *tayeba* me fit venir près d'un des bassins, me prit l'un des seaux, le remplit d'eau et me le versa dessus. C'était beaucoup plus chaud que je ne m'y attendais et je poussai un cri de surprise. Elle recommença à plusieurs reprises jusqu'à ce que je sois absolument trempée. Puis elle remplit à nouveau le seau d'eau très chaude et se dirigea vers un coin libre, contre le mur d'en face. Le sol s'inclinait légèrement en direction des cuves, au pied desquelles une rigole permettait d'évacuer l'eau usée. La *tayeba* me fit signe de m'asseoir par terre. L'eau et la vapeur avaient rendu ma peau très lisse. Dès que je fus assise, la *tayeba* entreprit de me récurer avec le *kisse* rêche qu'elle prit dans mon autre seau. C'était si douloureux que j'en eus le souffle coupé. Elle frotta et frotta, me levant les bras comme si j'étais un petit enfant, me faisant baisser la tête pour me frotter la nuque. Elle me passa cette espèce de gant de crin jusqu'à ce que je voie les couches de peau morte tomber en minces rouleaux de mes bras et de mes jambes, mon corps prenant un ton rouge vif. Elle ne cessait de me rincer la peau en frottant, gommait et rinçait, gommait et rinçait, retournant chercher de l'eau dès que le seau était vide. Puis elle finit par s'asseoir à côté de moi, me saisit le pied gauche et le posa sur ses genoux avant de sortir une sorte de briquette des plis de sa *fouta*. Elle me frotta aussitôt la plante du pied avec la pierre, si vigoureusement que je fis la grimace. Ce pied terminé, elle s'empara du droit et le posa contre le gauche pour l'examiner. Puis elle se mit à frotter sous mon pied droit, mais moins vivement, et elle s'arrêta au bout de quelques secondes pour me dire quelque chose sur un ton interrogateur. Je supposai qu'elle me demandait si ma jambe atrophiée était plus sensible. Je lui fis signe que non et elle se remit au travail avec plus de ferveur encore.

Il faisait si sombre – tout juste quelques petites lanternes dont la flamme vacillait sur les murs – que je ne pouvais réellement discerner les autres silhouettes de la salle. Je vis seulement une femme à côté de moi étaler une substance pâteuse sous ses aisselles, puis la retirer promptement. Je m'aperçus alors que la substance en question lui servait à s'épiler.

Enfin, la *tayeba* prit une pleine poignée de savon noir à l'huile d'olive et à la rose, et m'en enduisit le corps. Il avait la texture du beurre ramolli et je fermai les yeux, me détendant et appréciant de sentir ses mains me savonner partout, se glissant même sous la *fouta* pour me masser les cuisses. Elle me savonna et me rinça, encore et encore, des pieds à la tête. Ensuite, quand il ne subsista plus trace de savon, elle passa derrière moi. Je sentis ses mains sur mes cheveux mouillés, et elle me massa le crâne. Je tâtai mes cheveux et sentis une substance légèrement granuleuse, semblable à de la glaise, étalée sur ma tête. Je humai les fragments collés à mes doigts : lavande, et rose encore. Une fois qu'elle eut tout rincé, elle me rendit les seaux et me conduisit dans la seconde salle où elle me laissa.

Cette pièce était aussi chaude que la première, mais moins moite. Là, les femmes, toujours enveloppées dans leur *fouta*, paressaient sur le sol, bavardaient et riaient tranquillement. Je me rendis compte que le *hammam* représentait davantage qu'un rite de bain. C'était, comme sur les terrasses, un endroit où les femmes pouvaient être elles-mêmes. Dans cette culture où hommes et femmes évoluaient dans des sphères différentes, et où l'on attendait des femmes que, en dehors de chez elles, elles se fondent dans le paysage telles des ombres, elles trouvaient ici liberté et camaraderie. Je choisis un endroit contre le mur, étendis sur le sol de pierre chaude une serviette que je pris dans le seau et m'installai dessus, les jambes allongées devant moi, écartant mes cheveux mouillés de mes yeux pour regarder les femmes autour de moi.

Les couleurs de peau allaient du blanc le plus pâle au noir de café en passant par tous les tons de mordoré et de brun chaud. Je repérai de profondes cicatrices, de curieuses excroissances, des taches de naissance et des plaques d'eczéma. Chaque corps semblait porter une empreinte que la vie lui avait laissée. Je baissai les yeux sur mon propre corps, et soudain – peut-être pour la première fois de ma vie – j'appréciai la nuance de ma peau. Je découvrais un épiderme satiné et sans défaut alors que je ne lui avais jamais trouvé le moindre attrait. Mon teint hâlé m'avait toujours semblé disgracieux comparé aux teints d'albâtre, lactés ou nacrés, encensés par les Anglo-Saxons d'Albany. Je fis courir ma main sur ma cuisse et m'émerveillai de la texture soyeuse que lui avaient donnée les soins de la *tayeba*. Puis je me frottai les bras, laissant mes mains s'attarder sur mes épaules.

Personne ne m'avait prêté attention malgré ma jambe plus courte que l'autre et ma forte claudication. Je n'étais qu'une femme parmi d'autres dans un océan féminin, une femme de plus dont le corps montrait qu'elle avait vécu.

Mena apparut et vint s'asseoir près de moi. Je lui souris et elle me rendit mon sourire. Elle regarda mes jambes, désigna la droite et me parla. Je ne pus lui expliquer ma polio autrement que par les mots arabes signifiant : *Quand je suis enfant, très malade*. Elle hocha la tête, releva ses cheveux sur sa nuque et me montra une profonde et vilaine cicatrice. Je compris le mot *père*, mais elle répéta un autre mot que je ne pus identifier et fronça les sourcils. Je n'arrivai pas à comprendre ce qui lui était arrivé.

Puis elle fit le geste de bercer un enfant, releva les épaules et me désigna du menton : elle me demandait si j'avais des enfants. Je la dévisageai et, pour une raison qui m'échappa, je fis oui de la tête, mis mes mains sur mon ventre et esquissai un mouvement de fuite vers le haut, en espérant qu'elle comprendrait.

Elle comprit. Elle exécuta le même geste, puis tendit trois doigts.

— Trois ?

Avait-elle fait trois fausses couches ou avait-elle perdu trois enfants après leur naissance ? Elle était si jeune ! Sur une impulsion, je posai mes mains sur les siennes et les serrai. Elle me rendit mon étreinte et je sentis les larmes me monter aux yeux. Je me mis à pleurer.

Je n'avais parlé de la perte de mon enfant à personne – sinon quand j'avais dit à Manon, de manière très froide, que j'avais perdu l'enfant dont elle niait l'existence. Et maintenant, alors même que je n'avais pas les mots pour exprimer mon chagrin, il me revenait dans toute sa vigueur avec Mena. Elle comprenait ce que je ressentais, et je savais ce qu'elle devait éprouver. Ses yeux s'embuèrent et elle continua de hocher la tête et de serrer mes mains.

Je me rendis compte qu'elle se souciait de moi et que je me souciais d'elle. Je pensai à l'homme entre deux âges au bras atrophié, son mari, venant la retrouver la nuit. Je pensai à ces jours passés sous le regard vigilant de la sévère Naouar, première épouse puissante qui n'avait pas dû considérer d'un très bon œil l'arrivée d'une jeune et belle femme.

Où était la famille de Mena ? Aimait-elle son mari ou avait-elle simplement été vendue dans le cadre d'un mariage arrangé ? À quoi était due la profonde cicatrice de sa nuque ? Pourquoi avait-elle perdu trois enfants ? En aurait-elle d'autres ? Elle finit par lâcher mes mains et me tapota l'avant-bras. Je m'essuyai le visage sur le bord de ma *fouta*.

Nous étions assises côte à côte, nos épaules se touchant. J'éprouvai une paix profonde après avoir pleuré. Je me dis qu'il était vraiment curieux d'avoir dû traverser la moitié du globe pour dénicher la seule amie – une jeune épouse marocaine – que j'avais eue depuis l'âge de seize ans.

Ma tranquillité s'affirmait ; depuis le jour où j'avais parlé à Étienne du bébé, je m'étais sentie dépassée et peu sûre de moi, et ce d'autant plus pendant tout mon voyage effrayant, troublant et par moments dangereux. Mais à présent, cette incertitude diminuait.

Je songeai que ce nouveau sentiment, ce sentiment que quelque chose en moi lâchait prise, avait commencé quand je regardais Aszulay écouter l'oiseau et puis, plus tard, quand, allongée au soleil sur le toit, j'avais pensé à Falida et à Badou et à leur expression au moment où je leur avais fait un petit cadeau, un autre livre pour Badou et un foulard pour les cheveux de Falida. Je revis Aszulay me regarder rire au jardin Majorelle, la blancheur de ses dents sur son visage sombre. Je me représentai à nouveau son expression alors qu'il écoutait le chant merveilleux de l'oiseau perché dans les branches de Charia Zitoune. Je sombrai dans une douce somnolence et me laissai envahir par un sentiment de paix. Je remontai les genoux contre moi, y appuyai les bras et posai la tête dessus en fermant les yeux. Je crois que je dus m'endormir. Puis Mena dit quelque chose et je me redressai. Elle me fit signe de venir, et je la suivis jusqu'à une porte qui donnait sur le couloir ; je supposai qu'il conduisait à la pièce où nous avions laissé nos vêtements. Mais nous débouchâmes dans une autre salle où les femmes se tenaient soit allongées par terre, soit assises en tailleur pendant que d'autres femmes les massaient, pétrissant leur chair comme on pétrit la pâte pour confectionner du pain.

Mena me fit signe de m'allonger sur le ventre, me désignant d'abord, puis se désignant elle-même, et j'en déduisis que nous étions censées nous masser l'une l'autre.

Ma première réaction fut une timidité instinctive, et j'allais secouer la tête en disant *la, la, choukrane* – non, non, merci – mais... je me ravisai. C'était l'ordre naturel du *hammam* : le nettoyage et le gommage, l'étuve pour se détendre, et enfin le massage. J'étendis mon drap de bain et me couchai sur le ventre contre la pierre chaude, la tête sur les bras repliés comme le faisaient les autres femmes. Mena s'agenouilla près de moi et entreprit immédiatement de me malaxer les épaules.

Je m'attendais à me sentir choquée – ou, sinon choquée, du moins mal à l'aise de sentir des mains féminines se poser sur mon corps –, mais il m'apparaissait clairement qu'au *hammam*, c'était parfaitement naturel.

Je fermai à nouveau les yeux.

Cela faisait – combien de temps ? Je fis rapidement le calcul – plus de quatre mois que je n'avais pas été touchée par d'autres mains que les miennes : pas depuis ce matin de février où j'avais parlé à Étienne du bébé. J'essayai de me souvenir comment Étienne et moi nous étions unis, je tentai de me remémorer ses caresses. Sous les mains puissantes et habiles de Mena qui massait mon dos propre et humide, puis mes hanches et mes fesses à travers la *fouta*, et enfin mes cuisses, mes mollets et mes pieds, je sombrai dans une langoureuse torpeur. Je ne cessai de penser aux mains d'Étienne sur moi, à son corps sur le mien, et laissai mon imagination se prêter à des scènes intimes.

Puis Mena me toucha l'épaule et je sus que c'était mon tour de lui rendre la pareille. J'ouvris les yeux, clignant des paupières pour revenir à la chaleur parfumée du *hammam*.

Tandis que je m'agenouillais près de Mena et commençais à lui masser lentement les épaules, je pris conscience que je n'avais pas pensé du tout à Étienne. Les mains et le corps que j'avais imaginés sur les miens étaient beaucoup plus foncés, avec une très légère nuance de bleu.

* * *

Nous finîmes par retourner au vestiaire pour nous sécher et nous rhabiller, puis, portant les seaux qui contenaient à présent notre linge mouillé, nous retournâmes Charia Soura, flanquées, comme toujours, de Najib. Alors que nous remontions silencieusement les rues, j'étais davantage consciente de mon corps, hydraté, propre et libre sous mon caftan, que je l'avais jamais été de ma vie. C'était comme si chaque nerf avait été réveillé, et, bien que ma respiration restât régulière, mon cœur semblait battre un peu plus vite que d'habitude.

J'éprouvais un sentiment de bien-être qui m'était inconnu.

Je n'arrêtais pas de penser à mes fantasmes inattendus avec Aszulay, me disant que ce n'était sans doute qu'une réaction physique à la situation, à la nature sensuelle du *hammam*. Il ne fallait rien y voir d'autre.

Rien du tout, essayai-je de me convaincre.

* * *

Je voulus passer voir Badou et Falida l'après-midi même. Accompagnée de Najib – à moins qu'il ne s'agît de son jumeau car je ne pouvais les distinguer –, je me rendis Charia Zitoune. Je frappai et appelai, souriante, attendant que l'un des enfants vienne ouvrir.

Mais ce fut Manon qui ouvrit la porte.

Je retins ma respiration. J'avais beau savoir qu'elle pouvait revenir à tout moment, je ne m'attendais pas à la trouver.

— Qu'est-ce que vous voulez ? demanda-t-elle.

Je soulevai mon panier.

— J'apportais à manger, pour Badou, dis-je, sachant qu'il serait plus avisé de ne pas parler de Falida.

— Vous n'avez pas à nourrir mon enfant. Je suis parfaitement capable de le faire toute seule, assura-t-elle.

— Je n'en doute pas. Mais c'est simplement parce que vous étiez absente, et Aszulay...

Je m'interrompis. Mieux valait en dire le moins possible à Manon sur Aszulay. Sur quoi que ce soit d'ailleurs. On ne pouvait jamais savoir comment elle allait réagir.

— Alors Aszulay et vous, vous devenez grands amis, c'est ça ? interrogea-t-elle en me dévisageant.

— Comme vous êtes rentrée, je n'ai plus à m'en faire pour Badou, répliquai-je, me tenant toujours devant la porte.

— Vous n'avez aucune raison et aucun droit de vous en faire pour mon enfant, dit-elle. Entrez. Je n'aime pas que les voisins épient ce que je fais.

Je jetai un coup d'œil dans la rue déserte et entrai dans la cour. Elle referma la porte derrière moi et mit le verrou.

— Où est Badou ? demandai-je, car tout était silencieux.

— Je l'ai envoyé au souk avec Falida, répondit-elle. Qu'est-ce que vous apportez ?

Elle me prit le panier des mains, souleva le torchon puis le couvercle du couscoussier.

— Vous faites de la cuisine marocaine maintenant ?

— Je m'en vais. Vous l'avez dit vous-même : vous n'avez pas besoin de ça.

Et je cherchai à reprendre l'anse du panier, mais elle refusait de la lâcher.

— Badou m'a dit que vous alliez à la campagne avec lui et Aszulay, énonça-t-elle d'une voix inexpressive.

Elle tenait toujours le panier, sa main à quelques centimètres de la mienne.

— Pourquoi aller là-bas ? Il n'y a rien à voir à part des Berbères et leurs chameaux. De la poussière et de la saleté. Vous ne devriez pas aller là-bas.

Je ne répondis rien.

— Vous savez qu'il a une femme ? dit-elle avec un sourire rusé en posant son pouce sur mes doigts pour les comprimer contre la poignée du panier.

Ses paroles me heurtèrent. Je croyais m'être convaincue qu'il vivait seul.

Je n'avais pas envisagé Aszulay avec une femme quand j'avais fantasmé sur lui au *hammam*, quelques heures à peine plus tôt.

Manon mentait, comme elle avait menti pour la mort d'Étienne.

— Vraiment? répliquai-je. Je suis allée chez lui et je n'ai pas vu d'épouse.

Je n'avais pas eu l'intention de dire que j'étais passée chez Aszulay, mais Manon m'avait mise en colère avec son *vous savez qu'il a une femme ?*, guettant ma réaction. Comme si cela pouvait changer quelque chose pour moi qu'il soit marié ou pas. Comme si elle savait – ou soupçonnait – les images qui m'avaient traversé la tête si peu de temps auparavant.

Mais son sourire s'évanouit aussi rapidement qu'il était venu, et la pression de son pouce s'intensifia encore sur mes doigts.

— Vous êtes allée chez lui, déclara-t-elle.

Je la regardai mais n'essayai pas de dégager mes doigts.

— Je n'ai pas vu d'épouse, répétai-je.

— Qu'est-ce que vous faisiez là-bas ?

— Ce ne sont pas vos affaires.

Soudain, je me redressai. Je m'apercevais que je l'avais fait réagir. Je pouvais jouer à force égale avec cette femme. Elle ne pouvait pas m'atteindre avec des mots.

— Évidemment que vous ne l'avez pas vue. Elle ne vit pas en ville.

Quels étaient les termes d'Aszulay exactement? J'essayai de me rappeler notre conversation, quand il m'avait invitée à venir avec lui et Badou. *Plusieurs fois par an, je vais voir ma famille.* Je retirai mes doigts de sous ceux de Manon.

— Et alors ? Qu'est-ce que ça peut faire, s'il a une femme ?

— C'est une vraie fille de la campagne. Tellement inférieure à lui, dit-elle avec mépris. Une imbécile de nomade. Elle reste chez elle, au milieu de ses chèvres.

— Oh ? fis-je avec un manque d'intérêt affiché.

— Vous voulez toujours aller dans le bled ? Vous voulez voir Aszulay avec sa petite femme ?

— En quoi cela me dérangerait-il ? rétorquai-je, troublée par le jeu auquel nous nous livrions.

Elle essayait de me rendre jalouse.

Tout à coup, je voulus mettre fin à cette conversation. Peut-être n'accompagnerais-je pas Aszulay dans le bled, au bout du compte.

Mais cela voudrait dire que Manon avait gagné.

Maîtrisant ma voix, je demandai :

— Pourquoi la détestez-vous autant ?

Mais bien sûr, je connaissais déjà la réponse. C'était elle qui était jalouse – jalouse de la femme d'Aszulay, et jalouse de moi, parce que Aszulay s'était montré prévenant avec moi.

Pourtant, elle avait Olivier. Et elle avait Aszulay, même s'il était marié. Cela ne lui suffisait-il pas ? Quelle part du Touareg lui fallait-il donc ?

Je tirai légèrement sur l'anse du panier, et Manon finit par la lâcher.

— Je m'en vais, maintenant, annonçai-je en me tournant vers la porte.

— Oh, je vous en prie, Sidonie, attendez, dit Manon d'une petite voix polie que je ne lui connaissais pas. Je voudrais vous donner quelque chose. Je reviens tout de suite.

C'était trop suspect ; Manon n'avait jamais fait preuve de la moindre courtoisie à mon égard. Mais j'étais curieuse. Elle monta rapidement l'escalier et revint un instant plus tard, tenant quelque chose à la main.

— C'est une plume et un encrier, annonça-t-elle. C'est très ancien. Les scribes s'en servaient autrefois, dit-elle en me tendant l'objet – un boîtier d'argent ovoïde couvert de symboles gravés. Regardez, voici la plume, dit-elle en tirant sur l'une des extrémités du boîtier.

Un long instrument métallique en sortit. Une substance noire – de l'encre ? – brillait à la pointe. Manon fit mine de vouloir déposer la plume dans ma main droite, mais la planta comme par accident dans ma paume, y laissant une petite entaille. Je ramenai instinctivement ma main : une goutte de sang perlait.

— Oh ! je suis désolée, s'exclama-t-elle en se léchant les doigts avant de les appliquer sur ma coupure en prononçant ce qui ressemblait à une formule à voix très basse.

Un frisson glacé me saisit.

— Qu'est-ce que vous dites ? questionnai-je en arrachant ma main pour essuyer ma paume contre mon *haïk*.

Elle me regardait avec une grande intensité.

— Je disais juste que je suis vraiment maladroite, répondit-elle, mentant visiblement.

Il y avait quelque chose dans son expression, quelque chose qui se rapprochait de la satisfaction.

Je regardai la plume et l'encrier qu'elle tenait toujours.

— Je n'en veux pas, dis-je en me retournant pour faire glisser le verrou.

J'ouvris la porte à la volée et partis sans la refermer ni regarder en arrière.

* * *

Je commençai à me sentir souffrante pendant le dîner. Le mari et les fils avaient déjà été servis et je me tenais sur des coussins, devant la table basse du salon, en compagnie de Mena. Naouar se trouvait encore à la cuisine et nous l'attendions pour manger. Mais alors que je regardais les plats sur la table, tout se brouilla. Ma main me faisait mal et je la soulevai pour la regarder. La paume était tout enflée et la petite blessure avait pris un aspect boursouflé et rouge sombre sur le pourtour.

Je voulus aller m'allonger et tentai de me mettre debout en m'appuyant de l'autre main sur la table. Mena me jeta un regard interloqué et me demanda quelque chose, mais sa voix me parut très lointaine.

— Malade, dis-je en arabe, bien inutilement.

Mena se leva et s'approcha de moi.

J'avais la figure trempée de sueur et je m'essuyai le front du revers de ma main droite.

La jeune femme me saisit le poignet et examina le creux de ma main. Elle ne le lâchait pas. Je compris la question qu'elle me posa en arabe : *Qu'est-ce que c'est ?*

Je fus prise de tremblements. Quelle importance ? Je voulais juste me coucher et essayai de dégager ma main, mais Mena la tenait fermement et me reposa sa question.

Comment pouvais-je m'expliquer, avec un vocabulaire arabe si limité ? *Femme*, dis-je d'une voix faible. *Me faire mal.*

— *Sikine ?* interrogea-t-elle, et je secouai la tête sans comprendre.

De son autre main, elle prit alors un couteau sur la table.

— *Sikine*, répéta-t-elle en désignant ma paume.

Je secouai la tête et esquissai avec la main gauche le geste d'écrire. Comment disait-on plume en arabe, et pourquoi Mena s'intéressait-elle à un détail aussi insignifiant alors que je me sentais tellement mal ?

— *Qualam* ? dit-elle vivement, et, cette fois, j'acquiesçai.

— Oui, *qualam*, plume. Elle m'a juste piquée avec une plume, murmurai-je, sachant que Mena ne comprenait pas le français.

J'essayai à nouveau de dégager ma main, mais Mena la tenait fermement tout en appelant Naouar et la servante. Elles surgirent toutes les deux de la cuisine, et Mena leur parla à mots rapides en leur montrant ma main.

La vieille servante émit une lamentation et se cacha le visage dans son tablier. Naouar ouvrit de grands yeux et déversa un flot de phrases en arabe, comme si elle priait.

Mena me parla à nouveau, me répétant sans cesse le même mot, puis se tourna vers Naouar, et je reconnus le nom d'Aszulay.

Il faisait trop chaud et la lumière devenait aveuglante. La voix de Mena se mêla aux incantations de Naouar et à la plainte de la vieille servante pour se muer en un charabia de cris démoniaques. Puis la pièce se renversa et le sol vint à la rencontre de ma joue.

Chapitre trente-deux

Le parfum était fort et me brûlait les narines, aussi me détournai-je. Mais ce simple mouvement me fit mal à la tête et, quand j'ouvris les yeux, tout était brouillé. Il me fallut un moment pour comprendre que j'étais allongée sur la banquette du salon, et Mena agitait un petit sachet d'étoffe fumant devant mon visage.

— *Bismillah rahman rahim*, ne cessait-elle de répéter.

Puis elle examina mes yeux et se remit à parler, et, cette fois, je saisis le mot *djinn*.

Je voulais secouer la tête pour dire que non, ce n'était pas un *djinn*, que cela n'avait rien à voir avec un mauvais esprit. J'avais dû manger quelque chose qui ne m'avait pas réussi plus tôt dans la journée. J'aurais voulu qu'elle arrête de secouer ce sachet fumant au-dessus de moi, mais n'arrivais pas à retrouver le moindre mot d'arabe à part *la*, non.

Alors, je vis Aszulay. Il arriva derrière Mena et lui parla. Elle garda la tête détournée et abaissa son foulard afin de couvrir complètement son visage, puis répondit par phrases rapides et brèves. Elle souleva ensuite mon poignet droit d'une main ferme et continua à parler d'une voix plus aiguë.

Aszulay prononça une phrase, et Mena s'en alla.

Il s'accroupit près de moi.

— Mena me dit qu'une mauvaise femme vous a jeté un sort.

J'essayai de sourire à cette absurdité, mais j'avais l'impression de flotter, comme si j'étais plongée dans un rêve douloureux. Aszulay était-il réellement ici ou étais-je en train de l'imaginer, comme j'avais pu le faire au *hammam* quelques heures plus tôt ?

— Non. Je suis juste... malade. J'ai mangé quelque chose, peut-être...

Ma voix se perdit.

Il saisit ma main. Ses doigts étaient si frais sur les miens. La figure me brûlait, les joues m'élançaient, et je pressai le dos de sa main contre mon visage, fermant les yeux sous la fraîcheur. Puis je posai les lèvres sur sa peau, la humant, cherchant l'odeur de l'indigo.

— Qu'est-il arrivé à votre visage, Sidonie ?

Sa voix était douce. Il ne retira pas sa main.

J'ouvris les yeux, et soudain, ses traits m'apparurent clairement, tout proches, et je pris conscience de ce que j'étais en train de faire. Ce n'était pas un rêve. Je lâchai sa main et touchai ma cicatrice, mais vis alors qu'il regardait l'autre joue. J'y portai donc les doigts et la trouvai enflée.

— Je me suis évanouie. J'ai dû me cogner en tombant, expliquai-je, embarrassée. Je suis désolée qu'ils vous aient fait venir, dis-je en essayant vainement de me redresser. Ça ira mieux demain. Quand j'aurai dormi.

— Qui est la femme dont vous avez parlé à Mena ? me demanda alors Aszulay en m'appuyant doucement sur l'épaule pour m'obliger à me rallonger.

— Manon, répondis-je. Je suis allée voir tout à l'heure si Badou et Falida allaient bien. Mais ils n'étaient pas là. Manon y était.

— Et ? Qu'est-il arrivé à votre main ?

J'émis un petit son, comme si j'essayais de rire.

— Ce n'est rien. Elle a voulu me faire un cadeau. Je ne sais pas pourquoi, elle ne m'aime pas, non ?

Il demeurait parfaitement immobile.

— C'était un encrier ancien avec sa plume. Elle me l'a tendu, et la pointe de la plume m'a égratignée. C'est tout.

Son expression s'altéra.

— Je devrais peut-être vous conduire à la clinique du quartier français.

— Pourquoi ? Non, protestai-je. J'ai de la pommade dans ma chambre. Ça pourrait aider.

J'avais les dents qui claquaient. Au lieu de brûler de fièvre, je me sentais soudain glacée.

Aszulay tourna la tête et cria quelque chose, puis il reprit ma main et l'approcha de son visage pour l'examiner. Je vis que ma paume avait encore enflé et que la blessure suppurait déjà. J'essayai de plier les doigts mais n'y arrivai pas.

Le visage de la vieille servante apparut au-dessus de l'épaule d'Aszulay ; il lui dit quelque chose et elle repartit.

— Elle va vous apporter une couverture. Et je lui ai demandé d'envoyer l'un des garçons chercher quelque chose chez moi, expliqua-t-il. Il vous faut davantage que des bénédictions et quelques herbes brûlées.

Ses yeux quittèrent mon visage pour regarder plus bas, puis il tendit le bras.

— Ou que des amulettes, ajouta-t-il.

Je regardai ce qu'il avait saisi : un œil dans un cercle au bout d'une chaîne en or. Le pendentif était à Mena ; je l'avais remarqué quand elle s'était déshabillée, au *hammam*. Elle avait dû me le mettre dans la soirée.

Aszulay lâcha l'amulette et se leva tandis que la servante s'approchait en marmonnant avec une couverture qu'elle tenait à bout de bras. Il la lui prit des mains et l'étendit sur moi.

Je m'assoupis à plusieurs reprises pendant le moment qui suivit, consciente seulement de la présence d'Aszulay assis à mon chevet sur un tabouret bas. Puis je sentis qu'il reprenait ma main. J'avais du mal à ouvrir les yeux, mais j'y parvins et vis sa tête penchée sur ma paume alors qu'il tenait quelque chose entre son pouce et son index. Je sentis une piqûre vive et essayai de me libérer, mais il me retint plus fermement encore. Je gémis en le regardant palper; puis creuser dans ma chair avec quelque chose de dur et de chaud.

Il murmura quelque chose en arabe, quelque chose qui avait une sonorité apaisante, comme s'il m'assurait que ce serait bientôt fini, ou bien qu'il était désolé.

Je retins mon souffle.

Il finit par lever la tête et je poussai une petite exclamation de soulagement en sentant la douleur s'arrêter.

— Je l'ai, dit-il, mais je ne compris ni ne me souciai de ce qu'il entendait par là.

Ma main se mit aussitôt à brûler. J'aspirai un grand coup et soulevai la tête pour voir ce qui se passait. Aszulay versait un produit qui sentait le désinfectant sur la plaie.

— Ça pique, protestai-je, et il hocha la tête.

— Je sais. Ce sera bientôt fini.

Il m'enveloppa la main dans une bande de gaze propre.

— Buvez maintenant, dit-il en portant à ma bouche un verre qui contenait une substance sirupeuse et néanmoins amère.

Je bus tout et me rallongeai avec de terribles élancements dans la main. Aszulay resta auprès de moi, silencieux, et, à un moment – je n'avais aucune idée depuis combien de temps –, je me rendis compte que la douleur avait cessé. Je fus gagnée par une paisible somnolence.

— Ça ne fait plus mal, murmurai-je.

— Tant mieux, dit Aszulay en me caressant le front.

— J'ai pensé à vos mains, aujourd'hui, chuchotai-je. Au *hammam*. Et je ne me rappelai plus rien.

* * *

À mon réveil le lendemain matin, je restai allongée quelques minutes, clignant des yeux dans la pénombre et me demandant pourquoi je ne me trouvais pas en haut, dans ma chambre.

Puis je levai la main et vis le pansement de gaze.

Mena entra avec un verre de thé et je m'assis avec peine.

— *Kaïf al-haal* ? demanda-t-elle en me donnant le verre.

Je le pris maladroitement à deux mains, en faisant attention à ma paume.

— Je vais bien, dis-je en arabe pour répondre à sa question.

Et c'était vrai ; je ne me sentais plus fiévreuse et ma main n'était plus qu'un peu raide et sensible.

Je revis Aszulay penché au-dessus de moi.

— Aszulay ? m'enquis-je. Il est ici ?

— *La*, répondit Mena en secouant la tête.

* * *

Une heure plus tard, je me sentais assez bien pour monter dans ma chambre, me changer et me coiffer, même si j'étais encore un peu tremblante et si ma main bandée me rendait maladroite. L'hématome sur ma joue faisait une grosse tache sombre, mais n'était douloureux que si on y touchait.

Je venais de m'installer dans la cour quand Aszulay arriva. Je me sentais intimidée en le regardant. Dans quelle mesure les images qui me venaient s'étaient-elles produites ? Mes souvenirs de la nuit se mêlaient à mes fantasmes du *hammam*.

Mais il me sourit et je lui rendis son sourire.

— Vous semblez beaucoup mieux, commenta-t-il en hochant la tête. Je suis resté cette nuit, mais je suis parti tôt ce matin quand j'ai vu que la fièvre était tombée et que votre main désenflait. Oui, dit-il en s'accroupissant près de moi pour me prendre la main et défaire le pansement. Regardez. Ça va aller maintenant. Le poison est parti.

— Le poison ? m'étonnai-je en regardant ma paume retournée dans celle d'Aszulay.

Elle avait repris sa taille normale et il ne subsistait plus qu'un point douloureux au milieu.

Je me rappelai soudain que, au cours de la nuit, j'avais posé mes lèvres sur sa main. Mais il savait bien que je délirais et n'étais pas vraiment responsable de ce que je faisais.

Aszulay enroula de nouveau la gaze autour de ma main.

— Gardez le bandage aujourd'hui, pour que la plaie reste propre, dit-il. Demain, ce sera terminé.

— Du poison, répétai-je. Quel poison ?

Il se leva et détourna le regard.

— J'ai retiré une petite écharde de la blessure. De l'os. Certaines plumes ont une pointe en os taillé.

Je pensai à Falida dans le cimetière. À sa quête macabre pour répondre aux exigences de sa maîtresse. Je frissonnai comme si la fièvre de la nuit était revenue.

— Mais comment un vieil os pourrait-il causer une telle infection ?

— Pas l'os tout seul, répondit-il en me regardant. Mais s'il a été trempé dans certaines substances... Je ne suis sûr de rien, conclut-il après un silence.

— Et si vous ne l'aviez pas retiré ? Si Mena ne vous avait pas envoyé chercher ?

— J'emmène Badou à la campagne dans deux jours, dit-il, changeant clairement de sujet pour ne pas répondre à mes questions. Vous voulez toujours venir ?

Je hochai la tête. De toute évidence, il ne me parlerait plus de ce qui était arrivé. Je ne pouvais lui demander s'il pensait – comme moi désormais – que Manon avait délibérément tenté de m'éliminer. Quand elle avait su que je partais avec Aszulay et son fils, elle avait cherché à m'en empêcher.

Manon n'avait jamais eu l'intention de me faire un cadeau. Elle m'avait blessée et infectée exprès, ce qui était épouvantable et effrayant.

Je ne voulais plus jamais la revoir.

Je ne voulais pas non plus penser à Badou et à Falida, à la merci d'une femme capable de telles horreurs.

* * *

Deux jours plus tard, Aszulay se présenta Charia Soura avec Badou. Le petit attendit dans la rue pendant qu'Aszulay pénétrait dans la cour. Je me coiffais de mon *haïk* quand Aszulay prononça mon nom d'une telle façon que j'interrompis mon geste au-dessus de ma tête.

— Oui ? demandai-je.

Il avait l'air bizarre. Mal à l'aise peut-être. Je n'avais jamais vu Aszulay mal à l'aise.

— Vous êtes certaine de vouloir venir ?

— Oui, dis-je en hochant la tête. Pourquoi ?

— Chez Manon... Quand je suis allé chercher Badou..., reprit-il après une hésitation.

— Non, le coupai-je, et il se tut.

J'imaginai sans peine la conversation qu'ils avaient dû avoir. Aszulay lui avait certainement demandé ce qu'elle m'avait fait. Ils s'étaient disputés. Aszulay allait maintenant me répéter ce que Manon avait dit, ou essayer d'expliquer son acte. Elle avait dû lui demander si je les accompagnais toujours, s'attendant sûrement à ce qu'il dise non, parce que j'étais malade. Elle ne voulait pas que je passe du temps avec Aszulay : évidemment, puisqu'elle était jalouse de moi. Et lorsqu'elle avait appris que je partais tout de même... la part sombre de moi se réjouissait de la colère qu'elle avait dû éprouver en apprenant qu'elle n'avait pas pu se débarrasser de moi. Je voulais que Manon me croie plus forte qu'elle.

— Quoi qu'il ait pu se passer chez Manon, je ne veux pas le savoir, décrétai-je. Je veux oublier pour le moment Manon et Charia Zitoune. Rien que pour deux jours, Aszulay, je vous en prie, ne me parlez pas d'elle.

Il me dévisagea un long moment, comme s'il se demandait quoi faire, puis, presque à contrecœur, hocha la tête. Nous quittâmes la cour et tous les trois, Badou, lui et moi, nous engageâmes dans des ruelles de la médina que je ne connaissais pas encore. Je me sentais complètement remise et avais pris un panier tressé. Aszulay portait deux grosses sacoches de toile en bandoulière.

Nous traversâmes un souk couvert puis passâmes sous une grande arche pratiquée dans l'enceinte de la médina, et il y eut aussitôt un changement subtil d'atmosphère. Les gens n'étaient plus habillés tout à fait pareil, et beaucoup de femmes, quoique coiffées d'un foulard, n'étaient pas voilées. Les maisons étaient plus hautes et plus étroites, les portes plus richement décorées.

— Où sommes-nous, Aszulay ? demandai-je.

— Dans le Mellah, répondit-il. Le quartier juif. Vous avez entendu parler des Juifs du Maroc ?

Je secouai la tête. Étienne n'en avait jamais fait mention.

— *Melh* signifie sel. Après les batailles – il y en a eu beaucoup dans les temps anciens à Marrakech –, les Juifs avaient pour tâche de saler les têtes des ennemis. La coutume voulait qu'on expose ces têtes sur les remparts de la ville.

Je fis la grimace et me rappelai l'origine du nom Jemâa el-Fna.

— Aujourd'hui, les Juifs – et surtout les Juives – comptent beaucoup pour les riches Marocaines. Ils rendent de nombreux services à ces épouses qui n'ont pas le droit de sortir de chez elles : ils leur apportent des tissus de belle qualité, confectionnent leurs vêtements, leur montrent des bijoux à acheter. Ils sont les bienvenus au sein des harems.

Je regardai autour de moi cette ville à l'intérieur de la ville, mon oreille discernant une langue différente. Nous passâmes devant une porte ouverte et entrevîmes une foule de petits garçons assis côte à côte dans une cour, sur des bancs de bois. Ils tenaient de petits livres et se balançaient d'avant en arrière tout en lisant leur texte d'une voix haut perchée.

— Regarde, Oncle Aszulay, c'est *l'école** ! s'écria Badou en tirant sur ma main pour que je m'arrête. Ces garçons sont à l'école.

Aszulay ne ralentit pas, et je pressai Badou d'avancer. Il me lâcha la main et courut à côté d'Aszulay.

— J'irai à l'école bientôt, n'est-ce pas, Oncle Aszulay ?

Le Touareg ne dit rien. Nous marchions et Badou gardait les yeux levés sur lui.

— Pourquoi ne va-t-il pas à l'école ? demandai-je. Il a l'âge, non ?

Je pensai aux enfants que j'avais vus, certainement pas plus vieux que Badou, et qui marchaient par trois ou quatre, tenus par la main de leurs frères aînés pour s'orienter dans les allées tortueuses de la médina.

Certains élèves de l'école juive m'avaient paru encore plus jeunes que Badou.

Mais Aszulay secoua légèrement la tête, et je compris que je devais m'abstenir d'en dire plus.

— Venez par ici, indiqua-t-il en prenant abruptement un passage très sombre et étroit. Ma camionnette est garée derrière le mur du Mellah.

Nous franchîmes une autre série d'arches, et Aszulay finit par déverrouiller une grande double-porte. Juste derrière, il y avait un véhicule en forme de boîte. Il était poussiéreux et cabossé. Comme tous les véhicules que j'avais eu le loisir de voir au Maroc, il semblait avoir été pas mal malmené.

Aszulay ouvrit les portières et rangea les sacoches à l'arrière, qui était recouvert de toile. Je fis le tour du fourgon en laissant ma main courir sur le pare-chocs.

— Qu'est-ce que c'est ? Ça ne me dit rien, avouai-je.

Aszulay me regarda par-dessus le capot.

— La Camionnette, Fiat, 1925, dit-il.

— Ah, une Fiat, fis-je en hochant la tête. Je n'avais jamais vu de fourgon Fiat avant, même si j'ai lu des articles dessus. Nous avions une...

Je m'interrompis. J'allais lui parler de la Silver Ghost. Je m'en tins à :

— J'avais une voiture.

— Est-ce que tout le monde a une voiture en Amérique ?

— Oh non ! Pas du tout.

— Viens, Badou, dit-il. Monte.

Badou grimpa à la place du conducteur, se mit à genoux, saisit le volant et le tourna violemment d'un côté puis de l'autre.

— Regarde, Sidonie, regarde ! Je conduis, dit-il avec un grand sourire.

Son incisive gauche ne tenait plus qu'à un fil. Je lui souris aussi, en posant mon sac à mes pieds. Badou se glissa près de moi sur la banquette pour laisser la place à Aszulay. Le Touareg ramena l'extrémité de son chèche sur son nez et sa bouche, puis fit démarrer la camionnette. La Fiat rugit.

* * *

Nous nous arrêtâmes à la sortie de Marrakech ; Aszulay se rendit chez un marchand et en revint avec une caisse contenant quatre poussins vivants. Il mit la caisse à l'arrière du fourgon, qui était séparé de la cabine par un rideau de toile. Les poussins gloussaient et piaillaient.

Lorsque nous eûmes laissé Marrakech derrière nous, quitté la route et pris une *piste**, je demandai à Aszulay combien de temps nous mettrions pour arriver dans sa famille.

— Cinq heures, si tout va bien, répondit-il, la voix étouffée par son turban. Nous nous rendons dans le sud-est, dans la vallée de l'Ourika. C'est à moins de soixante-dix kilomètres de Marrakech, mais les *pistes** ne sont pas très bonnes.

Je le contemplai un moment, appréciant le spectacle d'un Homme Bleu du Sahara conduisant une camionnette bringuebalante au lieu d'un dromadaire.

— Ma famille vit là-bas dans un petit village.

L'après-midi resplendissait de bleu, de rouge et de blanc : le ciel immense et limpide au-dessus de nous, la terre et sa teinte si caractéristique partout autour de nous, et les sommets enneigés qui se dressaient au loin. Aszulay se découvrit la bouche et se mit à chanter une chanson en arabe d'une voix basse et profonde, Badou frappant des mains en rythme et reprenant le refrain.

Que penserait de moi Étienne s'il pouvait me voir à présent ? Je n'étais plus la femme qu'il avait connue à Albany.

Mais il n'était pas non plus l'homme que je croyais connaître.

Je ne voulais pas penser à Étienne. Je me joignis à Badou pour frapper dans mes mains. Alors que je cahotais dans cette camionnette sur un sentier étroit, je me dis que j'aurais dû me sentir insignifiante au milieu d'une telle immensité. Pourtant, je n'avais pas l'impression d'être petite. Il me semblait plutôt que la majesté du ciel et des montagnes m'emplissait d'un sentiment presque inverse.

* * *

Comme l'avait annoncé Aszulay, les *pistes** n'étaient en effet pas très bonnes, plus dangereuses encore que celles que j'avais empruntées avec Mustapha et Aziz. Il y avait des virages en épingle à cheveux et des endroits où le gravier disparaissait dans les contreforts de l'Atlas. Nous devions louvoyer entre les ânes, les chevaux et les dromadaires. Nous tanguions et nous tressautions, et il arrivait à Badou de glisser sur la banquette de l'un à l'autre, riant parfois aux éclats quand nous tombions sur une bosse particulièrement importante qui le faisait bondir vers le plafond.

Après environ trois heures de voyage, nous fîmes halte devant un groupe de grands arbres duveteux. Il y avait une source d'eau peu profonde qui jaillissait entre des rochers, et un couple – des Berbères car la femme n'était pas voilée – était occupé à remplir des outres au bord du ruisseau. Deux ânes, qui portaient de grands paniers débordants sur leur dos, trépignaient avec impatience de leurs petites pattes trapues et se mirent à braire jusqu'à ce qu'on les mène boire dans le courant.

Trois petits enfants – une fille et deux garçons, dont l'un marchait à peine, s'éclaboussaient en riant dans l'eau peu profonde. Quand je soulevai

Badou pour le faire descendre, je m'aperçus qu'il les regardait. Je laissai mon *haïk* et mon voile dans la camionnette.

Je pris Badou par la main et m'approchai de la source près de laquelle je m'accroupis pour boire dans mes mains jointes. Badou m'imita. Je mis mes mains mouillées sur son visage que le voyage avait rendu poussiéreux. Je remarquai alors qu'Aszulay s'éloignait à grands pas. Il franchit une petite éminence et disparut. Badou et moi nous assîmes au bord de l'eau. Je pris du pain, du fromage et des noix dans mon sac de toile et, pendant que nous mangions, Badou observait d'un air grave les autres enfants.

Soudain, l'un d'eux – l'aîné des garçons, qui devait avoir l'âge de Badou – courut vers nous et s'adressa à Badou en arabe. Celui-ci secoua la tête. Le garçon retourna en courant vers les ânes, plongea la main dans un panier et revint avec une orange. Là, il s'accroupit devant Badou et pela l'orange. Quand il eut terminé, il l'ouvrit en deux et en tendit une moitié à Badou.

Le petit la regarda puis me consulta du regard.

— Prends-la, Badou, lui dis-je, et il prit la moitié d'orange des mains sales de l'enfant.

Je mis une poignée de noix dans la paume de Badou, qui les donna aussitôt au petit garçon. Celui-ci les fourra d'un coup dans sa bouche avant de dire quelque chose en postillonnant des bouts de noix. Là encore, Badou secoua la tête, et l'enfant courut rejoindre son frère et sa sœur.

— Tu n'as pas envie de jouer avec eux ? demandai-je, me doutant que c'était ce que le garçon avait demandé.

Mais Badou secoua la tête. Il n'avait pas mangé sa moitié d'orange et la tenait dans son poing, du jus s'écoulant entre ses doigts.

Les enfants ramassèrent des cailloux au bord de l'eau et les lancèrent très haut pour qu'ils retombent dans l'eau en faisant une gerbe d'éclaboussures. Badou se leva, prit un à un les quartiers d'orange et les mangea, puis il ramassa un caillou à ses pieds. Il imita alors les enfants, lança le caillou bien haut et le regarda toucher l'eau. Mon cœur battit un peu plus vite ; j'avais tellement envie pour Badou qu'il ait moins peur et se mette à jouer avec les autres, comme un enfant ordinaire.

Il finit par s'avancer dans l'eau jusqu'aux genoux et rejoignit les trois enfants, en lançant comme eux des cailloux.

Je me levai, contente, et ramassai au bord de l'eau d'autres cailloux qui brillaient au soleil. Je me retournai pour regarder Badou et vis qu'il était toujours dans l'eau mais observait à présent le plus petit des enfants, qui marchait tout juste. Le petit avait laissé son frère et sa sœur pour rejoindre sa mère et s'accrochait au bas de sa robe pour accompagner ses mouvements. Je me demandais où était parti Aszulay.

Badou se remit à jouer. Quelques instants plus tard, la mère appela les deux enfants qui sortirent de l'eau en courant pour aller manger.

Badou me regarda puis marcha vers moi en faisant des éclaboussures et en souriant, sa langue poussant sa dent de lait pour la faire bouger. Il s'immobilisa devant moi et je me baissai pour l'embrasser ; j'étais fière de Badou, fière de son petit acte de bravoure. Il sentait l'orange.

— Aide-moi à trouver de jolies pierres, proposai-je.

Mais au lieu de m'aider, il se tint derrière moi pendant que je marchais lentement dans le courant, et s'accrocha au bas de mon caftan.

* * *

Badou et moi allâmes nous asseoir à l'ombre des arbres. La famille berbère avait terminé son repas, et le père faisait la sieste, allongé au soleil. La mère s'était assise, adossée à un arbre, son plus jeune enfant dans les bras. Il s'était assoupi sur son épaule. Les deux autres enfants se tenaient assis en tailleur l'un en face de l'autre, et dressaient de petits tas de cailloux. Les ânes grignotaient la végétation rêche qui poussait autour des rochers. Il n'y avait pas d'autre bruit que le léger clapotis du ruisseau, le bruissement des longues feuilles souples qui s'agitaient dans la brise et la mastication haletante des ânes.

Badou s'allongea et posa la tête sur mes genoux ; les ombres de ses longs cils se dessinèrent sur ses joues lorsque ses yeux se fermèrent.

Nous étions toujours dans cette position quand Aszulay revint.

— Il dort, annonçai-je à mi-voix, la main sur la tête de l'enfant. Vous voulez manger quelque chose ?

Il secoua la tête.

— Il ne faut pas traîner si nous ne voulons pas arriver trop tard, dit-il en scrutant le ciel.

Il paraissait distrait, peut-être un peu distant. Il s'aspergea le visage et le cou puis se mouilla aussi les cheveux. Son épaisse chevelure avait au soleil des reflets bleu-noir sur lesquels vibraient de minuscules gouttelettes. Il s'assit près de nous.

— Vous demandiez quand Badou irait à l'école, dit-il en baissant les yeux sur l'enfant. Mais c'est inenvisageable.

— Pourquoi cela ?

— Sa mère ne l'a pas élevé dans la religion musulmane. C'est un incroyant et il n'a donc pas le droit d'entrer dans une mosquée ni dans une madrasa – l'école – pour y étudier le Coran, expliqua-t-il, et il n'a pas le droit d'intégrer une école française privée de la Ville Nouvelle parce que Manon ne peut prétendre à une ascendance purement française. Badou n'a sa place nulle part pour apprendre.

— Pourtant... Manon veut certainement qu'il reçoive une éducation, commentai-je. Pourquoi ne lui donne-t-elle pas au moins quelques rudiments elle-même ? Elle est intelligente, il faut lui reconnaître ça.

Je n'avais pas voulu paraître si sarcastique, mais la réflexion m'avait échappé. Je n'oubliais jamais, jamais qu'Aszulay était certainement encore amoureux d'elle, malgré sa cruauté et sa nature sournoise.

Aszulay se contenta de me regarder, puis posa la main sur l'épaule de Badou pour le secouer doucement.

— Il faut repartir, maintenant, dit-il.

Badou se leva, encore ensommeillé, et nous retournâmes tous les trois dans la camionnette.

Alors que nous nous éloignions sur la *piste**, dans la même direction qu'avait prise à pied Aszulay, nous passâmes devant un cimetière. Que faisait-il ici, isolé en plein *bled*? Les petites pierres pointues qui se dressaient sur les pentes douces m'évoquèrent des rangées inégales de dents irrégulières. J'aurais voulu interroger Aszulay sur sa femme. Je m'aperçus que je devenais de plus en plus inquiète à mesure que nous avancions. Qu'allait-elle penser de moi, qui débarquais avec son mari et l'enfant d'une autre femme?

Soudain, je regrettai d'être venue. J'aurais dû écouter mon instinct, chez Manon, lorsqu'elle m'avait annoncé qu'il était marié.

— Nous arrivons dans moins d'une heure, annonça Aszulay.

J'acquiesçai et gardai la tête tournée vers la vitre latérale.

Chapitre trente-trois

— La vallée de l'Ourika, dit un peu plus tard Aszulay alors que nous roulions entre des jardins et des terrains cultivés.

Il y avait des plantations de dattiers et l'odeur enivrante de la menthe et des lauriers-roses. Je reconnus des abricots, des grenades et des figues ; c'était une vallée verdoyante. Les flancs ocre des montagnes dominaient de part et d'autre les champs cultivés de la vallée, et les cultures vertes ondulaient dans la brise douce. Ces contreforts du Haut Atlas abritaient aussi des hameaux constitués d'argile rouge battue mêlée de paille, du pisé, comme l'appela Aszulay. Partout à proximité de ces petits villages, sur les méandres de la *piste**, on rencontrait des femmes qui ployaient sous des sacs ou des fagots fixés à leur dos, portant souvent des enfants maintenus par des écharpes en équilibre sur la hanche ou sur la poitrine. Je ne cessais de déglutir et avais légèrement mal à la tête. Je posai la main sur mon front et Aszulay s'en aperçut.

— C'est l'altitude, expliqua-t-il. Buvez de l'eau.

Je pris l'outre sous le siège et bus de l'eau. J'en donnai aussi à Badou et en proposai à Aszulay, qui refusa d'un signe de tête.

La vallée s'étrécissait mais sans cesser de monter doucement. Puis la *piste** s'arrêta. Nous descendîmes de la camionnette et j'entendis une chute d'eau. Aszulay prit les sacoches à l'arrière du véhicule et les mit en bandoulière sur une épaule tandis qu'il prenait la caisse de poussins piailleurs sur l'autre. Il m'invita à prendre mon sac.

— Vous n'avez besoin ni d'un voile ni d'un *haïk* ici, dit-il.

Je les laissai donc dans le fourgon et le suivis vêtue de mon seul caftan, tenant Badou par la main alors que nous prenions la direction des chutes d'eau. Il s'agissait en fait de sept cascades étroites qui dévalaient un éboulis rocheux jusqu'à un village en contrebas. Nous entreprîmes une descente prudente du sentier usé par les pieds et les sabots.

Il ne me fallut pas longtemps pour comprendre que je ne pourrais pas garder mon équilibre, et je ramassai un solide bâton sur le bas-côté. Les semelles lisses des petites babouches rouges de Badou glissaient sur la pente caillouteuse. Aszulay avait retiré les siennes et les avait jetées devant lui, en bas de la pente, et il descendait pieds nus. Il se tourna vers nous.

— Attendez, nous lança-t-il et, courant à moitié, il atteignit le bas de la côte.

Il déposa les sacoches et la caisse par terre. Puis il se baissa, prit une pincée de terre et la mit sur sa langue. Je l'observai avec curiosité. Je ne savais pas pourquoi il goûtait ainsi la terre, mais ce geste m'émut. Il témoignait d'une connexion avec sa terre rouge. Aszulay revint nous chercher et prit Badou dans un bras, le petit s'accrochant aussitôt à son cou. Puis il me tendit la main et je la saisis, sans lâcher le bâton dans mon autre main. Nous avancions lentement sur le sentier raide. La main d'Aszulay enserrait complètement la mienne. Elle était douce et sèche au toucher. Je savais que la mienne était moite de nervosité, pas seulement parce que je perdais l'équilibre, mais aussi parce que je craignais ce qui allait se passer dans le village.

Au bas de la pente, il lâcha ma main et posa Badou par terre avant de reprendre caisse et sacoches.

* * *

Le village, qui semblait s'accrocher au petit bonheur au flanc d'une colline, faisait partie de ces installations en terrasses de maisons de pisé. Du fait que la montagne et les maisons présentaient la même couleur brun-rouge, on avait le sentiment en les voyant ainsi accrochées qu'il s'agissait d'un village caméléon.

Au pied de la montagne, on avait dressé un cercle de tentes en poil de chameau. Je ne les avais pas vues avant de tomber dessus. Comme le village, ces tentes se confondaient avec la terre. Les dromadaires étaient agenouillés et regardaient droit devant eux, l'air toujours aussi réservé. Des ânes brayaient et des coqs chantaient.

Des sentiers permettaient d'accéder au village. Des enfants qui descendaient saluèrent Aszulay à grands cris. Je gardais l'œil sur Badou pendant que les enfants approchaient et, comme au ruisseau, il resta en arrière, ne me quittant pas d'une semelle. Nous traversâmes le village, grimpant toujours, et les gens sortaient sur le seuil de leur porte pour saluer Aszulay. Il ne cessait de poser son fardeau pour embrasser les hommes qui venaient l'accueillir. Tous me dévisageaient et cela me mettait passablement mal à l'aise. Les femmes portaient de longues robes pudiques, brodées au bas de la jupe, aux poignets et à l'encolure, et elles évoquaient des volées d'oiseaux multicolores. Certaines robes étaient agrafées à l'épaule par des sortes de fermoirs en cuivre ou en argent, des fibules, que j'avais déjà repérées dans les souks de Marrakech. Les femmes n'étaient effectivement pas voilées mais se coiffaient d'un châle le plus souvent noir, brodé de motifs et de fleurs éclatants. Elles portaient au cou et aux poignets de beaux bijoux d'argent et d'ambre. Toutes allaient pieds nus, et elles avaient les pieds et les mains décorés au henné.

Je m'efforçais de ne pas les regarder trop fixement, elles étaient absolument superbes. Certaines arboraient des traits de safran peints sur le visage, ou des dessins bleus tatoués sur le menton ou au milieu du front. Je me rappelai le tatouage de Mena et me dis qu'elle devait venir de ces montagnes. La plupart des motifs tatoués sur le front consistaient en deux diagonales qui se croisaient en haut, d'autres avaient une ligne verticale qui partait de la lèvre inférieure et descendait sous le menton avec ce qui évoquait des branches partant sur les côtés. Ils étaient majoritairement géométriques et je supposai qu'en plus d'avoir une fonction ornementale, ils devaient exprimer une identité tribale.

Nous poursuivîmes notre ascension en douce montée du sentier en lacet jusqu'à ce qu'Aszulay finisse par s'arrêter devant une maison. Il posa la caisse et les sacoches et appela. Une femme d'un certain âge et deux autres plus jeunes sortirent. Si les deux plus jeunes portaient les mêmes robes brodées avec écharpe et bijoux que les autres femmes du village, elles n'avaient pas de tatouage, et la femme plus âgée n'était vêtue que d'une simple robe et d'un foulard bleu foncé. Aszulay embrassa la femme plus âgée.

Il se tourna vers moi et lui dit quelque chose, mais il ne s'exprimait pas en arabe. Je ne reconnus aucun mot. Puis il me regarda et annonça :

— *Ma maman**.

Je hochai la tête, anxieuse, ne sachant si je devais sourire ou pas. Sa mère me regarda avec curiosité, et posa visiblement une question à Aszulay.

Il répondit brièvement en désignant Badou du geste, et sa mère parut satisfaite car elle se contenta de murmurer quelque chose à plusieurs reprises, quelque chose qui devait signifier : *oui, je vois*.

Je pris alors dans mon sac une petite théière en os. J'en savais à présent assez sur les coutumes marocaines pour ne pas arriver chez quelqu'un les mains vides, et je donnai la théière à la mère d'Aszulay. Elle la prit, la retourna entre ses mains et hocha la tête avec gravité.

— Et mes sœurs, reprit-il en désignant les deux autres femmes, à qui je donnais moins d'une trentaine d'années. Rabia et Zohra.

J'avais pensé que l'une d'elles était sa femme.

Ses sœurs me regardèrent et je dis :

— *Ismi* Sidonie, avant d'ajouter respectueusement, *Assalam alaykum* – la paix soit avec vous.

Je ne savais pas si elles comprenaient l'arabe, mais elles répondirent d'une voix timide :

— *Oua alaykum assalam* – et la paix soit avec toi.

Je remis à chacune d'elles un petit plat en céramique peinte.

Badou se tenait près de moi. Les femmes ne lui prêtaient aucune attention. Elle se ressemblaient toutes deux : des visages minces et hâlés aux pommettes hautes, des yeux noirs et brillants soulignés de khôl, et de belles dents blanches. Zohra, la plus jeune des sœurs, avait une fossette sur la joue gauche qui donnait du charme à son sourire. Un bébé se tortilla dans les plis de la robe de Rabia et sortit sa tête. Il fixa sur Badou des yeux bleus, comme ceux d'Aszulay, cernés de khôl.

— Un bébé, Badou, annonçai-je, comme s'il n'était pas capable de le voir tout seul.

J'étais tendue, ne savais pas trop comment me comporter, et cela me donnait une contenance.

— D'après toi, c'est un garçon ou une fille ?

Badou haussa les épaules. Je me rendis compte qu'il ressentait un peu la même chose que moi, bien qu'il fût déjà venu ici. La mère d'Aszulay lui donna une petite tape sur l'épaule et lui dit quelque chose. Il sourit, d'un petit sourire crispé.

— Mon neveu s'appelle Izri, dit Aszulay, comme pour répondre à ma question. Il a huit mois. C'est le quatrième enfant de Rabia. Zohra a deux filles.

Il ouvrit l'une des sacoches et en tira des pièces de tissu et deux colliers en argent et ambre qu'il offrit à ses sœurs. Dans l'autre sacoche, il prit une grande marmite en laiton pour sa mère. Toutes hochaient la tête en murmurant et en admirant les cadeaux des autres, remerciant Aszulay de leurs sourires.

Puis elles se tournèrent à nouveau vers moi, et la mère d'Aszulay se mit à parler.

— Ma mère vous souhaite la bienvenue, dit Aszulay. Le village prépare un grand repas en l'honneur des autres invités, ceux qui occupent les tentes en bas du village. Ils sont venus d'un village éloigné pour rendre visite à des membres de leur famille qui vivent ici maintenant. Nous arrivons au bon moment.

— *Choukrane*, dis-je en m'adressant à la mère. Merci.

Là encore, je ne savais pas ce qu'elle comprenait, mais je ne pouvais pas rester muette. Je me demandais aussi quand je ferais la connaissance de l'épouse d'Aszulay. Ces femmes – sa mère et ses sœurs – semblaient accepter ma présence avec un calme déconcertant.

— Les habitants de ce village, expliqua Aszulay, sont des Amazigh, et ils parlent le tamazight. Mais avec ma mère, je parle tamasheq, la langue ancienne des Touaregs, les Berbères du Sahara. Les gens du village ne connaissent qu'un peu d'arabe, les expressions de base. Ils sont isolés et ne voient pas beaucoup de gens de l'extérieur.

Me tenant près d'Aszulay, mon sac tressé serré contre moi, je n'avais pas seulement le sentiment d'être de l'extérieur mais de venir de très loin. Je secouai la tête.

— C'est compliqué, je sais. Mais ne vous en faites pas. J'ai appris un peu de français à Zohra. C'est l'intellectuelle de la famille.

Il sourit à la jeune femme et lui adressa quelques mots, répétant visiblement ce qu'il venait de m'expliquer car elle porta la main à ses joues, comme si elle avait rougi. Puis elle lui donna un petit coup espiègle sur le bras. Les habitants de ce village étaient de toute évidence plus simples et décontractés dans leurs rapports les uns avec les autres que ce que j'avais pu voir dans les villes marocaines.

La mère d'Aszulay me tapota la main comme elle l'avait fait sur l'épaule de Badou, et, cette fois, je lui souris.

* * *

Une petite troupe d'enfants du village nous entourait à présent. Les maisons étaient toutes semblables, avec de petites dépendances attenantes : un abri pour le foin et les animaux, et des lieux d'aisances. Si les garçons couraient franchement à côté de nous, les filles se montraient plus coquettes, coulaient des regards dans ma direction mais se détournaient dès que je les regardais à mon tour. Elles finirent par nous laisser et se mirent à courir les unes derrière les autres avec force cris et éclats de rire. Des chiens bondissaient en aboyant. Un troupeau de chèvres noires enfermées dans un enclos d'épines bêlaient en accompagnement. Dans le petit cours d'eau qui succédait aux cascades, des femmes lavaient du linge en le frappant contre les rochers tandis que d'autres remplissaient des outres d'eau fraîche.

— C'est ici que vous avez passé votre enfance ? demandai-je à Aszulay alors que nous nous arrêtions pour observer des enfants qui jouaient.

— Non, répondit-il. Nous n'habitions pas dans un village. Comme beaucoup d'Hommes Bleus, nous vivions de l'autre côté du Haut Atlas, au-delà du col du Tizi-n-Tichka, dans le Sahara occidental qui borde la Mauritanie. Les femmes vivaient dans des tentes pendant que les hommes faisaient du commerce dans tout le Sahara.

— Alors pourquoi votre famille est-elle ici maintenant ?

— Mon père est mort quand j'avais douze ans. Il est presque impossible pour une femme nomade de vivre sans un mari. Elle devient tributaire de la bonté des autres nomades, ce qui est encore plus difficile en temps de crise. Comme partout au Maroc, on ne considère pas avec beaucoup de respect une femme seule.

Il ne pensait pas à moi, mais en entendant cela, je m'interrogeai plus encore sur la façon dont j'étais perçue ici.

— Donc, ma mère, moi et mes sœurs – elles étaient très jeunes à l'époque, tout juste des bébés, et elles ont oublié la langue des Touaregs – nous sommes venus vivre ici. Ça a été très difficile, j'étais l'homme de la famille, mais j'étais encore très jeune, dit-il, comme s'il se remémorait cette époque. Il nous a fallu du temps pour nous faire accepter.

Il regarda autour de lui.

— C'était malgré tout un meilleur endroit que dans le désert, commenta-t-il. Et, plus tard, quand je suis parti de la maison, je savais toujours où elles se trouvaient et pouvais, quand c'était possible, leur rapporter ce dont elles avaient besoin. Sinon, je n'aurais jamais su où les trouver. Les familles nomades passent parfois des années sans se voir. Il leur arrive de n'être séparées que de quelques kilomètres et de ne même pas le savoir. Nous aurions pu nous perdre de vue.

J'essayai de l'imaginer enfant. Avait-il été comme les petits nomades que j'avais croisés, en haillons, les cheveux emmêlés, les membres robustes, les genoux et les coudes couronnés à force de jouer dans les cailloux, et qui poussaient de grands cris en se pourchassant avec une apparente insouciance ? Comment était-il passé de cet enfant qui vivait dans une tente en poil de chèvre et se déplaçait au sein d'une caravane de dromadaires sans jamais aller à l'école, à l'homme qu'il était devenu, maîtrisant parfaitement le français et les coutumes occidentales ?

Je baissai les yeux sur Badou, qui restait collé à moi. Même si, à Marrakech, je ne l'avais pas trouvé très différent des autres enfants de la ville, ici on le remarquait à cause de ses cheveux brillants, de son pantalon de coton, de sa djellaba propre et de ses *babouches* rutilantes.

Cependant, son visage ne reflétait pas la même gaieté que celui des petits Berbères. Badou restait en retrait, visiblement désireux de rejoindre les autres, et en même temps craintif.

Aszulay appela, et l'une des plus grandes filles – âgée de peut-être huit ou neuf ans – s'approcha. Je ne pus voir son visage pendant qu'Aszulay lui parlait, mais elle prit Badou par la main et l'emmena vers les autres enfants. Badou marcha d'abord d'un pas raide, comme s'il avançait à contrecœur, mais elle lui raconta quelque chose et il la regarda avec de grands yeux.

— La langue que vous parlez – le tam... pardonnez-moi, qu'est-ce que c'est, déjà ?

— Le tamasheq.

— Oui. Et l'autre, là, la langue berbère que parlent ces gens... ces langues sont-elles enseignées à l'école ?

Aszulay me regarda avec un petit sourire.

— Les Berbères n'ont pas d'école, dit-il. Et ces langues sont orales. Il n'y a pas d'écriture*.

— Vous ... vous avez donc dû apprendre l'arabe quand vous êtes allé à Marrakech ?

* Cette assertion n'engage que l'auteur. Le tamasheq dispose en fait d'un alphabet spécifique, et donc d'une écriture (*N.d.T.*).

— Je l'avais déjà appris, sur les routes des caravanes. Nous devions pouvoir faire du commerce avec beaucoup de peuples différents.

— Est-ce qu'il comprend ce que disent les autres enfants ? demandai-je à Aszulay en regardant Badou avec la fillette.

Il secoua la tête.

— Nous venons trop rarement. Mais les enfants ont d'autres moyens que le langage pour se comprendre. Partout, les enfants sont des enfants.

La petite fille conduisit Badou à l'ombre d'une maison, où un chien était couché sur le flanc. Le chien souleva la tête en les voyant approcher. La fillette se baissa et le chien retroussa les babines d'un air menaçant, mais elle n'y fit pas attention et je vis qu'elle portait en se redressant un tout petit chiot dans les bras. Elle le déposa précautionneusement dans les bras de Badou tandis que la chienne se redressait pour les surveiller.

Badou regarda le petit, puis frotta doucement son visage contre le poil mordoré du chiot. Il le coucha sur le dos dans le creux de son bras et le caressa de l'autre main, prenant ses pattes minuscules et examinant ses oreilles miniatures. La petite fille prit alors une attitude autoritaire et agita la tête pour dire quelque chose à Badou en lui montrant la maman chien. Puis elle récupéra le chiot des bras de Badou et le rendit à la mère, qui le renifla puis, visiblement satisfaite, se recoucha en laissant retomber sa tête contre la terre tandis que son petit cherchait à téter avec les autres.

La petite fille reprit Badou par la main et l'emmena cette fois auprès des autres enfants. Le visage de Badou se détendit et il sourit, d'un sourire timide, en se joignant à la partie – il s'agissait visiblement de lancer des cailloux sur ce qui ressemblait à des cercles concentriques tracés dans la terre.

— Ça va aller maintenant, commenta Aszulay. Pendant les mois qui séparent nos visites, il oublie comment jouer avec les autres.

Je songeai à la réticence de Badou à aller jouer avec les petits nomades, au bord du ruisseau, et me rappelai comment il avait observé les autres enfants jouer au ballon dans la rue, sans avoir le droit de se mêler à eux.

Zohra s'approcha alors de nous et parla à Aszulay. Il se tourna vers moi.

— Zohra va vous décorer avec du henné, si vous voulez bien, dit-il.

Je regardai mes mains brunies par le soleil.

— C'est un geste d'amitié. D'intégration, précisa-t-il.

Je me sentis honteuse de mon hésitation.

— *Naam*, répondis-je en regardant Zohra. Oui.

* * *

Au pied du village, au milieu du cercle des tentes, un feu brûlait. Un énorme chaudron noir bouillonnait au-dessus. Une vieille dame très petite, le visage trempé de sueur et strié d'une myriade de rides, se tenait à côte, une main sur la hanche et remuant régulièrement de l'autre le contenu du chaudron avec un bâton presque aussi grand qu'elle.

Nous nous installâmes à l'entrée d'une des tentes, et des femmes se rassemblèrent autour de nous. Aszulay était parti prendre le thé avec les hommes. Elles s'assirent toutes gracieusement, en tailleur, leur jupe drapée par-dessus leurs genoux. Je ne pouvais les imiter à cause de la raideur de ma jambe droite, et dus la garder étendue devant moi.

— Vous retirer, me dit Zohra en français, et je plissai le front sans comprendre. Retirez, répéta-t-elle en touchant les lacets de mes chaussures, et je compris que je devais les enlever. Je fais henné sur pieds.

Je secouai la tête.

— Je ne peux pas marcher sans mes chaussures, expliquai-je.

Elle parut interloquée. Je montrai la semelle compensée de mon soulier droit, remontant mon caftan jusqu'au genou pour montrer ma jambe. Elle finit par hocher la tête.

— Vous pouvez faire mes mains, proposai-je en les tendant devant moi.

Elle sourit et déroula un petit paquet en tissu où elle prit un mince bâtonnet pointu.

Elle posa ensuite le bâtonnet sur ses genoux et saisit mes mains. Elle les retourna et les examina, murmurant quelque chose à l'adresse des autres femmes. Aux mouvements de leur tête et au ton de leur voix, je compris qu'elles discutaient du motif qui conviendrait le mieux. Deux fillettes se tenaient collées contre Zohra, et lorsque l'une d'elles voulut lui grimper sur le dos, une femme l'écarta. Je supposai que les petites étaient les filles de Zohra.

Puis Zohra brandit le bâtonnet et toutes se turent. Quelqu'un posa devant elle un petit pot en terre contenant une pâte verte, et Zohra y plongea la pointe de son bâtonnet. Elle tint ensuite fermement ma main droite devant sa poitrine, paume en l'air, et se pencha au-dessus pour dessiner. Sans cesser de plonger la pointe dans la pâte, elle couvrit d'un trait adroit et minutieux toute ma paume d'arabesques géométriques élaborées. La pointe de bois semblait à peine effleurer ma peau, rappelant un insecte au pas léger; la pâte était fraîche. Lorsqu'elle eut recouvert toute la paume et les doigts, elle retourna ma main et traça des motifs différents sur le revers. Ma main commença à s'ankyloser à force de rester immobile, doigts écartés, et lorsqu'elle se mit à trembler, très légèrement, l'une des autres femmes me prit doucement le poignet, pour le soutenir.

Zohra acheva la main droite et prit la gauche. Elle exécuta le motif à l'envers, de sorte que le dessin de la paume d'une main correspondait au revers de l'autre.

Quand elle eut terminé, elle me montra que je ne devais pas bouger les mains pour le moment. Une femme apporta un poêlon noirci contenant des charbons ardents et Zohra me fit comprendre que je devais faire sécher la pâte au-dessus.

Elle emmena ensuite les deux petites filles et me laissa toujours assise par terre, avec d'autres femmes, qui discutaient et brodaient. Ma jambe droite me faisait mal à force de rester dans la même position. De plus en plus de femmes arrivèrent au milieu du cercle de tentes, se relayant pour remuer le contenu du chaudron et posant d'autres plats sur les bords du foyer. Mes mains étaient chaudes au-dessus du poêlon, il y avait des odeurs de viande appétissantes, et je m'aperçus que j'avais très faim. J'espérais que Badou s'amusait bien avec les autres enfants.

Zohra finit par revenir avec un pichet d'eau tiède. Elle me fit signe de me lever, mais j'étais embarrassée parce qu'à cause de ma jambe je ne pouvais me redresser sans m'appuyer sur mes mains, et je ne voulais pas abîmer le dessin. L'une des femmes dit quelque chose à sa voisine, et toutes deux se placèrent derrière moi, me saisirent sous les aisselles et me mirent debout sans cérémonie. Je souris et fis la grimace pour m'excuser de ma gaucherie, mais la femme me sourit franchement et m'adressa quelques mots sur un ton amical.

La pâte avait viré au noir, et, à mesure que Zohra la mouillait et la décollait en douceur, les motifs, brun rouge sombre et délicats, émergèrent. Je tendis les mains devant moi et les retournai pour les admirer.

— *C'est magnifique**, Zohra, assurai-je, et elle sourit fièrement avant de me faire signe à nouveau de la suivre.

— *Manger, manger**, me dit-elle.

Le village tout entier et ses invités s'étaient maintenant rassemblés autour du feu. Badou apparut avec la fillette et vint s'asseoir près de moi. Zohra et ses deux filles prirent place de l'autre côté. Je ne voyais pas Aszulay. Sans doute se trouvait-il avec sa femme.

L'une des vieilles femmes remua vivement le contenu du chaudron puis, à l'aide d'une écumoire géante, en sortit une tête de chèvre. Je pensai aux têtes que j'avais vues, sur le marché de la place Jemâa el-Fna et me dis que je ne pourrais pas en manger.

Des petites filles firent circuler des bols d'eau chaude parmi nous, et nous nous lavâmes les mains, les essuyant à des serviettes fixées à leur ceinture.

Je regardai les femmes repêcher les têtes dans le chaudron et les déposer sur de grands plateaux de cuivre avant de les dépouiller de leur chair. Au moins les yeux avaient-ils été retirés. À mesure que les femmes détachaient les lambeaux fumants de chair brun clair, elles les assaisonnaient avec ce qui ressemblait à un mélange de sel et de paprika croquant avant de les mettre dans des plats en terre cuite. Elles firent ensuite passer les plats de viande accompagnée de lentilles et de riz. Je pris l'assiette qu'on me tendait. Les enfants mangeaient apparemment dans l'assiette de leur mère. Je pris donc un morceau de viande, soufflai dessus comme le faisaient les femmes et le mis dans la bouche de Badou. Il mâcha docilement puis ouvrit la bouche pour en réclamer davantage, à la façon d'un oisillon affamé. Je calai l'assiette sur mes genoux et lui fis signe de se servir. Puis je pris une profonde inspiration et me forçai à goûter un petit fragment de viande. C'était salé et un peu filandreux, mais, curieusement, tout à fait acceptable ; je ne pouvais relier le goût à rien de particulier, mais le trouvai franchement intéressant. Badou et moi vidâmes notre assiette, et terminâmes le repas, comme partout au Maroc, par du thé à la menthe très sucré. Le soleil disparut soudain derrière les montagnes et, alors que le ciel s'assombrissait et que l'air fraîchissait, les flammes s'élevèrent en devenant plus vives.

Je n'avais pas vu revenir Aszulay, mais, pendant que les femmes ramassaient les assiettes vides, je le vis s'asseoir avec des hommes. Comme quelques-uns, il tenait un long instrument qui évoquait une flûte à bec, ou un pipeau.

J'étais contente qu'il soit revenu.

Je regardai les femmes autour de moi. Leurs pensées étaient tournées vers le rythme des saisons et la façon dont ces saisons allaient affecter leur vie – s'il y aurait de la sécheresse, ou trop de pluie, si leurs bêtes resteraient en bonne santé. Elles craignaient toujours de ne pas pouvoir nourrir leurs enfants, d'avoir à les entendre pleurer de faim, ou de les voir mourir de maladies infantiles.

Je me plus à penser que j'aurais pu être comme elles, forte et compétente.

Je songeai au chemin que j'avais parcouru et aux décisions que j'avais prises.

Badou se leva et courut rejoindre Aszulay pour s'asseoir près de lui. Un homme se mit à frapper un rythme lent et régulier sur un tambour en poterie en forme de sablier, recouvert d'une peau de chèvre tendue et huilée, qu'il maintenait entre ses jambes. D'autres frappèrent dans leurs mains des séries de syncopes diverses. Puis Aszulay et les musiciens portèrent leur flûte à leurs lèvres et commencèrent à jouer une complainte mélodieuse.

Je frappai dans mes mains à l'unisson, admirant au passage la dentelle rosée de mes gants permanents. Je frappai et frappai encore, remuant les épaules en rythme, regrettant de ne pas comprendre les paroles que tout le village reprenait en chœur. Les voix, certaines harmonieuses et assurées, d'autres un peu fausses et hésitantes, s'élevaient vers le ciel pour se mêler aux étoiles. Le feu projetait des étincelles dans l'obscurité.

Aszulay mit l'embouchure de sa flûte contre les lèvres de Badou et l'encouragea à essayer. Badou gonfla les joues, et Aszulay lui posa les doigts sur deux des trous de la flûte.

La musique s'arrêta, et les femmes resservirent du thé. Les conversations filaient bon train tout autour de moi. Badou laissa Aszulay pour revenir près de moi, appuyant sa tête contre mon bras. Alors, lentement, un tambour se remit à battre, puis un autre. Un homme réchauffa son instrument au-dessus du feu puis le testa, et je m'aperçus que la chaleur avait modifié la tonalité de la peau de chèvre. D'autres reprirent leur flûte, mais au lieu des chants graves interprétés précédemment, ils entamèrent un air joyeux. Certains musiciens se levèrent, dont Aszulay, le front et le bas de son visage dissimulés par les plis de son chèche bleu foncé.

Ils dansèrent au son de la musique, tournoyant les uns avec les autres et leur tunique voltigeant autour d'eux tels des derviches tourneurs. Les femmes et les enfants regardaient en frappant dans leurs mains et en produisant des sons étranges avec leur bouche : une sorte de vrombissement et de claquement de gorge, et de longs cris aigus et modulés produits avec la langue. Les hommes dansaient encore et encore : le feu montait toujours plus haut et les étoiles palpitaient juste au-dessus.

Je fermai les yeux pour laisser le son m'emporter. J'éprouvais la même chose qu'en rentrant du *hammam*, à savoir que mon corps n'était plus vraiment le mien, qu'il était vif et léger, délivré du poids encombrant de mes chaussures. J'avais envie de me lever et de tournoyer au milieu de ces Berbères. Je ressentais le rythme et la pulsation au plus profond de moi et je laissai la partie supérieure de mon corps s'agiter tout en frappant des mains et produisant moi aussi des bruits avec ma bouche.

J'ouvris les yeux. Tous étaient absorbés par le bonheur de la nuit, de la musique et de la danse. Et moi aussi.

Soudain, je me vis avec un regard extérieur, en robe marocaine, mangeant la nourriture du pays, assise devant un feu sous les étoiles d'Afrique du Nord et frappant dans mes mains décorées au henné. Je comprenais ce que c'était qu'aimer, et pleurer la perte de ceux qui avaient compté le plus. Ressentir la joie et la souffrance aussi.

Je comprenais la vie, qu'elle se déroulât à Albany ou en Afrique.

Je refermai les paupières, levai mon visage vers le ciel et me laissai submerger par la joie.

Lorsque je rouvris les yeux, une femme que je n'avais pas vue auparavant était assise près d'Aszulay. Ils étaient plongés en grande conversation. Il lui parlait en la regardant, et quand elle lui répondit, il rejeta la tête en arrière et éclata de rire comme jamais je ne l'avais vu rire, joyeux et plein de vie.

La femme était jeune et séduisante, à la façon hardie des nomades, les cheveux tressés assez lâches, des colliers d'argent contre la peau sombre de son cou et ses poignets minces couverts de bracelets. Elle rit avec Aszulay, lui prit sa flûte et fit mine d'en jouer. Je les regardai par-dessus les flammes, la chaleur projetant des ombres tremblotantes sur leur visage.

C'était donc elle : la femme d'Aszulay.

Je me sentis brusquement accablée, abattue et troublée par ma propre réaction. Je ne pouvais supporter de les voir ensemble, mais je n'arrivais pas à en détourner les yeux.

La sensation de plénitude éprouvée juste avant s'évanouit et cette belle soirée se trouva gâchée.

J'aurais voulu être assise auprès d'Aszulay et le faire rire autant que sa femme. Je ne lui avais jamais rien dit de spirituel ou d'intelligent. Tout ce que j'avais fait, c'était le forcer à être sérieux et à m'aider. À veiller sur moi comme il veillait sur Badou.

Chapitre trente-quatre

Badou, comme la plupart des jeunes enfants, s'était assoupi à côté de moi, roulé en boule sur la terre fraîche. Zohra prit sa fille endormie dans ses bras et me fit signe de la suivre. Je me mis debout et soulevai Badou ; il était inerte et étonnamment lourd. Je suivis lentement Zohra ; il m'était difficile de marcher sur le sol inégal avec l'enfant dans les bras. Le ciel était illuminé d'étoiles tandis que la lune en était à son premier croissant.

Alors que nous nous dirigions vers une tente, Zohra s'immobilisa et me montra une petite constellation qui faisait penser à un cerf-volant doté d'une queue. Elle dit quelque chose en tamazight, et je secouai la tête. Elle ferma les yeux, pour se concentrer, puis les rouvrit et dit :

— La croix.

— La croix ?

Elle hocha la tête et je me rappelai la prédiction de Mohammed et de son singe, Hasi. Mohammed m'avait débité des clichés sur le fait de trouver quelque chose sous la Croix du Sud, et sûrement, m'étais-je dit sur le moment, débitait-il la même histoire à toutes les étrangères assez stupides pour lui donner un sou ou deux. Et pourtant, sous ce ciel palpitant, il devenait soudain important de se souvenir des mots exacts qu'il avait employés. *Sous la Croix du Sud, tu comprendras que ce que tu cherches peut se présenter sous une forme différente. Tu ne le reconnaîtras peut-être pas*... et puis il avait dit quelque chose à propos des *djinns*.

Badou remua contre moi et, sans quitter la Croix du Sud des yeux, je le serrai plus fort. Son petit corps était si chaud, même dans l'air frais du soir, et il sentait la terre. Je pensai à Aszulay mangeant une pincée de terre rouge.

Je baissai les yeux sur Badou.

Ses pieds nus étaient recouverts de boue séchée de la rivière – où étaient passées ses babouches ? – et son visage était détendu. Il tourna la tête pour enfouir le nez dans mon épaule.

Zohra écarta le pan d'une tente. Là, un certain nombre d'enfants dormaient sur des piles de tapis et de peaux de chèvre ; certains toussèrent ; il faisait chaud sous la tente avec tous ces corps assoupis. Une vieille dame veillait dans un coin, enveloppée dans son châle brodé. Zohra déposa sa fille et me fit signe de coucher Badou à côté d'elle. Puis elle remonta un petit tapis sur eux deux. Badou murmura dans son sommeil. Je me penchai vers lui et il parla encore, dans un mélange d'arabe et de français. Tout ce que je pus comprendre fut *le chien**. Puis il se tut, et sa respiration devint lente et régulière.

Je retournai près du feu avec Zohra. Il faisait froid maintenant, et je frissonnai, croisant les bras sur ma poitrine. Je revis Aszulay, qui parlait à présent avec un homme. La femme ne se trouvait plus près de lui et, même si je savais qu'il la rejoindrait plus tard, le fait qu'il ne se soit pas empressé de se retrouver seul avec elle me rasséréna.

Qu'est-ce qui n'allait pas avec moi ?

Il avait retiré son chèche et, à la lueur des flammes, je vis que son front et les côtés de son visage paraissaient plus foncés, là où la sueur de la danse avait fait déteindre son turban. J'aurais soudain voulu respirer l'odeur de son visage. Il devait sentir la fumée de bois, et l'indigo.

Je compris alors qu'Aszulay serait toujours un mélange de ce qu'il avait été et de ce qu'il était devenu. Qu'il parle son superbe français élaboré, ou l'arabe ou une variante compliquée du tamazight, qu'il soit vêtu de blanc, maniant la pelle dans le jardin de monsieur Majorelle, ou de bleu pour conduire une camionnette sur la *piste**, il était toujours les deux faces d'une même pièce. Bien distinctes l'une de l'autre et cependant impossibles à séparer.

L'instant d'après, Zohra se releva et me fit signe. Je pris mon sac et la suivis. Elle s'était munie d'une petite torche enflammée mais, même avec la lune et la débauche d'étoiles, j'avais du mal à voir. Elle s'arrêta, se retourna vers moi et me tendit la main. Je la pris avec reconnaissance et nous contournâmes le feu. Au moment où nous passâmes devant les hommes, Aszulay leva les yeux vers moi.

Je lui rendis son regard, et quelque chose dans son expression me poussa à ouvrir la bouche, comme si je manquais d'air. Ce n'était pas un regard furtif, et ce n'était pas dû à la lumière vacillante du moment où il riait avec sa femme. C'était complètement différent, à la fois profond et envoûtant, et je me sentis étourdie, comme si la fièvre était soudain revenue. Je trébuchai sur une racine, et Zohra s'arrêta pour m'aider à me redresser. Je la suivis et le trouble s'était dissipé, mais je n'osai risquer de me retourner à nouveau vers Aszulay.

* * *

Aussitôt après, une forme jaillit devant moi. Zohra baissa la tête et je fis de même. Nous nous retrouvâmes à l'intérieur d'une des tentes, où la lueur vacillante de la torche éclaira des formes entassées les unes contre les autres sous des couvertures grossières. Certaines formes étaient parfaitement immobiles, visiblement plongées dans un profond sommeil. Des chuchotements et des rires étouffés provenaient de l'autre bout du dortoir ; il s'agissait sans doute de la tente réservée aux filles non mariées. Je serrais mon sac, que j'avais soigneusement préparé à Marrakech, mais il faisait de toute façon trop froid pour me déshabiller et mettre ma chemise de nuit légère. Je retirai donc simplement mes chaussures et me glissai en caftan sous la couverture. Les jeunes filles s'étaient calmées et leur respiration devenait profonde et régulière. La jeune femme couchée près de moi se rapprocha, son dos contre ma poitrine. J'avais pu constater partout au Maroc cette recherche inconsciente de la proximité. Les hommes se bousculaient sans cesse sur la place et dans les souks ; Mena, Naouar et la vieille servante s'asseyaient toujours les unes contre les autres sur la terrasse, leurs épaules et leurs hanches se touchant pendant qu'elles travaillaient. Je me remémorai la façon dont les femmes se lavaient et se massaient mutuellement au *hammam*. Cette proximité et cette chaleur humaine renforçaient peut-être un sentiment d'appartenance. Même le petit Badou cherchait toujours le contact et ne cessait de monter sur les genoux de sa mère, sur ceux d'Aszulay ou sur les miens.

Les Européens et les Américains se comportaient exactement à l'inverse de cela. Nous maintenions toujours un espace poli entre nous et les autres. Nous nous excusions en cas de frôlement involontaire.

Couchée dans l'obscurité totale, je percevais le murmure des hommes restés près du feu et le bêlement lointain d'une chèvre. La fille se nicha plus étroitement contre moi. Elle sentait la friture, la transpiration et quelque chose d'autre, une épice que je n'identifiais pas.

Je voulais me calmer, mais me sentais trop éveillée, les images de cette nuit sous les étoiles se bousculant dans ma tête. La façon dont Aszulay m'avait regardée. Je l'imaginai à présent en train de regagner l'une des maisons de pisé et se couchant près de sa femme sous un tapis ou une peau de chèvre. Je la vis se tourner vers lui et se glisser entre ses bras et je m'empressai de poser mes bras sur mes yeux pour chasser ces images.

Mais alors, tout aussi spontanées, me vinrent des visions d'Étienne, allongé contre moi dans mon lit de Juniper Road. Je n'avais connu qu'un seul homme dans ma vie, et pendant si peu de temps. Au souvenir de ce corps masculin contre le mien, je me mis à avoir beaucoup trop chaud tout en étant submergée par un sentiment de solitude et de manque.

Je me tournai de l'autre côté, mon dos contre la fille, et essayai de trouver une position confortable sur le lit dur, espérant m'endormir pour échapper aux désirs inattendus de mon corps.

Étienne. Qu'éprouvais-je pour lui à présent, sachant ce que je savais ? Quelle aurait été ma vie s'il était resté avec moi à Albany et m'avait épousée ? Quelle aurait été ma vie si je n'avais pas perdu mon bébé et étais un jour devenue mère ? Quelle aurait été ma vie si je n'étais pas venue au Maroc ?

Mais alors... désirais-je toujours devenir la femme d'Étienne ? Lorsqu'il sera rentré à Marrakech et que je l'aurai convaincu que sa maladie ne m'empêcherait pas de l'aimer, il accepterait certainement de m'épouser.

J'essayai de me rappeler les sensations que j'éprouvais en faisant l'amour avec Étienne.

Mais mes pensées dérivèrent vers Aszulay et sa femme.

Vers les sensations que je pourrais éprouver avec Aszulay. Sa bouche délicate. Ses mains.

Je n'arrivais pas à dormir. Je me levai, pris une grosse couverture que je mis sur mes épaules et sortis dans la nuit.

Le feu s'était consumé, même s'il restait des braises. Sans les hautes flammes et l'éclat des torches, il était plus facile de se repérer dans la nuit étoilée.

Comme j'étais pieds nus et craignais de toute façon de me perdre, je ne m'éloignai en boitillant qu'à quelques mètres de la tente. L'air me rafraîchit et je respirai à pleins poumons. Puis je m'aperçus qu'il restait une silhouette assise, me tournant le dos, devant le feu.

Était-ce simplement que je voulais que ce soit Aszulay ou était-ce vraiment lui ? Il se tenait là où j'avais vu Aszulay en partant, mais cela ne voulait rien dire. Imaginais-je seulement reconnaître le maintien de ses épaules, la longueur de ses cheveux ? Pendant que je l'observais, l'homme s'enroula dans une couverture et s'allongea près des braises rougeoyantes.

Je retournai sous la tente, quelque peu réconfortée. C'était mal de ma part, mais j'étais soulagée de penser qu'Aszulay n'avait peut-être pas voulu passer la nuit auprès de sa femme

J'étais contente.

* * *

Je me réveillai pendant la nuit, raide et glacée. J'entendis renifler – un dromadaire, une chèvre, un chien ? – contre la paroi extérieure de la tente. Peut-être était-ce ce bruit qui m'avait réveillée. Je grelottais et m'efforçais de me retenir de claquer des dents. De plus, le froid et tout le thé que j'avais bu me portaient sur la vessie. Mais je n'imaginais même pas sortir du lit et quitter la tente pour aller m'accroupir derrière, dans la poussière. Je me rapprochai de ma voisine pour me réchauffer, mais sa respiration déjà irrégulière s'interrompit. La jeune fille se redressa et toussa. Puis, si brusquement que je n'eus même pas le temps de me poser de questions, il y eut un souffle d'air, une odeur animale, et je sentis un poids s'abattre sur moi. Je fus immédiatement réchauffée. Ma voisine remua encore un peu puis se blottit contre moi et reprit dans l'instant sa respiration plus profonde.

Reposée et détendue, je fus réveillée par le claquement du tapis accroché à l'entrée de la tente qu'on écartait pour laisser entrer la lumière matinale. Il y avait une grosse peau de chèvre sur ma couverture, et, bien que ma voisine fût déjà partie, je lui fus reconnaissante de son attention quand elle m'avait sentie frissonner dans la nuit.

* * *

Devant la tente, les femmes s'étaient rassemblées autour d'une grande bouilloire en cuivre et d'une bassine en fer-blanc, et chacune versait à tour de rôle un peu d'eau fraîche de la bouilloire dans la bassine pour s'asperger la figure. Je fis la même chose, puis l'une des femmes me présenta un miroir minuscule. Je la remerciai d'un sourire puis fis la grimace en secouant la tête devant mon reflet échevelé. Rabia surgit derrière moi, s'agenouilla et me démêla les cheveux avant de les tresser avec des doigts vifs comme des hirondelles. Elle me fit une longue natte qu'elle attacha avec une cordelette. En ramenant la tresse par-dessus mon épaule, je m'aperçus qu'il s'agissait de poils de chèvre torsadés.

Puis elle vint se placer devant moi, s'agenouilla à nouveau et brandit un long bâtonnet mince en montrant ses yeux, puis les miens. Du khôl. Elle voulait me poser du khôl. Je n'avais jamais mis le moindre maquillage, mais j'acceptai.

Elle prit mon menton dans sa main gauche et, avec la droite, passa le bâtonnet entre mes deux rangées de cils, sur le bord des paupières. Puis elle sourit et hocha la tête.

Je la suivis ensuite jusqu'à la maison où elle vivait avec son époux, ses enfants, sa mère, sa sœur, ainsi que l'époux et les enfants de celle-ci. Je pénétrai dans une pièce sans fenêtre éclairée uniquement par la porte ouverte et ne vis au départ pas grand-chose. Je sentis une odeur de viande et entendis le grésillement d'une poêle sur le feu.

Je finis par discerner une profusion de tapis ornés de beaux motifs berbères qui recouvraient le sol et les murs ; il y en avait d'autres empilés dans un coin, sans doute pour le couchage. Je reconnus sur l'un des tissages le motif dessiné sur mes mains. Au centre de la pièce il y avait un feu cerné par des pierres et un tuyau de cheminée montait jusqu'à une ouverture dans le toit. Les hommes devaient être partis. Il ne restait que la mère d'Aszulay et Zohra, ainsi que des enfants d'âges variés. La mère d'Aszulay se tenait accroupie devant tout un assortiment de casseroles, et remuait l'une d'entre elles.

Badou courut vers moi. Je ne l'avais pas repéré tout de suite au milieu de cette foule d'enfants remuant dans ce si petit espace. Il avait les cheveux dressés sur la tête et ce qui ressemblait à du miel plein la bouche. Il avait remis ses babouches rouges.

— *Bonjour**, Badou. Tu as bien dormi ? lui demandai-je.

Au lieu de me répondre, il me tendit sa main ouverte.

Dans sa paume sale se trouvait sa dent de lait.

— Badou ? fis-je en haussant les sourcils, et il me répondit par un sourire en me montrant le petit trou entre ses dents.

— Tu me la gardes pour la montrer à Falida, dit-il en me la remettant, et je la glissai au fond de mon sac.

L'une des filles le prit par la main, et il sortit avec elle. Badou semblait un enfant différent aujourd'hui. Je le regardai s'éloigner, puis me tournai vers Zohra.

— Bonjour, dis-je, et elle rit avec ravissement en disant bonjour à son tour et me faisant signe de m'asseoir.

Je m'installai sur l'un des superbes tapis et elle me donna une assiette en terre cuite. Je mangeai une sorte de saucisse épicée et ce qui semblait une crêpe un peu granuleuse. C'était délicieux.

Au moment où je finissais, Aszulay prononça mon nom. Je me retournai et le vis dans l'encadrement de la porte. J'étais incapable de parler. Je ne pouvais pas lui laisser voir sur mon visage les pensées qui m'étaient venues pendant la nuit. Les images de lui et de moi, les choses que nous faisions...

Il n'esquissa pas un sourire, et je compris qu'il examinait mes yeux cernés de khôl.

— Je vais jeter un coup d'œil sur les récoltes, annonça-t-il. J'emmène Badou. Nous partirons après.

Je ne pus que hocher la tête.

* * *

Je passai les heures qui suivirent avec Zohra et ses filles. Les petites se montrèrent timides au début, mais finirent par me parler sur un ton interrogateur. Je ne cessais de me tourner vers leur mère, mais celle-ci semblait incapable de me traduire quoi que ce soit. Nous descendîmes à la rivière, Zohra portant un panier de linge sur la tête, et je les regardai, elle et les petites, frapper le linge contre les rochers pour le laver. Je proposai mon aide, mais Zohra déclina d'un signe de tête. Elle bavardait avec les autres femmes, et je me contentai de rester assise sur un rocher, à observer autour de moi les collines en terrasses.

La lumière était limpide, avec parfois ces ondoiements de mirages à la surface verte des champs. Çà et là, des hommes se déplaçaient. Ils étaient trop loin pour que je puisse les reconnaître, mais je savais que l'un d'eux était Aszulay. La scène avait quelque chose de magique, et je comprenais que les gens de ces villages puissent vivre une réalité radicalement différente de celle que j'avais toujours connue.

Nous retournâmes chez Zohra, laissant le linge sécher à plat sur les rochers. La mère d'Aszulay était assise au soleil, adossée au mur et occupée à trier des olives dans un panier. Quand elle nous vit arriver, elle se leva, rentra dans la maison et en ressortit avec un châle magnifique dont les bords étaient brodés de délicates guirlandes de feuilles entrelacées et de fleurs multicolores. Elle me le tendit.

Je le contemplai et passai la main sur les motifs.

— C'est très beau, commentai-je, sachant qu'elle ne comprendrait pas les mots mais espérant me faire entendre par les gestes et le sourire.

Elle poussa le châle vers moi.

— *Pour vous**, intervint Zohra. Cadeau.

Il eût été insultant de refuser. Je l'acceptai donc des mains de la vieille dame, pressant l'étoffe contre moi en lui souriant. Puis je m'enveloppai la tête et les épaules et elle hocha la tête, satisfaite.

Aszulay surgit de l'intérieur de la maison. Il s'immobilisa pour m'examiner, puis hocha la tête de la même façon que sa mère, avec l'ombre d'un sourire flottant sur ses lèvres, et ce soupçon de satisfaction me procura une étrange sensation. Je me dis aussitôt que je ne devais pas penser à sa bouche.

Il était marié, même s'il ne m'avait pas présentée à son épouse, la jeune femme aux poignets minces qui s'était tenue près de lui devant le feu. Et pas plus tard que la veille, j'avais imaginé leurs corps brûlants sous les couvertures et les peaux de bête, Aszulay lui murmurant des mots à l'oreille alors qu'ils bougeaient en rythme.

J'avais imaginé qu'il me serrait dans ses bras quand c'était terminé. Non, qu'il la serrait, me corrigeai-je. Qu'il serrait sa femme dans ses bras, pas moi.

Ce n'était évidemment pas lui qui avait dormi près du feu.

Je me détournai de son sourire.

* * *

— Aszulay ?

Il y avait plus d'une heure que nous avions quitté le village et qu'il conduisait en silence. Quelque chose avait changé entre nous depuis notre arrivée au village. La façon dont Aszulay m'avait regardée devant le feu et dont il avait fixé mes yeux soulignés de khôl alors que j'essayais le châle que sa mère venait de m'offrir... je savais avec certitude que je n'étais pas la seule à sentir ce changement. Les propos légers que nous avions échangés en venant n'étaient plus de mise. Je voulais dire quelque chose, mais ne savais pas quoi. Je voulais qu'il me dise quelque chose.

Badou était monté à l'arrière de la camionnette et était séparé de nous par un rideau de toile ouvert. J'avais apporté des livres d'images en français avec moi, et les lui avais donnés. Il feuilletait lentement les pages de l'un d'eux.

Aszulay se tourna vers moi en m'entendant dire son nom.

Je ne pouvais éviter de parler d'elle plus longtemps.

— Votre femme. Je l'ai vue avec vous, à côté du feu. Elle est très jolie.

Quelque chose traversa fugitivement ses traits, leur conférant soudain une expression curieuse, pour moi indéchiffrable. Puis sa mâchoire se serra et je craignis soudain d'avoir, sans le savoir, commis un impair avec ma petite phrase.

— Pardonnez-moi, Aszulay. Est-ce... ai-je dit quelque chose qu'il ne fallait pas ?

Il quitta la *piste** des yeux pour me regarder.

— Cette femme... c'était juste une femme du village. Je la connais depuis des années.

Je vis sa pomme d'Adam se soulever lorsqu'il déglutit.

— Je n'ai pas d'épouse, ajouta-t-il.

J'en restai bouche bée.

— Mais Manon... Manon m'a dit que vous étiez marié. Elle me l'a dit... la dernière fois que nous nous sommes vues.

Il resta à nouveau muet pendant un très long moment. Puis il déclara :

— Manon a joué sur les mots.

C'était une curieuse explication, et je ne la compris pas.

— Oh, fis-je.

Il ne semblait y avoir rien à ajouter, et nous poursuivîmes notre route en silence. Ce que j'avais ressenti la nuit précédente n'était rien d'autre que de la jalousie. Je n'en étais pas fière, mais ne pouvais le nier. Alors, logiquement, maintenant qu'il m'avait assuré n'être ni marié ni particulièrement lié à la femme que j'avais vue, n'aurais-je pas dû éprouver une sorte de satisfaction ? Pourtant, ce fut tout le contraire. La réaction d'Aszulay me rendait perplexe.

Son expression, sa voix, la raideur avec laquelle il tenait à présent le volant, tout m'indiquait qu'il y avait autre chose. Je l'avais pour le moins contrarié.

Il se rangea sur le bord de la *piste** et coupa le moteur. Puis il descendit du fourgon et détacha l'un des gros bidons d'essence métalliques fixés au toit. À l'aide d'un entonnoir, il remplit le réservoir de carburant. Lorsqu'il reprit sa place derrière le volant, il émanait de lui des vapeurs d'essence.

— Nous n'aurions pas dû partir aussi tard. La nuit tombe vite aujourd'hui. C'est la poussière, commenta-t-il.

Je hochai la tête.

— J'avais des enfants, dit-il alors. Deux.

Le mot *avais** rendit brusquement l'air de la camionnette irrespirable. C'était comme si l'oxygène venait à manquer. Je fixai les yeux sur le bord de la couverture qui recouvrait la banquette, saisissant entre mes doigts un fil qui dépassait.

— Ce sont les fièvres. Elles ont tué mes deux enfants et ma femme, Iliana, dit-il avec simplicité. Ces fièvres ont emporté beaucoup de monde. Le premier fils de Rabia est mort, lui aussi.

Sa disparition près de la source où nous nous étions arrêtés juste avant d'arriver dans la vallée de l'Ourika et le cimetière que nous avions dépassé me revinrent.

— Votre femme et vos enfants. Ils sont enterrés dans le cimetière près duquel nous avons fait halte hier ?

Il hocha la tête puis mit le bout de son chèche sur le bas de son visage, et fit redémarrer le fourgon.

Je songeai à Manon et à son sourire sournois lorsqu'elle m'avait parlé de la femme d'Aszulay. Je coulai un regard vers lui, mais il n'ajouta rien de plus.

* * *

En moins d'une demi-heure, le ciel avait viré à un étrange jaune pâle. Il n'y avait plus de soleil et un vent se leva, soufflant si violemment qu'Aszulay devait se cramponner au volant pour garder la camionnette sur la *piste**. Il n'y eut bientôt plus de démarcation entre la terre et le ciel ; il n'y avait plus qu'un mur de poussière solide. Mais Aszulay semblait encore savoir où il allait. Je l'imaginai dans les tempêtes de sable du désert et songeai que son sens de l'orientation devait faire partie de ses instincts nomades. Peut-être cela procédait-il de son caractère génétique, porté par des générations depuis des siècles.

Je repensai à ce qu'Étienne tenait de son père.

Nous avions remonté les vitres dès que le vent s'était levé, mais il hurlait tout de même par les moindres fissures, faisant entrer du sable poussiéreux. Aszulay finit par donner un brusque coup de volant sur le côté et arrêta le véhicule.

Badou s'agenouilla derrière nous et regarda le pare-brise. Le vent fouettait le fourgon avec une telle fureur qu'il le faisait osciller.

On ne voyait plus rien.

— Je n'aime pas ça, Oncle Aszulay, commenta Badou, les coins de sa bouche s'abaissant et son souffle se faisant plus haché. Est-ce que c'est les *djinns ?* demanda-t-il, les yeux remplis de larmes. Est-ce qu'ils vont nous manger ?

C'était la première fois que je le voyais pleurer. Je tendis la main pour sécher ses larmes sur ses joues.

— Bien sûr que non, Badou. Ce n'est que le vent. Rien que le vent, répéta Aszulay. Il ne peut pas nous faire de mal. Il suffit d'attendre jusqu'à ce qu'il s'arrête, pour qu'on puisse voir à nouveau la *piste**.

— Mais...

Badou se pencha et murmura quelques mots à l'oreille d'Aszulay.

— Il doit sortir, dit Aszulay, la main sur la poignée.

— Je l'emmène, proposai-je, parce que je me trouvais dans la même situation.

— Non, le vent est trop fort. Je...

— S'il vous plaît, Aszulay, laissez-moi l'accompagner.

Aszulay comprit et acquiesça pendant que Badou passait à l'avant et montait sur mes genoux.

— Gardez toujours une main sur le fourgon, recommanda Aszulay tandis que nous poussions la portière et sortions dans la tempête.

Badou se tourna aussitôt vers la camionnette et remonta sa djellaba.

— Je vais juste derrière la camionnette, Badou, criai-je près de son oreille.

Puis, une main sur le fourgon, comme l'avait recommandé Aszulay, je me rendis à l'arrière où je me débattis avec mon caftan qui volait en tous sens.

Il ne me fallut qu'un instant, mais quand je revins près de la portière passager, Badou n'y était plus. J'ouvris la portière et montai en repoussant mes cheveux et me frottant les yeux.

— Où est-il ? demanda Aszulay, et je me tournai vers lui en clignant des paupières.

— Que voulez-vous dire ?

Je me mis à genoux et écartai le rideau de toile, mais Aszulay avait déjà ouvert sa portière.

— Je ne l'ai laissé qu'une seconde... j'ai cru qu'il était remonté...

— Restez là ! cria Aszulay pour couvrir le vent.

— Non, je viens...

— J'ai dit : restez là, répéta-t-il en claquant la portière.

Je restai figée, les yeux fixés sur le pare-brise. Badou ne pouvait être que juste devant la camionnette. Ou peut-être que je ne l'avais pas vu en revenant à tâtons de l'arrière. Il avait dû s'accroupir près du pneu. Aszulay allait le ramener.

Mais ils ne revenaient ni l'un ni l'autre. Mon cœur se mit à battre plus fort. Comment avais-je pu le laisser, ne fût-ce qu'un instant ? Moi qui avais tellement critiqué la négligence de Manon à l'égard de son fils, qu'avais-je fait ? Je plaquai mes mains sur ma bouche.

Puis je fermai les yeux, les doigts écartés sur ma figure et me balançant d'avant en arrière en répétant :

— Pourvu qu'il le trouve, pourvu qu'il le trouve, pourvu qu'il le trouve, pourvu qu'il le trouve.

Mais ils ne revenaient toujours pas.

Il faisait de plus en plus sombre. Je pleurai, je priai, je me frappai la tête contre la vitre. Quelle imbécile, quelle idiote j'étais ! Badou pouvait-il survivre ne serait-ce qu'un moment dans cette poussière ou allait-il s'étouffer ? Et Aszulay ? Il errait et appelait Badou, le vent lui arrachant le nom de la bouche. Il venait juste de me dire qu'il avait perdu deux enfants. Et maintenant...

Je ne pouvais le supporter plus longtemps ; je mis ma main sur la portière. J'allais sortir chercher Badou. J'étais responsable de sa disparition et j'allais le retrouver. Mais au moment de saisir la poignée, la pensée d'Aszulay me criant de rester dans le fourgon m'assaillit et je sus qu'il avait raison. Ce serait encore plus stupide de quitter la camionnette et d'errer seule dans le sable.

J'approchai ma montre de mon visage dans la pénombre, essayant de réfléchir à l'heure qu'il était quand nous avions quitté le village, au temps que nous avions passé à rouler et la durée de mon attente ici. L'heure ne signifiait rien. Tout ce que je savais, c'est que cela faisait trop longtemps, trop longtemps.

Aszulay n'avait pas retrouvé Badou.

Chapitre trente-cinq

J'avais cessé d'espérer. J'étais simplement là, dans cette camionnette qui se balançait légèrement, les yeux rivés sur le néant derrière le pare-brise.

Je ne voulais pas regarder ma montre, mais finis par ne plus pouvoir résister. Près d'une heure s'était écoulée.

J'enfouis à nouveau le visage dans mes mains. Je sanglotai encore.

Puis la portière du conducteur s'ouvrit brusquement, et Aszulay poussa Badou à l'intérieur, monta à son tour et claqua la portière.

J'attrapai Badou et le débarrassai du turban dont Aszulay lui avait enveloppé la tête et le torse. Je découvris son petit visage qui regardait le mien. Le sable s'était collé en longues traînées sur ses joues.

— Sidonie, j'étais perdu. Je n'ai pas gardé ma main sur le fourgon.

— Je sais, Badou, dis-je en pleurant et en le serrant contre moi.

— J'ai essayé de le retrouver, dit-il.

— Je sais. Mais tout va bien, maintenant. Tu es sauvé, assurai-je, tu es revenu.

Puis je levai la tête vers Aszulay, craignant ce que j'allais voir, sachant ce qu'il devait penser de moi et dans quelle colère il devait être.

Mais le visage d'Aszulay n'exprimait que l'épuisement. Il avait les yeux fermés et appuyait la tête en arrière. Ses cheveux, ses sourcils et ses cils étaient tellement recouverts de sable qu'ils n'étaient plus noirs mais d'un étrange rouge poussiéreux. Ses narines aussi étaient remplies de sable.

— Est-ce que... est-ce que ça va, Aszulay? bredouillai-je entre mes larmes.

— Donnez-lui de l'eau, dit-il, et je déposai Badou à côté de moi pour attraper l'outre derrière le siège. Je la débouchai et la portai à la bouche de l'enfant. Il but à longs traits et en fit couler sur son menton et dans son cou. Lorsqu'il eut fini, je tendis l'outre à Aszulay, mais il gardait les yeux fermés. Je me rapprochai et la soulevai. Quand l'embouchure toucha ses lèvres, il but, mais toujours sans ouvrir les yeux.

Quand il écarta l'outre de la main, je mouillai l'extrémité de son chèche et lui essuyai les yeux, essayant d'enlever le plus de sable possible. Il me prit alors le tissu mouillé et se frotta le visage jusqu'à ce qu'il puisse enfin ouvrir les paupières.

— Je vous demande pardon, murmurai-je.

Il ne répondit pas tout de suite.

— Je l'ai retrouvé pas très loin, dit-il enfin. Mais je ne pouvais prendre le risque de passer à côté de la camionnette et de partir dans la mauvaise direction. Nous nous sommes abrités derrière un remblai de terre apporté par le vent. J'ai attendu, et le vent a fini par changer de direction, juste assez pour que je voie le fourgon. J'ai fait de toi un petit Homme Bleu, hein ? ajouta-t-il en baissant les yeux vers Badou.

L'enfant acquiesça et quitta mon giron pour aller s'appuyer contre le Touareg. Aszulay passa un bras autour de lui.

Le temps passa. À un moment, Aszulay se mit à fredonner, maintenant d'un bras Badou contre lui. C'était une mélodie douce et triste qui rappelait l'air qu'il avait joué à la flûte – j'avais appris qu'elle s'appelait la *rekka*.

Je l'imaginai tenant ainsi ses propres enfants et leur fredonnant des chansons apaisantes. Je me détournai alors vers les tourbillons de sable et de poussière, avec l'impression que j'assistais à quelque chose de trop intime.

Au bout d'un moment, il cessa de fredonner et je me retournai vers lui. Badou s'était endormi, la tête sur sa poitrine.

— Le vent va-t-il s'arrêter bientôt ?

— Je ne sais pas. Mais nous allons passer la nuit ici. Même si le vent tombe, il fera trop sombre pour conduire sur la *piste**. Elle doit être presque entièrement recouverte, maintenant.

Je hochai la tête. Il faisait presque nuit dans la camionnette, à la fois à cause de la poussière et de l'obscurité qui tombait. Aszulay saisit sous le siège une bougie et une boîte d'allumettes suédoises. Il alluma la bougie et la coinça dans un petit trou sur le tableau de bord.

Nous fûmes baignés d'une lumière ténue.

— Aszulay, dis-je, je suis tellement désolée. Je ne sais pas comment...

— C'est fini, coupa-t-il. Il va bien. Il a eu peur, c'est tout.

— Moi aussi, avouai-je, les lèvres tremblantes. Je ne peux pas vous dire à quel point j'ai eu peur.

— Ce pays peut se révéler effrayant, commenta-t-il. Je le connais par cœur parce que c'est mon pays. Je ne m'attends pas à ce que ceux qui ne sont pas nés ici en sachent autant.

Il me disait qu'il comprenait et je lui en fus reconnaissante. Je pris une inspiration et tendis la main vers lui.

— Merci, lui dis-je.

Il baissa les yeux sur ma main décorée au henné, la prit dans la sienne et se tourna vers moi. Le regard que nous avions échangé la veille me revint, et je dus baisser la tête, contemplant nos mains jointes, incapable de le regarder en face. Il promena son pouce dans le creux de ma paume, effleurant la blessure cicatrisée.

Je me décidai à lever la tête. Il m'observait toujours. À la lueur vacillante de la bougie, sa pommette haute semblait un moulage de métal, j'eus envie de la toucher. Il se pencha vers moi, puis baissa les yeux sur Badou.

— Il dort, murmurai-je, ne voulant pas qu'il s'interrompe à cause de l'enfant.

Mais Aszulay se redressa et j'éprouvai une vive déception.

— Et si vous me racontiez une histoire, pour passer le temps, dit-il doucement, sa main se refermant plus étroitement sur la mienne. Une histoire d'Amérique. L'histoire d'une Américaine.

J'avais du mal à respirer. Je secouai la tête.

— Vous d'abord, répliquai-je. Vous me parlez d'abord de vous.

— Il n'y a pas grand-chose à dire, assura-t-il.

— Juste pour passer le temps, Aszulay. Vous l'avez dit. Votre histoire, et puis la mienne.

Il caressa les cheveux de Badou avec sa main libre.

— À treize ans, j'ai été acheté par monsieur Duverger, pour travailler au service de la mère de Manon, commença-t-il.

Je retins mon souffle.

— Vous étiez un esclave ?

— Non. Je ne suis pas un esclave. Je suis touareg. Vous le savez.

— Mais... vous avez dit *acheté*.

— Les enfants partent souvent de la campagne pour aller travailler en ville, dit-il avec un haussement d'épaules. Les enfants du *bled* sont durs au travail. Ils ne se plaignent pas, ne parlent pas beaucoup.

— Je ne vois pas la différence.

— Il y a eu de tout temps des esclaves venus d'autres régions d'Afrique. Avec mon père, dans les caravanes, nous transportions parfois du sel, parfois de l'or, parfois de l'ambre et des plumes d'autruche, parfois des esclaves noirs du Mali et de Mauritanie. Mais ce n'est pas la même chose avec les jeunes Marocains de la campagne. La famille reçoit une somme convenue, et les enfants deviennent des domestiques. On leur donne un très petit salaire et, plusieurs fois par an, s'ils savent où est leur famille, ils peuvent aller lui rendre visite. Ou si un parent vient en ville, ils ont le droit de se voir. Quand l'enfant domestique atteint un certain âge, il peut s'en aller s'il le désire. Certains préfèrent retourner au *bled*, ou trouver un travail en ville, mais d'autres restent au service de la même famille pendant de nombreuses années. Il arrive que la famille dans laquelle ils vivent et pour laquelle ils travaillent leur devienne plus proche que celle qu'ils ont laissée au *bled* ou au village.

La camionnette continuait d'osciller légèrement, d'avant en arrière. Mais à présent, avec la bougie et Aszulay près de moi, ma main dans la sienne et Badou endormi entre nous, c'était réconfortant.

— Je vous ai dit que mon père était mort alors que nous étions nomades, reprit-il. Mais, à douze ans, j'étais trop jeune pour prendre la tête d'une caravane à travers le désert et je ne voulais pas intégrer un autre groupe nomade. Je savais que je n'obtiendrais jamais le respect des hommes à cet âge. J'ai donc choisi de vendre nos dromadaires et j'ai dit à ma mère que j'irais travailler à Marrakech. Elle ne voulait pas. Mais je savais que, de cette façon, elle toucherait une somme d'argent et que je pourrais ensuite l'aider à subvenir à ses besoins et à ceux de mes sœurs. Et qu'elles seraient en sécurité, dans un village.

— Les enfants sont-ils vendus aux Français ou aux Marocains ?

— Les deux. Mais les Français sont moins demandeurs d'enfants nomades à cause de la langue et des différences culturelles. Ce n'était pas une mauvaise vie, Sidonie. Nous travaillions dur dans le désert et dans le *bled* aussi, et nous travaillions dur à la ville. Le travail, c'est toujours du travail. Mais à la ville, on ne manquait jamais de nourriture, alors que ce n'était pas toujours le cas avant. Quand les dromadaires mouraient ou que les chèvres ne donnaient pas de lait, il arrivait que nous n'ayons pas assez à manger.

Je me rappelai le jeune boy à l'*Hôtel de la Palmeraie*, qui avait apporté le pichet de jus d'orange dans ma chambre quand Aszulay et Badou s'y trouvaient, et la façon dont il avait regardé Aszulay. Je pensai à tous ces garçons et jeunes gens que j'avais vus travailler dans les souks ou bien tirer des charrettes à bras, porter de lourdes charges dans les rues encombrées de la médina ou encore conduire des taxis ou des *calèches* dans le quartier français. J'avais supposé que c'étaient les fils des Marocains qui dirigeaient tous ces commerces. Mais je savais maintenant que ce n'était peut-être pas le cas ; peut-être avaient-ils été, comme Aszulay autrefois, vendus pour faire ce travail.

— Je disais donc que monsieur Duverger m'avait acheté pour être homme à tout faire chez la mère de Manon. Il voulait rendre la vie de Rachida plus facile et me chargea donc de tous les travaux pénibles. Manon avait un an de moins que moi, et elle est devenue mon amie. Elle était très gentille avec moi.

— Manon ? Manon était gentille avec vous ?

Le vent diminuait.

La lueur de la bougie tremblota sur les traits d'Aszulay.

— Elle m'a appris à parler le français convenablement. Elle m'a enseigné la lecture et l'écriture. Je ne sais pas comment elle-même avait appris. Elle était la fille d'une Arabe et il n'y avait pas d'école pour elle. Mais vous connaissez son intelligence, ajouta-t-il avant de se taire.

J'avais sans doute involontairement trahi par mon expression le peu d'estime que j'avais pour elle.

— Continuez, demandai-je.

— Nous nous sommes tout de suite liés d'amitié, reprit-il. Et puis nous sommes devenus davantage que des amis.

Cela faisait donc si longtemps que ça. Ils n'étaient à l'époque presque que des enfants. Combien d'années avaient-ils été amants...

— Nous étions comme frère et sœur, poursuivit Aszulay.

Je laissai échapper une exclamation, et il me regarda.

— Comme frère et sœur ?

Il hocha la tête.

— On se serrait les coudes. Nous nous sentions très seuls tous les deux. Ma famille me manquait. Et elle... je ne sais pas ce qui lui manquait, mais elle souffrait de solitude, toujours.

— Mais... vous voulez dire...

— Quoi ?

— Tout ce temps, répondis-je en m'humectant les lèvres, j'ai cru que, enfin, j'ai supposé que Manon et vous... que vous étiez ensemble.

— Manon ? dit-il en ouvrant de grands yeux. Mais qu'est-ce qui vous a fait croire une chose pareille ?

— Que pouvais-je penser d'autre ? Quelle autre relation aurais-je pu imaginer ? Et Manon... J'ai bien vu comment elle se comportait avec vous.

— Manon ne peut pas s'en empêcher. Elle se conduit de la même façon dès qu'il y a un homme dans les parages, par pur réflexe. Mais... vous pensez vraiment que Manon est le genre de femme avec qui je pourrais être ? demanda-t-il à voix basse, les yeux toujours fixés sur moi.

Je baissai la tête vers Badou et ne répondis pas, même si j'avais envie de protester : *Non, je ne voulais pas penser que vous la désiriez, que vous aviez besoin d'elle. Je détestais me dire que vous en aviez fait votre maîtresse, que vous vous étiez laissé prendre au piège par une femme aussi mauvaise et calculatrice.* Mais je gardai simplement les yeux rivés sur Badou et essayai de maîtriser ma respiration.

— Je l'ai aidée par le passé au nom de notre histoire commune, mais maintenant... c'est pour ce petit bonhomme. Je ne reste lié à Manon qu'à cause de Badou.

Aszulay me lâcha, puis il retira les babouches de Badou et prit ses petits pieds nus entre ses mains.

— C'est comme ça que j'ai connu Étienne et Guillaume, reprit-il. Il m'arrivait d'accompagner Manon chez les Duverger. Ils ne me remarquaient même pas, car je ne comptais pas – je n'étais qu'un gosse de la campagne qui aidait la mère de Manon pour les gros travaux. Mais moi, je les observais et j'ai appris à les connaître.

J'essayai de me représenter le jeune Aszulay en domestique qui observait la vie oisive de ces petits Français fortunés. Je l'imaginai comme un grand Badou, avec des yeux attentifs et une expression grave sur le visage.

Soudain, je me sentis gênée pour Étienne, pour la façon dont il avait dû traiter – ou simplement ignorer – Aszulay. Étienne qui avait tout et Aszulay qui n'avait rien. Et pourtant, maintenant.... qui était le plus nanti ?

— Plus tard, quand nous avons grandi, continua Aszulay, Manon ne pouvait s'arrêter de parler d'Étienne et de Guillaume. Elle s'était mise à les détester. Elle leur reprochait d'avoir ce qu'elle n'avait pas. Elle voulait leur vie. Quand ils sont partis à Paris, elle a supplié monsieur Duverger de l'envoyer elle aussi dans une bonne école, pour étudier la peinture. Elle m'a raconté qu'elle l'avait supplié, mais qu'il avait refusé. Il acceptait de donner assez à sa mère pour se loger, se nourrir et de quoi m'entretenir pour l'aider dans son travail, mais il ne voulait rien payer de plus pour Manon. Il lui a dit qu'elle avait une assez bonne vie comme ça et qu'elle profitait déjà de beaucoup d'avantages. Il lui a dit aussi qu'il avait dans son cœur une place pour ses fils, et une autre pour elle. Et qu'elle devait l'accepter. Mais Manon n'a jamais voulu l'accepter. Ce n'est pas dans sa nature, de se résigner quand ça ne lui plaît pas.

Bien sûr.

— Les choses sont devenues de plus en plus difficiles pour Manon. Sa mère est morte et monsieur Duverger, déjà rongé par la maladie, commençait à avoir l'esprit embrouillé. Il ne lui donnait plus d'argent et a vendu la maison qu'il avait achetée pour Rachida. À cette époque, Manon était déjà une jeune femme, elle a dû trouver du travail. Elle s'est fait engager comme bonne dans une maison française, comme sa mère. Elle était perpétuellement en colère, elle était... je ne trouve plus le mot en français... elle ne pensait plus qu'à Étienne et à Guillaume, ne parlait plus que d'eux et de l'injustice qui lui était faite. On aurait dit que ça occupait toutes ses pensées.

— Obsédée ?

— C'est ça. Elle était obsédée. Elle disait qu'elle voulait que les fils de monsieur Duverger souffrent autant qu'elle avait souffert. Mais que pouvait-elle faire ? Ils passaient désormais la plupart du temps à Paris. Et puis, un été, Guillaume est revenu, mais c'est à ce moment-là qu'il s'est noyé dans la mer, à Essaouira. Étienne est rentré à Marrakech pour les funérailles de son frère, mais il n'est resté que quelques jours. L'année suivante, il est revenu pour enterrer sa mère ; elle est morte subitement, d'un arrêt cardiaque. Et puis l'année d'après, c'est monsieur Duverger qui est mort, et c'est la dernière fois qu'Étienne est revenu chez lui. C'était il y a plus de sept ans. Manon a assisté à l'enterrement. Elle a vu Étienne là-bas.

— Et ensuite ?

— Les années ont endurci Manon et l'ont rendue cruelle. C'est vrai qu'elle n'a jamais été très bonne, et c'est vrai qu'elle a toujours d'abord pensé à elle. Et elle a toujours été très belle et a su tirer parti de sa beauté avec les hommes.

Je hochai la tête, imaginant sans peine Manon, jeune et magnifique, parfaitement consciente du pouvoir qu'elle exerçait sur les hommes. Amère aussi. Je sentais que l'amertume qu'elle affichait était profondément ancrée en elle.

— Elle a vu Étienne à l'enterrement de son père. Et puis quoi ? insistai-je.

Aszulay n'ajouta rien pendant plusieurs secondes.

— Et puis Étienne est parti en Amérique, répondit-il.

On n'entendit plus que le souffle léger de Badou.

— *C'est tout*, conclut-il.

Je savais que ce n'était pas vrai. Je savais qu'il me dissimulait quelque chose.

— Est-ce que c'est à ce moment-là que Manon lui a appris qu'elle était sa demi-sœur ? Elle n'avait aucune raison de ne pas le faire, sa mère était morte, et toute la famille d'Étienne aussi. Est-ce qu'elle l'a fait pour le blesser, pour que son père perde tout crédit à ses yeux ?

J'imaginai Manon chuchotant avec colère, mais aussi avec une nuance de triomphe, à Étienne qu'ils avaient le même sang.

— Le reste de cette histoire, la partie qui touche à Étienne, appartient à Manon, dit Aszulay. Je ne peux rien vous dire de plus là-dessus.

— Mais vous êtes pendant tout ce temps resté ami avec Manon, intervins-je.

— Nous avons été séparés pendant plusieurs années. Quand sa mère est morte et qu'elle est entrée au service de la famille française, j'ai quitté le Maroc.

— Vous êtes parti ? Où cela ?

— Dans plein d'endroits. J'étais jeune et fort. J'avais mis de côté ce que j'avais pu et l'avais donné à ma mère. Je suis d'abord allé en Algérie, puis en Mauritanie et au Mali. J'aimais bouger tout le temps quand j'étais plus jeune. Je suis un nomade dans l'âme, ajouta-t-il en souriant.

Je regardai la bougie et son reflet sur le pare-brise.

— Et puis je suis allé en Espagne.

— En Espagne ? m'étonnai-je en me tournant vers lui.

Il hocha la tête.

— J'ai d'abord vécu à Malaga, puis à Séville et enfin à Barcelone. J'ai appris facilement à parler espagnol, ce n'est pas si différent du français. Quand je vivais à Barcelone, je traversais souvent la frontière pour aller en France. Ça a été une très bonne époque pour moi. J'ai appris beaucoup sur le monde. Et sur les gens aussi. Je m'étais arrangé avec un ami à Marrakech pour qu'il donne l'argent que je lui envoyais à ma mère et à mes sœurs. J'ai gagné plus d'argent en Espagne que je n'en aurais gagné en de nombreuses années au Maroc. Il y avait beaucoup de travail là-bas.

Il aurait très bien pu passer pour un Espagnol avec ses cheveux noirs, épais et ondulés, son nez étroit, ses belles dents blanches et sa peau basanée. Je l'imaginai habillé à l'européenne.

Sa personnalité s'éclairait.

— Combien de temps avez-vous vécu là-bas ?

Il demeura silencieux un long moment.

— J'y suis resté cinq ans, dit-il enfin.

— C'est long. Vous n'avez jamais pensé y rester définitivement ?

Il tendit la main et passa les doigts à travers la flamme.

— J'ai fait deux ans de prison à Barcelone.

Je ne réagis pas.

— J'étais une forte tête. Je me suis retrouvé impliqué dans une bagarre. L'un des hommes du groupe adverse a été gravement blessé, énonça-t-il sans émotion, les yeux toujours fixés sur sa main qui traversait la flamme. Je ne sais pas qui a porté les coups les plus terribles. Aucun de nous ne l'a su. C'était un combat impitoyable et absurde, une bagarre de jeunes qui perdent le contrôle. Nous avons tous fait de la prison à cause des blessures de la victime.

— Pendant deux ans, répétai-je.

— La prison m'a donné le temps de réfléchir. Quand j'étais là-bas, je ne pensais plus qu'à rentrer au Maroc. Je me disais que s'il m'était donné de revoir ma patrie, je retournerais dans le désert et retournerais dans les caravanes pour vivre sous la tente. Je me disais que la vie était simple dans le désert. Tout ce que je voulais, après la prison, c'était cette vie simple. Ma mère ne savait pas ce qui m'était arrivé ; personne n'était au courant. L'idée qu'elle puisse me croire mort me faisait horreur. Je me sentais coupable d'avoir gâché ma vie, coupable de ces deux ans perdus.

— Et quand vous êtes sorti... qu'est-ce que vous avez fait ?

Il hocha la tête.

— D'abord, je suis rentré au village. J'ai vu ma mère, mes sœurs et leur famille. Et puis je suis retourné dans le Sahara, comme je me l'étais promis.

— Mais... dis-je, parce que je l'avais perçu dans sa voix.

— ... mais j'étais rentré d'Espagne sans un sou en poche. Je ne pouvais pas acheter ma propre caravane et j'ai trouvé difficile de travailler sous les ordres d'un chef caravanier. Ça n'avait bien sûr rien à voir avec ce que j'avais vécu enfant avec mon père. J'avais beaucoup trop changé. Après avoir participé à une longue et frustrante caravane jusqu'à Tombouctou, je suis rentré au village. J'avais besoin de me fixer. Je voulais fonder une famille, un foyer. J'ai épousé Iliana, et nous avons eu deux enfants en trois ans. Un fils et une fille.

Il s'interrompit brusquement, comme si sa voix s'était éteinte.

J'attendis.

Il s'éclaircit la gorge.

— J'aimais ma femme et mes enfants, mais c'était la même chose que quand j'avais essayé de refaire ma vie dans le désert, j'étais resté parti trop longtemps. J'avais connu la vie dans les villes et j'avais vu trop de choses dans mes voyages. J'ai essayé de toutes mes forces de me faire à la vie du village, de travailler dans les champs avec les autres, mais je n'y étais pas à ma place. Ce n'était pas le travail, je peux faire n'importe quel travail. C'était l'isolement. Même si, vous l'avez vu vous-même, c'est un endroit magnifique où les gens sont gentils, curieusement, cela me rappelait la prison. J'avais l'impression que les montagnes étaient des murs. Je n'arrivais pas à voir par-dessus, ni derrière. J'ai parlé à Iliana d'aller s'installer à Marrakech, d'élever nos enfants là-bas, mais cette idée lui faisait peur. Elle avait toujours vécu dans la vallée de l'Ourika. Alors je me suis résigné et j'ai essayé de faire du mieux que je pouvais pendant ces quelques années. Mais... mais quand j'ai perdu Iliana et les enfants, reprit-il après un nouveau silence, je n'avais plus de raisons de rester au village. Il n'y avait plus de bonheur possible pour moi là-bas.

Nous nous tûmes un long moment, prêtant l'oreille au vent qui n'était plus à présent qu'un murmure.

— Je suis revenu à Marrakech et j'ai trouvé du travail. Et bien sûr, j'ai revu Manon et la vie qu'elle avait choisie. Elle avait quitté la famille française et s'en remettait à la générosité des hommes.

J'imaginais sans peine comment il avait dû considérer Manon à ce moment. Les femmes devenaient soit des épouses, soit des concubines, autrement dit des prostituées. Il n'y avait pas d'intermédiaire. Il n'y avait pas de nom pour une femme comme Manon.

— Mais elle n'était pas plus heureuse pour autant, continua-t-il. Nous étions malheureux tous les deux à cette époque, mais pour moi, c'était à cause du chagrin. Et je savais que ce chagrin finirait par passer, ou du moins par s'alléger et ne plus être cette souffrance profonde et quotidienne.

Il m'était difficile de regarder Aszulay parler ; je n'avais jamais vu son visage ainsi. Il exprimait toujours la même honnêteté, mais à présent, il était vulnérable aussi, trop vulnérable.

— Manon était malheureuse parce qu'elle était en colère. Elle avait le sentiment qu'on l'avait spoliée d'une vie heureuse et ne savait pas comment la trouver, ou la forger toute seule. C'est comme s'il lui manquait quelque chose. Elle s'est raccrochée à sa rancœur, au sentiment qu'on lui avait volé ce qui lui revenait au point d'en devenir infirme.

Aszulay avait employé le mot *infirme* sans y penser ; de toute évidence, il ne me considérait pas ainsi et ne se doutait pas à quel point ses propos me touchaient et me faisaient penser à ma propre vie. À ma propre rancœur.

— Mais quand elle a eu Badou, complètement par surprise et alors qu'elle n'avait, je crois, jamais voulu d'enfant, je l'ai vue changer.

— Et son père ? Le père de Badou ?

Il détourna les yeux de la flamme pour me regarder.

— Quoi ?

— N'a-t-elle pas été heureuse avec lui ? demandai-je.

Aszulay secoua la tête.

— Il m'a semblé qu'avec la naissance de Badou, Manon s'est sentie encore plus désespérée. Sa jeunesse était derrière elle, et elle avait un enfant sans père. La maternité n'est pas quelque chose de naturel pour elle. Elle supporte le petit, et elle ne lui fait pas de mal non plus.

En regardant la poitrine de Badou se soulever et s'abaisser dans son sommeil, au rythme de sa respiration légère, je pensai à Falida, et à ses ecchymoses.

— Elle le néglige. Il a parfois faim et il est sale, protestai-je, mécontente qu'Aszulay puisse défendre Manon et sa façon de traiter Badou.

— Je ne crois pas que Manon soit capable de l'amour qu'une femme doit porter naturellement à son enfant, déclara-t-il. Comme je vous le disais, il lui manque quelque chose. Quand je pense à la façon dont ma...

Il s'interrompit et j'imaginai qu'il se souvenait de sa propre femme avec leurs enfants. Il tenait toujours les petits pieds de Badou, et je regardai ses grandes mains se refermer sur eux avec une infinie douceur.

Badou comblait certainement une toute petite partie du vide qu'il ressentait après la perte de ses enfants.

Le vent changea de direction et s'engouffra sournoisement par l'ouverture minuscule en haut de la vitre, soufflant la bougie d'un seul coup.

— À vous, maintenant, dit Aszulay.

— À moi ? répétai-je, perdue maintenant dans l'obscurité.

— Votre histoire, dit-il. Je vous ai raconté la mienne. À votre tour de raconter la vôtre.

— Mais... La mienne n'a aucun intérêt. Vraiment aucun. Comparée à la vôtre...

— Qu'est-ce qui vous fait penser cela ?

— J'ai vécu... une petite vie.

Il y eut un frottement d'étoffe, et le siège se creusa entre nous quand il allongea Badou. Ma main effleura les cheveux de l'enfant. Je soulevai doucement la tête du petit pour la poser sur mes genoux. Je me représentai Aszulay tenant à nouveau les pieds de Badou, le petit corps formant comme un pont entre nous. Je ramenai la couverture du siège sur lui.

— Il n'y a pas de petite vie, dit Aszulay à voix basse. La vie de l'oiseau est aussi importante que la vie d'un roi. Elle est simplement différente.

Puis il y eut un déplacement d'air, et je sentis plus que je ne vis le visage d'Aszulay tout près du mien. Je tendis les mains et touchai ses pommettes, puis ses lèvres furent sur les miennes.

Badou remua, et nous nous écartâmes.

— Racontez-moi votre histoire, murmura Aszulay dans l'obscurité.

Je restai silencieuse un instant, puis commençai.

Chapitre trente-six

Je me réveillai lentement, le cou raide d'être restée appuyée contre le coin de la cabine. Je tournai la tête à droite et à gauche en regardant par le pare-brise. Le vent semblait complètement tombé et le matin était calme.

Aszulay et Badou se tenaient accroupis devant une flambée de petit bois au-dessus de laquelle fumait une casserole noircie.

Je sortis de la camionnette, consciente de la nouvelle intimité qu'Aszulay et moi avions partagée. Il ne s'agissait pas seulement du baiser mais surtout du fait que nous ayons passé la nuit à nous confier les détails de nos existences.

— Nous avons déjà pris notre petit déjeuner, dit Aszulay en me regardant approcher du feu. Venez manger.

Il parlait comme d'habitude, mais sa façon de me regarder me disait autre chose.

— Vous aviez emporté de quoi manger ? m'étonnai-je en souriant, prête à m'asseoir gauchement par terre à cause de ma jambe.

Mais Aszulay me désigna une grosse pierre sur laquelle il avait posé la couverture pliée. J'allai m'asseoir dessus, touchée par son attention.

— Au Maroc, on ne se fie jamais au temps, dit-il en me souriant comme si nous partagions une plaisanterie.

Je me souvins de Mustapha et Aziz qui gardaient des réserves dans le coffre de la Citroën. Aszulay prit la casserole sur le feu avec l'extrémité de son turban et versa le liquide bouillant dans une boîte en fer-blanc qui contenait déjà du sucre écrasé et de la menthe pilée.

— Badou, donne du pain à Sidonie, dit-il, se servant toujours de son chèche comme d'une manique pour poser la boîte devant moi.

Badou me tendit la boule qu'il tenait sur ses genoux. J'en pris un morceau et le trempai dans le thé pour le ramollir. Je me rendis soudain compte que j'avais une faim de loup, et avalai tout jusqu'à la dernière miette. Le thé fut ensuite bon à boire.

Badou jouait à empiler des petits cailloux puis à les renverser. Il leva les yeux vers moi et je lui souris avant de finir mon thé.

— Tu n'as pas chaud aux pieds, Sidonie ? me demanda-t-il, manifestant la même curiosité que Zohra.

— Ça m'arrive, répondis-je.

— Pourquoi tu mets toujours ces grosses chaussures ? Pourquoi tu ne mets pas des *babouches* ?

— Je suis obligée. Cette jambe, dis-je en montrant mon genou, ne marche pas bien sans mes chaussures. Elle est trop courte et j'ai besoin de ça, ajoutai-je en désignant la semelle compensée.

Il hocha la tête et examina le soulier montant.

— Brahim, le garçon en bas de la rue, il a une jambe plus courte que l'autre lui aussi. Mais il court vite quand même. Et il tape dans le ballon. Tu ressembles à maman, ajouta-t-il en penchant la tête de côté.

— Vraiment ? répliquai-je en m'efforçant de ne pas lui laisser voir que sa réflexion me perturbait.

Manon était belle et sensuelle.

— *Oui*, confirma-t-il avec le plus grand sérieux. Tu ressembles à maman. Oncle Aszulay ! appela-t-il. Maintenant, Sidonie ressemble à maman !

Aszulay éteignait le feu avec de la terre. Il jeta un coup d'œil vers moi, mais je n'aurais su dire ce qu'il pensait.

— Viens. Nous allons repartir, appela-t-il.

Tandis que Badou grimpait dans la camionnette et qu'Aszulay se glissait derrière le volant, je restai figée, la main sur la poignée de l'autre portière.

— Aszulay, demandai-je. Pourrais-je conduire jusqu'à Marrakech ?

— Mais... vous m'avez raconté l'accident. Avec votre père. Vous avez dit...

— Je sais. Mais je ne ressens plus la même chose aujourd'hui. Je crois qu'il est temps que je reprenne le volant.

— Vous vous êtes réconciliée avec vous-même, constata-t-il.

Je cillai. Avait-il vu juste ? Avais-je envie de conduire – pas toute seule, comme lors de ce moment de folie sur la *piste**, à bord de la voiture de Mustapha et Aziz, mais avec Aszulay et Badou – parce que je ne portais plus le fardeau intolérable de ce qui s'était produit la dernière fois que j'avais conduit avec quelqu'un que j'aimais ? Je pensai à mon père et, pour la première fois, je ne ressentis pas de douleur au fond de moi. Peut-être Aszulay avait-il raison. Peut-être avais-je trouvé la paix.

— Conduire un fourgon, ce n'est pas pareil que conduire une voiture, commenta Aszulay, voyant que je ne répondais pas. Et, comme je vous l'ai dit cette nuit, la *piste** aura disparu à certains endroits. Ce ne sera pas facile.

— Sûrement pas. Mais je peux essayer. Et je suis certaine que vous m'aiderez si j'ai des problèmes.

Je redressai le menton et lui souris. Il descendit.

— Eh bien ! il est dit que je me ferai conduire dans le *bled* par une Américaine. Eh bien ! répéta-t-il, peut-être hésitant, mais peut-être content aussi.

Puis il me fit un grand sourire, pencha la tête et regarda à l'intérieur de la camionnette.

— Je crois que ce sera une bonne expérience. Qu'est-ce que tu en penses, hein, Badou ? Ça te plairait que ce soit Sidonie qui conduise ? On va pouvoir se reposer et la laisser faire tout le travail.

— Oui, répliqua Badou avec le plus grand sérieux. Sidonie peut faire tout le travail.

Je montai sur la banquette, posai mes pieds sur les pédales et les mains sur le volant. Je tournai la clé. Le moteur se mit à rugir et je souris à Aszulay. Il me sourit aussi.

* * *

Nous fûmes de retour à Marrakech juste après midi et laissâmes la camionnette au garage, à la sortie de la ville. Le trajet avait effectivement été difficile, mais je m'en étais bien tirée : je n'étais sortie qu'une seule fois de la *piste** et avais réussi à revenir immédiatement sur la voie étroite. J'avais laissé Badou faire retentir l'avertisseur dans le silence du bled désert, et cela l'avait fait beaucoup rire.

Nous entrâmes dans la médina, mais au lieu de me ramener directement Charia Soura, Aszulay me fit emprunter un autre chemin, et je m'aperçus, lorsque nous nous arrêtâmes et qu'il sortit une grande clé des plis de sa tunique bleue, que nous nous trouvions devant chez lui.

Il ouvrit la porte, et la vieille femme qui m'avait servi le thé la dernière fois que j'étais venue se releva de la cour carrelée, une serpillière à la main. Elle avait remonté le bas de son caftan et l'avait coincé dans sa ceinture afin de pouvoir travailler. Aszulay lui parla en arabe. Elle hocha la tête et entra dans la maison, en baissant son caftan. Aszulay la suivit.

Je tenais Badou par la main et regardai autour de moi, prenant conscience que lorsque j'étais venue ici la première fois, pour interroger Aszulay sur Étienne, je n'avais pas eu la présence d'esprit d'observer le *dar* de mon hôte. Cette fois, c'était différent. Je voulais tout voir. La cour était ravissante avec son carrelage qui dessinait de petits losanges en diverses nuances de bleu et d'or. Le mur extérieur de la maison était lui aussi carrelé, affichant un motif différent d'or, de vert et de rouge. Dans de petites niches, carrelées elles aussi, il y avait des bougies. Le porche de la maison était voûté, et un mince rideau blanc flottait à l'entrée. Des pots colorés qui me rappelèrent ceux du jardin de monsieur Majorelle étaient disposés un peu partout. Certains, énormes, contenaient de petits arbres, d'autres, plus petits, formaient des groupes de fleurs et de plantes grimpantes.

Sur l'un des murs, il y avait un long miroir, et un autre était tendu d'un tapis à la trame particulière, orné de dessins abstraits aux couleurs s'échelonnant d'un subtil ocre de terre à des jaunes et des ors lumineux.

À peine rentrée d'un village de pisé accroché au flanc d'une montagne, je voyais bien la différence entre la vie que menait Aszulay ici, à Marrakech, et ce qu'aurait été son existence dans la vallée de l'Ourika.

Badou retira sa main de la mienne et se mit à courir dans la cour. J'ôtai mon voile et mon *haïk* au moment où Aszulay arrivait avec une grande bassine en zinc, de celles dont se servait la servante, Charia Soura, pour faire la lessive. Il remplit la bassine d'eau à une citerne installée dans un coin, et s'adressa à Badou en arabe. Puis il s'arrêta.

— Pardon. Quand je rentre du *bled*, il y a des moments où j'oublie de parler *français**.

— Ce n'est pas grave. Je commence à comprendre quelques mots de toute façon. Par exemple, j'ai compris que vous aviez dit à Badou qu'il sentait le petit chien et qu'il devait prendre un bain. C'est Mena qui m'apprend.

Aszulay se baissa au-dessus de la bassine et se lava le visage, le cou et les mains avec un pain de savon. Puis il se mouilla les cheveux et se coiffa avec les doigts. Il remonta les manches de sa tunique et se lava encore les bras jusqu'au coude. Il vida ensuite la bassine dans une rigole, près de la citerne, et la remplit à nouveau d'eau fraîche.

— Badou, viens ici, dit-il.

Il retira alors la djellaba, le pantalon de coton et les babouches de Badou et plongea l'enfant dans la bassine. Puis il l'éclaboussa, et le petit garçon sourit.

— Le soleil réchauffe l'eau, commenta Aszulay, qui se servit d'une petite serviette et du savon pour nettoyer la crasse. Ferme les yeux, Badou, ajouta-t-il avant de lui laver les cheveux.

Je contemplai la cour mouchetée de soleil, ses carreaux superbes, et j'éprouvai soudain le besoin de les sentir sous mes pieds. Je défis mes lacets, retirai mes chaussures et enlevai mes bas. Les carreaux étaient, comme je l'avais imaginé, chauds et lisses. La servante venait de les nettoyer et ils étaient parfaitement propres. Je fis lentement le tour de la cour, sachant que je boitais fortement sans ma chaussure mais m'en moquant. Je marchais et me délectais de la sensation de mes pieds nus sur les carreaux somptueux. Je n'avais plus marché dehors sans souliers depuis ma polio, alors que j'adorais auparavant courir pieds nus, l'été, dans le jardin.

Aszulay et Badou, tout au bain, ne faisaient pas attention à moi. C'est alors que je tombai sur mon reflet dans le miroir. Je me vis tout entière. Le soleil et le vent de ces trois derniers jours avaient encore hâlé ma peau. Mes cheveux, soigneusement tressés par la sœur d'Aszulay avant notre départ, s'étaient défaits, après la tempête de vent et notre nuit blanche dans la camionnette, et retombaient sur mes épaules. Des traînées de khôl rendaient mes yeux plus grands que je les avais jamais vus et j'avais drapé le châle brodé que m'avait offert la mère d'Aszulay par-dessus mon caftan. Je me regardai, de la tête à mes pieds nus, et compris la réflexion de Badou. Je ressemblais, à cette distance du moins, étonnamment à Manon. Un visage ovale similaire, les mêmes grands yeux sombres et cheveux bouclés. Cela ne m'avait jamais frappée auparavant.

— Les céramiques et les motifs sont magnifiques, commentai-je en me détournant du miroir pour regarder Aszulay.

Les carreaux qui tapissaient la cour de Manon et celle de Charia Soura étaient beaucoup plus banals : jolis, mais avec des dessins limités et des couleurs plus ternes.

— Il existe beaucoup de motifs traditionnels de *zellij* – ces céramiques, dit Aszulay en quittant Badou du regard pour se tourner vers moi.

Ses yeux s'attardèrent fugitivement sur mes pieds. Cela ne dura qu'une seconde, mais j'eus l'impression d'avoir dévoilé mes seins. Mon souffle se coinça dans ma gorge ; le fait qu'Aszulay puisse voir mes pieds était – pour moi – chargé d'un étrange érotisme.

Je n'avais jamais laissé Étienne les voir. Nos rapports n'avaient duré que pendant l'automne et une partie de l'hiver, et je portais toujours des bas. Lorsque nous étions au lit, je m'arrangeais pour que mes pieds disparaissent sous les couvertures et remettais mes bas avant de me lever.

Je revis la façon dont Aszulay avait tenu les petits pieds de Badou, la nuit, dans la camionnette.

— C'est quoi, celui-ci ? demandai-je en m'empressant de montrer un motif noir et blanc.

— Des dents de poule, répondit-il, et Badou éclata de rire.

— Les poules n'ont pas de dents, Oncle Aszulay.

— Et les petits ronds, là ? demandai-je.

Il leva à nouveau les yeux.

— Ça, c'est le petit tambourin, et la rangée au-dessus, ce sont des larmes divisées.

— Qu'est-ce que ça veut dire, divisées ? s'enquit Badou.

Aszulay ne répondit pas.

— C'est quand on fait deux choses avec une seule, expliquai-je.

Je pensai à Aszulay, et au fait que j'avais vu ses deux facettes : l'homme du désert et l'homme de la ville.

Badou frissonna, et Aszulay le souleva de la bassine pour l'envelopper dans une grande serviette de flanelle, lui donnant de petites tapes pour le sécher et lui peignant ses cheveux mouillés avec ses doigts. Il secoua la poussière de la djellaba et du pantalon de coton et nettoya les babouches avec un coin de flanelle humide. Je le regardai aider Badou à se rechausser et me l'imaginai s'occupant de ses propres enfants.

— Voilà, tu es tout beau et maman ne sera pas fâchée, dit-il.

Badou hocha la tête sans sourire.

— Est-ce que je peux rester un peu plus longtemps ici, Oncle Aszulay ? Je n'ai pas envie de partir. Sidonie peut rester aussi.

Aszulay secoua la tête.

— Tu dois retourner chez maman, Badou. Et nous devons raccompagner Sidonie chez elle, dit-il.

Chez elle. Je savais qu'il n'y avait mis aucune arrière-pensée, mais cela me fit réfléchir. Étais-je vraiment chez moi dans ma petite chambre sous les étoiles africaines ?

Il vida l'eau, mais remplit la bassine une troisième fois.

— Venez, me dit-il, et je le dévisageai. Vos pieds. L'eau fera du bien à vos pieds.

Je me dirigeai vers la bassine, rassemblai d'une main mon caftan contre mes genoux et posai l'autre main sur le bras d'Aszulay. Je montai dans la bassine. L'eau était chaude, comme il l'avait annoncé. Je remuai les orteils en lui souriant. Il tira un tabouret bas contre le bord de la bassine. Puis il saisit le pain de savon. Je savais ce qu'il allait faire.

Je mis ma main sur son épaule, pour garder l'équilibre, pendant qu'il soulevait doucement mon pied droit et le lavait jusqu'à la cheville. Puis il le reposa et, quand il commença à soulever mon pied gauche, je dus resserrer mon étreinte sur son épaule pour ne pas tomber pendant mon bref appui sur ma jambe droite plus courte. Son épaule était puissante et ferme sous ma main. Je laissai mes doigts se retenir à lui quelques secondes encore lorsqu'il eut terminé de me laver le pied gauche et que je me retrouvai les deux pieds au fond de la bassine.

Puis il me prit la main pour m'aider à sortir et me fit signe de m'asseoir sur le tabouret. Alors, il s'accroupit devant moi et me sécha les pieds, l'un après l'autre.

— Apporte à Sidonie ses bas et ses chaussures, indiqua-t-il à Badou, et le petit courut les chercher.

Aszulay m'enfila mes bas puis mes chaussures et les laça. Et pendant toute l'opération, j'observai le haut de son crâne alors qu'il se tenait penché au-dessus de mes pieds. Et j'avais envie de tendre la main pour toucher ses cheveux, lui caresser la tête, le bord de ses oreilles, la nuque.

Je gardai sagement les mains croisées sur mes genoux.

* * *

Nous traversions un petit souk encombré non loin de Charia Soura. Aszulay et moi marchions côte à côte pendant que Badou allait juste devant nous. J'avais conscience de la manche bleue d'Aszulay qui frôlait occasionnellement la mienne. Je levai les yeux vers lui. Que voulais-je qu'il me dise ? Je savais qu'il ressentait la même chose que moi. Je savais qu'il me voulait comme je le voulais.

— J'ai trois toiles à faire, cette semaine, dis-je enfin, brisant le silence confortable. J'ai présenté l'une de mes huiles à l'hôtel, et ils m'ont dit qu'ils allaient la prendre en dépôt avec d'autres aquarelles.

Je lui souris mais il resta silencieux, les yeux rivés droit devant lui, comme s'il se concentrait sur quelque chose.

— Aszulay ? appelai-je, mais comme il ne se tournait toujours pas vers moi, je suivis son regard.

Un homme aux cheveux noirs, ses épaules maigres saillantes sous sa veste de lin, tourna au coin de la rue, juste devant nous. Je n'eus que le temps d'entrevoir son profil pâle, mais je sus. Cette fois, j'en étais sûre. Ce n'était pas comme toutes les autres fois où j'avais cru voir Étienne à Marrakech.

Je me figeai un instant, puis, laissant tomber mon sac, me précipitai à travers la foule pour tourner à l'endroit même où il s'était tenu. Mais c'était une rue assez large, bordée de commerces et grouillante de monde et d'animaux.

— Étienne ! criai-je dans la cohue.

J'arrachai mon voile pour me faire mieux entendre.

— Étienne !

Les têtes les plus proches se retournèrent, mais je ne pus voir Étienne. Je me frayai un chemin dans la bousculade en appelant son nom, mais ma voix se perdait dans le vacarme ambiant. Hors d'haleine, je finis par m'arrêter au milieu de la rue, les mains le long de mes flancs, scrutant la marée humaine qui s'écoulait autour de moi. Des ruelles partaient de cette artère dans toutes les directions. Étienne aurait pu emprunter n'importe laquelle d'entre elles.

Aszulay me toucha le bras. Je levai les yeux vers lui.

— C'était Étienne, déclarai-je. Vous l'avez vu. Je le sais. Il est ici, Aszulay. Il est à Marrakech.

Il me prit par le bras et m'entraîna à l'ombre d'une avancée de porte où le bruit était moins intense.

— Badou, dit-il en piochant quelques pièces dans les plis de sa tunique. Va nous acheter du pain, s'il te plaît. Au marchand, là-bas, précisa-t-il en lui montrant l'endroit.

Badou prit l'argent et partit en courant.

— Je dois vous dire quelque chose, commença Aszulay.

Je remarquai distraitement qu'il avait récupéré mon sac. Je hochai la tête, ne pensant qu'à Étienne. Il était ici, à Marrakech.

— Quand je suis venu vous chercher, pour partir à la campagne... J'aurais dû vous en parler même si vous me l'aviez défendu, lâcha-t-il après une hésitation. Sidonie. Regardez-moi. S'il vous plaît.

J'avais toujours les yeux fixés sur la rue.

— Me parler de quoi ? demandai-je en me tournant vers lui.

— Chez Manon, quand je suis allé prendre Badou juste avant de venir vous chercher, dit-il en surveillant Badou, qui attendait son pain. Étienne était là.

Il prononça ces derniers mots très vite. J'ouvris la bouche, et la refermai.

— J'aurais dû vous le dire. Même si vous m'aviez interdit de vous parler de Manon ou de Charia Zitoune, j'aurais dû vous le dire.

Il s'appuya contre la porte fermée.

— Étienne est chez Manon ? demandai-je.

Il hocha la tête.

— Et je ne vous l'ai pas dit parce que...

J'attendis, les yeux fixés sur sa bouche.

— Parce que j'espérais que vous viendriez au *bled* avec nous. Avec moi. Je savais que si je vous disais qu'Étienne était ici, vous ne seriez pas venue. Et... et autre chose.

Je ne bougeai pas. Comme il n'en disait pas plus, je demandai, d'une voix posée :

— Quelle autre chose ?

— Je ne voulais pas que vous affrontiez Manon et Étienne toute seule. Je ne voulais pas quitter Marrakech en sachant...

— En sachant quoi ?

Mais Badou revint en courant, sa miche de pain sous le bras.

Je baissai les yeux vers l'enfant, qui nous regardait l'un et l'autre.

— Est-ce qu'il sait ? Sait-il que je suis ici ? demandai-je.

Aszulay hocha la tête.

— Mais il ne sait pas où j'habite, dis-je, comme un constat et non comme une question.

Aszulay acquiesça d'un nouveau signe de tête.

— Vous ne lui avez rien dit.

Il ne répondit pas.

— Mais... s'il savait que j'étais ici, il a dû vous demander, à vous ou à Manon, comment j'allais, où je séjournais. Il a dû essayer de me retrouver au cours de ces derniers jours, non ?

Là encore, Aszulay ne semblait pas avoir de réponse. Je ne l'avais jamais vu ainsi.

— Aszulay. M'a-t-il cherchée ?

— Je ne sais pas, Sidonie, dit-il en respirant profondément. C'est la vérité. Je ne sais pas.

— On y va, Oncle Aszulay, intervint Badou. J'ai le pain pour maman.

— Vous auriez dû me le dire, décidai-je, sans prêter attention à Badou. Vous m'avez laissée partir avec vous en sachant pertinemment que c'était pour cela, pour Étienne, que j'étais venue à Marrakech, et pourtant, vous... vous m'avez trahie, Aszulay.

Ma voix partait dans les aigus.

— Non, Sidonie. Je ne vous ai pas trahie, fit Aszulay, la voix basse et le visage exprimant... quoi ? Peut-être une sorte d'angoisse. Je... je voulais vous protéger.

Je tirai sur mon sac, qui glissa de son épaule.

— Me protéger de quoi ? m'écriai-je, plus fort que nécessaire.

Puis je pris mon sac sur mon épaule, tournai les talons et rentrai seule Charia Soura.

* * *

Je montai à ma chambre et m'allongeai sur mon lit. Étienne était ici ; je pouvais me retrouver devant lui dans moins d'une heure, si je le voulais. Mais pourquoi ressentais-je davantage de crainte que d'excitation ? Ainsi que je venais de le dire à Aszulay, c'était pour cela que j'étais venue à Marrakech. C'était pour cela que j'avais attendu tout ce temps. Pourquoi étais-je tellement en colère contre Aszulay ? Était-ce bien de la colère ou s'agissait-il d'autre chose ?

Je me levai et m'examinai dans le miroir.

Ma ressemblance avec Manon me frappa à nouveau.

Tout était différent maintenant. C'était si compliqué. Ce qui venait de se produire entre Aszulay et moi...

Je ne pouvais pas me rendre Charia Zitoune tout de suite. Il me fallait un peu de temps, une nuit supplémentaire, pour me préparer à voir Étienne.

* * *

Il me fut, bien sûr, impossible de dormir. Mes pensées ne cessaient de passer du baiser d'Aszulay, de ses mains sur mes pieds, à Étienne et à ce que je pourrais lui dire. À ce qu'il allait me dire.

Je ne cessai de me retourner pendant cette nuit interminable et fus heureuse d'entendre enfin la prière du matin. Je me lavai, ainsi que les cheveux, dans le baquet de ma chambre. Je sortis ma plus belle robe – celle en soie verte – de mon sac de voyage et l'enfilai. Je coiffai mes cheveux mouillés comme je le faisais autrefois, les fixant à grand renfort d'épingles, et m'examinai dans le grand miroir.

La robe n'allait pas du tout. Elle était toute froissée et tombait bizarrement sur moi. Même si je n'étais jamais très pâle avec ma peau brune, j'avais l'air épuisé, comme au sortir d'une longue maladie. Et avec mes cheveux tirés, mon visage paraissait trop sévère, trop anguleux.

Je m'assis sur mon lit. Puis je retirai les épingles de mes cheveux et sentis mes boucles retomber en masse sur mes épaules. J'ôtai la robe et enfilai un caftan. Je pris mon voile et mon *haïk* et descendis. Puis je demandai à Mena de me prêter du khôl et en soulignai mes yeux. J'appelai ensuite Najib et me rendis Charia Zitoune.

Chapitre trente-sept

Je fixai du regard la *khamsa* sur la porte jaune safran. Puis je fermai les yeux et frappai.

Un instant plus tard, Falida demanda qui était là.

— Mademoiselle O'Shea, répondis-je à voix basse.

Elle ouvrit la porte. Je restai plantée là, incapable d'avancer d'un pas.

— Mademoiselle ? dit Falida. Vous entrez ?

Je hochai la tête, pris une profonde inspiration et pénétrai dans la cour. Il y avait des éclats de voix en provenance de la maison, sans que l'on pût comprendre ce qui se disait. Badou était assis sur la première marche de l'escalier extérieur.

— *Bonjour**, Sidonie, dit-il, mais il resta où il était au lieu de venir en courant comme il le faisait d'habitude.

— *Bonjour**, Badou. Falida, monsieur Duverger est là ?

Elle fit oui de la tête.

— Va lui dire que mademoiselle O'Shea est là, s'il te plaît.

Elle entra dans la maison, et les voix se turent brusquement.

Je me redressai, tremblant légèrement. Puis, soudain, il fut là. Étienne. Mon Étienne. Ma première réaction fut le choc en découvrant son apparence. Il était beaucoup plus émacié que dans mon souvenir, la maigreur de ses épaules, que j'avais remarquée la veille, plus apparente encore aujourd'hui. Et pourtant son visage paraissait gonflé, et très pâle. Avait-il toujours été aussi blême ou était-ce moi qui m'étais habituée à un visage plus sombre maintenant ?

Ses yeux me fixaient.

J'essayai de me rappeler que je l'aimais. Mais en le voyant là, tellement... vide, je n'éprouvai rien qui ressemblât à de l'amour. J'éprouvai de la haine. Je pensai à tout ce que j'avais enduré en venant ici, en le cherchant partout, en devant affronter Manon. Et puis en l'attendant.

Je n'avais pas imaginé nos retrouvailles ainsi. Je me l'étais représenté ouvrant les bras et courant vers moi, moi courant vers lui. Ou bien moi pleurant, et lui pleurant, l'un de nous pleurant, ou tous les deux. Oh ! que d'images je m'étais construites !

Au lieu de cela, nous sommes juste restés face à face, à nous regarder.

Il a fait quelques pas vers moi. Il tenait un verre dans une main ; je sentis l'alcool de là où j'étais. Je me dis, avec un certain détachement, que c'était sûrement la boisson qui avait gonflé ses traits.

— Sidonie ? fit-il, sourcils froncés, front plissé.

Cela me rappela mes cauchemars, où j'étais devant lui et où il ne me reconnaissait pas.

Je retirai mon voile et mon *haïk*.

— Oui, répondis-je d'une voix que j'attendais faible et tremblante, mais qui ne l'était pas. Oui, c'est moi. Tu ne me reconnais pas ?

Je ne tremblais plus du tout. Ses yeux s'agrandirent.

— Tu parais... tu as changé.

— Toi aussi, rétorquai-je.

— Manon m'a dit que tu étais à Marrakech. Je ne pouvais pas le croire. Tu as fait tout ce chemin.

Ses yeux descendirent le long de mon corps, invisible sous le caftan ample. Manon avait dû lui dire qu'il n'y avait plus d'enfant.

— Mais... comment ? Et...

Il n'alla pas jusqu'à demander *pourquoi*, mais je l'entendis.

— Oui, répétai-je. J'ai fait tout ce chemin. Et j'ai perdu l'enfant. À Marseille. Au cas où Manon ne te l'aurait pas dit. Au cas où cela t'intéresserait.

Cela sortait si facilement, avec si peu d'émotion. Étienne pouvait être soulagé.

Il eut la grâce de secouer la tête.

— Je suis vraiment désolé. Ça a dû être terrible pour toi, dit-il. Je regrette de ne pas avoir été avec toi.

Mais il ne regrettait rien du tout. Cela se voyait. C'était juste sa façon de parler. Il savait toujours quoi dire. Il avait su quoi me dire chaque fois qu'il m'avait vue à Albany. Alors, quelque chose de dur et d'acéré surgit du plus profond de moi, quelque chose qui pouvait bien être un de ces *djinns* marocains, et je me précipitai sur Étienne. Je lui assénai une gifle violente sur une joue, puis sur l'autre ; le verre lui échappa des mains et se fracassa sur le carrelage.

— Tu n'es pas désolé du tout. Ne dis pas que tu regrettes, avec cet air de commisération sur la figure, décrétai-je d'une voix forte.

J'eus vaguement conscience d'un bruissement d'étoffe derrière moi et de pieds nus sur le carrelage.

Badou, ou Falida, songeai-je, mais ce ne fut que l'ombre d'une pensée.

Étienne recula, la main sur une joue. Il avait du sang sur la lèvre ; je l'avais frappé assez fort pour que sa dent s'enfonce dans la chair.

— Je l'ai mérité, dit-il en me regardant et en clignant des yeux. Mais, Sidonie, ajouta-t-il en secouant la tête, tu ne sais pas tout.

— Je sais que tu t'es enfui quelques jours après avoir appris que j'étais enceinte. Tu as quitté Albany sans même avoir la courtoisie de me téléphoner. Pas une lettre. Rien. C'est tout ce que j'ai besoin de savoir.

Alors tu as fait tout ce chemin pour me dire ça ?

Il pencha soudain de côté, mais se rattrapa et s'assit lourdement sur un tabouret.

— Pour me gifler ?

— Non. J'ai fait tout ce chemin parce que...

Alors Manon fut dans l'embrasure de la porte.

— Parce qu'elle ne pouvait pas s'en empêcher, coupa-t-elle. Et regardez-moi ce comportement, me dit-elle en secouant la tête, mais avec une expression presque satisfaite sur le visage. Comment appelle-t-on cette façon de se conduire, en Amérique ? La femme trompée ?

Elle regarda derrière moi.

— Qu'est-ce que vous regardez tous les deux ? lança-t-elle.

Je me retournai et vis Badou pelotonné contre Falida, près de la porte jaune. Elle le serrait dans ses bras, comme pour le protéger.

— Sortez ! ordonna Manon.

Falida prit Badou par la main, et ils sortirent en courant, laissant la porte ouverte derrière eux.

— Je sais que tu vas mal, dis-je à présent, la respiration oppressée. Manon me l'a dit. De quoi s'agit-il ? Qu'est-ce que c'est que ces *djinns* dont elle parle ?

— Je ne peux plus exercer la chirurgie, lâcha Étienne en levant une main et en la regardant comme si c'était son ennemi. Je ne suis plus assez fiable pour prendre en charge la vie de qui que ce soit, dit-il en levant vers moi un visage torturé. Tout ce que je peux faire, c'est donner des consultations. Pour l'instant. Ma vie est finie. J'ai vu ce qui s'est passé avec mon père. Et c'est ce qui va m'arriver aussi. C'est la chorée de Huntington.

Ce nom ne me disait rien.

Je fis un pas vers lui.

— Je regrette que tu sois malade, Étienne. Mais tu aurais dû me le dire. Tu n'aurais pas dû me quitter comme ça. J'aurais compris.

— J'aurais compris, me singea Manon d'une voix sotte et haut perchée, mais où perçait quelque chose d'obscur.

— Pourrions-nous aller quelque part ? demandai-je en la foudroyant du regard. Quelque part où nous pourrions parler tranquillement ? Juste toi et moi ? Tu n'as donc rien à me dire ? Sur nous ? Sur ce que nous avons vécu à Albany ?

— Ce temps est terminé, Sidonie, répliqua-t-il. Toi et moi à Albany. C'est fini.

Je ne voulais pas que Manon en entende davantage ; je ne voulais pas qu'elle assiste à ce qu'Étienne et moi avions à nous dire.

— Manon, s'il vous plaît, fis-je d'un ton dur. Rentrez dans la maison. Ne pouvez-vous donc nous laisser seuls un moment ?

— Étienne ? demanda-t-elle en faisant traîner son nom. Tu veux que je parte ?

— Je crois que ça vaudrait mieux, dit-il en la regardant.

Pourquoi la traitait-il avec tant de considération ? Elle n'avait rien à voir avec tout cela.

Elle se retira, son caftan de soie bruissant autour d'elle. Lorsqu'elle fut hors de vue, j'allai m'asseoir en face d'Étienne. Nous étions séparés par la table basse au plateau de cuivre sur laquelle était posée la *chicha* de Manon.

— Je crois que je comprends, Étienne. Il a fallu que Manon me parle de cette maladie qui se transmet des parents aux enfants. La... comme tu as dit.

— Huntington, précisa-t-il à voix basse, les yeux rivés sur ses genoux. La chorée de Huntington. Elle ne se manifeste qu'à l'âge adulte, le plus souvent après trente ans, aussi les parents n'apprennent-ils généralement qu'ils en sont porteurs que lorsqu'ils ont déjà eu des enfants. Il y a cinquante pour cent de chances pour que le parent transmette la maladie à son enfant.

Nous restâmes un moment silencieux. Mes gifles avaient laissé des taches sombres sur ses joues couleur de cendre.

— Paranoïa, dépression, énonça-t-il alors. Mouvements spasmodiques. Problèmes d'équilibre et de coordination. Élocution difficile. Crises. Démence. Et enfin...

Il enfouit son visage dans ses mains.

Je contemplai le haut de son crâne comme je l'avais fait avec Aszulay la veille. Je ressentis une bouffée de pitié.

— Je suis désolée, Étienne. Mais au moins, je sais maintenant que c'est pour ça que tu m'as quittée. Parce que tu ne voulais pas que je te voie souffrir. Parce que tu ne pensais pas que ce serait tolérable pour moi, pour notre enfant. Mais c'est ce qui se fait. C'est ce que font les gens qui s'aiment. Ils veillent l'un sur l'autre, quoi qu'il arrive.

Il releva la tête et plongea son regard dans le mien. Il avait les yeux si sombres, si mornes. J'aurais voulu savoir ce qu'il pensait. Son visage avait-il toujours été si fermé ?

— Mais partir comme ça, sans un mot, Étienne. Sans même avoir la considération d'essayer d'expliquer... voilà, ça, je ne le comprends pas.

Je m'exprimais calmement maintenant, logiquement.

Il baissa les yeux.

— C'était de la lâcheté, avoua-t-il, et je hochai la tête, comme pour l'encourager – qu'aurais-je voulu qu'il me dise ? Et c'était un manque total de respect envers toi. Je sais cela, Sidonie. Mais...

Mais quoi ? Dis que tu l'as fait pour me protéger. Dis que tu l'as fait par amour pour moi. Mais au moment même où ces pensées me venaient, je sus avec certitude que si l'on pouvait être assez honorable pour vouloir protéger la personne qu'on aime, Étienne n'était pas de ceux-là. Il n'avait rien d'honorable. Ce n'était, comme il venait de l'admettre lui-même, qu'un lâche.

— Je suis venue jusqu'ici, en Afrique du Nord, Étienne, pour te retrouver. Tu vois à quel point je croyais en toi. En toi et moi. Il fallait que je te retrouve pour essayer de comprendre...

Je m'interrompis. Son visage était toujours tellement fermé, tellement impénétrable. J'avais envie de le gifler à nouveau. Je m'aperçus que mes paumes me démangeaient. Je serrai les poings.

— Je t'ai aimé à ce point, lui dis-je.

J'entendis le passé. *Je t'ai aimé.*

— Tout cela n'était-il qu'un jeu pour toi ? questionnai-je, me surprenant moi-même à reprendre les mots de Manon. Se peut-il que tu te sois simplement diverti avec moi et que moi... que j'aie été tellement naïve, tellement aveugle, que j'aie cru que tu tenais à moi autant que je tenais à toi ?

— Sidonie, dit-il. Quand je t'ai rencontrée... j'ai été attiré par toi. Tu m'as fait oublier mes problèmes. Tu me faisais du bien. J'avais appris avec certitude, très peu de temps avant que je te voie pour la première fois, que je n'avais pas échappé à la roulette génétique. Je savais de quoi mon avenir serait fait. Mais je ne voulais pas y penser. Je voulais seulement... j'avais besoin de penser à autre chose. De...

— De te distraire ?

Je ne reconnaissais pas ma voix. Je reprenais encore les termes de Manon.

— Évidemment. C'est ce que je vous disais. Il ne vous a jamais aimée.

C'était Manon, revenue à la porte. Elle s'approcha d'Étienne.

— Vous ne voyez donc jamais ce qui crève les yeux ?

Je la regardai, puis reportai mon attention sur Étienne.

— Ce qui crève les yeux ?

Étienne détourna les yeux.

— Manon, pas comme ça, dit-il avant de s'adresser de nouveau à moi. Si j'avais su où tu étais à Marrakech, je serais venu te voir. Je ne savais pas où tu étais, Sidonie, répéta-t-il. Je voulais te parler seul à seule, pas...

Il s'interrompit, et Manon éclata de rire. Un rire dur et cassant.

— Oh ! Étienne. Pour l'amour du ciel, dis-lui la vérité.

Elle s'approcha de lui, posa une main sur son bras et serra sa manche, ses doigts aux ongles peints semblables à des griffes.

— Elle peut supporter ça. Elle a l'air fragile comme ça, mais en dessous, c'est de l'acier. Dis-lui donc la vérité. Sinon, c'est moi qui le ferai.

Alors elle prit appui sur lui et l'embrassa. Un long baiser, sur la bouche.

J'étais trop choquée pour réagir.

Étienne se dégagea de l'étreinte de Manon, pressant ses doigts tremblants contre son front. Puis, sans un autre regard pour moi, il quitta la cour par la porte ouverte. Je restai assise où j'étais, comme assommée.

— Eh bien ! fit Manon, maintenant, vous savez.

Elle produisit un petit tss-tss désolé.

— Il est si faible, le pauvre. Et ça n'a rien à voir avec sa maladie. Il a toujours été comme ça.

— Je sais quoi ? De quoi parlez-vous ?

Avais-je imaginé la façon dont elle l'avait embrassé ?

— Il a tellement de mal à supporter tout ça. À essayer d'accepter la vérité.

Elle s'assit près de moi et alluma son narguilé. Puis elle en tira une longue bouffée et je sentis l'odeur du *kif*.

— Il n'arrive pas à se faire à l'idée qu'il a fait ce qu'il s'était promis de ne jamais faire.

Je regardai ses lèvres, qui tiraient sur l'embouchure. Elle avait embrassé Étienne. Pas du tout comme une sœur.

— Oui, reprit-elle. Il disait qu'il ne laisserait pas les *djinns* aller plus loin. Qu'il ne perpétuerait pas sa maladie.

J'ouvris la bouche. Tout était tellement confus, tout manquait de cohérence.

— Mais... il sait... qu'il n'y a plus d'enfant...

Ma voix paraissait lointaine à mes propres oreilles.

Manon haussa les épaules, comme si tout cela ne la concernait guère.

— Oh, mais il y en a un, dit-elle en ôtant le tuyau de la *chicha* d'entre ses lèvres.

— Qu'entendez-vous par là ? demandai-je en secouant la tête.

Elle posa le tuyau et retint un instant la fumée avant de pousser un très long et lent soupir, les yeux fixés sur moi.

— Badou, dit-elle.

* * *

Les minutes s'écoulaient. Je la fixai des yeux.

Manon finit par reprendre le tuyau de sa pipe à eau.

— J'ai fait en sorte qu'il me désire. C'est tout. Après l'enterrement de son père, alors qu'il me prenait encore pour la simple fille d'une bonne, je lui ai demandé de m'aider pour une petite chose insignifiante. Quelque chose qui lui donne le sentiment d'être fort, comme si j'étais une faible femme perdue sans un homme solide à ses côtés.

Le souvenir la fit sourire, d'un sourire déplaisant.

— Un frôlement accidentel, un regard un peu trop appuyé... Pour moi, ce n'était qu'un jeu, dit-elle en tirant une nouvelle bouffée de fumée, ses paupières se fermant à demi. C'était si facile, Sidonie. Je n'ai pas eu à faire grand-chose pour le mettre à genoux. C'était comme attraper un poisson avec un ver succulent, commenta-t-elle en claquant des doigts. Quand je l'ai vu, à l'enterrement de son père, j'ai décidé que j'allais enfin lui donner la punition qu'il méritait. J'allais m'arranger pour qu'il me désire, le laisser me toucher, me goûter, et puis... pouf ! (elle claqua à nouveau des doigts) je le congédierais. Je le rendrais fou. Je l'ai fait avec d'autres. C'est un vrai plaisir de les regarder se tortiller au bout de l'hameçon, et puis de les rejeter à l'eau. Mais ils n'arrivent plus à nager avec la même aisance qu'auparavant. Ils sont abîmés, dit-elle, exultant. Empoisonnés par le désir qu'ils ont de moi.

Je pensai à la rotule et la dent prélevées sur un cadavre. À la façon dont elle m'avait planté une pointe d'os empoisonné dans la paume.

— Bien sûr, je l'ai fait attendre. Je l'ai fait me désirer avec une telle violence qu'il en perdait l'esprit. Et puis, enfin, j'ai cédé, sachant qu'il reviendrait. Et il est revenu, encore et encore. Il n'avait jamais connu de femme telle que moi. Il n'en avait jamais assez.

J'essayais de ne pas faire de comparaison, j'essayais de ne pas penser à chacune de nos étreintes. Y avait-il eu ce feu, cette sorte de passion qu'évoquait Manon ?

— C'était sans doute ce qui s'était produit entre notre père et ma mère. Notre père était envoûté par ma mère. Il lui écrivait des déclarations d'amour. Je les ai gardées quand elle est morte. J'ai lu qu'il aimait la prendre dans la pièce voisine de celle où sa femme lisait ou recevait des amies. Il jouissait de savoir sa femme à portée d'oreille, c'était le secret qui l'excitait. C'était pareil avec Étienne. Je l'obligeais à me prendre dans des endroits où l'on aurait pu nous surprendre, où il aurait été humilié d'être vu avec la fille d'une servante.

— Arrêtez, murmurai-je, écœurée par ses fantasmes.

— Lorsque nous sommes devenus amants, je lui ai fait acheter cette maison et la mettre à mon nom. Je lui ai fait établir un document légal qui m'octroie une pension mensuelle généreuse à perpétuité. À perpétuité, répéta-t-elle. Il devait m'entretenir jusqu'à la fin de ses jours. Bien sûr, c'était quand je le laissais croire que je l'aimais, que je ne voulais que lui, que nous serions toujours ensemble. Qu'aucun homme ne pourrait jamais me satisfaire comme lui. Il a tout gobé. Il a promis qu'il resterait à Marrakech et travaillerait comme médecin à la Ville Nouvelle. Nous sommes tombés d'accord pour ne pas avoir d'enfant.

« Il ne m'a pas demandée en mariage. Bien sûr que non. Lui, le grand médecin français, épouser une petite bonne marocaine ? Oh, non ! Je serais toujours sa concubine. Je crois que, au fond de lui, il ne jugeait aucune femme digne d'être épousée. Une femme pour lui tenir compagnie, pour le sexe, *oui*. Pour le mariage, non.

J'avais attendu de lui qu'il m'épouse.

— Mais dès que j'ai eu la maison et une certaine sécurité, je lui ai tout dit. Quand j'ai su que j'étais dans sa tête, bien ancrée, qu'il était complètement obnubilé par moi, je lui ai tout dit. J'ai attendu le moment parfait, alors qu'il avait son visage au-dessus du mien et qu'il était profondément en moi

— Manon, demandai-je. Je vous en prie.

Pourquoi ne me levai-je pas pour partir ? Pourquoi restai-je là, comme ensorcelée, à écouter son histoire sordide ?

— Nous avons plongé le regard dans celui de l'autre, le sien si plein d'amour et de désir, et je lui ai dit : *Je suis ta sœur*. Il a fallu que je répète. Il n'arrivait pas à comprendre ce que je disais, se souvint-elle, affichant à nouveau ce sourire horrible et victorieux. Mais quand je l'ai eu répété une troisième fois, il s'est retiré de moi comme si mon corps était en feu et que j'avais pris tout son oxygène. Étienne restant Étienne, il m'a défiée de lui apporter des preuves. Et c'est alors que je lui ai montré les lettres écrites à ma mère par notre père.

J'imaginai la scène et en étais malade. Je voyais, à son visage, qu'elle en savourait chaque instant. Je me représentais Étienne. L'horreur et le choc. Étienne, qui contrôlait tout, qui avait toujours les réponses, qui savait toujours quoi dire au bon moment.

— Il a vomi devant moi. Il s'est mis en rage et il a pleuré. Et puis il est parti. C'est pour ça qu'il est allé en Amérique. Parce qu'il ne pouvait plus rester à Marrakech. Il ne pouvait même plus rester de ce côté-ci de l'océan, si près de moi, et ne plus pouvoir me posséder.

— Manon, soufflai-je en secouant la tête. Manon.

Je ne trouvai rien d'autre à dire.

— Mais il ne m'a pas été très difficile de retrouver sa trace. J'ai beaucoup d'amis influents dans la communauté française. Quand je me suis aperçue que j'étais enceinte d'Étienne – un accident complet, comme pour vous, n'est-ce pas ? – j'ai envisagé de le faire passer. Ça aurait été facile, comme si je n'en savais pas assez sur ces choses-là ! J'en ai fait passer d'autres ! dit-elle en plongeant son regard dans le mien. Mais quelque chose m'a dit que mieux valait garder l'enfant, comme une sorte de police d'assurance. J'ai écrit régulièrement à Étienne pendant toutes ces années, pour lui raconter ma maternité, lui parler de l'enfant. Mais sans jamais l'accuser. Il n'a jamais répondu. Et puis, l'année dernière, mes besoins se sont accrus. Alors je lui ai écrit que je regrettais de m'être servie de lui, que j'avais changé et voulais me repentir. Et qu'il y avait un grand secret, quelque chose dont je ne pouvais lui parler qu'en personne. Bien sûr, il avait des soupçons, alors, pour répondre à mes prières et pour s'éloigner de vous, il est rentré au Maroc.

Puis elle inclina le menton et me regarda presque avec coquetterie.

— Vous ne vous êtes jamais demandé pourquoi Étienne, un homme comme Étienne, intelligent et expérimenté, pouvait vouloir d'une femme comme vous, Sidonie ?

— Quoi ? fis-je en clignant des paupières. De quoi parlez-vous ?

Le visage de Manon n'exprimait plus que mépris.

— Pauvre idiote. Vous êtes donc aveugle ? Étienne n'a jamais cessé de rêver de moi, de me désirer. C'est moi qu'il aime, pas vous. Vous ne voyez donc pas ce que je vois quand vous vous regardez dans une glace ? Ne vous rendez-vous pas compte qu'Étienne a trouvé en vous un petit quelque chose de moi ? De la femme qu'il aimait ? Même le fait que vous sachiez peindre, eh bien..., fit-elle en haussant les épaules. Comme il ne pouvait pas avoir la source de lumière, il a choisi une ombre. C'est tout ce que vous représentiez pour lui. Un pâle reflet de la femme qu'il aimait vraiment, mais qu'il ne pouvait pas avoir. Il ne s'est tourné vers vous que dans la mesure où vous lui faisiez penser à moi. Et il savait que vous seriez une proie facile. Il ne pourrait jamais me posséder, mais vous... ne comprenez-vous pas ? Chaque fois qu'il vous prenait dans ses bras, chaque fois qu'il vous faisait l'amour, Sidonie, il rêvait de moi, il fermait les yeux et c'est moi qu'il voyait. Vous n'avez jamais rien signifié pour lui. Rien du tout.

Je me levai, et renversai le plateau de cuivre ; il heurta le carrelage avec un grand bruit métallique. Dans l'écho finissant, j'entendais résonner les paroles de Manon à l'infini, comme quand on tient un miroir devant un miroir, chaque reflet se refermant sur l'autre.

Rien du tout.

Chapitre trente-huit

Je me tenais assise sur mon lit, me regardant dans le miroir, de l'autre côté de la chambre. J'étais épuisée. Après tous ces mois d'attente et d'espoir, tout était terminé.

Ce que Manon m'avait raconté n'était pas inconcevable. Si je n'avais pas vu Étienne, si je ne l'avais pas vu avec elle et assisté à son incapacité à la remettre à sa place, je ne l'aurais peut-être pas crue. Mais j'avais tout vu par moi-même.

L'appel à la prière de l'après-midi se fit entendre, et je regardai par la fenêtre en prenant mon *zellij*. Je songeai à Aszulay, et à la façon dont il m'avait lavé les pieds.

Il m'avait prévenue de ne pas attendre Étienne à Marrakech. Après notre virée au *bled*, il m'avait dit qu'il ne voulait pas que je sois seule pour aller voir Étienne Charia Zitoune. Il connaissait la vérité pour Étienne et Manon et pensait que je serais anéantie, en état de choc. Il s'inquiétait pour moi.

J'étais en état de choc, oui. Mais je n'étais pas anéantie. Quand j'avais vu Étienne, je l'avais regardé comme un étranger. Il était devenu l'étranger que j'avais vu dans ma chambre, à Albany, il y avait déjà tant de mois. Mais était-ce lui qui avait changé, ou était-ce moi ?

Je n'étais plus la femme de Juniper Road.

J'étais venue à Marrakech pour retrouver Étienne, et je l'avais retrouvé. Je comprenais pourquoi il m'avait quittée. C'était simple : il ne m'avait jamais aimée.

Je n'avais jamais su grand-chose d'Étienne. En fait, je ne l'avais jamais connu vraiment. Il ne m'avait dévoilé que ce qui l'arrangeait. Ma courte idylle avec lui n'avait été qu'un fantasme. Peut-être que ce que je croyais être l'amour faisait partie de ce fantasme.

Vue de l'extérieur, c'était une histoire tellement banale, évidente pour toute femme. Il est bien difficile de se rendre compte de ce qui se passe quand on est au cœur même de l'histoire, empêtrée dans les rêves, les délires et les espoirs. C'était terminé maintenant. L'histoire avait une fin.

Je me retrouvais à nouveau seule. Mais pas de la même façon que je l'avais été avant Étienne, avant de connaître un homme et avant même de concevoir l'idée d'avoir un enfant.

Je m'approchai de la table où ma dernière toile – celle du jacaranda de Charia Zitoune – était appuyée contre le mur. Je revis Badou ouvrant, dans la cour, ma boîte de peinture avec tant de fierté et de révérence, et ce souvenir me fit presser mon poing contre ma poitrine.

Badou. Puisqu'il était le fils d'Étienne, son petit corps parfait était-il porteur du gène monstrueux ? Je portai à présent mon poing à ma bouche, songeant à la chaleur de ce petit garçon quand je le tenais dans mes bras. Je me remémorai mon angoisse intolérable quand je l'avais cru perdu dans la tempête de sable. Mon soulagement et ma joie quand Aszulay l'avait ramené.

La nuit dans la camionnette avec Aszulay, et ce que j'avais ressenti.

Les paroles de Mohammed et de son singe, sur la place Jemâa el-Fna me revinrent : je trouverais ce que je cherchais sous la Croix du Sud. Mohammed ne s'était pas trompé. J'avais trouvé quelque chose.

Mais je ne pouvais pas le garder. Aszulay était un Homme Bleu du Sahara. Badou était l'enfant d'une autre femme. J'étais tombée amoureuse de ce pays, de ses couleurs, de ses sons, de ses parfums et ses saveurs. De son peuple. D'un homme grand et d'un petit garçon.

Je pensai à mon amitié grandissante pour Mena. Au sentiment protecteur que j'éprouvais à l'égard de Falida. À la main de Badou dans la mienne.

À Aszulay, encore.

Le mieux que je pouvais faire était de rentrer à Albany et de faire revivre tout cela avec mes peintures. Mais même là-bas, dans la froidure de l'hiver, je ne pourrais pas peindre le Maroc avec le détachement d'une touriste, avec l'œil d'une simple observatrice. Je n'étais plus une observatrice, je faisais partie de cette vie.

Mais ce n'est pas ton monde, me répétais-je.

C'est tout. Point final. L'histoire est terminée.

* * *

Je ne pouvais rien avaler. Mena me demanda si j'étais malade.

— Non, lui répondis-je en arabe. Mais je suis triste. Je dois rentrer bientôt chez moi.

— Pourquoi ? Tu n'aimes pas Charia Soura ? Naouar t'a mal parlé ?

Je secouai la tête avec un haussement d'épaules. C'était trop dur d'essayer d'expliquer dans mon arabe rudimentaire.

Elle se passa la langue sur les lèvres, puis se rembrunit.

— Mon mari ? Il t'a fait mal ?

— Non. Non, je ne le vois jamais.

Elle se détendit.

— Mais Aszulay ? dit-elle. Je crois qu'il est très bon.

— *Naam*, convins-je. Oui.

— Tous les hommes ne sont pas bons, ajouta-t-elle en portant inconsciemment la main à sa nuque.

Je me rappelai sa cicatrice. Et Manon, qui embrassait Étienne.

* * *

J'étais allongée sur mon lit, dans l'obscurité, toujours en caftan, quand j'entendis des voix d'homme dans la cour. Je reconnus celle du mari de Mena, celles de ses fils, et... c'était la voix d'Aszulay. Je me levai vivement et me précipitai à la fenêtre.

Il était là, assis avec eux autour d'un thé. Ils bavardaient comme s'il s'agissait d'une simple visite amicale. Ils terminèrent leur thé, puis le mari et les fils se levèrent.

Aszulay ajouta quelque chose, et le mari leva les yeux. Je reculai la tête de la fenêtre, mais on ne tarda pas à frapper doucement à la porte.

J'ouvris. C'était Mena.

— Aszulay est ici, dit-elle. Il demande à te voir. Mets ton voile, Sidonie, ajouta-t-elle en fronçant les sourcils. Mon mari est là.

J'obéis. Elle descendit par l'escalier de derrière, celui qu'empruntent les femmes quand il y a des hommes dans la cour. Je me rendis dans la cour. Aszulay se leva.

— Est-ce que ça va ? s'enquit-il.

— Oui, le rassurai-je.

— Mais vous avez vu Étienne, énonça-t-il. Je suis passé Charia Zitoune ce soir. Manon m'a dit que vous étiez venue. Elle m'a dit... Maintenant, vous comprenez pourquoi je ne vous ai pas parlé d'Étienne tout de suite ? fit-il après un silence. Vous comprenez pourquoi je voulais vous protéger ? Je savais que vous finiriez par apprendre la vérité – Manon y aurait veillé de toute façon – mais je voulais... Pardon, j'ai été égoïste. Je voulais que vous ayez quelques jours... je voulais...

Je m'assis sur un banc. Il n'en dit pas plus et s'assit aussi.

— Je comprends, Aszulay. Ça ne s'est pas bien passé du tout, cet après-midi.

Au moment où je prononçais ces mots, je pensai soudain à Badou. La dernière chose qu'il avait vue, c'était moi en train de hurler et de gifler Étienne. Je mis la main sur mes yeux, imaginant la détresse et la peur sur son visage alors qu'il courait se réfugier auprès de Falida ; imaginant leur expression à tous les deux quand ils s'enfuirent de la cour.

Ils me considéreraient désormais comme une femme aussi méchante que Manon. Ils me verraient comme quelqu'un qui frappait et hurlait.

— Sidonie ? dit Aszulay, et je baissai ma main.

— Je pensais à Badou. Pauvre enfant.

— C'est difficile pour lui, convint-il. Mais pour beaucoup d'enfants au Maroc... dans beaucoup d'endroits... Il a un toit et à manger. J'ai essayé de lui rendre la vie plus facile.

— Je suis contente qu'il vous ait, assurai-je. Je n'arrive pas à me faire à l'idée qu'il va grandir auprès de Manon. Et puis ce qui me fait le plus mal, ajoutai-je en arrachant mon voile, sans me préoccuper pour le moment du mari de Mena, c'est l'idée qu'il est peut-être porteur.

— Porteur ?

— Oui, vous savez bien. De la maladie. La chorée de Huntington. Je sais que Manon s'en fiche, elle se dit sûrement que le temps qu'il soit adulte et que la maladie se déclare, elle sera morte. Alors pourquoi s'en préoccuper ?

— Je ne comprends pas, dit Aszulay.

— Qu'est-ce que vous ne comprenez pas ? rétorquai-je en le dévisageant.

— Manon ne paraît pas avoir la maladie. Alors pourquoi Badou serait-il porteur du gène ?

— Mais... Étienne. Parce qu'Étienne est malade.

— Oui, lui et Manon ont le même père, mais il faut que l'un des parents soit atteint pour transmettre la maladie, non ? C'est ce que Manon m'a dit.

Je secouai la tête.

— Aszulay. Vous ne savez pas ? Manon ne vous a jamais dit que Badou était l'enfant d'Étienne ?

— Manon ne sait même pas avec certitude qui est le père du petit, répliqua-t-il en se redressant.

— Mais si, protestai-je en déglutissant. Elle m'a dit que c'était Étienne en me parlant de sa relation avec lui. Cet après-midi même. Et que Badou était né de leur union.

Aszulay se leva et fit rapidement le tour de la cour, comme pour apaiser sa colère. Puis il revint s'asseoir devant moi. Il secoua la tête en regardant le mur derrière moi. Je commençais à le connaître suffisamment pour comprendre qu'il cherchait à reprendre son calme. Il finit par me regarder.

— Manon est sortie avec Étienne avant qu'il parte en Amérique, oui. Mais elle fréquentait deux autres hommes en même temps : un Juif de Fez et un Espagnol de Tanger. De plus, Badou est né dix mois après le départ d'Étienne en Amérique. Son père est soit le Juif, soit l'Espagnol.

J'entendis le doux roucoulement d'une colombe en provenance du haut mur derrière Aszulay.

— Mais...

Aszulay secoua à nouveau la tête.

— Sidonie. Manon raconte ce qui l'arrange pour arriver à ses fins. Elle vous a déjà menti, et vous continuez de la croire.

— À ses fins ?

— Elle ne cherche qu'à vous blesser. Dès l'instant où je vous ai vue et où j'ai vu comment Manon vous traitait, j'ai compris ce qu'elle faisait. Elle avait au départ déjà une bonne raison d'être jalouse de vous, mais ça ne s'est pas arrangé quand elle a vu que vous attiriez non seulement l'attention de Badou, mais aussi...

— Une bonne raison ? demandai-je en voyant qu'il ne terminait pas sa phrase. Qu'entendez-vous par là ?

— Elle est jalouse parce qu'elle craint que son frère ne soit peut-être vraiment tombé amoureux de vous. Elle avait beau ne plus vouloir de lui une fois qu'elle en a eu terminé avec lui, elle ne supporte pas l'idée qu'il puisse aimer quelqu'un d'autre. Elle voulait son adoration exclusive, dit-il en s'adossant au mur. Manon est comme ça. Vous vous en êtes certainement rendu compte.

J'observais sa bouche pendant qu'il parlait.

— Elle ne supporte pas de passer après, elle prétend que c'est ce qu'on lui a fait ressentir pendant toute son enfance. Alors maintenant... il faut toujours qu'elle passe avant les autres dans le cœur de tous ses amants. Elle ne veut pas de rivale, même auprès de son fils. Elle ne veut partager personne avec vous, reprit-il après un bref silence. Personne. Vous en avez la preuve.

Il se pencha en avant, me prit la main, la retourna et fit courir son pouce sur la petite marque au creux de ma paume.

— Voilà ce qu'elle vous a fait quand elle a su que je voulais passer du temps avec vous.

J'étais encore concentrée sur ce qu'il avait dit concernant la crainte de Manon qu'Étienne ait bien été amoureux de moi.

— Il a été si faible, commentai-je en m'efforçant de ne pas laisser l'hostilité s'immiscer dans ma voix. Et s'il m'avait vraiment aimée comme elle le soupçonnait, il ne serait pas parti comme il l'a fait.

Le chat roux se glissa dans la cour et s'immobilisa, les yeux fixés sur quelque chose dans les buissons, remuant la queue.

— Elle a dit à Étienne que Badou était de lui pour lui soutirer plus d'argent, avançai-je.

— C'est bien possible, dit Aszulay en hochant la tête. Elle voulait qu'il verse davantage, soi-disant pour Badou, bien sûr. Mais je crois qu'au départ, elle voulait simplement en appeler à sa conscience, lui demander de l'argent en tant qu'oncle du petit.

Je repensai à Manon m'expliquant que si elle n'avait pas avorté, c'était dans le but de se ménager une sorte de police d'assurance pour l'avenir.

— Mais c'est quand il lui a parlé de vous, et j'étais là, d'une femme en Amérique qui portait son enfant, qu'elle est devenue furieuse. Il lui a dit qu'il ne savait pas quoi faire, qu'il n'arrivait pas à affronter la situation. C'est là qu'elle lui a dit que Badou était de lui. Comme vous, il a cru

Manon, il ne lui est pas venu à l'idée qu'elle mentirait au sujet de l'enfant. Il ne savait pas qu'elle fréquentait d'autres hommes pendant qu'elle sortait avec lui, il ne connaissait pas avec exactitude la date de naissance de Badou. Pour lui, les circonstances et les délais coïncidaient. J'ai entendu Manon. J'ai compris ce qu'elle faisait.

Il parlait plus fort, s'indignant de plus en plus.

— Elle ne voulait pas occuper la deuxième place. Toujours derrière vous, Sidonie. Elle ne voulait pas que je m'intéresse à vous, et elle savait que c'était le cas. Et puis, quand elle a appris que vous aviez conçu l'enfant d'Étienne, je suis certain que c'est à ce moment-là que l'idée lui est venue. Sa jalousie est devenue telle qu'il a fallu qu'elle vous surpasse.

J'en étais bouche bée.

— Pour assouvir sa jalousie, calmer son sentiment d'insécurité, elle était donc prête à fabriquer des mensonges aussi monstrueux ?

— J'ai été furieux contre elle de l'entendre proférer un tel mensonge. J'allais protester, dire à Étienne la vérité. Mais tout s'est passé si vite. Étienne a bondi, il a dit que son but était d'arrêter la propagation de la maladie, pas de la transmettre aux générations futures. Et voilà qu'il apprenait qu'il avait enfreint ses propres règles non pas une fois, mais deux. Il avait déjà conçu un enfant, votre enfant, Sidonie, et il découvrait qu'il en avait un autre. Badou. Il était blême en se levant, il tremblait. Je l'ai pris par le bras, je lui ai dit : *Non, attends, Étienne!* mais il s'est enfui en courant dans la nuit.

Je me représentais parfaitement la scène.

— Je me suis disputé avec Manon, je lui ai répété qu'elle devait lui dire la vérité. Mais elle a répondu qu'il n'avait que ce qu'il méritait : honte et humiliation. La honte ne serait jamais suffisante pour Étienne, et maintenant, il comprendrait peut-être ce qu'elle avait enduré en étant trahie par leur père.

Il s'interrompit.

— Manon et Étienne se ressemblent, Sidonie. Ils ont tous les deux une très haute opinion d'eux-mêmes. C'est un trait de caractère qu'ils ont en commun.

Je savais qu'il avait raison.

— Quoi qu'il en soit, je suis resté là-bas toute la nuit, reprit-il, à attendre le retour d'Étienne malgré la fureur de Manon contre moi. Je l'avais déjà vue faire beaucoup de choses que je n'approuvais pas, mais là, c'en était trop. Quels que soient les torts d'Étienne, il n'était pas juste de le faire souffrir davantage. Il souffrirait suffisamment avec sa maladie. Je voulais lui dire la vérité, que Badou n'était pas son fils.

Il serra ses mains l'une dans l'autre et je vis les veines saillir sur leur dos. C'étaient des mains assez fortes pour manier la pelle sans peine, mais qui pouvaient aussi tenir un enfant avec délicatesse.

— Mais il n'est pas revenu. Il n'est pas revenu du tout. Il a laissé des vêtements, ses livres et même ses lunettes. Quelques semaines plus tard, il a écrit une lettre à Manon, celle dont je vous ai déjà parlé, disant qu'il avait eu le temps de réfléchir et qu'il assumerait ses responsabilités de père. Il viendrait voir le petit tous les quelques mois afin de pouvoir au moins s'assurer que l'enfant ne manquait de rien.

Je hochai la tête. Manon pensait avoir gagné. Elle pourrait ainsi continuer à ponctionner financièrement Étienne sans qu'il proteste, du fait de sa culpabilité. Il y eut un instant de silence, troublé seulement par le roucoulement occasionnel de la colombe.

— Et vous avez pu lui dire la vérité ?

Aszulay secoua la tête.

— Quand je suis venu chercher Badou, avant de partir dans la vallée, Étienne était là, comme je vous l'ai dit. Mais ce n'était pas le bon moment. Badou était présent et Manon nous a poussés dehors. Mais Étienne avait dit qu'il resterait un peu. J'ai pensé qu'il serait toujours temps à mon retour du *bled.* Alors je suis allé là-bas ce soir, pour lui parler, mais Manon m'a dit qu'il était sorti. Comme elle connaît mes intentions, elle fera tout pour m'empêcher de le voir. Elle m'a déjà dit que je n'étais plus le bienvenu, et de ne plus revenir Charia Zitoune.

Étienne était-il encore à Marrakech ? Je pensai à la manière dont il était parti cet après-midi et me demandai s'il s'était enfui à nouveau, comme il avait fui en Amérique en apprenant que la femme qu'il aimait était sa demi-sœur. Comme il était rentré au Maroc quand je lui avais appris ma grossesse. Comme il avait fui dans une autre ville quand Manon lui avait dit que Badou était son fils. C'était ainsi qu'Étienne réagissait devant des situations qu'il avait peur d'affronter. Il prenait la fuite.

— Tout ce que je peux faire, c'est espérer le revoir pour lui dire la vérité. Mais ce sera difficile. Manon va tout faire pour que ce le soit.

Le silence s'installa de nouveau.

— Et maintenant, Sidonie ? demanda-t-il.

— Maintenant ?

— Qu'allez-vous faire ?

— Je... il n'y a plus rien qui justifie que je reste ici. À Marrakech.

Je le regardai, attendant qu'il me dise ce que j'avais envie d'entendre. Ce que j'avais besoin d'entendre. *Restez, Sidonie. Je voudrais que vous restiez. Restez avec moi.*

Il garda le silence pendant un long moment. Je voyais sa pomme d'Adam bouger quand il déglutissait. Il finit par dire :

— Je comprends. C'est un pays tellement différent de ce que vous avez connu. Vous avez besoin de liberté. Vous auriez l'impression d'être une prisonnière, ici.

— Une prisonnière ?

Il releva enfin les yeux vers moi.

— Une femme ici... ce n'est pas comme en Amérique ou en Espagne. Ou en France. Tous les pays du monde où une femme comme vous peut faire ce qu'elle veut. Ce qui lui plaît.

J'aurais voulu lui demander ce qu'il entendait par *une femme comme vous*. Je pensai à ma vie à Albany. Y avais-je été libre ?

— Je ne me suis jamais sentie prisonnière ici, répliquai-je. Certes, ça n'a pas été très facile au début. J'étais... j'avais peur. Mais c'était en partie parce que j'étais seule et que je venais accomplir une mission dont je n'étais... peut-être pas très sûre, même si j'essayais de me convaincre du contraire. Mais depuis que je connais... depuis que je fais partie de Marrakech, que je vis ici, dans la médina, je n'ai pas toujours été sûre de ce que je devais faire, mais je n'ai jamais douté de ce que je ressentais. Et je me sens en vie. Même ma peinture est différente. Elle est plus vivante elle aussi. Plus ancrée dans la vie qu'elle ne l'a jamais été.

— Mais, comme vous le faisiez remarquer, la raison qui vous a poussée à venir à Marrakech ne compte plus.

— Oui. Étienne ne compte plus.

Je me détournai du regard d'Aszulay pour fixer le carrelage. Ne se doutait-il pas de ce que je voulais qu'il dise ? N'était-il pas venu me chercher, ne m'avait-il pas invitée à venir au jardin, puis dans sa famille, à la campagne ? Ne s'était-il pas fait du souci pour moi quand il avait appris le retour d'Étienne à Marrakech ? Il venait de dire que Manon était jalouse de moi parce qu'elle savait qu'il tenait à moi.

M'étais-je complètement trompée sur ses sentiments ? Pourtant, les moments que nous avions passés au *bled*... la façon dont il me regardait. Les confidences que nous avions échangées. La façon dont il m'avait baigné les pieds. Sa bouche sur la mienne.

Mais il ne me demandait pas de rester.

M'étais-je trompée à ce point ?

— Peut-être... peut-être vais-je rester un peu pour terminer ma dernière toile à laisser à l'hôtel, annonçai-je en me forçant à le regarder.

Il hocha la tête.

Je voulais tellement qu'il dise autre chose. Mais il n'en fit rien. Il se leva et se dirigea vers la porte. Je me levai et le suivis puis posai la main sur son bras.

— Est-ce que c'est un au revoir, alors, Aszulay ? Est-ce... Est-ce que c'est la dernière fois que nous nous voyons ?

J'arrivais à peine à articuler les mots. Je ne parvenais pas à lui dire adieu. Je ne pouvais pas.

Il tourna vers moi son regard sombre malgré le bleu de ses yeux.

— Est-ce que c'est ce que vous désirez ?

J'avais envie de crier : *Aszulay! Cessez d'être si... si poli*, fut le seul mot qui me vint à l'esprit. Je secouai la tête.

— Non, pas du tout. Je ne veux pas vous dire au revoir.

Il n'esquissa pas un geste vers moi.

— Et... pensez-vous... sincèrement, que vous pourriez vivre dans un endroit comme celui-ci, Sidonie? Pas pour une simple visite, pas pour un petit séjour, pas pour se promener dans les souks ni rêvasser dans les jardins. Je veux parler de vivre vraiment.

Il s'interrompit.

— D'élever des enfants, reprit-il avant de s'interrompre à nouveau. Et de supporter les différences entre le monde que vous avez connu et ce mondc-ci.

Je ne pouvais proférer un mot; il me posait trop de questions sans que ce soit jamais la bonne.

— Pouvez-vous clairement envisager cette existence? demanda-t-il encore, et je me sentis à nouveau troublée par ses paroles. Je ne pus que contempler ses yeux.

Puis j'ouvris la bouche. *Oui*, allais-je dire. *Oui, oui, je la vois avec vous*, mais il parla en premier.

— Vous n'avez pas la réponse, dit-il. Je comprends plus de choses que vous ne le pensez.

Puis il se détourna de moi, sortit de la cour et referma doucement la porte.

Je repris ma place sur le banc, ne sachant trop ce qui venait de se passer. Le chat roux s'approcha de moi pour la première fois et se frotta contre mes jambes. Puis il sauta près de moi, sur le banc et se coucha sur ses pattes sans me quitter des yeux.

J'entendis le grondement de gorge de son ronronnement.

Chapitre trente-neuf

Durant les quelques jours qui suivirent, je m'en tins à ce que j'avais dit à Aszulay. Je terminai ma dernière toile, la portai à monsieur Henri et récupérai ma part sur la vente des autres tableaux.

— Votre travail est devenu très en vogue en très peu de temps, mademoiselle, dit-il. Le propriétaire d'une galerie rue de la Fontaine a dit qu'il aimerait s'entretenir avec vous. Il m'a donné sa carte. Vous pouvez le joindre dès que vous voudrez.

Je m'assis dans la fraîcheur du hall, examinant l'enveloppe et la carte imprimée. Osais-je penser que je pourrais gagner ma vie à Albany avec ma peinture ? Pourrais-je trouver là-bas le même intérêt que l'on portait à mon travail ici ?

Mais il m'était intolérable de penser à Albany et à Juniper Road.

Je revins lentement dans la médina, toujours suivie, bien sûr, par Najib. Lorsque nous passâmes Charia Zitoune, je regardai comme toujours instinctivement dans le renfoncement du mur.

Depuis cette première fois où j'avais vu Badou et Falida se cacher là avec les chatons, je ne les avais plus jamais vus y jouer. Mais cette fois, je distinguai une petite silhouette dans l'ombre.

Je m'approchai. C'était Falida, avec un petit chaton gris sur les genoux.

— Falida, appelai-je, et elle sursauta.

Elle leva les yeux vers moi, ses yeux trop grands dans son petit visage maigre. Elle semblait particulièrement triste.

— Que se passe-t-il ? Qu'est-ce qui ne va pas, Falida ?

Ses yeux brillèrent. Malgré tous les mauvais traitements que j'avais vu Manon lui infliger, je ne l'avais jamais vue pleurer.

— Je suis de nouveau dans la rue, mademoiselle, annonça-t-elle.

— Manon t'a jetée dehors ?

— Ils sont tous partis.

— Tous partis ? Qu'est-ce que tu veux dire ?

— Madame et le monsieur. Partis. Et Badou. Je ne veux pas rester dans la rue. Je suis trop grande maintenant. C'est pas bon pour les filles dans la rue. Des mauvaises choses vont arriver à moi. J'ai peur, mademoiselle.

Elle porta le chaton à son visage, comme pour me dissimuler ses larmes. Mais ses petites épaules se soulevèrent.

Je me baissai et posai la main sur son avant-bras.

— Falida. Raconte-moi ce qui s'est passé.

Elle leva la tête. Ses lèvres étaient sèches. Je me demandai à quand remontait son dernier repas.

— Madame et les monsieurs. Ils se battent.

— Étienne ? Elle s'est battue avec monsieur Duverger ?

— Tous les monsicurs, madcmoiselle. Monsieur Olivier, et Aszulay, et monsieur Étienne. Toujours ils se battent. Badou, il est très triste. Il a peur, il pleure et il pleure.

Je m'humectai les lèvres, devenues soudain aussi sèches que celles de Falida.

— Mais... Où sont-ils allés ? Et qui ? Est-ce que c'était Manon, Étienne et Badou qui sont allés quelque part ?

Falida secoua la tête.

— L'autre monsieur. Monsieur Olivier. Il dit qu'il emmène madame, mais pas Badou. Il en veut pas Badou. Madame, elle dit qu'elle donne Badou à monsieur Étienne. Mais Aszulay, il parle à monsieur Étienne et monsieur Étienne, il se bat avec madame et il s'en va et il ne revient pas. Madame... elle est très fâchée, Badou et moi, on se cache. On a peur. Madame, elle est méchante quand elle est fâchée. Elle bat Badou et moi. On se cache ici, mais après, c'est la nuit et je ne sais pas ce qu'il faut faire. Badou, il a faim et il pleure tout le temps. Je ramène lui à madame. Elle me donne une lettre et un sac avec les affaires de Badou. Elle me dit d'emmener Badou chez Aszulay et de donner la lettre et le sac.

— Et tu l'as fait ?

Falida hocha la tête.

— Mais Aszulay pas là. Je laisse Badou avec la bonne. Elle me dit de partir.

Falida dissimule à nouveau son visage derrière le chaton, et de nouvelles larmes brillent sur ses joues.

— Quand cela s'est-il passé ? demandai-je.

— Je suis deux nuits dans la rue, répondit-elle.

— Tu sais pour combien de temps Manon est partie cette fois ? Avec monsieur Olivier ?

Falida secoua la tête.

— Viens avec moi, lui dis-je.

Elle reposa le chaton dans le petit trou du mur et se leva. Je la pris par la main.

* * *

Je retournai Charia Soura et lui donnai du pain avec une assiette de couscous au poulet sans prêter attention au regard désapprobateur de Naouar. Puis je demandai à la servante de faire chauffer de l'eau et, quand Falida eut mangé, je la laissai se laver dans ma chambre et lui donnai un de mes caftans. Lorsque je retournai dans ma chambre pour voir si tout allait bien, je la trouvai endormie sur mon lit, respirant à longs soupirs d'épuisement. Ma chambre s'obscurcit, je m'allongeai près d'elle sur le matelas et fermai les yeux.

Je me réveillai pendant la nuit. Falida était pelotonnée contre moi. Je mis un bras autour d'elle et me rendormis.

* * *

Le lendemain matin, je démêlai les cheveux de Falida et lui fis deux longues tresses avant de lui donner un petit déjeuner. Comme la veille, elle resta silencieuse et garda les yeux baissés. Malgré sa maigreur, je remarquai que le caftan était à la bonne longueur. Elle était déjà presque aussi grande que moi. Lorsque nous eûmes terminé de manger, j'appelai Najib.

— Tu sauras me conduire chez Aszulay ? demandai-je à Falida.

Je n'étais pas sûre de retrouver le chemin depuis Charia Soura. Elle hocha la tête et, escortées de Najiib, nous traversâmes la médina jusqu'au moment où je reconnus la rue d'Aszulay.

Je frappai à sa porte.

Aszulay ouvrit, Badou près de lui.

— Falida ! s'exclama Badou, la mine ravie, avec un grand sourire à mon adresse. J'ai une autre dent qui bouge, Sidonie, annonça-t-il en me montrant la rangée du bas où il fit remuer une dent de lait d'avant en arrière avec son index.

Falida s'agenouilla et le prit dans ses bras. Il l'embrassa rapidement puis s'écarta pour lui parler à toute vitesse, les mots se bousculant avec excitation.

— On t'a cherchée partout hier. Devine quoi ? Oncle Aszulay a dit que la prochaine fois qu'on ira au *bled*, je pourrai rapporter un chiot. Et on va lui apprendre à rapporter un bâton, comme le chien d'Ali. Et tu pourras nous aider, Falida. N'est-ce pas, Oncle Aszulay ?

— Oui, assura ce dernier en me regardant.

Il portait une simple djellaba bleu sombre. Il ne sourit pas.

— Emmène Falida dans la cuisine et donne-lui un peu du melon que nous avons préparé pour le déjeuner, Badou.

Je suivis les enfants des yeux. Mes mains tremblaient légèrement. Je ne savais pas si je pouvais regarder Aszulay, je ne savais pas ce que je devais dire.

— Les pauvres petits, commentai-je, toujours dans l'entrée de la cour. Que s'est-il passé ? Falida dit que Manon est partie avec Olivier.

— Sidonie, dit-il, et, à la façon dont il prononça mon nom, je me tournai vivement vers lui. Je ne savais pas si je...

Il se tut, le visage tellement sérieux, tellement impassible. Tellement beau. J'eus envie de le toucher.

Il jeta un coup d'œil vers Najib, toujours derrière moi.

— Vous allez rester un peu ? Je n'aime pas parler dans l'entrée comme ça, dit-il, le visage toujours indéchiffrable.

J'acquiesçai, et un infime muscle se contracta sur sa joue. Il dit quelques mots à Najib, qui s'éloigna. Aszulay me prit le bras et m'attira à l'intérieur de la cour, puis ferma la porte. Je me sentis soudain sans forces, et dus m'appuyer contre le panneau.

— J'ai appris la vérité à Étienne, dit Aszulay. Je suis retourné là-bas le lendemain matin du soir où je vous ai vue Charia Soura, et je lui ai dit que Badou n'était pas son fils.

J'attendis la suite, scrutant le visage d'Aszulay.

— Il a été soulagé, évidemment. Il a dit qu'il quittait la ville immédiatement. Même s'il était son oncle, il ne s'intéressait pas du tout à l'enfant. Il ne reviendra pas à Marrakech.

Je ne dis rien.

— Il m'a demandé... il voulait que je vous dise qu'il regrette vraiment. Il regrette de vous avoir fait autant de mal. Il vous souhaite tout le bonheur possible et vous demande de lui pardonner un jour.

Je baissai les yeux. Je ne savais que penser. Je n'avais pas envie de parler d'Étienne avec Aszulay. Nous gardâmes un instant le silence.

— Et Manon ? finis-je par demander quand je pus à nouveau le regarder.

— Manon a enfin ce qu'elle a toujours voulu. Elle m'a laissé une lettre. Elle a pris ses dispositions pour vendre la maison et est partie vivre en France. Avec Olivier. Je ne sais pas pendant combien de temps elle va encore l'aveugler, elle a la même emprise sur lui que sur tous ses amants, du moins au début. Mais s'il est comme les autres, il finira par se lasser de ses humeurs, de ses exigences. Et elle ne va pas tarder à perdre de son charme.

— Et alors, elle reviendra ?

— Qui sait ? fit-il avec un haussement d'épaules. Mais il n'y aura plus rien ici pour elle. Sans sa maison, sans son fils, sans amis... car je ne peux plus me considérer comme un ami, pas après la façon dont elle s'est conduite dernièrement, elle n'aura... quelle est l'expression, quand on ne peut plus rentrer chez soi ?

Je ne répondis pas à sa question.

— Mais... Badou ? Manon l'a-t-elle purement et simplement abandonné ?

Il regarda, par-dessus son épaule, la maison.

— Dans sa lettre, elle écrit que puisque je m'intéresse tellement à l'avenir de l'enfant, puisque j'avais détruit ses plans pour qu'Étienne prenne Badou en charge, je pouvais avoir l'entière responsabilité de l'enfant. Il ne lui servait plus à rien. Alors elle s'en est débarrassée, comme elle se débarrasse de tous ceux qui ne lui sont plus utiles.

Il était devant moi et me regardait. Puis il se rapprocha et posa la main sur ma joue, recouvrant ma cicatrice.

— Mais évidemment, cela n'a rien d'une épreuve. J'aime cet enfant.

J'essayai de trouver quelque chose à dire, mais sa main sur ma joue, le fait qu'il soit si près, m'en empêchaient. Je sentais la chaleur de ses doigts et me demandai s'ils laisseraient une trace bleue derrière eux quand il les retirerait.

— Je suis allé deux fois Charia Soura pour vous parler, dit-il. Les deux fois, on m'a dit que vous n'étiez pas là.

— Pourtant, Mena ne m'a rien dit...

— Ils trouvent que nous sommes incorrigibles, vous et moi, Sidonie. Ils n'approuvent pas, constata-t-il avec l'ébauche d'un sourire sur les lèvres.

J'attendis.

— Je suis un honnête homme, dit-il. Les Touaregs sont liés à un code d'honnêteté et de courage.

— Je sais, murmurai-je.

— J'ai été honnête avec vous, l'autre soir, quand je vous ai dit que je comprenais plus de choses que vous ne le pensiez. Je sais ce que vous voulez. Que vous voulez rester. Et depuis la nuit où je suis venu Charia Soura, quand Manon vous a blessée, et que vous avez tenu ma main contre vos lèvres, que vous m'avez dit ce que vous pensez de mes mains... depuis cette nuit-là, je n'ai pas pu me dissimuler mes sentiments plus longtemps. Vous ne ressemblez à aucune femme que j'ai connue, Sidonie.

J'observai sa bouche.

— Vous acceptez d'avoir peur, vous allez au-devant de cette peur et vous avancez avec elle. Mais vous m'avez fait peur aussi, Sidonie, et c'est un sentiment que je n'avais plus éprouvé depuis très longtemps, et qui m'a rempli de doutes. J'avais peur que si je vous demandais de rester...

Il s'arrêta.

— Peur de quoi ? demandai-je, ou peut-être murmurai-je.

— J'ai cru que ce serait plus facile si vous refusiez. Mais si vous acceptiez, j'avais peur que, avec le temps, vous ne soyez pas heureuse, et que vous ne vouliez retourner à votre vie d'avant. Même avec la peinture. Avec Badou et Falida, avec... avec des enfants à nous. Que ce que j'ai à vous donner ne suffise pas. Nos vies ont été si différentes, si...

Je me rapprochai de lui. Je sentis le parfum du melon dans son souffle.

— Je vois ma vie ici, avec toi, lui dis-je.

Un oiseau chanta dans les branches, au-dessus de nous.

— Tu la vois ? Elle te suffit ? demanda-t-il doucement, ses yeux fixés sur les miens.

J'attendis que l'oiseau ait terminé son trille.

— Oui, répondis-je. Elle me suffit.

Inch Allah, pensai-je. *Inch Allah*.

Remerciements

Je me suis appuyée sur un certain nombre d'ouvrages pour y trouver informations et inspiration en écrivant l'histoire de Sidonie. *Women of Marrakech*, de Leonora Peets, décrit la vie d'une femme de médecin à Marrakech dans les années 1930. Elizabeth Warnock Fernea a écrit *The Streets of Marrakech* après un séjour là-bas dans les années 1970 avec sa famille. Ces deux témoignages de première main m'ont été particulièrement précieux. Pour m'aider également à mieux comprendre ce pays, je me suis aussi servie du délicieux petit livre très détaillé qu'Edith Wharton a écrit en 1919, *Voyage au Maroc*, après un voyage à travers ce pays dans le but d'en rédiger le premier guide de voyage en anglais. L'ouvrage de Cynthia J. Becker, *Amazigh Arts in Morocco : Women Shaping Berber Identity*, a été une source infinie de renseignements.

Je me suis également appuyée sur les *Voix de Marrakech* d'Elias Canetti, *Morocco, That Was* de Walter Harris, *A year in Marrakech* de Peter Mayne, *La Maison du Calife* de Tahir Shah, *The Conquest of Morocco* de Douglas Porch, et *A Narrative of Travels in Spain and Morocco in 1848* de David Urquhart. Le roman de Paul Bowles, *Un thé au Sahara*, a été une grande source d'inspiration. J'ai pu dénicher un trésor de livres magnifiques décrivant l'architecture marocaine et la structure des *riads*, ces maisons anciennes de la médina avec leurs cours carrelées et leurs jardins. Ces livres m'ont donné une vision plus précise de la beauté et de l'exotisme de ce pays magique.

Mes remerciements les plus tendres à ma fille, Brenna, qui, par deux fois, m'a accompagnée dans mes aventures à travers le Maroc et a rendu ces expériences plus excitantes et merveilleuses encore. Des remerciements à nos Hommes Bleus à nous : Habib, Ali et Omar. Habib nous a conduites de Marrakech aux confins du Sahara par le Haut Atlas en nous faisant écouter Santana, Leonard Cohen et de superbes musiques arabes pour nous accompagner durant toute notre longue et folle traversée des *hamadas* de l'Atlas. Ali et Omar nous ont emmenées sur leurs dromadaires dans les *ergs* – les dunes – et les plaines de sable et de cailloux – les *regs* – du Sahara jusqu'à notre campement nomade sous les étoiles, où nous avons trouvé la Croix du Sud. J'ai particulièrement apprécié les connaissances d'Ali de la vie dans le désert, et les merveilleuses histoires de sa mère qui a été une épouse nomade dès l'âge de onze ans. Omar n'a cessé de nous distraire avec ses chansons, ses tam-tams et ses danses, et il nous a appris à frapper dans nos mains comme les nomades le font traditionnellement pour accompagner leurs chants. Merci à la Berbère inconnue qui a décoré nos mains et nos pieds au henné, ainsi qu'au personnel si accommodant de l'hôtel *Les Jardins de la Koutoubia*, à Marrakech.

Dans cette partie-ci du monde, merci à ma fille aînée, Zalie, et à mon fils, Kitt, pour leur compréhension, leurs grandes qualités d'écoute et leur capacité à toujours me faire rire. Merci à ma belle-sœur, Carole Bernicchia-Freeman, pour avoir supervisé mon français. Et un merci tout particulier à Paul, pour avoir mis tant de couleurs dans les réalités en noir et blanc de la vie d'écrivain.

Merci, bien sûr, à mon agent, Sarah Heller, pour tout, des discussions sur l'intrigue du roman aux dîners et aux réunions autour d'un verre pour compatir et se réjouir. Merci à mon éditeur à Londres, Sherise Hobbs, à Headline, pour ses suggestions astucieuses, ses conseils tout en finesse et sa patience.

Et merci également à Peter Newsom, de Headline, et à Kim et à tout le personnel de McArthur and Company à Toronto.

Et un dernier merci au reste de ma famille et de mes amis, qui ont su me montrer leur soutien indéfectible pendant l'écriture de ce livre qui a couvert une période tumultueuse mais passionnante de ma vie.

La photocomposition de cet ouvrage
a été réalisée par
GRAPHIC HAINAUT
59163 Condé-sur-l'Escaut

Cet ouvrage a été imprimé par
CPI Firmin Didot à Mesnil-sur-l'Estrée
pour le compte des Éditions Plon
76, rue Bonaparte
Paris 6ᵉ
en avril 2012

Dépôt légal : mai 2012
N° d'édition : 14845. – N° d'impression : 111204.

Imprimé en France